憎しみの海・怨の儀式

安達征一郎　南島小説集

川村湊［編・解説］

インパクト出版会

憎しみの海・怨の儀式　安達征一郎南島小説集・目次

解説と年譜

I、憎しみの海

憎しみの海

事の起こりは些細なことからであった——糸満の一方の漁師頭である与那嶺幸十郎には、三十年も年下の若い妻があった。醜男の彼は美しい加那の愛をひとり占めにできようとは思っていなかったが、しかし出来れば独占しておきたかった。で、加那が密通していると聞いたときには、逆上するよりも、これで加那をしばりつけておくことができる、けれどもあいつには己れのやっていることは悪いことだということをよく呑み込ませておく必要がある、と考えた。身もちぢむような弱みをにぎられた加那が可愛げにふるえるさまを想像して彼は一人悦に入った。だがそれが思惑ちがいであったことはすぐに分った。

「お前の可愛い情夫《おとこ》とは誰のことだね」と幸十郎は訊ねた。

しかし加那が顔の表情をくずしたのはほんのしばらくであった。狼狽して泣き伏すものと予想していた幸十郎は拍子ぬけした恰好であった。

少しも動じないばかりか、顔を真直《まっすぐ》にあげてこちらを凝視《みつ》めている加那をみているうちに幸十郎は(加那は自分からすっかり離れてしまったのではあるまいか)という不安にかられた。といって叩き出すほどの気概はなかった。どんなことがあっても加那を失ってはならないと彼は決心した。

「お前はおとこの名前も言わないし謝りもしないな」と幸十郎は憎しみを顔にあらわして言った。

「だが、何とか言わせてみせるさ」

幸十郎の使いの者が若い糸満漁師の玉城鍋吉の家に現われたとき、彼は丁度昼寝どきであったが、物事にあまりこだわらない性質の彼は真昼の呼び出しを不審とも思わず、眼もくらむような烈しい光を射返している白い砂浜へ下りていった。日中の浜には人影ひとつなかった。海岸線に沿ってずっと彼方へ延びている砂丘の砂は、長い日照りのために硝子《ガラス》の切屑のように鋭角をまして、一歩一歩足がめりこむごとに歯ぎしりめいた擦過音を発した。

しばらく行くと、赤い舌を吐き出しているトカゲの群れた石垣に皺ばんだ老婆がもたれて頻りに水平線の彼方をうかがっていた。

「何だね、占いの婆さん」と鍋吉は声をかけた。

「不吉なことが始まる前触れだよ」と老婆は雲一つない水平線の彼方をさし示した。

そこには――油煙のような黒っぽい一条の線が立ちのぼっていた。それは先の方が右と左とに割れていて象の鼻のように垂れ下がっていた。この地方では、竜巻の先が二つに割れるのは不吉の前兆だと信じられていた。

「どんな悪いことが起こるんだろうね、占いの婆さん。……早う帰って皆に知らせてやるんだね」

「お前さんも気をつけるんだよ、鍋吉」

二人はそこで別れたが、三十歩ばかり行きかけて鍋吉が急にある不安につかれて振向くと、老婆と視線があった。老婆はひどく悲しそうな面もちで鍋吉を凝視めていた。そして鍋吉がふいに振向いたのでびっくりして（こんな大事なときになぜ鍋吉などに気をうばわれたりしたんだろう、急いで戻らなければ……）といったふうの素振りをみせて石垣の後ろへ足早に立去った。

しかし、鍋吉の心を刺した不安も加那とすぐ逢えるのだと思うとうすらいでいった。そういえば、もう十日余も加那と逢っていない！

彼は遠くの砂丘の上に逢曳の仲持役をつとめている少年の姿を認めると急に勢いづき、ヒューと鋭い指笛を鳴らして足を早めた。

ところが、その砂丘を上りきって、二人がいつも逢曳につかっている塩焚小屋の入口をくぐったとたん、暗い小屋の中からいきなり棍棒が彼の頭上に落ちた。

それから数時間経って、一艘の刳舟《くりぶね》が砂浜からなぎさに下ろされた。まだ日が暮れるには間があったが、太陽はすでに西の海に傾いていた。――日焼けした逞しい半裸の若者が二人、刳舟のなかへ中味のつまったカマスを積みこんだ。ついで大きな石とロープが積みこまれた。すっかり準備が終ったらしくてその中の一人が去ると、間もなく幸十郎が姿を現わした。彼のうしろには、膝までしかない琉球絣の短い着物をきた加那の姿が見られた。美しい三日月眉のあいだには濃い憂愁が漂い、細かなにきびの浮いた卵型の顔には、見る人の心をしめつけるような憐れっぽい憔悴の翳がにじんでいた。

「――これから沖へ出るのかね」行きずりの漁師がたずねた。

「豚の餌がきれたんでね、鱶《ふか》でもとって来ようかと思ってね」と幸十郎が重々しく答えた。

「加那さんもおともかい」

「ああ、気分がくさくさするんで沖へ出たいというんでね」

「加那さんが一緒じゃきっと大物が釣れらあね」

「うむ」と幸十郎はしばらく考えて「俺もそんな気がするんだよ。四十年ちかい俺の漁師生活をかざれるような大物がね」

その声で鞭打たれたように加那がよろめき倒れた。

「あれっ……どうしなさった？」

「なに、心配にはおよばねえよ」

幸十郎は薄笑いをうかべてそう言うと、落着いた仕種で、砂浜に坐りこんだ加那の柔らかい肩を抱いて刳舟に移した。加那は腑抜けのように曳かれていった。例の漁師は幸十郎一行のいきおいに圧倒されて逃げるように立去った。

刳舟には帆が張られ、帆は巧みに風をはらんで走り出した。一時間も行くと小さな無人島が七つ八つかたまり合っている『鱶釣場』に着いた。その無人島群は切り立った壁みたいだったので、叫ぶと大きな木霊《こだま》が無気味に反響しあいながら返ってきた。

「帆を下ろせ」と幸十郎が言った。

「帆を下ろせ」と木霊がワンワン重なり合いながら返ってきた。

刳舟はとまった。ついでカマスが裂かれた。手足をしばられた鍋吉がころがり出てきた。彼はそこに殺気ばしった眼をむいている幸十郎と、息をあえがせている加那を認めると、

「どうしようというんだ？」とうめいた。

「どうしようというんだ？」と木霊が返ってきた。すると鍋吉は自分の上に落ちかかろうとしている危機感がひしひしと感じられて激しく泣き出した。そして縛《いまし》めをはずそうとして舟底を転び回ったが、舌を嚙んだだけであった。

胸毛の濃い脂ぎった中年男は別に顔色をかえるでもなかった。幸十郎の毛虫のように太い眉はピーンと勁く張って少しも動じなかった。幸十郎は若い傭人に手伝わせて、二人がかりでやっと動かせるほどの重たい石にロープの先を結びつけて、もう一方の端を、悲しげに泣きたてている若者のからだに巻きつけた。

それを見た鍋吉は、

「俺を海の底に釘づけにしようってのか」と叫んだ。

「俺を海の底に釘づけにしようってのか」と木霊が返ってきた。

「投げこんじまおうか」と幸十郎が言った。

「投げこんじまおうか」と木霊が返ってきた。

それを聞いた若者はさらに悲しげに泣き出した。彼は深い深い海の底まで石に曳きずられながら沈んでいく自分の姿を思い浮かべたのであった。そして海底にへばりついた海草のように、潮の流れのままにゆらゆらと揺れつづけなければならないのであろうか。糸満の漁師仲間でもぐりの記録をもっ

ている鍋吉は、かつて度々海底で白光りしている骸骨をみたものだが、こんどは自分がその運命に陥るのかと思うと無性に恐ろしく悲しかった。

加那は舟底にからだを伏せて声もなく泣いていた。幸十郎はどうしても若者を殺さなければ気が済まないというほどのことではなかった。彼の気持では加那が「悪かった」と一言いえばそれですべては赦せる筈であった。だが、加那はなんにも言わなかった。彼女はこの場にのぞんでもほっそりしたなで肩をふるわせるばかりで、あやまろうとはしなかった。幸十郎は焦りを覚えた。そしていま自分が大変な事態にたちいたったことを理解した。考えもしなかった方向へことは進んでいく。なめきっていたこの愛らしいまるみを帯びた生きものが敵対する凶器のように恐ろしいものに見えてきた……糞、なんというしぶとい奴だ、今更ひくにもひけまい。こいつが謝まらない限り、かたはつかないのだ。さあ、口を割れ、口を割るんだ。その可愛い唇をひらいて、済みませんと言うんだ……

「おい」と幸十郎は『家の者』に言った。「投げこむとき、手の綱をぶち切るんだぞ。そうすると、バタバタもがきながら沈んでいくからな」

そういってから幸十郎は、加那がうつむいている間に、石をくくりつけてあるロープにナイフの目を大きく入れた。そうしておけば、沈む途中でロープが切れるから、鍋吉が死ぬようなことはないだろう。

「加那、お前はあとで後悔するようなことはないだろうな」と幸十郎はかたくなな若い妻を起こしてのぞきこみながら言った。

しかし加那の口はかたかった。年とった夫は根負けして言った。

「お前とあの泣虫との現場を俺はみているんだぞ。一言あやまりゃ赦してやるさ」

「なぜその時殺してくれなかったんです」と加那は白く冴えかえった顔をあげて呟いた。

「加那いってくれ」と石をくくりつけられた若者は叫んだ。「俺はこんな恐ろしい死に方はしたくない、悪かったといってくれ」

「そら、泣虫が白状しているじゃないか」

「誰だってこんな目にあわされたらなんとでも注文通り言うわ」

「加那、強情をはらずにいってくれ」と石をくくりつけられた男は繰り返して言った。

「お前があやまらなければ俺は投げこむだけさ……だがお前の一言で色男の命が助かるんだぞ」

「ほんとなんだ、加那」と鍋吉は涙のいっぱい溜った瞳を向けて叫んだ。

しかし加那の口はおもかった。今ではもう、どんな手だても彼女の形のよい唇をひらかせることは不可能なように思われた。彼女は今は泣きやんで身を起こし、半ば見ひらいた眼に涙をにじませて青い静かな海面に見いっていた。唇がすこしめくれてきれいな白い歯がのぞいて見えた。そしてその面にはこれまで誰ひとり見たこともないような天上的な美しさが現われていた。それを見たとたん幸十郎は忽ちわずかに残っていた最後の余裕さえも根こそぎなくしてしまった。彼は途方にくれて敗者の憐れっぽい眼差で加那を見まもった。

このとき、加那の眼には幸十郎のあから顔も鍋吉の稚な顔も見えなかった。奇怪な白昼夢のような男たちの叫び声もきこえなかった。いま彼女の全身できしみ鳴っているものは苦痛の喜びだけであった。彼女は美しい音楽に聞き惚れるようにその内心の歌声に聞き惚れていた。と同時に、海の色が彼女の魂を吸いこむように甘美なものに見えた。血が拡散してその中に溶けこむような何ともいえない佳い心持だった。
――彼女は無性に鍋吉を愛していたし、彼が眼の前でこのような無残な最期をとげるのを見ていなければならないことは譬えようもなく悲しかったが、しかしこの豚のようにけがらわしい夫に謝まろうとは思わなかった。いや、謝まることで鍋吉の命が助かるものなら己れの憎悪にふたをかぶせもしようが、鍋吉を無事に帰したら玉城一家に復讐されて命を失うことを熟知している夫が今更そんなへまをしでかす筈はなかった。鍋吉は自分の返答の如何にかかわらず証拠湮滅のために殺されてしまうにちがいない――ついで自分も。してみれば、この男にとりすがってよよと泣き濡れて許しを乞うという、恥の上塗りはいっさいしないことだわ。どっちみち死ぬんだもの。鍋吉さん、この地獄の苦しみも、あといっときの辛抱だわ。これを通りこしたら、二人だけの来世の倖せが得られるのよ――彼女はこう考えてわずかに心を慰めた。

――幸十郎が石をかかえた。連れの若者が鍋吉をかかえた。今度こそ加那が何かいうに違いないと思っていたのにやはり無駄だった。

あたりの無気味な静寂をつんざいていた哀れな若者の悲鳴は、ドボンという水音の中へ吸いこまれていった。加那はしきりにおこる悪寒に膝をかかえたまま、水に消える瞬間彼が放った深い絶望にみちた瞳の色をいつまでも水の上にさがし求めた。若者は手をバタバタさせながら透きとおっている水の中へゆらゆらと消えていった。

その時とつぜん共犯者の若者が叫んだ。「玉城の連中だぞ」
――その刳舟は鋭く波をきりながら真直にやってきた。

幸十郎が逃仕度にかかって一漕ぎした時、ロープの切れた鍋吉がポッカリ浮き上った。しかし彼らはそれに構ってはいられなかった。鍋吉は手で水をかいて遠去かろうとしたが、両足がくくられているので効果はなかった。

追跡してきた刳舟には鍋吉の兄が乗っていた。鍋吉の兄は占いの婆さんから聞いてやって来たといった。彼は弟がどんな目に遭わされたか尋ねるまでもなく読みとった。

「どうしてこんな残酷な私刑《リンチ》を受けたんだ」と彼は弟に聞いた。

潮水を吐いていた弟は、

「加那が……」と言ったきり口がきけなくなった。

彼は最前の恐怖がどっと蘇って永遠の痴呆状態に陥ったのだ。彼は両頬に涙のあとをにじませながら同じ文句を繰り返した。彼の瞳は大きく見開かれてはいたが、何物をも見ているのではなかった。

「俺の弟をばかにしやがって……どうするか見ていろ」と鍋吉の兄はいうなり部落の方へ舟を漕ぐように命じた。

部落についたのは黄昏時であった。鍋吉の兄は三人兄弟の末弟に与那嶺家の動静を見張るように指示し、幸十郎の夜逃げにそなえた。案の定、真夜中過ぎに末弟が息せききって駆けてきて、幸十郎が加那と傭人二人をひきつれて浜へ下りていったと告げた。

鍋吉の兄は長い船旅に必要な家財道具と食糧を二艘の舟に積みこませると、それぞれの舟に屈強な若者を五名ずつ乗せて復讐の門出についた。月は空に高くかかっていた。海は相変わらず凪ぎ、月の光をうけて金波銀波に輝いていた。二艘の舟はやがて前方の舟に追いつき、適当な距離をおいて静かに櫂を動かした。櫂からこぼれおちた雫が夜光虫のように美しく輝いた。先を急ぐ前方の舟は、すぐ間近に自分らの命を狙う二艘の舟が尾《つ》いているとも知らずゆっくり舟を進ませていた。鍋吉の兄は夜でも遠眼がきいたので目標物を見失うようなことはなかった。月が雲にかげるときは、白い航跡が目印になった。

このようにして夜は明けていった。東の水平線が闇からすっかり解き放たれて、自分たちがうしろにしてきた島かげがはるかに遠去かっているのを見たとき幸十郎はほくそ笑んだ。しかし毛布にくるまった加那は、ひどく青ざめて遠くの一点を凝視めていた。そこには木の葉のような二つの点があった。彼女は昨夜からガッチリ喰いついて離れない舟があることを知っていたし、それが夜明けと共に遠去かって見え隠れについてくるのであってみれば意識した追跡者たちであることはもう疑う余地なかったが彼女は強いて黙っていた。

赤くまあるい太陽が水平線のうえに姿を現わした。舟は八重山群島の方角をさしているらしかった。快い順風が吹き出したので幸十郎たちは帆をあげることにし、その間に一寝入りしたいと思った。だが立上って帆をあげていた若者がとつぜんふるえ出して言った。

「後から舟がくる」

見ると、先ほどまでは何も見えなかった筈の海面に、帆布が二つつき出て見えた。朝日に赤くそまったその帆舟は真直にこちらをさしていた。皆うちふるえて声もなかった。

「つぎの島まで走らせるんだ」と幸十郎がかすれた声で言った。「あと何時間かかるんだ?」

「二十時間」と前日の共犯者が涙声で答えた。

こうなっては、追跡者たちに追い着かれないように走らせる外なかった。彼らは褌一本になると舟の舵取りを幸十郎に任せて、懸命に櫂を動かした。だが、追跡者たちは彼らよりも速いように思われた。

太陽は徐々に中天に昇っていき、頭髪を焼きこがすような熱気をまき散らした。汗が飛び散って、咽喉がしきりに渇いた。彼らの水壺はすでに空になっていた。しかし彼らは休むことはできなかった。追跡者たちがぐっと近づいて、顔が見えるほどになっていたからだ。追跡者たちはそれ以上近づく様子はなかった。追われる連中は後ろにしてきた島かげが薄れていくにつれて心細くなっていった。彼らは漕手《こぎて》が三名だけで休む間もなかったのに、追跡者たちは一舟六名も乗り組んでいて余力を残しているらしかった。それが彼らにはなぶり殺しの目に遭わされているようで気も狂いそうであった。

太陽は最暑時の空点にかかっていた。彼らはもう数時間水一滴も口にしていなかった。胸はぜいぜい鳴るし、舌はあえぎつづけた。やがて共犯者の若者が昏倒した。幸十郎が海水をぶっかけると彼は息を吹き返して悲しげな眼つきで幸十郎を見やった。加那はきのう海の中へ吸いこまれるとき見せた鍋吉の悲しそうな眼の色を連想した。

島かげは全く見えなくなっていた。まだ新しい島は望めなかった。と、ふいに若者二人は恐ろしくなった。見はるかす限り水と天ばかりで姿をかくす物陰ひとつないのだ。いかに助けを求めてもどうなるものでもなかった。急に彼らは懸命に漕ぐことの無意味さに思い到った。いかほど漕ぎ、いかほど帆をはらませたところで、後ろの舟は同じ距離をたもっていた。後ろの連中はどうしようというのだろう? ほんとうにどうしようというのだろう? ……と、ちゃんと分りきっていることを彼らは問いつづけてみるのであった。なぜ自分らはこんななぶり殺しみたいな目に遭うのだろうかと考えてみるのであった。太陽の熱と茫漠たる東支那海と咽喉の渇きは彼らの考えを単純粗雑にした。自分らは少しも悪くない、彼らが尾《つ》け狙っているのは幸十郎なのだ、自分らは幸十郎の命令で手伝っただけなのだ、みんな幸十郎一人が悪いのだ、幸十郎さえいなければこんな苦しみから逃れることができるのだ、自分らをこんな焼け死ぬような苦しい目に遭わせているのは、幸十郎なのだ、幸十郎さえいなければ追跡者たちは自分らを赦してくれるだろう――自分らは何も悪いことはやっていないのだから……。若者二人はお互に陰険な視線を見交わしていたが、二人は無言のうちに理解しあっていた。共犯者の一人がいきなり立上った。彼は櫂を振り上げて幸十郎に迫った。続いて相棒が反乱に荷担した。

「海に飛びこまなければ殺してやる」と二人は言った。

幸十郎は追いつめられて脂汗を垂らし唇をひきつらせていたが、やがてうつろな声でこう言った。

「奴らが尾《つ》け狙っているのは俺じゃない……俺じゃない」

彼は言いも終らないうちに、足もとに腰を下ろしていた加那をいきなり海中に蹴落した。そして二人の若者が虚をつかれている間に帆をたて直したので、舟は忽ち舟脚をまして加那から遠く離れた。

追跡者たちはそこへ寄っていった。その間に幸十郎は二人の若者を叱咤して遠くへ遁れようとした。

「そら、行手に島が見えたぞ」と幸十郎が叫んだ。「あの島まで命の限り漕ぐんだ」

なるほど、薄雲のような青い島かげは望まれたが、しかし、どうなるものでもなかった……一艘の追跡舟がぐんぐん速力をまして近づいてきたからだ。

三十分経たないうちに五十米横に並行されてしまった。彼らが鉄砲を構えている男を認めたときには既におそくヒューと一弾が風をきって低く飛んできた。幸十郎は脳天を射ぬかれて海の中へのけぞった。つづいて二発の銃声が起こり、あとはもとの静寂にかえった。鉄砲を構えた男は鍋吉の兄であった。彼は濡れた額のあたりからどす黒い血をふき出している二人の若者を海の中へひきずり落すと、その無人の舟に綱をかけて曳いていった。

彼は末弟に、

「あの女をどうしてやろう」と言った。

「中兄さんをばかにした張本人はあの女ですからね」と弟が答えた。

「幸十郎の野郎をそそのかして中兄さんを海へ叩きこませたのにちがいない……K珊瑚礁にのしあげておきましょうや」

長兄は「それはいい考えだ」と言った。弟の復讐にはもってこいの方法だ。簡単に殺すことはないのだ。

彼らが僚舟に帰りついたとき、加那は丁度鍋吉を正気に戻すことはできないと見切りをつけたときであった。彼女は鍋吉をゆさぶり、抱きしめ、かき口説き、眼の中をのぞきこむのだけれど彼は人形のように無表情であった。彼はとおい水平線の彼方の碧空を見ているもののようであった。加那はこの大海のまん中で、きのうの生《いき》証人一人いない今、もし鍋吉が正気に戻らなければ、自分がどんな目に遭わされるか恐ろしいくらいはっきり知っていた。だが、もうおしまいなのだ。三発の銃声は彼女にそのことをはっきり感じさせた。……そして鍋吉の兄弟たちが、空舟を捕獲してくるに及んで黙りこんでしまった。

空舟を曳いた二艘の舟は、それから数時間東の方へ走った。風をいっぱいにはらんだ帆舟はすばらしく速く走った。やがて彼らの眼の前にK珊瑚礁が望まれた。そこは直径二百米《メートル》くらいもある暗礁で、干潮時にわずかにその一角だけが——畳四、五枚敷きほどの狭い岩礁が海面に現われた。満潮になるとそれはまた深く没してしまうのだが。

糸満の兄弟たちは加那に言った。

「お前をここに残して俺たちは帰る」

——というのは、どういうことなのだろうか。この広い海の中の小さな岩礁にひとり残されて、遠い遠い水平線の彼方から無限におし寄せてくる浪をみつめて……そして——そして、数時間たたぬうちに大洋はこの面積数平方米の岩礁を深く深くうずめつくしてしまうのだ。自分は——？

「あたしは残らない」と加那は色を失って叫んだ。「あたしはこの刳舟から離れない」

糸満の兄弟たちは顔色もかえずに同じ文句を繰り返して言った。

「なんでここに残らなければならないのです」加那は必死になって言った。「あたしがどんな悪いことをしたの。あたしは幸十郎にいくら責められても鍋吉さんの名前さえ言わなかったわ。あたしに罪がないってことは鍋吉さんがよく知ってるわ」

糸満の兄弟たちは素早く鍋吉を見たが、彼は相変わらず痴《ほう》けた表情で物悲しそうに積乱雲のわきたつ遠くの水平線を凝視めたままであった。

彼らは加那に長くは叫ばせておかなかった。四、五人がかりで取抑えた。しかし舟底に這いつくばった加那は、爪と前歯をしっかり刳舟の木肌に打ちこんで、必死の形相でしがみついていた。一人が手首を一人が頭をかかえて力まかせにひっぱった。生爪と前歯はぬけて残った。口からしたたり落ちた血の雫は、日焼けした若者たちのすべすべした肌のおもてではじけ散った。彼にかかえられては手足をバタバタさせることもできなかった。彼らは刳舟を岩に近づけて加那を移すと間髪を入れず櫂で岩をけった。加那が起き上がったときには刳舟は十米くらい離れていた。

「あんたたちは勘違いしているのよ」と加那は彼らの方へ向って岩をころげ下りながら叫んだ。「あとで後悔するわ。あたしは何も悪いことはしていないのに」

しかし糸満の兄弟たちはみるみる遠去かっていった。二艘の刳舟は並行して遠去かっていった。

加那は哀訴しながら珊瑚礁を下りていった。海水は膝から胸へ、胸から首へと深まっていった。彼女は泳いだ。遠去かっていく者めがけて泳いだ。嗚咽に口をぱくぱくさせながら泳いだ。しかし、二艘の刳舟はその一点をさえかくしてしまった。彼女は全くあきらめて大洋の中にわずかに頭をつき出している岩礁へ引返していった。彼女は青い海苔の一面に生えている岩礁にはい上ると力つきたように腰を下ろして泣き出した。……空は碧くまあるく頭の上にかぶさっていた。水平線はくっきりと美しい線をみせて、それは彼女を遠くとり巻いて円をつくっていた。彼女は別に叫びはしなかった。叫んだとてどうなるものでもないことを彼女はよく知っていた。すっかり疲れた。頭のまん中に大きな洞ができたみたいであった。潮は徐々に満ちていくように思われた。彼女は満潮というものがどんなに速いものか、そしてこの岩礁が一時間とたたないうちに海水にうずめつくされてしまうということを知っていた。潮は静かに満ちていった。海面から三米ほど突き出ていた岩礁は二米になり一米になり、やがて彼女の足下へ海水が白い泡をたてながら流れこんできた。彼女はこのK珊瑚礁が鱶の棲息地であることを思い出した。彼女は立上って、水につかっている自分の白い足をみつめた。それから水平線に眼を走らせた。と彼女は急に恐ろしくなった。彼女は茫漠たる大洋のまん中につっ立っていたのである！　足もとの岩礁はすっかり海中に没して、水は彼女の膝頭のあたりまできていた。彼女はふいに恐怖にとりつかれた。怖ろしい寒気が背筋をはしった。彼女は頭髪に両手をつっこんで叫びとも嘆きとも知れない動物的なうめき声をあげた。

と、そのとき——じだんだ踏む子供のように両脚を交互に持上げながらグルグル廻っていた彼女が、ある一点に向って凝立したのだ。彼女はそこに見たのである！　彼女はハッキリ見たのである！　彼女は唇を一文字に結び額をぐっと突き出して、右手を差しのべた。（だれが見ているというのでもないのに）彼女の示した前方には——確かに帆布が二つのぞまれた。それはみるみる近づいてきた。その薄汚れた帆布は、彼女の眼の中で音をたてて大きくなっていった。彼女は初めて人間らしい女らしい泣声をあげた。

だが二艘の帆舟に乗っていた者は、先ほど立去ったばかりの狂暴な糸満の兄弟たちであった。けれども加那は（鍋吉が正気に戻って自分の無実のあかしがたったのだわ）と思って、舟の中に鍋吉の笑顔をさがし求めたが、しかし彼女が見たものは陰険におし黙った彼らの刺すような憎悪の眼だけであった。

舟の中には固く手足をくくりつけられた鍋吉がころがされてあった。彼は途中で発狂したのだ。それを見た兄と弟は、先ほど自分たちがやったことだけでは腹の虫がおさまらなくなったのだ。彼らは少しもあわてなかった。腹まで水につかっている女を静かに抱き入れると無言のうちに沖の方へ舵をきった。

二艘の帆舟は空舟を曳航したまま東へ東へと進んでいった。まだ暮れるには間があった。ふいに帆が下ろされて刳舟はとまった。長兄は立上って風の方向をしらべた。そして「東へ吹いている。太平洋のまん中へ吹いている」と低い声で呟いた。

一人の若者が空舟のまん中に頑丈な帆柱を立てた。

「折れるようなことはないだろうね」と末弟が言った。

若者はぶら下って反動をつけてみたがびくともしなかった。それが終ると、彼らは半分気を失っている加那を真直に立たせて柱にくくりつけた。加那はクックと咽喉を鳴らしただけであった。

「手はどうする」と末弟がきいた。

「途中で手を使われたら困る」と長兄が言った。「骨をはずしておこう」

長兄は、若者に女の手を逆手にひねらせておいて、腕のつけ根に斧の背をたたきつけた。腕はだらりと垂れ下った。続いて片方の腕にも斧が打ちおろされた。女はかすかにうめいて、白眼と黒眼がはげしく交錯した。唇はめくれ上った。鼻孔と耳の穴から赤黒い血が糸をひいて流れ出た。彼らは自分らの持舟にひき移った。はりつけの女を乗せた刳舟はぶらんぶらんゆれながら静かに流されていった。糸満の兄弟たちはしばらく無感動に眺めていたが、やがて何処へともなく立去っていった。落日の太陽は、身もだえしながらその最後の光芒を失うまで女のうえに赤い光をなげかけていた。夜がきて朝がきた。遮るものもない日中の熱気に女の胸はあえぎつづけた。そして夜がきてまた朝がきた。いつの間にか女の髪は真白になっていた。やがてその上に無気味な啼声をたてる海鳥が舞い飛び、海面にはいるかが白い腹を見せて群れた。

鱶に曳きずられて沖へ

それは夜明け前のことであった。兄は刳舟《くりぶね》から乗り出してガラス玉のウキを引き寄せていた。青みがかったウキが静かな海面に波紋をおしひろげながら近づいてくると、そのかげにかくれていた小エビが驚いてノミのように飛び散った。弟は艫《とも》にすわって静かに櫂をうごかしていた。

「あんちゃんは、ゆうベリエを連れてどこへ行ったんだ」

と弟がきいた。

「おまえ、見ていたんか」と兄が言った。

「おいは盆踊りがはじまるずっと前から見ていたよ」

「岬の原っぱへ行ったんだ」

「嘘だ。……パイナップル畑をぬけて、木麻黄の防潮林を左へ曲って、製糖工場の小屋へはいっていったじゃないか」

「へえ……おまえ、つけていたんか」

「小屋のなかでリエに何をしたんだ」

「笑わせるない、朝っぱらから」

兄は七本目のロープを右手で手繰り寄せながら、左手の指と肱のあいだへ輪型に巻き取っていった。ロープからしたたり落ちた冷たい雫が、彼の裸の腕をつたわって黒いふさふさした腋毛を濡らした。

「チエッ、こいつにもかかっとらん」と兄は舌うちした。

弟ははげしく櫂をうごかした。兄は首を振っていった。

「おいおい、どっちへ舟をやろうってんだ」

「……」

「あれっ、おまえ泣いてるな。なにが勘にさわったんだい」

「ううん……いいんだ」

「どうしたんだい、ええ、おまえは泣いてるじゃないか」

近くでボラが二匹、銀鱗を閃かせて空へ躍った。兄はから針のロープを半ば巻き終ろうとしていた。そのとき、物凄い衝撃がロープへきた。一瞬ロープがグ、グッと海中へ曳きずりこまれていった。腕のロープは海中へ曳きずりこまれるだけ曳かれると、今度は二の腕の筋肉にくいこんだ。

兄は舟底のぬるぬるした水苔に足を滑らせて一瞬俯せに倒

れた。彼の裸の上半身は刳舟のせまい隙間にはまりこんで、まったく身うごきもできなかった。腕は二つとも舳先の前方へいっぱいに伸びきって、刳舟の外へ突き出ていた。

大鱶が突然喰いついたのだ！

ロープは鉄線のようにぴぃーんと張った。ロープは腕に十重二十重にからみつき、筋肉に食いこんだ。緊《し》めこみがきくだけ緊めこんでいく。

鱶が浮きあがってきた。水が割れて、黒い背鰭と尾鰭がカッキリ姿をあらわした。つぎの瞬間ぐらりと半廻転した。一瞬ロープにたるみができた。鱶はそのままぐいぐいと前方へ凶暴なさまで突っ走っていく。ロープがふたたびぴいんと張った。ロープは唸りを生じて水を断ち切った。刳舟は波しぶきを飛ばして突っ走っている。

事はそれだけではなかった。鱶は前方へばかり進むのではない。目まぐるしく方向を変える。――刳舟の舳先には寝かした帆柱のさきが一尺ほど突き出ている。それと平行に、彼の伸びた左腕は、その右脇にはまりこんで、なお帆柱の先へ突き出ている。鱶が急角度でグ、グウッと左へ向きを変えた。直に強張《こわば》っていた彼の腕は、ぴったりそこに止まって、もう少しも左へは反らない。鱶がグウッと左へ突進――また突進――左へ左へとロープを曳きずっていく。凶暴な鱶の暴力。そのたびに刳舟の舳先が横っ飛びにスリップした。彼の腕は、舳先の横で、強張《こわば》って、逆にねじれて、ねじれるだけねじれて、血の気もなく真っ白になっていたが――一瞬グウッときた――堪ったものではない――腕はたわいなく折れてしまった――枯木が折れるようにポキッと。折れた部分は腕なし男の洋服の袖のようにぶらんと垂れさがった。折れた腕は、極度に緊縛したロープが触れるたびに、上へ下へ右へ左へとぶんまわしのようにはね廻った。

――弟は櫂を空へほうり上げて兄の方へ走っていった。かつて見たこともないような大鱶だと思った。こういう奴は半時間も舟を曳かせておけば弱ることは分っていたが、しかし兄の体を曳かしておくわけにはいかない。まず兄の腕からロープをはずしてやることだ。彼はとっさにロープに手をかけた。忽ちはじき飛ばされてしまった。

――大鱶は黒々とした背中をみせて一直線に突っ走っていった。恐ろしい力、速さ！

――兄の体は脂汗にまみれて次第にその色を変えていった。口と鼻から、絶えず黄いろい胃液と鼻血が流れだした。顔は忽ちその汚物にまみれた。

兄は右手をうち振ってかすれた声で叫んだ。

「カズオ……カズオ……カズオ」

弟はもう半ば泣きだして一瞬声のするほうを見た。……兄は右手に何かを握りしめてうち振っている。弟ははじめ棒っきれかと思った。が、それはひきちぎれた左手だった。兄は折れた左手をもぎ取ってしっかり握っているのだ。まだ完全に離れていない折れ口は、皮や筋でつながっていた。

彼は無意識のうちに、苦しさに堪えきれず、何かにすがりつこうとして、ひきち切ったのであろう。その断ち切られた左手は、固く五本の指を握りしめていた。

「カズオ、肩がはずれるよう、肩がはずれるよう、ミシミシいってんのが、聞こえんかよう……うーん……うーん……うーん……」

兄はこんどははっきりそう言った。

「よし、よし、分っている、いま行くからな、いま行くからな」

弟はそう答えた。

彼はわめくような大声で叫んだつもりだけれど、声にはなっていない。頭の中では救助の手をさしのべているつもりだけれど、実際は何一つしていない。

刳舟は大鱶に曳きずられて凄まじい勢いで突進していく。

「ぶち切ってくれ」と兄が叫んだ。

兄は血のりにまみれたひきちぎれた手を、相変わらずうち振っていた。

ぶち切る！　そうだ、ぶち切ってやるんだ、弟は暗示にかかったように呟いた。兄を助けるにはそれしかない、なぜ早く気づかなかったのだろう、ぶち切って、鱶から兄を離してやるんだ。

弟は斧を手にした。振りあげた。しかし打ち下ろす場所に迷った。彼はそれを考えていなかったのだ。彼はロープの絡みついた左腕のつけ根へ打ち下ろそうとしていたのだ。緊縛たロープが彼の眼を射た。ロープを切ればいいと彼は考えた。彼は左手で舟べりをつかんで中腰に立ち、高く高く斧を振りあげた。下ろす。はずれた。斧は左腕の傷口へ斬りこんで肉片をはじき飛ばした。

「兄は唸っているな」と弟は頬にくっついた肉片をこすり落しながら考えた。「兄の腕に叩きこむなんて俺はなんちゅうのろまだろう。今度こそロープを一と断ち」

再度打ち下ろした。刳舟がローリングした。斧は手からすべって海中へ落ちた。それは悲しい絶望の水音だった。……彼はふいに兄の背中に薄紫色の大きな斑点を認めた。兄の肩がはずれようとしている。彼はひどく狼狽した。

——鱶は些かもその力をゆるめようとはしなかった。

弟は焦りだした。どうしたらいいのか何一つ考え浮かばなかった。今では兄の肩がもげ落ちるか、鱶が力を失うまで待つほかないように思われた。だが、兄はその苦悶の叫びを止めようとはしなかった。無策の弟を責めるような苦悶の叫びを……。兄の悲鳴は弟の魂を無限に悲しませた。弟はもう兄に劣らず泣き出していた。彼は涙のいっぱい溜った瞳をあたりへ放って救けを求めるように見廻したが、まわりには黎明のうす青色の空と海が見えるばかりで人影一つなかった。彼は耳をおおって海のうえへ走り出してしまいたかった。

兄がわずかに腰をあげた。ああ、兄は起きようとしている、そうだ、兄は起きようとしているんだ。弟は手をかしてやりたいと思った。彼は兄の体の下へ両手をさしこんでぐっと力をこめて上へ持ちあげた。力があまった。その反動で――あるいは鱶の急な引きのためか――刳舟が激しくローリングした。刳舟は右に傾きながらあっという間に転覆してしまった。彼は水中で兄の体をつかまえようとした。だが指さきが触れた瞬間兄の体は弟の指のあいだからつるりとまるで鰻のようにのがれていった。彼は気も動転して咄嗟に左手をのばし、ついで右手をつきだしたが、五本の指はいたずらに水を摑んだだけであった。

彼は顔をあげた。

――兄の二つの足を……鱶に曳きずられていく兄の足のうらを波間に見たように思った。それは畑の中の折れた二本の大根のようにくっきりと鮮やかに見えた。兄は水雷のような白い航跡をひきながら一直線に沖へ曳かれていった。

「あんちゃん！」と弟はそれを眼で追いながらかん高い声で叫んだ。「おいはあんちゃんを助けようとしたんだよ。あんまり、力が……力がはいりすぎて、二人の体がゴムマリみたいに跳ね飛んだけど……さ――おいが、リエのことであんちゃんを恨んで――そいであんちゃんをほうり出したなんて思わんでくりよなあ……それ分ってくりよなあ、あんちゃん……」

太陽狂想

眼の前の海はおだやかなひろがりを見せていたが、水平線からはふるさとの島かげはすっかり失われていた。それくらい遠くへ来てしまったのだ。刳舟《くりぶね》が帆走している間は潮騒の勁いひびきと、帆布の爽快なはためきにはげまされて心に高鳴る昂揚の歌があったが、さすがにこうして岸辺にたどり着いてみると、海の大きな蒼さは恐ろしいばかりで、なにやら急に心細い思いにとりつかれた。

砂浜に刳舟を引上げた三郎は、懐中電灯やナイフやロープなどの七つ道具を袋にいれて腰に吊るすと、渚から急傾斜ではじまっているトンバナ砂丘へのぼっていった。

風もないのに砂がさらさらと滑り落ちていた。硝子の切屑に似た角のするどいあらめの砂だった。地図でよく調べてきたので行手の方角は分っていた。ここは人の棲まない不毛の砂丘地帯である。砂丘のつきたところの岩山に温泉が湧いていたが、まだ開発の手ものびず、わずかに近くの離島の人達が湯治の用に使っているだけであった。そこまでは、砂丘を横切って、二時間も行かなければならない。この燃えさかる暑気のなかを、しかも砂のおもてから吹きつける熱気を浴びながら二時間も歩くことを思うと気も滅入ったが、ほかにとるべき方法はなかった。

こうして三郎がてくてくとトンバナ砂丘を歩いていくと、ふいに正午の錯乱した閃光の渦のなかから一匹の金蠅が飛んできて彼の頬にとまった。

蒼穹に風はなかった。砂丘に木蔭はなかった。だから三郎は、この炒粉のように焼けただれた砂丘にいきものの姿を見かけようとは、今が今まで夢にも考えていなかった。それだけにこの砂丘の正午、このめくるめく光と熱と乾きと幻のなかから閃きあらわれた金蠅は、一瞬、この砂丘の輻射熱のうみだした幻覚のように思われた。しかし、その毒々しくも美しい金蠅は、三郎の褐色の頬に密着すると、これが先ほど光と妍をきそったあの蠅かと眉をひそめたくなるほど鈍感で、三郎が指でつまむとかすかに羽を鳴らしただけでそれはすぐに止んだ。三郎がその斑猫色のふくれた尻を指頭のあいだにはさんでわずかに圧力を加えたら他愛もなくつぶれて、指紋のおもていっぱいに鈍色の悪汁をひろげた。それには死人の糜爛《びらん》した膿の臭いがこもっていた。三郎はぐっときた吐き気をやっとこらえて、不安そうにあたりを見廻した。

おそらく真夏の長い旱《ひでり》のためであろう、砂丘の草という草は枯れつくして、ところどころに薊や浜おもとの立枯れが見えるだけであった。だが、それも手に取ると灰のように砕けた。砂が編上靴の革底と軋み鳴って、金属の擦過音めいた奇怪な音を発した。

ものすごい陽炎であった。まるで空気が燃えているようであった。その十重二十重にかさなり合った陽炎をすかして遠くを見ると、厚い硝子ごしの眺望に似て風景がいびつにゆがんで見えた。彼はその陽炎の魔術的現象のかなたに、黒胡麻のようなものが粉々と飛散しているのを見た。旋風が大地の枯葉を空へ捲きあげているような——白一色の砂丘のひろがりを背景に、その黒い斑《まだら》の影がちらちらと乱舞するさまは妖しくも律動的であった。旋風にしてはあまりにも静かすぎるし、蜃気楼にしてはあまりにも鮮明すぎるし、一体なにごとであろうかと三郎が怪しみながらなお暫く行くと、その黒胡麻のようなものは鴉であった。今はその啼声も聞きとれた。斃れた山犬がはらわたを無残にさらしているのかもしれない。先ほどの金蠅もそこから飛んできたのかもしれない。鴉は砂丘の表面を低く這うように旋《めぐ》りながら、あるいは入り乱れながら、高く低くかけっていた。山の鴉が全部集まってきたようなものすごさであった。

三郎は、ふたたびあのいやな吐気に襲われた。同時に頭がひどく痛くなった。強烈な太陽の直射光線とぎらつく白砂の照り返しを浴びて、眼と脳髄を痛めたのかもしれない。

彼がうずくまっている間、頭上の鴉は闖入者を威《おど》すようにいっそうやかましく啼きさわいでいた。そのきしみ鳴る翼の音と啼声は、今にも襲いかかって来そうでこわかった。彼のまわりは、太陽をかげらせた鴉の影でおおわれた。三郎は気分がよくなるのを待って、空を仰いだ。すると、驚いたことに、一羽としてマトモな鴉はいないばかりか、鶴のように奇妙に首の長いもの、翼と胴体と足がばらばらになっているもの、黒い大きなかたまり状のもの——どこかしらがいびつに歪んでいる異類異形のものばかりで、その不具鳥が真昼の空を凶々と群がり飛んでいる光景は、譬えようもなく奇怪であった。それが陽炎の強度の屈折作用による変形現象とわかっていても、やはり驚かされた。

三郎は白珊瑚のかけらのような砂利をこぼれるほど手に取ると、鴉と太陽のアラベスクへ向って発止と投げつけた。すると、空に散乱した白砂利の断面に光はくだけて、それはあたかもプリズムのように一瞬空にかたまってきらびやかな光彩を放った。それは精妙に交叉しまた錯雑した。三郎は思わず讃嘆の溜息をもらし、手をのばしてその真昼の空に照り映えた五彩の閃きをとらえようとした。

大空の凶鳥は四散した。また閃光が射しこんだ。ふと彼は砂の上に異様なものを認めた。彼は不思議に思って近づいていった。見ると、それは人間の首であった。

切断された人間の首が頬ずりするように砂面に片耳をつけて、じっと彼を見つめていたのだ。頭の皮はほとんど鴉にむしり取られて白骨がむき出しになっており、わずかに頭髪のついた皮が二、三か所に貼りついて見えた。額の皮もそのまま残っていた。その皺だらけの青ざめた皮は妙に生々しくて印象的であった。男にちがいないと三郎は直感的に判断した。

そのとき、一羽の鴉が翼をきしませて重々しく砂のうえに降りたった。鴉は首をかしげて片眼でさかし気に三郎を見やりながら、首のほうへぴょんぴょんと跳んでいった。そして鴉がその強靭な嘴で眼球をつつくと、眼玉が飛び出してきて、死者の、――彼の原型をとどめている唯一のものである鼻梁の横に吊りさがった。それが落ちないで宙止りのまま振子のようにゆれうごいているので、奇怪に思ってよく見たら、眼玉は眼くぼから垂れさがった二筋三筋の粘液質の糸のようなもの（筋であったろうか）にぶらさがっていた。

鴉は嘴をいっぱいにあけてそれを啜りこみにかかった。しかし眼玉は、嘴につまってなかなか通らない。そこで鴉は嘴と頭を天に向けてしたたかに幾度も強く振った。すると、一瞬のどにつるりとしたまるみのあるふくらみができて、眼玉はやっと滑ってそこを通ったらしかった。

鴉はギャアと啼いて大空へかけり去った。それで頭蓋の眼は二つともうつろになった。その暗色のうつろ眼はいよいよ冷やかに三郎を凝視した。けれども、あの眼くぼの奥のほうでくねくねとうごめいている粘り気のある白いものは蛆虫であったろうか。また腐爛色の唇からポトリポトリとしたたり落ちている白いものは……。案外臭わないので彼はしばらくその太陽の下の腐れ首に見いっていたが、見れば見るほどせつなくなって、冷たい風が胸のなかを吹きぬけるような気がした。彼は顔をそむけてそこを立去った。何処の人間か知らないけれど、首を刎ねられたうえに鴉に眼玉まで啖られるのはやりきれないなあと思った。

砂丘はようやくにして尽きた。三郎は、砂丘のはずれの台地から、今あえぎながら横切ってきた砂丘のひろがりを眺めやったとき、今さらのようにその広大なたたずまいと光の強さに驚いた。砂丘をはさむ東と南の岬はとおくに青くかすんで、――それがあまりにも遠いので空の青さとのけじめもつかないくらいであった。その二つの岬のあいだにまるで砂漠のようにひろがっているトンバナ砂丘は、真夏の光をまともに浴びて、光を射返し、眩惑の空はまたそれを受けて逆照し、その戟《う》ち合う響きで空も海も砂丘もキーンキーンという金属音を今にも発しそうに見えた。

太陽は先ほどから少しも動かなくなっていたし、いよいよ小さくなってくろずみ、光の刃をするどく放っていた。そうして砂の一粒一粒は溶けて煙になるように燃え立ち、陽炎は狂おしく砂丘のうえで渦巻き踊っていた。

突然、前方の空がしらじらと輝いた。光は空のありとあらゆる隅々から波立ち流れてきて砂丘の上空に密集し、砂のおもてに散乱した。光の密度はすでに極点に達していた。砂丘の上空に天をおおうほどの大鏡があって、それに光が乱反射してこのような白濁した光芒が錯綜しているのだ、と三郎はふとそんな不思議な思いにとらわれた。

「鏡が割れた」そのとき三郎はとめどもなく体をふるわせて口走った。

一面に密集していた白濁色の光芒は忽ちかき消えて、ふたたび青空と太陽がのぞいたかと思うと、そのなかから金色の光にふちどられた髑髏《されこうべ》があらわれたのだ。青い空のなかにカッキリ嵌りこんだ髑髏は、二つのうつろ眼で突き刺すように三郎を見た。冷ややかなうつろ眼で悲しそうに三郎を見た。

髑髏がもう一つあらわれた。その横にもう一つ。こうして髑髏はつぎつぎにあらわれていって、菱形にきちんと並んだ。三郎が、ひい……ふう……みい……よう……と声にだして数えてみたら九個あった。空の輝きはいちだんとはげしさをまして、白骨のおもてにきらりきらりと閃いた。

(おまえさんは俺を驚かせようという魂胆なんだなあ)と三郎は倍ほども眼を見はって叫んだ。(だが、おまえさんは、妖怪でも化物でも幽鬼でもありゃしないのだ。ただの自然現象なんだ。蜃気楼なんだ。ただそれだけのことなんだ。蜃気楼は珍しくないからな。それにしても、おまえさんの眼ん玉は、なんとも悲しそうだなあ。何かを訴えているような眼つきだなあ……だが、この季節に陰気を気取っちゃいけないよ。髑髏の季節とは洒落にもならない。真夏というもんはな、笑い歌いさんざめく季節なんだよ、だから俺が一つおまえさんの陰気面をカンラカンラと打笑わせてあげようか)

三郎は石つぶてを取ると、上体をうしろへのけ反らせて調子をとり、

「ほうら!」

と掛声をかけて一番真上の髑髏へむかって投げつけた。

石つぶては銃弾のように遠くへ飛んでいった。そしててっぺんの髑髏に当って、カンラという、透き通った朗かな快音を走らせた。小石は髑髏の固い額にはねかえって下の髑髏へ

跳び移り、ふたたびカンラという快音をひびかせた。こうして、小石はつぎつぎにカンラ、カンラ、カンラと撥ね返っていった。カンラ、カンラ、カンラ――（あれは髑髏が哄笑しているのだ）と三郎は真夏の空から降ってきた不思議な髑髏の哄笑にむかって面白そうに叫んだ。その拍子に鼻血がでた。それはしたたり落ちて地面を赤く染めた。

（すると、この鼻血は、さしずめ髑髏の涙といったところか！　ばかな、いい加減のこじつけはよせ！　これは太陽の熱気にのぼせた俺の鼻血さ。カンラ、カンラの髑髏の哄笑にしたって、その正体を明かせば、山麓でうつろ木を叩いている啄木鳥《きつつき》の嘴の音じゃないか、啄木鳥の……）

奇怪な蜃気楼は数秒後にはかき消えていた。あとには悲しみを吸いとるような冴えわたった蒼空が見えるばかり。

三郎はまもなく台地の行手に茅葺の一軒家を認めた。彼は急ぎ足に近づいていった。

「五郎叔父さん」彼は戸口から首をさしのべて呼びかけた。

返事はなかった。彼は小屋のなかへはいっていった。彼はたしかめるまでもなくこれが五郎叔父の住居であることを知っていた。――五郎叔父は、一年前、ここの温泉が病気にきくといって出かけてきたまま、消息を絶っていた。

眼が闇になれるにつれて、菫いろの柔らかな闇を透して五郎叔父のいろいろな持物が見えてきた。エラブウナギの皮で張った蛇皮線、赤珊瑚の洒落たパイプ、阿檀《アダン》の夏帽子、芭蕉の繊維で織った着物、琉球塗りの茶器。

ついで彼は竈をのぞいて見た。しかし、竈に火の気はなかった。長いこと火を焚いた気配すらなかった。

（これは何かあったな）と三郎は考えた。（この部屋の様子からみると、五郎叔父は二十日は家をあけている……叔父は何処へ行ったんだろう、何処へ）三郎は急に不安になってきた。（まさか、あの腐れ首は……五郎叔父のではあるまいな。でも、あの髑髏の悲しそうな眼つき、何かを訴えるような眼つき……もし、あれが五郎叔父ならひどく無残に殺されたもんだなあ）

こうして三郎の意識に芽生えた不安と疑惑とはみるみるふくれ上っていって、今や彼に敵意をいだいている人物が跫音もなく忍びよってきて、彼を狙っているような気がしたので彼はあわてて外へ飛び出していった。彼は素早く前方の原野と砂丘へ視線を走らせた。それから湯けむりをたてている左手の岩山をうかがった。が、あたりには何者のひそむ気配もなかった。そこで三郎は指を鳴らして自分の臆病さを嘲笑った。しかし今は先ほどにもまして五郎叔父の消息を知りたいという熱い思いで胸が疼いた。彼は小走りに岩山めざして駆けていった。すると、岩山の麓に二軒の小屋が並んでいるのが見えた。あれが五郎叔父と仲のいいという夫婦者の住居にちがいないと彼は考えた。一度五郎叔父からきた手紙にそんな文句があったのを思い出したのだ。

小屋のまわりに植えこまれた竜舌蘭は香りのいい白い花をびっしりつけていた。ここへ来てから初めてみる花であった。そしてあたりは湿地帯になっていて、丈高い雑草をふみしだくと、鼻を刺すような饐えた泥の臭気が立ちのぼってきた。かき分けられた雑草の下生えのあたりからおびただしいブヨや蚊が飛び立った。

小屋には窓がなかった。三郎は声をかけてからしばらく待っていたが返事はなかった。戸口に竹で編んだ簾《すだれ》が吊るしてあった。彼はそれを捲り上げてふたたび呼びかけた。

やはり返事はなかった。彼は小屋へ入っていった。外光のなかを通ってきたため眼がなかの闇になじまず、しばらくは盲同様であった。しかし、彼の鋭敏な鼓膜は、家じゅうに鳴りひびいている異様な顫音をとらえていた。顫音はどちらかといえばか細く透きとおった繊細な調子のものであったが、それがあちらからもこちらからも高鳴りひびいてくるので微弱なりにもすさまじい震音を奏でていた。

（これは幻聴だろうか）三郎は不思議に思いながら、腰に吊るした袋のなかから懐中電灯をとり出してぱっと照らした。すると一瞬暗がりのなかに電光のまるい光の輪が突き刺さった。光は仄白い蛇腹のようなくねくねする気味悪いものを照らしだした。それは谷あいの狭霧《さぎり》のように押しあいへしあいしながら小刻みに蠢いており、そのまま三郎が小屋のなかへはいっていったらいきなり花吹雪さながらに飛んできて顔に当った。

小屋のなかには蚊の大群が充満していたのだ。その蚊群のかたまりに光が当ってあのような蛇腹模様がえがきだされたのだ。あっと驚くよりも顔にぶちあたる蚊群の被膜におそれをなして三郎はしばらく立往生していたが、しかし長くは怯んでいなかった。手を眼の前にかざして飛び狂う蚊群をふせぎながら眼をかすかにあけて進んでいった。

三郎はふわふわした、柔らかい、弾力のあるいきものを踏みつけたような気がした。彼は踏みつけたときの感触でそれが人体であるらしいと分った。けれども、彼がさし向けた懐中電灯の光のさきには、黒びろうどか紫水晶のような光沢のあるものが見えるばかりで、それだけでは一体それが何であるかは定かではなかった。三郎は急に寒気をおぼえた。彼は怖じ気づいたわが身を叱りつけながら、両脚をふんばってさらに前に歩み寄って、懐中電灯をその表面に近づけた。やはり人体であった。その柔らかな曲線のまるみから受ける感じではあきらかにそれは女の臀らしかったが、しかしこのぶわぶわしたびろうど状の毛ばだったものは何であろうか。そしてそれはこんな着物でもあろうかと、うずくまって撫であげると、花穂のようなものが、てのひらにそそけだつような気味悪いぶつぶつが生あたたかくつるりと一皮むけて、そこから光沢も艶やかな女身の美しい白肌が――雪白の見事な出っ臀がむきだしにあらわれた。彼がわきの方へ手を滑らしていくと黒い小粒のかたまりはひとりでに剥げ落ちたが更にそのつるりとしたおもてを撫でさすりながら光を近づけると、白肌のおもてから蜘蛛の糸のようなかすかな血線が噴きしぶいてきた。血線のあるものは精妙に滲み出して女の豊麗な肌に血の紋様を描き、あるものはひと所に雫を溜めて隣の血滴とつるみ合ってみるみるふくらんでいった。

三郎は今はわれを忘れて懐中電灯の光をうごかしつづけた。頸から肩、胴から腰、ふとももから足首へかけてのまるみを帯びたむっちりした体の線はあきらかに成熟した女身のそれのように思われた。しかしその女身をおおっている気味悪いかさぶたのようなものは、――先ほどこぼれ落ちた花穂のようなものは何であろうかとなおも見まもると、それは肌にびっしり吸いついた蚊であった。血にふくれた蚊が隙間もなく女の肌をうめつくして飛べないでいるのだと分った。彼は女の首筋から背中から臀から腰から二つの脚から血を吸ってまるくなっている蚊をはらい落していった。手を鋤のようにそのなかへ入れて、すうっとすくっていくと、掌のくぼみにこぼれるほどたまった。と、すくいとられた無数の蚊は羽を擦り合わせて逃げようとしたが、生血をいっぱい吸っているので飛べる筈もなく、くるくる廻って彼のくぼめた掌の腹をくすぐっただけである。彼はすくってはこぼしすくってはこぼした。女の脇腹の両側には鬱血で醜く下腹のふくれあがった蚊が厚さ一寸ほども溜った。そこでそのうえに靴をのせて左右へ摺りつけたら、靴底の両側に踏みつぶされた蚊の血糊がはみ出してきた。

三郎は（気を失っているな）と呟いた。（手と足とはくくられている）

彼は靴で地べたの蚊をつぶし終えると、今度は砂のなかへ靴をねじこんで、靴底についた蚊のかたまりを拭きとった。

それから、かがみこんで女の縛《いまし》めをはずして、両腕にかかえて外へ出ていった。

瞬間、真夏の太陽光線が彼の両眼を射た。太陽はあいかわらず天心のふかみから眼をやくような閃光を放っていた。空には一片の雲もなく、そして風もなく、午後の砂丘は空の輝きをうけて白く燃えさかっていた。

女は一糸も纏っていなかったし、彼の腕のなかでしなやかに反り返っていたので、その肌《はだえ》の白さは空にはんらんする外光のせいばかりでなくそれ自体が光輝《かがやき》を放っているように見えた。そして地に垂れた長い黒髪は彼の足にまとわりからみつき、その形のよいミルク色の乳房は、かすかに汗ばんで彼のおとがいに触れてはね返った。

女は甘美な夢でもみているのだろうか、無邪気なあどけない寝顔をみせていた。ねむり薬をのんでいるのかもしれない。しかし烈しい陽差に晒されると、次第に生気をとりもどし、その豊かな双の頰にうすい血の気がぽうっとさしていくのが分った。女はかるい寝息をたて、かすかに眉をひそめた。

それは目覚めるまえの苦悶のようであった。三郎はふと女を目覚めさせるのが惜しいような気がした。そして彼のなすままにしどけなく抱かれている豊満な女体にいつまでも見いっておれたらどんなにか仕合わせだろうと、うっとりと思いふけった。

女は放心したようにぐったりしているし、そんなときの重さは倍にも感じられる筈なのに、今は不思議と少しも重たくはなかった。女は濡れてはりついたように彼の腕のなかにあった。

つくづく見るほどに艶な美しさにあふれた女であった。顔はまる顔で白粉気はなかったがきめの細かい色白の豊頰であった。鼻は低めだがはっきりした三日月眉だった。珊瑚色のあだっぽい唇といい、しっかりした首筋といい、見事にもりあがった鳩胸のふくよかな乳房といい、彼女の全身から豊かさと活力が吹きこぼれているように感じられた。しかしその柔肌の下にひめられた淫乱の血はかくしようもなかった。


三郎は女をかかえて隣の家にはいっていった。天井も、壁も、床も、青竹ではりめぐらした小綺麗な感じの住居であった。三郎は竹床のうえに女をそっとおろして、長々と寝かしつけると、水にしめしたタオルで女の体をふいてやった。すると冷たい水が心地よく肌にしみ透ったのか、女の雪白の肌がおののくように痙攣した。……女の眼がかすかにあいてそこから白い光がのぞいた。

そのとき突然女が「あんた、だあれ?」と言った。

その声の酔うような熱っぽい調子に三郎がうっとりと見入ると、女はわずかに顔をねじ曲げて、そのつぶらな潤いのあるながし眼で三郎を見やった。

「ぼくは三郎です」

彼はほうっと溜息をついて答えた。

「何処から来たの?」

「K島です」

「ここになんのご用?」

「叔父を迎えにきたんです」

「叔父さんて……五郎さん?」

三郎がうなずくと女はふいに腰を起こした。そしてタオルで腰をおおうといっときしげしげと三郎を見据えていたが、突然はじけるような高笑いをした。女は波うつ高い胸をかくそうともしなかった。

「で、五郎叔父さんには逢えましたの？」

女がとろけるような声でたずねた。

「それが何処へ行ったのか皆目分らんのですよ。それで弱ってるんですが」

女は瞳をするどく輝かし、

「あんた、それを知りたいんでしょうね」

「何処ですか、五郎叔父は何処にいるんですか」

女はぞっとするような微笑をうかべて、

「さあ、今は言えないわ……ふふふ」

女は突然そこで口をつぐむと美しい額に妖しい皺を寄せて、放心したように唇をひらいて、いっとき戸外の様子に聞耳をたてていた。

「うちの玉助が帰ってきたようよ。ねえ、三郎さん、あんたがつよいつよい男なら、あたいをあの能なしの気ちがい野郎から助け出してほしいのよ」

と、女は憎しみと歓びとのまじり合った複雑な表情で熱っぽくささやいた。ついで声をひそめて、

「うちの人に五郎叔父さんのことを喋るんじゃないのよ。あいつはすぐ変なふうに気を廻すんだから……。あたい、あいつが昼寝をしたら、じきにぬけ出しますから、そこの曲り角で待っててね、好くて、ね」

と、ささやいた。


外の足音はすぐ近くまで来ていた。なんという変な足音だろう。それは金属を曳きずるような足音であった。その奇怪な金属のひびきは、午後の静寂をきり裂いて、だんだん近づいてきた。……来たなと三郎は呟いた。見ると、戸口の青空を背景に一人の中年男が立っていた。彼の眼は白光りに光り片足は義足のようであった。

「この人があたいを小屋から出してくれたのさ」

と、女は白痴みたいに笑って言った。

「うむ」義足の男はいっとき探るように三郎を見まわしていたが、やがて「あんたさんは誰ですかい？」と、かすれた声で尋ねた。

「ぼくはK島の三郎と申します」

「ははァ、なるほど、なるほど」

男はにわかに満面に笑みをたたえて三郎のシャツの袖口をつかんで外へ連れ出すと、「あんたさんは、わしの金を買いに来られたお方じゃな」と、秘密めかしい小声でいった。

「金？　……」

「あの太陽よりもきらきら光ってる金ですがな。砂のうえにびっしりむき出してありますんじゃ」

「何処……何処にあるんですか」

「それは言えまっせんな」と男は狡そうな冷笑をうかべた。

「わしは売る気はちっともなかでよ。物々交換ならやっても

よいとは思っちょるが。……あんたさんは、薬は持って来んじゃったかの。わしのカタワ（性不能）に効く薬は持って来なさらんじゃったろうか」

「……」

「こんど来るときはぜひ持って来なされや、たんまり金をさしあげますでの。わしはその薬のためなら言いなりに金をさしあげますのじゃ」

「では、あんたもここの湯治客ですか」

「五年もおるが、まだ見込みがたたんで、毎日湯気と熱気にむされて暮らしていますがの」

「それで気が触れたんですね」

「そうですとも。熱気がウメ子の頭をあげにおかしくしたとですわ」

「えっ、ウメ子さんも！　じゃあ、二人とも？」

「二人じゃと？　……」

義足の男はちょっと戸惑って三郎を見詰めていたが急ににやりと笑うと、

「ははァ、あんたさんもそうですかい？　なるほど、なるほど――ここの温泉は脳の病いにはよう効くで、気長に養生なされや」

（とうとう俺までも気ちがいにしよったか）三郎が苦笑すると、男はますます憐れみの眼差で、

「……気の毒にのう」と呟いた。

「ぼくは正気だ」

「はっははは――わしもですだ。だが、ウメ子は本当に気が触れとるで、気いつけたほうがよかですぞ。何か言わんかったかな、あんたさんに。今日はあれで蚊に血を吸いとらせたでマトモはマトモじゃがな」

「いったい、あの蚊はどうしたんですか？」

「朝っぱら早う、小屋の入口をいっぱいにあけといて、前の草っ原を叩くとブヨや蚊がいくらでもあの暗い戸口に吸いこまれていきますんじゃ」

「ぼくは、ぼくは、そんなことを聞いているんじゃありません。なぜ蚊に血を吸いとらせるような馬鹿な真似をするんですか」

「鬱血ですよ。ウメ子は悪い血が溜まり過ぎると、滅茶苦茶に暴れるとです。それで血を吸い取らせてやっとです。そうすれば、おとなしくなりやす」

「全く気ちがいだ」

三郎は殆ど叩きつけるような調子で言った。

そのとき、「あんた」という女の呼び声がしたので、玉助は義足の脚を曳きずって家のなかへはいっていった。するとつぎのようなやりとりが聞こえてきた。

「あの人だあれ？」

「金買いの商人です」

「ふーん」

「気ちがいでもありまっす」

「あの人あたいのお臀を踏みつけたのよ」

「そうです、お臀を踏みつけたんです」

「あの人あたいの背中をなでてくれたのよ」

「そうです、背中をなでてくれたんです」

「背中だけじゃなかったわ」

「脚に――」

「首筋」

「お臀に――」

「おなか」

「蚊がブンブン」

「蚊の血は……悪い血」

「お日さまは……金の花」

「懐中電灯が揺れて、お月さまが十も出来たんよ」

「……十五夜お月さまなぜ丸い」

「あの人、とってもとっても優しかったわ。あたいを腕にかかえて」

「そうです、ほんとに、そうです」

「そのあとに」

「ああ、そのあとに」

「うっとりとあたいを見つめたわ」

「うっとりとね」

「蚊の血は……悪い血」

「お日さまは……金の花」

「ふん」

「ふん」

「はっ」

「はっ」

「らん」

「らん」

はげしく打ち鳴らす手拍子の音。

三郎はふいに脳が疼き出してきた。脳の芯が毒にでも犯されたような激痛に襲われた。二日酔に似たうずまきが額のなかで荒れ狂った。（なんという奇怪さだ）と三郎は頭をかかえこんで呟いた。

（俺は静かな所へいって頭をやすめなければいけない）

彼は五郎叔父の小屋へ引き返しながら独りごちた。

（発狂しているのはウメ子か玉助か。或いは三人とも狂っているのか）

三郎が小径の途中でふり返ったら、遠くから足早に駆けてくるウメ子のあでやかな姿が見えた。彼女は満身に光の炎をあびて、妖精よりも軽やかに跳ねていた。彼女は赤と黄の花模様のある白地のワンピースをぴっちり着こなし、その薄地の下から円味《まるみ》のある体の線をあらわに透かし見せていたが、光に酔った三郎には却ってそれが先ほどの裸身よりもなまめかしく感じられた。

女は悪戯っぽく笑って言った。

「ねえ、金の畑へ行きましょうよ」

「見せてくれますか」

「早う行って、それをあんたとあたいの体のしたに散り敷きましょうよ。二人の肌を金いろに染めあげましょうよ」

三郎の心はすでに燦然とかがやく黄金の鉱脈を見るまえから酔っていた。

そうして先を行く女の織るような二本の脚のまじわりにうっとりと見入っていた。

しばらくして、女が振向いてその魔性のながし眼を四たびもくれたときには、もう薔薇色の靉《あい》中をさまよっているような陶酔の渦中にあった。

「あんたは、もう酔ってしまったんだねえ」そう言った女の声は玉虫に痺れ水を射しこむツチスガリ蜂のようなきっとした調子があった。「金の畑も見ないうちからさあ」

「ぼくは光に酔ったんだ」三郎はかすかにあえいだ。

「いいえ、あたいに酔ったんよ、きっと」女はほこらかに鼻を鳴らした。「ねえ、あんた、この角をひとまわりすれば金の畑なんよ」

彼らは崖下の岨道を廻った。視界はひらけた。……おお、そこは眼もくらむばかりのすさまじい向日葵の大群生地であった！　すぐ眼の下の、砂丘の一角の数百平方米にわたって数千本の向日葵が林立し、それは炎天の焔をうけて一斉に満開していた。花の一つ一つは太陽にむかって咲きほこり、ギッシリと頬ずりするように花弁と花弁を触れ合わせ、一花は一花へとつづき、その千花、万花の向日葵の大輪はあたかも黄金の延板を敷きつめたようだ。それは強烈な色彩の兇暴な焔のように鮮やかに燃えさかっていた。すさまじい金色の光芒は天と地のあいだに充ち満ちてここばかりは砂上にはんらんする太陽光線までも色あせてみえた。空気までが黄いろかった。

「佳い景色だなあ！」

三郎は思わず息をつめて叫んだ。

「これには玉助の命がこもっているのさ」女は三郎の手首を把《と》って向日葵畑へおりていきながら言った。

近づくにつれて強烈な芳香があたりにただよい、三郎の鼻を撲《う》った。脳までもしびれるようなよい匂い。花炎の上空を星くずのようなものが飛び交うているのでよく見ると、それはおびただしい蝶であった。蝶は彼らにふれるたびに羽型の黄粉をぺったり捺した。それはどんな情熱の女も及ばないような濃艶の口づけであった。しかも手で蝶をはらったら忽ち黄粉は霧のように空に漂って、そこから射しこむ光線までも金いろに染めあげた。

三郎はこらえることのできない熱狂のとりこになって、向日葵の見事な絨毯のまえにたたずんで、大輪の花のおもての金色の輝きに見とれた。彼は茎を手に取る。あら毛が手を刺す。が、彼はかまわず茎を手前に引き寄せる。茎は竹のようにしなって来て、今彼の顔よりも大きな花弁が恋女のように彼の顔にかぶさった。彼は思わず顔をくしゃくしゃにして激しくこすりつける。そして歯で噛む。まるで狂って口づけする人のように。陶酔が、喜びが、昂奮が、体をひきちぎるように彼の体のすみずみをかけめぐる。彼は異様な声でさけぶ。戦慄が血管のなかを走る。彼はもうはげしい感動でそこに崩折れてしまいそうであった。……彼が手を放す。一瞬元へもどった向日葵は、びっしりかたまり合った周りの花花をはじき飛ばして、波のように揺れ返し、きらびやかな花びらの雨を降らす。花びらは三郎の口にも舞いこんだ。彼は「ああ！」と言った。彼は神秘の瞳を女に向けて「ねえ」と言った。女がよろこびにうちふるえて彼の手をとった。その手は火のように燃えていた。

彼らは花畑のなかへはいっていった。小径のうえには花粉が散り積もって、ウメ子の草履が踵ではねかえるたびに花粉は舞い立ち、忽ち彼女の形のよい脚を黄いろに染めた。そればかりか、花粉は小さなほこりの雲となって彼女の裳裾のなかへも舞いあがっていたので、その秘められた部分も金いろに染まったことであろう。しかも花粉は地から舞い立つばかりでなく、彼らのしなやかな体が茎に触れるたびに上からも降りそそいできたので、彼らは金粉をあびたように全身まっ黄いろになった。

「まるでおまえは黄金づくりの女みたいだなあ」と三郎が面白そうに言った。

女は素早く向日葵を一輪ちぎって口にくわえ、

「そうよ、あたいはこの肌にゆらめく金いろの照り返しが大好きなんさ」と快げに笑った。

「むせるようないい匂いだなあ」三郎は子供のように高笑いした。「俺はこのなかを駆けまわりたいよ」

「頭をあげてごらん、蜜蜂があたいたちのうえを群れ飛んでいるわ」

三郎は陶酔と歓喜のうめき声をあげながら、黄いろくあでやかな女の可愛い姿にうっとりと見入りながら、腰にからみついた銀蛇のような腕をかたくかたく握りしめながら——花・花・花の下径を蜜蜂のように蜂鳥のようにはねくぐっていった。彼はすべてを忘れて、眼の前の眩惑の世界にひたりきった。彼は幸福の極にあった。彼は酔った。彼は痺れた。彼の胸は蜜よりも甘く溶けた。彼のうるんだ瞳のまえには花粉の精・太陽の精・向日葵の精のような狂おしい美女がいた。向日葵をくわえてあでやかに微笑む女がいた。魔性の女がいた。女の瞳や唇やおとがいは、媚薬を塗りこめたようにかがやき、それはまた男をむしり取るように荒々しくもあった。

「おまえは人間とは思えないなあ」と三郎は思わずゾクッとして叫んだ。

「そうよ、あたいは向日葵の化身なのよ。お日さまだって、あたいには首ったけさ」女は嫣然《えんぜん》と微笑してそう言った。

女はそのしなやかな腕を高々と伸ばしてつぎつぎに向日葵の大輪を摘み取っていった。そしてそれを地面のうえに王家の紋章のようにきらびやかに敷きつめていった。三郎も花から花へ飛び歩いて腕にこぼれるほど向日葵の花をちぎって来ては女に手渡した。ウメ子はそれを宝石細工師のような見事な手つきで綺麗に並べていった。忽ち絢爛とした花の褥はできあがった。向日葵は花びらを慄《ふる》わせてその花粉と蜜との狂おしい饗宴のなかへ陥ちこむ白い生贄たちを待った。女は猫よりもしなやかに花の褥《しとね》のうえに体を投げかけた。彼女の吐息はわななき、胸は妖しく高鳴り、その瞳は熱病患者のように熱っぽかった。三郎はわれを忘れてうつぶせになって、淫乱そうに横に投げ出された女の腕のなかに顔をうずめて狂おしい接吻の雨を降らした。女はそれを静かにうけて満足そうに微笑んだ。……

やがて女が言った。「あんたはあたいの蜜をたっぷり吸ったのねえ」

三郎は向日葵の花越しに天の一角を見つめていたが、その眼は不吉な禍いを予感してすでにこの世の光を失っていた。

「さあ、起きて！」と彼女は体を起こして言った。「これから、二人で、仕事よ」

「シゴト？」

「玉助を向日葵の生贄にしましょうよ」

「生贄？」

「ええ、向日葵は生血をすするのが大好きなんさ」

「――五郎叔父はなぜ殺されたんだい？」

「あたいにうつつをぬかすから、玉助のやきもちの炎に焼き殺されたのさ。あたいは、五郎みたいな意気地なしはいや。だけど、あんたにはぜひ勝ってほしいとしんから思ってるの。あたいはね、男のぬけがらみたいな玉助と一緒に暮らすのがもういやなのさ」

「玉助を片づけたら一緒になってくれるかい？」

「ええ、ええ、あんたとあたいは夫婦《めおと》よ……」

三郎はウメ子の後ろから小犬のようについていった。彼らが向日葵畑から出はずれて丁度砂地へさしかかったとき、前方から猟銃を手にした玉助が異様に眼を瞋《いか》らせながらやって来るのが見えた。彼は向日葵畑のすこし手前で立止まって、しばらくおのれの分身である向日葵の大群生に見とれていたが、急に猜疑の面もちに返って花群の奥を透し見ながら怒鳴った。

「わしの金を盗もうたって、盗ませやせんぞ！」

その叫び声は真夏の空をひびわらせたようであった。彼は二度三度と喚きながら、油断のない研ぎすまされた眼差であたりをうかがいながら、向日葵畑のなかのかすかな物音をも聞きもらすまいとしていた。けれども、彼は向日葵畑のなかへばかり気をとられすぎて彼の横十米の所に身をひそめている二人の姿に気づかなかった。

三郎は体を起した。彼はゆっくりと前方へ一歩踏み出した。彼は「鉄砲に気をつけるのよ」という女の妖しいばかりの美しい声を聞いたような気がした。「足をはらうのよ」という火のような囁きも。彼は十歩進んだ。彼はちょうど玉助の後ろから迫るように進んでいた。玉助の銃身にきらりきらりと閃く光線がこの上もなく眩しく感じられた。砂が光っているなと彼は考えた。いや、硝子のかけらかもしれない。ちがう、貝殻だ。貝殻が光っているんだ。彼はちらっと太陽を仰いだ。一瞬眼がただれたように痛んだ。彼は瞼を押さえた。馬鹿な、こんなときに手をあげる奴がいるか。影が走ったらどうするんだ、影が走ったら。空気がふるえて感じられた。彼は玉助の影を眼にしたように思った。気づいてくれなければよいが、そう、彼はまだ気づいていない。それは俺にもはっきりそう言える。彼は気づいていないんだ。今は靴底でかすかに軋み鳴る砂の音さえ恐ろしく感じられた。すでに玉助のうしろ姿は彼の眼の前にあった。それは貼りついた影みたいに静止していた。足を払うんだと彼は胸のうちで叫んだ。へまをしないように一回で払うんだ。彼は玉助の脚へむかってタックルの構えをみせた。そら、飛びこむんだ。そのとき、ふいに玉助が振向いた。彼の陰険な白い眼と三郎の狂気の眼とがかち合って火花を散らした。玉助の体がかすかにうごいた。彼は引金を引いたんだ、引金を。その瞬間、三郎は走りぬけるような銃声を耳にした。一瞬三郎は飛びこんでいた。玉助の義足の脚が飛んだ。玉助は前のめりにうち倒れ、砂をかんだ。銃は彼の手からはなれて空へおどった。三郎は素早く起きあがって玉助のうえに馬乗りにまたがり彼の手を後手にとって捩じ上げた。ついで片足でしっかり彼の首筋を押さえて地に止めた。銃は空から落ちてきて砂けむりを飛ばした。三郎は手をのばして銃をとった。三郎はその冷たく光る銃口を玉助の頭のうえに押し当てた。今や銃は玉助の頭のうえに垂直に立てられたのだ。

玉助は渾身の力をこめて仰向けに向き直ると、悲しそうに

空を見あげて、

「おまえもウメ子に毒されたんだなあ」

と、啜り泣いた。

「五郎叔父のかたきだ、俺が殺してやる、この野郎！」三郎は憎々しげに言った。

三郎は怒りと蔑みとのまざり合った不思議な表情で、悲しみと怖れとに打ちふるえている足下の男を見た。三郎は玉助の右眼のなかへ銃口を摺りこんでぐるぐる回しながら引金をひいた。それが終ると、彼は静かに左眼へ銃口を移して同じようにゆっくり引金をひいた。二発の銃声はあたりに響きわたった。

三郎はこの瞬間に完全に錯乱したのだ。

突然ウメ子が奇態な叫び声をあげながら駆け寄ってきた。彼女は向日葵の花を二輪手折ってその花の下茎を眼のなかへ——頭の底までつらぬき通った血まみれの穴のなかへ生花を挿しこむように挿しこんだ。大輪の向日葵は死者の青ざめた顔のうえで生血を吸って美しくおののいた。蝶がその花びらにあでやかな接吻をあびせて飛び去った。

男と女とは太陽へむかって高々と両手をさしあげ、祈るような奇態な黙禱を二分ばかりささげていたが、やがてお互の手と手とを相手の体に巻きつけるとはげしく抱き合った。そして恍惚と唇をむさぼり吸ったまま白日の下に凶々と咲き狂っている向日葵の大群生のなかへ突っ走っていった。彼らはまたと出て来なかった。金色の花群のなかからはその吐息のような青春の歓喜と昂奮と歔欷と哄笑と嬌声と、そして追いつ追われつするような跫音とが漣のように聞こえてきた。十日も過ぎると無気味な静寂がとってかわった。ことりという音一つしなかった。

伐られたガジュマル

バス停で降りたのは、わたしと、見知らぬ若者の二人だった。若者は真新しいデニムのズボンをはき、これもおろしたての半袖のシャツを着ていた。今年成人式をむかえたばかりの年ごろとみえた。幅広い眉、黒味のきつい眼――そのまっくろに日焼けした丸顔には、何か人の心をひきつけるような、人なつこいところがあって、わたしはバスに揺られている時からこの若者に好感を持っていた。

そこは、いちめん、茅やすすきの生い茂った、山裾のなだらかなスロープであった。五月の風が高原をわたってさきの鋭い茅の葉を吹きなびかせていた。スロープの先には、入江の銀色の流れと、対岸の緑の岬が横たわって見えた。

わたしがこれから訪ねるC村は、あの岬の裏側にある筈だった。このバス停で下車して、スロープを水際まで下って、入江をわたって行くということだが、あの満々と水をたたえた幅千米《メートル》はありそうな入江をどうやって渡るのだろうか。渡し舟でもあるのだろうか。わたしは心細くなって、一緒に下車した若者の姿をさがした。

若者は、道ばたの鉄砲百合の咲いた濃緑のよもぎの草むらにうずくまって、靴をぬいで、踵をのぞきこんでいた。二輪咲きの鉄砲百合が、マトモに顔にぶちあたって、のぞきこもうとする彼の頭の邪魔をしていた。彼はうるさそうに顎でそれをわきの方へはねのけてぐっとかがみこみ、左足の踵を両手で持上げて、うすく血のにじんだ靴ずれのあとをのぞきこんでいた。唇をすぼめ、眉をしかめ、一心にのぞきこんでいる姿は、まるで頑是ない子供のようで可笑しかった。

「C村へ行きたいんですが――」

わたしがいいかけると、彼はまぶしそうに顔をあげて、

「おなじ方向ですから」

と、はっきりした標準語でいって立上り、靴をナップザックにいれて肩にかつぐと、はだしで気楽そうに先にたって歩きだした。

米兵を満載した軍用トラックが数台わたしたちを追い越し

ていった。

わたしたちは、本道から左手に枝わかれしている草原のなかの小径づたいに、香ばしい茅の匂いを満喫しながら、スロープの彼方の水際へ向ってゆっくりと下りていった。

「N市の方ですか」と彼が尋ねた。

「いや、本土から来たんですがね」

わたしは、この基地の島へ来た当座、ある種の抵抗なしにはいうことのできなかったこの本土という言葉を、今では自然にいえるようになっていた。

こうしてわたしたちは急速にうちとけていったが、若者の話によれば、知合の爺さんの娘が急性肺炎にかかったので、きのう町の病院へかつぎこんで今帰るところだという。部落には若い男がほかにいないので、こういう事件が起こると、いつもかり出されると笑いながらいった。嫌味のない明るい口調だった。

木麻黄の防潮林をぬけると、美しい砂浜と、そのさきに、入江が横たわっていた。

わたしには、入江の水量はかなりのもののように思われた。ただ入江の中央部のあたり、魚の銀鱗が幾百千の針を撒き散らしたように閃いているあたりで、潮が川の瀬のように速く流れている。それは、干潮現象のはじまりを示していた。

若者は水際までまっすぐに下りていった。濡れた砂面に彼のはだしの足うらが貼りついて鳴るたびに、蟹がいっせいに穴の中にひっこんだ。よく見ると、砂浜は蟹だらけだった。若者は水際から向う岸にむかって、オレンジ色のナップザックをうち振った。

わたしは、彼が合図を送っている対岸に、貧しいつくりの茅葺屋根と、前庭に——それは庭などというものではなく砂浜のつづきであったが——緑の葉のくろぐろと生い茂った一本の木と、その木にしばりつけてあるのだろう、木の上にひときわ高くぬきん出ている竹竿の先端で、流れるように勢いよく吹きなびいている色あざやかな鯉のぼりを眼にした。

対岸は、静かだった。無気味なほど静かだった。入江のさざら波のほかには、うごいているものは一つもなかった。そのしいんとした静寂の中で、潮の香りをふくんだ海からの風に、こちらにまで吹きなびいている音が聞こえてきそうな、勢いのいい彩色された鯉のぼりを眺めていると、風景までが親しみぶかく感じられた。やがて若者は困りきった顔をこちらに向けて、呟くようにいった。

「何処へ行ったんだろう、爺さんは。俺がきょう戻るってことは、知ってる筈なんだがなあ」

迎えの舟が来ないことを、わたしに済まながっているような口調であった。

「かまいませんよ、わたしは。急ぎの旅じゃないですから」

「そうですか。それじゃあ、干き潮まで待ちますか」

彼の説明によると、あと二時間で干き潮が頂点に達するはずだ、干き潮になれば干潟がほとんど底をあらわすので、深いところでも、膝頭が水につかる程度でわたることができる、もちろん、入江の内陸づたいに行けないことはないが、途中にはメヒルギの大群生地や、藺草《いぐさ》の密生した悪臭の漂う沼地や、切り立った断崖などがあるので大難儀である、だから、干き潮を待って徒渉したほうが得策だと思う、とそんな意味のことを朴訥な口調で話した。もちろん、この慫慂に対して、わたしに異存のあろう筈はなかった。

潮が干くのを待つあいだ、彼はわたしがこれまで一度も見たことのないような、一種独得の珍なる漁法を披露してくれた。つまり腹が空いたので即席料理の新鮮な材料を手にいれる必要から彼が実演してみせたのであるが、それが実に面白かった。楽しかった。海釣りにかけてはいっぱしの玄人気どりでいるわたしは、暇と金のゆるす限り、遠くへ出かけてその土地土地の旧来の漁法に親しんできたものだが、その日お目にかかったやり方ばかりはとんと馴染がうすかった。とっさの即興であったろうか。しかしあとで思い返してみると、漁法の確固とした方法といい、手順といい、ムダのない動きといい、それは即興というには余りに法にかなっていたから、あるいは、この地方で古くから行われている一般的風習であったかもしれない。

潮が干いて背をあらわした干潟がある。彼はそういう場所の一つを選んで、麦踏みする農夫のように頭を垂れ手をうしろ手に組んで構えた。両足の踵はぴったり蝶つがいのようにくっついている。爪さきはVの字の形にひらいている。そのままの姿勢で、踵を支点にして、力をこめて、左右にねじこむように回しながらうしろへ退《さが》っていくのである。彼が通ったあとには黒々と濡れた一条の鋤き返された跡がのこった。すこし行って今度は引き返してきた。こうして彼は畑を鋤くように干潟を鋤き起こしていった。すると、面白いことに、鋤き返された砂の中から、いきおいよく、まるで大きなバッタのように跳び出してきたものがあった。見ると、それは砂の中にかくれていたエビだった。淡褐色の地肌に藍色の美しい環のあるクルマエビだった。彼はまたたくまに二十匹ばかり掘り起こしてしまった。

つぎはカレイの手づかみ。すすめられてわたしもやってみたが、これは水の中にはいるのでパンツ一つの軽装であった。水の中に膝までつかりながら、そろりそろりと歩くのである。すると、足のうらにヌルッとうごくものが感じられた。わたしの足が子ガレイを踏みつけたのだ。手に取ってみると、それはてのひらほどの大きさの子ガレイであった。

三十分も歩いたらうんざりするほど沢山獲れた。カレイが砂の底から湧いてくるように感じられた。わたしはまだ人に荒らされていないこの未開拓の漁場をうらやましく思った。そして釣竿を持ってこなかったことを悔やんだ。

水からあがると、彼は流木を拾ってきて火を熾《おこ》した。忽ち流木は赤い焔につつまれた。青いひとすじの煙が立ちのぼった。彼は煙が消えて流木が真赤な熾《おき》になったのを見届けてからそれを掻き崩し、その上に串刺しにしたクルマエビを並べた。クルマエビは火の上で踊りあがってジュッと熱い汁をはじいた。その汁がわたしの顔にかかった。ひげが焼け尻尾が縮みあがって全体が赤く焼けあがった。かんばしい匂いが漂った。わたしは火に顔を近づけて生唾を飲みこんだ。若者が「いい色だ！」といった。堪らないほどの食欲がわたしの胃袋を刺戟した。

わたしたちは嚙みくだき、一匹のこらず平らげた。満腹感でわたしは満ち足りた気分になった。

「ああ、腹がくちくなった」

彼はおどけた口調でそういい、それから汚れた手を乾いた砂にこすりつけて指を綺麗にきよめた。

「のどが渇いたでしょう?」

彼は立上って、木麻黄の防潮林の向うの白い小花をびっしりつけた闊葉樹の茂みの中へゴソゴソ音をさせて入っていった。

やがて彼は、大きな蕗の葉を漏斗型にまるめた代用コップに清水を汲んできた。その下側の茎の先端から雫がしたたり落ちている。歯ぐきにしみとおるような冷たいうまい水だった。わたしは入江を眺めた。素人眼にも潮がずいぶん干いているのが分った。最前よりも干潟が増えている。入江のまん中のあたりに洲が二つ現われていて、そのあいだの五十米くらいが無気味な真青な淵をのぞかせながら、上流の水をダムのように速く走らせていた。泡をたてないで流れている濃密な感じが余計無気味だった。ほかにも深い海面があちこちにあって、まだ渡れる深さとは思えなかった。

対岸はあいかわらず人影もなく静かだった。長い海岸線、くだける力もなく揺れている小波、眼にまぶしい砂浜、ハマユウとアダンの茂み、砂浜の後方の緑濃い蘇鉄と段々畑の低い丘陵。丘陵はいくつかの小さな岬を指のように突き出しながら、遥か遠くの湾口までのびていた。綺麗に晴れたまっ青な空の下、量感のある太平洋のかがやかしい海面が、湾口の向うに盛りあがって見えた。

「本当に静かだなあ、ここは」わたしは感じ入っていった。

「それに、あの鯉のぼりは、見ているだけで楽しい気分になりますよ」

「あそこには、爺さんと娘が住んでるんですが。ぼくが病院へかつぎこんだのは、あそこの娘です」

「ほう」

「娘は基地で働いていたんですが、大きなおなかで戻ってきたときには、爺さん、えらい怒り方でした」

「……」

「ちょっと頭の弱い娘なんですが。……庭に木が見えましょうが?」

「ああ、威勢のいい木ですね」

わたしの眼では、ここからは遠過ぎてなんの木だかよく分らない。枝が傘のようにひろがって濡れ光ったように溌剌としている。

「あれはガジュマルです」と若者は答えた。

「ぼくと爺さんで植えたんです」

「なるほど」

「去年の秋、木イ植えるから手伝ってくれと爺さんがいってきました。それで、手ごろのを山から捜してきて、あそこに移しかえましたとです。日かげがなかったですから……。爺さんは、これで初孫が日やけせんですむと笑っていましたが、なんだかんだいっても、やっぱり初孫は可愛いんですね」

彼は急に立上って、

「行きますか」と促した。

「まだ深いようだが」わたしは尻ごみした。

「なに、浅瀬づたいに行きますから」

彼はわたしの不安にはいっこうにおかまいなく、無雑作にパンツ姿で干潟へ歩き出した。わたしもあわてて洋服を小さく畳んで頭のうえにバンドでくくりつけると、小走りに彼につづいた。

なるほど、山に猟師の道があるように入江にも漁師の道があったのだ。わたしたちは腿を濡らすほどのこともなく楽々と対岸へ渡ることができた。

そこは砂浜というよりは砂丘にちかかった。まるみのある柔らかい起伏が女の腹のようにつらなり、二百米さきの山裾へ消えていた。砂面に風紋が風のささやきの痕を精妙にちりばめていた。

砂浜を上ったところに鯉のぼりの家があった。わたしたちはそこへ歩いていった。

「爺さん」と若者が静かに呼びかけた。

返事はなかった。彼は家の中をのぞきこんだ。

「何処へ行ったんだろう?」彼は呟き、引き返してきて遠くへ視線を走らせた。

ガジュマルの木は地上に涼しい木陰をおとしていた。樹上で鯉のぼりが風に飛ばされるたびに、尾の影が樹影の外がわをすばやく掠めた。それのはためく音と風車の快活な響きは、瞳が真青に染まりそうな湾口の蒼い海を眺めながら聞いていると、ホントに五月だ！　という気がしてきて、自然に愉快な気分がこみあげてきた。

（こんな静かな所があるだろうか！）とわたしは思った。（これこそ平和というもんだ！）とも思った。しみじみとそう考えた。

ガジュマルの木陰にはムシロが敷かれてあった。揺籃とセルロイドのおもちゃが二つ三つ置かれてある。今し方までそこに赤ん坊がいた気配が感じられた。

立去ろうとしたとき、家の裏側から一人の老人があらわれた。シャベルを肩にかつぎ、手に荒縄を持っている。熊のような猫背の大男だ。短い着ふるしたつぎの当ったズボンをはき、バンドがわりに藺草で綯《な》った細引きで二重に巻いて前でしばっている。上半身は裸だ。たしかに六十はこしている筈だが、筋肉がゆるんでいないので年よりも若く見えた。態度は重々しく、歩き方はのっそりしている。一見してわたしはこの老人が相当の変人であることを察した。

顔は潮やけしたあから顔だが、白毛のまじった眉毛は太くていやに長い。五分刈りの頭髪はほとんど白くなりかけている。彼はわたしたちに気づくと一瞬怯えきった眼つきでこちらを見た。そしていったんわたしの上に据えた視線を、ゆっくり若者にうつしながら、いったいこの男は何者だというふうに無言で彼に問いかけた。孤独な漁師特有の、いつも遠くに思いをはせているような暗い憂いのこもった眼だ。

「C村へ行かれる方だがね」と若者はわたしのことを説明した。

しかし老人はものも言わず疲れきった様子で縁側に腰をおろした。

若者は気がかりそうな表情で、今し方老人が歩いてきた砂丘の道すじを眺めた。足跡が砂丘の背づたいにのびている。そのさきの山麓に、大きな樟の木がひときわ高くそびえ立っている。……鳥が飛んでいく。

「爺さん、俺は向う岸で待っていたんだよ。俺がきょう戻るってことは知ってたんだろ？」

と若者がいう。

「ああ」と老人が物憂さそうに答える。

「この暑いさ中に、何処行ってたんだい、漁に出たんでもないだろ」

「漁には行かん」

「ひどく酒くさいじゃないか。昼間っから酒飲んでどうしたんだい？」

「……」

「鳥がずいぶん飛んでいくね」

「鳥はいつだって飛んでるわい」

「夕方でもないのにおかしいよ。なにが臭うんだろ。変だとは思わんか」

「……」

「なんだって爺さんはミツ子の様子を聞かないんだい、気にならないのかい？」

「……」

「助かったんだよ、十日もすれば戻ってくるんだよ」若者は思いきって一息にいう。「早く戻ってこないと、赤ん坊のおもりが大変だもんな」

瞬間老人が怒鳴りつける。「罠にかけるような言い方はよしてくれ！　お前らしくもなか」

若者は賢こそうな眼で老人を見つめている。くもりのない澄んだ眼だ。その眼のかすかな表情で、彼が頭のなかで言葉をさがしていることが分る。やがて彼は鼻にかかった声でそっと尋ねる。

「赤ん坊は？」言い終ったとき彼の双の眼には痛々しい悲しみがあふれた。

老人は突きうごかされたように手をのばして一升びんを引き寄せた。びんの中の液体は半分に減っている。彼はラッパ飲みした。びんの中で泡がふきあがり、三分の一が減った。

若者はかけ寄って一升びんをもぎ取った。そしてそれを遠くへ投げ捨てた。一升びんは割れもせず砂面をころがっていった。

「まさか、あんたは」

「死によった」老人はぼんやりした顔でいう。

「なんだってまた」

「死によった」老人はくりかえしていう。

「きのうまではぴんぴんしていたじゃないか」

「ぽっくり死によった」

「医者に診せたのかよう爺さん？」

「診せる暇もなかった」

「だれか――部落の人は呼んだろうね」

「いいや」

「どうして、爺さん、そんな」

「あんな子は生まれんかったほうがええ。誰もかかわりを持たんほうがええ」と老人はかたくなにいう。

「どうかしている！」若者は呆れたようにいう。「もう埋めちまったのか」

今では樟の木の上で烏が黒く渦を巻いて飛んでいる。老人は不精髭におおわれた顔をそのほうへ向けて、

「ああ、埋めた、だれにも掘り出せんぐらい深く深く埋めてしもうた」それから熱にうかされたようにつづけていった。「あの烏のいる所じゃないぞ。あそこじゃないぞ。分りゃせん。だれにも分りゃせん」

しかし老人は樟の木の上の烏の渦巻から眼をそらすことはできない。若者は突っ立ったまま、無言でその烏の渦巻を見

まもっている。

「ミツ子が戻ってきたら驚くだろうな」と若者は呟く。

「ミツ子は戻ってきやせん」と老人はいう。

「どうして?」

「ミツ子はここに用がないことを知っちょる」

「まさか、あんたたちは……」

若者はいいかけてわたしに気づくと息をのんだ。

「ミツ子は何も知りやせん。ミツ子は何のかかわりもなか」

老人は腰をあげて縁側の下から斧をとりだすと、ガジュマルの木のそばに歩み寄った。そして海風に吹かれて厚ぼったい葉をいっせいにそよがせているガジュマルの木を見あげた。

「伐るの?」と若者がきいた。

「わしはもう見たくない」

「だって、あんたはこの木の育ちをあんなに楽しみにしていたじゃないか」

「わしの命じゃった」老人は声をのんだ。

「沖から戻ってきて、この木を眼にすると、疲れがいっぺんにとれるよと、言ってたろ」

「もうおしまいじゃ」

「どうしても伐るの?」

「伐らせてくれ」

老人はガジュマルの木の根本へ斧をうちおろした。木屑が飛び散って木は梢のてっぺんまで顫《ふる》えあがった。老人は斧の一打ち一打ちごとに木を見あげた。が、切り口が半ばを過ぎるころから狂ったように滅茶苦茶に切りつけはじめた。木はのこりの繊維をギーッときしませて倒れた。頭上に青空があらわれ、光が庭にはんらんした。鯉のぼりも地面に貼りついた。

老人は疲れるほどの労働でもないのに、あえいでいた。彼は斧を遠くへ投げ捨てた。彼は木の幹をかついで家の裏側へ——眼に見えないところへ曳いて行った。「くそ、くそ」と怒鳴っている彼の声が聞こえた。姿は見えなかったが、彼がガジュマルの木を踏みつけているらしい気配が感じられた。

やがて、彼は戻ってきて、ふたたび縁側に腰をおろした。

「爺さん、泡盛を投げ捨てたりして、ごめんよ」と若者がいった。「あんたは飲みたいんだろ」

老人はびっくりしたように顔をあげた。

「俺、家へいってとってくるよ。……それとも、今日は、一人でいたいかい?」

老人はふたたびびっくりしたように、こんどはまじまじと若者を見た。

「鳥がえらくふえたのう」しばらくして老人が空を見あげていった。

「あれぐらいなら、何時だって」

「いいや、奴らは臭いをかぎつけて……」

「気にするなよ。きっと死んだ野兎にたかってるんだよ」

突然老人が堪りかねたように白髪頭をふりたてた。

「おまえはどうしてわしを責めんのじゃい？　なぜ咎めようとはせんのじゃい？　わしは、それを待っとるのに――さきほどから、それぱっかり待っとるのに」

「咎める？」若者は首をふって答える。「爺さんを咎めるなんて、誰にもできやしないよ。あの赤ん坊だって、きっとゆるしてくれるよ」

老人はうつむいたまま肩をふるわせていた。

若者がいった。「あした鰆突《さわら》きに連れていってくれよ」

「ああ、もう鰆の季節になったかよ」

「みてみろよ、海はめかしこんで、あんなに気持よさそうに季節風に吹かれてるじゃないかよ」

「行こう、行こう」

「行ってくれるかい？」

「ああ、行こう、行こう」老人はくりかえしていう。

わたしは事の意外な進展に立去ることもできず、困った立場に立たされていた。しかし、かれらの会話の流れは、わたしに潮時を思わせた。今ならわたしが辞去しても、失礼にあたるようなこともあるまい。わたしは歩み寄って別れを告げた。若者はなにか言いたさそうに唇をうごかしかけたが、しかし、黙ってわたしを見まもっただけである。

わたしは見返らないで足を早めた。しばらく行くと足音がわたしを追ってきた。ふりむくと、若者が駆けてくる姿が見えた。

彼は追いついて肩を並べると、

「気を悪くなされたでしょうが？」といった。

やがて左手の方に十二、三軒のこじんまりした部落が見えてきた。緑の樹木と石垣塀の美しい静かな村落だった。仏桑華が咲きみだれていた。

「この道をまっすぐ行って下さい」と若者は分れ道のところでいった。「二時間で着きますから」

若者は名ごり惜しそうに、しかし笑わないでわたしを見送った。

「あの……さっきのことなんですが」と最後に若者がいった。「――生まれたのは、ちぢれっ毛の、まっくろな赤ちゃんだったんです」

わたしたちはそこで別れた。それ以来、わたしは若者に会ったこともなければ、今もって彼の名前さえ知らない。また二度とあの入江をわたることもあるまいと思うが、何故かわたしにはあの入江の光景が忘れられないのである。

風葬守

一

「表彰状」と村長は勿体ぶった大声で読みあげた。「森今朝吉殿、貴殿は戦後の人心の荒廃時に、当村の貴重且つ唯一の文化財である風葬跡の保存と拡充に献身され、以て今日、観光資源としての価値を高からしめたことを茲に賞し、金一封を添えて表彰します」

　村長が声をおさめると、役場の前庭に幔幕を張りめぐらして作られた表彰式会場の、百人近い列席者の間から一斉に手が叩かれた。

　表彰状を受けたのは、六十五歳くらいの、五尺そこそこの背丈の横ぶとり猫背という、まことに風采のあがらない貧相な老人であった。だが、胡麻塩まじりの五分刈の頭と、不精ひげにかこまれたまる顔は、親しみぶかく、彼が気の小さい好人物であることを思わせた。歩くとき少し跛《びっこ》をひいた。三十年前、ハブに臑《すね》を咬まれたときの後遺症である。

　この一世一代の晴舞台にすっかり上ってしまった老人が汗をふきふき席に戻ってくると、郷土新聞の記者がカメラマンを連れてインタビューにやってきた。

「森さんはこの二十年間、風葬跡の洞窟の三百五十体の髑髏の管理を無報酬でやってこられたそうですが、まあこういっちゃなんですが、人の嫌がるこの役目につかれた理由というか、動機のようなものがあったらお聞かせねがえませんか」

若い新聞記者はこう言って手に持った鉛筆の芯をなめた。

「はあ」口下手の老人は言葉に窮してまたふきだしてきた額の汗をぬぐった。

「僕はまだ一度も行ったことはないんですが……見てきた者の話によれば、鬼哭啾々《きこくしゅうしゅう》たる光景というじゃありませんか。なまなかの人間にできることじゃありませんよねえ。森さんは郷土史とか民俗学にでも興味をお持ちなんですか」

「いいや、わたしは無学です。ただ髑髏が好きで……」彼はそう言ってもう勘弁してくれというように、老人には珍しい長い睫毛の眼をまばたいた。

新聞記者はとたんに甲高い笑い声をあげて「髑髏が好きか……なるほどねえ」と続けざまにうなずき、参った参ったというように自分の頭を叩いた。

最後に新聞記者がたずねた。

「お仕事は?」

「ハブの捕獲人です」

新聞記者とカメラマンは急に笑顔をひっこめて、気色わるそうに老人を見直した。「髑髏」と「ハブ」の取合わせが、この上もなく奇怪に感じられたからである。

新聞記者が貴賓席へ戻って行くと、隣の小学校の校長と談笑していた村長がめりこんだ猪首をこちらへ向けて言った。

「あれは感心な爺さんです。わしらは善行爺さんと呼んでいますが、教材のたしにとハブで稼いだ金をちょくちょく寄付してくれるんです。のう、校長?」

「そうです、そうです」痩せた校長は前へ椅子をすすめて言った。「まったく感心なお人です。わたしどもは足を向けては寝れんとです。全児童を代表してお願いしますが、一つ新聞記者さん、いい美談に書いて全国に流してください」

だが表彰はともかく、村長と小学校校長の美談記事の依頼は藪蛇であったようだ。というのは、記事がでた時老人は嫁のまつにこう言って食ってかかられたからである。

「これで髑髏の番人の嫁だってことが実家に知れてしもうたわ。わたしは、ひたかくしにかくしといたのよ……ああ、いやだ、いやだ、どうしてくれやるのよ」

彼女はかねてから、嫁いでから一年たつかたたない間に二度も流産したことを、老人の気味のわるい仕事のせいにしていた。そして老人が風葬守をやめなければ、別れて帰ると公言していた。だが、いまもって帰らないところをみれば、彼女にも帰るに帰れないわけがあったのだろう。

まつは色の浅黒い、鼻の低い女であった。器量も悪かったが、その性格もごつごつした骨組のように粗放であった。

この近在では、髑髏の番人などという芳しからぬ噂が立っていたので、嫁の来手はなかった。だから、つねづね、息子に負目を感じていた彼は遠くの村からまつの話が持込まれてきた時には、一も二もなく飛びついてしまった。

時に並夫三十五歳、まつ三十歳であった。まつは出戻りの再婚であった。

彼女は嫁いできて三日目に、離れの電灯の下で老人がなにやらてらてら光った大瓢簞のようなものを膝にかかえこんで、紙鑢《かみやすり》をあてている光景を目撃した。彼女はつぎの瞬間それがされこうべであることを知った。彼女は悲鳴をあげて庭に飛びだすと気を失ってしまった。

老人は、風葬跡の洞窟から持出してきた髑髏を磨いていたのである。洞窟には、頭蓋の割れたのや、下顎のはずれたのや、表面の汚ないのや――いわゆる未整理のものがまだかなりあったので、彼は家へ持込んで暇々にセメダインでくっつけたり鑢をかけたりしていたのである。この夜なべは彼を夢中にさせた。

それ以来、嫁はことごとにいやあな眼で彼を見るようになった。触られたりすると鳥肌立つような気になるらしい。離れへも、されこうべの粉が落ちているような気がすると言って、決して入ろうとはしなかった。

もう一つ――彼女がどうにも我慢ならなかったのは、老人のハブに対するどうにも理解し難い奇癖であった。

屋敷の南の隅に、背後に竹藪をひかえた家畜小屋が建っていた。だがいまは空っぽで、戸は閉めきったまま軒さきには女郎蜘蛛が巣を張り、竹藪から茅葺の屋根ごしに這ってきた繁殖力の旺盛なかずらが軒下まで繊毛の密生した銀色の蔓を垂らしている。なにやら胡散臭い感じがしたので彼女は近づかなかった。しかし折にふれて見ていると、そこを通りかかった犬が板壁の下の、地面とすれすれの所へ鼻を突っこんで烈しく臭いをかぎながら、首筋の毛をそう毛立てている。中には臭いをかいだとたん、尻尾を巻いて逃げる奴もいる。不思議に思って注意していると、その後野鼠のはいった鼠落しの籠を提げた老人が小屋の中へはいっていく姿を何回か見かけた。老人は中へはいったきり戸を閉めきって一時間も二時間も出てこない。ある日、彼女は老人が小屋から出てくるのを待ちかまえていて中へはいって見た。すると、内部は別に変わったところもなかったが、ただ隅の方に置かれた一米《メートル》四方くらいの木箱が眼をひいた。側面の一方は金網がかぶせられ、上面はガラス蓋でおおわれている。彼女は近寄って、ガラス蓋ごしにのぞいて見た。

何やら白い長いものがくねくねと這っている。白蛇であった！　彼女ははじめ白色という異種に目が化かされて無毒の蛇であろうかと思ったが、眼をこすって注視すると、地肌が白地がかっているだけでしゃもじ型の頭といい、大島紬の図柄に似た紋様といい、ハブにそっくりであった。それはまぎれもなくハブであったのだ。しかも、かつて見たことも話に聞いたこともない白ハブは、下顎をはずし、収縮自在の首の筋肉をゴムのように脹らませて自分の頭の三、四倍もありそうな野鼠をまるごと呑みこもうとしていた。野鼠はあらかた呑みこまれていたが、頭から呑みこんだらしく絶えず波動している口のさきから、野鼠の毛のない尻尾と、桃色がかった後足が一緒にすぼまって飛び出している。気のせいか鼠の足にはかすかな痙攣が認められた。小粒の珊瑚玉をはめこんだような目玉はどろんとしている。少々のことには驚かないふてぶてしい神経の持主である彼女も、この初めて目撃したハブの食餌の光景には気持がわるくなってしまった。

「あのハブを殺してたもれ。白ハブなんてぞっとするわ」

彼女はまだ昂奮のおさまらない癇走った声でこう言った。

するといつも瞼がはれあがって睡そうな顔をしている鈍感な亭主が怖気《おじけ》づいて、

「まつ、そりゃいかん。あれのことは忘れろ。あれはわが家の守り神だからよ」と濡れ光った締りのない唇から唾《つばき》を飛ばしてたしなめた。「そう。そんならあたしが片づけるわ。逃げられて咬まれでもしたらどうするの」

「そんなことをしたら罰があたるぞ。あの白ハブはな、十万匹に一匹の変わり種でな、ハブの大将株なんだ。あいつがここにいてぐっと睨みをきかしているから、うちへはハブがやってこんのだ。殺すなんて滅相もなか」

彼女は馬鹿にしたように薄笑いを浮かべて聞いていたが、この時はなぜか黙っていた。

老人はハブの出盛りの頃、四月から九月の間は、天気さえよければハブ捕りに励んだ。日中、直射日光をさけて蘇鉄のほら穴や石垣の隙間、木苗の下生えにひそんでいるハブは、日が昏れかかると跳梁する野鼠を求めて這い出してくる。その時が老人の稼ぎどきである。手に捕獲棒を携え、ハブをいれるブリキ缶の箱を背負い、カーバイト灯で闇の壁を照らしながらハブを求めて部落の周辺、近くの山野を歩きまわる。

だが路面をこれ見よがしに這っているうすのろハブは滅多にいない。物蔭から物蔭へ音もなくうごき、茂みの下に身をひそめて、その上顎の凶悪な二本の毒牙《どくが》に猛毒を溜めて獲物が近づくのを待っている。そして獲物が近づいたとたん顎を百八十度角に開いてさっと一打ち、筋肉をドロドロに溶かす毒液をたっぷり注入する。だからハブ捕獲のコツは、ハブがS字型に構える前にこれを発見し体長の三分の二の跳躍力を持つ彼の攻撃圏外で捕捉しなければいけない。だからハブの探索と捕獲には名人芸を要した。その点老人は島内きっての ハブ捕りであった。彼がかつて作った二時間で十五匹という捕獲記録は、いまもって破られていない。平均して三、四匹の収穫はあった。捕えてきたハブは、十匹ぐらいずつまとめて頑丈な木箱に詰めトラック便でN市の保健所へ送った。保健所では毒液を採集し、血清をつくるのである。

老人はよく肥えた旨そうなハブが捕れると、鋭利な庖丁でスパッと頭を断ち落し、血のにじんだ切断面の下腹に剃刃の刃をいれ、尻尾のさきまでスッスッと裂いていった。皮に断ちスジがはいったところで、首の皮をくるりと裏返しにし、そののびた皮を右手に巻きつけて、踏みつけて固定した尻尾のさきへ向って生木の皮をむくように引き剥がしていった。肉皮は絹を裂くような音をさせて小気味よく剝けていった。肉は緊《し》まっており、串ざしにして蒲焼にするとカシワのような味がした。父親と息子は、その焼きたての脂のしたたってい る熱い肉を、ふーふー言いながら貪り食った。しかしまつは精がつくといくらすすめられても、食べる気がしなかった。その間彼女は、けわしいうとましい眼つきで、ハブの蒲焼に舌づつみをうっている貧相な顔つきの親子を無言で眺めていた。

（そんなにハブが好きなら……）と彼女は思った。

二人がこのひと月毎日通っている隣村の埋立地現場へ出向いたあと、家畜小屋へリヤカーをいれ例の白ハブの飼育箱を用心ぶかく乗せると、家のすぐ真下の海岸へ曳いていった。そしてそのまま着物が濡れるのも構わず、深みへはいっていった。彼女はそうやって一時間ばかり飼育箱を潮漬けにしておいた。一時間たってリヤカーを引きあげて見たら、白ハブは下腹を反《そら》して窒息死していた。それでも用心ぶかい彼女は、注意しいしい捕獲棒でぐったりしている白ハブをはさみつけて引きずり出すと、いつも男たちがやっている調理法を真似てきれいに皮を剝ぎ取った。白ハブはよく肥えている上に二米近くもあったので、蒲焼だけでは食傷すると思って、ほかに煮つけ、フライ、ハブ汁と思いつく限りの料理を作って二人に振舞った。ハブ好きの二人は同じ料理が連続三日もつづいたのに旨い旨いと言って食べつづけた。彼らは、N市へ送るために取ってあるハブの中から一匹抜き出してこさえてくれたのであろうと考えているらしい。弁当にもそれをいれて持っていった。

彼女はこうしてあの気味のわるい白ハブが片づいたことを大そう喜んだ。

間もなく飼育箱が空っぽになっていることに気づいた老人が伜と一緒に血相かえて彼女のところへやってきた。

「これまつよ、おぬしはわしの飼っとるハブは見んかったかの。おらんとじゃが……」彼は横目で疑わしげに嫁の顔をうかがった。

「どんなハブな？」彼女はとぼけた口調で聞き返した。しかし、そのよく光る意地のわるそうな小さな眼は、それおいでなすった！といったウズウズした興味をいっぱいはじけさせて嗤っていた。

「白ハブじゃが」

「ああ、あん白子みたいな気味のわるいハブのことな？……あれなら、家畜小屋の外を這いずっとったで、殺したど」彼女はしゃあしゃあと答えた。

老人は一瞬顔色を変え眼に怒りの炎を燃え立たせたが、嫁の挑むような侮蔑の眼差に合うと、このところ嫁にいびられて頭が上らなくなっていた彼は忽ち腰くだけになって、気をとりなおしてこう聞くのがやっとであった——

「あの白ハブの皮は高く売れるんじゃが……何処へ捨てやった？」

「皮なんかもうないわ。肉は……この間、二人が旨い旨いと言って全部食べてしもうたし。とってもよう脂ののった大ハブだったわ。何を食ったらあんなに肥え太るのかしら？」

彼女はこう言ってにっこり笑った。

　老人と並夫はとたんに口を押さえて便所の裏の、真紅の花の群れ咲いたハイビスカスの生垣の際へ駈けこんでいった。彼女が近寄って見ると、二人は手を口へいれてむせびながら吐いていた。

（ハブが大好きな癖に吐くとは何ごとだろう、ははア——さては鼠をいっぱい食べさせたことを思い出して気色わるくなったんだな）と彼女は思った。

　こうして、彼女が口うるさく言いつづけたおかげで、老人は家へされこうべを持ちこまなくなったし、彼らの迷信の源であった白ハブもいなくなったし、まつは一年たたない間にこの家の実権を掌中におさめてしまった。居心地はわるくなかった。食うに困らないだけの財産はあったし、小金もしこたま貯めこんでいる様子であった。それに一番気にいったことは、ほかに張り合う女がいなかったので誰に気がねもなく、のうのうと、勝手気儘に振舞っていられることであった。

　だがこういう女の常として一旦軽んじたらきりがない。ブレーキがきかないのだ。相手がひっこめばひっこむほど——まるで仲間の禿げドリを滅多矢鱈に突きたてる鶏みたいに、挨拶がわりに突っつくのである。別に深い仔細や悪意があってのことではない。相手の顔を見るか意識したとたん、気まぐれの虫がむらむらと起こってついちょっかいを出してしまうのである。といっても、たいしたことができるわけではなかったが。

　その一つの現われが、いまでは「今朝吉爺さんの弁当」といって埋立地現場じゅうの物笑いの種になっている弁当のおかずの差別事件であった。

　はじめの間は誰も気づかなかった。昼食を取っている本人たちも知らないで食べていた。だがある日のこと、みんなにお茶をついで回っていた剽軽者のカナヅル婆さんが、並夫から今朝吉老人へ移った時、「あれっ、爺さんのおかずは魚の頭ばっかいか！」と怪訝そうな叫び声をあげた。カナヅル婆さんは、並夫の弁当の中によく焼けた旨そうな魚の切身がはいっているのをはっきり見ていたからである。「どれどれ」とみんなが二人の弁当を寄せ合って眺めたらその違いはあまりにもはっきりしていた。つまりまつは、亭主可愛さのあまり二人のおかずに手心を加えていたのである。

　それ以来、単調な土方仕事の鬱憤のはけ口を求めていた二十人ほどの人夫たちは、午のサイレンが鳴って昼食がはじまると何はさておき、二人の弁当を見較べて嘲笑の花を咲かせるのであった。

差別は毎日、露骨に行われたわけではなかったが、ほとぼりが冷めない程度には続いていた。並夫が肉なら老人はスジ肉か内臓、並夫が豆腐の煮つけなら老人はおから、同じおかずの場合は明らかに老人のぶんは嵩《かさ》が少なかった。ひどい時は、老人は胡麻塩か嘗味噌で我慢させられていた。

しばらくは、冷やかされるたびに「へへへへ」と、きまり悪そうに笑いながらお互いのおかずを分け合っていた二人もみんなの嘲笑があくどさを増すにつれて、一種の気まずさから離れて弁当を開くようになった。こうなると、なおのこと相手の弁当の中味が分らなくなって、みんなにつけこまれることになり、針小棒大に取沙汰されてしまう。で老人はますます背をまるめて食べるようになり、伜は伜で、途方にくれて、針でも呑みこむような辛い顔でまずそうに食べている。そうかと言って、二人の仲は決して悪いわけではない。手に負えない嫁のたちの悪い仕打ちに、じっと耐えている感じである。

誰かが老人に同情を示し嫁をなじると、そのショボショボした眼を忙がしくまばたかせて、

「いいや、わしは年だから栄養はこれで十分でごわすよ。これはわしの方からの頼みでおわす」と言った。

中には正義漢もいてこう言って伜を責めたてる者もあった——

「並夫、おぬしがだらしなかでこんなことになっとよ。いつまで人のいい爺さんを嗤い者に曝す気かよ?」

ついに気の長い鈍感な並夫もたまりかねたか、帰宅後酒の勢いをかりてそのことを非難した。だが、まつはひるんだ気色もなく、老人に聞こえよがしに、

「ふん、よぼよぼの年寄りのくせに、そんげに精をつけてどうしゃろというんじゃろう。あたしが襲われたらしらんよ」と、逆にこう言って亭主を威す始末であった。

しかし、口ではこんなひどいことを言ったものの、彼女の舅いびりの噂はあることないこと尾鰭がついて、颱風あとの海岸に打上げられた腐ったホンダワラのように、部落じゅうに芬々たる臭気をまき散らしていたので、——それが何処からともなく彼女の耳にもはいってきたので、彼女は参っておかずの差別だけは止めてしまった。だが老人は、彼女が朝弁当を詰めながら土間に落したおかずを洗いもせず、ぽいとおかずいれにほおりこむのを見た。また梅干に熱湯をかけエキスを取ったあとのふやけた実を詰めるのも見た（エキスは彼女が後で飲むのである）。さらに彼女が弁当に悪意の唾をぺっぺっと吐きかけているのも見た。この時にはさすがに大変な女を貰ったものだという実感が胸にきた。このままでは何

処までつけ上るか分らないと思った。だが、伜の器量、わが家の芳しからぬ風評を考えれば、これでも我慢すべきかもしれないとも思った。彼は真剣に別居を考えた。

そんなある日のこと、老人の側に嫁につけいる隙を与えた、彼の立場を決定的に悪くした思い設けぬ事件が起こった。埋立地現場の昼休み時、食事を終ったみんなが涼しい木陰で思い思いの姿勢でからだを休めていると蘇鉄の植えこまれた段々畑の下の草叢のあたりから、突然「ハブだ、ハブだ！」という叫び声が起こった。みんなは手に手に棒を持って駈けつけていった。だが、一同が駈けつけた時には最初の発見者の狙いが悪く仕止める前に取り逃がしていた。その辺には、人の腰高くらいの羊歯や木苺やすすきやぐみが茂っている。だから、ハブがその中にひそんでいることは確かであったが、しかし迂闊に近づくと咬まれそうな気がしてみんなためらっている。その時、一人の男が「ハブ爺さんは？」と言った。だがその人垣の中に彼の姿は見当らなかった。……みんながさっと広い赤土まじりの埋立地へ視線を向けると、老人はこちらの騒ぎも知らない様子で、埋立地の反対側のガジュマルの木の下陰で煙管《きせる》煙草をふかしていた。「今朝吉爺さん、今朝吉爺さん」と数人の者が呼びたてた。そこで、はじめて腰をあげた老人は、ハブの一匹ぐらいで何をうろたえるのかといった顔つきで、埋立地を横ぎってやってきた。そして、一目茂みを見るなり、

「殺すことはなかじゃ」と小さい声で言った。「捕えれば、一匹三百円じゃ売れるんでの」

老人は竹の棒をかりて数回茂みの中へ軽くさしこんだ。茂みは深く、竹の棒は半分ほどかくれた。彼は竹の棒をさしこむたびに、瞬秒の間、眼を宙に据えて、アタリを待つ漁師のように手元にくる感じを待った。だが彼の表情には何の変化もあらわれなかった。彼はふしぎそうに、竹の棒を引き抜いて、先のほうを顔の前にかざしとくと改めた。ハブの咬み傷か触れたあとを調べているらしい。

彼は首を振って言った。

「ここにはおらんど」それは殆ど断定的な口調であった。

その言葉で、息をつめて見まもっていた人々は一斉に溜息をついた。だが彼らは（それだけのことで、この深い茂みの中にハブがひそんでいないと断定できるだろうか）とまだ疑っている気配であった。

老人は構わず、今度は、その茂みから左手へ通じている段々畑の畦づたいに（三十糎《センチ》ばかりの茅が生えている）のぞきこんでいった。

「ははア――ここじゃな！」老人の顔に愉しそうな微笑がひろがった。

彼が示したのは、段々畑の畦に植えられた、根元から幾株

にも枝分れしている蘇鉄の古株であった。半分は腐っている感じのその褐色の幹には小粒の実をつけた山芋の蔓がからみつき、地蜘蛛が巣を張っていた。老人は鍬をかりて蘇鉄の根方へ鍬の刃を打込んだ。ザクリと樹肉が裂けた。その白い面に枯葉のつまった洞《うつろ》の入口が見えた。彼はそうやって蘇鉄の幹をけずり取っていった。だんだん洞が大きく口をあけていった。中には乾いた土や蘇鉄の綿がつまっている。彼は竹の棒をさしこんでそれを掻き出した。

——いるいる！　薄暗い蘇鉄の洞の中にS字型にとぐろを巻き、その輪の上から鎌首をもたげ、近づく者があればガッと激烈な一撃を加えようと長い炎のような舌を閃かせて不敵に待ちかまえている四十糎くらいの黒っぽい小さなハブであった。老人はニヤリと笑い中へ竹の棒をさしこんでそれに巻きつかせると阿吽の気合で一気に強くそれを手前へ掻き出した。ハブは二つに捩れて弧を描いて飛んでくると、黒蟻の巣の上にどさりと落ちた。彼はすかさず竹の棒でハブの首筋を押さえた。

「やっぱりハブ爺さんだな」と、みんなが感心したように言った。

老人は人のいい照れたような笑顔をみせ、竹の棒で押さえこんでいるハブの首筋を右手の拇指と人差指でつまんで宙に吊り下げた。ハブはカッと口をあけ、苦しまぎれに彼の毛深い手首に巻きつこうとした。

老人はそれをアルミの弁当箱へいれぴったり蓋をかぶせて風呂敷でかたくしばった。それで騒ぎはおさまった。

ところが、彼は弁当箱にハブをいれたことをすっかり忘れていたのだ。少なくとも、まつの悲鳴を聞くまでは忘れていた。

そんなこととは露知らないまつは、いつものつもりでそこに投げてあった弁当箱を手に取り、風呂敷をほどいて水桶につけようとした——するとその時、そのわずかにあいた隙間から、それまで、中に窮屈に閉じこめられていたハブの尻尾が撓《しな》った鞭のようにぴいんと飛び出した。彼女は何が何やらわけが分らなかったが、とっさの恐怖に打たれて、悲鳴を発してそれを取落した。弁当箱は水のたっぷり張った水桶に落ちた。弁当箱は水の底に沈み、そこから脱け出たハブだけがニョロニョロと体をくねらせて浮き上ってきた。普通なら咬まれたケースであった。ハブは水につかったため、行動の自由を失い、咬む機会を逃がしたのかもしれない。

老人が駈けつけた時には、先に駈けつけた並夫がハブを叩き殺してあった。

まつは血の気をなくした顔で呆然と立ちつくしていた。

「済まん、済まん」老人はオロオロし、当惑したような顔で謝まった。

「いやあ、おいもすっかり忘れとったなあ」と並夫は双方をなだめるようにぼやき、老人に向って、早く消えろ消えろと目くばせした。

しかし愚直な老人は立去ることができなかった。

まつのこめかみにみるみる青黒い血管がふくれ上っていった。手足はおののき、首の筋という筋はこりかたまって引き攣《つ》った。

それを見ると老人は発作的に言いわけを始めた。

「きょう仕事場でハブを見つけたで弁当箱にいれたんじゃが……」しかし彼は途中でまつの憎悪にぎらついた物凄い目つきに合うと、ふいにむなしい気がして口を閉ざした。

まつはこらえようもなく、両手で顔をおおって、いまはじめて恐怖の実感がきたように、泣き出した。

彼女は泣きながら、きれぎれに、こんなことを口走った——「あたしを……ハブに咬まそうとしやった……あたしを……ハブに咬まそうとしやった」

「こらっ、よさんか」並夫が聞き咎めて叱りつけた。

まつは、何が違う！というように、いきなりその顔から両手をはずし、ヒステリーの爆発寸前の、鼻腔も眼も口も毛穴も異常にふくれ上った感じの顔をぎらぎら光らせて、

「ふん……あたしには、分ってるんだから……弁当箱とは、よくも考えたもんだよ……これは……これは……あたしをハブに咬まそうと仕組んだ芝居なんだろう」と、一そう声を高めて喚《わめ》きたてた。

「まつ、やめろ」と並夫がかすれた声でどなった。

「そうやって、わたしを片づけっちまおうとしたんよ……汚なか手だわ……ハブ屋らしかおぞましか手だわ」

「なあ——おい、人間には言ってよい言葉と、口が裂けてん言っちゃいかん言葉があると思うんじゃ。どうか、そんなやけっぱちな口だけはきかんでくれ」

「おまえも、グルだろ、この薄野呂」

老人は怯えきった表情で、ただ二人のやりとりをぼんやり眺めていた。

「そんなに、あたしが憎いんなら」と、すっかり取り乱してしまったまつは、物凄い剣幕で今朝吉老人ににじり寄って、腕まくりした腕をつきつけて言った。「さあ、たったいま、目の前で、ハブを持ってきて咬ませてみなされ」

まつの不器量な顔は、モノを言うたびにくろずんだり青ざめたりした。たかぶった性根だけで、モノを言っている感じであった。

「な、よしてくれ」並夫がうしろから手を伸ばして、まつを抱き止めた。「この人殺し」まつは抱き止められながらも、口汚なく老人を罵った。そうして、曲げた肘で並夫の脇腹を突いた。並夫はうめいて後へ二歩三歩よろめいたが、かろう

じてそこでぐっと踏みとどまると、もう我慢ならぬというように拳をかためて、わななきながら、涙の垂れ流れているまつの顔をなぐりつけた。頬が鳴り、まつは引き攣った悲鳴をあげて尻からさきに地面に落ちた。着物の裾が醜くめくれ上った。その顔は、ふき出た血で、まっ赤であった。「人殺し、人殺し」まつは鼻血で息をつまらせながら喚きたてた。

ようやく人々が駈けつけてきて二人を引き分けた。まつは隣家の婆さんに家の中に連れ去られた。並夫も柄杓で水を飲んだあと、何処かへ立去った。急にしんとなった庭さきでは、縁側に腰をおろした老人だけが、憮然とした面もちで、並夫に殺されたハブを見おろしていた。

二

今朝吉老人はビロウ樹の根方に腰をおろして、月に明るんだ海を眺めている。月の高さから、十一時を過ぎた時刻と知れた。並夫は夜釣りで沖へ出かけて留守である。彼も誘われたが、風邪気味だからとことわった。……彼の前方には、レース模様の波打際にふちどられた真白な砂浜と、むらなく月光をうかべたおだやかな湾と、それを両端から囲むように腕をのべた岬と、そのさきに満月の月光をあびて、空と海と水平線の見分けもつかなくなった外洋が渺茫《びょうぼう》とひらけていた。岬は海面から射かける照り返しと、月の光に挾撃されてただ黒々と黙していたが、ときおり、岬をおおった蘇鉄が風に揺れさわぐのか一瞬輪郭の上空に妖しい輝きを溜めた。満月はのぼるにつれて皎々と輝き、真下の海面に金波銀波をうかべ、潮流と風のながれに沿って幾千万のこまごましたさざれ波を走らせた。実に静かだ。森羅万象のひとしく眠りについたこの時、聞こえる物音といえば、月光の中から湧いてくる渡鳥の鳴き声と魚の水音だけである。

(さあて、いよいよ仕事に取っかかるか)彼はふと、静寂と月光の中に溶けいっていた忘我の境地からわれに返って、今度は目ざめた意識で月を仰いだ。(いい頃合だ)と思った。彼は今、この月光の時を失いたくないという思いで一杯であった。彼にとってはこの仕事のできる満月の前後数日間は実に貴重であった!

彼はからだを前にかしげて急ぎ足に歩いていく。彼の行先は部落の墓地である。墓地は村はずれの段丘の上にあった。やがて前方に墓地が見えてきた。

彼はいっとき月光を浴びて、墓地の全景を見おろしていた。墓地は、彼の立っている道路から、はるか向うの、砂丘までのびていた。この夜は、天と地が隈なく晴れわたっていたので、いつもの月夜よりも明るく感じられた。墓地はひと区切りごとに低い石垣で囲まれ海岸から運びこまれた珊瑚礁の破片の真白な砂が敷きつめられてあった。そのため、隅ない月の光と清浄な白砂がしいんとした静寂の底で丁々と戟《う》ち合って、あたりはまことに悽愴なくらいの明るさである。彼は見当をつけて、墓地の中へ通じている小径を踏んで歩いて行った。あまりにもあたりが明るすぎたので、道の両側の新墓の金箔の墓碑銘が手に取れるようにはっきり見え、墓前に供えられた季節の花々も色あざやかに浮き上って見えた。風がないので消えのこりの線香のけむりが月光の中をおよいでいる。中程まできた時、ふと精霊のような二つの黒い影がうごいてきた。死後の世界を信ずる気のしない彼は、別に驚く様子もなかったが、足だけは止めた。それは顔なじみの近所の犬であった。供え物の料理をあらしにきたらしい。二匹のぶち犬は尻尾をふって彼にまとわりつこうとしたが、彼は「しっしっ」と言ってそれを追い払った。

彼が選んだのは墓地の南端の亀甲型の墓石であった。墓石は風雨に曝されて黒っぽく変色している。「トウトガナシ、トウトガナシ」彼は呪文を唱え、やおら墓石に手をかけてそれを抱き起こした。彼は短軀であったが、大変な力持ちであった。墓石の上から、風に吹きあげられて溜まっていたらしい砂粒が下の台座に落ちた。同時に、彼の腕にこすられて、この梅雨の頃生えてすっかり干からびてしまった墓石の苔がひとしきり剥げ落ちた。彼は一気に持上げて、横に移した。ついで、台座をどかした。すると下にぽっかり黒い穴があいているのが見えた。骨壷が埋めこんであったのだ。彼はもう一度呪文を唱え、それから骨壷へ向って「可哀そうに……息がつまりなさったろうが……いま、気持のよか空気をいっぱい吸わせてあげますでのう」と話しかけた。彼は砂の上に膝をつき、骨壷の中へ手をさしこんだ。手は腕の付根のあたりまで入った。彼はいっとき手探りしていたが、何か探り当てたらしくにっこりすると、腕を抜いた。彼が取ったのは頭蓋骨であった。彼は月光の中へそれをかざした。一瞬月光がそれに砕けた。月光はこなごなに散乱して眼窩の奥までも忍びいった。彼はゆっくり回しながら、いたみの少しもない完全な形の頭蓋骨に満足そうに眺めいった。彼はこの頭蓋骨のあるじをようく知っていた。十五年前に死んだ老人であった。十三年忌の時、洗骨されてここに改葬されたのである。この島では今もって土葬が行われていた。

彼は花立の花を抜いて、竹筒の水を頭蓋骨に走らせた。こうすれば、魔性がとり憑かないと信じられていた。水に泳いでいたボウフラが白骨のおもてに貼りついて体をくねらせた。彼はそれを風呂敷にくるむと、墓石を元に戻し、こんどは下方の砂丘へと下りていった。梟が墓地のうえを低くかすめて飛んだ。

そこから岬へかけてひろがっている砂丘はそう大きなもの

ではないが、岬から波打際まで三百米幅で突端まで延びている。昼間は砂面の反射がまぶしすぎて目が痛いほどであるが、夜は――とくに今夜は月光のせいか、このやわらかい、海の中層のような、青みを帯びた景観は優婉でさえある。とにかく、彼はこの砂丘を歩くのが好きであった。足のうらがギシギシ鳴り、えぐられた砂が漏斗形《じょうご》に崩れていく微妙な感触が快い。彼は昔から、こういった些末事に魅せられる妙な癖があった。とくにはだしの場合は、はだし馴れして足の皮が厚くなっているとはいえ、こまかい砂粒の中に異質物を踏みつけたりすると、一瞬足のうらから（おや？）といった伝令が伝わってきてそのままの停止の姿勢で、さらにねじこむように足に力を加えて探りながら、その物体の正体を探そうとする……

やがて砂丘の前方に、切り立った砂岸の絶壁と、黒々とした洞窟の入口が見えてきた。そこが風葬跡の洞窟であった。

外から見た限りでは、なんのへんてつもない半円型の洞窟である。だが、彼の案内ではじめてここを訪れた者は、内部へ一歩はいったとたん、あっと息をのんで、あまりのすさまじさに目をそむけてしまう。十人が十人、そうであった。部落の連中でさえ、幽鬼にとり憑かれると言って近寄ることを避けていた。

彼は案内人として見学者をここへ導いてくる時は、いつもこの洞窟の前でこんなきまり文句を口にするのが習わしであった。

「……はい、ここは風葬の跡であります……風葬と言いますのは明治のはじめ頃まで行われていた葬法でありますが、死人が出ますと、こんな崖下の洞窟や珊瑚礁のほら穴に死体を曝して、それが自然に白骨化するのを待って、三年から七年後に、骨を洗ってカメに納め自分の墓地に再葬することであります……ところが、ここには、風葬したまま棄て置かれた遺体が三百五十体もあります……いつの時代のもので、なぜこんなに沢山かたまっているのか、今となっては、誰にも分りませんです……まあ、本土でいう無縁仏であります……どうか中へはいって見てくだされませ」

この夜は、洞窟の入口からわずかに西に傾いた満月が斜めに月光を射しかけていた。月光は入口のかたちに截《き》れ、洞窟の半ばあたりまでとどいていた。

彼は中へはいって行った。冷たい風が肌を刷《は》いた。彼には見なれた光景であったが、三百五十体の髑髏は今夜も頭をぴったり寄せ合った形で砂の上に首を据え、洞窟の三分の二の面積に並んでいた。月光はその半ばを鮮やかに照らし出していた。月の光は一つ一つの髑髏に映えて、まわりに青白い光の環をつむいでいた。光のとどかない位置にある髑髏も、青みがかった幽暗の底で、その奇怪な輪郭をメッキのようにほのかに浮き上らせていた。しかしその影だまりの眼窩にだけは光もささなかった。

　彼はいつもここへくるたびに強く感ずるのであるが、この夜も、かれらのかすかに恨みを含んだ、シーンとした眼差の「一斉注視」を浴びたような気がした。そのたびに彼は淋しい気持にとらわれた。虚無の溶液に溶けこむ心地であった。かれらの眼窩はじつにふしぎなおもざしで彼に語りかけていた。はじめの頃、彼はその愁訴の眼差に逢うたびに目くらむほどの絶望感にとらわれたが、しかし慣れるにつれて言い知れぬあじわいさえ感ずるほどになった。この感じに魅せられたことが、人の嫌がる風葬守に精出している理由かもしれなかった。

「また一人お連れしましたぞ」彼はそう言い、風呂敷をほどいて髑髏を取り出し静かに隅の方へ置いた。「新妻みたいに可愛がってあげなされや」

　その声は低かったが、呪術的な暗い感じで洞窟にこだました。

　この中には、彼がこうしてあちこちから蒐《あつ》めてきたものが二十体はある筈であった。彼はいずれこの髑髏群を五百体にまで持っていきたいと考えている。この洞窟に五百体の髑髏がびっしり竝《なら》んだ光景を想像するだけで、彼の皺寄った皮膚はまるで敏感な処女の肌のようにぞくっぞくっと戦《おのの》くのであった。

　いつもなら、この仲秋の名月の夜には、三百五十体の髑髏を全部前の砂丘に持ち出して、その背後に大王のように座して持ってきた一升びんから茶碗酒をくみながら、月光に曝された髑髏を眺め、天と地のあわいから幻聴のように湧いてくる髑髏の歌に聴きほれるのが習わしであったが、今夜はとてもそんな暇はなかった。これからしなければならない仕事があったからだ。で、恒例の髑髏まつりは明晩行なうことにしようと彼は思った。

　ついで彼は洞窟の奥へ行って柴をとりのけ箱を抱きかかえてきた。それは彼がハブ捕りに出かけるたびに背負っていくブリキ箱であった。彼はそれを髑髏の行列のこちら側の空地におろしてゆすってみた。中でどさりとハブが揺れた。

――五日前に捕えてきてここに隠しておいたのである。

　彼はいま昼間のあのショボショボした老人ではなかった。この薄暗い風葬跡の洞窟の中で、彼のぎくしゃくした畸型的な体格は一そう際立って見え、人間が歩いているというよりも類人猿か熊が徘徊しているような感じであった。そして絶えずやむことのない独り言のせいか、まがまがしい暗い気分が彼の全身からただよっていた。

「おいを村じゅうの物嗤いの種にしよってあいつは悪か女じゃ」彼は口に出して呟いた。「あいつが部落中にふれ歩いたおかげでそれからちいうもの、部落の連中は『弁当ハブ』

とおいの蔭口きくごとなった。子供たちまでが『弁当ハブ』と言って囃したてよる。そいばかりか、あん眼鏡の駐在まで様子さぐりにきよった……もう我慢ならん……ふん、おいが弁当箱にハブをしこんで、咬まそうとしやったじゃと！ あんげに小さいハブでか！ 馬鹿馬鹿しいにもほどがある……ううっ、あん時のあいつの剣幕はどうじゃろ、思い出すだけで胸がむかつく……おいに腕を突きつけて、いま眼の前で咬ませてみろとぬかしやがった……あいつは、ハブに咬まれることが、どんなことか知っとるとか……畜生、そんげにハブに咬まれたいんか……もう我慢ならん、堪忍袋の緒もきれた……どうか白ハブさま お前をワタブク（腹一杯）食っしもうたことは、何とも済まんことでありますが（これもあいつの仕業でごわす）……このハブにのり移られて、あんバシャヤマ（醜女）を仕止めくだされ……トウトガナシ、トウトガナシ……」

彼はハブの入ったブリキ箱を小脇に背負って洞窟の外へ出ていった。彼はちょっと足を止めて、月光に青白んでいる砂丘のひろがりを眺めた。砂丘はゆるやかな起伏をつらねながら、波打際へ下降している。砂丘には昼間の砂の余熱がこもっていた。月は彼の背後から照りつけていた。で彼は前にのびた自分の長い影を踏みつけながら歩いていく。渚のところで右に向きをかえ、正面に部落の黒い防潮林を眺めながら歩いた。彼の扁平足のはだしの足うらが、干潮時の濡れてくろずんだ砂面に貼りついてヒタヒタ鳴るたびに、渚の浅瀬に寄っていた銀針くらいの小魚が跳ね飛びながら四散した。三十分後に部落との境目の川瀬にさしかかった。川すじに沿って、赤く色づいた山蟹が行列をなして、産卵のために一斉に海へうごいていた。彼はそこで足を止めて、動物的な用心深さで、部落の下の海岸に人影はないかと窺った。

彼の家は部落はずれにあった。そこまで、あと二十分の距離だ。彼は足を早めた。……渚からさして遠くないところに、錨綱でとめられた幾そうかの刳舟が浮かんでいる。どの舟にも、渡りの途中に翼を休めているらしい渡鳥が凝然と止まって、嘴を羽毛にさしこみまるくなって眠っている。……底の玉砂利までが透きとおって見える海中では、光のかたまりになったクラゲが花咲いたりすぼまったりしている。

やがて砂浜は尽きて、干潟が遠くまで背をあらわしている砂洲にさしかかった。彼はそこで斜めに浜を上っていった。川瀬から続いていた防潮林はそこで切れており、その木立の下影づたいにしばらく行くと、やがて野生のハマユウの群生地の間に踏み固められた白い小径が見えてきた。

月は依然として空にかかっており、彼の足もとと行手を照らしていた。道の石ころの影まではっきり見える。道の両側のすすきに産みつけられた、妖精の唾と呼ばれている、カマキリの気泡状の卵がきらきらきらめいて見えた。しかし月夜の景観に心が散ったのもそこまでであった。

こちらへ歩いてきた野犬が彼の殺気にうたれて尻尾を巻いて道をそれた。彼は途中行手にハブらしい影を認めたが、しかしこの夜は見向きもしなかった。

間もなく前方にわが家の石垣門が見えてきた。皺だらけの肌の下で怨念が火をふき、踏みしめる足に力がこもった。いまは——あのいつも帰宅する時感じていた怯えや遠慮や気の重さもぜんぜん覚えなかった。かわりに荒々しい衝動が、理不尽な振舞い、奪われた物に対する怨恨が、皮膚の下で所きらわずふくれ上った。それが咽喉につまるたびに咽喉がクッと鳴った。彼はいつの間にか急ぎ足に歩いていた。軽い跛のため、鳥が駈けているように見えた。背負っているブリキ箱の角があばら骨に喰いこむので、葉をいっぱいつけた木の枝をへし折ってその隙間にいれた。その瞬間、木の枝にひそんでいた二匹の螢がすうっと金色の尾をひいて飛び去った。

彼は石垣門の中へはいった時、一分ほど、足をとめて屋敷の全景を眺めやった……棟つづきの三軒の茅葺家とそれをとりまく白々とした中庭……一瞬屋敷がばかでかく見えた。そしてこの時月光がこの一点に集中したように、屋敷中が皎々と輝きわたって見えた。木に止まった鶏が、寝ぼけた含み声をもらしている。彼は中庭をぬけて三軒目の家の前にさしかかった時、また足をとめて、左へ首をねじった。そこにあいつは寝ているはずだ。西に面したガラス窓は月光を浴びてきらきら輝き、反射光を軒下からさがったヒゴ鉢の吊るし蘭の下の手水鉢に投げかけていた。手水鉢の水がただごとでなくさわいでいる。不審に思って見つめなおすと、蛾が落ちこんで羽ばたいているのであった。

彼は咽喉の渇きを覚え、まっすぐ井戸端へ行って汲み置きの水がめから椰子の実の柄杓で水を飲んだ。それから五分刈のごつごつした頭を前へかしげて何回も柄杓の水をかけた。ついで口に水をふくみ、開けたブリキ箱の中へ霧を吹きかけた。箱の中には二匹の大ハブがうずくまっていた。ハブは霧を浴びたとたん、そののびちぢみする舌をヒラヒラさせて箱の底にたまった細かい水滴を甜めた。それから細いしなやかな首をわずかにあげて月を仰ぐような仕種をした。ハブの全身は水に濡れて月の光を滑らせ、目玉は紅の光を発している。彼は満足そうにうなずき、蓋をかぶせ、ふたたび肩に背負った。そして足音をころして家の左側を進んでいく。歩きながら文旦の木に立てかけてあった捕獲棒を取って、嫁の寝所へ近づいて行った。

手水鉢の蛾はまだ断末魔のあがきをくりかえしていた。水がまわりの羊歯のしげみに飛び散っている。凝視しているとそのかすかな羽音が、冴えた彼の頭の中で途方もない大きな音を響かせているように錯覚される。彼は手をのばしてそれをすくい取ろうとしたが、途中でやめた。彼はブリキ箱をおろし、目をいっぱいに見開いてガラス窓ごしに中をのぞきこんだ。だがガラス窓は反射のために視線をとおさなかったので、彼は木の影が映っている所まで退《さが》り、月を背に自分の影ごしにのぞきこんだ。今度はよく見えた。さらに一そうよく見るために、彼は二十糎ばかりガラス窓をあけた。屋内の女のぬくもりが彼の顔にかかった。

透しガラスのため、廊下とそれに続く八畳間には月光がなだれこんでいた。……まつは頭を反対側に向け、こちらにむき出しの両足を投げ出して仰向けに寝ていた。かすかに鼾をかいている。夜具は背中に押しつぶされ、枕は飛んでいた。その顔にあいた二つの鼻の穴が二連発銃の銃口のように見えた。とたんにむかむかとした怒りがこみあげてきた。

まつが寝返りをうった。白ぶくれした太い腕がどさりと畳を打った。数日前に蜂に刺されたその赤い腫れの部分が、はっきり見えた。柔かそうだなと思った。あの辺に牙ががしっと当ればよいが――と彼は、ハブの這っていくコースを考えながら呟いた。彼女は歯ぎしりし、それからかゆいのか、足のうらの頑強な水虫をたえず畳の目にこすりつけていた。

決意がうごいた。彼は大きく息をつき、額ににじんだ玉の汗を横なぐりに腕で払った。ついでブリキ箱の蓋をあけ、手なれた手つきで捕獲棒をさしこみ、とくに図体の大きい金色がかった奴を捕獲棒のさきにはさみつけて引きずり出した。そのあとで、残りの奴を逃がさないために蓋をかぶせた。

彼はそれをガラス戸の隙間から中へさしこんだ。尻尾が戸にからまりながらするすると消えていった。中へ深く入るにつれて、先端の重みを支えきれなくなったので、彼はそっと下におろした。あとは押していった。だが捕獲棒は、彼女のくるぶしのあたりまでしか届かなかった。そこで彼は仕方なく、ハブの頭を彼女の頸の位置へ向けて、ハブが彼女の体に沿って前進するように仕向けてから、捕獲棒の取手をゆるめてハブを放した。

ハブは動き出した。頭をわずかにあげ、舌を閃めかして匂いを嗅ぎながら、下腹を波打たせて確実に進み出した。いまや二米近いハブは一直線に伸びて、彼女の膝から股へ、腰から腹へと、彼女の身長よりも長い胴体をひきずって、彼女の体に沿って蠕動しながら這い上っていった。（打て打て）彼はひたと相手を見据えながら、呻くように呟いた。

ハブは、餌以外は、相手が静止しているかぎりまず襲うことはない。だから彼女がこのまま眠りつづけていれば平穏である。だが、一旦彼女の体が寝返りをうつか、ハブを威《おど》すか、その腕か足がハブを打ったら、忽ちハブは自己防衛の本能にかられて激烈な一撃をくわえるだろう。彼はそれを期待した。

ところが、どうしたことだろう——ハブは何ごともなく進んで行くし、女もスヤスヤと寝入っている。そればかりか、ハブは人間の気配さえ知らない様子で、彼女の腹のうえを反対側に渡りはじめたのである。彼はすくなからずうろたえた。このままでは、ハブは、熟睡のさ中にある彼女の腹の上をなんなく横ぎり向う側の厨へ逃げのびてしまうだろう。

（これは竹竿を取ってきてハブを刺戟することだ）と彼は考えた。

その時、彼はふと厨のあたりに鼠の泣声を聞いたような気がした。ハブの習性に習熟している彼は狼狽した。この泣声は、長い絶食をしいられているハブにとってはたまったものではない。彼がそう思うよりも早く、ハブは鈍い金色を放った尻尾を彼女の腹にのこした位置で、さっと鎌首をもたげて鼠の匂いをかいだ。つぎの瞬間、これまでのろまな動きを見せていた件《くだん》のハブが、目にも止まらぬ早さで彼の視界から消え失せた。長い棒が飛んだようであった。鼠はハブに追われて、狂気したように泣きながら屋外へ逃げのびていく。虫もはたと泣きやんだ。鼠が泣きやみ——ふいに深い、うつろな静寂がきた。彼は鼠がこと切れたことを知った。

こうなったら、もうやることはただ一つ——彼は荒々しい衝動にゆり動かされて、捕獲棒でもう一匹の奴を押さえこんでおいて首根っこをつまむと、いきなりガラス戸をあけて、そこに立ちはだかり狙い定めて、まつの丁度のど首めがけてそれをほうり投げた。

つぎの瞬間、彼は身を翻して、家の後ろへ駈け去り身をかくした。そうして、そこで息をころして、瞬秒の恐ろしい時の経過を待った。彼の鼓膜の中で意識が巨大にふくれ上っていった。ジーンと耳が鳴った。脳天が凍りつくように緊張した。その中へ、突然、すさまじい悲鳴が、夜気をつんざいて聞こえてきた。ついで、二声、三声、——ハブのたてつづけの攻撃に遭っているらしい、新たな痛苦と恐怖のこもった悲鳴が、彼の耳につき入った。あまりの物凄さに、彼は思わずうめき声をあげて両手で自分の耳をおおった。その間も家の中からは、はや毒がまわって全身に火のついたようになったまつが、壁にぶつかり、畳の上に打ち倒れ、廊下をころげ回っている気配が聞こえてきた。それにつれて、障子やガラス窓がこなごなに砕けているらしい物音も連続して聞こえてきた。

彼は、徐々にうすれていく月光に皺寄った醜い顔をさらしながら耳をすませてそれに聞きいっていたが、彼女の悲鳴が急速に衰えはじめたのを感ずると、はじめて壁から体を離して「まつがやられたぞ！　まつがハブに打たれたぞ！」と喚きながら、部落の往還へ飛び出していった。

種族の歌

島には長いあいだ文字がなかった。藩政時代、人々が人間に生まれたことを呪ったほどの搾取にあえいでいたころ、統治の役人たちは、かれらの地位の象徴としての文字を持っていたが、古今東西の搾取者の例にもれず、かれらもまた、島の人々が文字を持つことを固く禁じてきた。かれらは奴隷が奴隷の地位から目覚め、貧しい蟻の群れのなかから世の中の正と悪の真の意味を知った叛逆の指導者があらわれることを、極度に恐れたのである。その後、藩政は打破され文明開化の時代がやってきて島の人々も文字を持つようになったが、しかし、文字がなかったころ、親から子へ、子から孫へと語り継がれた種族の叙事詩は、かたちを失うことなく民謡の旋律にのって、あるいは多くの語部たちによって今にいたるまで語り伝えられているのである。口語りには勇躍した、力強いリズムがあった。リズムには、文字で書きあらわすことのできないような、原始本能を揺りうごかすような、魂と魂のエコーのような韻律があった。

ある夜、島の若者の一人が不意に蒸発した。それがいつの時代のことかはっきりしないが、いろいろの兆候から推してそう遠い時代のこととも思えないのである。とにかく、島の人々のあいだではこの若者についてつぎのような話が伝えられている。それは、これからも永遠に語り継がれていくであろう一人の若者の物語である——

前章

それは小さな島であった。海底の珊瑚礁が何万年もかかって隆起してできた小島であった。太古、珊瑚の死骸で地獄の針の山のように尖っていた陸地も、風と波に浸蝕され、さらに生物の体重で圧し潰されて平坦な土地になり、やがて、波や鳥がはこんできたさまざまな種類の種子によって緑濃い樹木が茂り、清冽な清水がほとばしり、田や畑がひらけて人間の住む集落もいくつかできるようになった。

島の中央部には擂鉢を伏せたかたちの標高百メートルの山があった。頂上は茅、蓬、山苺の生い茂った平らな台地で百の台の名前で呼ばれていた。そこからは、島の岸辺を囲繞する、色とりどりの海藻で蔽われた造礁珊瑚の裾礁が一望された。さらに北と南へ視線を転ずると、かつての遺唐使の航路上の島々が大凪の海に不動の島影をおとしているのが見える。

部落は西の海に面していた。そのため、背後の百の台にさえぎられて、厳粛な日の出の光景こそ望めなかったけれど、西の水平線にかかる雲々の峰を金紅色に燃えたたせながら墜ちていく夕日の景観は、心ゆくまで眺めることができた。

金丸マスの家は、部落の北はずれにあった。茅葺の二棟の家は、鑿《のみ》で截《き》りとった石灰岩を積みあげて築いた頑丈な石垣でかこまれ、さらに屋敷の四隅から聳え立ったガジュマルの巨木で護られていた。門を出て、パイナップルに似た黄金いろの果実をつけたアダンの並木のあいだの、踏みつけると軋み音の快い珊瑚砂の道づたいにすこし下ると、もうそこは白い波の泡の寄せかえす東支那海であった。岩と岩のあいだの流木や海藻の打ち上げられた砂浜、トビハゼの飛び交う磯だまり、ガンガゼの巣喰う荒磯のさきは、雲の峰を連ねた水平線の彼方まで、碧瑠璃の黒潮がわき立っていた。沖にはいつもトリヤマが立っていたが、まれに鯨の潮吹きも見られた。一年に一度か二度、シャチに追われた鯨が珊瑚礁の浅瀬にのりあげた。

金丸マスには二十歳と十八歳になる二人の息子があった。長男を十吉といった。いつもにやにや笑いをうかべている胸幅の厚いすこし足りない男であったが、人柄はそこぬけによかった。彼は素潜りの名人で、いつか来た潜水巧者の糸満の漁師も競負《きそいま》けて「あいつは化物だ」といって苦笑いしていた。彼は三十メートル真下の獲物をとってくることができる。彼が銛を片手に、二つ目玉の木の眼鏡をつけただけの恰好で、彩色ゆたかな造礁珊瑚の複雑な地形層を、這いのぼり這いくだり自由自在に潜水するさまは、人間というよりもある種の水棲動物を思わせた。——彼は一年のうち八カ月を海に潜って暮らした。

弟の光夫は、四肢のゆたかに伸びた、おとなしい、はにかみ屋の若者であった。彼はいつも頬笑みを絶やしたことがない。真剣な眼つきをする時でも、稚さの残っているその若々しい唇のまわりには微笑が這い寄っていた。とにかく、彼が誰かを不愉快にしたという話を聞いたことがない。寄合の時など、彼が一言も喋るわけでもないのに彼がいるだけでまわりじゅうが、まるで寒い部屋のなかで暖気にでも触れたように、気持よくなるのであった。しかも父の死後（父親は二年前出漁中突風にやられて遭難死した）、一家の責任を感じて心に期するところがあるようで、仕事に精出した。そのため彼は村人たちから大そう愛された。ところが母親は、世間の誉め言葉が耳にはいっても少しも喜ばなかった。それればかりか、彼女はこの申し分のなさそうな息子に対し、こう苦情を言い言いした。

「おっかあは、気のよかお前のことを考えると、頭が痛か。男ちいうもんは、人に嫌わるるぐらいのきつか性格でなかと、成功はせんもんだよ。今のようにあんまり心がきれいすぎると、いざちいうとき、ずるずるとひきずりこまれてしもうでな、なんとのう心もとなか」

つまり彼女は、光夫にはまだ男としての一本の芯が欠けているというのだ。

光夫はべつに抗弁もしなかった。

島では二期作が行われていた。したがって、七月という月は、穫り入れと田植えが同時に行われて一年中でいちばん忙しい時季であった。部落の水田は百の台の裏側にあった。そこで部落の人たちはこの季節になると、部落をあげて移動し、山麓の青草の光る草原にビロウ葉囲いの掘立小屋を立て、また馬車の下で夜露をしのぎながら、収穫と泥こねりに励んだ。その間、部落には三人の留守番役が居残った。ことしは金丸家の持番だった。おかげで、小屋掛けの生活を楽しみにしていた光夫は、一人家族と別れて、組の家畜の面倒をみることになった。

出発の日は、石垣道にたまった朝露のまだ吹っきれない頃から、部落の道という道、ガジュマルの木陰の広場は、田圃へ出かける人々の姿で埋まっていた。法螺貝の音、馬車に馬をとりつける音、牛の太いいばり（尿）の音、竹籠に押しこめられた鶏の羽搏きと鳴声、子供の燥ぎ声、長老たちの甲高い指図の声。まるで一年中のお祭りがいちどきに来たような騒ぎであった。仕度の終った者から順次、荷物の多い者は馬車で、若い衆は舟で、足の強い者は徒歩で部落を出ていく。しつこく襲いかかる金いろの虻をたてがみで払いながら馬が馬車をひいて海岸沿いの砂道をいく。撓《しな》いのいい青竹の鞭で追われていく荷物を振分けにした牛、白髯の老人が頭の振りの大きい驢馬にまたがっていく。子供たちはあいた馬車のうしろから飛び乗る。――海岸からも十五艘の刳舟が、農具や鍋釜を満載してつぎつぎ漕ぎ出していく。

金丸家の者はみんなから少し遅れて出発した。光夫が牛の背中に荷物を積みあげていると兄の十吉が寄ってきて慰め顔でいった。

「光夫、すまんどなあ。おれじゃ、代りようもなかしな。そん代り、おれの留守の間漁場荒らしたってかまわんど。あそこなら、お前でも潜れるしな。あそこにゃ、伊勢海老だって蛸だってまだまだおるど」

彼は光夫の手の空くのを待って、紙に海岸の地図を描き、彼の秘密の漁場を教えてくれた。

するとと母親がめざとく見つけて進み出てきていった。

「光夫、口うるさいおっかあがおらんちいうて、いちんち海で遊び呆けるんじゃなかよ。みんな、自分んちの家畜のことは、ちょっと触っただけで肥えたか痩せたかすぐに分ってしもうとだからね。骨身惜しまず面倒みるとだよ」

「分っちょるよ、おっかあ。たったの二週間じゃ、遊んでる暇もありゃせん」

「たったの二週間だと、このずるけもんが！　はらみ山羊が三匹もいるちいうことを、忘れてるんじゃなかろうね。いまに音《ね》をあぐるから」

「早く行きなよ、おっかあ。ほら、向うでみんなが待っちょるじゃなかかよ」

母親は息子にせきたてられて、青竹の鞭をふりあげて満開の仏桑華の花の垂れ懸かっている石垣道へ牝牛を追っていった。

彼女は光夫をのこして行くことに不安を感じているようすであった。光夫は自分では一人前の男になったつもりでいるが、母親の眼からみればまだまだ子供であった。死んだ夫は立派な一人前の男だった。夫に見つめられると、自然に安らぎが生れた。それは庇護者の眼であり、一家と同胞をしっかり護ってくれる「牡」の眼差であった。ところが、光夫にはそれがない。それが眼に顕れない限り、お父うのように誰からも尊敬される、真の男、一人前の男とは決していえないのだ。――彼女の光夫に対する物足りなさもそこにあった。「あいつはよくやった」と、誰からも誉められるようにうまくやってくれるとよいのだが。

光夫の家の前には、海からの強い風にさからうようにビロウ樹が竝《なら》んでいた。誰かが種子を播いたのでも、苗木を植えたのでもなかった。それは、どうどうと岸をあらっている黒潮が、海流のさだめによってずっと遠くの名も知れぬ赤道の島々から運んで来たものにちがいなかった。この島には、ほかに、アダン、メヒルギ、オオタニワタリ、クワズイモ、蘇鉄などの自生林がいたるところに見られた。ビロウ樹は、大きいのは根もとが二かかえほどもあって、葉は大うちわの形にひろがり、裸形の高い幹のてっぺんで叢生していた。夏の間は、海からの爽やかな風にいっせいに揺れうごき、いちにち乾いた快い葉擦れの音をあたりに撒きちらしていた。

光夫は家畜の給餌をおわると、このビロウ樹の木陰にきて、可憐な小花をつけた浜昼顔のくさむらの上に仰向けに寝て火照った体を冷やした。時間はたっぷりあった。山羊十八頭、豚八頭、鶏多数――これが光夫の受持家畜であった。部落の周辺には野生化した烏麦や水気をたっぷり含んだ牧草が丈高く繁茂していたので、牛や山羊は鼻綱を長くのばして川岸につなぎっぱなしにしておいた。鶏は一日中落葉や堆肥の山をかき分けて土のなかの気味の悪い虫をあさっていた。こんなわけで、給餌に手間のかかるのは豚だけだった。光夫は大鍋で煮た唐芋に干魚をまぜて臼でつきつぶし水でうすめて豚にあたえた。悪食の豚は、ほかに、唐芋の蔓だの野菜の下葉だのをよろこんで食べた。

それから引潮がはじまるのを待って光夫は、黄楊の木をくりぬいて作った二つ眼玉の水中眼鏡をかけ銛を持って海に潜った。最初の日彼はいい鼈甲《べっこう》のとれそうなタイマイとシャコ貝をとった。二日目は十吉が教えてくれた穴場を狙ったところ面白いように伊勢海老がとれた。三日目はゴムの引きの強い一本銛で虹色の鱗をもったアオブダイの大物を狙った。銛が命中すると引き込もうとする大魚の力で体が持っていかれそうになり、こらえると激震に遭ったほどの豪快なしびれが腕に来た。しかし海がよかったのもその日までだった。

つぎの日の朝、不思議なことが起った。島をとりまく海面と珊瑚礁の岸辺におびただしい浮遊物が漂い流れてきた。海は輝きを失い、岸辺はその漂着物で形をかえた。光夫が海岸へでてみると、それは軽石の大群であった。海はまるで発疹を起こしたように軽石のかさぶたでおおわれていた。光夫は奇異に思い、やはり居残り組の一人の、部落の物識りの為吉老人に事情を聞くため、ようやく陽差がさしはじめたばかりの波打際沿いの砂浜を踏んで歩いていった。彼は猿股一枚のはだしだった。体重がかかるたびに牛皮のように凝り固まった足の裏で、貝殻が小気味よく砕けた。

部落はどの家も戸を閉めきって静まりかえっていた。彼がつねづね心を燃やしている胸の突き出た娘たちも、小屋掛けの生活に狩り出されて留守だった。部落には足腰のよわい老人と病人が数人いるだけだった。

為吉老人はこちらに背中をむけて投網を干していた。投網はまだ濡れていて、ところどころに海藻や魚の鱗がくっついていた。そして投網の裾から雫がしたたり落ちていた。その干し広げた投網の裾のかたちが、地面の砂地に黒い雫の線を描いている。

「お早よう、爺さん」と光夫は声をかけた。

老人は振り向いてその深い皺の寄った顔でまぶしそうに若者を見た。

「えろう今朝は早かね」

光夫は熟れたバナナの一房と、生簀《いけす》から取り出してきた伊勢海老を二匹黙って縁側に置いた。為吉老人は一人で暮らしていた。彼は語部だった。日が西の海に沈んで、まっ黄いろい信じられないくらいの月が、流れ星のゆき交う菫いろの空にさしのぼるころ、波の音のかすかに聞こえる砂浜で、珊瑚礁の乾いた岩の上で、海近くの草原で、ぼおっともやっている沖の方を眺めながら聞く老人の物語は、若者の汚れのない心に夢と生きる力をあたえた。だから光夫は為吉老人が好きで、折にふれてこの貧しい老人に食糧をとどけた。

「爺さん、海見たろ」と光夫はいった。

「うむ、見た」と為吉老人は答えた。「おかげで、投網にかかるのは軽石ばかりじゃったよ。どっかで火山が噴きよったとじゃろうが、今年はどうも悪か年になるよな予感がするよ」

これまで為吉老人の予言はほとんど的中してきた。いつか海の色をみて高潮があることを予言して、部落の人命を救ったことがあった。作物の植付けの時期、近海へ寄ってくる回遊魚の種類と出漁日、本島へ買出しに行くときの空模様、——島の人たちは判断に迷うと為吉老人に尋ねた。すると老人は空を窺い、風を調べ、海の色をみて即座に指示した。颱風の襲来日や時化の終熄日などは一日の狂いもなくピタリと言いあてた。

「悪か年って、どげなことが起こると?」と光夫は岸辺に漂って軽やかに揺れている軽石を見やりながら、怯えた口調で聞いた。

「これから雨の一滴も降らん日照りが来そうなんじゃよ。わしは十日前、向う島へ行ってきたが、あそこの連中がいうには、もう南の島々はひどか干魃におそわれていてよ、避難民が食い物を求めて小舟でやってきおるそうじゃ。この頃は、金ものうなって、脅迫がましい眼つきで食い物をねだる手合も出て来よったげな。ある部落では、家畜が盗まれたともいいおった。向う島のもんは、南の連中がだんだん悪くなっていくちいうて嘆きおったが、今に奴らがここへも押しかけてこんとは、誰にも保証はでけんでな」

「自警団を組織した方がよかかもしれんね」

「うむ、わしもその考えじゃ。用心に越したことはなか」

為吉老人は日にやけた顔をこわばらせて、強い口調でいった。

為吉老人の言葉は若者の心に不安な翳《かげ》を落した。今彼の心は礫をうけた水面のようにみだれた。朝の海をみつめる彼の瞳は暗い愁いに沈んだ。この島は、乙女の乳房のようななだらかな輪郭をもった、その形のように美しい平和な島であった。またそこに住む人々の心も、島の形に似て温和であった。かれらは平和を希《のぞ》み、人との争いを嫌った。かれらはかつて外部の者と事をかまえたことがなかった。かれらの不幸はいつも外部の者によってもたらされた。島には警察もなかったし、通信設備もなかった。したがって、何か事が起こると全くのお手あげであった。古老の話によれば、昔はよく海賊船に荒らされたという。食糧ばかりか女子供をかどわかされたこともあったという。しかしこの頃では、そんな無法な災難はなくなったが、遭難船や密航船の船乗たちの乱暴狼藉は後を絶たなかった。ことに島の人たちが一番恐れるのは、粗野で気の荒い南の島の連中の飢えからくる自暴自棄的な盗賊行為であった。島の人たちはこれには何回も泣かされた経験をもっていた。ところが為吉老人の話によれば、その島の連中がふたたび流民化して跳梁しはじめたというのである……

光夫はその足でもう一人の留守番役の浅吉の家へ向った。彼の家は礁湖の左岸にあった。海岸は石灰化した珊瑚のこまかく砕けた砂で蔽われており、部落との境い目のあたりにアダンの茂みが岸沿いにのびていた。刀身に似た長い葉のふちに鋭い棘のびっしりついたアダンの葉の下で、ヤドカリがうごきまわっていた。これを叩きつぶして海に撒くと色とりどりの魚がむらがり寄ってくる。光夫は急ぎの用がなければこれを拾い集めるところだが、今は横眼でにらんだだけで通り過ぎた。

浅吉は豚小屋の前にぼんやり突っ立っていた。光夫は彼のうしろ姿に異変を感じた。浅吉は子供のとき鮫に襲われて左腕を肘のところから失っている。そこのところが、引き攣った肉瘤になっていた。

「浅吉あによ、どうしたとな?」と光夫は声をかけた。

「う」浅吉は変な風にのどを鳴らして、キョトンとした顔を向けた。

光夫は歩み寄って豚小屋をのぞきこんだ。豚小屋は空っぽだった。たしか二頭いた筈なのに。

「どうしたとな、浅吉あによ」と光夫は繰り返して聞いた。

「豚がおらんと」と浅吉は手さきのない左肘で額ににじんだ汗をぬぐいながら、うつろな声で呟いた。

「探したとか?」

光夫はそういって、顔をめぐらして、豚小屋のまわりの朝露に濡れた野菜畑や、向日葵の花畑や、竹藪の根方や、鶏冠のぴんと立った雄鶏がその蹴りの強い足で虫をあさっている堆肥置場のあたりを見廻した。

「いんや、逃げたんじゃなか」と浅吉は強い語調でいった。「柵はこわれておらんし……柵の飛び越せる豚でもなかし」

光夫はそんな馬鹿なと呟き、きっと二頭の遁走のあとがあるはずだと思い、豚小屋のまわりの地面を丹念に調べていった。すると道が海岸へとつづいているアダンの切れ目の柔らかい砂地に、豚を曳きずった跡のような、砂のえぐれた箇所を発見した。地面にかがんでなおもよく調べると、砂のなかにバークシャー種の豚の黒毛らしい物が刺さっているのが見えた。光夫は指でつまんで浅吉に呼びかけた。

「おうい、ちょっと来てくれよ」

光夫は走ってきた浅吉に豚の毛を示し、それから砂地の二筋の痕跡を示した。

「うむ、こりゃ確かに曳きずってきた跡だよなあ」

浅吉は怪訝そうにいい、生唾をのみこんだ。

砂面にしるされた二筋の痕跡は、乾いた砂浜を横切って、さざなみの寄せている渚のあたりまで延びていた。そしてそこで消えていた。あたりには、人間の足跡らしいものも発見された。

「こりゃ、豚泥棒の仕業だ。畜生、舟で来よったな」

と浅吉は断定的な口調でいった。そして悔しそうに唇をかみ、太陽が昇るにつれて凪と白波の立ちはじめた真青な海を眺めた。海上には一艘の舟かげもなく、白金色の光が散乱し、水平線のうえの積乱雲のまぶしい縁どりが気の遠くなるような午後の暑さを思わせた。

とうとう彼らがやって来た、と光夫は思った。砂地にしるされた奴らの入り乱れた足跡から判断すると、賊は二人か三人のように思われた。しかし、光夫は、その推測を口に出して浅吉にいうべきかどうかためらった。それを口に出すことは、この豚泥棒が南の島の連中だということを認めることなのだ。認めることは恐ろしかった。ということは、それは大きな災厄の前触れだったからだ。いよいよ自警団を組織するときだ、と光夫は思った。それには屈強な男衆が必要である。が、部落には男手がない。光夫はこれは為吉老人と相談して善後策をこうずるべきだと考えた。

貝殻や木片の光っている砂浜の向うを見ると、木麻黄の木陰の木漏陽《こもれび》のなかでキセル煙草を吸っている為吉老人の姿が見えた。一服吸いつけるごとに、雁首の灰を掌にうけて、また詰めかえてその火を移している。光夫はするどく指笛を鳴らして老人の顔をこちらに向けた。そしてすぐ来るように合図を送った。老人はうなずき、日やけと年代のためにあちこちに穴のあいた麦藁帽子をかぶってやってきた。腰に手をまわし、ときどき横を向いて唾を飛ばした。

光夫が説明すると為吉老人はすぐかがみこんで痕跡を調べた。

「どげに思う?」

光夫は掌で顔をなでおろし、のどにつまったしこりを飲み下しながら聞いた。

為吉老人はこわばった顔をあげて横に首を振った。そして鋭い眼差で沖の方を眺めた。光夫には為吉老人が口をつぐんだ理由が痛いほど分っていた。彼もそれを認めたくなかったのだ。

「泣声も聞こえんかったのによう」と浅吉が嘆いた。

「そうじゃろ。泣く暇もなかったんじゃろ」と為吉老人がいった。

「わしの考えじゃ、豚はたったの一撃で死んでおる。人間業とは思えん」

「すると……なんで?」と光夫が聞いた。

「空手じゃ」

「空手というと……南の島の？　……」と浅吉が呆然とした感じでいった。

「さあ、何ともいえん」

瞬秒の間、沈黙がきた。

「小屋掛けしている連中を呼び戻した方がよかかもしれんね」と少し経ってから光夫がいった。

「いま連中は猫の手も借りたいぐらいの忙しさじゃ。これぐらいのことで呼び戻しちゃ、気の毒だ。それに、どっちみち鉄砲がいる」

「鉄砲ちいうたって、島には一挺もなかしなあ」

「向う島にはある。借りて来るほかなかろう」

「今から行くと？」

「うむ、浅吉と二人で行ってこよう。帰りは明朝になっと思うが、そいまでは何事も起こるまい。おぬし一人で大丈夫じゃな？」

「ああ、よか。今夜は徹夜で見張ることにするよ」

「ちょうどよか按配に、今夜は月蝕じゃっで、そいでも眺めよったら、眠気も醒めるじゃろ」

「じゃ爺さん、頼んだよ。この暑さじゃ、つらい舟旅になりそうだけど」

一時間後にかれらは部落に一艘だけのこっていた刳舟に帆をあげて出発した。光夫は浅瀬に突っ立ってかれらの舟が礁湖をぬけて外海へ出ていくのを見送った。砂にすこしもぐった彼の開いた足指のさきで、うす緑いろの小蟹が砂を掘ってもぐろうとしている。光夫は親指の尖端に蟹の爪の触れるくすぐったい刺戟を感じ、無意識に足をうごかした。このとき、岸辺の風は落ちていたが、沖では白波が立つほどの強い風が起こっていた。波がウエーブを描いて舟の吃水線を走っていく。舟はうねりからうねりへ突っ込み、連続して来るうねりを縫っていくように見える。ときには軽々と波に抱えあげられ、また墜ちこみ、帆布の半ばを波のかげに沈めた。眺めていると、風にはためく豚の血染めの帆布の音と潮のざわめきがこちらにまで聞こえて来るかと思われた。

光夫はその日の午後、部落にのこっている年寄や病人の家をまわって、浅吉の豚が盗まれたことを話し、警戒を厳重にするように告げて歩いた。それから、家畜に餌をやり、今夜は一睡もしないつもりで涼しいビロウ樹の木陰で午睡をとった。彼が眠ろうとしていると愛犬のクロがやって来た。光夫はかじりかけのシャコ貝の味噌漬を投げてやった。すると朝から餌にありついていないクロは、それをくわえて家の裏側の小高い丘へ走っていった。クロはそこの木陰で腹這いになって、海を眺めながら、ゆっくりシャコ貝を嚙みくだくつもりにちがいなかった。

光夫の心地よい午睡の夢は、突然空をおおった海鳥の鳴き声と猛々しい翼の音でやぶられた。光夫はびっくりして飛びあがり、寝ぼけまなこをこすって空を仰いだ。すでに日は沈み、はなやかな夕陽が島の上空をいろどっていた。そのとき光夫の眼は、数千羽の海鳥が、その純白の大きな翼を夕焼色に染めながら、翼と翼のふれあうほどの密度で部落のうえを低く翔っているのを認めた。かつて見たことのない海鳥の大群であった。かれらの棲家の火山島が爆発して塒《ねぐら》を失ってさまよい飛んで来たのかもしれない。かれらは餓えていた。けたたましい甲高い声で鳴きかわしながら、生きてうごくものの影をみとめると、蛇であろうが蛙であろうがトカゲであろうが鼠であろうが、翼をひろげて襲いかかり鋭い嘴を突きたてた。ときには鶏や猫にまで襲いかかった。犬も尻尾を巻いて床下で慄《ふる》えていた。海鳥の大群は日が暮れなずんだころ、菫いろの空に漂う黒い影を曳きながら西空へ飛び去ったが、しばらくその騒然とした鳴き声が耳にのこって心がしずまらなかった。

光夫にはそれは凶兆のように思われた。島の生活には一定のリズムがあった。春夏秋冬、太陽が空をまわるように島のリズムには変化がなかった。したがって島のリズムを乱すようないっさいの現象は、すべて凶兆とされた。海をおおった軽石とはなやかな夕やけ空を切り裂いた海鳥の群れ。この凶兆の調べが、なにを語り、なにを告げようとしているのか、誰一人知る者はなかったが、それは逃れ難く光夫を脅かした。

光夫は島の慣習に対しては従順であった。迷信は敬虔な怖れ、災難のいましめであった。迷信を嘲笑することができるのは、敬虔な心を失った都の人だけである。かれらは迷信を無視しても生きていけたから。しかし、島の生活では異端や孤立は宥されない。なぜなら、島の体質は弱く、ちょっとした刺戟でもこわれてしまうからである。島で生きていく限り、なにびとも島の秩序を破壊することはできなかった。

月が昇るにはすこし早いようであった。

振り返ると、くろぐろとした擂鉢《すりばち》型の百の台のうえの東の空が、月がさし昇る前の余光をうけてほんのり明るんで見えた。が、こちら側は、島の影を映して海は暗かった。すでに夕凪は去り宵闇のなかでかすかにまたたきはじめた星あかりに縁どられたバナナやパパイヤやビロウ樹のひろい葉が、海からの風に優雅に揺らいで見えた。そしてその暗がりのなかをコウモリが飛び交い、名の知れぬ発光体の昆虫が飛んでいた。

光夫は気をとりなおして家のなかへはいっていった。そしてランプの仕度にとりかかった。ほやは煤でよごれていた。灯油もきれていた。彼はほやの中へぼろきれを入れて煤をふきとり、石油を注入した。この石油は、野菜や果物を欲しがって寄港した漁船が置いていったものだった。このとき、ガソリンも一缶貰った。これは大そう有難かった。石油と混ぜて竹筒の松明に仕込むときれいな明りが得られたから。

光夫はランプの下で、ふかした芋をかじり豚味噌をなめ水を飲んだ。腹は空いていなかったが、無理につめこんだ。残りは全部クロに与えた。そのあと、すこし焼酎を飲んだ。蘇鉄と唐芋と黒砂糖でつくった、青い焔の燃えたつほど度の強い酒だった。とたんに息が苦しくなり、こめかみがずきずきと疼いた。さらに口にふくむと、酒精は血のなかをかけめぐって彼の不安を狩りたて烈しい活力を燃えたたせた。

彼は縁側へ出ていって碗に首をつっこんでいるクロを呼びたてた。

「お前、今夜は寝ぼけるんじゃなかど、よかな」

彼はクロの首を両手にはさんで年老いた犬に話しかけた。犬は甘えたうなり声をあげて彼の下顎をなめまわした。

「今夜は徹夜だからな、もっと喰え、もっと喰え」

彼は立上って塩漬の山羊のあばら肉を取って来るとクロに投げ与えた。

全身に力が漲った。今光夫の身うちには責任感が充ちた。部落の財産を守るという責任感だった。為吉老人と浅吉のいない今、頼りになる者は部落にはいない。だから彼はどんな事態が起きても、自分一人で守りぬく決意だった。犬が彼の緊張に感染してぶるんと体を振った。

「行こうか、クロ」

彼は二つ三つ灯の点っている部落へ向って渚づたいに歩いていった。そのとき、彼の瞳に月の光がまばゆくあふれた。彼は立止まって月の出を仰いだ。今まさに百の台のうしろから、まっ黄いろい月の尖端があらわれようとしていた。月はみるみるうちに山を離れた。するとカナリア色の月光が空に遍満し、一つ一つ輝きを消していく星にかわって、空の雲や山の脊梁や森や岬や草原や近くの家々の屋根の輪郭をくっきり際立たせた。

月の出は静寂になごみを与え、島の自然とすべての生命から、妙なるメロディーをひきだした。林のざわめき、虫の鳴き音。遠くの潮騒と近くの波音。溜息に似たバナナの葉の擦れ合う音、パパイヤの果実の墜ちてつぶれる音。朽舟をかじっている木喰虫の音、砂浜をえぐって流れている小川の砂壁の崩れる音。ヤドカリの這いまわる音。海のなかの小石のうごく音。彼の足音におどろいたか、ぴちっと跳ね上って逃げていく渚の銀針のような小魚の水音。月に向って鋏をあげ鋏のあいだに泡を溜めて砂面をゆっくり動いている蟹の足音。その他、眼に見えないもろもろの微細な生命たちのたてる、咀嚼の、闘争の、恋と誘いの物音。いま、それらは一つに溶け合って、竪琴の遠鳴りのような曖昧だが確実な夜の浜辺のメロディーを奏でていた。

　それから三時間、光夫は部落の海岸を巡回し、家畜小屋をのぞいて歩いた。異状はなかった。あまりに平穏すぎて、かえってこういうふうに神経を研ぎ澄まして歩いていることが、無意味に思われてきた。月の光に顔を撲《う》たせ、静寂に全身をひたしていると、いっそうその思いに捉われた。ついには、浅吉の豚が盗まれたことも、とるに足りないこそ泥の仕業のように思えてきた。これまでにも気まぐれなこそ泥はあったからだ。それを、兇悪な南の島の連中の仕業と判断して、向う島へ鉄砲を借りにいったのは為吉爺さんの考えすぎかもしれない。まあ、用心するに越したことはないが。光夫は礁湖の左岸の、海へ桟橋状に突出している岩の尖端まできたとき、さらにその思いを深くした。そこは村人たちの涼み場所である。農繁期が終れば、男も女もここへきて蛇皮線を爪びき、男と女のかけ合いで高らかに民謡を唄うのだ。もうすぐ一年じゅうでいちばん楽しい季節がやってくる。

　表面の平らな岩は、垂直に海に落ちこんでいた。海は潮が満ちていた。水は揺れているとも見えなかったが、ときおり、岩の下端でゴボッと、岩の裂け目に水の吸いこまれる音がきこえてきたので揺れているのが分った。のぞきこむと、海面と岩の境い目に、夜光虫がとりついて揺蕩《たゆと》うていた。大きな水いろの蟹が海面から半分からだを出してこちらの様子をうかがっている。鋏に小海老をくわえこんでいる。水は澄み、月の光が底まで刺しつらぬいていたので海底の砂面が真昼よりも鮮やかに見えた。月の光を透しているため、海は浅く見えたが、実はかなり深いのだ。親指ほどの大きさの夜行性の赤い魚が、緑の海藻が、石灰化したウニの割れた殻が、ナマコが見える。ふと魚影が砂のおもてを掠めた。魚は見えないで影だけが走っている。なおのぞきこんでいると、砂けむりが立った。それは場所をかえた平目だ。

　礁湖の入口では、産卵のため外海から回遊してきた魚の大群が、産卵と射精をくりかえしていた。そのため海がただごとでなく湧きたっていた。その群をなした漣がサッと拡がって岸辺をうっている。……水平線は月の光を溶かしこんで夢幻のうちにあった。

　光夫は束の間放心した。眼と心が月の光に洗われて警戒心と敵意が拭われるのを覚えた。彼は放心から醒めたとき、自分の感覚が信じられないほどの新鮮さで自然に対応しているのを感じた。また、いつもは見えないものまで見えるような気がした。なんという美しい夜景だろう。なんというおおらかな、おごそかな、調和にみちた自然だろう。ここはいっさいの邪心の徒や害意の輩の侵入を許さない、聖なる土地、純潔なる土地、永久不可侵の土地なのだ。神がこの地球に産み給うた、世界でいちばん美しい神域なのだ。自分はどうしてここが蹂躪されるなどと考えたりしたのだろう。この無垢な自然を前にしては、たとえ悪魔といえども手をこまぬいて退散するほかはないだろう。

そう考えると当然そうでなければいけないし、またそれは揺らぐことのない不動の真理のように思えてきてひとりでに心が安らぐのを覚えた。するとさきほどまでの自分の被害妄想までがおかしく思えてきた。

「帰ろうか、クロ」彼は笑顔をとりもどして傍らの愛犬に話しかけた。「どうも、おれは、神経質になりすぎているよな」

いつもなら、今ごろは、松明片手に磯の鼻を飛び歩いている最中である。こんな月のきれいな波の静かな夜は、浮かれ魚が浅瀬に迷いこんできているので銛で仕止めやすい。尺物や二尺物の大魚もいるのだ。伊勢海老だって紋甲烏賊だって昼よりは夜を好むのだ。

光夫は快い感動で心をなごませて、足どりも軽く家路についた。急に空腹をおぼえた。家には蒸した伊勢海老が一匹手つかずのまま残っているはずだ。彼はそれを腹におさめて、夢もみないでぐっすり眠りたいと思った。

家まで二百メートルの距離まで来たとき、光夫は、月の光に照らし出されたわが家の方角で、ぼうっと、赤い炎がにじんだのを見たような気がした。彼ははじめなんということなく見逃した。捨てた警戒心、美的昂揚の心が、彼の注意力を散漫にしていたのかもしれない。注意力に疑念が兆したのはそれから十秒か二十秒経ってからのことだった。よくそういうことがあるように、眼が映像を捉えても、意識に空白があると、映像は意味をもたないで消えてしまう。が中には見過ごされるのを拒む映像もある。この時の光夫の状態がそれであった。彼は歩きかけて映像の意味するものに衝撃をうけ、あっと息を飲んだ。そのときには、網膜に揺蕩うていた記憶の残影は、それがマッチの炎であることを彼に告げていた。

光夫は恐怖の思いで手足がすくむのを覚えた。彼は無意識に、犬を横抱きにして、竜舌蘭の葉かげからうかがう形になった。浜芝の生えた草地の向うに、ビロウ樹の立木が、石垣が、ガジュマルの木が、二棟の三角に尖った茅葺屋根が見えた。石垣のうえに、二枚だけ開いた雨戸の隙間から、芯を小さくしたランプの灯が見える。ほかには新たな炎も人影も見えなかったが、今研ぎ澄まされた光夫の鋭敏な神経には異変の気配がありありと感じられた。犬が無気味な唸り声をあげた。老齢のために視力も嗅覚もおとろえてものの役にも立ちそうにはなかったが、主人のただごとでない気配を感じとったのか、あるいは自分の五官の戦きか、頭をもたげ、毛を逆立て、唇を剥いて歯を出し、彼が横抱きにした腕を離せば一気に飛び出していきそうな気配で低く唸りつづけた。

「こら、あわてるな」と光夫は犬を叱りつけた。まだ確証はないのだ。

正体がわからないで疑心と暗鬼で頭をまっくらにしているのは実に嫌な気分である。正体がわかれば打つ手もあるのだが、もう少し様子をみてからのことだと思った。

彼が体をかくしている竜舌蘭は、高く太い花茎を円柱状に空へ突きだして梢で花を咲かせている。その香りのきつい花弁がときおり降ってきた。島の人たちは二十年に一度花の咲く木という意味で二十年草と呼んでいた。光夫は近づきすぎて葉さきの鋭い棘で頬をさした。すこし血がにじんだ。

彼はもう一回マッチの炎を見たいと思った。ここからは遠過ぎて話声も人影もわからないだろうが、何かのしるしをつかんで、かれらがそこに潜んでいるという確かな事実は知っておきたかった。

二度目のマッチが点ったのは、それから数分のちだった。けれどもマッチの火はすぐ消えた。眼を凝らしていたが、何も見えなかった。これが闇夜ならマッチの火影でそれを点した人物の姿が照らし出されたかもしれないけれど、この月夜ではそれ以上の期待は無理なようであった。

光夫は軽い失望を覚えた。が、揺らめく炎は、そこに単数か複数の人物の存在と、ある事件の前触れを予感させた。

「ゆうべの連中だろうか」と光夫は胸のうちで呟いた。「選りに選って、今夜くるとは、さては、部落が空っぽだということを知ってやがるな」

彼は戦争のことは知らないが、歩哨に立たされたときのような緊張を覚えた。敵が眼の前にあらわれたときの気持はこんなものだろうか。だが、彼はすぐに思い直した。ここは無法と暴力の荒れくるう戦場とはちがうのだ。ここは、おれのふるさとだ。おれの生活の場所だ。おれの生命の発芽地、血液の供給所、たましいの牧場、そしてこの世界でおれがいちばん安らぐことのできる憩いの場所なのだ。それが、今、荒らされようとしている！　彼ははげしい怒りが身うちをかけめぐるのを覚えた。

さて、どうやって奴らを追っぱらうか、だ。これが普通の泥棒ならちょっと騒ぎたてれば一目散に逃走することも考えられるが、奴ら相手ではどうだろうか。光夫は即座に、一撃で浅吉の豚を仕止めた兇悪な豚泥棒のことを思い出した。それが南の島の連中らしいのである。南の島の者といえば、光夫は小さい時からかれらの残忍兇悪な噂話をいやというほど聞かされてきた。そのため彼の認識のなかでは南の島の連中は邪悪の徒として映っていた。悪戯をしたら母親は南の島の者にくれてやるよと威した。食物のまずいのを訴えると南の島の者はもっとまずいのを食っているんだよと戒めた。それはいつも譬喩《たとえ》の対象として使われた。だから島の人たちは、賤しいもの、恐ろしいもの、貧しいもの、醜い者、悪しきもの、邪《よこし》まなものを指差すときは、南の島の者をひきあいに出した。そういう意味ではそれは観念のうえでは象徴の域にまで高まっていた。またそれが実在することも確かであった。それが具体的にどの島を指すのかは人によってマチマチではあったけれど。

そのとき、空が葡萄色に翳《かげ》ってきた。顔をあげると、大きな黄いろい月の表面に、ようやく月蝕の最初の兆候があらわれようとしていた。月は欠けるにつれて蝕ばまれた部分から赤銅色にかげっていった。ふたたび星々がその金いろの眼をとりもどした。光夫は月蝕のあることを告げた為吉老人の言葉を思い出し、ほんのつかの間、この神秘にみちた現象に心を奪われた。トウトガナシ、光夫は祈りの言葉を呟いた。

月が半ば以上欠けたとき、犬が光夫の手を離れて前へ飛び出していった。光夫の祈りの言葉をけしかけの合図と聞いたらしい。犬は獣の異臭をかぎつけた猟犬さながらに、かん高く吠えたてながら家の方へ駆けていった。そして石垣門から屋敷のなかへ飛びこんでいった。

光夫はいっしゅん色を失った。彼は拳で竜舌蘭の肉太の葉を叩いて悔しがった。今出ていくなんてクロの奴どうかしている、繰り返し呟いているうちに鋭い痛苦の思いが胸に溢れた。そしてとり返しのつかない悲劇の予感でからだが慄えた。

彼は立上って犬の消えたあたりに熱い潤んだ眼を放った。クロは依然として吠えつづけていた。それは気ちがいじみていた。それは立向っていく声であった。牙をむいて襲いかかっていく声であった。光夫はクロがどんな恰好で躍りかかっているか、いま年老いた犬が渾身の力をふりしぼって攻撃をくわえている姿が、眼にみえるようであった。光夫は思わずさきの尖った石を拾って握りしめ、無意識のうちに身構えた。

月は完全に地球の影にはいっていた。とつぜん、長く尾を曳いたクロの悲鳴が聞こえてきた。のどでも絞めつけられたような断末魔の声だ。光夫は恐怖におそわれて立ちすくんだ。悲鳴は急速に弱まり、そしてふいに跡切れた。剃刀で断ち切られたような感じだ。殺されたかと光夫は息をのんだ。そのあとに深い深い静寂がきた。無気味な静寂がきた。クロの泣声は二度と蘇らなかった。

可哀想なクロ。だからおれはお前を行かせたくなかったんだ。なんでおれの指示に従ってくれなかったんだい。おれはけしかけたんじゃなかったんだよ。それなのに、お前は……。だけど、それにしてもなんという恐ろしい奴らだろう。残忍な奴らだろう。まるで人間じゃないみたいだ。浅吉の豚を一撃で撲殺したみたいにおれのクロを殴り殺してしまったんだなあ。仔犬のときからおれが面倒みてきた犬なのによ。畜生、この仇はきっと返してやる。今にとっつかまえてやるからな。

彼は数歩あるきかけてふと足をとめた。待てよ、行くのはいいが勝てる見込みはあるのか。まさか相手は一人じゃないだろ。二人か三人か。だが、こちらは一人。殺されにいくようなもんだ。

光夫は今はじめて恐怖を感じた。それは正体不明のものに対する本能的な怖れだった。立向ったところで到底かないっこないことを彼は知っていた。クロを一撃で殴り殺したような連中だ。クロには気の毒だが、家畜がすこし盗まれたぐらいで済めば安い災難じゃないか。あしたになれば鉄砲も手にはいるし、為吉老人も浅吉もいるのだから、それで防げるだろ。いや、鉄砲で威して奴らをとっ捕まえることだってできるんだ。これ以上、危険はおかすまい。

彼は空を仰いだ。暗赤色の月が浮かんでいる。血を吸ったみたいな、それも悪い血を吸ったみたいな無気味な色だ。こんな気色のわるい月は見たことがない。どうも縁起のわるい色だ。なんとも不吉な色だ。気が滅入る、気が滅入る。

彼はここにいるのが恐いような気がしてきた。家からここまで二百メートル離れているといっても、幾つかの竜舌蘭の株のほかには遮るものはない。なにかの拍子に見つかったら、かれらは追ってくるかもしれない。この月蝕の間に逃げた方がいいかもわからない。居たって、しようないもの。

けれども、いやなみじめな思いが胸にのこった。そのとき、眼にみえない力強い手が前から伸びてきて彼の逃げ腰の顔を鷲摑みにして正面に向けた。

待てよ、と彼は考えた。かりに身は隠せても、自分の心から逃げることができようか。いいや、と彼は呟いた。クロが殺され家畜が盗まれたとき、自分は部落のなかの見張りについていたので家の出来事はいっさい知らない——と、たとえ、巧い言いわけをついてみたところで、自分の良心まではごまかしきれないのだ。かりに身は安泰でも、はげしい寂しさに襲われるだろう。たまらないほどのみじめな気持になるだろう。あるいは、一生この嘘で苦しむかもしれない。相手の影も形もみないうちに逃げてしまったのだから。

いつか為吉爺さんが話したことがあったっけな。人間で一番悪いのは、同胞を邪な戦争へ狩りたてる奴だそうだ。つぎに悪いのは、同胞を餓死させる奴だそうだ。そのつぎに悪いのは、同胞の自由を奪う奴だそうだ。爺さんがいうには、この同胞に対する権力者のもろもろの犯罪に較べれば、個人の犯罪は、殺すことも、犯すことも、盗むことも、いつわりのあかしをたてることも、罪は羽毛のように軽いそうだ。それじゃ、人間でいちばん偉いのは、と光夫が質すと爺さんは即座に「そりゃ、命を賭けて同胞を守った者だな」といったっけ。すると、自分はその逆をいこうとしているのだから、相当に悪い奴なのかもしれない。

彼は月蝕のほのかな月あかりを透して、蘇った、ひき緊《し》まった心持で自分の家を眺めた。それから首をめぐらして、まわりの風景や植物を眺めた。すると自分をとりまくすべての自然が、まったく違った感じに見えてきた。眼が醒めたか、と彼は思った。あの気味のわるい月蝕の奴めがおれの瞼に術でもかけよったか。なんとも不思議なことだよなあ！　天上の星、芝の芽にやどった露の玉、鈴の連なりの竜舌蘭の花、野薔薇、浜薊、蜘蛛の巣、空飛ぶ蛾が声援のかけ声と拍手を送っているじゃないか。——彼はまばたいて睫毛のさきの魔性の月あかりを払い落したが、しかし光夫はもはや以前の光夫ではなかった。自然のなかに溶けこみ、自然の上空にただよい揺らめいている郷土の心をはげしく感じることのできる若者であった。

「おれは一人じゃなかったんだなあ」と光夫は呟いた。「島じゅうの生き物がおれを励ましているんだなあ」

こんなひどい悪党連中は見たことがない。家畜は島民の最大の財産である。一度ばかりか二度までもそれを盗もうとするのは、天を恐れぬ行為だ。それも、部落が空っぽのときを見すまして襲うなんて、人間の風かみにもおけやしない。だが、部落は空っぽでも、まったくの無防備ってわけじゃないんだぞ。そのことを、奴らに思い知らせてやらなければならない。二度とこんなことを思いつかないように、こっぴどい目に遭わせてやらなければいけない。——おれがそれをやってやる、いや、おれがやらなければ部落は救われないんだ。

光夫は奴らを追っ払う刃物が欲しいと思った。そのためには、家へ飛びこんで銛か出刃を手にしなければならない。今のところ、それをどういうふうに使って、どういう段どりで追っ払おうというのか、まるっきり考えはなかったが、その決意だけで十分だった。あとはその決意がその場その場で彼に進むべき方向を教えてくれるだろう。

彼はふかく息を吸いこんで前方を見つめた。顔がきびしく引き緊まり、少年のあどけなさをとどめた双の眼がするどく光り、頬が紅潮した。彼は今はじめて自分が一人前の男になったような気がした。

彼は竜舌蘭の株から株へと体をまるめて駆けてゆき、竜舌蘭のかげで一息いれてはまた駆けていった。

ようやく屋敷の前のビロウ樹のかげまでたどりついた。石垣門まで三十歩の距離だ。石垣に護られた屋敷のなかは、身の毛もよだつ極度の静寂に支配されていた。ランプの炎が夜風になびいている。

そのとき、光夫は肉声を聞いたような気がした。光夫は反射的にビロウ樹のかげに身を潜めた。そして本能的に上を仰いで、自分がビロウ樹の影に隠れているかどうか確かめた。影はすっぽり彼をくるみこんでいた。彼は安堵した。頭上で虫が鳴いている。彼は顔をあげてその虫の声のすだいているあたりの茂みを見つめた。漏斗にひらいた葉の隙間から、空に浮かんだ赤い月が見える。そのとき、ふたたび人声が流れてきた。彼は眼が吊り上るほど緊張し、直立したビロウ樹の幹を両掌でつかんで、身近へ来るものの気配に全身の神経を集中した。足音は裏庭から母屋の横をまわって近づいて来る。ひたひたという音――扁平足のはだしの足が夜露に濡れた地面に貼りついているのだろうか。突然眼の前へ、すうっと、蜘蛛が糸をひいて落ちてきた。背中に金いろの縞模様のある大きな蜘蛛だ。光夫は息をのんだ。蜘蛛は彼の顔の前で巣を張るつもりらしく糸を肢で手繰って宙の一点に停止したまま、糸を吐きだした。糸は海風に吹かれ、月と星の撒き散らす微光を浴びて、わななききらめいた。風が煽るごとに、糸の幾すじかが光夫の顔にからみついた。光夫は嫌な顔をして、手で邪剣にそれを払った。なにやら蜘蛛の糸にからみ取られたような、不吉な連想が頭に浮かんだからだ。

そしてすべての神経がこれから立向おうとしている相手の気配に集中したとき、光夫は、今相手がはじめて現実の像《かたち》をあらわしたのを眼にした。けれども光夫は、相手が背の低いずんぐりした男であるということを瞬間的に認めただけで、相手の服装にも容貌にもほとんど注意をはらわなかった。恐怖の念が頭のなかにぼうちょうすると、相手を一つの像としてよりも、恐怖の観念として感ずる場合の方が多いが、そのときの光夫の精神状態もそれに似ていた。したがって光夫は相手に「家畜泥棒」を感ずるよりも、彼の家族に向って、同胞に向って、鮫のように飢えた歯を鳴らして戦いを挑んでいる、害意と悪意を持った、邪悪な存在としての怒りと憎しみを覚えたのであった。この印象は、それから以後も終始かわらなかった。かれらは、肉と血をもった生身の人間というよりも、島の人たちが神や悪魔に対して感ずるような、実在にして実在でない、「兇悪な外敵」であった。

背の低い人影は、腰をかがめ黒い物体を背負っていた。それが男の肩口から背中へ斜交いに担われて上下に揺れている。光男は背の低い人影が石垣門に平行して歩き出したとき、男の背負っているものが豚であることに気づいた。豚はことされていた。殺して海岸へ運ぶところにちがいない。

背の低い人影は光夫の五メートル前方を横切った。このとき光夫に攻撃の機会がおとずれた。襲うなら今だと思った。彼は身うちに声援の声を聞き、全身の筋肉が攻撃の本能でこりかたまるのを感じた。けれど、背後で別の意識が彼を引き止めた。それはこう彼に語りかけた――家のなかにもう一人相棒がいるってことを忘れるんじゃないぞと。彼はその意識にめざめ、逸《はや》る心をおさえた。背の低い人影は去り、攻撃の時は去った。

光夫は一息ついて後続の男の出てくるのを待った。五秒経った、十秒経った、二十秒経った。男はまだあらわれなかった。家のなかは相変らず静かだった。彼は聴覚を全開にして、冴えた頭で屋敷の端から端へと音を探っていった。が、柱時計の時を告げる音のほかは、何一つ動くものの気配は捕捉できなかった。光夫は苛立ち、もうこれ以上は待てないと思い、また待つことの苦しさにも耐えられないと思った。

黒い一塊の雲が東の方からうごいてきて赤ちゃけた月蝕の光を払いのけた。光夫は、家のなかからこぼれているランプの灯をのぞいて、すべての物体の面と線が巨大なひと色の闇にのみこまれたのを見てとった。

今だと光夫は思った。彼は決然として家へ向っていった。彼ははじめ大股で歩きかけたが、すぐに我慢できなくなってわざと足を踏み鳴らして駆けていった。めざす刃物は水屋にあった。彼は縁側に飛び上り、母屋を横切って、まっすぐトウグラの名前で呼ばれている水屋へ向っていった。

このとき光夫は、水屋の中央に一人のよごれたシャツを着た背の高い男が彼に背を向けて突っ立っているのを認めた。男は足もとに積みあげた二俵の米俵と唐芋をつめた麻袋を見おろしていた。運ぶ前の一思案といった印象であった。

いっしゅん、背の高い男は光夫の足音を聞きつけてふり向いた。丸刈り頭の、首と腕の太い、三十男だった。凝視力のするどい非常に立派ないかつい顔をしていた。光夫は予想はしていたが、眼が合うなり不意をうたれた感じで立ちすくんだ。すでにして男は光夫に向って体をひらいていた。そうして光夫が拳をかためると、その顔に何を小癪なといった不敵な薄嗤いを浮かべて逆に威嚇の構えをみせた。かれの垂れさがった右手が、にぎり拳をつくったり開いたりしている。その間、光夫も相手の男も眼をそらさず睨み合ったままだった。ランプが男の頭上で明るい炎の輪を投げかけている。そのとき一匹の蛾が飛びこんできてランプのホヤを叩いた。光夫は身うちに闘争の衝動を感じ、うめき声をあげて背の高い男に立ち向っていった。しかしすべては、その瞬間に終っていた。光夫を迎えて振りあげた男の拳が頭上のランプに当り、それが左右に大きく揺らいで汗の流れこんだ光夫の眼のなかで十字の光箭をむすんだかと思うと光夫は一撃で打ち倒されていた。

彼はしばらく意識を失っていた。やがて苦痛が溷濁《こんだく》の世界から彼を蘇らせた。彼ははっとして眼をさました。はげしい痛みが体の骨節でまるでガラスの破片が突き刺さったみたいに軋み鳴っていた。彼は歯をくいしばって体を起こそうとした。すると腰から脾腹へかけて思わず気が遠くなりかけたほどの激痛が突っ走った。そのため彼は体をうごかすことができず、なおしばらく俯いたまま、あえいでいた。顔は鼻血で

真赤だった。鼻血は眼のまわりと睫毛のさきまで拡がってい
た。そのため眼にうつるものはすべて赤く霞がかって見えた。口中にたまった唾液を吐き出すと、折歯が数本まざって見えた。

光夫はふらつく頭をもたげて恐々とあたりを見まわした。けれども、男の姿は見えなかった。屋内はしいんとしていた。夜鳥が啼いて空を渡っていった。戸口から涼しい夜風が吹きこんできた。光夫はようやく起きあがり、あぐらをかいた姿勢でおおきく吐息をついた。それから額とこめかみに強い指圧を加え、首筋を揉んだ。それで意識と視力のかすみが少しずつとれていった。

意識が澄むにつれて光夫はのどに焼けつく渇きを覚えた。彼は柱につかまって立ちあがり、落ちこみそうになる力の抜けた足の運びに気をつけながら、水甕のある場所へ歩いていった。

彼は、波に乗って流れてきた椰子の実を二つに割って作った柄杓で水をすくって一息に飲みほした。ついで頭に水をそそぎかけた。ようやく人心地がついた。だが、頭はまだふらついていた。

彼は外へ出ていった。月蝕の月がほのかに地面を照らし出している。彼は庭のまん中に仰向けにひっくり返って老いた性器のさきをみせているクロの死体を眺めた。彼はそれを眼にしたとき、クロが突然起きあがって飛びかかってくるかと思った。けれども、クロはひっくり返ったまま、ぴくりとも動かなかった。彼は月あかりのなかを泳ぐように近づいていった。そして地べたに腰をおろし、クロの柔らかい毛並みを撫でさすった。クロはかすかに白い眼をあけ、歯を出し、耳を垂れて死んでいた。そして眉間が砕けて血がにじんでいた。その表情にはまだ無念の怒りが漲っていた。

今や光夫は、自分が完全にうちのめされたことを悟った。あまりのはげしい衝撃のために、涙もでなかった。これで勝負はあきらかについたのだ。かれらは戦う余裕さえあたえなかった。それほどかれらは絶対的な強者だったのだ。

背の高い男と背の低い男――かれらは本当に南の島の連中だろうか。海神の化身ではあるまいか。すさまじい気迫、神秘的な雰囲気、侵しがたい威厳――家畜泥棒のうす汚なさ、うしろ暗さは微塵もない。悪もこれぐらい徹底すれば見事というほかはない。光夫はいちいちの光景を心に思い浮かべながら、かれらのことを考えた。すると、いっしゅん恐怖の身ぶるいに襲われた。いますぐ物陰に身をひそめたいと思ったほどの恐怖だった。

今にして思うと、為吉老人が向う島へ鉄砲を借りに行ったのも、噂話でかれらの兇悪な犯行を聞きおよんで、それに対抗するための人力以上の武器が欲しかったのだろう。それを

知っていたらこんな無暴なふるまいはしなかったものを。とにかく、こうして片輪にもならず生きて月蝕の月が眺められるということは、不幸中の幸いだった。クロよ、宥せ。部落の人たちよ咎めないでくれ。おっかあも十吉兄よも嗤わないでくれ。おれはやるだけのことはやったんだ。ただ相手があまりに強すぎたんだ。

後　章

光夫はクロを抱きあげた。死体にはまだぬくもりが残っていた。彼は、臭わないうちに葬ってやりたいと思った。葬る場所は心のなかで決めていた。家の東側の叢林の向うに小高い丘がある。そこはクロの好きな場所であった。クロは機嫌がいいとそこへ行って頭をもたげて海を眺めた。クロは昼夜の別なく海を眺めるのが好きだった。大時化《おおしけ》のあったある夜、珊瑚礁に乗りあげた遭難船をいち早く発見して大事にいたるのを防いだことがあった。ある夜明け、三頭の鯨が礁湖のなかへ迷いこんでいるのを見つけて光夫に大手柄をたてさせたこともあった。光夫はクロの好きなその場所に、クロの頭を海へ向けて葬ってやりたいと思った。そうすれば、クロもきっと喜んでくれるだろう。光夫は恐怖と悲しみの綯《な》いまざった感情のなかでそのことだけ考えながら、水屋へ行って鍬を取ってきた。それから、なんということもなく出刃庖丁を手に取った。

光夫はかれらと行き遭わないように、叢林をぬけて、小高い丘めざして歩いていった。このとき、光夫の身うちでは、逃げようとする意識の裏側で、逃げることを拒むような、無意識の変化が起きていた。それをもたらしたのはクロであり刃物であった。クロは親しいものの悼《いた》ましい最期がもたらした悲愴感を通して、彼を純粋な昂奮にかりたてた。そして刃物はそれを身につけたことによって、刃物が根源的に持っている、相手を傷つけるという攻撃本能をそれにつけ加えた。この二つの感情は、人間を盲目的な行動に駆りたてる原動力である。

それはまだ彼を奮い立たせるまでにはたかまっていなかったが、彼の血のなかに燃えついたその小さな獣性の炎は、今に大きく燃え拡がりそうな底力を秘めていた。

けれども、彼の感情はまだ暗くうち沈んでいた。持って生まれた純な気質は、彼の頭に楽天的な考えよりも悲劇的な考えをもたらした。

こうして逃げるのはいいが、あとで、島の人たちから臆病者のそしりを受けるのではないだろうか。臆病者！　果しておれは臆病者だろうか。なるほど、眼の前で愛犬が殺され豚が盗まれても仕返し一つできなかったのだから、そういうことになるかもしれない。だからといって、おれにどういう方法があったろう。奴らの危害を防ぐどういう手だてがあったろう。どんな力が、武器が、知恵があったろう。それがあったら教えてくれ。奴らを懲らしめてやるうまい手だてがあったら教えてくれ。

だが、おれには何一つ方法がなかった、と彼は悲しく呟いた。方法さえあれば、こんな重い足どりで部落へ逃げこむ必要もなかったのだ。

光夫はまもなく小高い丘の頂きにたどり着いた。彼はクロをおろし、自分もその傍らに腰をおろした。そうして、クロの毛並みを優しく撫でさすりながら、いつまでも撫でさすりながら、時の経つのも忘れて長くそこにうずくまっていた。涙がきりもなく頬をつたわり落ちた。ふと眼のなかに月あかりを感じて顔をあげると、月蝕の月がもとの満月のかたちに復元して煌々と照りつけていた。ひとしきり渡り鳥のむれが啼きながら月空を渡っていった。光夫はゆっくり外海の方へ視線をおろしていった。すると、この丘と彼の家とを結んでいる延長線の向う、波が静かに寄せている砂浜の一点に、黒っぽい人影が二つ見えた。かれらの煙草をふかしている火がにじんで見える。それを眼にしたとたん、光夫の胸にさきほどの無惨に打ちのめされた、苦い、悔やしい、やりきれない思いが蘇ってきた。彼の顔はその屈辱の思いではじめ青くなり、ついで赤くなり、やがて眼が瞋恚《しんい》の炎を燃やして吊りあがった。脹れ上ったこめかみの血管が激しく脈うった。

彼は熱く悩ましい思いが急速に胸に満ち溢れていくのを覚えた。たぎる湯のように熱い、高らかな歌声にも似た清らかな感情が。

何かがどよめき満ちていく、何かが高潮のように押し寄せてくる、光夫は自分でも覚えず立上りながら、ほとんど無意識のうちに歩きだしていた。突然、この胸壁を打つ礁湖のさざら波にも似た、悩ましげな感情は何だろうか。このケンモン（妖精）の吐息みたいな熱い感情は何だろうか。おれの胸はうつろじゃなかったのか。空っぽじゃなかったのか。

彼は駆け出したいと思った。さあ、駆けろ、駆けろ。宙を飛ぶほど駆けろ。駆けなくちゃ、間に合わないぞ。絶対に間に合わないぞ。

ふと彼は疑わしそうに自分の内心の声に問いかけた。えっ、何が間に合わないんだって、何が？　いっしゅん、光夫ははげしい複雑な感情にうたれて、腹立たしそうに口走った。そんなこと、おれにだって分るかい、おれの胸底に取りついた、何やら変な奴が、そう喚き散らしているだけじゃないかよ、おれにだって、何が何やら分りゃしないんだ。

光夫は駆け出していた。眼尻にランプの灯を感じながら、自分の家の前を通り過ぎた。そこから海岸までは、浜芝の平坦な草地が延びている。夜露がくるぶしに当って快い。そのさきに、草地と短い砂浜の境いに、アダンの一列の茂みがある。砂浜のさきは隆起した珊瑚礁の荒磯である。荒磯はゆるやかな下降線を描いて東支那海に没している。荒磯には大小さまざまの割目がはいっている。そのなかのあるものは、入江といってもいいほどの大きさで砂浜のふちまで延びてきていた。そこへは、舟を乗りいれることもできる。——光夫は一気に浜芝の草地をつきぬけると、一旦足を止めて、アダンの茂みのかげから前方を窺った。すぐに狙いを定めているもののの姿が眼にはいった。白い砂浜の一点に背の低い男が突っ立っている。そしてそのさきの波打際のところに、半ば曳きあげられた刳舟が置いてある。このとき背の高い男の姿は見えなかった。岩の影にでもかくれているのだろうか。光夫は一瞥のうちにそれだけのものを見てとると、逸《は》やる心を抑えかねて、背の低い男の背後へ足音をころして近づいていった。うまい具合に雲の翳りが砂浜をくろずませている。

今、男ははじめて光夫の前に弱点をさらけ出した。そしてあれほど彼を慄えあがらせた男は、光夫と同じレベルまで下って酸素を吸う肺臓や、食物を消化する胃袋をもった、一人の平凡な只の人間として対立していた。いや、奴はおれの刃物の一撃によって、うす汚ない家畜泥棒の身分まで一挙に転落するほかないだろう。こいつは、おれ以下の奴なんだ。

光夫は出刃を振りあげて、男におどりかかった。けれども目測をあやまって出刃はむなしく空を切った。彼はうめき声をあげて、今度は全身の力をこめて前へ突き出した。そのときには、背の低い男は、一撃目の出刃の中空をかすめる音や光夫のうめき声を耳にして異変を感じ、悲鳴をあげて頭から前へ突っこんでいた。そのため、二撃目もいたずらに空を刺しただけであった。けれども、夜の浜辺の静寂をひき裂いた男の悲鳴は、光夫の恐怖心をとりのぞき、相手に対する勝者の侮《あなど》りと蔑《さげす》みを光夫に抱かせた。光夫は勇気づき砂浜に這いつくばって逃げていく男を追いかけた。出刃が砂を斬りつけるごとに、砂柱が立った。男はようやく海へ飛びこんで難をのがれた。そして喘ぎのはげしいかすれ声で「兄貴、兄貴——」と、背の高い男を呼びつづけた。

光夫ははっとしてわれに返った。彼は右手の刃物を不思議そうに眺めた。それから、波打際でざわめいている月光を浮かべた小波や、腹まで水につかりながら大声で助けを求めている背の低い男や、かれの腹をとりまいている青白い光の輪の夜光虫や、砂浜の向うから息せききったようすで駆け戻ってくる背の高い男の姿などをはじめて見るようにつくづくと眺めた。

「おれは、いつの間にこんな所へ来てしまったんだろう」と彼は呆然として呟いた。おれは部落へ向っていたのじゃなかったのか。部落へ逃げようとしていたのじゃなかったのか。「だが、おれはこんな所にいる！」と光夫は訝《いぶか》しそうに、ふたたび、あたりを見廻した。彼方にわが家のランプの灯が見える。部落の家なみが見える。ビロウ樹の林が見える。間違いない。これは夢じゃないんだ。おれは本当にここへ来てしまったんだ。

どうしてこんなことになったんだろう。奴らに敵《かな》いっこないってことを知りながら、どうしてここへやって来たんだろう。まさか、奴らの兇悪残忍な手口を知らないわけでもなかろう。

「おれは知っている」と彼は口に出して呟いた。奴らの恐さも、海神なみの強さも、狡さも骨の髄にしみて知っている。奇蹟でも起こらない限り奴らには敵いっこないんだ。

ところが、おれは今ここにいる。安全な部落へかくれようともせず、ここにやって来ている。しかも刃物まで手にして、敵わぬ相手に立ち向おうとしている。

「おれは逃げなかった」と光夫は大声で叫んだ。おれは臆病者じゃなかった。おれは意気地なしじゃなかった。おれは腑抜けじゃなかった。おれは、立直ったんだ。おれは死から蘇ったんだ。おれにも、こんな力があったんだ。死を怖れぬ力があったんだ。

いっしゅん、光夫ははげしい喜びにうたれた。声をあげて泣きたいと思ったほどの、痛切な、鋭い、厳粛な喜びであった。おれをここまで引っ張ってきたものは何だろう、と彼は考えた。何かの力にはちがいないが、それ以上のことはおれにも分らない。それが分らないからこそ、ここにいるということが、部落へ逃げずにここへやって来たということが、そして奴らを打ち倒そうとして刃物まで手にしているということが、堪らなく嬉しいのだ。

お前にこの喜びが分るか、と光夫は、こちらへ向ってやってくる背の高い狂暴な男に向って、誇らしげに背筋をのばして大声でいった。おれはこの力をとり戻した以上、殺されたって悔やむことはないのだ。おれにこの力がのり移ったからには、おれがどんな人間であるかってことを、とことんまでお前たちに分らせてやるんだ。噛みついたが最後、死ぬまではなさない島のヤドカリみたいに喰らいついてやるんだ。

背の高い男は、夜の砂浜を背景に迫ってきた。青白い月光のなかで、波が寄せてきて彼の足首に花と見紛う泡をためた。光夫にはその泡の一つ一つがつぶれるかすかな音が聞こえるような気がした。光夫は出刃を振りかざし、今、はじめて相手の眼をまともに見据えた。男の眼は、冷酷非情な刀の切っ先を思わせた。

「こやつ、死にに来よったか」と、背の高い男が侮蔑的な口調でいった。

海のなかから、かれを兄貴と呼んだ背の低い男が、何やら聞きとりにくい早口の方言で声高に喚きたてた。

奴は、おれを憎んでいるな、出刃で刺し殺されそうになったので憎んでいるんだろう。だが憎みたいのは、こっちの方なんだ。今度こそはやっつけてやるぞ、奴のどこかに刃物の一撃くらいは見舞ってやるぞ、と光夫は決意した。それに、奴は、兇器を持っていない。が、おれは持っている。

背の高い男は、拳をかためて、砂のなかへ足指を突っこみながら摺足で迫ってきた。うむ、奴は砂つぶてを飛ばそうという考えだな、砂つぶてを蹴りあげて、いっしゅんおれの眼をくらまし、その隙におれの足をすくおうという魂胆だな。だが、そうはさせないぞ、その前に、躍りかかってやるんだ。光夫は相手の足のうごきに警戒の眼をむけながら、右足をすこし前に出して、斜め上方から月光を浴びて顔の半分を影にしている男の攻撃の瞬間に備えた。このとき、夜の海はいっさいの波音を消し去り、珊瑚礁の潮だまり、濡れた岩肌、寄せてきた小波に浸された砂浜が、いちどきに月の光の束をこの一点に射かけたかと思われた。その刹那、背の高い男の黒い影が一陣の旋風となって光夫のかたわらを掠め去った。光夫は半歩前に踏み出して出刃を突き出した。が、出刃はまたしても空を切り光夫は月光のなかを泳いだ。そう感じたときには腕にはげしいしびれを覚えた。彼は出刃を取り落し、ついで後ろから背中を蹴りつけられて前へよろめき倒れた。

光夫は首筋に男の手と背中に男の膝頭を感じた。かたく抑えこまれているので身うごきすることもできなかった。ただ、息苦しさに堪えかねて砂のなかへ押しこまれている顔を左右へうごかすだけであった。やがて敗者の悲しみが潮のように胸にさしこんできた。観念の涙が乾いた砂を濡らした。彼は小犬のように啜り泣きながら、自分の頭のうえで交わされている二人の男の会話に聞きいった。

「さて、こやつをどうしてくれようか」と背の高い男がいった。

「刃物は?」と背の低い男が聞き返した。

「ほら、そこの砂のうえに突っ立っているだろう」

背の低い男がとっさにそれを取ってきたらしかった。

「さあて、こやつをどうするかだ」と背の高い男が繰り返していった。

「こやつは、うしろからいきなり切りつけやがったんだ。だから……」

「よくそれだけの意気地があったもんだな」

「本当に執念深い野郎だよ、こやつは。性懲《しょうこ》りもなくつけやがってよ」

そのとき、背の低い男が何かしようとしたようすであった。「待て」と背の高い男がいった。「確かにこやつには思い知らせてやる必要がある。つけてきたのだな、生意気な。うむ、つけてきたのを後悔するようにしてやる。いつまでも悔いがのこるようにしてやる」

背の高い男が何やら指図すると弟がかわって光夫のうえにまたがった。かれは光夫の両肩のうえに前向きにまたがって尻でおさえつけながら、光夫の右手をとって後ろ手にひねりあげた。その間に、背の高い男は波打際から流木の角材を探してきて光夫の横に置いた。それが終ると、かれは、満足そうにうなずき、砂をにぎっている光夫の左手首をつかんだ。かれが握力を加えると光夫の手から血の気がひき、砂が落ちた。かれはそれを角材のうえに乗せてぎゅうっと押しつけた。すると五本の指はひらき、指の股をいっぱいにひろげた。爪が月の光をはじいて真珠母色にきらめいた。男は出刃のひと打ちをとんと打ち下ろした。鮮血が飛び散り、捕われの若者ののどの奥からうめき声がもれた。男はかまわず肉を切り刻む料理人の手つきで爪さきから指のつけ根へ進ほどに高く振りあげながら、とんとんとんと、切りきざんでいった。出刃は流木についた牡蠣の貝殻に当って刃こぼれした。今や光夫の五本の指は挽肉のように打ち砕かれ、指のかたちも分らなくなった。

男は刃こぼれさえなければいつまでもこの作業をつづけたろう。そう思わせるほど、この作業に熱中している間のかれの表情は恍惚としていた。かれは出刃が切れなくなったので舌うちして立上り、ふたたび血ぬれた庖丁を月にかざして調べた。刃さきから血の雫がしたたり落ちた。

かれは力をこめてそれを沖の方へ投げやった。かれはふいに押さえこんでいた光夫を放して飛びさがった。そして腰をかがめ、両手で膝頭を支えて、光夫の反応をたしかめるようにじっとうかがった。

光夫は苦痛のうめき声をあげて、砂のうえをのたうち廻っていった。そのため芋粥のようにつぶれた左手は、乾いた砂を吸い取って砂の衣でくるまれた。血が止め度もなく滲み出し、砂の衣を厚くしていった。光夫は意味のわからない言葉を口走りながら、砂のおもてをころがっていった。波打際から海のなかへところがっていった。月光を浴びて底まで透きとおった水のなかで、血が糸をひいて拡がり、手さきの砂の衣が洗われて一粒一粒ゆっくり落ち沈んでいった。そのため、海底の白砂がつかの間薄紫色に翳った。

まもなく、光夫は起きあがった。彼は頭をはげしく振って、頭髪と耳の穴から水をきり払った。それから、げっとのどを鳴らして潮水を吐きだした。彼は水のなかから傷ついた左手をひきあげて恐々と眺めた。指がめちゃめちゃにつぶれ、肉や骨片のついた皮が蛸の足のように垂れさがっている。全身の神経が引きちぎられたようなはげしい痛みが、肩のつけ根のあたりで渦巻いていた。視力はかすみ、意識がいくどもいくども遠のいていった。

　光夫は必死のおもいでズボンを巻きつけている細紐をぬき取り、その片端を口にくわえ、もう一方のはしを右手に持って、左腕のつけ根のあたりに二重三重に巻きつけてぐいぐいと締めあげていった。そして左腕ぜんたいが白くなり神経が麻痺してぶらんと垂れさがったほどきつく締めあげてから、固く紐を結んだ。それでいくらか血は止まり、熱い焼けつくような痛みもやんで、気分的に楽になった。

　そのとき、砂浜のほうから背の高い男の怒鳴り声が聞こえてきた。

「おうい、まだ手向う気か。戻るのが嫌なら、沖へ連れて行って、石をくくりつけて、叩き込んでやってもええんだぞ」

　光夫は頭をあげてかすみのかかった眼で声のしたほうをすかし見た。砂浜に両肩のがっしり張った影法師が二つ見える。体をゆすって笑っているようだ。

「戻る、戻るよ。おれは戻るよ」

　光夫はとっさに背をむけて、眼に苦痛と恐怖の涙をいっぱい溜めて、渚づたいに水を蹴散らしながら駆けていく。

「今のうちならこれだけで済む」光夫は自分の心にいい聞かせた。「この左手だけで」

　ついで彼はわめくように口走る——奴は海へ叩きこむといった。奴はほんとうに叩きこむつもりなんだ。クロを殺し、豚を盗み、おれを平気で片輪にしたような男だ。なんで躊躇しよう。もしおれがこれ以上さからったら、こんどは右手、両足、体までも切りきざまれてしまうだろう。……おれは戻る、おれは戻るよ。

　だが、彼はそれ以上進むことはできなかった。彼は貧血を起こして、砂のうえに尻から落ちていた。眼もくらむ劇痛が、脈搏のひとうちごとに、血管のなかできしみ鳴っている。全身の知覚がずたずたに引き裂かれているみたいに痛い。彼は歯をくいしばって痛みに耐えた。痛みは時とともにはげしくなっていく。彼は右手で左腕を高くささえて血の循環を弱めようとした。彼はそうすることによって痛みがうすらぐことを経験で知っていた。

　やがて光夫は、左手をささえている右手にヌルヌルした熱いものを感じた。見るとそれは砕かれた左手のさきからしたたり落ちている血であった。腕のつけ根まで真赤だ。光夫は見ただけで胸がむかつき、気が遠くなった。彼の額は徐々に垂れさがり、最後はその重みでがっくり前に落ちてしまった。そしてそのまま右脇腹を下に両足をちぢめて、砂のうえに寝てしまった。それは自然があたえたいちばん楽な姿勢であった。

「それにしても、ひどくつぶしやがったもんだな、鯵《あじ》のたたきみたいな真似をしゃがって」

光夫は寝ころんだまま、血まみれの左手を眺めている。血の出は、腕のつけ根を緊《し》めつけてからだいぶ止まっていたが、それでも、確実に少しずつ滲み出している。このまま放っておいたら、体じゅうの血液がぜんぶ流れ出してしまうかもしれない。「早く、この血を止めなくちゃ」と彼は気が気でないといったようすで呟く。血を止めるには蘇鉄の実がいちばんいい。蘇鉄の実はナリと呼ばれて、昔から島では止血と化膿の特効薬として広く使われていた。赤い固い殻を割ると、なかに胡桃に似た白い果実がはいっている。これをつぶして傷口に塗ると即時に血は止まり、痛みもうすらぐ。光夫は、この蘇鉄が砂浜の上手にあることを知っている。光夫は気力をふりしぼって立ち上がり、ふらつきながら砂浜を上っていった。まもなく光夫は蘇鉄が株分れしている場所についた。彼は蘇鉄の硬い葉のなかへ右手をさしこんでナリをつかみ取った。ナリはまだ小さく、にこ毛におおわれていた。彼は五分ばかりかかって、平たい石のうえで実を叩きつぶし、その汁のにじんだ練状のものを傷のうえに厚ぼったく塗りつけた。みるみるうちに蘇鉄の実が血をかためていくのが分る。これは気分的に計り知れないほどの安心感を光夫にもたらした。それから着ているシャツを引き裂いて手さきをくるみこんだ。これで一応の応急処置は終ったと思った。

ふと、彼は鶏鳴を聞いた。彼はすばやく東の水平線を仰いだ。空はまだ暗い。が、寄せ返し沸きたつ大洋のはるか彼方、溶けあった空と海のあわいから一条のほのかな薄明りが射しているのが見える。風は爽やかだ。芳しい磯の香り、静寂を截り裂く大魚のはねる音、傾いた月、うすれた星の光——もう、夜明けも近い。あの爽やかな夜明けの空が、間近の海上へ迫ってきている。

夜明けだ、夜明けだ——彼は足をとめて一つまた一つと星の消えていく東の水平線を見つめている。すると、彼の臆した心を押しのけるように、新たな想念が頭をもたげてきた。

やがて夜が明ける、彼は心のなかの一条の光明に元気づきながら考える。朝がきたら、奴らは破滅する。なぜなら、為吉爺さんが鉄砲を仕入れて戻ってくるからだ。だから奴らに勝ちたいと思ったら、朝がくるまで奴らをここに引き留めておけばいいんだ。なにもまともに立ち向うことはないんだ。なぜおれはこのことに気づかなかったんだろう。つまり、おれのこれまでの敗因は、このまともに立ち向うことの無意味さに気づかなかったことなんだ。確かに力では奴らは数段勝っている。これまでの結果がはっきりそれを証明している。だが、頭や知恵のことはわからない。もしおれが、早くこのことに気づいて策をたてていたら、こうもみじめにやられることはなかったかもしれない。

光夫は視界をさえぎっている岩のうえにやっとの思いで這い上って、かれらのほうを窺った。そこまでは八十メートル近い距離がある。かれらは今しも刳舟を海へおろそうとしていた。背の高い男が艫《とも》を支え、背の低い男が舟べりに手をかけて刳舟が水に乗るまで押していった。そして舟が完全に水に乗ると、背の低い男がなおも押しながら飛び乗って舳先の石の錨を落した。小さなうねりがきて、刳舟がそれに乗ってさがったので、錨綱がぴいんと張った。波がうねるたびに、舳先と艫の反った細長い刳舟は軽やかに揺れうごいた。

奴らを海へ出してはいけない、光夫はすでにこの新しい考えにとりつかれていた。奴らは出発しようとしているが、絶対に海へ出してはいけない。ぜひ、夜明けまで引き留めておくんだ。が、どういう方法で？　彼はその方法を思いめぐらすように、双の眼を見ひらいてかれらの一挙一動に注目した。あたりは静かだった。ハマユウの花の香りが彼の頭脳のはたらきを敏活にした。潮騒が激励の歌声のように聞こえた。大気はかぐわしく、彼の鼻腔と血を洗い、またしても腐りかけていた彼の気力を奮いたたせた。今や全身の筋肉は緊張し、双の眼は霊感を求めて輝き、想念の湧きたつ雲は彼の蘇った脳髄のなかで忙しくかけめぐった。

「舟を奪うんだ！」突然、考えが閃いた。うむ、こりゃいい、これはすばらしい考えだ、彼はいっしゅん呆然となったほどこの考えが気にいった。これは奇想天外な名案だ、しかも実行可能な考えだ、刳舟を奪ってしまえば、奴らは完全にこの島に閉じこめられてしまう。そうなったら、奴らに残された道は山へ逃げこむほかないだろう。そりゃあ、部落の舟を盗む方法がないこともないが、使える舟はたいがい荷物を積んで島の裏側へまわしてあるので、舟底の割れた舟しか残っていない。それだって、夜が明けてしまえば、渡してやるもんか。

光夫は今、この考えで傷の痛みにうち勝つことができた。そして勇気をとりもどした。自分がいましがた、兎のように遁走したことも忘れて、あきらかに闘う意志をもって、かれらと向い合った。かれらは夜明け前の西微風の吹くなかで掠奪品の荷づくりをしている。ゆっくり構えているのは、風がかわるのを待っているのだろう。かれらはもはや光夫の存在は気にもしていない。悲鳴をあげて空っぽの部落へ逃げたと思っているのだろう。彼は願ってもないことだと思う。無視されていることは、それだけこちらに機会があることだと思う。その隙につけこめばいい。

だからといって彼は問題を単純に考えているわけではない。熱狂と蛮勇のうえの攻撃がどういう結果をもたらしたか彼は骨身に徹して知っている。力では絶対にかないっこないのだ。奴らは人間の仮面をかぶった機械のような連中だと思う、残忍で、激烈で、問答無用で、すさまじい破壊力をもっている。こういう連中と渡りあうには、おれは経験不足で、非力で、おとなしすぎるかもしれないが、おれには戦う正しい意義がある、それは朝がくれば東の空が明けるようにはっきりしているることなのだ。澄明で一点の疑惑もない。だから、おれは恐怖と臆病風に吹かれながらも、すぐ立ち直ることができたのだ。それこそがおれを駆りたてる力なのだ。

彼はあたりの地形に視線を走らせながら考える。彼が立っている砂浜から刳舟の浮かんでいる海面までは、およそ八十メートル。この起伏にとぼしい見通しのよい砂浜と珊瑚礁では、たとえ匍匐しながら進んでもすぐ見つかってしまうだろう。その点、海中には背の高い岩がいくつも突き出ているので身をかくすには都合がいい。岩から岩へ海面を潜っていけばうまく刳舟が奪えるかもしれない。これなら、彼の得意の泳法だし、第一「知恵」のあるやり方だと思う。

それに、このへんは、彼の馴染の漁場の一つだから、闇のなかでも楽に泳げるくらい、海中の地形、暗礁のありか、海藻の繁茂の状態、深浅のすべてを熟知している。地の利を得ていることではこれ以上の好都合はないと思う。――波打際から背をあらわした珊瑚礁が沖へのびている。その右岸は絶壁をなしていて深く水をたたえている。珊瑚礁は五十メートルさきで海中に没している。だから、順序としては、この珊瑚礁の絶壁に沿って泳ぎながら沖へ出て、岩鼻を左へ曲り、刳舟の浮かんでいる海面へ出るということになる。沖から刳舟を奪うわけだ。これなら砂浜にいるかれらに見つかりにくいから成功しそうに思える。幸いに、彼の立っている砂浜と水路のあいだにも、かれらの眼を遮《さえぎ》るくらいの岩が突っ立っているので、そのかげづたいに行けば容易に水路に飛びこむことができよう。問題はそのことではない。水路を進むことも問題ではない。珊瑚礁の鼻を左折して、刳舟の見える位置に出ることも問題ではない。そこまでは楽に行けるだろう。岩が彼の姿をかくしてくれるから。

問題は、最後の岩陰からさきのことだ。海面は月の光にくまなく照らし出されている。そして静寂におおわれている。だからそこでは、体の白く透けて見える輪郭も、体の水を截る流れも、水音も、破滅のもととなる。そこから、刳舟まで四十メートル。ひと息で潜れる距離ではない。せいいっぱい息を溜めても、この傷ついた体では三回は浮上し、息をつぎたい。そのためには、中間に二箇所、海面すれすれに、頭がかくれるくらいの岩が突き出ているが、それを利用するほかないだろう。しかしその陰で浮きあがるのはむつかしい。非常にむつかしいと思う。

だが、彼は逡巡しなかった。躊躇しなかった。光夫は今や恐るべき行動のかたまりと化していた。ただ心のなかでこう念じた。「一芝居うつのはいいが、これは絶対に失敗をゆるさない芝居だってことを忘れるんじゃなかぞ。幕切れまで細心の注意をはらって事をはこぶんだ。よかな」

　光夫は、頭のなかにまだ昇りもやらぬ太陽をひっさらってきて据え、かれらの神、島人の神、テダ（太陽）神さまに祈った。かれはかれらの先祖が型にはめて伝えのこしたまじないの言葉を口にだして呟いた。その間、顔は真っ青だった。全身がこらえようもなくおののいた。けれども、それは恐怖のおののきではなかった。それは男が戦いを前にしたときに覚える、あのどうにも抑えようのない武者ぶるいであった。

　光夫は背をかがめて砂浜の飛石のかげを一気に波打際まで駆けていった。彼のはだしの足に踏みつけられて、波が運んできたもろもろの死骸や漂流物が音を発した。流木の折れる音、紋甲烏賊の甲殻の割れる音、貝殻のくだける音、砂の擦れる音、ホンダワラの気嚢のはじける音、海鳥の死骸の骨のくだける音。そのたびに光夫の心臓はちぢみあがった。波打際までもう一歩のところで、大きな竹筒をバリッと踏み割ったときには、いっしゅん、気づかれたかと真っ青になった。

　いま、光夫の前には、月光をうかべた海面がひろがっている。光夫は息をころして水のなかへはいっていった。足指を底の砂につきたて、それで足場をさぐりながら、摺足で、音をたてないように歩いていく。水は膝から腰へ、腰から胸へと深まっていく。彼は足がとどくかぎり歩いていった。ウニを踏みつけてその棘がつき刺さったが、今は、そのことは忘れることにした。歩くことに支障はなかったからだ。ついに顎の下まで水がきた。彼は爪さきで軽く海底を蹴って浮きあがった。そして右肩を下に沈め、右手で水をかく横泳ぎの泳法で珊瑚礁の岩壁沿いに泳いでいく。眼の前に灰褐色の珊瑚礁の岩がそびえて見える。この岩はこのへんでいちばん高く、颱風のとき以外は水をかぶることがない。そのため、鳥たちはこの岩を好み、アジサシや鰹鳥や白鷺や海鵜や、ときには軍艦鳥や鷹までも飛んできて翼を休めた。で、その鳥たちの糞で岩の稜角が白光りしていた。

　この岩は立派だと光夫は思う。海のまんまえに突っ立ちながら、海に屈することなく海を睥睨している。まわりの群小の岩を圧して超然とかまえているその姿には、王者の風格さえある。この岩は花崗岩のように硬く、ツルハシも通らない。が、おなじ珊瑚礁でも、常時潮の干満の影響をうけている荒磯の岩とは岩質がぜんぜんちがう。荒磯の岩は簡単に欠き割ることができる。それは、海という名の征服者に屈しているものと、敢然と立ち向っているものとの差だと思う。超大なものに立ち向うためには、つねづね自分を鍛えぬいておかなければならない。あの王者の岩は何万年もかかって自分を鍛えぬいてきたその立派さだと思う。

彼は今このことだけを考える。苦痛と緊張をやわらげるためにはいいことだと思う。今はむつかしいことは考えたくない。おれは今、王者の岩の庇護のもとにあるのだ。慈悲のもとに、といい直してもよい。おれはもうすぐ恐ろしいことをやっつけなければならない。それまでは頭を休めておきたい。思考を集中するのは、最後の岩にたどりついたとき、眼前にかれらの舟を確認したときでいい。

光夫は、岩が裾をひいている暗礁の根に足で立って、つかのま息をいれた。沢山の蟹が岩壁をはっている。彼はその一つをおさえつけて叩きつぶし、蟹の汁をすすった。ついで、岩のくぼみに白く結晶した塩をつまんで口へいれた。

彼はふたたび水につかり珊瑚礁の鼻をまわって、左へ岸づたいに泳いでいった。まもなく岩の左端へでた。岩の陰に身をかくして泳げるのはそこまでだった。

彼はちょうど沖から砂浜を眺めるかたちになった。

正面に、海に浮かんで軽やかに揺れている刳舟が見える。二人は、海岸から掠奪品の荷物を担ぎあげては刳舟のなかへ運んでいる。米俵を担ぎいれる、豚を担ぎいれる、おや、あれは？　石油缶じゃないか、畜生、石油まで盗みやがったのか。

さらに眼をあげると、百の台のふちに黎明のちかいのを告げる灰いろの薄明りが見える。が、百の台のこちら側と海上の大部分はまだ夜のなかに息づいている。青みがかった靄がのろのろと陸地を這っている。

やがて、背の低い男が海へ向って放尿した。彼は放尿しながら片足を流木にかけている。

「おれはあの流木のうえで手をつぶされたんだ」光夫はそう考えたとき、自分の全感覚が火にあぶられた伊勢海老のように飛びあがったのを感じた。「ううっ、またうずいてきやがった。潮水がしみてるんだな。消毒だと思ってあきらめろ」

奴らのあの様子では、ここから刳舟を狙っているとは夢にも知るまい。今にみているがいい。おれはやるぞ。すべての仇を一挙に返してやるぞ。山へ追いこみ、犬をけしかけ、為吉爺さんが持ってきた鉄砲で頭をぶち抜いてやるぞ。彼は水につかった全身がふたたび武者ぶるいするのを覚えた。彼は、落着け、と自分の心にいい聞かせる。細心の注意をはらって、冷静に事を運ぶんだ。しかし、この勝利を前に落着けというのは無理だよなあ、粗相がない程度に落着けばいいんだと思い返す。それじゃ、その粗相とはどういうことなんだ？　お前はそれをよく考えろ。いや、今はそれだけを考えろ。第一、水音をたてないこと。第二、刳舟の陰にはいるまで絶対に頭をあげないこと。その第一のほうは問題ないとして、第二のほうは大変な冒険だと思う。

ここから、刳舟まで、四十メートルはあろうか。中間に飛び飛びに二つ、大海亀をひっくり返したような岩が海面に頭をだしている。ようやく頭がかくれるくらいの大きさだ。ひと潜りでそこまで行かなければならない。まあ、二つ目の岩まではなんとか行けそう……だが、問題は最後の岩と刳舟のあいだの二十メートルだ。これをひと息で潜りきるのは不可能だ。今の体力では十メートルがやっと。ということは、中間で一度頭をあげなければならないということだが、そのとき発見されたらどうしよう？　そのときはおしまいだと思う。すると、鋭い緊張のために、体のすみずみがじいんと鳴るのを覚えた。だが、もはや賭けはなされたのだ。だから、くよくよ考えるのはやめろ。今はただ実行すればいいんだ。眼をつぶってやっつければいいんだ。彼は左腕を持上げて、シャツの切れはしでくるみこんだ左手を見た。腕はつけ根まで血の気をなくしてところどころくろずんでいる。全身に憤怒と憎悪の火が燃えさかった。この手をみろと彼は口のなかで呟いた。この恨みを晴らす今が絶好の機会なんだ。あと二分の努力で勝利を手にすることができるんだ。

彼はおおきく深呼吸をして乱れた呼吸をととのえた。岩の割目に水が吸いこまれている。水が吸いこまれるたびにそこに小さな渦巻ができた。渦巻は渦がとじたあとも泡だけが消えのこって輝いた。月光のはいった岩の割目に、小さな蟹が見える。サザエが見える。牡蛎やフジツボが見える。磯巾着が桃いろの花を咲かせている。光夫は、いつもはかれらの敵、取って食ったり傷つけたりする敵であることを忘れて、かれらに祈りたいような気持だった。

意識に贅沢な感想が閃《ひらめ》いたのもそこまでだった。それ以後のことは、すべて無我夢中でやったことなので、ちっとも覚えていない。

彼は空を仰いで高積雲が月にかかるのを待った。夜明け前のため月はだいぶ西の空に傾き月光はうすらいでいたが、彼の意識のなかの月は仲秋の名月を思わせるほどまぶしい。瞬秒ののち、雲の翳りであたりが暗くなった。

「そら、やっつけろ」彼は鞭うつように自分の凝縮した肉体にむかって命令した。じいんとした、鋭い、厳粛な感覚が彼の全身を刺しつらぬいた。そのときには、波は水に潜っていた。波紋もたたない。一回目の浮上。二回目の浮上。海面にはかすかな変化もあらわれない。息を吸いこむ間、眼の前の海亀に似た岩が彼の頭をかくしている。三回目はやっぱり息がつづかず海面に顔をだしたが、雲の翳りのため頭は完全にその暗がりのなかに溶けこんでいる。刳舟はもう一息のところ。彼は夜明け前の空気を胸いっぱい吸いこんで最後の潜水についた。海は浅くなって底の砂が足をこする。前方に細長い刳舟の舟底がくろぐろと見える。左側に舟の影が落ちている。彼は一気にその舟影に沿って艫のほうまで潜っていった。はや成功の嗚咽が口から飛び出すかと思われた。彼は頭をあげると同時に海底を蹴って舟べりからなかへ滑りこんだ。跳ねあがる大魚のような勢いで。その反動で、舟ははずみをつけて前に進み、彼は舟のなかでよろめいた。彼は間髪をいれず錨綱をはずして海に抛りこんだ。刳舟は水を截って進む。

彼は勝った、と思った。見事に分捕った、と思った。さあ、沖へ走らせろ。ぶっ倒れるまで漕ぐんだ。奴らが翼でも持たない限り、来れないような遠いところまで漕ぐんだ。ここから、刳舟を引き離してしまうんだ。奴らのこの足をもぎとってしまうんだ。彼は拳で歓喜の涙をぬぐって、ちらりとかれらのほうを見た。かれらのあわてふためいているさまがはっきり見えた。背の高い男は拳をふりあげてあとを追い、背の低い男は頭をかかえこんで立ちすくんだ。

もう遅い、光夫は口にだしていった。どうあがいてみたところで、間に合いやしない。今こそお前らが破滅するときなんだ、お前らが自滅するときなんだ、そしておれは勝ったんだ、眼をむいてよく見るがいい、今、おれが手にしているものこそ、正真正銘の勝利というものなんだ、勝利の喜びというものなんだ。

さあ、漕ぐんだ。沖の朝空へむかって、潮騒の高鳴る黒潮の海へむかって、舟を進ませるんだ。この爽やかな夜明け前の微風のそよめき！　この脳髄を洗いだすような芳烈な磯の香り！　真珠母いろのひと刷毛はいたほどの東の空！　薄明りの下にほのぼのと巨きなうねりを見せはじめてきた大海原！　天翔ける渡鳥の呼びかわす啼き声！——やがて夜が明ける。これこそは夜が去って朝がきたという確実なしるしなのだ。すでにあの白々明けの東の空の下では、赤いマントを羽織った朝が、おれの歓喜のメロディーを伴奏にして、かがやかしい朝の舞踏を舞っているのだ。

さあ、漕ぐんだ。櫂で水を蹴って、水を蹴飛ばして、高速艇のように沖へ舟を走らせるんだ。この夜明け前の大気をまっ二つに裂いて、矢のような勢いで！　さあ、櫂で水を掻くんだ、櫂だ、櫂だ……

彼は櫂を手に取ろうとした。彼の視線は、櫂をもとめて艫から舳先のさきまでさっと掃きたてた。……櫂がない、櫂がないのだ。彼はもしや水あかのなかに沈んでいるのではないかと思って、舟の真ん中まで飛んでいった。が、櫂はない。舟のなかに櫂はない。櫂のかわりになる板っきれ一つない。

彼はとっさに海へ飛びこんでいた。そして刳舟の艫に右手でぶらさがって、足で水を蹴って、その推進力で舟を進めようとした。彼は両足ではげしく水を叩いた。スクリューのように、間断なく、全身の力をこめて、水を蹴って海面を泡だたせた。

舟はわずかに進んだ。が、波がうねってくるたびに押し返された。潮は満ち潮どきにさしかかって陸地へ向って寄せていた。風は正面から吹いていた。けれども、彼は足で水を叩いて舟を進めようとした。

渚の二人はこの変事のもつ意味をすぐに察したらしかった。

「飛びこんだ」と背の高い男が怪訝そうに叫んだ。

「あっ、櫂がないんだ」と背の低い男が叫び返した。

「なに、櫂がないんだって?」

「櫂がないんだ、櫂はおれが全部浜へおろしておいたんだ」

背の低い男は昂奮したおももちで砂浜の一点を指差した。なるほど、そこにはまだ積みのこしの櫂と帆柱が、ほかの舟具と一緒に置かれてあった。

背の高い男は、抜手をきって刳舟めざして泳いでいった。みるみるうちに両者の距離はせばまり、今や男は刳舟の舟べりに泳ぎ着いた。かれは両手で舟べりをつかんで、一気に反動つけて、なかへ躍りこんだ。かれは静かに立上った。そして大きな手で顔の水玉をきりはらった。それから艫のほうへ歩いていった。かれは真上から光夫を見下ろした。——光夫は依然として舟べりにしがみついたまま、足で水を蹴っていた。男は光夫のうえにかがみこんで、彼の両脇の下へ筋張った毛深い両手をさしこむと、力をこめて、ぐいと光夫を水のなかから抜きあげた。

光夫は狂おしい眼つきで、立てた両膝のうえに顎をのせて、男のうしろ姿をぼんやり眺めた。頭に不透明な靄がかかって、眼前の光景の意味がよくつかめない。恐ろしいような、悩ましいような、虚しいような憂愁にみちた複雑な感情がのど元までせきあげてくるのだが、それを吐き出すことができない。声をあげてそれを吐き出すことができれば、この鉛の重さで自分を苦しめている不透明な感覚が霽《は》れてすべてが鮮明に見えてくることが分っているのに、それができない。

お前はなぜ刳舟に乗っているんだ、と光夫は声のない声で男に問いかけた。この舟はおれのものなんだ。おれが奪ったものなんだ。分捕ったからには、おれは沖へ走らせなければならない。あの白い大きな月のみえる沖へ……それなのに、なぜ舟は進まないのか。なぜ舟はうごこうとしないのか。お前はなぜ乗っているのか。——彼は左舷を見た、右舷を見た、それから舳先の前方へ視線を走らせた。——この水はいやに静かだなあ。まるで池の水みたいに死んでいる。引きこむような、黒潮特有の粘りと力強さに欠けている。しかも、あたりには波頭一つ立っていない。巨きなうねり一つ見えない。……すると、ここは沖じゃないのか。沖じゃないとすると、ここはいったい何処なんだ。……彼は頭をもたげてあたりを見廻した。……おや、あの砂浜は? 波打際は? 岩は? アダンの茂みは? そして、おれと一緒に乗っているこの背の高い男は?……いったい、ここは何処なんだ、これはどういうことなんだ、おれは気でも狂ったのか、それとも、悪い夢でも見ていたのか。おれが舟を奪った事実は疑う余地もないのに、この光景はそれが夢の中の出来事だと語りかけてでもいるかのようだ。

ははあ——と光夫は疑わしそうな表情でとりとめのないことを考えた。待て、待て——この光景には、なにやら奇妙なところがある、怪しいところがある、信じ難いところがある……あ、向うから誰かが駆けてくる、誰だろう……背の低い男のようだ……あ、男は海へのびた珊瑚礁の磯のうえを駆けてくる……頭のうえで振っているあの長い棒はなんだろう……あ、櫂じゃないか、こっちへ投げてよこそうというんだな……よし、よし、投げてくれ、おれはそいつを探していたんだ、さあ、投げてくれ……おっと、それじゃ届きゃせんよ、もっと力をこめて投げてくれなくちゃ……それみろ、海へ落ちたじゃないか……おや、こんどは水のうえをこっちへひとりでに走ってくるよ……なるほどねえ、投擲物につきもののあのはずみという奴か、なるほどねえ……

光夫は舟べりから手をのばして海面を滑ってきた櫂を取ろうとした。すると、彼よりも早くそいつをつかんだ者があった。光夫は放心しきった眼つきでそれを眺めていた。

背の高い男は立ったまま櫂をあやつって舟を陸岸に近づけた。まもなく刳舟は砂浜に乗りあげた。背の高い男は櫂を持って浜に降り立ち、そこで待っていた背の低い男と光夫のほうをうかがいながら小声でなにごとかささやきかわした。

光夫の脳裡に疑念が兆した。あの二人はなぜあんな秘密くさい相談をやっているのか。おれに聞かれたらまずいことでもあるのか。

突然、光夫は眼さきがまっくらになったほどの恐怖に襲われた。そして彼はさっきのことを思い出した。あの空っぽの舟を見まわしたときの、あの櫂がないことに気づいたときの、あの海へ飛びこんだときの焦燥と恐怖の一瞬を。

あのとき、舟には櫂がなかったんだ、板きれ一つなかったんだ。おれの計画はもののみごとに失敗し、おれは今、とらわれの身と化しているのだ。

そこまで考えてきたら、さっき男が口走った、「海へ叩きこんでやる」といった言葉のもつ意味が毒矢のように頭につき刺さった。——奴はおれを海へ叩きこむといった。奴は、おれを沖へひっくくっていって投げこむつもりなんだ。光夫はどこを見まわしても空ばかりだという大洋の真ん中で、石ころみたいにほうりこまれる自分の姿を想像することができた。彼は海の恐ろしさを熟知していた。それだけに、石をくくりつけられて海中へほうりこまれるということが、どんなことなのか、恐ろしいくらいまざまざと思い描くことができた。

――体が飛ぶ。すると、体は、石のおもりに曳かれて、数十尋《ひろ》、いや数百尋の海中を、空から墜ちる星のように落ちていかなければならないのだ。その果ては、昆布や珊瑚さながらに海底に釘づけにされ、やがて、水を吸ってぶくぶくに脹れあがって寒天みたいに溶けるのを待つほかないのだ。いや、そのまえに、鮫やシャチやマカジキや、その他の兇暴な顎と歯をもった猛魚や眼のない深海魚や、あの巨大な鋏をもった蟹がやってきて咬みきり、喰裂き、ひきちぎり、きれいに肉をはぎとって骨だけにしてしまうだろう。そこは陽も射さない。かつて陽が射したことさえない永遠の闇黒。鼻や耳にふれるのがどんな奴なのか、それが大蛇なみのウツボなのか、巨大なクラゲなのか、そのほかのどんな怪魚なのか、姿をたしかめることさえできない。もちろん、おれの肺臓はとっくのむかしに破裂しているであろうが。

光夫はとっさに刳舟の外へ飛び降りると、その眼に暗い怒りの色をあらわしていった。

「おれは沖へは行かんぞ。海じゃ死なんぞ。だれがお前たちと一緒に行くもんか。殺すならここで片づけてくれ。おれは陸で死にたか」

かれらは軽蔑のうすら嗤いを浮かべて無言で光夫を見まもった。

「おれは絶対に沖へは行かんからな。誰が行くもんか」

必死のおももちで訴えかけた光夫の眼に、砂のうえに置かれた水甕が見えた。天啓の閃きが光夫をさしつらぬいた。彼は駆け寄って、それを蹴倒した。水甕はさかさまに引っくり返り、忽ち砂のおもてに黒いししみ跡をひろげた。

光夫は昂然と胸をはって口走った。ほら、水がこぼれたろ。これでお前たちも水なしになったんだ。これじゃ、いくらお前たちでも航海はできんだろ。さあ、大切な水をこぼしたおれだ。さっさと殺してくれ、この海岸で。

だが、殺しやしない、と背の高い男は、いらいらしたおももちで、ようやく白みはじめてきた沖の海原を眺めながらい返した。つづいて、光夫に水甕を押しつけ、確かに、お前がいうように水なしの航海はできない。だから、水は、こぼしたお前に汲んでこさせるとしよう、といい、はげしく光夫の背中を小突いた。かれは邪険に押しやった。そして光夫と背の高い男の奇妙な二人づれはつながったまま草地を進んでいった。男は光夫の家に近づくにつれていよいよはげしく押しやり、ほとんど駈足の状態で光夫を追いたてた。

光夫は道々苦しそうに喘ぎ、口中からどろりとしたものを吐き出した。男は、殺しやしない、と繰り返しいった。このまま沖へつれて行って叩きこんでやる、鮫の餌食にしてやる。この背の高い男は、石垣門をぬけ中庭へはいっても押すのをやめなかった。ようやくかれは水屋の前で手をはなした。

光夫は精も根もつきはてていた。彼は渇した獣のように水を飲んだ。彼の胃袋はきりもなく水を吸いこむ。

飲み終った瞬間、彼は全身の力がぬけてしまったように、上りがまちに崩折《くずお》れていた。もう立ち向おうという気も起らない。何をやっても無駄だと思う。彼に運がないことも事実だが、かれらの存在が征服をゆるさない海さながらに神秘なものにさえ思えてくる。かれらは絶対の強者だ。繰り返していうが何をやっても無駄だと思う。それに、おれにはこれ以上苦痛に耐える力がない。おれは人間の耐え得る限界ぎりぎりの苦痛に耐えてきたのだ。心のなかはそんな虚しい諦めでいっぱいだった。

ただ眠りたいと思う。疲れた、ひどく疲れた。このままスヤスヤと、いつまでも眠りたいと思う。眠ることができたら命もいらないと思う。そのとき、彼の虚脱した双の眼に、きらめく一条の反射光が射しいった。それは拒むことのできない強烈な力で光夫をひきつけた。顔がひとりでに前へうごいていくような感じだった。光夫は無意識に手をのばして、その金属の発光体を――剃刀を棚から取った。そしてそれを自分ののど元に擬した。剃刀は居間から射しこむランプの明りを浴びて光のやいばを放った。彼の手がおののいた。すると彼の手のわななきにつれて、刃の射立てる閃光も四方八方に飛び散った。それは今光夫の眼には、遠い幽暗の彼方から射してきた、天上の光のように思えた。光夫は急速に、死の寸前に人間を襲うという、あの恍惚境のなかへおちていった。光は優しく頬笑みかけ、魅するようにさし招き、彼の意識を静かに睡らせていった。死がさし招いている、と光夫は思った。

ふと、剃刀の照り返しが土間の片隅に貼りついた。光夫は息をのんでそれを凝視した。照り返しは、水屋つづきの薪置場に置かれたブリキ缶を仄かに明るませている。

それはガソリン缶であった。寄港した漁船が野菜や果物と物々交換していったガソリン缶であった。ガソリン缶は兇暴な引力で光夫を惹きつけ、彼のうつろな頭に火を燃やし、強力な力をあたえ、繰り返し彼を蘇らせた。

死の影は去った。入れかわって、彼の脳髄に奇怪な幻想の花が咲いた。人間を熱狂から行動へかりたてるところのあの火のような幻想の花が。

水のかわりにガソリンを甕づめにして沖へ出る。甕を蹴倒して火をつける。すると、舟のなかはいっしゅん猛火につつまれてしまう。火は風を呼び、唸りを生じ、刳舟の木質ふかく喰いこんで小舟もろとも乗っている人間までも焼き殺してしまう。もちろん、自分も死出の道づれをするほかないが。

そう考えたら、彼の瞳は生色をとり戻し、皮膚感覚は若々しい鋭敏な反応をみせはじめた。脳髄は再度めざましい回転をはじめ、心臓は彼の耳に鮮烈な鼓動の音をつたえた。精気が全身の毛穴から音たてて吹きしぶくのが感じられる。彼の頭にはつぎからつぎへと鮮明な奇怪な幻想のイメージが湧きおこる。今や彼はこの頭に浮かんだ考えに没頭し、熱中し、計算する野獣になっていた。彼の不死身の体力と不撓不屈の気力は、ふたたび行動と破壊へ向って、彼をまっしぐらに狩りたてる。彼の肉体はまたも力とスピードを持った。

彼は決然と立上って、水甕にガソリンを注ぎこんだ。終って板ぶたをかぶせる。

ついで、棚から煙草いれの胴乱を取って中へマッチをおさめ、かたくふたを閉じて腰に差した。これなら、少しぐらい水をかぶっても濡れることはないだろう。――光夫はこれだけのことを一瞬の間にやってしまったのだ。外の男は、光夫のこの劇的な行動に気づいたようすもない。

かれらは浜についた。うまい具合に、つよい風が風下へガソリンの臭気を吹きはらってくれたので、近くに臭いは残らなかった。光夫は舳先寄りのほうに甕をおろした。もうこれで大丈夫だと思った。ガソリンがすこしぐらい臭っても、奴らには石油としか思えないだろう。

背の低い男が光夫の傍へやってきた。――おれの利腕をとらえて、舟へ追いこもうというのか。だが、おれはみずから「志願」していくのだから、一人で乗るよ。

光夫は刳舟に移った。うしろから、前に乗るんだ、という声がかかった。光夫は舳先寄りのほうにうずくまった。彼はそこから、刳舟の真ん中に背の高い男が腰をおろすのを見ていた。かれらは中腰の姿勢で海底を櫂で突いて舟を進めた。

舟は荒磯のあいだの水路をぬけて、沖をめざしてゆっくりと進んでいった。舟が海面のあちこちに頭をだしている暗礁をまわって外海へ出ると、急に右手後方から追い風が吹いてきて、小波をたて、舟を揺らし、舟脚にスピードを加えた。かれらは立上って、帆柱を立て、帆を張った。すると舟は縦揺れに揺れながら波を截って突っ走り、しぶきをかれらの頭に降りそそいだ。舟はいま礁湖の湾口を左手に望みながら、岸辺に沿って南へ走っている。湾口の後方に、月が西の海に近づいたため仄暗さをました百の台の山なみと部落の下の白い砂浜が見える。礁湖の左岸で心細く点っているランプの灯は光夫の家のものだろう。

かれらは沈黙をまもっている。海へ出てから一言も口をきいていない。しかしこの沈黙は快い。心が澄むのをさまたげられないで済むからだ。

光夫はふり返ろうともしない。今となっては、かれらの動きなんかどうでもいいことだと思う。彼はただそれを実行する時機だけを考えている。いつやってもいいように、心の準備はできている。ガソリンのつまった甕もある。マッチを納めた胴乱もある。甕を倒しマッチを擦って投げればいいのだ。事は簡単である。

今不思議と胸のときめきもない。昂ぶりも悲愴感もない。敵愾心も憎しみもない。そんな騒々しいものはとっくに消えてしまった。泣くだけ泣いたあとの幼児の眼のように澄んだ、虚しい、淡い悲しみをともなった感情が揺蕩うているだけである。諦め、悟りともちがう。そんな大袈裟なものは微塵もない。ただ死を考えず生を想わないだけのことかもしれない。

「それに、さいさきもいい」と彼は呟く。月は水平線に沈もうとしている。月はあと数分で没してしまうだろう。するとあたりは暗くなる。暗くなればおれが甕を倒しマッチを擦る仕種も闇がかくしてくれるというわけだ。

ところで、一夜にしておれがいなくなったことに気づいたときの島人たちの驚きはどうだろうか。みんなおれの失踪をなんと考えるだろうか。光夫は、一夜にして襲いかかったこの恐ろしい事件が誰一人知る者もなく、葬り去られてしまうのかと考えたら、堪らない寂しさに襲われた。あの不安、あの恐怖、あの苦痛、あの絶望、そして打ちのめされては立上り打ちくだかれては立直った、長い長いあいだの闘い——果してこれらの事実は誰にも知られずにこの世から消えてしまうのだろうか。夜が明けたら、あの消えてなくなる星のように消えてしまうのだろうか。

そうだ、誰一人知っている者はないのだ、と彼は自分自身にいい聞かせる。お前は見世物の芝居をやっているわけじゃないんだ。お前は内心の声の命じるままに、ただやっただけのことなんだ。無我夢中、せっぱつまってああやるほか方法がなかったのでやったまでのことなんだ。確かに、今夜のことが人に知られることなく大海の中へ消えてしまうということは、悲しい限りだが、それはそれで致し方のないことなのだ。わざわざ辛い話を聞かせてかれらを苦しめることもないじゃないか。

月が墜ちた。あたりが仄暗くなった。その暁闇《あかときやみ》の下で、波頭がにぶく光って見える。舟は帆舟特有の軽やかな横揺れを繰り返しながら、連続して寄せてくる大波小波の背に乗って突き進んでいく。

舟は島からかなり遠去かっている。島かげが水いろの光につつまれて見える。だが、舟の上空はまだ暗い。ときおり強い朝風が襲いかかってきて、帆を吹き鳴らす。帆の下端がうねりを蹴って、飛沫の束を舟ごしに反対側の海面へ投げ飛ばす。近くの海上に、朝の早いアジサシの啼き声が聞こえる。飛魚が舳先をかすめて浪の斜面に沿って飛び去る。心のなかで決意がうごめく。神経が冴えかえる。歯が噛み合わずかちかち鳴る。夜の間に波の泡、砕ける波しぶき、逆巻く三角波にかきまわされて酸素をました新鮮な大気が鼻をとおって彼の脳髄を薄荷のように刺戟した。光夫は心のなかで叫ぶ。おれはやるぞ、奴らに叩きこまれない前にやるぞ。

さあ、やるべきことを反復してみろ、冷静に何一つぬかさないように反復してみるんだ。まず甕口をかたむける。それから、待て待て、お前はなにを使って、甕口をかたむけようというのか。お前は手を使うつもりか。馬鹿な。お前は片手の片輪だってことを忘れたんじゃなかろうな。その片手を使ったら、いったいマッチはどの手で擦るんだい？　この間抜け野郎、お前はガソリンだけ流して、それでおしまいにしよってのかい？　おいおい、しっかりするんだよ、光夫……。だから、甕は足で倒すんだ。それも、足で蹴倒したんじゃ、でっかい音がするから、両足の足うらで甕をしっかりはさみつけて、静かにかたむけていくんだ。それなら、あの油の走るどくどくという音もしないだろう。分ったな、光夫。

さあ、つぎはマッチのおさらいだ。ガソリンを流したら、つぎはマッチの操作だが、片手がつぶれているんだから、大変だよなあ。お前はどんな方法でマッチを擦るつもりだ？　さあ、冷静に答えるんだ。さあ、いってみろ。……左手が使えないんだから、右手だけで擦る。（そう、そう、その調子でゆっくりとつづけろ）マッチを人差指とのこりの三本の指でてのひらのなかにくるみこむように押さえこみ、親指で軸のつまった中箱を押し出す。ま、そういうわけだ。これでマッチ箱は半ばひらいたんだ。……それから、口の助けがいるな。つぎに、半ばひらいた外箱を口にくわえ、右手でマッチを抜き取り、外箱に擦りつけて火を点けて、舟底に落す。それも、帆柱の下めがけて投げつける。火が帆をくるみこむように持っていくんだ。

それでいい。おれもそれで完璧だと思う。これっぽちのことをしさえすればいいんだ。片手のマッチ操作なんか、簡単にできる。子供のときからしつけている遊びだから。一発でかならず火をふかしてみせる。もし一発目が駄目なら、あわてないですぐ二発目にかかるんだ。この暗さじゃ、なにも分りっこないんだ。ゆっくりと、落着いて、軸木の頭を擦りつければいい。さあ、やっつけるんだ。クロも見ているがいい。もうやがて、おれがお前の仇を立派にうちとったということが分るだろう。

彼は猫背の姿勢で前方を見つめている。いかにもうすら寒そうな痛々しい感じだが、内面の彼は逆に、堂々と胸をはってあたりを睥睨する勇者の姿である。今、彼の心は澄みきっている。かすかな恐怖のかげもない。恐怖なんかとっくに吹っ飛んでいた。感情のたかぶりはあったが、それは純粋な本能の発露で、彼の判断をくもらせるほどのものではない。この境地なら、どんな不測の事態が突発してもまごつくことはないと思う。彼は舳先ごしに海を眺めている。波のうねりは大きいが、嵐の前ぶれを告げる海ではない。この海域ではこれでも凪《なぎ》のうちだ。またこれぐらいの海が航海にはちょうどいい。舟酔を知らない光夫にはかえって快いくらいのローリングだ。まだ薄明の東の空をのぞいては暗かったが、まもなく夜は明けるだろう。今が一日のうちでいちばん爽やかな時刻だ。この潮風の心地よさ。吸いこむたびにオゾンの泡が鼻の孔でつぶれているようだった。これは海の精、魚の吐息かもしれないと彼は考える。気力が夏の雲のように湧きあがってくる。が、彼の眼にはうっすらと涙がにじんでいる。しかし彼はこれがやがて死ぬ身を悲しんで嘆いている涙でないことを知っている。

　彼はこの舟に乗ってはじめてうしろを振返って見る。帆の下端の向うにかれらの黒い姿が見える。かれらは無言で帆をあやつり櫂を刳舟の側面にあてがって巧みに梶をとっている。見事な櫂さばきだ。男の痰をはく音が聞こえる。かれらは今隙だらけである。少しもあやしんでいる気配はない。もはやこれ以上のためらいは許されない。ついにそのときがきたのだ。島が遥か後方に遠去かっていることも好都合だ。島は山の背から暁の光を放っている。これぐらい離れてしまえば万一、奴らが海上に脱出しても泳いで戻るということはできない。これで一巻の終りだ。おれもお前たちも。

　ガソリンのはいった甕は彼の膝の前にある。傾いて中味がこぼれないように厚手のふたがしてある。光夫は右手をのばしてそれを引き寄せ、両足で甕の下のほうをはさみつけて固定し、ふたを取った。いっしゅん、ガソリンの臭気が鼻を撲《う》った。ついでそれを静かにかたむけていく。甕口を走るガソリンの音がかすかに聞こえる。音が高まるたびに彼はかたむき具合を加減して音を消す。ガソリンは彼の股の下を通って、舟底づたいに、重心のさがった艫のほうへ走っていく。

「ぐずぐずするんじゃない」光夫はこわい顔で自分自身を叱りつける。「マッチだ、マッチだ、マッチだ」

　彼は腰の胴乱をひきぬいて、中からマッチ箱をつかみ出す。頭の回転の早さにくらべて、動作が腹立たしいくらいのろくさく感じられる。自分の思い通りに手足のうごかない中風患者のもどかしさみたいなものを感じる。マッチの操作を、さっき復習した通りの順序でやっつける。その方法で一分の狂いもなくやっつける。さらに用心してそれを擦るとき、かれらに背中をむけている彼は、自分の体でそれをかくしながら、マッチを擦った。そのとたんマッチは炎をあげ、その火影が彼の体を照らしだした。彼はふりむきざま、狙い定めてそれを舟の中に投げつけた。いっしゅん帆柱から艫寄りのほうで眼もくらむ火柱があがった。唸りを生じて燃えさかる火柱は、こちら向きに坐っている二人の男を赤々と照らしだした。恐怖に怯えきった表情、だらしなく開いた口、垂れさがった水ばな、飛び出したのど仏――光夫は自分の眼がとらえたいっしゅんの映像のなかに、かれらが今、自分が今夜体験した感情と全く等しいもろもろの感情を感じたことを知った。光夫のときは長く、かれらのそれは閃光の体験ではあったが、苦悩や恐怖の深さにおいては全く等しかったのである。光夫は眼のはしでそれを確認し、頭のすみにそれを感ずると、反射的に海に飛びこんだ。そして火の粉をさけて急いで遠去かっていく。火のくずれる音が海を渡って聞こえてきた。見返ると、舟は帆柱の尖端まで焔にくるみこまれていた。

彼はいま巨きなうねりのなかに漂っている。朝凪のためうねりのおもては滑らかだが、よく見るとうねりの表面には降りはじめの雨をうけた池のような無数の波紋と泡が湧いている。舟は舳先から艫まで、隙間もなく赤黄いろい焔に舐められている。帆柱のところが一段と高くなっているので真横から眺めると焔の山がそこに浮いているように見える。翼をしっかり張った大きな海鳥が一羽、焔の旗をひるがえして帆柱の上空を輪を描いて飛んでいる。火をみて寄ってきた小魚を狙っているのだろうか。焔にくるまれた舟は潮流に乗って、うねりに揺られながら、静かに去っていく。

奴らはどうなったろうか、と彼は考える。あの様子じゃ焼け死なないまでも、深手を負ったことは間違いないだろうな。よし、たとえ、かれらが僥倖にも海へ逃れていたにしろ、この洋上では、すがりつく木片一つないのだから、今ごろは息もたえだえになっていることだろう。

いや、この静かな洋上に、人の泣声やうめき声が一つも聞こえないということは、すでにかれらが亡んだという証拠でなくてなんだろう。奴らはほんとに亡んでしまったんだ。そしておれは今はじめて、奴らの恐ろしい暴力から解放されたんだ。しかも、おれはそれを自力でかち取ったんだ。自分一人の力で。

彼は海面に仰向けに体を浮かせて楽な姿勢をとっている。西空では、薄紫の夜の最後の闇が朝の光に逐われて海の背へ落ちようとしている。こちら東の空では、次第に水平線に近づいてきた太陽が、朝風に吹きおくられてきた空の高みのきれぎれの雲を、ほんのりあかね色に染めている。光夫は、亡んでしまった奴らのように消えていく夜の気配を眺めているうちに涙があふれてきた。しかも朝の訪れよりも一足さきに闘い勝ったのだと思うと、その誇りと昂奮で胸も張り裂けそうだった。

今夜の闘いにしろ、と彼は青みをましていく空の奥処を仰ぎながら想いにふける。おれが今まで気づかなかっただけのことで、これに似たようなことは、おれが産声をあげたときから繰り返し経験していたことかもしれない。人間という人間は、みんな、自分が気づかないだけのことで、毎日、恐ろしいおののきに満ちた、冷酷無情な、その正体さえさだかでない兇悪な外敵との闘いにあけくれているのだ。人間である以上、この運命の軛《くびき》からのがれることはできないのだし、また誰一人、この運命の星の下では、不公平ではありえないのだ。

それにしても、なんともすさまじい連中だったなあ、本当のことを話しても誰も信じてはくれないだろうなあ、と光夫は思う。たしかに、かれらはすべての点において超人のような存在だった。かれらの気迫、力、知恵、行動力、雰囲気、それはどれをとってみても人間ばなれした強力なものだし、普通なら、闘って勝てる相手じゃないんだ。おれが勝てたのは、まったくのはずみにちがいない。

だが、まだ闘いは終ったのじゃない、と彼は口にだして呟いた。人間の血の匂いをかぎつけた鮫がいつ襲いかかってくるかもしれない。救助者があらわれるかどうかも分らない。身をまかせる流木一つないこの洋上で、この弱りきった体力で、はたして何時間持ちこたえられるか。左手の血はたえず流れて自分を弱らせるだろう。もうじき太陽が昇る。きょうも陽差は強そうだ。すると容赦のない太陽の直射をうけて、おれののどは気が狂うほどの渇きを覚えるだろう。彼はそれとの闘いが容易でないことを知っている。ある意味では奴らとの闘い以上に絶望的かもしれない。が、彼はぜんぜん恐れる気持はもっていない。かえって、闘志がかきたてられるのを感じた。彼はただ、自分が結果を気にすることなく、自力で、あくまで自力で、最後まで闘いぬくであろうということを知っているだけである。

彼はふたたびバラ色に明るんでいく東の空を眺めた。雲がふえ、形を整え、濃淡と輝きの具合で雲の高さが判別できるまで、空は暁の陽光に染まって見えた。光夫は深々と音たてて朝の大気を吸いこんだ。そして声にだしていった。鮫がくるがいい、のどが渇くがいい、睡魔が襲いかかってくるがいい、おれはお前たちと臆することなく闘うぞ。息絶える最後の瞬間まで闘うぞ。さあ、鮫よ襲ってこい、のどよ渇くがいい、睡魔よ忍びよってこい。さあ、来るがいい、さあ、来い。

彼の眼の前では今まさに赤い灼熱の太陽が海のうえへさし昇ろうとしていた。

怨の儀式

一

「もうすぐだよ」彼が目を覚ますと、ねじり鉢巻をして舵棒をにぎっていた船頭がいった。腕時計をのぞくと、ちょうど正午、本島を出てから九時間経っていた。今、彼が本島からチャーターしてきた小さな漁船は、野生の蘇鉄やびろう樹でおおわれたかなり大きな無人島の突端をまわろうとしていた。「これをまわったらウルメ島が見えるよ」と船頭はいい足した。

　やがて突端の向うから、空のきらめきに岩の稜線をハガネ色に燃え立たせた、屹立したコーヒー色の絶壁でとりまかれた隆起珊瑚礁の島があらわれてきた。それは島というよりも、浮かぶ巨艦、聳え立つ城壁という感じに近かった。全体が桶を伏せた形にせりあがっているため、島を囲繞する絶壁が余計圧倒的に見えた。絶壁はほとんど垂直に截《き》り立っていて、低いところで三十メートル、高いところになると優に百メートルはありそうだった。もちろん港もなければ船着場らしい裾地もない。この眺望から判断すると、島の裏側も同様の地形であろう。

「何処から上るんですか」と彼はたじろいだ口調で尋ねた。今、民俗学者は、この外界の人間をきびしく拒絶するような、孤立無援の岩礁の島を眼のあたりにして、些か臆している様子であった。

「合図を送って、ウインチで吊りあげてもらうとですよ」と船頭はこともなげにいった。

「見た通りの地形だから、天気がすこし崩れると、船が寄せられなくてよ、みすみす島を見ながら引き返すほかないんじゃが、きょうはまずその心配はなさそうだね」

　一瞬高所恐怖症の彼は、もっこにまたがりあの目もくらむばかりの絶壁をおそらく右に左に大きく振られながらウインチで吊るしあげられるのかと思うと、軽いめまいを覚えた。

まだ三月だというのに、ウルメ島はどこもかしこも翳りのないものすごい明るさに満ちていた。島が奈落の底の集合鏡になって、天全体の光をあつめているように見えた。そして光は目にも見え、響き鳴っているようにも聞こえた。感覚までがジュラルミン状にきらめいた。

　顔をあげると、成層圏に貼りついた雄勁なたたずまいの巻雲が青空を透かしていた。空の高みを軍艦鳥が一羽、大きな翼を逞ましくしっかり張って、翼の輪郭を眩ゆくきらめかせながら南の空へ滑るように飛んでいった。その南の水平線では、すでに夏を想わせる真っ白な積乱雲が巨大な雲の峰をつらねていた。それは雪をかぶった大山脈に似ていた。

「いいとかね、先生、すぐ引き返して」と船頭がいった。

「一日二日なら、近くで漁をしながら待っとってもよかとじゃが」

「ありがとう。それでは終らないと思いますから、さきに帰っていてください」

　彼は即座に断った。二十年目毎に行われる「怨の儀式」を一日二日で「見物」して帰ったのでは、後日に悔をのこすことになると思った。

「帰りはどうなさるつもりか……月一回、定期船がくるにはくるが、それも天気が崩れたら、あてにはならせんでよ」

「なりゆきに任せます。最悪の時は、漁船を拾って帰りますから」

　彼は、海が時化《しけ》ると島かげに本土の漁船が避難することを知っていたので、それを利用すればいいと思った。そのことは、前にトカラの島を訪ねた時、経験済みだった。

「そりゃ帰れといわれれば帰るがの。が、こんなことはいいたくなかども、わしらもそうだが、とくにウルメの者は、昔の圧政を根にもって、今でも本土もんをひどく怨んでるから、闇うちされんようくれぐれも気いつけなされよ」

　彼は鼻白み、自分は島民一同の熱心な招待をうけて怨の儀式の民俗学的解明のために行くのだから、あなたのいうような懸念はあるはずがない、というと船頭は、

「怨の儀式？……知らんどなあ」といった。

　船頭の伜が法螺貝を吹き鳴らした。彼は目でその音の行方を追ったが、彼には法螺貝の音は絶壁を越す前にはかなくかき消えているように思われた。しかし船頭の伜は、委細構わず、唇にたまった唾をぬぐっては吹きつづけた。

　船は北東の方角から島の中央部めざして近づいて行く。海面には島影が映っていた。暗い藍色の影の部分。その一線が、船首から船尾へ走りぬけた瞬間、全身の毛穴がスウッと収縮し、生返った心地がした。そして明るい陽光のもとでは分らなかった手足の炎症も、鮮やかに浮き出て見えた。皮がむけるかもしれないと思った。

今や彼らの視界は絶壁で塞がれた。顔を直角に反らすか、うしろへ廻らなければ半ばの空は望めなかった。船は絶壁ぎりぎりまで接近していった。そして絶壁に船体を平行させたかたちで停まると、錨はおろさず、すぐ出港できるようエンジンはかけたまま、静かな海面のうねりに船を漂わせた。

近くから見ると岩肌は醜く、歳月と潮風の浸蝕をうけた無数の孔でおおわれていた。孔のふちが尖り、それは埋めこんだ硝子の鋭さをもっていた。上へいくに従って孔はすくなくなり、なめらかになっていた。船頭の伜は間をおいて法螺貝を吹きつづけ、彼は目に涙を滲ませ首筋が痛くなるのを我慢して崖上の人の気配に目と耳を凝らした。ふいに野の方から紋白蝶が飛び出してきた。そんなことが四、五回あった。が、蝶は長くはとどまらず、すぐあわてた感じで地上へ舞い戻った。

波はなかったが、海面はたえず膨脹しては低まっていた。そのたびに岩根をおおっているホンダワラが揺れうごき、水位の舌が絶壁を這い上り這い下った。船が潮に押されて絶壁に突き当りそうになると、船頭が竹竿をのばして岩を支えた。竹竿に力が加わると潮位線に密着した牡蠣が突きくずされてころげ落ちた。すると小魚が追いすがって殼に付いた中味を突っついた。

三十分ほど経った時、突然頭上で人の気配がし、小砂利が落ちてきた。見あげると青空を背景に髭面の男が岩角から顔をさしのべていた。四十代の半ばに見えた。男は船頭を見、船頭の伜を見、それから彼に視線を据えた。二人はしばらく見つめ合っていた。ふいに男の首が切首になってすうっと墜ちてくるように錯覚されて彼は思わず首をすくめた。

「お客さんだぞ」

うしろへ首を反らせ過ぎたため、声帯が曲ってしまったのか船頭が変なかすれ声で呼びかけた。

男はしかしまばたきもしないで見おろしている。胡散くさく探っている感じだ。そこで彼は大声で自分の名前を告げた。男はうなずき首を引っこめた。体を引いた時、シャツが地面を掃いたのだろう、ふたたび小砂利が落ちてきた。

彼は急いでリュックを背負った。

モーターが唸り、崖上から不燃性の青い排気ガスが漂ってきた。同時に、かれらの頭上に起重機の長い腕が廻されてきた。先端から垂れさがったワイヤアの鉤に、空のもっこが吊るしてある。起重機は旧式の機種とみえて、旋廻の途中でたえずがたんがたんと首を振っては、こびりついた鉄錆だのペンキの薄片だのをかれらの頭上に降らせた。

(吊りあげられていく途中で、ワイヤアが切れるようなことはないのだろうか。それに、もっこが中空で風に煽られてあの珊瑚礁の絶壁の棘々に叩きつけられたら、大変なことに

なるぞ。きょうは幸い風がないからいいけれど……これじゃあ、島に上るのも命がけだ）

再度首を出した髭面の男が、もっこの降下状況を見ながら、右手の指をうごかしてもっこの着地を導いた。まもなくもっこはあやまたず甲板に届いた。

「荷物なみだな」彼は肩で息をつき、船頭とかれの伜がひろげたもっこの網目へ足を入れた。

「上に着くまで目をつむっていなされよ」

と船頭が笑いながらいった。

ウインチが五メートルばかり彼を宙に吊りあげた時、船頭が叫んだ。

「漁で近くへきたら寄ってみることにするでよ」

目をやると船はすでに船首を沖へ向けて走り出しており、船頭親子が彼に向って笑いながら手を振っていた。

……ずいぶん、乱暴な運転である。一気に二メートルばかり吊りあげられたかと思うと、いきなり落される。彼は首がめりこむほどの衝撃をうけ、一度ならずもっこの網目から足を踏みはずした。だんだん眼下の海が彼を脅やかし始めた。気分が悪くなって、彼はそろりそろりと海へ背を向ける作業にとりかかった。吊り縄を持った両掌が汗でべとついている。網目の上で両足を踏みかえる時、自然に目が眼下の海に落ちた——遥かな距離感、真蒼な黒潮の威圧的な色、鯵のむれの射返すまばゆい反射光、悠々とゆきしている大きな黒い魚影——あれは鮫？　彼は失神しそうになって、それからは絶壁ばかり眺めた。……小指のさきほどの無数の巻貝、蟹、舟虫、岩の窪みに鎮座した椰子の実、去年の鳥の古巣、ちびた灌木、それから、こんな場所に鉄砲百合の花！……

あと五メートル……三メートル……一メートル。最後の停止のあと、ウインチは一気に彼を崖上へ掬いあげた。

一瞬太陽が目をこがし視界がこなごなに砕けた。さらに燃えあがる大地の熱気に顔を刷《は》きたてられた。彼は目の裏側に激しい痛みを感じた。涙が焔を浴びたように瞼にあふれた。そのため、目くらみが去り視力がもとにもどるまで、数秒間待たなければならなかった。

視野のなかに楕円形の島の全景がはいった。想像した通り、島の地形は巨大な航空母艦を思わせるほどなだらかであった。手前三分の二が耕作地、向う側三分の一が密林状の森、左手西南岸のほぼ中間点に造礁珊瑚の石垣と緑の鮮やかな庭木に護られた部落があった。

島は隅から隅まで明るみ渡っていた。それは影がない感じだった。島の外輪が海よりも空に接して見えるせいか、太陽が近く感じられ、耕地の作物も、掘り起こされた赤土の畑も、金色の茅におおわれた荒地も、珊瑚砂の白っぽい道も、木麻黄の防潮林も、色彩が融けて燃えさかっているように見えた。

——島はすでに初夏の気候であった。

もっこは島の内側へまわされていった。地上から三人の男が彼を見あげていた。ほかにもう一人、ウインチ係の男がいた。出迎人はこの四人だった。その中でも、とくに右端の、黒地の絽の着物を着た、草履ばきの肌艶のいい中肉中背の老人が彼の目を惹いた。老人はその皺のすくない丸顔に、気持のいい微笑を浮かべていた。しかし黒い毛の一本もない印象的な白い眉の下の澄んだ目は、思慮深げであった。銀灰色の薄い頭髪には櫛の目がはいっていた。彼はひと目で、この老人が怨の儀式の宰領だと分った。あの達筆の招待状をくれたのも、この人物にちがいない。ほかの三人は典型的な島の人間だった。着古した厚手の長袖シャツ、天笠木綿のズボンをはき、法螺貝の音を聞きつけて急遽野良から駆けつけてきたとみえて、はだしだった。彼は即座の印象で「痩せた小柄な男」「髭面の大男」「ウインチ係の男」と心の中で命名した。

着地と同時に白い眉毛の老人が笑顔で進み出てきた。

「お待ちしており申した。わたしが部落会長です」

そういって老人は恭しく両手で彼の手を取って痛いくらい強くにぎりしめた。そしてしばらくにぎったままでいた。

「先生、この海の果ての島へようこそお出でくださりました。さぞかしお疲れになりましたろう。一同になりかわって厚く御礼申しあげもす。これで、わたし共も、励みが出るというものです」

老人は少し昂奮していた。ほんとうに待ち焦れていた、といった様子であった。

「指定の日より五日も遅れてしまって申しわけありません。どうしても船便が拾えなかったものだから……怨の儀式、もう終ったんじゃないですか」

彼は終っていたら、聞き書きだけでも取って帰りたいと考えていた。

「なんの、なんの。あと三日ありもす。怨の儀式はひと月つづきますが、大事なのはこれからの三日で御座いもす」と老人は白毛の眉に溜まった汗を顔面をうごかして切りはらいながら、慰め顔でいった。

彼はとたんに元気づき、

「じゃあ、間に合ったわけですね。有難い。僕にとっちゃあ、これは幻の祭事ですからね。ひと目でも拝めれば、満足です」

「怨の儀式も今回限りでごわす。もう時代遅れになり申した。またやろうにもやれんという事情もありましてな。と申すのは、この島もやがては無人島になるさだめであります。じゃから、わたし共も今回は、祖霊の祀り納めと思うて、ことに念入りにやっておりもす」

「じゃあ、僕はついていたわけだ」と彼は叫んだ。

痩せた小柄な男が彼に挨拶した。「……」男は深々とお辞儀をしながら何かいったが、島の方言らしいと察しがついただけで、言葉の意味は分らなかった。が聞いた瞬間、なぜかは知らないがぎくりとした。つぎに、髭面の大男が挨拶した。今度は耳をすませていたのでよく聞き取れた。「チガサワギモス」髭面の大男は、こういったのだった。それは、彼の記憶の中の痩せた小柄な男の言葉と一致していた。ウインチ係の男も同様の口上を述べた。「なんといわれたんですか」と彼は怪訝そうに部落会長に尋ねた。「島言葉で『血が騒ぎます』と申しました」部落会長は恐縮した面持で答えた。「御承知のように、わたし共の先祖は、藩政時代、藩主の圧政に塗炭の苦しみをなめたわけですが、御先祖は陰でこうささやきかわしては、今に見ておれと何時の日かの復讐を誓い合ったと申します。そこでわたし共も、怨の儀式の期間中に限って、これを口にして先祖の苦労を偲んでおるというわけでありもす」

「なるほど、チガサワギモス、か」彼は呟き、手帳に記した。

一行は部落会長の先導で部落へ向った。自然に序列ができた。部落会長、彼、痩せた小柄な男、髭面の大男、ウインチ係の男の順。ウインチ係の男は、木刀くらいの長さの丸棒を数本束ねて肩にかついでいた。すこし行った砂地のところに、道路に面して人の背丈ほどの高さのコの字形の石垣が築かれてあった。奥ゆきが深く、屋根は茅葺きになっていた。道路に面した方が開いていて、十四、五艘の刳舟が底に滑り受けの丸太を敷いて縦に置き並べてあった。どの舟にも極彩色の波型の紋様が舳先から艫へかけてけばけばしく描いてある。それと、舳先に置かれたひとつまみの盛塩と榊の小枝。

「あの刳舟はなんに使うんです」彼が尋ねると「あさって使いもす」と部落会長は振り向かないで答えた。

彼は一行に待ってもらって、カラーで写真を撮った。

野へはいったら暑さが急に襲いかかってきた。帽子をかぶっていない頭髪がじきに熱気で蒸されるのを感じた。しばらく我慢して歩いていたが、脳天が堪え難く熱してきたので彼は頭の上にハンカチをひろげ、シャツの上のボタンを二つはずした。そこから脇の下に手をさしこんだら、手首まで汗びたしになった。とくにリュックの裏側がかぶさっている背中のあたりが、汗の噴き溜りになっていて気持が悪かった。

「四月でこの陽気じゃあ、夏はどうするんです」彼は振り向いて、うしろの痩せた小柄な男に話しかけた。

「夏は強い海風が吹きますから、かえってしのぎ易かですよ。今日は又特別むしますがな」痩せた小柄な男はいい、クバ傘の縁をあげて、白金と金色の光線の溢れた空を仰いだ。男の顎の下につらなった汗の雫が、雨滴のように光って見えた。

やがて道が二股に分れているところにさしかかった。右の道は森へ通じ、左の道は部落へ通じていた。分岐点に真新しい立札が建ててある。近寄って見ると板面にはつぎのような文句が記されてあった。

禁　札

一　役人巡視の時、物陰から隙見の事
一　官舎周辺で子供、家畜を泣かせたり、声高にて談笑の事
一　夜間に灯油使用の事
一　盆正月以外に焼酎を造る事
一　蘇鉄を混ぜずに芋米の類を食する事
一　天候急変の場合を除き、日中仕事を仕舞って帰宅の事
（畑へ入るのは日の出前とし、仕事仕舞は日の入り後とする）
右の条々　堅く停止のこと申渡す若し不守の輩有るに於ては屹度厳罰に処せられる者也
代官所ウルメ島支所
藩役人

「禁止条目は全部で二十項目に亘《わた》ってい申す。昔のことと はいえ、読み返すたびにハラワタの煮えくり返る心地がし申す。そうは思われんですか」

老人は激していた。かれの体内に潜んでいる先祖の古い血が鎮り難く騒ぎ出しているようであった。

「文献で読んだことはあるが、これほどのものとは知らなかった」

彼は唸り、やりきれなくなって腹立たしげに叫んだ。「これじゃあ、奴隷扱いじゃないか」

「全く、やってみるとこれのひどさが分りますなあ」と部落会長が慨歎した。

「やってみるとって……これをですか」彼は呆気にとられて反問した。

「一箇月間、島の全員が昔その儘の生活をする――これが怨の儀式ですが。所詮は真似事にしか過ぎんとです」

いかにもこの人らしい謙遜したいい方ではあるが、それが大変な難行苦行であることは容易に察しがつく。牛馬のような扱いを受けた藩政時代の生活を現代に再現しようというのだから――。

彼は写させてくれといった。すると部落会長は今しがたの激情の跡形もない例のおだやかな笑顔を彼に向けて「あとで古文書をお貸ししますよ」といい、そこを離れた。

一行は左手の道へはいって行った。道の左右に、刈り残し

の砂糖黍畑が連なって見える。砂糖黍畑の花穂が、ほぐれた絹糸の眩しさで燃えさかっていた。依然として風はなかったが、砂糖黍の甘い香りが路上に漂っていた。子供の噛み捨てた黍かすに、蟻が真っ黒にむらがっている。乾ききった路面がズックのゴム底に熱く感じられたので、道端へ逃げながら歩いていた。振り向くと、とうに三人の男も道端の柔かな青草を踏みながら歩いていた。部落会長だけが小さな影とともに道の真ん中を歩いていく。

一行はゆるい傾斜の坂道を登って行った。丘を下りた時、痩せた小柄な男とウインチ係の男が部落会長の前にやってきて、

「これからお改めに行ってきもす」と挨拶した。

「御苦労じゃが、掟どおり頼みもすぞ」

部落会長がこういうと、二人は棒の束のなかから銘々一本ずつ抜き取ってそれを携えて右と左へ分れて行った。

さらにしばらく行くと、左手前方に、この野のなかでも一番面積が広いと思われる砂糖黍畑のなかで、クバ傘をかぶった二十人ほどの男たちが、研ぎたての鎌を振るって身の丈よりも高い砂糖黍を刈り取っている光景が見えてきた。刈り手たちは道の方に背を向けていた。前かがみになって、左手で砂糖黍をつかみ、右手に普通の鎌よりもひとまわり大きい鋭利な鎌を持って、砂糖黍の根もとからざくりと挽き切っている。そして素早く葉さきを切り落し、黍にくっついた表皮をむしり取ると、それを後方へ投げてよこした。砂糖黍はスリコギぐらいの太さもあり、赤紫色を呈し、中には熟しすぎてひび割れている物もあった。女子供がそれを拾い集め、馬車に乗せ易いよう道端まで運び出している。刈り跡は綺麗に片付けられてあった。

逸早く子供たちが気づいて「来た、来た」と騒ぎ出した。大人たちも腰をあげてかれらを迎えた。

「お改めじゃっど」と髭面の大男が一同に告げた。

すると男はクバ傘を取り、女は頭にかぶった手拭を取って、目もとに人の好い微笑をにじませて、まぶしそうに髭面の大男を眺めた。

髭面の大男は、ふてぶてしい嫌味たっぷりな態度で、刈り跡の左の隅へ歩いて行く。そこから畝《うね》は始まっていた。両手を腰にまわしたかれは、一同をしばらく睨み据えていたかと思うと、畝の列に沿って畝の上をゆっくり進み始めた。それは、インネンをつけるために仔細に吟味しているという風である。かれは一つの畝が終るとつぎの畝へ移った。

「なにを調べているんですか」と彼は怪しみ尋ねた。

「わたし共、これを、切株改めと呼んでいるとですが」と部落会長は答えた。

「切株改め？……しかし切株なんかないじゃないですか」

実際、畝の上の切株は、飛び出している部分が見えないくらい地中から深く刈り取られてあった。

髭面の大男は、ときどき足を止めて、爪さきで土くれをかきのけた。たいがいの場合はそのまま行き過ぎたが、二畝に一回くらいの割合でうずくまった。すると人々は気掛りそうに生唾を飲みこんで一斉に前に乗り出した。もしや自分の受持では、と案じている風であった。

髭面の大男は、疑わしげな切株を発見するたびに、手に持った物指を切株に当てがった。それでも納得がいかないと、偏執狂的な感じで切株のまわりの土くれを丹念に掘り起こし、位置をかえ、さらに物指を当てがって、ためつすがめつのぞきこんだ。

「一センチ高かぞ」と髭面の大男は満面に気味の悪い薄嗤いを浮かべて叫んだ。

彼は閉口した。彼の頭のなかでは現実と儀式の混乱が起こっていた。これを一場の芝居と見るには、あまりに事は残酷に思われた。すると、砂糖黍を作りながらひとかけらの黒砂糖、黍一本口にできなかった島の歴史が思い出された。煮汁を指につけて舐めただけで死罪になった者さえあった。ウルメは地獄の島だったのだ、と彼は思った。

今太陽は至近距離から砂糖黍畑を直射していた。西微風が吹きはじめていたが隙間もなく立ち連なった砂糖黍にさえぎられて風が通らず、刈跡の空地は炎暑のるつぼと化していた。鳶色のさまざまな蜂が切株の断面ににじんだ糖蜜にさそわれて低く飛び交っていた。それが濃い陽炎に飛びこむとそこに小さな鳶色の炎ができて、畑がくすぶり燃えたかと思われた。おびただしい量の熱気が人々の顔に吹きつけた。しかし人々は気にする様子もなく、畑をとりかこんで熱心に見守っていた。すでに検索は終っていた。その時、髭面の大男が棒を携えて畑の中央へ出てきた。かれはシャツを脱ぎ裸になった。ものすごい筋肉のかたまりだった。彼は棒を振り回した。そのたびに筋肉が顫動《せんどう》し、見事な胸毛が汗の玉をはじいた。一人の少年がかれに一升びんを差し出した。するとかれは一升びんを持上げて中の液体を口に含み、棒を前にかざして霧を吹きかけた。棒が濡れ、虹ができ、香ばしい焼酎の匂いが大気のなかにひろがった。

その時呼びもしないのに前額の禿げあがった五十男が飛び出してきた。みんなが手を叩いて囃したてた。男は髭面の大男の前に横向きになって背中を屈めた。

「幾つじゃ?」と髭面の大男は尋ねた。

「棒五つ」と相手は答えた。

つぎの瞬間、髭面の大男はいきなり棒を振り上げて力いっぱい五十男を打ち据えた。

と思うと、つづけざまに五回——かれは憎々しげに殴りな

がら、

「分ったか……分ったか……御先祖の痛みが分ったか」ときびしく責めたてた。

「これも怨の儀式のうちでごわす」と部落会長がいった。

「僕には刺戟が強すぎるなあ」と彼が音をあげると部落会長は「すると先生は、これを本当だと思っていなさるとか」と驚いた顔でいった。

「本当じゃないんですか」「昔は本当でした。わたし共の若い時分までは、素肌で棒を受けたもんです。だが今は、そんな無茶は許されません。あれは、背中に厚手の綿を入れて叩かせているとです」

「そうだろうなあ。でなかったら、堪らんもんな」しかしいずれにしろ、刺戟の強い光景にはちがいなかった。

髭面の大男は、二人目にかかる前にまた一升びんの焼酎を口に含んだ。すこしは飲んでいるようであった。のど仏が動いた。そして口に含みすぎた焼酎が、唇のはしからしたたり落ちた。かれは腕で横なぐりに唇を拭いて「つぎ――」と叫んだ。叫びながらはだしの足で地面を探り、棒を肩口に上段に構えた。全身に強烈な光線を浴びて腕の筋肉と血管がはち切れんばかりにふくれ上った。その時私語はやみ、みんなの目がかれに吸いついた。

低いのか高いのかはっきりしない光で濁った青い空、表面に繊毛のある砂糖黍の長い葉の射立てる反射光、飛び回る蜂の小さな鳶色の炎、虹色の輪を広げる焼酎の霧吹き、懲戒人の粗野な髭面、打撃の棒の上下動、その奇怪な影――彼は眺めているうちに瞳に疲労を感じて、束の間の放心に陥った。耳のそばで部落会長が呼んでいた。「え？」といってわれに返ると、襷掛けをして棒を携えた部落会長がもう一本の棒を彼に差出していた。

「先生も手伝うてくだされえ」と部落会長はいった。

「僕が、叩くんですか」

彼が困惑の表情を浮かべると、部落会長は半ば媚びるような半ば唆すような調子で、

「なにごとも経験でごわす。怨の儀式を調査にきて、これもしないで帰ったのでは、ウルメへきた意味がありもさんぞ」こういって強引に髭面の大男の立っている位置まで彼を引っ張って行った。

その時にはすでに気の早い連中が数人彼の前に飛び出してきていた。

「みんな先生に叩かれたがってい申す」と部落会長が上機嫌でいった。

「馬鹿な。からかわないでくださいよ」

「いや、ほんとですと。同じ叩かれるんでも、本土の方に叩かれたほうが、余計実感が出てよかちいうわけですよ」

横では髭面の大男が四人目にとりかかっていた。容赦のない力まかせの打擲《ちょうちゃく》である。幾ら背中に厚手の綿をいれているといっても、これだけしたたかに打ち据えられたら痛いのではあるまいか。打たれるたびによろめいたり、膝を支えた手を滑らせたりしているのがその証拠のように思われた。

少年が彼に一升びんを差し出した。彼はまだ決心しかねて、周囲を見まわした。人々は照れたような笑顔を向けて、彼を見ていた。かれらはこの「懲罰」を少しも苦に病んでいないのだ。所詮は心も儀式、所作も儀式――叩く者も、叩かれる者も、またそれを眺める者も、すべては烈日のもとの舞台の演技と心得ている風だった。彼は胸のわだかまりが取れるのを覚えて、焼酎を口に含んだ。

この時、棒を振りかぶりながら見ると、周辺の野の一点、北と西の砂糖黍畑でも、不思議な明るい無言劇といった感じの杖刑の儀式が始まっていた。北の方で棒を振るっていたのは痩せた小柄な男、西の方で棒を振るっているのはウインチ係の男にちがいなかった。焼酎で清められた棒が、奇怪な上下運動を繰り返すたびに、するどい刃物状の反射光が閃いた。一瞬彼怯えた雀のむれが真っ黒になって頭上を飛び去った。一瞬彼の頭のなかに過去の歴史が甦り、野を圧したであろう役人の打撃の棒の音と、肌が裂け血が噴き出し、あーあーあーと哭きながら地べたに額をこすりつけて赦しを乞うたであろう島民たちのいたましい姿を、この照りつける陽差と陽炎の向うに、焼けただれた大地の上に、幻視のごとく垣間見たような気がした。

二

朝、日の出時分に一度目醒めて耳をすますとまだ誰も起きていない気配なので、また眠り直したら二度目に起きた時には九時を過ぎていた。頭が重たく、けだるかった。夢を見た記憶もないのに一晩中悪い夢にうなされていた気分だった。昨夜飲んだ度の強い焼酎のせいかも知れない。そこで彼は床の上にあぐらをかいて、掌をくぼめ水差の水を受けて、目のまわりと顔の皮膚を冷やした。しばらくそれを繰り返したら、ようやく生気が甦ってきた。

雨戸は開けてあって、縁側のこちら側の障子にバナナの木の影が映っていた。大型の葉の影が三枚と、その間から、花から脱皮したばかりの幼年期のバナナの房の影がとても綺麗に映っていた。それから追いつ追われつそこで戯れているアゲハの影が二つ。

単調な節回しの歌声が間遠に聞こえてきた。しばらく耳をすませたが、もちろん意味は分らない。数人の女が声を合わせている感じだった。彼は寝巻の帯を締め直し、障子を開けて縁側へ出て行った。外は相変らずの無風状態の日照り空だった。彼はたちまち薄暗い部屋から外へ出た時の外光の目つぶしをくった。

歌声は、満開の花をつけた熱帯性の花弁と常緑樹の庭木の背後から起こっていた。彼は下駄をつっかけて、屋敷がこいの珊瑚石灰岩の石垣のきわまで歩いて行った。

石垣の向う側は、光輝く草地だった。石垣の上からのぞくと、百メートルばかり先に、白衣をまとった巫女が八人車座になって坐っているのが見えた。巫女の輪のなかで、つながれた六匹の山羊がのんびり草を喰んでいる。山羊はときどき顔をあげて、巫女を眺めた。

巫女たちは草の上に尻をおとして古代の女の感じでのどかに歌っていた。頭のまわりに藪蘭の葉をスダレのように垂らした奇妙な帽子をかぶっている。バナナの葉よりも鮮やかな藪蘭の緑葉が、ときどき、白衣の肩の上で涼しげに揺れうごいた。しかし、歌は何時やむとも知れない単調な節回しの繰り返しだった。

「あれが明日の海祭に供えるという生贄の山羊なんだ」と彼は悟った。そのためのお祓いにちがいない。海祭については昨夜話を聞いていた。藩政時代百姓一揆が起こった。首謀者六人が逮捕された。本島の代官所ではこれを見せしめに利用することを考えた。本島から船を廻してくると反逆者と島の衆十五人を乗せ、鮫の瀬まで拉致して行った。そこは兇暴な鮫の棲む海域だった。刑は残酷を極めていた。数人がかりで押さえこんでおいて、船板の上で指をひらかせ鉈で叩き切ると、そのわあわあ泣いている奴の腰に石の一杯詰まった俵をくくりつけて海中にほうり込んだ。二人目は腕を切落した、三人目は鼻を削ぎ取った、四人目は耳を落した、五人目は目をくり抜いた——こうしてつぎつぎ体の一ヵ所を傷つけては海に沈めていった。「強制見物を強いられた同行者のなかには、頭がおかしくなった者も幾人かあったそうですよ。その時の犠牲の御霊鎮めの祀りが海祭なんですよ」説明者はそういっていた。

午前中彼は古文書を見て過した。幾つかの新資料の発見が彼を昂奮させた。それは郷土史家でさえ知らない重要文献だった。しかも民俗学的にみても、これまでの概念を覆すに足る新発見に思われた。彼はいちいちノートを取り、不明の箇所は部落会長に質した。その中に前回、前々回の怨の儀式の記録も混っていた。整理すると怨の儀式は正確に二十年目毎に行われていた。部落会長の話では、これだけの間隔を置くのは、怨の儀式が一カ月という長期に亘る上に、肉体の消耗とタブーが多い行事であるため、二十年の期間を置かなければみんなが参ってしまうからだ、という説明だった。もっともだと思う。昔は現在とちがってもっと真剣に行われていたのだろう。だから怨の儀式をつとめたら、もうそれを思い出すのも嫌だという心境になったのかも知れない。ふと彼は、前回の海祭の控書きの中に「伊集院様身罷《みまか》る」の文句があるのを目に止めた。伊集院という人物が海祭の最中に死亡したということだろうか。奇異に思って、前々回の記録をめくると、それにも「田畑様身罷る」とあった。彼の手元にはこの二回分の記録しかなかった。部落会長に確かめると「心臓麻痺を起こして死になさったんですよ。何しろ海祭というのは、激しい祭りですから」という返事。「二回も続けてとは、とんだ災難でしたね」「偶然にそういうことが続きもしてね」彼は一瞬上陸地で見た彩色された刳舟を思い出し、あの舟を駆って沖へ漕ぎ出し、生贄の山羊を供え、心臓麻痺の死者を出すほど熱狂する祭りとはどういうものであろうかと考えた。部落会長はそれ以上の説明は加えなかったが、しかし今や彼の海祭に対する期待とイメージはふくらむ一方であった。

きょうは島の「安息日」だった。あすの海祭へ備えて休養をとるのだという。女子供は一切の外出を差控えて家に籠り、男は酒肴持参で森へ出向き慰労の宴をはる。彼も森の宴会に招待されていた。それまで時間があったので、島を踏破してみたいと考えた。二時間もあれば、多分回れるだろう。それから出かけた方が宴会も進んでいて好都合だと思った。焼酎に強いかれらとまともにつき合っていたのでは堪ったものではない。彼がこの計画を打ち明けると、部落会長は、そういうことなら誰か案内人をつけなければいけないのだけれど、きょうは儀式の掟でいっさいの「労働」が禁じられていて、それが出来ない事情にあるので悪く思わないで欲しい、と大そう気の毒がった。そのかわり、地図を描いて、見るべき場所、道筋を詳しく教えてくれた。

部落会長が石垣門の所まで送ってきた。

「森の宴会はもう始まっていますから、なるべく早うきてくだされ。わたしもすぐ出かけもす」部落会長はそういい、続けて「湧水の流れに沿うて上って来なされば、すぐ分りもす」とつけ加えた。

部落でも一番の高台にある部落会長の家から通りへ出るまでの、木全体が深紅の花でおおわれたブーゲンビレア生垣の間の小路を下りながら眺めると、その火焔の花の彼方に、天心から赤道へなだれ落ちた空の壁と無表情な凪の海が望まれた。雲の影、白波一つない静かな海を、吃水線を深く沈めたマッチ箱ほどの大きさのタンカーが十九ノットの速度で北上して行く。野は、人の姿もなく、緑の陽炎でつつまれていた。一つの茎から三つも四つも花を出した鉄砲百合の群落がここかしこに見える。

通りへ出て右へ曲りしばらく行くと、集会所の広場の前へ出た。集会所は開け放たれていたが、人の姿はなかった。正面に立札が掲げてある。「ああ、例のあれだな」と呟き、彼は一瞥して通り過ぎようとした。その時彼は目に痛烈な平手打ちをくった。目の玉がぐるっと回った感じだった。彼は振り返り、立札へ向って突き進んで行った。そして顔をあげて板面を直視した。彼の注目の箇所は一点だった。やっぱり！——眼球がその文字に圧迫されて眼窩の奥で涙をにじませた。きのう空白になっていた「藩役人」の文字の下に、名前がはいっていたのだ。

「藩役人　×××」——それは彼の名前であった。

彼は白けた。この胸のむかつく禁札の告示者に自分が擬せられている。招待しておいてこういう侮辱を加えるとは、どういう神経だろうか。彼は船頭の言葉を思い出した。ウルメ島の者は今でも本土人を怨んでいると船頭はいったが、それは本当だった。全部が全部そうだとは思わないが、一人か二人彼に反感を持っている人物がいるのは確かなようだ。用心したほうがいいかも知れない。そこで彼は二股道の立札のほうへ足を向けた。

道は截り立った石垣の間に真直ぐ延びていた。道の上には結晶のするどい白い珊瑚砂が撒かれてあった。こんな清潔な白い道は見たことがない。落葉一つ落ちていない。踏みつけると、砂が靴の底で押しつぶされて快い軋み音を発した。彼は太陽へ向って歩いていた。そのため、道の向うから、白い光の波がしらが絶えず顔いっぱいに打ちかかってきた。それは時に高波のように高まり、そして砕け、彼の感覚を白一色に染めた。やがて、彼のなかに一種のたかぶった感覚が生れてきた。それは日射病の初期徴候に似ていた。が彼は我慢して歩いて行った。今蟬の声が静寂を圧倒していた。その時、行手をトカゲが横ぎった。トカゲは途中で止まって、彼に向って舌をひらひら出した。とたんに彼は邪悪な衝動にかられて、石を拾って投げつけた。トカゲは尻尾を打たれ、素早く石垣の隙間へ飛びこんだ。あとに尻尾が残された。尻尾は白砂の上で血を点々とにじませながら跳ね飛んだ。彼が通り過ぎたあとも爬虫類の執念深さをみせて跳ね飛んでいた。ようやく石垣がきれて、道は木立の中へとはいっていった。両側から樹々が枝を拡げて、青葉のトンネルを作っていた。ここは冷え冷えするくらい涼しかった。樹液と果樹の匂いが籠っていた。頭上にぽっかりあいた青葉の覗き穴から眺めると、白い雲のかかった青空が見えた。さらに少し行くと、今度は熊ん蜂がうなりながらついてきた。彼は刺されるのではないかと気が気でなかった。彼は怯えながら足を早めた。熊ん蜂はようやくびろう樹の下で彼から離れ、頭上の真盛りの花のなかへとその恫喝的なうなり声を運び去った。

野の中央を道が貫いていた。暑かった。陽炎の燃えさかる午さがり、人の姿一人見えない島の野を右往左往している自分の姿が奇怪に思えた。三十分後、二股道に近づいた。透明な陽炎の中から立札が墓標のように浮き上ってきた。彼は背後から近寄って、正面にまわって、立札を見据えた。

「藩役人　××××」

しかし今度は予期していたので驚かなかった。もちろん、今は悪戯《いたずら》とも考えなかった。きのう見た時はなかったのだから、彼の到着を待って誰かが入れたのにちがいない。誰が、何の目的で入れたのか。この達筆の文字から判断すると、かなりの教養人の仕業と思われた。（これは部落会長に会う必要があるな）と彼は考えた。

彼はウルメ島一周をとりやめて森へ向った。湧水の流れはすぐに見つかった。綺麗な湧水が溝のくぼみを音たてて走っていた。流れに沿ってひとすじの道が延びている。森へはいると、高い樹々が横へ枝を拡げて空を蔽い、金色の木漏れ陽を和《やわ》らげていた。下生えの水気の多い羊歯の葉の緑が目に涼しげに感ぜられた。彼は樹間の青い翳を潜り、道に倒れた枯木をまたぎ、湿った落葉を踏んで歩いて行った。樹の股にとりついた野生の蘭の強烈な匂いが、彼をうっとりさせた。

突然林が尽きて、前方が明るくなった。そこから人々の話し声や笑い声が聞こえてきた。行手に空地があって、人が多勢いる気配だった。

聞耳をたてながらなおしばらく行くと、林の端《はず》れへ出た。予期した通り、そこは草の生えた小さな空地になっていた。空地の左側、せせらぎの近くに、枝から気根のひげを垂らしたガジュマルの大木が聳え立っている。その下陰で五十人ほどの男たちがムシロを敷いて野宴を催していた。部落会長の姿は見えなかったが、髭面の大男もいればウインチ係の男もいる。今や野宴はたけなわとみえて、盃の献酬が賑々しく行われていた。

中に上半身裸の男が七人まじっていた。着物を着た者は諸肌ぬぎになり、ズボンをはいた者はシャツを脱いでいた。そしてどの男も背中に濡らした手拭をあてがっていた。

彼は奇異に思い、かれらをつくづく眺めた。七人の裸の男はときおり身を起しては、溝の流れの方へ歩いて行く。そして溝のふちに膝を突くと、流れに背中の手拭をひたし、しぼってから、それをまた背中に湿布のようにあてがった。

（あれは何の真似だろう）

幾人かは顔に見覚えがあった。しかし何処で会ったかは思い出せなかった。

「あいた」

一人の男が手拭を流れにひたして立ち上ろうとした時、そう叫んだ声がかすかに聞こえてきた。あるいは、相手が痛そうに顔をしかめたので、そんな気がしただけのことかもしれない。

（そうだ、あの男は俺がきのう叩いた男だ）突然記憶が蘇った。たしかに思い出した。今呻き声をあげた、眉の上に赤痣のある男は、彼が四人目に十回叩いた男だった。態度は神妙だったし、叩き終ったら深々とお辞儀してねぎらいの言葉さえ口にした。その男が今、痛そうに顔をしかめ、背中を冷やしている。背中に疵《きず》でも出来ている様子だ。

「まさか……きのうの叩きの跡じゃあ……」彼は独りごとをいいかけて息をのんだ。

彼は発作的に前に飛び出した。確かめなければと思い、それが幻想であることを願った。ところが、彼の意気ごみにくらべ空地の男たちは、愉しげであけっぴろげで、今までとちっとも変わらなかった。みんな笑っているし、彼に注がれている視線も好意的であった。中のある者は酒器と盃を持って、迎えるように立ち上りさえした。彼は無意識の裡に、一同が不意を衝かれた感じでぎくりとし、いよいよ来たかと改まった態度を示すことを予想していたので、意外に思った。心に邪心があればできる真似ではない。彼はいくらか心が落着くのを覚えた。

彼は眉の上に赤痣のある男の方へ向って行った。男は今は元の位置に腰をおろしていた。手拭をあてた背中がこちらに向いている。男は、彼が近づくと見られているのを意識して体をかたくし、その拍子に背中の手拭を落した。見ると、案の定、男の背中に棒の形の内出血の痣が浮き出ていた。背骨から両脇へあばら状に現われている。たいした疵ではないかも知れないけれど、背中が腫れ上っていて痛そうだった。

「あんたは、きのう僕に叩かれた方ですね」と彼は尋ねた。

「そうでしゅが」と相手は答えた。

「するとその疵は……あの時の？」

「そうでしゅが」とまた相手は答えた。

「あんたは背中に厚手の綿を入れていたんだろう？」

「入れるには入れとったんでしゅが」

「じゃあ、それを通すぐらい僕は乱暴に叩いたんだろうか」と彼は汗まみれの顔をハンカチで拭きながらうめいた。

「……」

「それならそれで、なぜその時、手加減するよういってくれなかったんですか。あんたは叩きを受けている間じゅう、笑っていたじゃないですか」

「そん時は痛くなかったとですよ。今だって、別に……」

彼は皮肉な微笑を浮かべて探るように相手を見据えながら、

「本当は何も入れてなかったんじゃないの？」

「そんなことはありましぇん」と相手はむきになっていった。

（ふん、誰が信用するもんか。厚手の綿が入っていたのは最初の二人か三人だけだったんだ。あとは上衣の下は素肌だったんだ。……だが、この連中、なぜ偽りまでいって、僕に痣ができるまで叩かせたんだろうか）と彼は森の方に視線をさまよわせながら自問自答した。

「わしも先生に叩かれもしたと」と傍のもう一人の裸の男がいった。

「そうらしいね。あんたの顔には見覚えがあるよ」

「わしもそうでしゅが」と別の男がいった。

「するとあんたたちは、全員僕に叩かれたってわけ？」

と彼は悲鳴に近い声をあげた。

「そうでしゅが」と七人の裸の男たちは異口同音に答えた。

「これはどういうことなんですか」と彼は、近づいてきた髭面の大男に抗議の口調で浴びせかけた。

「あんたも、部落会長も、同じように叩いた。それなのに、疵を負っているのが僕の組ばかりというのは、どういうことなんですか。これは何かの陰謀だ」

「偶然ですよ。あとで聞いたら、度胸試しを競い合うて、薄着の連中が先生に集まったつうことなんでしゅよ」と髭面の大男は冷静に答えた。

彼の上気した頬に冷笑的な薄嗤いがひろがった。

「そんなことじゃなくて、あんたたちの側に、僕を悪者に仕立てあげる必要があったんじゃないのかな」と彼は皮肉をこめて意地悪く聞いた。

「そんなことはありましぇん。それは先生の勘繰りでしゅと」と相手は用心深く答えた。

「じゃあ、いわせてもらうけど、立札に僕の名前を入れたのは、どういうことなんだ」

「ああ、あれが目に止まりもしたか」

彼の目に、髭面の大男がにやりと不敵に笑ったように見えた。彼は少し昂奮した。

「ははあ——すると、あれも最初から計画的だったんだな」

「あれは怨の儀式のしきたりでしゅが」

「なぜ断りもなしに、あんなあくどいことをするんです」

「先生は藩役人じゃから……」

「僕が藩役人？……君、君、出鱈目いうんじゃない」

「もちろん、儀式の上のことなんでしゅが」

「また儀式の上のことか。あんたたちは、都合の悪いことは、なんでも儀式のせいにしてしまうんだねえ。たとえ儀式の上のことにしろ、僕は断じて藩役人なんかじゃないぞ……僕は厳重に抗議する……謝罪を要求する……部落会長は何処にいるんだ」と彼はすっかり昂奮して叫んだ。

「部落会長はこの森の奥の神山にいましゅんですが」と髭面の大男はいった。

「すぐ案内してください。あんたたちでは話にならん」

髭面の大男は風呂敷包みを提げてさきに立った。

坂は上るにつれてだんだん苔のついた石が多くなり、地面が湿ってきた。水源地が近い感じだった。十分ばかり行った時、さきを歩いていた髭面の大男が立ち止まって、

「どうかこれをかぶってください。神山へはいる時は、これをかぶることになっておりもすから」

といい、風呂敷包みから土俗風の面を二つ取り出して、その一つを彼に寄越した。

彼は手に取って眺めるなり気色が悪くなった。それは能面の「蟹《べしみ》」に似ていた。出っ張った癇癪性の眉と眉間に寄ったしかみ皺、巨大な鼻、鋭く落ちこんだ頬、カッと開いた口。その朱がかった漆の色も気にくわなかったが、今は面のことなんかどうでもいいと思い直して渋々それを着けた。

すぐまた小さな空地へ出た。中央に、翁の面をかぶった着物姿の三人の男がこちら向きに坐っていた。体の恰好から真ん中の人物が部落会長、左の人物が痩せた小柄な男、右の人物が昨夜酒席をともにした肥満体の老人であることが分った。三人とも品よくくつろぎ、静かにしゅろ葉の団扇を使っている。

かれらの背後に二階家ぐらいの高さの、羊歯やかずらや水苔におおわれた岩の崖があり、崖下に水のきれいな浅い砂底の泉があった。地下水は崖からも、崖の根からも湧き出ているようだった。羊歯の葉が落ちてくるしぶきに打たれて心地よげにそよいでいる。――泉の手前、水の取入口をまたぐような恰好で注連縄《しめなわ》の張られた鳥居が立っていた。ここが島の聖域にちがいなかった。

三人の翁は彼を見ると、その面の下の顔に頬笑みを浮かべている感じで立上り「どうぞ、どうぞ」と進み出てきて彼を上手の席に案内した。そこで彼が泉を背にして坐ると、かれらも腰をおろし膝を正して深々とお辞儀をした。彼はまたしても気勢をそがれた感じがした。

「まずわたし共は、島の世話役として、ウルメの者を代表して、先生にお詫びを申さねばなりません」

部落会長は恐縮しきった風に両手を突き、頭を垂れ面越しに彼を見つめながら、鄭重な挨拶をした。つづけて、

「先生は今ひどく立腹しておられますな、立札にお名前を入れた件といい、薄着の者を叩かせたことといい、まことに申し訳ないことをしたと思うております。ただ、わたし共の勝手で申しますと、ああするほか仕方がなかったもので御座いもすから」

「と言いますと」

「海祭は余所者にはお見せ出来ない秘儀になっております。といって、先生を海祭へお連れすることはわたし共一同の念願でありましたので、いろいろ考えた末、藩役人なら御先祖も怨んでいるし、引っくくって連れてきたということにして、

謝まってもらえば御先祖もきっと喜んでくれるじゃろう——と思い、それで先生に藩役人の役目を押しつけたようなわけで御座いもす。掟ではかならず藩役人を一人作ることになっておりますが……その資格というのが、立札に名前を入れることと叩きでしてのう」

「そういうことなら、事前に説明してくだされば、問題はなかったと思うんですよ」と彼は機嫌を直していった。

「事前に話したら、断われると思いもした。何しろ誰一人喜ばない嫌な役柄ですから」

「分りました」と彼は一同を見廻していった。

「すると僕の海祭行きは問題ないわけですね」

「ええ、ええ、それゃあ、立派な悪役人ぶりでしたよ」

部落会長はそういって面の下で声をたてて笑った。ほかの三人も釣られて体を揺すって笑った。

笑い声がおさまった時、部落会長がいった。

「わたし共は、あすの海祭に生贄の山羊を供ゆることになっているのですが……」

「そのことなら昨夜聞きました」と彼は答えた。

「実はその件で先生にお願いがあるとですが……」

部落会長がこういうと、痩せた小柄な男、肥満体の老人、髭面の大男が面の目の裏でぱちりと一つまばたいた感じで彼を凝視した。ついでかれらは続けざまにこう懇願した。

「先生が御先祖の罪を一身に引受けて——」

「つまり、本土人の代表ということで——」

「過去の罪業を腹の底から反省して、謝罪のしるしに——」

「生贄の山羊を供えてくださると、怨みをのんで身を果てた先祖への、これ以上の供養はなかかと思うとですが」

「しかし、強制は致しましぇん」

「まったくの話、こればかりは、先生の自発的な意思でなかと意味がありませんでな」

「先生に供えてもろうたらというのが、全島民の願いでしてな」

「なに、先生はのどに刃をあてるだけでよかとです。あとのことは、わたし共が致しますから」

と最後に部落会長がいった。

彼は承諾した。もちろん「本土人の代表」などという大それた気持はなかったが、島の人たちがそういう資格を背負わせるなら致し方ないではないかと考えた。すると部落会長は非常に感動した様子で、

「そうですか。御承知くださいもすか。ありがとう、ありがとう」

そういって彼の両手を固くにぎりしめた。

三

暁闇すこし前に家を出た。カンテラを提げた部落会長がさきに立ち、すこし遅れて彼がつづいた。同行者は彼一人だった。ほかの人たちはどうしたのだろうか。何処かで落合って一緒に出かけることになっているのだろうか。そう考えながらついて行くと、部落会長は寄道もせずまっすぐ部落を突き抜けて行った。野に出るまでついに一人の同行者もあらわれなかった。すると、ほかの人たちは、さきに出かけてしまったのだろうか。それならそれで、明りぐらい見えそうなものだと思って道の行手に瞳を凝らしたが、明りはおろか、話し声、足音一つ聞こえなかった。あたりは深い静寂につつまれていた。

海と大地と空をひと色にくるみこんでいるのっぺらぼうの闇。この闇は何処までのびているのだろうかと彼は考えた。巨大なバケモノじみた被膜——そのはずれでは眩しい朝の光が躍っているのだろうか。そしてそれは地球の自転の速度で闇を蚕食しながら、こちらへ近づきつつあるのだろうか。地球の裏側からものすごい速度で駈けのぼってくる朝の光！——そういえば、空の高みの一等星、足に冷たく散りかかる路傍の野草の夜露、潮と海藻の匂いのする大気、島の断崖を這い上って聞こえてくる潮騒——すべては、夜明けの近いのを予感させる、清冽なわななきに満ちていた。彼は久し振りで夜明け前の爽やかな気分を感じた。

彼は歩きながら、見おぼえのある星座を探した。今星々は青い夜明けを予感して、最後の冴えた余光を放っていた。流れ星も、墜《お》ちるだけ墜ちたとみえて、星々は微動だもしなかった。見つめていると、魂が飛ぶのか、星の光が瞳にやどるのか、その語りかけるような神秘の光に魅せられて、むせび泣きたいほどの激しい至福の情を覚えた。この時、一瞬の燃焼ではあったが、彼の魂は肉体を離れて永遠と結合したようであった。

だんだん野が展《ひら》け、磯波の音が高まり聞こえ、船着場の断崖に近づいた気配が察しられた。海風が路傍の背の高いびろう樹の硬い葉を爽やかに鳴らしていた。風はあの夜明け前の刺すような潮の香りをたっぷり含んでいた。深く吸いこむと、あまりに新鮮すぎて、青い酸素が鼻の穴でサイダーの泡の音をさせた。

その時、闇の向うから声が掛かってきた。部落会長がカンテラをかざして近づいて行くと、火影に照らし出された暗がりの中から二人の老人が姿をあらわした。顔のたるんだ皺が火影を反映して奇怪な影をつくっていた。二人は一瞬口もきけないほど感動した様子で彼を見た。年老いた柔和な小さな目がうるんでいた。夜気に長く晒されて昂奮しているのだろうか。

「御苦労さま」

部落会長がこう声をかけると、二人はようやく正気にもどって、

「御苦労さまでしゅ」と言葉を返した。

二人は部落会長と二言三言言葉をかわしたあと、闇の中へ去って行った。いよいよウインチを始動させるのだなと彼は思った。

「どうか、乗ってくだされ」

待っていると、しばらくして、闇の中から老人が呼びかけてきた。

部落会長は無言で彼を促し、声の掛かった方へ歩いて行く。二十メートルも行ったろうか。カンテラの明りがもっこの吊り縄をつかんでいるさっきの老人を照らし出した。夜空の中からワイヤアが垂れ下り、下端にもっこが吊るしてある。もっこはもう乗るばかりに広げてある。そして踏板が二枚渡してある。すぐ部落会長がカンテラを提げたまま乗り移り、つづいて彼が乗った。

彼が踏板の上にまっすぐに立ち、吊り縄をつかんで顔をあげると、老人がこらえかねた様子で寄ってきて、

「辛い役目を押しつけられてさぞかし怨んでいなさるじゃろうなあ……許してたもれ……許してたもれ……わたしも一足遅れで参りますでな、もう年じゃで」と方言まる出しの一種取り乱した口調でいった。

彼は、たかが藩役人の名目で生贄の山羊を供えに行くだけのことではないかと面映ゆく思い、老人の感傷的な口調にいささか辟易したが、しかし老人の飾り気のない率直な態度にはやはり打たれるものを感じて、

「とんでもない、それくらいのことは本土人の一人として当り前のことじゃないですか」と快活にいい、それから、一足遅れて後から来るという老人にこういい足した。「じゃあ、さきに行ってますからね」

その時、静かな闇を破ってモーターが唸り、かれらは一気に吊りあげられた。

別れる時、老人の皺深い顔に一種憐憫のいりまじった畏怖にちかい表情がうごいた。しかし、それは確かめる暇もないうちに、深い憂愁のたちこめた菫色の闇の中に消え失せていた。

頭上で滑車が軋み鳴った。ずしんと、一瞬落された感じがしたので上陸の時の乱暴な運転を思い出して息をつめていると、あとは順調に降りはじめたようだった。海の上に出た瞬間、足もとから寒いくらいの上昇気流が吹きつけてきた。風になるほどの流れではなかったが、カンテラの火が心細く煽

られた。彼は鳥肌だち、ぶるぶるっと身顫いした。

間もなく、絶壁の陰へはいったらしく、目がまったく馬鹿になった。その視界零の暗黒の中で、尖った絶壁が目睫の間を掠めている気配だけははっきり知覚された。彼は擦過の幻覚に怯えて、思わずもっこの内側へ身をひいた。見あげると、すでに空は半ば失われていた。

暗がりの中で、もっこは、ねじれた吊り縄の作用で、ゆっくり回っている風だった。彼はいつの間にか暗い洋上に乗り出していた。こちらは、光を透さない暗黒の絶壁とちがって、柔かいビロードの闇だった。暗いなりに視界はひらけ、いくらか東の空も白んだように見え、遠い洋上には夜明け前の幽遠な気配が横溢していた。

見下ろすと、真下で懐中電灯が点滅していた。部落会長がカンテラを振ると、懐中電灯もそれに応えて小さな輪を描いて見せた。人影は見えなかったが、それはかれらを待ち受けている刳舟の一行にちがいなかった。

もっこは刳舟のすこし上でぴたりと止まった。岩の上と海上で合図が行われているのだろうか。まことに見事な誘導だった。今カンテラの明りの下に、四人の男が姿をあらわし、海に浮かんだ刳舟が黒々とした輪郭を見せていた。一人が立ち上ってもっこをつかみ、崖上へ向って懐中電灯を振った。するとと、もっこはさらにすこし下って、ちょうど刳舟の真ん中あたりに軽い衝撃音を響かせて着船した。その反動で舟が傾き、舟べりで水が鳴った。

二人が乗り移ると、舟はすぐ暗い沖合めざして漕ぎ出された。彼は空いている舳先寄りの方に腰をおろした。彼のうしろに、左舷に二人、右舷に二人漕手が並び、部落会長は艫《とも》に坐って櫂で舵をとった。

海は隠やかであったが、うねりはあった。白波が立つほどではなかったが、潮の流れは早かった。正しくここは秒速一メートルの潮のうごいている、外洋のまっただ中にちがいなかった。そのため、刳舟は湧き立つ黒潮にゆすぶられてたえず小刻みに震動していた。それでも、漕手が前傾姿勢で櫂を揃えて一漕ぎするごとに、舟は弾みをつけて、ぐいぐいと前へ進んで行った。

舟がうねりの背に乗るごとに、舳先に檣灯《しょうとう》のごとく置かれたカンテラが跳ねあがって天を指した。今カンテラの明りは、涯しない海の中心をなしていた。海と空の境いをゆっくり往きつ戻りつしている暖色の火影！　――それは、なんの暗示？　時としてカンテラの明りは、うねりの背にながれ、それを慕って浮き上ってきた烏賊が後方へ流れ去るのを、白々と照らし出した。

今あそこ、暗がりのここかしこでは、幾艘かの刳舟に分乗した人々が――その中には痩せた小柄な男、髭面の大男、ウインチ係の男もいることだろう——この明りを見まもっているにちがいない。

……彼の予想に狂いはなかった。いよいよ黎明の時刻がやってきて、東の水平線が慈悲の色調に洗い出されたその時、彼の周辺の薄暗がりの海上から、一艘また一艘と刳舟が輪郭をあらわしていった。それは彼の乗っている刳舟を中心に、五十メートルくらいの間隔をおいて、雁行したかたちで左手に六艘、右手に五艘つき従っていた。……痩せた小柄な男が見える。髭面の大男、ウインチ係の男も見える。左隣りの舟には、頭のまわりに藪蘭の葉を垂らした帽子をかぶった白衣の巫女が八人乗っている。各舟に一匹ずつ分散して乗せられた六匹の生贄の山羊は、爽やかに明けていく東の空を眺めながら、口をもぐもぐうごかしている。——一行は総勢六十人くらいのものだった。

やがて、空に暁の光彩がひろがり、海のささら波が際立ち見えてきた——この洋上のすばらしい夜明け、すこしの無理もなくなめらかに明けていくこの壮大な夜明け……海風は大洋の息吹、うねりは地球の鼓動……

彼は夜が明けたら、一同が櫂をおいてのびをし、欠伸をし、一服つける光景を予想していた。あるいは、こちらへ親しみをこめて接近してくるかも知れない。だが、その気配はまったくなかった。かれらは息も抜かず同じペースで、すこし物思いに耽りながら、黙々と櫂を漕ぎつづけていた。かすかに赤みの差した暁の空が、かれらの背景を飾っている……

……九時をすこし過ぎた時、鮫の瀬まで千メートルのところまで近づいた。鮫の瀬はさきほどから赤紫色がかった海の中に、その濃い暗礁の影を見せていた。干潮のため、南西の環礁の一部が海面すれすれまで干上っていて、一方に流れる、まばゆい泡状の細長い寄波を走らせていた。

海はまるい平面。空はおわん型の円蓋。それははるかな水平線の全方位で青の壮大なまじわりを結んでいた。

首が痛くなるまで見上げていても、想念一つ手繰り出せそうにない、悲しいまでに澄みきった紺碧の空。その無垢の空に、行手の水平線の一点から発した三筋の飛行機雲が、彼の頭の真上まで延びてきていた。海は遮二無二照りつける太陽光線のもとで、銘酊していた……

その頃から、一同の漕ぎ方に力が加わってきた。今では誰もが腰を浮かせ前に乗り出すようにして漕いでいた。櫂を握った下の手が、肱まで水につかっている。そのため、舟は海面のさざ波を打ち返し、自ら風をつくり風を截って、加速度をつけて、進んでいった。舳先で盛りあがった白波が、しぶきとなって頭の上に降りかかった。平行しながら走っている僚舟も、負けずにピッチをあげた。舟の後方に動き起こされた十二条の澪《みお》が、刃の光を放った。海鳥と海豚がしだいしだいに数を増しながら騒然と伴走した。いよいよ海祭の幕は切って落されようとしていた。この時、空には太陽をさえぎる雲もなく、暑気が炎暑の真昼へ向ってまっしぐらに高まり昇っていった。ときおり、思い出したように西微風が吹いたが、小波を皺走らせるほどのこともなく、海はべた凪であった。彼は顔が汗ばむほどの昂奮を覚え、まわりからひしめき寄せてくる気迫に息苦しくなって、シャツの胸をはだけて風をいれた。なぜか、だんだん非現実的な感覚に捉われていった。

見返るとかれらも極度に緊張していた。もちろんかれらは、きわめて強い意志、統制された秩序のもとで、自分の感情を非人間的とも思えるほど抑制していたので一見無表情にも見えたが、しかし抑制のタガが鞏固《きょうこ》であればあるだけ、内面の緊張は逆に強調されたかたちであらわれていた。それは、とくに、額ににじんだ小さな汗の玉に、その眉宇に、目に、ふくれ上った血管と唇に、それから息のつまるような仕種に、意味もなくさまよわせる視線に、明瞭にあらわれていた。今や熱狂が呻き声をあげている感じだった。

十二艘の舟は相前後しながら鮫の瀬へはいって行った。はいると同時に、各舟から一人ずつ男が立ち上って法螺貝を吹き鳴らした。かれらは潮風を胸に溜めて激しく吹き鳴らした。法螺貝を水平に置き、さらにその螺旋の筒口を天に向け、さらに体のむきを変えながら、その単音の巻貝のひびきを四方八方へ伝えた。この輝かしい穹窿《きゅうりゅう》のもと、珊瑚礁の海の上で、今波の泡から生まれた法螺貝はいのちを甦らせて、耳をろうするばかりに鳴り響き海上を圧した。その時彼は、まわりの海面で光波がまばゆく交叉し、ここかしこで、痙攣した風に小波が湧き立つのを見た。それは海風のしわざであったかも知れない。あるいは小魚のむれの散らしたしぶきであったかも知れない。が、彼は身の毛もよだつ思いに捉われた。怨みを呑んで身を果てた祖霊が、一行の到着を告げる法螺貝の音を耳にして、むっくり起き上ったように見えたからだ。

その間じゅう、左隣りの舟の八人の巫女たちは、はや入神の面もちで、頭を振り両掌を激しく擦り合せながら、何事か一心に祈りの言葉を咳いていた。それは、霊魂を招き寄せているのだろうか。——五分ほどで法螺貝の音はやんだ。

舟べりをつかんでいる彼の両掌がじっとり汗ばんできた。しぶきのかかった手の乾いた部分に、塩の結晶が浮き出ていた。顔をうごかすたびに、彼を閉じこめているまわりの大気が掠れるような感じがした。——舟の左右を、舟底すれすれに、あるいは数メートルの距離をおいて、さまざまの形態と色彩の造礁珊瑚が通り過ぎていく。花傘珊瑚、枝珊瑚、流れ珊瑚、擂鉢珊瑚、菊目石——。礁原の切れ目の水路、断崖、海藻の林、真っ青な深間——。コバルトスズメの大群が舟のさきへさきへと逃げていくのが見える——ここが鮫の棲む海？　ほんとうに、この透きとおった珊瑚礁の海に、獰猛な鮫が棲んでいるのだろうか。まだ影も形も見えない……

　一行は鮫の瀬を横切って珊瑚礁の東南のふちに出た。そこで珊瑚礁は尽きていて、白い砂底の、多分海面下四、五十メートルはあろうかと思われる岩棚へとつづいていた。十二艘の舟は、岩棚のすこし手前で彼の乗っている舟を先頭に一列に並んだ。「六人の島民が指切り、手切り、鼻そぎ、目くりぬきなどの刑を受けて石俵をくくりつけられて放りこまれたという場所はここだな」と彼は思った。その時には漕手たちは一斉に櫂をあげていた。舟を進めているのは舵取り一人だった。部落会長は一漕ぎ漕いでは、舟べりに櫂をあてて水をはじきながら、内側へ内側へと右廻りに舟をまわしていった。後の舟がそれにつづいた。一周した時には、そこに見事な舟の環ができていた。直径百メートルほどの舟の環であった。

　その時、一艘の舟が素早く寄ってきて、彼の乗っている舟に山羊を移した。山羊は移される時、粒々の固形糞を落した。彼は、それが牝山羊であることに気づいた。すかさず研ぎたての肉切庖丁を持った部落会長が漕手をまたいで彼の方までやってきて「お願いしもす」といい、彼に肉切庖丁を差出した。部落会長は髪の毛が立つほどのきびしい蒼白な顔をしていた。肉切庖丁をにぎっている手が慄《ふる》えている。緊張が極度に達している感じだった。しかし彼は、前の日「のどに刃を当てるだけでいいんですよ」といわれていたので、このことに部落会長ほどの緊張は感じなかった。そればかりか、肉切庖丁を受け取った時、すこし芝居がかった仕種で、その両刃の鋭利な庖丁を顔の前にかざしてうらおもてと返して眺めさえした。

　彼の足もとでは、二人の屈強な男が、あばれようとする山羊を横に倒して押さえこんでいる。彼はうずくまって、肉切庖丁の鋭い刃先を、山羊の柔らかいのど首に、あくまでも儀式風に軽くおしあてた。

　すると間髪をいれず別の手が山羊の首を舟べりに引きあげた。山羊はもがき、撥ねあがった短い尻尾をはげしくうごかして抵抗した。その時、彼から肉切庖丁を受け取った男が、山羊ののど首めがけてぐいと刃先をさしこんだ。彼はさしこみながら探るかんじで巧みに頸動脈を断ち切った。その瞬間、切口から血が笛のような音を発して管走《ほとばし》った。それは弓なりに海面に飛び散った。

　見るとほかの舟でも一斉に生贄の山羊の血が供されていた。舟の吃水線近くの海面がみるみる鮮血に染め出されていった。山羊は一艘おきに配置されているようだった。

「これじゃあ、血に敏感な鮫がむらがり寄ってくるだろうな」と彼は考えた。もちろん、血を流しているのは、鮫寄せが目的にちがいなかった。かれらは、今、海漬く屍となった先祖の墓場を、わがもの顔でのさばっている鮫を退治し、先祖の御霊の冥福を祈ろうとしているのだ。ほとばしり出た血は、海面に落ちた瞬間真紅の鮮やかな花を咲かせたが、一部は寄せてきたさざ波にさらわれてさっと横に走り、一部はみずからの重みでひろがりながら海中に沈んでいった。にわかに海底の珊瑚礁の色彩が血のかげりの中にかすんでいった。

海鳥がけたたましく啼きさわいだ。やつらは、舟べり近く舞い降りてくる時、ガツガツと、くちばしを鳴らしていた。その頃から、空は輝きを失ったように見え、かわりに、この舟の環の中の海面が、空じゅうの太陽光線をこの一点に集めたかと思われるほど、射走る光波で湧きたっていた。隣りの銛を持った三十男が、この場の緊迫感に堪えかねたように、待ち切れないといった様子で、銛の鉾先《ほこさき》で海面の血の水をかきまわした。今はもう、さきほどまで珊瑚礁の岩棚をわがもの顔で泳ぎまわっていた磯魚も姿を消していた。

突然、舟の外側の海上を一匹また一匹と飛魚が飛び去った。つづいて、それよりも多くの数えきれないほどの飛魚が、同じ方向へ、これは海中を目にも止まらぬ早さでかけ去った。来たなと思った瞬間、

「ヨシキリ鮫だぞ」と近くの舟でだれかが叫んだ。

彼は立ち上って、一同の視線のさきを追った。一同の視線は二十メートルさきの海面に吸いついていた。その時彼の目は、海中からかなりの急角度で上ってくる魚影を認めていた。それはみる間に大きくなり、とうとう三メートル近い巨体を海面下にあらわした。あらわすと同時に、鮫は、海面の血の一番濃い部分にとがった鼻づらを猛然とさしこんだ。そして頭を振った。血の融けた水をがしっと嚙んだのだ。鮫は勢いあまって海上にその体形の三分の二をあらわした。それは真に恐怖を催させる光景であった。ついで見事な流線型をみせて反転し、海中に頭から突っこんでふたたび姿をくらました。反転した時、飛沫があがり、水と空を打った激烈な尾鰭の打擲音がうなりを生じてこちらまで聞こえてきた。それにまともに叩かれたら舟も破損するかと思われた。

舟の中では生贄の山羊の解体作業がはじまっていた。ふんどし一つになった二人の男が、横に寝かせた山羊の腹を裂き、血まみれの臓物を取り出し、首を切り落し、手ごろのかたまりに切り取っていた。それを撒餌にする肚とよめた。

間もなく、反対側の舟の近くに数匹あらわれたらしく、つぎつぎ喚声があがった。こちらからは距離がありすぎて見えないが、鮫は舟底をくぐって海中を往き来しているらしい。かれらの目がそれを追っている。期待の数秒間。こちら側でも、舟の環の中心点のあたりから、鮫の接近の兆候を告げる航跡がこちらへ向って進んできた。鮫はだんだん浮き上ってきて、やがて海面下にその流線型の全身をあらわした。どい

つもこいつも三メートル近い大物であった。鮫はそこで水平に体を保つと、鋼鉄の薄刃を思わせる第一背鰭の先端を海面に立てて、あくことのない旋回運動をはじめた。甘い血の匂いに狂い踊っているように見えた。そして絶え間なく、頭の噴水孔から、呑みこんだ血の水を噴きあげていた。

今や鮫は、いくら嚙んでも実体のない血の水にいら立ち、狂いたっていた。泳ぎが早くなり、初めの間警戒して寄りつかなかった舟のそばへも浮上したまま突き進んでくるようになった。

中には、彼の見ているすぐ前で、大きな口をあけ幾列にも並んだ鋭い歯並をみせる奴もいた。血の匂いで舟の中に肉塊があることを知っている風だった。

その時、部落会長が切断面から血のしたたり落ちている山羊の首を手づかみにして立上った。両脇の銛をかまえた二人の男も、片足を舟べりにかけて海面をにらみつけた。狙いは三メートル近い大鮫だった。今鮫は背鰭を立てて舟に近づきつつあった。部落会長が素早くそいつの鼻さきへ山羊の首を投じた。彼は、山羊の首が海面に落下するよりも早く、くだんの大鮫が頭をぐうんと振りあげて、大口あけて突きあげるように襲いかかるのを見た。同時に、水の中で胸鰭が立ちひろがって、水に逆らっているのが瞬間的に見えた。餌を捕食する時の一瞬の停止がなされていたのだ。つぎの瞬間、鮫は山羊の首をくわえこんでいた。がしっと、一撃で頭蓋を嚙みくだいた音が聞こえてきた。同時に、崩折《くずお》れたしぶきの中から、圧縮弾のように飛んできたものがあった。それはぴしっと、まるで粘土が壁に貼りついたときの音をたてて、彼のシャツの前に貼りついた。山羊の目玉であった。彼はぎくりとして、反射的にむしり取って海中に投げ返した。その時には鮫はその大鎌を思わせる強靱な尾鰭を弓なりに曲げて水から抜き上っており、体の半分を一同の前にあらわしていた。躍り上った鮫の全身から、光の砕けたしぶきが滝つ瀬のように流れ落ちた。——鮫の口から、嚙みくだかれた山羊の首の半分がはみ出している。

鮫が頭を下げたのと銛が飛んだのは、ほとんど同時であった。鮫は狙ったように目と目の間の平べったい脳天をこちらに曝していた。そこは鮫にかぎらずあらゆる動物の急所にちがいなかった。瞬間彼は、一本の銛がぐさりと鮫の頭に突き刺さり、他の一本が横腹に命中したのを目にした。同時に鮫の断末魔のあがきが長柄をしなわせた。鮫は銛を背負ったまま、舟の真下へ死にものぐるいで逃げこもうとしている。しかし銛を持った二人の男は、舟の側面に長柄をあてて、それを挺子にしてぐっと踏んばり、鮫をもぐらすまいとした。その時別の男が駈け寄ってきて、海面にあらわれた鮫の頭に、斧を叩きつけた。力いっぱい振りあげて、二打ちすると、そこがざくろに割れた。肉片が飛び散り、血があぶくをなして噴き上った。かれらはそこで初めて銛を引き抜いた。のたくり暴れていた鮫の力がみるみる衰えていった。それでも、口にくわえこんだ山羊の首をはなそうとはしない。息絶えながらまだ呑みこもうとしているのだ。

見まわすと、ほかの舟でも一斉に鮫狩りがはじまっていた。一部の年寄をのぞいてほとんどの者が、ふんどし一つの裸になって鮫に立向っていた。鮫は殺されても殺されても、あとからあとから姿をあらわしているようだった。この時だけでも、血染めの海面を遊弋《ゆうよく》している奴が十数匹見られた。しかも海中にはそれに倍する鮫が群れていた。どの鮫も血の匂いに触発されて獰猛になり攻撃的になって、歯を嚙み鳴らしながら、舟のまわりをうろついていた。そのため、やつらの立てる水柱と、仕止められた鮫のかけ散らす水しぶきで、舟も人もびしょ濡れになっていた。

「だが、これは本当に現実の光景だろうか」と彼は考えた。「まばたいたら消えてしまう幻影ではないだろうか。まぶしい空と珊瑚礁のうみだした幻覚ではないだろうか。現実だとすると、この光景の裏にはどんな意味が隠されているのだろうか。意味などないのだろうか。それは俺の考えすぎだろうか。これきりのものだろうか。いや、このまがまがしいばかりのエネルギーは、さらにはけ口を求めて、衝撃的にエスカレートするのではないだろうか」

だれ一人声をたてる者はなかった。脇見をする者もなかった。鮫も人も歯をむいて、ただひたすらに、相向い、相闘っていた。まるで唖の集団の演ずる奇怪な無言劇を見ている心地だった。だんだんかれらの目に危険な光がこもり、多分、その濡れた裸の体から立ち昇る水蒸気のせいだろうが、かれらの全身から身うちで燃えている鎮まりがたい怨念が、ゆらめき立っている風に見えた。彼は怯えた。かれらの無言の圧迫で、追いこまれた感じだった。皮膚にはりついた塩分で、顔の皮が硬張《こわば》るのを感じた。顔を撫でると塩の結晶が掌にざらついた。その時、獰猛な鮫の血と従順な山羊の血の匂いが鼻にきた。彼はむかついて吐きそうになった。

彼は大きく息をついて、空を仰いだ。なまぬるい涙の張った瞳孔の表面で太陽がはじけた。太陽はほとんど天心に近いところまで昇りつめていた。手をかざすと、雲一つない紺碧の空が目路いっぱいにかぶさって見えた。ふいに、その中へ、心がまっしぐらに突き抜けていった——墜ちてくる光に乗って、さらに空高く突き抜けていった。瞬間、彼は周囲のいっさいの物音を失って、海と空のあいだに放心した。

「しかと目に止めておいてくだされよ」とこの時、部落会長がしゃがれ声で彼に話しかけた。「わたし共の先祖がほうりこまれた時も、こんなふうに鮫が喰らいついたとですよ」

声は小さかったが、言葉には怨念がこもっていた。いきなり冷水を浴びせかけられた心地だった。（この人は、その事実を思い知らせるために、俺を、ここへ連れてきたのだろうか）と彼は考えた。また、こうも思った――（かれらは決して昔の怨みを忘れようとはしない。いや、忘れることを拒絶している）彼としても、そのことを忘れていたわけではないが、いわれてみると、太陽と海と人と彩色された舟と鮫の織りなす眼前の光景に圧倒されて、そのことに心が深くかかわらなかったのも確かであった。部落会長はそれを見抜き、それで注意を喚起したのにちがいなかった――「一刻たりとも御先祖の犯した罪を忘れるんじゃありませんぞ」と。

部落会長は海の一点を見つめたまま、目もうごかさなかった。それは、海の深いところと交感し、海面に〈歴史〉を見つめている人の目であった。額にかぶさるほど垂れさがった白髪のせいだろうか、顔が凄惨なといいたいほど、血の気を失って見えた。眉間にきざまれたふた筋のたて皺が、この人のすさまじいばかりの決意を示していた。彼は異様な気配を感じ、いよいよ海祭が大詰を迎えて、この人の手のひと振りで、最後の劇的な瞬間がおごそかに始まろうとしていることを、妖しい胸さわぎのうちに予感した。

次第に、舟と舟の距離がちぢまり、それにつれて、舟の環もせばまっていった。舟の環がせばまるにつれて、海面には、きっさきの鋭い鋸歯状のさざなみが一面に湧きたった。その中を鮫があえぎながら神経質に泳ぎまわった。その頃から、傷ついた鮫に襲いかかる、共食いの光景も見られた。共食いの時は、ほとんどの鮫が、傷ついた同類のまわりをぐるぐる旋回しながら襲いかかっていた。そのため、舟の環の中は、鮫の血と、食いあらされた山羊の毛と、ひかりの乱反射と、海底からきらきらした点線を描いて浮き上ってくるおびただしい気泡でみたされた。さらに海面下を、まばゆい虹色の閃光がゆき交った――それは、けばけばしい色彩の小魚どもが、共食いの鮫の食いのこしを追いまわしているのであった。

今ではもう、痩せた小柄な男、髭面の大男、ウインチ係の男の乗りこんだ反対側の舟も、かなり近くまで接近してきていた。ことに髭面の大男は、老練な突き手とみえて、百発百中の確率で鮫を仕止めていた。今彼は、ぎらつく陽の光を全身に浴びて、しぶきのかかった不精髭とけものじみた胸毛を赤く燃えたたせながら、肉づきのいい肩をさらに盛りあげて海面をにらみつけていた。そのそばでは、ウインチ係の男が顔の上に一升びんを逆さまに立てて、ごくごくと水を飲んでいた。例の考え深そうな目つきの痩せた小柄な男は、艫に腰をおろして、舟の激しい動揺を巧みに支えていた。ウインチ係の男は水を飲み終ると、口をぬぐってから屈みこんで山羊の肉塊を取りあげた。が、肉塊と見えたものは腸のかたまりであった。かれがそれを投ずると、腸がほぐれて尾をひくのが見えた。腸のかたまりはそのまま落下したが、ほぐれた尾っぽが、大口あけてがぶり寄ってきた大鮫の頭に鉢巻状に二重に巻きついた。この時、間髪をいれず、髭面の大男が銛を打ちこんだ。銛は肉をくだき、鮫の体内深く突きとおった。そのまま髭面の大男は全体重をあずけてぐいぐいと押しこんでいった。鮫はたまらず、その一撃で致命傷を負った。そのため、かれが銛を引き抜くと、たちまち方向感覚を失い、錐揉み状になって、のみこんだ空気を放屁のように放ちながら、真っ赤な血すじを引いて海中深く沈んでいった。

「キヨまったぞ」と、その時、部落会長が右手を軽く口にあてて、祭主の威厳をみせておごそかに一同に告げた。

するとと、二、三の者がそれを受けて「キヨまったぞ」と、突き刺すような大声で叫んだ。

と同時に、十二艘の舟から、一斉に「生贄だ……生贄だ」という呟き声が澎湃《ほうはい》として湧き起こった。

(キヨまる？　ああ、海が清められた、清浄になったという意味か——つまり、鮫がいなくなったということだな……ところで、生贄とは、なんのことだろう。山羊なら供え終ったのに、おかしなことだなあ)

そう心の中で呟いた時、彼は目のはじに、時計の文字盤のように円陣をくんだ十二艘の舟から彼に注ぎかけられている一同の視線を感じ、またすべての人影が色彩を失って、光と影の感覚の中で一瞬停止するのを見た。

この時彼は自分が左右から二人の屈強な男に、がっちり両腕を取り押さえられたのを知った。「何をする」と彼は無意識に叫び、ことの意味がのみこめなかったけれど、かれらの手を邪険に払いのけようとした。が、取り押さえられた腕はびくともしなかった。そこで左右へ首をめぐらして見ると、二人の男が不動の搾木《しめぎ》のような感じで両側から彼をはさみつけていた。それは今しがたまで鮫とわたり合っていた同じ舟の男たちだった。表情の停止した顔の中で、大粒の汗の玉だけがつつと滑っていた。それが異常に明るい陽光の中で血の汗のように赤く見えた。

ついで二人の屈強な男は、すぐ手を持ち替えて、右側の男が右手で彼の手首をつかみ、左手を彼の腰にまわして尻の上の革バンドをつかんだかと思うと、左側の男も、同様、左手で彼の左手の手首をつかみ、バンドをつかんで、そのまま持上げる肚《はら》と読ドをにぎった。バンドをつかみ、もう一方の手で彼の腰の革バンめた。彼は、これは何の真似だ、と声にならない声で叫び、たてつづけに、俺を海にほうりこむつもりか、人身御供のつもりか、これで先祖の罪の償いをさせるつもりか、だが、俺は断じて同胞の身代り山羊なんかじゃないぞ、こんな時代おくれの復讐はやめたまえ、と声をからして喚きたてた。しかしその最後の訴えも、何者かが彼の口に手拭を押しこんだので、とぎれてしまった。彼はどうにもならない喪失感に打ちのめされ、苦い生唾をのみこんだ。

さらに新手の第三者が、彼の背後から腰にロープを二重に巻きつけた。（石俵？）戦慄が彼の全身をつらぬいた。かれらの腕に力が加わった。彼は自分が持ち上げられるのを感じた。彼はこういう場合、だれもがするであろうように、今は鮫がいなくなって不気味に静まり返っている海面と、いまわの際の彼に、惜しみなく、生のしるしそのものの光と熱を注ぎかけている太陽を一瞥した。それは無意識の惜別にちがいなかった。今太陽は、彩層にふちどられ、原子の焔をはげしく爆発させていた。それにしても、この空のなんと広漠としていることか！　だが、今や彼の前には、この十二艘の舟にかこまれたちっぽけな海しか残されていないように思われた。

いよいよ彼の生涯の最期の時がきて、ひとつの、あるいはほとんどそれだけと言ってもいいくらいの、天にもとどかんばかりに高く高く抱え上げられた鮮烈な感覚を覚えた時、彼は瞬間の瞥見の裡に、極端にせばまった舟の環と、目に涙を溜めて何かに堪えているような目つきで彼を眺めている部落会長と、白衣の八人の巫女が舟べりから乗り出すようにして一升びんの酒を海に注ぎかけているのを目にした。同時に、いつの間に接近してきたのか左隣についた舟の上で、髭面の大男とウインチ係の男が、顔を力ませうんうん唸っている感じで、石でふくれ上った俵を持上げようとしている光景を認めた。一本のロープが、彼と石俵を結びつけている……

「これで島の怨みを永遠に閉じ申すぞ」と部落会長が叫んだ。

本当にこれで島の怨みは永遠に閉じこめられるのだろうか。これによって本当に先行同胞の罪は赦されるのだろうか。われわれの負い目は消滅するのだろうか。歴史の均衡は保てるのだろうか。いや、やっぱり無駄死にだ、今度は、俺の怨みがのこる……

その時彼は宙に舞っていたが「最期の運命ぐらい俺自身に決めさせろ」と言い、その他動の落下の姿勢の中で、その自動の意思だけはしっかり握りしめたのだった。一瞬彼は自分の肉体が珊瑚礁の青い水と爽やかにまじわる幻影を見た。

Ⅱ、島を愛した男

島を愛した男

一

時刻は十時をまわろうとしていた。息もつまりそうな暑さであった。宮造は、皮膚に、乾いた、むっとするような熱気を感ずると、険悪な気配のたちこめている家をぬけだして外へでた。そして釣竿を持って海岸へ向った。

いつものことながら、この時刻になると、暑気は一気に真昼の温度まで高まってしまい、連日、たえがたいばかりの暑さを記録した。そして白っぽい光の満ちあふれた、涯知れぬ大空には一片の雲もなく、また風もなく、そのためすべてはぐったりとしてそよともうごかず、立ちのぼる陽炎の彼方では、木柵だの、石垣だの、立木だの、黄金色の砂洲だのが、揺れる水をとおして見たそれのように、ゆらゆらと揺らめいて見えた。

釣場に眼をやると、日焼けした肌をあらわにのぞかせている軍平どんの三人の女の子たちが釣竿を垂れていた。釣竿の根もとを砂地にさしこみ、伸びほうだいの頭髪を寄せ合ってシラミをぬき取っていた。

「軍平どんは？」

宮造が声をかけると、節子が暗いうつろな眼を向けてうしろのほうを示した。

「釣れたかね？」

節子はふっとあいまいに笑って首を振った。痩せこけて眼ばかり大きくなった彼女の妹たちは、シラミを取り終るとこんどはすべすべした小さな黒い玉石のおもてに白く粉をふいた塩をなめはじめた。

そのとき宮造ははじめて首をめぐらして、石だらけの海岸の上手のあたり、ガジュマルの防潮林の下かげにムシロを敷いてそのうえに寝転びながら煙草をふかしている軍平どんの姿をかえり見た。このなまけ者のむごい男は、亡妻のつれ子たちに終日魚を釣らせて、それを全部取りあげて腹をふくらませていた。

「お前どもを生かすも殺すもわいのさしがね一つなんだぞ。もっと精だして親孝行するんだ。わいは老い先短い身だでな」と軍平どんは常日ごろそううそぶいていた。また「わいはこんどは娘どもをマトモな稼業にだけはつけんぞ。そんげなハシタ金貰っても、どうにもならんでよ。こんどは芸者に出すんじゃ。芸者ならまとまった金が月々きちんきちんとはいるでな」とも言っていた。

（――ひどい奴だな）宮造は瞬間怒りを覚えたが、しかしこの島を立去りたいという家族全部の熱烈な希望をふみにじって彼らに飢えの苦しみをなめさせている自分の仕打ちを考えると、五十歩百歩だなと思った。

魚はなかなかかからなかった。食いが悪いのはテグスのかわりに芭蕉のすじ糸を使っているためかもしれない。といっても、テグスなど何処にもありはしないのだ。餌をつけかえようと思って水の中から糸をひきあげ、かたわらの餌箱へ手を伸ばすとそこに置いたはずの餌箱がなかった。見れば彼のうしろで女の子が二人、飢えた野良猫のように舌を鳴らして餌箱の中のタコの足のコマギレを盗み食いしていた。

宮造は仕方なく釣竿に糸をまきつけると帰路についた。海岸はわずかばかりの黄いろい砂と、ふちのなめらかな玉石でうめられていた。石は、火と燃える真夏の太陽に焼かれてまるで炭火のようであった。ゴム草履をとおしてその熱気が痛く感じられた。彼は防潮林の木かげでいっとき涼をとった。

ふと彼は、近くの木かげに気楽な恰好で寝転びながら煙草を吹かしている軍平どんの姿を眼にとめた。とたんに彼はこらえがたい怒りを覚えて怒鳴りつけた。

「こらっ、軍平どん、おぬしは人間の仮面をかぶった畜生みたいな奴ちゃなあ」

すると軍平どんもむっくり体を起こして宮造をにらみつけた。

「おぬしもわいと似たもんよ」

「似たもんとは、なにか」

「おぬしの家族の泣きづらも、わいの家族のあのざまも、よう似ちょるわ。もとはといえばみんな一家の主のせいよ。家族の泣きづらに眼をおおってかまわん非情なところが、わいとおぬしは、よう似ちょるわ」

「おいがこの島で頑張っているのは、そうすることが長い眼でみれば一家の倖せになるからじゃ。おぬしとはちがうぞ」

「きれいごとは、いくらでも吐けるわい。わいが見るところじゃ、おぬしがこの島で頑張ってるのは、いつの飢饉年にも、逃げんかったという、おのれの誇りと名誉を汚したくないからじゃよ。そのために、この島を出ていきたがっている家族の窮状にも平気で耐えておるとよ。どうじゃ、図星じゃろうが」

「ちがうぞ。おぬしは問題の本質を見誤うとるぞ。……この島から出ていくのはよか。じゃっどん、手に技術はなし、金はなし、世間なみの知恵もない中年の百姓に、何ができる？　自分の土地を離れた百姓は、水を飛びだした魚みたいなもんじゃよ。その証処に、こんど逃げだした連中は、これまでにもたびたび出ていきよったが、そのたびに十人が十人とも苦労の限りをつくして戻ってきたじゃないか。してみれば、何とか頑張って雨を待つほうが得策ちいうもんじゃ」

「雨じゃと？　ばかばかしか。今となっちゃ、雨が降っても、どうにもならん。作が全滅しちょるでな。植えつけから穫り入れまで半年はかかる。その間、いけんして暮らしていくとか。いまわいたちに入り用なのは、雨じゃなくて、食べ物じゃ。このままの状態があと二十日もつづけば、みんな飢え死にじゃわい」

「ここには海のものがあるで、飢え死にだけはせん」

「海のものだけで人間生きていけるかよう。おぬし、おのれのこけ面をみろ。まるで骸骨じゃわい。……わいは、もうここに見切りをつけた」

「ああ、おぬしが今まで踏みとどまったのが不思議なぐらいじゃよ。……だが、子供を売飛ばすようなことだけはするなよ」

軍平どんはせせら笑った。「あいつらの父親はわいじゃ。いらん口きくな。聖人ぶるな。聖人の教えだけじゃ、腹はふくれんど。……あいつらを生かすも殺すもわいの一存じゃ」

宮造は腕と足に猛々しい暴力の衝動を感じたが、そのあまりの浅ましい姿に情けない思いがさきに立って、ぐっと踏みとどまると、やり場のないむなしい思いを飲みこみながらわが家へ向って歩きだした。

屋敷の前までくると、石垣塀の中から神経にひびくような甲高い声がきこえてきた。耳をすますと長男の彦二と妹のチズ子の言い争う声であった。ほかに、家内のお芳の声もきこえてきた。青大将を見つけて大騒ぎを演じているらしい様子であった。

以前は蛇と聞いただけで気を失うほど恐がったチズ子が、この頃はそれを怖れないばかりか、かえって熱心にさがし求めるようになっていた。

石垣の門をはいると、石ころ畑のさきの竹垣のきわに、青竹を手にした彦二と、おかっぱ頭のチズ子の姿が見えた。チズ子はうずくまって手の甲で眼をこすりながらすすり泣いていた。青大将はすでに二人の足もとに白い下腹を反してのびていた。五尺ぐらいもありそうな丸々とふとった青大将であった。二人に向って縁さきから赤子を抱いたお芳がなにやら怒鳴っていた。

「どげんしたとか」

宮造は釣竿をかついだまま二人のほうへ歩いていった。その彫りの深い顔はふたたびきびしく緊張していた。

「あたいが見つけたのに、あたいにはやらんと彦兄が言うとよ」と、チズ子が泣きながら抗弁した。

「この嘘つき。誰もやらんとは言うとらん。おっかんが食べたあとでないと、誰も食べれんと言ってるとだ」と、彦二がすぐにやり返した。

「いやだ、いやだ。これはあたいのもんだ」

「馬鹿。おっかんのおっぱいが出ないと、赤ちゃんが死ぬじゃないか。もう十日もおっぱいは出んのだぞ」

「嘘。これ食べても、おっぱいは出やせん」

「チズ子、心配せんでよか。おっかん一人でこれを食べきれるもんじゃなか」

宮造がやさしく慰めるとチズ子は黙ってしまった。

それで騒ぎはおさまったように見えた。ところが、ちょうどそのとき、家の中からなにやらわめきながら、ぼろをまとった婆さまが飛び出してきた。

「青大将を見つけたと?」と、婆さまは戸口の柱にしがみついて、きっと彦二のほうを見据えながらさけんだ。

「ああ、見つけたよ、婆さま」

彦二はそう言い、青大将の尻尾をつかんで吊るしあげた。

「うん、よか蛇じゃ。うまそうな蛇じゃ。彦、持っておじゃれ」

「いや、これはおっかんのだぞ」彦二が困ったように言った。

するとふいに婆さまの怒声が破裂した。婆さまは眉をつりあげ、こぶしで柱をたたいてわめきたてた。

「彦、おまんは、婆さまのことを忘れちゃおらんか。この罰あたりめが！　……それは、婆さまのだぞ、彦、持っておじゃれ。婆さまはな、きょうあす死ぬ身じゃっでな、憐れやなあと思って婆さまに食べさせてたもれ。婆さまは、どしても、腹すきのまんまじゃ死ねやせん。腹すきのまんま死ぬとな、餓鬼地獄へ落ちてしまうとじゃ。……ああ、怖ろしか！　婆さまは地獄へなんど行きたくはなか。餓鬼地獄へなんど行きたくはなか……」

婆さまは皺だらけの顔をふりたてて、前に垂れさがっている白髪をうしろへ投げ飛ばすと、歯のない汚ない口をあけて悲しそうな怖ろしそうな意味の分らないさけび声をあげながら、中風の足を曳きずってころぶように彦二の方へ突進していった。まるで飢えた山犬か野良猫のようなすさまじい剣幕であった。

と、それまで恨めしそうに横眼で青大将をにらみつけていたチズ子が、突然、横あいから飛び出してきてそれを奪い取ってしまった。あっという間の出来事であった。そして彼女は一同がぼうぜんと立ちすくんでいる間に、追いつけないほどずっと彼方に遠去かっていた。早さも早いが山猫のように敏捷で、追っても無駄にちがいなかった。ただ、婆さまだけがあきらめきれぬ様子で、ころびまろびつチズ子のあとを追っていった。が、婆さまはみるみる引き離されるばかりで、やがて、途中で見失ったらしくてあらぬほうへと走っていった。それもやがて、ぎらぎらする白砂の向う、竜舌蘭の茂みのかげに、蜃気楼の生みだした幻覚のようにかき消えてしまった。

宮造は言葉もなく、急いでそこを立去った。顔をなぐり飛ばされたような気がした。彼らに対して罪でも犯しているような気がして、いまは、何処かに身をひそめたいという思いで一ぱいであった。はずかしさと、みじめな思いが胸にのこった。歩きながら振り向くと、お芳と彦二が眼をおおきく見張って彼のほうをじっと見ていた。その眼の底には、敵意と恨みの焔が燃えていた。そして彼らは宮造と視線があったとたん、いどむように背骨をぐっとうしろに反らして冷たく見返したが、急に溜息をつき顔を伏せると急いで家の中へ姿をかくした。差掛小屋の戸があらあらしく閉まった。宮造は戸惑い、わけもなく心が痛んで、力なく首を垂れると海近くのガジュマルの防潮林の下かげへ疲れた足を曳きずっていった。

（奴らがおいを恨むのも無理ないな。みんなをけだもんにしてるのは、おいどんのせいだもんな）

宮造はガジュマルの木の下かげに腰をおろすと、膝をかかえて遠くに一線をなしてきらめいている水平線のあたりを見やりながら、ぼんやりそんなことを考えた。彼の顔には苦悩の色が浮かんでいた。

彼の心はここ十日、たえず右から左へと大きく動揺していた。臆病なほど慎重で想像力にとぼしい彼は、彼の先祖たちが皆そうであったように彼もこの土地で死ぬことを当然のことのように思っていた。そういう意味でこの土地は彼の生命とおなじようなものであった。してみれば、この島から離れてよそで暮らすということは彼には考えられないことであった。ところが、干魃が二百日をこしてまだ雨の降る兆しさえないこの頃、そして仲間たちがつぎつぎに逃げだして今に彼ら一家だけになってしまいそうな気配を感ずるこの頃、ふっと弱気がさすことがあった。……干魃が終るまで、近くの島へ避難して、食いつなぐというようなことをしてはいけないだろうか。それなら、別に逃げたという汚名を受けなくても済むのではあるまいか。けれども、そのたびに、彼をその考えから引き戻したのは、自分の土地に対する燃えるような愛情であり執着であった。そして、かつて一度も島を捨てたことがないという誇りであった。理窟をこえたその感情であった。

（どげなことがあっても、ここを離れるわけにゃいかん）と彼はつぶやいた。

この苦悩は干魃がふかまるにつれて彼がいやというほど直面してきた問題である。島から飛びだした連中は「これ以上、家族を飢えさせるわけにゃいかんでよ」と、異口同音にいって出ていく。そして宮造を不人情な奴だとののしる。彼が自分の土地に対する執着心のために家族を犠牲にしていると非難するのである。しかし、本当にそうだろうか。宮造は、自分に土地に対する執着心がないとは言わない。また、一度も島を捨てたことがないというささやかな名誉を守りたいという気持があることをも否定はしない。が、それ以上に、目前の不幸に眼がくらんで、大局の見通しを誤まらないように努めているだけのことである。かれらが、この未曽有の干魃を機会にこの貧乏島に見切りをつけて二度と帰らない決意で新天地を求めて行くならよい。さらに、この島で得ている以上の倖せが得られるならよい。だが、事実は、ほとんどの連中がスゴスゴと舞い戻ってくるのだ。結局、かれらには新天地も倖せも得られなかったのである。その間、知らぬ他国で辛酸をなめただけのことである。こんどの場合も、宮造にはかれらの行動の帰結が分っているだけに、かれらを引き止めようと最大の努力をつくしたが、残念ながらついに人々の理解は得られなかった……

眼をあげると、海の向うには本土の島々が眼に染みるようにクッキリと浮かんでいた。宮造は本土の土をふんだことはなかったが、彼はそこに住んでいるまるまると太った血色のいい男たちや、逞しく突きでた胸を持った女たちや、肥沃な平野のひろがりをありありと思い浮かべることができた。湯気にまみれたあたたかい食べ物、商品のはんらんしている商店街、唸る機械、空の下端をぐんと押しやるように林立している高層建築、飛行機のように速い汽車、ぴかぴか光った自動車——彦二が言うにはそこには二十世紀の驚異と繁栄が颱風のような物凄いエネルギーの渦巻をともなって夜となく昼となく激動しているそうだ。だから、好運と豊かな生活を求めてそこへ行きたいと彼は言うのだ。だが宮造は、繁栄のかげに幾十万の悲惨な生活や、貧乏人をとって食うような機構や、汚染しきった大気があることを知っていた。飢えに思考力の麻痺した彦二にはそれは見えないかも知れないが、宮造にはそれがはっきり見えるような気がした。すでに出て行った連中もいまごろは後悔しているはずなんだ。そうだ、かれらは後悔しているにちがいないんだ。

（どげなことがあっても、ここを離れるわけにゃいかん）

彼は決意に燃えて、ふたたび、つぶやいた。

一時間ほど経ったとき、暑気のきびしい真昼の砂浜に義兄の太郎熊が姿をあらわした。釣場にはもう軍平どん一家の姿はなかった。彼はその名が示すように六尺近い大男である。が、その図体に似合わずひどく落着きがない。シュロ笠をかぶり、青いコールテンの作業ズボンに、汗とほこりにまみれた半袖のシャツというかっこうで、少し足をひきずっている。頬ひげは伸びほうだい、眼には生気がなく、物思わしげであった。

太郎熊はガジュマルの防潮林をぬけたあたりで、眼をキョロつかせて空っぽの砂浜をうかがってから、まっすぐ海岸を下りていった。そして刳舟をなぎさに下ろして、水あかをかい出しはじめた。とたんに宮造は燃えるような狼狽をおぼえてなぎさへ駈け下りていった。

「おい、おはんは逃げだす気じゃなかろうな?」

太郎熊はシュロ笠をあげて宮造を見るなり、おびえたような暗い顔つきになって、のどの奥のほうでうめき声をあげた。

「頼む。おはんだけはとどまってくれ。おはんに行かれたら、女房、子供が動揺するんだ」

「……」

たちまち宮造の顔色がかわった。彼は太郎熊の肩をつかんで押しやりながら言った。

「おい、おはんはなぜ黙っちょるとか。どげんした? わいの言ってるのが聞こえんのか」

「すまん」

「なんだと?」宮造は気が遠くなるような気がした。「すまんとは、なんか、出ていくということか?」

「そりゃあ、おいとしても、できることならここにとどまりたか。じゃが、うちの奴らが憐れでよ、もうこれ以上、見ちょれんのだ」

太郎熊は悄然と頭を垂れて、口にくぐもったような声でそう言うと、大きな図体をまるめて、尻から落ちるように舟べりに腰をおろした。宮造は腕組みしてそこに突っ立ったまま、その沈痛な、重々しい眼を太郎熊に放っていた。

何に追われたのかカタクチイワシの幼魚のむれが海面を青黒く染めながら跳ね飛んできた。その中の幾匹かが小波に乗って砂浜に躍りあがって宮造の足もとで銀の針のようにきらめいたが、ふたたび寄せてきた小波にまぎれていずこへともなく消え失せた。

「宮造、聞いてくれ」と、やがて太郎熊がしずかに顔をあげて言った。宮造を仰いだ彼の眼は恥じいったようにくろずんでいた。「おいはつくづくおのれの心が怖ろしゅうてならん。まるで畜生よ」彼はいっとき口をつぐんで言いづらそうに何回も生唾をのみくだしていたが、ふいに体を揺すって立ちあがると、こんどは度を失ったように早口で喋りはじめた。「おいは、ゆんべ、島の裏山でな、親にはぐれてうろついちょる野良犬の子を見つけたんだ。なにしろ、久し振りの肉だ。おいはひとおさえで息の根をとめたよ。ところがじゃ——宮造、おぬしならどうするかのう？　いやいや、聞くまでもなか、おぬしは心の優しい男じゃ。すっ飛んで持ち帰ったじゃろうなあ？　だが、おいは一人で食うてしもうたよ、丸焼きにして食うてしもうたよ。家じゃ、飢えのために腹と背中の皮がくっつきそうになった女房、子供が待っちょるというのによ」

太郎熊は急に両手のなかに頭をかかえこむと、声をつまらせ、のどの奥からしぼりだすような声で、

「それだけじゃなか、宮造、聞いてくれ」と、かなしそうにつづけた。「おいはきのうも、おとといも、いや、ずっと前から、なんやかやと食い物を手にいれていた。だが、おいはそれをうちに持ち帰らんで、一人で食っていたんだ。だから、おいはいつも満腹じゃった。一度もひもじい思いしたことはなか。そればかりか、家に戻ったら戻ったで、みんなが細々とさがしてきた食い物までも食うとったんだ」

「……」

「そんなわいによ、咲子が、咲子がな——あの骨と皮ばかりに痩せこけてしもうた咲子がな、けさ、こんなことを言うんだ。山から木の根っこみたいなこまんか山芋を掘りだしてきてよ、これ全部お父うが食べやんせ、家じゃお父うがいちばん大切な人、お父うに死なれたら、あたいらはどうなります？　だから、お父う、いっぱい食べやんせ、そして長生きしてたもんせ、そのかわり、雨が降ったら、いっぱいいっぱい食べさせてたもんせ——あの十二の小娘がな、眼に涙をいっぱい溜めて、そげないじらしいことを言いながら、おいに山芋をさし出すんだ。……うう……うう……おいはな……それまでも、食ってしもうたんだ……うう……おいは、それまでも食ってしもうたんだ……」

熱風がさっと海をわたって、ひとしきり、静かな湾内にきらめくさざなみを走らせた。凪は、沖合の干あがった暗礁のあたりでアオサの香りをまきこみ、彼らの鼻さきへつんとその磯くさい匂いを送ってきた。ボラが跳ねあがって銀鱗を閃めかした。

太郎熊の決意はすでに固いのだ。今となっては、彼を引き止めることは無駄であるばかりか、かえって彼をきずつける結果になるのだ、と宮造は思った。そして太郎熊には太郎熊の行くべき道があるのだ。むろん、宮造には、太郎熊の将来については悲観的な見通ししかたたなかったが、しかしそれを知りながら出ていく彼の悲痛な心中を察すると、宮造は黙って引きさがるほかないような気がした。

「行く先はどこにした？」と最後に宮造がしずかに尋ねた。

「あてはないがカゴシマにきめた」

「知り合いはおるとか?」

「いいや、一人もおらん」

「まず家に困るじゃろうな」

「家が見つかるまで、刳舟のうえに天幕張って、そこで寝泊りするつもりじゃ。それでも、図体の大きなおいははみ出すで、砂浜に寝るちゅうことになるだろうなあ。冬が来るまでに、仕事と住居を見つけんと、大変なことになるのう」

「仕事といっても……」

「うん。おいにできる仕事といえば、沖仲仕か、土方か、屑拾いか、汲み取りぐらいなもんじゃろうよ」

そのとき、

「お父う」

と、部落と海岸のさかい目のあたりで、甲高い、澄んだ声がした。見返ると、太郎熊のむすめの咲子が父親を呼んでいた。彼女はまぶしそうに眼を細めて遠くから二人を見ていた。

「――あ、いますぐ行くぞ」

太郎熊は舟の中から片手をあげて答えるなり、きまり悪そうに微笑をうかべて、

「おはん、朝めしまだじゃろうが?」と宮造に尋ねた。

「ああ」

「じゃ、つき合ってくれ。何もないが……あの子がな、何か見つけてきたらしいで」

宮造は素直にうなづいて、太郎熊のあとから、四、五歩の距離をおいて、海岸をのぼっていった。彼らの足もとで、乾いた流木と貝殻が踏みつけられてかすかに鳴った。腐ったホンダワラのうえでフナムシがいきおいよく這い回っていた。

とつぜんさきを歩いていた太郎熊が足をとめてふり向いた。

「おい、宮造、なにか、こげくさいにおいはせんか」

そのときには、宮造もすでにその濃密な異臭をかいでいた。においは、ますますきつくなるばかりであった。二人はにおいをかぎながら、注意ぶかく首をめぐらして、不安そうにあたりを見まわした。宮造の顔の線がきびしく引き締まった。全身の注意力が眼にあつまった。

まもなく、部落のかなたに、人のさけび声、わめき声がおこり、それにつづいて、小枝や竹のはじける音がきこえてきた。黒煙も見えだした。火事にちがいない、と宮造は思った。赤い火の粉をまじえた煙の流れは、屋根や木立の梢ごしに部落の北がわから流れてくるように見えた。

「軍平どんの家らしいぞ」

宮造は恐怖の表情でさけぶと、身をひるがえしてまっすぐにそこへ向って走っていった。彼のうしろから太郎熊がつづいた。

坂を下り、野生の竜舌蘭の茂みをぬけ、干あがってその金いろの背をあらわしている砂洲をわたると、向う岸に、木麻

黄の防潮林にかこまれた屋根の高い小さな茅葺家が見えた。すでに、焔は、家の中にあふれ、戸口や床下のすき間から赤い焔の舌がのぞいたかと思うと、焔は一気に乾いた板壁をかけのぼり、まわりの金色にきらめくしなやかな枝ぶりの木麻黄の梢をあかね色に染めあげた。二人は、砂洲の水たまりに膝までつかりながら走っていった。赤い火の粉と煙が顔に吹きつけた。しかし、宮造は砂洲の水たまりをわたるとき、頭から水をかぶっていたので苦痛は感じなかった。いまでは赤い焔は、屋根を吹きぬけ、頭上の空に何かの巨大な花のように炎の火柱をふきあげていた。

そのとき宮造は一種異様なものを目撃してはっとした。火につつまれた茅葺家のうしろから、松明を手にもった、足の短い小男がよろめきながら飛び出してきたからである。軍平どんであった。彼は跳びあがりながら、軒さきに松明の火をつけ歩いていた。

宮造は身ぶるいして立ちすくんだ。――その小悪党めいた傲慢な感じの長い頭をぐっとうしろにそらして、眉をつりあげ唇をねじ曲げて、松明を持った痩せ細った腕を頭のうえに高く振りかざして、猛獣のようにたけだけしくさけびたてながら軒さきに火をつけ歩いているその姿は、まるで狂人であった。焔をあびて頭の毛までも赤かった。彼は、ふと、宮造を見たがびくともしなかった。それればかりか、一そう物凄い形相になって、両方のこめかみをひきつらせたかと思うと、両足をぐんと踏んばって、手の甲でひたいの汗を横なぐりにはらいながら松明の火をはげしく軒さきにたたきつけた。いまや彼の全身には一種凄惨な妖気と狂気とが一つにこりかたまったように感じられた。とうとう血迷ったか、と宮造は思った。

しかも驚いたことに、父親が火をつけるたびに、屋敷の片隅から手をうってはやしたてている彼のむすめたちは、また、どうしたことだろう。彼女たちも気が狂ったのか。

恐怖が宮造のからだを突きぬけた。

宮造につづいて太郎熊が飛びこんできた。向うがわから、お芳と彦二と、さらに少しおくれて婆さまがかけこんできた。それから、太郎熊のうちの連中がやってきた。しかし誰もがこの一家の気ちがいじみた騒動を見たとたん、呆気にとられて立ちすくむだけであった。あまりの不審と驚きとのため、なすべきことを忘れてしまったのである。

瞬秒の間をおいて、

「軍平どんを引き止めろ」と太郎熊が怒鳴った。

すると、その声で、突き飛ばされたように宮造が前へでていった。

「軍平どん、おおい、軍平どん、やめてくれ。おはんは、わが家を灰にして、どうするつもりだ。そんな馬鹿なことはやめてくれ。おはんは、気がふれたのか」

　宮造は軍平どんめがけてうしろから飛びかかっていった。その拍子に、軍平どんが横にかわしたので宮造は前によろめきかけたが、一瞬ふみとどまると、こんどはその長い筋肉質の腕を伸ばして、うしろからハガイジメに軍平どんを抱きとめた。

　黄いろい焔をふいた松明が、軍平どんの汗にまみれた手からすべり落ちた。火の粉が二人の足もとではげしくはじけ散った。

　そのあいだにほかの連中は、庭さきの立木に立てかけてあった竹竿を取って、火を消しにかかった。

「馬鹿野郎、だれが火を消せというた」

　その刹那、軍平どんが憤然としてさけんだ。

　彼は宮造に抱きかかえられながら、はげしくもがいた。首をねじ曲げて、かかとで宮造の足を蹴りつけながら必死にのがれようとした。しかし宮造は腕の力をぬこうとはしなかった。

　火がすこし下火になった。二軒つづきの母屋のほうは、もう手遅れらしく見えたが、納屋のほうはなんとか消し止められそうであった。

「頼む、火だけは消さんでくれ」

　にわかに軍平どんの表情がかわった。その声も力を失い、それはもう怒声というよりも哀願のさけび声に近かった。

「おぬしたちは勘ちがいしているぞ」と彼は痰のからんだ声でつづけた。「おいどんは気がふれたんじゃなか。ご覧の通り正気だ。正気のうえで火をつけたんじゃ。……ここに見切りをつけたってわけよ。それでこの家を灰にしてしもうたんじゃ。……家があるとな、たとえ島を出ていったにしろ、いつでも戻れるちゅう気やすめがあるで、どしても真剣な気概がわかん。心にすきができるってわけよな。今までおいどんが出ていくたびに失敗して戻って来たのは、そのためじゃった。が、こうして灰にしておけば、もう、戻りたいにも家はなし、故郷はなし――もうこうなりゃ、必死で頑張るほかなか。窮すれば通じる道もあろうじゃないか、ワッハッハハ……」

　軍平どんの言葉が終るよりも早く、宮造の腕は一切をさとったように下に落ちていた。そして彼は一種泣くような悲しみの表情を浮かべて、長いことじっと軍平どんの顔をのぞきこんでいた。突ったったまま身うごき一つしなかった。

（そうか、そげんじゃったのか。しかし、軍平どんは、なぜ早まったことをしてくれたんだろう。未練のきずなを絶ち切るために、思いきった手段をとるのはよいが、その病弱の身で――あと一年とはもたんと見られている胃病の身で、しかもやもめ暮らしの身で、どうして三人の子供たちを養っていくんじゃろうか。困ったら娘を売り飛ばそうちゅう魂胆じゃろうが、無鉄砲なことをするにもほどがある。しかし、今となっちゃ、もう、どうしようもなか。なるようになれだ……)

宮造は言いたいことは山ほどあったが、殺気だっている軍平どんのしなびた黄いろい顔を見ているうちになぜか不意にむなしい気がして、もう何も言うことはないというように、庭はずれまで引き返していってそこの木株に腰をおろしてしまった。そしてがっかりしたように手ぬぐいでひたいの汗をふき取ると、シャツの前をはだけて裸の胸に風を送りながら、黙って火のほうを眺めていた。

ほかの連中も、いまでは、火を消すことをやめて、地べたにうずくまっていた。

すでに、火はあらかた外壁を焼きつくして、屋根をかけのぼり、やがて、それも焼きつくしてしまうと、あとは黄いろい焔につつまれた梁や柱や横桁《よこげた》だけになってしまった。材木がつぎつぎに下灰のうえに落ちていった。そのたびにぱっと火の粉が飛び散った。落ちた材木はその中で、ふたたび、おきになって勢いよくはぜあがった。

最後に横桁が一どきにくずれ落ちて、一瞬火の手が一同の顔をあかあかと照らしだした。

ふと宮造の視線が太郎熊のうえにとまった。彼の真向いの地べたに腰をおろした太郎熊は、膝をかかえ、からだを前に倒して、身じろぎもせずじっと食い入るように一点を見つめていた。そのおくぶかい眼には、悲哀の色がたゆとうていた。それとともに、一種複雑な怒りの色が泡のように浮かんでは消えた。

太郎熊はなにを見ているのだろうか。素早く彼の視線のさきを追うと、そこには、糸目もあらわに破れた薄汚ない着物をきた節子とその妹たちが立っていた。

すると、彼の瞳もまた、太郎熊のように節子のうえに惹きつけられていった。

突然、名状しがたい疑惑と苦痛とが宮造の胸をかみさいた。

(軍平どんの馬鹿野郎、立派なご託ばかり並べやがって、カゴシマへつくなり節子を売り飛ばそうという気なんだろう)

宮造はそういうことがなければいいがと念じながらも、軍平どんの性格を思うと、それは望みのない希望のように思われた。

ふたたび、視線を返すと、太郎熊はまだ節子を見据えていた。その感じ易い不安げな顔は、いまにもくずれそうに痛々しくゆがみ、その眼は光を恥じているように見えた。

「やい節子」と、軍平どんが言った。「仕度はでけたろな?」

「うん」

「じゃ舟に乗るんじゃ。さあ、みんな、行くぞ」

その声で、皆は夢からさめたようにはっとして立ちあがった。いちばん最後に宮造が身を起こした。そして彼は、一行のあとから気の進まぬ様子でついていった。誰ひとり口をきく者はなかった。

海はおだやかであった。いつもは水煙にさえぎられてぼんやりとしか見えないヤクシマも、今日は気のせいか海上はるか沖合に秀麗な輪郭をくっきりと現わしていた。近くの海面には風が起こって、けばだった小波が東から西へ向って白くきらめきながら走っていた。ゴンドウクジラが二頭、潮を吹いて去った。

まっさきに軍平どんが刳舟に乗りこんだ。そのあとに二人の女の子がつづき、最後に鉄鍋をさげた節子が舟べりをまたいだ。すると節子が雛の時分から飼っている烏の勘公が帆柱のうえから飛んできて彼女の肩にとまった。節子がその足に紐を結びつけた。と、烏の勘公は不審げに首をかしげ黒い硬質のくちばしで二度、三度紐をつついたが、やがておのれの運命に納得がいったか首をあげて「カア！」と一声啼いた。

突然、彦二がまるで磁石に惹きつけられたように節子のそばに歩み寄った。節子も思わず深い溜息を洩らしてからだを前に乗りだし、彦二の手を取ろうとした。しかし、まわりの視線に気づくと、たちまち羞恥に顔をそめて出しかけた手を引っこめてしまった。そしてそのまま無言で二人は、いまにも泣き出しそうな極めて複雑な顔を向け合って、たがいに相手の瞳をのぞき合っていた。

一切は明白！　宮造の唇からはいつしか血の気がひいていた。

（そうだったのか。あの二人は好き合うていたのか）とつぜん理解が稲妻のように宮造の脳裏にひらめいた。

そのときには、すでに、刳舟は後方に青いなめらかなうねりを曳きながらしずかに前へ進んでいた。急に彦二がしゃくりあげて泣きだした。

（節子、身をおとすんじゃなかぞ。きっと、彦二と添いとげさせてやるでなあ）宮造は胸底に吹きしぶくような沈痛な衝動を覚えてぼうぜんとしてさけびかけたが、声はでなかった。所詮、望んだところでかなえられる望みでもあるまい、現実は、そんなに都合よくできていやしないのだ、ふたりは、これを最後に二度と会うことはあるまい、一瞬そんな気がしたからであった。

刳舟が海のかなたに小さく遠去かったとき、宮造のうしろで太郎熊が言った。

「なんぞしれんが……おいも、もういっとき、ふみとどまろうという気がしてきたよ」

二

宮造はこころもち太陽が天心から西にまわったころ、シュロ笠をかぶるとクワをかついで耕作地のほうへ出かけていった。まだ暑さのきびしい日ざかりの時分であった。彼はこのきびしい干魃の最中にも、仕事の手を休めるようなことはなかった。彼には雨がふる日までになさねばならない仕事があった。仕事場は山裾の段々畑にあった。

少し行くと、でこぼこ道は二つに分れていて、一つは山のほうへ、一つは山裾の段々畑のなかへと消えていた。彼は裸の段々畑をのぼっていった。まもなく、例の作業場に出た。そこには、畑のまん中に、でんと、まるで小山のように大きくしかもビョウブのように切り立った大岩が突っ立っていた。見あげるような高さであった。

彼がこの小山のような大岩を取りのぞこうと考えたのは、もうずっと以前のことであった。少年のころ——多分、十二、三の時分にはもうその考えにとりつかれていた。が、誰一人、彼の話に応じてくれる者はなかった。この大岩のために折角の貴重な土地が占領されているのは、くやしいことではあるが、所詮、人力ではどうすることもできないという意見であった。しかし、宮造は、そう簡単にあきらめてしまうことはできなかった。ここは、この島きっての肥沃地である。麦をまいても、砂糖黍をうえても、唐芋をさしても、部落の平均収穫高より三割方収穫が多かった。第一、これがなければずうっとすみからすみまで見通すことができるし、それにスキを入れるときも迂回しなくて済む。そう考えると、ぜひにもやりとげたいという強い意欲がわいた。彼はこれを一生の仕事にしたいと考えた。調べた結果、これは根石ではなく、昔、地震か山津波のおり、山からころがり落ちてきたものらしいと分った。そこで彼が結論として考えたことは、この大岩のわきに深い穴を掘って、そこへ落としこむということだった。そのためには、あとは暇さえあればよかった。さいわいに、彼はこんどの干魃でその暇を手にいれることができた。たしかに、このじりじりと焼くように照りつける真夏の太陽の下で、飢えと闘いながらやる仕事は苦しかったが、しかし穴はもう九分通り掘りあがっていた。あとは、雨がふって、地盤がゆるむのを待つだけであった。

穴の底へは木梯子がななめにさしかけられてあった。そして穴はちょうど噴火口のように二重口になっていて、まず最初の木梯子で途中の段層まで行き、そこから別の木梯子で底へおりていくという仕組みになっていた。穴はさほどに深く大きかった。穴の底に立つと、そこにはもう日影が射していて、肌寒い冷気がただよっていた。

しばらく穴の中で赤土を掘りおこしていると、ふと、頭上にちらりと人影を感じた。見あげると、そこには彦二が立っていた。

「お父う、婆さまは来なかったな?」

「いや、来んじゃったぞ」

声が途方もなく穴の中で響き合った。

「じゃ、何処へ行きやしたろう。……おっかんがな、こんな暑い日にすきっ腹かかえて外をうろついてると死ぬで、さがして来いと言うんだよ」

「軍平どんを見送ったときは、そこにいたように思うが……」

「それから居なくなったと」

「心配せんでもよか。たべもんをさがして、うろついてるんだろう。……それよりも、彦、早う手伝ってくれんか」

しかし彦二は穴のふちに突っ立ったまま、降りてこようとはしなかった。まだ何か言いたそうな様子でもじもじしていた。手伝いもしないで、何をしているのだろう。宮造はにがり切って、穴底からななめにさしかけてある木梯子をふんで外へ出ていった。

父と子は、穴の外側にうず高く積みあげられた盛り土の斜面に並んで腰をおろした。宮造は外光に眼がなれるまで、指さきでじっと瞼をおさえていた。その間、彦二は、膝のあいだに視線をおとしたまま、つまさきで土ころをころがしていた。

「お父う」

彦二が上眼づかいに父親を見て言った。

「なんだ」

指をはなして見ると、彦二は言いにくそうに眼をそらして、ふたたび、つまさきで土ころをころがしはじめた。

「はっきり言わんか」と宮造が叱りつけるように言った。

突然、彦二が顔をあげた。

「こんなことをするのはやめてほしか」

彼はまともに父親を見据えて語気鋭く言った。

「こんなこと……?」

「うん。この穴を掘る仕事なやめてほしかとです」

「何故だ?」

「馬鹿げたことだからです」

「馬鹿げたこと? 馬鹿げたこととはなんじゃ。また、穴を掘ることがなんで馬鹿げておるとか。新しい土地をつくろうとすることが、なんで馬鹿げておるとか。彦、そのわけを言うてみろ。まさかお前は働くのがいやになったんで、そんなことをぬかすんじゃあるまいな」

「ちがう。おいは仕事がつらいから言うんじゃなか。この仕事自体が、意味ないから言うとです。意味のないことにお父うが一生をついやしているから言うとです。お父う、この岩を埋めて、幾坪の土地が手にはいるとな？　そりゃ、少しは手にはいるじゃろう。が、いまのうちの暮らしは、それぐらいの土地じゃ救われはせんのだ。あと五反も六反もなければ、どうもなりゃせんのだ。だがここにはもう一畝歩《せぶ》の余分な土地もなか。これじゃ、どう一生懸命働いてみても、貧乏からぬけ出せやせん。……お父うとおっかんは、もう何十年働いてきましたか。それに婆さまは、何十年働いたとですか。それで少しは暮らしが楽になりましたか。……実状はこのざまだ。あたりまえなら、これぐらい働けばもっとましな暮らしがでけているはずです。それがでけんのは、なんでな、お父うほどの人間がそれを知らんはずはなかろう。……なにもかも、この土地が狭いからなんだ、地味が悪いからなんだ。だから、お父う、働き甲斐のある土地へ行こう。苦労のし甲斐のある土地へ行こう。人間らしい暮らしのできる土地へ行こう」

彦二は眼に涙をためて、必死のおももちで言った。

「いや、ならん。ここは平島家の先祖が命と体をすりへらしてつくりあげた、平島家の命同様に大切な土地だぞ。それを、干魃ぐらいで足蹴にしてでていったんじゃ、先祖にたいして申しわけなか」

「何が大切な土地な。ただのボロ土じゃないか。三文の値打ちもなかボロ土じゃないか……ペェッ、こんなもん」

彦二はいきなり一にぎりの土をつかみ取ると、くやしそうに唾をはきかけた。それから、力いっぱい激しくそれを地べたにたたきつけた。

「彦、お前はなんちゅうことをするんだ」

宮造は思わずかっとなって、そうさけぶや否や、続けざまに彦二をなぐり飛ばしていた。と、彦二は、ひとたまりもなくうしろによろめいて、そのまま二、三米ばかり盛り土の急な斜面を思いきりわるく滑り落ちていった。

「お父うはなぐったな、お父うはなぐったな。……だが、おいはもうお父うにはおさえつけられんぞ」

彼は痛そうに頬をおさえて、きっと鋭く父親をにらみつけた。

「もう一度、そんな真似をしてみろ。足腰がたたんようになるまで、なぐりつけてやるぞ。……百姓にとっちゃ、土地は母親以上のもんだぞ。それに唾をはきかけるとは……きさまは……きさまは……犬畜生にもおとる奴じゃ」

「お父うの石頭！　そんな旧式な考えだから、いつまでたってもうだつがあがらんのだ。世間の人がお父うのことをなんと言ってるか知っとるか。世間の人はな――宮造はもう石でも埋めんけりゃ、この世の中には土地はなかとでも思っちょるんだろうか——世間の人はな、そう言って、嗤《わら》っとるんだ。お父うは、所詮、井の中のカワズじゃ」

「彦、もうよさんか。世間の奴らと口をあわせて父親を嗤うとは、お前はなんというやつじゃ。そんなにこの島がいやなら、一人でとっとと出ていくがよか。どこへなりと、かってに消え失せやがれ。平島家のもんには、きさまみたいな意気地なしは一人もおらんわい。このヤッセンボウめが!」

宮造が眉をつりあげ、こわい眼をむけて一喝すると、彦二はたちまち腰くだけになって、後をも見ずに小さくなって逃げていってしまった。

宮造は、彦二のうしろ姿が道の向うに消えたあとも、にがり切った面持でにらみつけていた。この土地の恵みによって生きていることを忘れて、唾をはきかけるとはなんという根性の曲ったやつだろう。恩知らずなことをするにもほどがある。宮造は、あれが自分の子供なのかと思うと、情けなくて情けなくて、泣きたいような気持であった。ゆきがかりでした仕業だとは思うが、それでも許せないと思った。

それから、どれくらい経ったろう。時刻は三時をまわろうとしていた。あいかわらず暑さはきびしかった。宮造が腰を起こし、体の汗をふいていると、ふと、午後のしんとした静寂の底から、悲鳴らしい鋭い人声がかすかにきこえてきた。彼は緊張して、素早く、顔をあげて頭上の円い青天井を見あげた。穴の底は、ふたたび、静寂にかえっていた。そして、それきり、あたりには物音一つしなかった。しかし宮造はあいかわらず突っ立ったまま、外の気配に耳をかたむけていた。一分過ぎ、二分過ぎ、三分たったとき、かすかではあったが、かなきり声らしいものが矢張り間をおいて、ふたたび、風に乗って、高まりながらきこえてきた。こんどは、まえよりも、はっきりきこえてきた。宮造はスコップを投げすてると、急ぎ穴の外へでていった。

頭をめぐらし、外光のまぶしさに眼を細めて、段々畑の高みから見おろすと、彼方には、未曽有の日照りのために緑の色彩をうしなった赤ちゃけた島の耕作地が、あちこちに金色に輝く砂山の起伏をちりばめながらひらけていた。野のうえには、少しばかり風が起こっていた。そして砂ぼこりが舞いあがっていた。とつぜん彼の視野のかなたを黒い影が横切った。ゴミ粒のように小さい黒い影が。

野良犬の群であった。一匹……二匹……三匹の野良犬が、たがいに入り乱れ、まんじ巴とひくく宙を跳びかいながらもんどりうっていた。そして野良犬が地表をかすめ、爪をたて、ぶつかり合うたびに陽炎と砂ぼこりが一緒になって空に舞いあがった。砂ぼこりは野良犬の群につれて右に左に走りながら、次第に山裾のほうへと移っていく。

野良犬が共食いしているのか。しかし、それにしては様子がへんであった。野良犬がかみ合っているにしては、それらしい悲鳴がきこえない。何か獲物を追いつめて、牙でかみ裂いているのかもしれない。ふかまる干魃とともに山にはいって兇悪化した野良犬であった。

一条のバネのようなものが宮造を突きあげた。そのときには彼は固い土くれを蹴って、前のほうへ飛び出していた。彼は真赤に充血したものすごい瞳を前方に据えて、熱気に焼けただれた段々畑をつぎつぎに飛びおり、おおきな割目のはいった乾いた田圃を横ぎり、強烈な陽光がきらきらと燃え立っているでこぼこ道へ出ると、わき眼もふらず一目散にかけていった。彼は二度、三度石ころに足をとられてなぎ倒されたように前によろめいた。彼は走りながら「畜生、畜生」とさけびつづけた。彼は神さまに祈った。その間にも、例のかなきり声は容赦もなく彼の耳につき入った。かなきり声は次第に力をうしない、いまにも消えてしまいそうであった。あれは誰だろう。野良犬の牙をうけているのは、一たい、誰だろう。そんなことを考えると、宮造は急に眼さきがまっくらになった。それはほかの誰でもない、おれの家族の一員にちがいないと思った。すると血をあびたお芳の顔が、婆さまの顔が、子供たちの顔が走馬灯のようにぐるぐると彼の眼さきをかけめぐった。その不吉な幻影は、追いはらっても追いはらっても、前より一そう執拗に、明瞭に、まざまざと彼の眼さきに迫った。

彼は悔いた。自分がかたくなに自説を押し通したばかりに、家族たちを餓死寸前の窮地に追いこみ、その結果、野良犬どもの餌食にまでしてしまったのだと悔いた。

ようやく途中の小高い丘の頂きまできたとき、彼はとつぜん全身の力がぬけたように、片膝ついてしまった。膝が地の底へめりこみそうにはげしくふるえた。

野良犬どもの狂暴無残な攻撃をうけているのは婆さまであった。彼の母親であった。折り重なるようにおしかぶさった、汗とほこりにまみれた三匹の野良犬どもの足の下に、赤い血の斑点のついた婆さまの小さい白髪頭がにぶく光って見えた。だがそれは忽ち野良犬どもの骨張った体のむこうにかき消えてしまった。

「婆さま！」

宮造はとつぜん彼の体を突きぬけた痙攣性の発作におののきながら、しわがれ声をはりあげて婆さまを呼んだ。しかし婆さまの返事はなかった。もはや息絶えたのか。彼はそれを確かめなければならないと思った。

近づきながら見ると、中で一番おおきな野良犬がいま丁度、首すじの毛を逆立て、四つ足をふんばって婆さまの腰の肉にかみついていた。そして婆さまの細い体を山のほうへひきずっていこうとしていた。地面には、そこまでひきずってきた跡と、赤黒い血のしみが点々とのこっていた。

彼は大声をあげて猛然とさけびながら棍棒をかまえた。するとこ血に狂った野良犬どもはこんどは彼にむかって四方八方から攻撃を加えてきた。しかし彼はひるむことなく野良犬どもの頭上に棍棒を打ちおろした。彼の頭の中にはもう恐怖もなく、死もなく、干魃もなく、空腹もなかった。そして自分自身さえもなかった。母親を助けてやりたいという燃えるような愛情だけであった。母親にむかってはげしく集中する一念だけであった。彼はその激情に憑かれたまま、意識もなく、また知覚もなく、猛獣のごとき狂暴さをもって、野良犬がふれれば打ち、蹴飛ばし、振りまわし、共に組み合って暑熱に燃えただれた地面のうえをころげまわった。ひきつる太陽光線の下で、ひとり乱撃の打棒がうなりを生じた。

しかし三匹の野良犬はたじろく気配もなかった。宮造にむかって狡猾に、勇敢に、猛然とおそいかかった。宮造が進めば退《さが》り、退れば進み、彼ののど首めがけて赤い口をひらき、牙をむき、あらあらしい息づかいと共に長い舌を吐き出しながら、彼にめまいを起こさせるようにぐるぐると彼のまわりを駈けめぐった。そして隙を見て、きらりと一閃、ナイフのようにするどい牙を閃めかせて、彼におそいかかった。そのたびにきらきらした白い粘液質の唾液が彼の顔にかかり、シャツは引き裂け、血が肌を朱にそめた。しかし彼は負けてはいなかった。彼のギラギラと憎悪に光った二つの眼は、たえず一匹の野良犬のうえに据えられていた。三匹の中で一番ずうたいの大きい奴、片耳のひきちぎれた奴、婆さまの腰にかみついていたあの大胆不敵な野良犬であった。彼はあごをひき、拳をかため、肩をいからして威嚇するように叱咤のさけび声をあげながら進み出ると、棍棒も折れよとばかり発止とそやつの頭をなぐりつけた。瞬間、にぶい無気味な音がひびいた。骨がくだけたのだ。野良犬は悲鳴をあげて、二、三回くるくると輪をえがきながら横っ飛びに宙を飛ぶと、それから、もんどりうって地面に落ちた。宮造は息つぐ間もなく突進していった。すると野良犬は四つん這いの姿勢から素早く身を起こし、こんどは彼にむかって牙をむき、全身の毛を逆立てて威嚇するようにうなりたてた。しかし宮造はかまわず棍棒を打ちおろした。野良犬が足にかみついた。かみつきながらその骨張った全身をぶっつけて彼を押し倒そうとした。すごい力だった。宮造は尻尾をわしづかみにしてぐいと宙に吊りあげた。一瞬野良犬はおそろしい悲鳴をあげ、牙と牙のあいだから長い舌をはき出した。そのすきに、宮造はめくら滅法に打ちのめした。手ごたえがあった。手の甲で眼に流れこむ汗をぬぐって見ると、野良犬は脳天に衝撃をうけたらしくてきりきり舞していた。このときだと宮造は思った。彼はいきなり足もとにあった大石を高々とさしあげると、満身の力をこめて野良犬のうえに投げおろした。そして二度、三度、執拗になぐりつづけた。野良犬はとうとう死んでしまった。乳房を垂れた牝犬であった。

　ふと見ると、そこにはもう野良犬の姿はなかった。仲間の野良犬どもは、百米ほどさきの裸の畑を、山のほうへむかって一散に逃げていくところであった。彼は石を投げやりながら追いかけたが、途中であきらめて、引き返してきた。

　おそるおそる見ると、婆さまは地面のうえにうつぶせになって長くのびていた。右手を頭のうえのほうへまっすぐに投げ出し、左手はひじを折り曲げて胸の下に敷いている。着物はほとんどはぎとられて、苦労の皺のきざまれた裸の肌を陽にさらしていた。血がとめどもなく全身から流れだしていた。宮造は言葉もなくかけ寄ると、その生気のない細い手首を柔らかくなでさすりながら何回も何回も脈をとってみた。……婆さまはすでにこと切れていた。

　彼は婆さまを抱きおこそうとした。すると、かかえこんでいた婆さまの左腕の中から、ポトリと落ちたものがあった。子犬だった。婆さまは死ぬまで、それをしっかりとかかえこんでいたらしい。しかし、子犬はすでに死んでいた。婆さまはそれを取ろうとして、野良犬どもに襲われたのである。宮造は顔をはり飛ばされたような気がした。

　彼はあらためて婆さまを眺めた。が、おそろしさのあまり、五秒と婆さまの死体を直視できなかった。たいへんなことになったぞ、と思った。婆さまはおれに殺されたようなものだ、このおれが野良犬のまえに投げてやったようなものだ、そんな思いが次第に彼の頭の中にひろがっていった。

　忽然として彼の身うちに何かが起った。後悔は自責の念を呼び醒まし、自責の念は罪の意識をひき出すと得体の知れない炎となって内側から彼を焼きこがした。炎が高まり、それが血管をかけめぐり、皮膚のそとへほとばしり出ると、嗚咽はのどにあふれ、全身の知覚はすすり泣いた。そこにはただ苦痛があるばかりであった。

　宮造は地の底へすうっと墜ちこむような厭な気分におそわれた。体中の血が急激にひいていくような感じである。悪寒が背すじをかすめた。その言いようのない不安な意識の底で、野良犬の牙と牙のふれ合う骨のひびき、はげしい息づかい、地を蹴る爪の音、打棒の唸りが耳を聾《ろう》するようにいりまじってきこえた。

　彼はめまいを覚えて地べたにうずくまった。一つの声が落雷のように彼の意識の中で破裂した。婆さまを殺したのはお前だぞ、婆さまを殺したのはお前だぞ、とその声は繰り返しさけんでいた。それと共に、得体の知れない憎悪と敵意とが前後左右から彼を取り巻いて締めつけ、小突きまわし、のしかかり、やがて彼をその渦巻のなかへ巻きこんでしまった。

渦巻は彼をのみこむと眼にも止まらぬ早さでぐるぐるとまわりだした。彼にはもう何も見えなかった。手足がふるえた。意識が遠のいていった。耳の中ががんがん鳴りだした。時が一瞬停止し彼を無限の空間のかなたへひきさらっていくように感じられた。耳もとを多くの声がすさまじい早さでかすめ去った。

「人殺し!」とお芳の声がさけんだ。

「人殺し! 人殺し!」と彦二の声が怒鳴った。

「この不孝もん!」と太郎熊の声がさけんだ。

「宮造、おぬしはあたいを畜生の餌食にしゃったな」と憎々しげにさけんだのは婆さまの声であった。

「おかげで、あたいは餓鬼地獄に落ちてしもうたぞ」

さけび声は彼の周囲をギッシリ埋めつくし、ほら穴の中の木霊のように異様な反響音をかなでた。

頭上を烏がやかましく啼きながら飛び去った。彼は一瞬幻のなかからわれに返った。見あげると、死臭をかぎつけた烏どもが十四、五羽、頭上の空を低く物ほしげに旋廻していた。

宮造はほとんど無我夢中で婆さまの死体を抱きあげた。そして魂を失った人のように歩き出した。そのくせ彼は自分が何処をさして、何をしようとして歩いているのかさっぱり分らなかった。また考えようとも思わなかった。

ようやく前方に見おぼえのある石垣門が見えてきた。そのむこうに茅葺の高い家が二つならんで見える。石垣塀はなかば崩れ落ち、風もないのに門柱がわりに植えられたシュロの枯葉がかすかに揺れうごいて見えた。

にぶい悲しみが苦痛を呼び醒ました。彼は一瞬立止って、唾をのみこんだ。家はすぐ手前にあり門口まで平坦な一本道がのびているのに、それが何と百里の道よりも遠くけわしく見えたことか。だが、行かなければならない、行って彼らの裁きをうけなければならない。

やっとたどりついた。長い長い時間のように思われた。入って行くと、足がつかえた。どうしたのだろう。彼は引き返して、もう一度、まえにふみだした。矢張り足がつかえた。何かがさえぎっていて、彼を中へいれないのだ。彼はいらいらして、大声をだしそうになった。彼は石垣の階段をまたぐのを忘れていたのである。

いまや家の中は大騒ぎであった。お芳が門口まで彼を出迎えた。彼女は婆さまを見るなり恐ろしさにおびえて両手で顔をおおった。彦二がかけ寄り、太郎熊が走り寄り、そして子供たちが彼らのまわりを取り巻いた。彼らは婆さまの死顔をのぞきこみながら、口々になにごとかを声高にわめきたてた。

宮造は、驚愕に青ざめた彼らの顔が、さまざまの形に歪み、変わりながら眉にふれそうに近く大きく迫り、遠去かり、また忽然とあらわれては消えるのを、遠い世界の出来事でものぞいているようににぶく感じながら黙って眺めていた。知覚はまだもどらなかった。

太郎熊が彼にふれた。婆さまの死体を受けとったのである。すると、にわかに重石がとれたようなほっとした感じを覚えて、気分がやや平静にかえった。気がついたときには、彼は家のなかに坐っていた。今は衝撃は去り頭がはっきりしてきた。彼はあごを支えて悩ましげに周囲を見まわした。皆は、毛布にくるまった婆さまを中にはさんで、彼と向き合っていた。誰一人動く者はなく、膝を正したまま息をころしていた。

三分経ち、五分過ぎたとき、太郎熊が事件の説明を求めた。宮造が話した。誰も彼もが理解したようにみえた。そのあとに深い沈黙と一切を溶かしこむような静寂がきた。

一枚の落葉が、ふいに戸口の四角形の光の中を横切って、部屋のなかへ飛びこんできた。落葉がかさっというかすかな音をたてて畳のうえに止まると、みんなの眼が吸いよせられたように落葉のうえにあつまった。落葉のうえには、内臓が透きとおって見える、青い、小さなカマキリが止まっていた。皆の眼が、つかの間、ほっとしたようにやわらいだ。

とつぜんその沈黙と静寂は、彦二の甲高いさけび声でやぶられた。

「婆さまを死なしたのはお父うの責任だぞ！　お父うが……お父うが……婆さまをこんな残酷な死に目に追いやったんだぞ」

彼は言いながらするどく父親の眉間をねめつけた。膝と、そのうえに置いたにぎり拳が怒りのためにはげしくふるえていた。

しかし宮造はなんにも答えなかった。眼を閉じ、腕を組んだまま、身じろぎ一つしなかった。その顔は、すべてを運命の手にゆだねたように青白く、無表情であった。彼はいま一切の責任をひきうけようと考えていた。要するに彼らはおれを裁く権利があるのだ、おれを責める権利があるのだ、そしておれの意志を無視してこの島を立去る権利があるのだ、と彼は考えていた。

「彦二」と太郎熊が呼んだ。「お前は、ちと言葉がすぎやせんか」

「だが、そうじゃなかですか、おじ貴。婆さまを死に追いやったのは、お父うじゃなかですか」

「いや、今更起こってしもうたことを、誰の責任じゃ言うても始まらんことじゃ。それよりも、静かに今後の対策でもこうじたほうがよか」

「おじ貴は他人だから、そんな冷静なことが言えるのです。そいじゃ、あまりにも婆さまが可哀そうだ」

彦二の声は怒りにふるえていた。彼は言葉をつづけて言った。

「お父うは、それは信念の人かもしれん。この島一番の人格者かもしれん。事実、皆、お父うには一目も二目もおいている。……だが、父親としてはゼロごわんど。血も涙もなか暴君ごわんど。……お父うは口をひらけば、島を逃げだした人たちを軽蔑した口ぶりでやっつけているが、その人たちのほうが、どれだけお父うよりも人間らしかことか。お父うみたいな模範的な人間は、銅像にでもなって、山のてっぺんに突っ立っているとよかと」

「はあ、そうごわんど。彦の言う通りごわんど」

そばからお芳がヒステリックにさけんだ。

「おまんさあは、人間らしいあったかみのみじんもなか、冷たい心の人ですよ。おまんさあは、自分の欲のためには、家族をも見殺しにするような怖ろしい人ですよ。あたしはもうあいそがつきもした」

「おっかん、おいは覚悟をきめた、彦と一緒にここを出て行こう、そしたら、彦はおっかんのために、しんから働きもす」

「ああ、そうしてたもれ、彦」

彼女は宮造にわざときこえよがしに大きな声を張りあげてそう言うと、言葉の効果をたしかめるように宮造の顔色をうかがった。

しかし宮造はあいかわらず妖気が漂うほどの沈黙にひたっていた。彼はいま彼らの罵声をあびながら、穴のわきで彦二が口にした言葉を思い浮かべていた。なぜか今度は素直にそれにうなづけるような気持であった。そしてそれは、幼いとき聞いた両親の小言のようにしみじみと胸に染みいるように思われた。

しばらくして、太郎熊の家内が夫に言った。

「おまんさあも、腹をきめてたもんせよ。災難にあわんうちになあ」

すると宮造をのぞくみんなの瞳が、一斉に太郎熊のうえにあつまった。彼はそれまで壁に頭を寄せかけてものも言わずに瞑想にふけっていたが声がかかると、こわばった表情になって首を垂れた。

「仕方なか、出ていくか」

少したって顔をあげた太郎熊の眼には涙がにじんでいた。

「兄どん、あたしらも一緒に連れていってたもんせ」とお芳。

「ああ、この際だ、おたがいが力を合わせて頑張らにゃいかん。こうと決まれば、一日も早いほうがよか。明あさ、舟を出すぞ」

それから、宮造に向って、

「おぬしは、いけんする？」

とたずねた。

宮造は答えなかった。いや、唇が凍りついたようで、何も言えなかったのだ。彼はいま切ないほどの思いで、孤独でいたいと願っていた。

「おい、いけんするとか?」

太郎熊がふたたびたずねた。

宮造の顔が陰惨なほどゆがんだ。やがて、彼はひくい弱々しい声で言った。

「おいどんの気持は分っているはずだ」

「ここにとどまるという意味か」

「仕方なか」

「すると、あしたからは、この島にはおぬし一人になるわけじゃが、それでもかまわんか」

「うむ、さだめじゃとあきらめている。おいにはおはんたちの言うてることもよう分るし、今じゃおのれの考えに自信もないが、なぜかこの島から離れようという気が起こらんのだ」

「そうか、じゃ聞くが、おぬしは、女房、子供よりも、わが土地のほうが可愛いのか」

ふたたび、宮造の身うちに昏迷するようなあらあらしい激情がこみあげてきた。——おい、太郎熊、そんなことを聞いて、いけんしようというんだ。頼む、そっとしておいてくれ。おれはいま一人でいたいんだ——彼は心の中に、なにか大声でさけびたいような猛烈な衝動を感じた。彼はもう少しで声にだすところであった。彼はようやくそれを抑えることができた。

彦二がなにか言って立上った。お芳もまた、口をきくのもいやだというように立上っていた。彼女は全身おこりにかかったようにふるえていた。彦二が「このひとでなしのそばに置いとけるもんか」といった素振りをみせて婆さまの死体を抱きあげた。

「おいも無理にはすすめん」と、最後に太郎熊が言った。「行くも行かんもおぬしの自由意志だ。とにかく、出発は明あさにする、じゃから、それまでに心をきめといてくれ」

彼らは不機嫌そうに面をふせて去って行った。お芳も、彦二も、チズ子も、太郎熊までが彼を見捨てて行ってしまった。彼らはうしろをふり返ろうともしなかった。宮造は、一行が仏桑華のいけがきの間をすりぬけ、石垣門の角に消えたあとも、まとまりのない顔を向けて見送っていた。淋しいみじめな思いが胸にのこった。

破局がこんなにも早く不意にきてしまったのだ。あるいは彼らがもう一度引き返してきて、考え直すようにすすめるかと思った。しかし彼らは黙って行ってしまった。見返りもしなかった。いまは戸外にかすかに聞こえていた足音もすっかり消えてしまった。

悲劇がこんな形でやってこようと、一たい、誰が予想しただろう。たしかに、彼は漠然とした不安は感じていた。しかしそれにしても、彼が四十五歳の今日まで幾度もおぼえた不安ではなかったか。過ぎ去ってみれば取越苦労ともいうべき不安ではなかったか。だが、もはやすべては失われてしまったのだ、彼の権威も、自信も、家庭の平和も……

いや、いや、悲劇を予想できなかったなどとは真っ赤な嘘だ。おれはそれを予知していたのだ。予知しながら、土地への執着心——その我欲に眼がくらんでそれを黙殺したのだ。人非人！……

要するに彼らは出て行くだろう。そしてこの島にはおれ一人取り残されてしまうだろう。挙句のはてには、餓死、烏の餌食、骨は野良犬が拾ってくれるだろう。おい、宮造、早くくたばりやがれ。畜生、さっさとくたばりやがれ。

窒息しそうなほど息苦しい灼熱の午後は、気の休まる暇もないうちに忽ち過ぎていった。すでに夜になっていた。開いた戸口から、月光がななめに射しこんでいた。耳をすますと、岸辺を打つ寄せ波のしめやかな音がかすかにきこえてきた。しいんとした静寂の中で、それは胸にしみいるようであった。

宮造はふと闇の中にたたずむ生きものの気配を感じて身を起こした。闇の中に二つの瞳が螢火のように光っている。

「お父う」

かすかにさけんだ声はチズ子であった。その声は思いなしか哀憐の情にふるえていた。

「なにしてると？」

「うん、なんでもなか」

「あたい、さっきから見てたのよ」

「……」

「お父うは泣いちょったわね」

「……」

「とっても、とっても、大きな声をだして泣いちょったわ。チズ子よりも大きな声を出して泣いちょったわ」

「……」

「お父うの泣虫、チズ子が泣くと、鬼に食われるというて笑うくせに、自分はこっそり泣いてんの」

彼女は一声哀切のさけび声をあげて部屋の中へかけこんでくるや否や、しゃくりあげながら宮造の胸の中に飛びこんだ。宮造はひしとチズ子の細いからだを抱きしめた。その一声で悲しみも苦しみも一ぺんに吹き飛んだような気がした。もともと宮造の心は涙の貯水池だったのである。そこへもってきて、この太陽よりも強烈なチズ子のいじらしい言動にあっては、身も心も、春のアラレのように早く溶けて流れるほかなかった。

そればかりではない。チズ子は人差指をかざすと、父親に抱かれたまま、それで父親の顔に文字をかくように眼の下の

涙の雫をこすりながら、

「ほら、泣いてたんでしょう……」

「そりゃ、水ばなじゃないか」

「ううん、なめたらショッパイもん」

彼女は言いながら指をなめ、また宮造にもなめさせるのであった。

「うむ、ショッパか。……そうすると、チズ子の言う通り、お父うはやっぱり泣いてたのかな」

「誰に叱られたん？」

宮造ははげしい感動の大波にゆすぶられたように嗚咽をのみこみながら、

「な、チズ子。お父うは誰に叱られたんでもなか。お父うは、もう叱る者もないほどみんなから見放されてしもうたんじゃ」

「嘘。おっかんに叱られたんでしょう？　おっかんが言ってたもん――お前も行って、このろくでなしと怒鳴ってこいって。おっかんも怒鳴ったんだからって。おっかんが怒鳴ると、とってもこわいのよ」

それからチズ子は言葉をかえて、

「さっき、おっかんと太郎熊おじがな、あれだけやっつけられたんだから、今度こそはお父うも折れてくれるだろうって話していたよ。だから、食べ物のうんとあるところへ一緒に行ってな」

言いながらチズ子はふところから芭蕉の葉っぱにつつんだ蛇の蒲焼を取りだして宮造の鼻さきへ差出した。

「これ、お父うにとっといたの。食べてね」

それから身を離して立上り、

「チズ子、もう帰る。でも、ここへ来たこと、ないしょよ。おっかんはね、いい薬になるから放っとけって言ってるんだから――分ったら叱られるもん」

チズ子は言いながら庭へおりると、気がかりそうに何回も何回も振りかえって見ながら、月にあかるんだ戸外へ立去っていった。

宮造は蒲焼のつつみを手にしたまま、いつまでも遠ざかって行くチズ子のうしろ姿を見送っている。ほのかな月光を頭髪《あたま》に浴びて、毛の一すじ一すじを月の光に踊らせながら、とぼとぼと、ちびた下駄で小石を蹴りけり遠ざかっていく。歩きながら癖の爪でもかんでいるのだろうか。

もう昼間の興奮は去っていた。いまは冷静な頭で彼に投げつけられた問題――この島を出ていくべきか、どうかという問題と取り組むことができるように思われた。時と事態は、彼にのっぴきならぬ決断を迫っていた。

空には山の背に近いあたりに、小さい白い月がかかっていた。野のなかへ出ると、昼の名残りのなまあたたかい熱気が頬をうった。いつもなら、見えないはずの野末のほうも、その晩は、空気が乾いているのと作物がないせいか、すみからすみまでくまなく見通すことができた。月光をあびて、裸の土地は銀色に光って見えた。そして土地は死んでいた。

彼は足を早めて野の中へとふかく入っていった。あたりには、土くれにふれる彼の足音のほかには物音一つなく、すべてはひっそりとしていた。そして枯草の葉をこするそよとの風もなく、虫の鳴音もなく、夜は月が空をわたるにつれて次第にふけていった。月よりも明るく輝いている砂山の裾を廻り、大きな亀裂が網の目のようにはいっている田圃に沿うて山のふもとまで来たとき、彼はふと、とある畑のまえで足をとめた。それは小さな、畑というよりも花壇のようにきれいに整地された三角形の段々畑であった。彼は畑のなかへはいっていった。そして、そこに無言のままうずくまると、大きく見ひらいた眼を向けて仔細ぶかげに地面を見まわした。そこには何もなかった。わずかに、さび色に枯れしぼんだ芋づるのさきが、あちこちに突き出ているだけであった。おそらく、それは根のさきまでも焼けきっているのだろう。五か月まえまで、それが、生命力にあふれた緑のみずみずしい葉をいっぱいつけていたとは、ちょっと信じ難いような眺めであった。

彼は長いこと眺めていた。するうちに、彼の表情が次第に明るくなっていった。彼の顔に光と血がぱっとさしたような感じであった。やがて、口もとがほころび、微笑さえもきざしてきた。まるで土地の声に恍惚と、われを忘れて、夢見心地に、ききほれている人の姿に似ていた。彼はそこに膝をつき、やさしい仕種で白っぽい土くれを一つ拾うと、五本の指を使ってその土くれが細かいさらさらした粉になるまでもみほぐしていった。それから、その粉をてのひらのうえにうすく平らにのばすと、そのうえへ一滴、唾をおとしてこねまわしてみた。すると、予想通り黒い肥沃な土の色と、ねばりけとがあらわれてきた。いい地味だな、と彼は思った。

この土地には懐かしい思い出があった。この三角地は、彼の子供の時分までは、石捨場であった。周囲の畑から投げこまれた岩石がたまりたまって一丈をこすほどの高さになっていた。十二になった年の春、彼はこの土地を貰い受けた。それ以来、彼は何百回海岸まで石を運び、かわりに砂をかつぎこんだことだろう、それが、今ではこんな立派な肥沃地になっている！　彼は思い返すと、体内に消えようとしていた土地に対する愛情と信頼の炎が、はげしく燃えあがっていくのを覚えた。それは彼の血管という血管を通って、髪の毛のさきまでもしみ通ってゆき、激しく熱っぽく、その喜びの炎でじっとしておれないほど猛烈に燃えひろがっていった。

こうして宮造は、去りがたい気持にかられて、つぎからつぎへと自分の畑を見廻っていった。われを忘れて、足の向くままにゆっくり歩いていった。一つ一つの畑にはそれぞれに深い思い出があった。それが見事な畑であればあるだけに、彼の胸中には、先祖にたいする感謝の念と、土地にたいする執着と愛情とが泡だちあふれた。

――たしかに、ここはよくない土地かもしれん。この痩地では、ぺんぺん草だって喜んで根をおろしはしないだろう。が、それでも、平島家代々の全家族に食糧を恵んでくれた大切な土地なんだぞ。にもかかわらず、たまたま不作の年がやってきたからというて、むげに見捨てて出て行くような真似をしたんじゃ先祖にたいして申しわけなか。

――うむ、出て行きたいもんは、とっとと出ていくがよか。が、おいは一人になろうが飢え死のうが、ここにとどまるよ。おいはこの土地をはなれては、生きていけん男だ。おいの生甲斐はみんなこの土地の中にある。おいとこの土地は一つのものなんだ。ここはおいの命とおなじようなものなんだ。

彼は早口にそうつぶやくと、顔をあげて、もう一度こんどは口にだして月に誓うように言ってみた。すると、突如としてすべての不安や弱気は消え去り、それにかわって全身に、さあ、やりぬくぞといった新たな気力と確信とがもどってきた。顔はきびしく引き締まり、足腰もしっかりしてきた。気のせいか、空にかかった白い月までが、一だんと冴えかえって見えた。

三

あくる朝、宮造は七時ごろ眼がさめた。眼がさめたときには、すでに、戸口から朝日がさしこんでいた。彼は日の出まえに起きて一行を見送るつもりでいたのに、どうして寝すごしたのか分らなかった。骨のずいまで疲れていた。手足がひどくだるかった。そして二日酔のあとのように気分が重かった。それでも彼は、いそいでシャツと仕事ズボンをつけると、外へ飛びだしていった。

庭のまん中へいって空を仰ぐと、すでに八月の太陽は、海を高くはなれ、ふかく小枝をさしかわしたガジュマルの木立のうしろからじりじりとふるえながら照りつけていた。

彼は顔もあらわず太郎熊の家へかけつけた。すると、すでに彼らは出かけていて家の中に人かげはなく、がらんとしていた。

彼はすぐ身を返して、海岸へ向った。そして野生の竜舌蘭のしげみをぬけて、海岸へおりていった。彼らはみんな揃ってそこにいた。彼らはすでに最後の積荷を終えて、みんな、へさきを沖へ向けた刳舟の中に乗り移っていた。彦二一人がこれから乗りこむところとみえて、杭に巻きつけてある艫綱をはずそうとしていた。が、彦二は宮造の姿を見るなり、たちまちはずした艫綱を手に持ったまま腰を起こしてしまった。寄せては返す波が彼の足首にシャボンのような泡をためていた。

そこの高みから眺めると、海は青く、遠い西のあたり、黒潮がどうどうと渦を巻いている暗礁のほかには、うねり一つなく平らに凪ぎわたっていた。そして近くの、岬と岬のあいだの湾のおもては光に映えて潮流が虹色に輝き、おおきなボラがはねるたびに、ぽーんという音がして、透きとおった海面にあかね色にけばだった波紋がどこまでもひろがっていった。

彼は声をかけ置いてから、海岸をおりていった。出来ることなら引き止めたかったが、所詮無駄だとわかっていたので、いまは何も言わず、黙って行かせるほかあるまいと思った。別れぎわにのぞんで、いがみ合うのはいやだった。

彼はおりて行きながらじっと彦二を見つめていた。彦二は悄然と首を垂れ、小さくなって、波がひいたあとのきれいな砂地につまさきで弧を描いていた。そのしょんぼりした姿は、まるで叱られた子供のようであった。きのうのことを気にやんでいるのだな、強情なようでも子供は子供だ、と宮造は思った。彦二がおそるおそる顔をあげて上眼づかいに宮造を見た。その顔はこころもち青ざめていた。その眼もとには、泣くようなべそ模様があらわれていた。突然、宮造の心のなかに苦笑がこみあげてきた。馬鹿めが……さては、今になって、二の足をふんでるな、大きな口をたたきやがった癖に、なんというざまだ……

彦二の稚い感じの小さな眼は「お父う、きのうはきついこと言って済まんなあ。実は……おれは出ていきたくないんだ。お父うと一緒にここにのこりたいんだ」と訴えていた。彦二のべそをかいたような瞳は、はっきりそれを告げていた。見るなり宮造の顔から苦悩の皺があとかたもなく消え失せていた。その表情がにわかに和《やわ》らいだ。そして思わず噴きだしそうになった。結局は苦笑に終ったが、そのとき彼の心の中で何かが強くうごいた。

「彦、お前はのこれ」

足をとめたとき、彼はするどく彦二を見据えて命令するように呼びかけていた。彼はそのときはじめて、そうだ、彦二だけはどうしても引き留めてやるぞと思った。

「彦、のこれというんだ」と彼は、もう一度、断乎とした態度で言った。

その言葉で、あやつり人形のように、彦二が手に持っていた艫綱をはなした。

それを見るなりお芳がにわかに狼狽して言った。

「彦、どうしたのか。早うお乗り」

しかし彦二は、青ざめて、ぼんやりした顔を向けたまま、彼女のほうへ行こうとはしなかった。

二度目、彼女は身を起こすと、ふるえる手でおくれ毛をかきあげながら優しい口調で言った。

「彦、おまえは、なぜ黙ってるのか。……さあ、こっちへおじゃれ」

その瞳は祈るように彦二を見つめ、その声は懇願するように哀訴にふるえていた。

しかし彦二はあいかわらず何も言わなかった。彼の足もとのつまさきで描かれた弧が波に消されてはまた描かれた。

「おまえは、おっかんを見捨てるのか」

彼女は途方にくれたように彦二を見つめた。そして攻め手を失って、ちょっと口をつぐんだ。

おおきな波が打ち寄せて、まくりあげた彦二のズボンのすそをぬらした。彦二が、二、三歩後退した。と、お芳が気が狂ったようにわめきたてた。

「おまえは、ほんに、この哀れなおっかんを見捨てる気か。そうじゃないね。さ、彦、おじゃれ。おっかんはな、もう年だし、おまえだけが頼りなんじゃ。……彦、おまえは言うとったじゃないか。大きな町へ出て、自動車の運転手になりたいと……おまえは自動車のラッパを鳴らしたくないのか。さ、彦、おっかんと一緒に行こう。早う心をきめてくれ。なにも迷うことはなか。おまえみたいな、心の優しい子が、どうしてあんな心の冷たい人間と一緒に暮らしていけるね。また、暮らせたところで、牛馬みたいにこきつかわれるばかりだよ」と彼女は両手を前へさしのべて、はげしい呼吸の下からささやくように言った。「な、彦、おまえはおっかんの子だよ、さ、おじゃれ」

彦二が身ぶるいして、よろよろと前へ歩みかけた。

「彦！」

陸と海から、ほとんど同時に、父と母とが呼びかけた。彦二はぐっと踏みとどまった。

宮造は救われたようにほうっと吐息をつき、お芳は絶望したように彦二を見た。その顔は苦労の皺をきざみこんでくしゃくしゃにゆがみ、口のまわりがひきつったかと思うと、みるみる眼には涙があふれていった。しかし彼女はまだ彦二の拒絶の本心が信じられないというように、彦二の顔を仰ぎ、その手はたえず前のほうへ伸びようとしていた。が、彦二がうなだれ、両手をズボンのポケットにさしこんだのを見ると、彼女は一切を断念したように舟べりに顔をふせてはげしくむせび泣いた。

「おまえは、のろわれるがよか」と彼女は苦しそうに胸に手を押しあてて言った。「この哀れなおっかんを見捨てるなんて。おまえは、いつから、お父うに似てしもうたとな」

「おっかん、かんにんしてな。作物ができたら、迎えにいくでな」

彦二が蚊の鳴くような声で言った。

「勝手にしやれ」

お芳は見向きもしなかった。太郎熊が急に立ちあがって、片手を口にあてがって怒鳴った。

「じゃ舟を出すがよいか。おいはもう知らんぞ」

「ああ、兄どん、出しておくれ。この人非人どもから、早うあたいを離しておくれ」

太郎熊があらあらしい仕種で左手に持った帆綱を力いっぱい引きしぼると、灰色の帆は小気味よく帆柱をかけのぼり、真西から吹きこむ西微風の中で白くきらめきながらはためいた。舟はたちまち青い海面に泡立つ小波をたてながら滑りだした。

「このろくでなし、人非人、冷血漢、あたしらがな、見ず知らずの土地で死んでもな、涙なんか流さんでおくれ」と、お芳は肩で息をしながらなおも怒鳴りつづけた。しかし彼女は彼らを正視するだけの勇気はなかった。

一行を乗せた刳舟は、身いっぱいに朝の日ざしをあびながら急速に傾きつつみるみる遠去かって行く。彼らは別れぎわにのぞんで振り返りもしなければ「さいなら」とも言わなかった。また宮造も黙って彼らを行かせた。淋しさと切ない思いとが胸にのこった。沈みこんだ一行の中で、太郎熊の娘の咲子だけがふだんと変わらぬ分別くさい顔を向けてさかんによごれたハンカチを振っていた。やがて、それもおろされた。もう顔の見分けもつかなかった。

宮造はそのあいだ、彦二がいまに飛びこむかと不安げな面持で見まもっていた。すでに、彦二のからだは半ば前にかたむきかけていた。彼が全力をふりしぼって、母親のあとを追いたいという激しい欲望とたたかっていることは明らかであった。さきを行く刳舟は、まだ追いつける距離にあった。二分過ぎ、三分経った。刳舟はすでに湾の外がわに遠去かっていたが、声をかければまだとどく距離にあった。しかし彦二は、迷いながらもとうとう最後までふみとどまった。彼はせつない涙にむせんでいた。刳舟がずっと彼方に遠去かったとき、とつぜん彦二が水の中に飛びこんだ。彼は全身を水の中にかくしたまま、しばらく出てこなかった。ふたたび、首があらわれたとき、彼の顔にはもう涙はなかった。

「彦、行こう」

父親もまた涙を見せまいとしてくるりときびすを返していた。

「彦」と、歩きながら父親が呼んだ。

「うん」

「おまえは偉かったぞ。もう一人まえの男だぞ」

彦二はちょっと足をとめて、いぶかしそうに前を行く父親の後頭部を見つめた。

「男には、ときには周囲の憎しみや恨みを買っても、しなければならん事と時があるもんだ。おまえは、それを立派にしとげたってわけだよ」

彦二は一言も発しなかった。しかし宮造には、彦二の沈黙の理由はわかっていた。彦二は泣いているのだ。顔の涙は消し去ったものの、心の中ではまだ泣いているのだ。彦二はそれを気取られまいとして、黙っているのだ……

「彦」と、父親はもう一度、鼻にかかった声で呼びかけた。「おっかんのことは、あまり心配せんでよか。あれは気性のはげしいおなごだから、なんとかやっていくだろう。そばには、太郎熊もついちょる。それに、口ほどにはお父うを憎んでるのでもないと思うよ。だから、雨が降って、作物が食べられるようになったら、迎えに行くとよか。あいつには、おまえだけが頼りじゃってよ。……おまえ、離れていく舟の中からおまえをじっと見ていたおっかんの眼見たか。ひどく辛そうだったたな」

宮造は柔らかい声でしゃべりながら、彼のうしろから四米の距離をおいてついて来る彦二の若々しい足音——どちらかといえば、彼自身のもう人生のさかりを過ぎた人間特有のズシンズシンと曳きずるような感じの重々しい足音の合間合間に、ヒタヒタと、一歩一歩正確にひびいてくる彦二の若々しい流れるようにリズミカルな足音にじっと耳をかたむけていた。それには、特別のやわらかい調子があった。森の草花のいっせいに芽吹こうとするおりのあのかすかな生命力の鼓動にも似たみずみずしい快感があった。自分のうしろから彦二がついて来る！　彼はもう淋しいとも、ひとりぼっちだとも感じなかった。彼はなんだかひどく嬉しくなって、彦二を抱きしめたいという思いにかられた。いま彦二は自分のものだ。完全に自分のものだ。そして彦二は完全に自分を理解してくれたのだ。彼の顔に、これまでになかったおだやかな静けさがあらわれた。彼は「ヒタヒタ、ズシンズシン」と、二人の交錯した足音のリズムを口ずさみながら、彦二と肩を並べて何処までも一緒に歩いて行きたいような気持であった。

「お父う」

「うむ」

「段々畑へ行こう。そして穴を掘ろう」

彦二が軽く石ころを蹴飛ばした。石ころは宮造を追いこし、道のかなた四、五米さきで左にそれると崖下へ落ちていった。

「よし、やるか」

宮造もつい釣りこまれて、思いきりよくがんと石ころを蹴っていた。そのとたん、彼は顔をしかめてうずくまっていた。

彼は自分がはだしであることを忘れていたのである。

「お父うは、馬鹿だな」

見あげると、彦二の柔和なまる顔が彼の眼さきで笑っていた。

しかし宮造は、彦二に笑われながらも、もう一度、がんと、つまさきがしびれるほど思いきりよく石ころを蹴飛ばしてみたいような気がした。この身うちにじいんと浸み通っていく苦痛の味が、何ものにもかえがたく尊いものに思われたのである。

立ちあがって右手を見ると、広漠とした、輝かしい海のむこうに、ヤクシマとクチノエラブジマが青く、くっきりと、浮きあがって見えた。空にはにわかに雲がふえていた。

やがて、彼らは段々畑についた。誰もいない。空気はそよとも動かず、あたりは死んだように静かだった。屏風《びょうぶ》のようにそびえ立っている大岩は、どぎつい太陽光線をあびてまばゆいばかりの照り返しをまき散らしていた。しかし穴の中はかすかにしめっていて冷やかだった。大きな穴。地面はふかくふかくえぐり取られてあった。穴の側面をトカゲがはっているらしくて、ときおり、ものうい静寂の壁をかすするように、石ころや土くれが乾いた音をたてて穴の底へ落ちていった。これで雨が降れば忽ち地盤はゆるんで、この巨大な岩石はどっとひとりでに落ちこんでしまうのだ。それは見事に、すっぽりと、穴の中に落ちこんでしまうのだ。すると、そのあとには何の邪魔物もない平らな畑ができあがるのだ。彼には、仕上った自分の畑を夢見ることができた。大岩の影も形もない平らな畑のうえに、芽を出し花をひらいた作物の豊かな繁茂のさまをまざまざと思い描くことができた。

ふたりは時間を忘れて一生懸命働いた。宮造がクワを打ち振り、土壁を切りくずし、モッコの中へ土を投げいれると、彦二がうえからそれを引きあげた。彼らは空腹を忘れ、疲労を忘れ、いま自分たちが何処にいるのか、そして何をしているのかということさえ忘れて懸命に仕事にはげんだ。もう時間の観念はなかった。ただ手足がひとりでに動いた。いまは仕事の手を休めることはできなかった。時間はどんどん経っていった。太陽は空のかなたで次第に熟れていった。

それと共に、宮造の身うちには新しい意欲が、気力が、たくましい感情と想像力が燃えひろがっていった。もう婆さまの死もなく、お芳もなく、太郎熊もなかった。そして別離の悲しみも、不安も、焦燥もなかった。全世界は彼の頭のなかから消えうせていた。あるものは、彼の身うちで芽吹きはじめた花園のように喜びのうめき声をあげている土地への愛情であり、死にかけていた信念の回復であった。身うちのぞくぞくするような忘我の喜びであり、勇躍した感情であった。

「あそこに溝を掘るぞ」と彼は自分でも知らずに独りごち

ていた。「西の荒地には、もっと砂をかつぎこんで、秋野菜をまくぞ。それから、段々畑の畦には、アマミオオシマから蘇鉄の苗をとりよせて植えるぞ。蘇鉄は日照りにつよい作物だからな」

そのうちには、雨も降るだろう。季節は晩夏だ。秋も近い。空には幾重にも雨雲が垂れさがり、稲妻がひらめき、雷鳴がとどろきわたり、大つぶの雨が日と週を重ねて、くる日もくる日も、連日連夜、地上を白くけむらしながら土砂降りに降りそそぐのだ。すると乾ききった大地は、まるで渇した人間のように、ごくごくのどを鳴らしながら貪欲に、あくこともなく、地軸にしみとおるほどに、呑みほしてしまうのだ。五日ふりつづこうが十日ふりつづこうが、全部呑みほしてしまうのだ。

それから、どれくらい経ったろう。宮造も彦二も覚えていなかった。日ざしは依然として空にのこっていたが、野づらには砂ほこりをまきあげる強い風が起こり、ときおり、見なれぬ灰色の雲が日をかげらしながら西から東へむかって飛んでいった。いつのまにかあたりはかげっていた。

太陽がだいぶ西にかたむいたころ、とつぜん、穴のうえで彦二の声が破裂した。

「お父う！　お父う！」

彦二は狂ったように怒鳴りつづけた。

「彦、なんだ」

「雨雲だ……雨雲だぞう」

彦二の声はうわずっていた。眼をあげると、彦二は穴のふちに突っ立ったまま、西のほうを指さしていた。その手ははげしくふるえていた。

「なに、雨雲だ？　彦――彦――彦――本当かあ」

一瞬、宮造は自分の耳を信ずることができなかった。膝が地の底へめりこみそうに激しくふるえた。そして腰くだけになって、よろよろと土壁によろめき倒れた。

「お父う、お父う……ほら、やって来る、やって来る……山のむこうから、雨がやって来るぞ。見ろよ、お父う、雨だ、正真正銘の雨だぜ」

「そうか、そうか。雨か……雨か……」

答える言葉は乱れ、声はうわずっていた。そして涙のあふれたその眼には、もはや、彦二の姿も、頭上の空も見えなかった。

「お父う、早く上ってきて、山のむこうを見なよ。……てるてる坊主の、大雨だ。山はもうまっ黒、雲の中に頭をつっこんでるぞ。畜生、涼しそうだなあ。木の葉も踊ってるよ」

宮造は手足がふるえて、すぐには、梯子をかけあがることができなかった。腰がくだけて前へ踏みだすことができないのである。それでも、彼は一度、木梯子をのぼりかけて落ち、二度目、よろめきながらようやくよじのぼっていった。そのあいだ、彼は梯子からすべり落ちたことも、腰を打ったことも覚えていなかった。気がついたときには、彼は穴の外側に突っ立っていた。

それは本当だった。すでに太陽はうしなわれ、西のほうの潤葉樹におおわれた山の絶頂は、灰色にぼやけた雨雲のなかにかすかに輪郭をのこしてのみこまれていた。雨雲はまぶしくはなやかな西陽と争いながら山の背にさしかかる手前で左右にのびひろがると、重なり合った峡谷にそって雲あし早くかけおりてきた。

あたりがにわかに暗くかげりはじめた。耕作地のあたりでは、ひとしきり雨の前ぶれを告げる涼しい風が起こり、軽い砂ぼこりが舞いあがった。やがて疾風《はやて》が彼らの足もとに枯葉をはこび、山の木という木が、全身で雨を欲して急にざわめきはじめた。

やがて、最初の雨が、二百日をこす未曽有の干魃に終止符をうつように、ポツリポツリと落ちてきた。すでに、山腹は雨あしのなかに溶けこみ、雨脚はなおも山裾の松林を濃い緑色から紫色に、それから見通しのきかない灰色にと染めながら走ってくると、あたりはにわかに激しい本降りになって、彼らもまたその天と地のあいだをぬりこめた雨脚の中に閉じこめられてしまった。

「お父う」

「彦二」

父と子は、たがいの名を呼びかわしたままあとは声もつづかず、歓喜と感動の涙にむせんでいた。

宮造も泣いた。彦二も泣いた。空を見上げ、両手をひろげ、泣き笑いにほころびた眼と口をいっぱいあけて、はげしく、小気味よく打ちかかる雨水をうけながら、われを忘れて泣いた。大声をあげて、男泣きに泣いた。

しかし宮造にはまだしなければならない最後の仕事があった。――大岩はこの豪雨でまちがいなく、穴の中へ落ちこむだろう。きょうか、あすのうちに。ところで、その前に――うまく、すっぽりと、後に悔をのこさないように落としこむために、ぜひ仕遂げておかなければならない仕事があるのだ。第一に、すこしでも穴をふかくしておくこと。第二に、大岩の乗っている地面の側面を、大至急あと一尺幅くらいけずりおとしておくこと。これさえすましておけば、あとは大岩が一人相撲をとってくれるだろう。

彼はふたたび穴の底へおりていった。そして足場をさだめ、うえを仰いで彦二に声をかけると、モッコの中にショベルでほりくずした土を投げいれた。たそがれ近い灰色の光線の中で銀色の雨脚は次第にその密度を濃くしていった。雨は舌でうけると薄荷糖のように甘くとろりと融けていった。また、すべての欲望もいらだった感情も雨にぬぐわれて消え去り、あるいはしずまり、穏やかな落着いた気持と悠々とした感情がわいてきた。彼はなにも考えず、彼の四囲をすき間もなく閉じこめた雨脚の中で肌に爽快な冷気を感じながら、最後の力をふりしぼって、迅速に、無駄なく、たくみに仕事をすすめていった。

彦二もまたわれを忘れて懸命に仕事にはげんだ。

頭上ではたえず稲妻がひらめき、あたりがぱっと明るくなったり暗くなったりした。そのたびに猛烈な雨をまじえた疾風が襲いかかり、雷鳴が彼らの耳をつんざいた。もう雨ははげしい本降りであった。地面には、たちまち、あちこちに小さな水たまりができた。

もうほとんどあたりは薄暗くなっていた。近くの田畑や、遠くの山々は降りしぶく雨脚の白い壁にさえぎられて見えない。大つぶの雨がパシッパシッと彦二の顔をうつ。眼をあけておれないほどであった。だが彦二は眼に水があふれ視力がにぶるたびに、腕で横なぐりにぬぐい去ってつぎの仕事に移った。時とともに勢いをましながらすこしの隙間もなく奔流のように襲いかかる雨脚は、彦二の首すじや胸もとからシャツの中へ流れこみ急速に彼の体温をうばっていった。が、彦二はくじけず歯を食いしばって働き通した。いまでは穴底で働いている父親の姿も見えなかった。声をかけると猛烈な雨音の底から答える返事だけが途方もなく大きくひびいて来る。

稲妻が一閃。ついでいく度目かの雷鳴がとどろいたとき、彦二は突如として天地も裂けるような轟音とともに、大岩が——暗く垂れこめた雨空を背景に小山のようにそびえ立っていた、途方もなく巨大な不動の大岩が、ぐらりと前に傾《かし》いだかとおもうとそのまま奇怪な角度をえがきながら、ぐらぐらっとかたむくのを見た。山がくずれたかと思った。天と地が——まるで嵐のとき、大揺れにゆれる小舟のうえから見たときのように、さかさまにいれかわったかと思うと、彼の眼の前へ、顔の前へ、カッキリとその鋭い輪郭を見せて、おしかぶさるように、すさまじい速度でぐらぐらっとかたむいてきた。かつて見たことのない角度で眼さきいっぱいに迫ってきた。見るなり彦二は恐怖におそわれてうしろにのけぞり返って、なおさけぼうとして大きく口をひらいた。その刹那、途方もなく巨大な岩塊は、地すべりをおこした物凄い土砂崩れをともない、土けむりにつつまれ、風を切り、泥水をはね飛ばし、耳をろうするばかりのつんざくような轟音を発して、なにかの荒れ狂う怪獣のように、ど——ど——ど——とすさまじい勢いで穴の中へ落ちていった。

彦二には何も見えなかった。眼はいっぱいに見ひらいてはいたが、何も見えなかった。彼は無意識のうちに身を伏せると、地面にしがみつき、ぬかるみのなかに頭を突っこんだまま、おそいかかる突風と、土砂しぶきをふせぎながら、脳に響いてくる、ど——ど——ど——という衝撃的な地ひびきの音を全身で感じていた。砂礫が雹《ひょう》のように彼の頭上に落ちてきた。

物凄い恐怖が彦二の体を突きぬけた。彼は顔をあげることも、眼をあけることも、息をすることもできなかった。彼の体はなかば泥の中にうずもれ、顔も目鼻の見分けがつかないほど泥まみれであったが、その混沌とした意識の底で何事かが起こったことだけは理解していた。それは——なんだろう。さっぱりわからない。彼は立ちあがることもできなければ、つぎの行動へうつることもできなかった。頭が考えることをやめてしまったのだ。稲妻が暮れなずんだ西空で鍵形に裂けた。ついで雷鳴がつんざくようにとどろいた。しかし知覚はまだもどらなかった。雨水が鼻翼をとおって、彼のひらいた唇のなかへ音もなくすべりこんでいった。舌がのろのろとうごき、わずかに水の味覚を感じた。暗黒の中からなにかがぼんやり姿をあらわした。彼はごくりと口中にたまった雨水をのみこんだ。彼はようやく意識をとりもどした。恐怖の大きな苦痛が胸の中を走った。彼はやっとの思いでのろのろと立ちあがった。立ちあがるだけでも、長い時間を要した。彼はよろめきながら、ものうさそうに穴のふちまで歩いていった。……見ればくだんの大岩は穴の中に完全に落ちこんでいた。

そして、もう、どこにも、父の姿はなかった。悲しみと、虚しい哀惜の思いが、はじめはにぶく、ひどく遠い感じで芽吹いたかと思うと、やがて、急激に、流れるように、身をうちくだくように、彼の全身に波うっていった。

心の奥でなにかがすさまじい勢いでくずれ落ちていった。

「お父う」

そのとき、彼はたった一声、のどのおくのほうで悲しげにさけんでいた。いまはそれしか言えなかった。

「お父う、お父う」

彼は視界もきかぬ土砂降りの雨の中で、一人さびしく孤立して、なお一途に哀惜にふるえた声をはりあげてさけんでいた。それから、近くをさまよい歩いて丸太ん棒をさがしてくると、自分がなにをしているのかも覚えず、いまは地面より三尺くらい低く落ちこんでいる穴のふちのわずかな隙間へそれをさしこんで、大岩をはねあげようとこころみた。また大岩に手をかけてもみた。だがすべては無駄であり、大岩はびくともしなかった。彼はいまは途方にくれて、そこに腰をおろしてしまった。

やがて、天地を暗く閉じこめた土砂降りの雨のなかに彦二の姿も見えなくなった。

海のモーレ

ぼくらの国言葉で乞食のことをモーレという。

「貰い」の転訛りしたものではなかろうか。

ドラマチックな干魃の八ヵ月間、T部落の百十二人の者は、すべての食糧を食いつくしてこのモーレで命をつないだ。施し主は海であったが。

だれかが自嘲的な口調ではあったけれど、巧いことをいった。「わしらは、海のモーレよ」と。

「そうだ、そうだ」とみんなが応じた。

ぼくらは夏はもちろん、冬も、干き潮がはじまるのを待って磯辺へ降りていった。島の岸辺は四季暖流にあらわれていたので、食い代にこと欠くことはなかった。

トコブシ、カキ、宝貝、ヤスリ貝、タコ、海草、ウニ、ウツボ、磯魚……

そてつ粥を主食の、それも米や芋のはいらない、そてつの幹からとった粗悪な澱粉を水溶きしてどろりと煮かためたいわゆるドガキだけの食事で、栄養失調にもならず辛い冬が越せたのは、この海の慈悲のおかげであった。

しかも海は、ぼくらがいくらモーレに精を出そうが、みじめな姿をさらけ出そうが、決してぼくらを憐んだり蔑んだりするようなことはなかった。海は行きつくあてもない拡がり同様、その心も神のように広大無辺であったのだ。

長い干魃の間、ぼくらは飽くこともなく沖を眺めて過ごした。

いま、飢えたぼくらにたっぷりなのは、あまりの蒼さのために漏斗の渦を描いているように見える無窮の空と、太陽のなすがままに身をまかせている素裸の海だけだった。

海岸の防潮林。巫女《ノロ》の老婆が「妖精の棲む木」と呼んでいる、横にのびた枝から馬の尻尾に似た奇妙な気根をいくすじも垂らしているガジュマルの木。その海岸のガジュマルの下かげがぼくらの憩いの場所だった。そこで部落の男たちは、なまけ者のインディアンふうにあぐらを組んで、日がな一日煙草を吸って暇をつぶした。

この時、聞こえる物音といえば、潮のざわめきだけだった。時おり、あるかなきかの煙をはいて水平線を横切っていく船影も、輪をえがきながら海中に突っこんでいる海鳥も、陽気なイルカの跳躍も、すべてはサイレントでうごいていた。

みんなはなにを見つめていたのだろうか？　なにに心を奪われていたのだろうか？　哲学者でもないのになぜあんな瞑想的な顔で海を見つめつづけたのだろうか？

（みんなは沖を通る食糧運搬船に夢を托していたのだろうか。水平線から湧き立ってくる積乱雲が雷雨にかわるのを願っていたのだろうか）

いや、そうではない。ぼくらは、空と海の睦《むつ》びあっている水平線に向って、無為と放心のともずなを解き放っていたのだ。ひもじさとさきゆきのいやな思いを忘れるために――一時凌ぎの空っぽの安らぎを得るために。

ぼくは知っている、水平線には麻薬のような効果があることを。見つめていると、身も心も持っていかれそうになる。眺めていると、水平線がぼくらの不安や空腹をやわらげてくれる。ぼくらは血を抜かれている時の貧血に似た快感を覚える。阿片の吸飲に似たぼんやりした陶酔を覚える……。

そんなある日のこと――磯にはアオサが萌え出していた――例によって海岸のガジュマルの木かげから水平線のあたりに血の気のうせた顔を向けていると、右端の岬をまわって焼玉エンジンの小さな発動機船が部落をさして進んできた。

部落へ船がやって来る！　干魃の間、一隻の船も寄りつかなくなっていた部落の海へ吃水線を深く沈めた船がはいって来る。帆柱に天をひっ懸けて。煙のアーチを描きながら。光の沸きたつ澪《みお》をうしろに従えて。

だれもかれもが快い興奮にかりたてられて船を迎えた。それは奇蹟に思え、ぼくらは船がはいって来たことだけで幸福になった。ぼくらは愚かしくも、この海がこれでも干魃以前は月一回ぐらいの割合で船を迎えていたことを忘れていたのだ。

船はなめらかな湾内を勝手知った様子で、親しげに舳先をピッチングさせながら近づいて来る。ぼくらの熱い凝視につつまれて。ぼくらのひとりよがりの期待に吃水線を深く沈めて。

その時、ぼくはなぜかは知らないが悪い予感がした。いやな胸さわぎを覚えた。

いま、船は、旧式の舵棒をうごかしている人物の顔が識別できる距離まで近づいていた。

古ぼけたマドロス帽をかぶった、小柄だが日に灼けたしなやかな体つきの六十歳くらいの老人――どの巨船の船長とくらべても決して見おとりすることのない立派な風格は、予期したとおりサンゴ丸の玉木船長だった。

　まず、なぎさへ出ていた子供たちが騒ぎ出した。

「玉木船長ど、玉木船長ど」

「ほんとだがあ。玉木さんじゃがあ」ほとんどの者が同時にさけんだ。

　玉木船長は警察の目のとどかない島々、村々に密造の焼酎を売りさばいている闇商人だった。彼は一年に一回、アオサの萌え出すころ、サンゴ丸を駆って訪ねてきた。しかし、彼の真骨頂は——彼が人気者であるユエンは、彼の得体の知れない行動半径の広さと、そこからもたらされる新知識の豊富な量にあった。おそらく彼には国境線というものはないのだろう。噂によれば彼は台湾・ヒリッピンにまでアシをのばしているということだった。

　浜は祭りめいてきた。人々の顔は急に明るくなり、子供たちは歓声をあげて駆けまわった。部落のなかにいた人々もサンゴ丸入港の報を聞きつけてつぎつぎ駆けつけてきた。この時、海岸にはT部落の全員が姿を見せていたと思う。

「干魃以来、寄りつく者もなかったが、さすがは玉木船長じゃが。やっぱり来ちゅんくれたがあ」

　老人たちは口々にこういい交わしながら、うなずき合っていた。

なかにはうれしさのあまり、

「わんや五升の注文じゃったが、もちっと頼んどけばよかったに」と、こぼす者もあった。

「ああ、早うぐうっと飲みたさ」と、ふいに襲ってきた渇きの衝動をもてあまして、右手でのど首をもみながらせつなさそうに呻き声をあげる者、「今夜は飲み明かすぞ」と、すでに酒に酔ったように目をぎらつかせる者——いまや浜じゅうの者が船のなかのアルコールの虜になって、興奮し浮かれはしゃいでいた。

　しかし、肝心なことを忘れてはいないかとぼくは思った。いまぼくらには一升の焼酎を買う金もないのだ。そこでぼくは意地の悪い質問だとは思ったが、こう問いかけてみた。

「酒買う金はどうすると?」

「もちろん、ツケにしてもらわんにゃあ」

「それじゃあ、玉木船長は破産するがねえ」

　みんなは、いやなことをいう奴、といった目つきでぼくをにらみつけた。しかし彼らがぼくにいちばん痛いところを衝かれたことは確かだ。なぜなら、彼らはみるみる不機嫌になり無口になったから。

　船は湾の中央部を通って、円い煙の輪で空に穴をあけながらゆっくり進んで来た。白塗りの船体に光が渦巻いて、船の両側に光暈の翼をひろげた。キビナゴが船のさきざきで、まばゆい散弾のしぶきを散らした。

　玉木船長は走ってくる船のうえからぼくらに向ってたびたび帽子をうちふった。しかしぼくらの側でそれに応えた者はなかった。そればかりか、船が近づくにつれてみんなぎこちなくなり、顔から笑いが消えていった。飲めるか飲めないかわからない酒船を見ているうちに、気分がふさいできたのだ。

　人々は船の着地点へ向って移動をはじめ、五分後には浜の尖端にかたまった。いまや彼らは強張った顔つきで息をこらして船を見まもった。——あまりの静けさに、子供が怯えて小さくなった。

　もはや彼らの渇きは、それが癒えるまで酒をながしこまなければ収まらないところまできていた。もし酒がはいらなかったら——「やる気だな」とぼくは思った。この時には、すでに、謀り合ったわけでもないのに彼らの間に暗黙の了解みたいなものがかわされているのが感じられた。

　やがてサンゴ丸はエンジンを停め、錨を落し、惰性で波打際のすぐ近くまで錨綱をのばしてきた。みんなは船首へ向って扇形にかたまった。玉木船長が船尾のほうから梯子をかついできて船首から降ろした。梯子のさきが五十糎《センチ》ばかり水につかった。

「やあ、おはんたち、元気でおわしたか。四、五日世話になりもすぞ。さあさあ、手をかして下され、積荷を降ろしますで……」

　船のうえから玉木船長がカゴシマなまりで挨拶した。

　いや、いいかけたというべきかもしれない。喋っているうちに気抜けがし、最後は絶句して立往生してしまった。彼はみんなのきびしい視線にハリツケにされたみたいな恐怖を感じたふうだった。無理もない、いつもの交歓風景を予想して頬笑みかけたら、そこに陰険におし黙った百十二の顔がむらがりひしめいていたのだから。

　瞬間、玉木船長は脱兎の早さで回れ右すると、船尾へ向って駆けていった。そして固定してある錨綱をはずし、それを引っ張って、船を岸から離そうとした。

「アゲー、逃ぐるぞ」とだれかが大声でいった。

　すると反射的に五、六人の者が飛び出して船をおさえようとした。もうこうなると収拾がつかなかった。老若男女の区別なく、さきを争ってわれさきに船へ向って殺到した。

　ぼくも群衆心理の熱風にあおられて、梯子めがけて驅けていった。蹴散らされた水が、ぼくらのうえに漏斗に騰った。太陽までがしぶきのヴェールにつつまれて虹色に散乱して見えた。ぼくは梯子にたどり着くまで二度だれかに突き飛ばされた。

　気がついてみると、いつの間にかぼくは船のうえに立っていた。どうして上ったのかまるで覚えがなかった。

すでに船上には二十名ちかい暴徒がひしめき合っていた。そのため、サンゴ丸は平衡をうしない、絶えず横揺れした。

つぎつぎ木箱がこわされ、酒びんが奪われた。はや、中の一本が割れて流れ出したらしく、大気のなかにアルコールの強烈な芳香が漂い、ぼくらの鼻を酒びたしにした。そのため、みんないっそう逸りたって、ひしめき寄せていった。ぼくはおとなたちの濡れた体に圧しはさまれて、息をつくのも苦しかった。ようやく木箱の前まで来たので、素早く両手に一本ずつ酒びんをぶら提げ、反対側へぬけ出した。いまガラスびんのなかの透明な液体は、ぼくにささげられて、熟成の空の色とまじり合い、いっそう陶酔の味を増したようであった。

おとなどもも、ようやく酒をわが物にすることができて、かつてない晴れ晴れしい表情で空想のなかの痛飲の光景に酔いしれていた。

なかには歓喜のあまり、きらめきの烈しい空を仰いで、気が狂ったみたいにけたたましく笑い出している者もあった。この時、みんなは狂っていたのにちがいない。なぜなら、制止する者、躊躇する者一人なかったのだから。もちろん、ぼくにしろ、爪のさきほどの罪の意識も覚えなかった。

略奪行為は三十分間つづいた。狼どもの引揚げたあとの海岸には狼籍の残物だけがのこった。（ぼくは一旦家へ帰ったが、どうにも気がかりで、ふたたび海岸へもどってきたのだ）浜が炎《も》えていた。海が炎えていた。岬が炎えていた……だれもいない浜に静けさが空から墜ちてきて砂にしみいっていた。静けさは錯乱していた。ぼくは、ぼくの耳朶を脅やかしてやまないこの静寂のなかにただごとでない、慟哭の声が空を渡るのを聞いたような気がした。

船は舳先の刃でぼくを突き刺した。ぼくはただうなだれるほかなかった。

船上に玉木船長の姿が見えないのも気がかりだった。何処に隠れているのだろうか。何処に身をひそめているのだろうか。立上る気力もないほど打ちのめされてしまったのだろうか――ぼくは息のつまる思いでそう考えた。

ぼくは自分でもわからない強い力にうごかされて海岸を降りていった。ぼくらの悪辣な仕打ちによって深く傷ついているにちがいないこの老いた放浪者に謝まらなければいけないと思ったし、また、それが彼を心から好いているぼくのわずかばかりの償いのような気がしたのだ。

船へ上って行くと、彼は艫《とも》の船室のなかにいた。それは、二畳じきぐらいの、屈まなければ歩けないほど天井の低い箱型の部屋で、床には太藺で編んだムシロが敷いてあった。そして船尾と左舷の通路に向って小さな戸口があいていた。戸口からうずくまった姿勢でなかをのぞきこむと、彼は壁に背中をよせかけあぐらを組んで静かに瞑黙していた。放心しているふうでもあれば、深い物思いに沈んでいるようにも見えた。

「玉木船長」とぼくは二度呼びかけた。最初は小声で、ついで大きな声で。

するとぼくは「おお、勝男か」と、玉木船長がぼくのほうに顔をむけていった。

意外にも、静かな、落着いた口調だった。

「おまえも、やったんか」正面から見据えられて一瞬ドキリとしたが、思いきって、

「うん」と、うなずいた。

すると玉木船長は、ぼくの顔のうえからゆっくり視線をはずし、遠方でも眺めるような目つきになって、

「あれはいかんど……あれはいかんど」と、二度くりかえしていった。

非難の調子というよりも、軽くたしなめたといった程度の、それも自分が直接の被害者でないみたいな第三者的な声だった。そのため、ぼくは「船長はたいして腹をたてているわけでもないんだな」と、むしろ救われた気さえしたが、しかしいま思うと、その言葉には彼の全人格の痛烈な抗議がこめられていたというわけだ。だからこの言葉はあとからジワジワと効いてきた。

「……ここのこと、知らんかったの」と、ぼくはしばらくしてから聞いた。

「風の便りには聞いちょったが、かほどのこととは知らんかった」

「もう半年、そてつ粥ばっかり食べちゅんど。おと年が台風の当り年じゃろ。それに去年の夏以来日照りつづきじゃし」

「そうか、それでみんな顔色が悪いんか」と玉木船長は驚きのさけび声をあげた。

「だけど、峠は越えたと思うよ、船長。これから夏へむかえば、海の物《モン》もふゆるしなあ」

「さあどうかな。雨が降ってん、作物が食えるのは半年さきじゃろう。それまでもつかのう」

「船長がそこまで気に病むことはなかどが。わんも一緒にやっていてこんなことをいうのは変じゃけど、あんなひどい目に遭わせた連中だもん」

「いいや、わしの負けだ」と、彼はあっさりいった。「人間は飢えから生きのびるためにはなにをしても赦される。盗みも、殺しも、場合によっては、共喰いさえも——というのが、わしの主義じゃよ。わしもそうやって生きのびてきた。飢えた者に道理はいらん。おぬしたちは、いまは、鮫じゃよ、鷹じゃよ、虎じゃよ、大蛇じゃよ——餌を見たら体がひとりでに前へうごき出す。——食い気はすべてに優先する、じゃよ」

彼は諦めきった顔つきでそういい、キセル煙草に火をつけ

て深々と吸いこんだ。

　ぼくらはいつの頃からこういう駄目な人間になってしまったのだろうか。肌もくろずむほどの烈火の国から、まるき舟をあやつり椰子の実を背後に従えて、空の裾をくぐり水平線の衣を一枚ずつ剝がしながら遥々やって来た遠つ祖先の不屈の血は、いったい、どこへ消え失せてしまったのだろうか。人間的な分別や家郷の逸楽を弊履のごとく投げ棄てて、ただ殺戮と掠奪のために異国をさすらい歩いたあの倭寇の末裔の血は、いったい、どこにかくれてしまったのだろうか。太平洋に鯨を追い、東支那海に鮫を求めて破船も恐れず走り回ったあの帆走の名手の伝統は、いったい、どこへ去《い》ってしまったのだろうか。あの蛮族の、狩人の、航海者の、自由人の無垢な激情！　――それはもはや二度と蘇らない空しい渇望に過ぎないのか。それはとうに雲散霧消してしまった過去の時代の幻影に過ぎないのか。

　ぼくは部落のおとなたちの無気力な懶惰《らんだ》な生き方を見ていると、真実そういう気がしてならなかった……。

　――一夜明けて、いつもの時刻に海岸へ降りて行くと、もうかなりの人々が浜へ出ていて、錨をおろしたサンゴ丸を眺めていた。あばら骨の浮き出た上半身裸の子供たちが無心になぎさで平べったい丸石を使って水きり遊びをしていた。太陽は仰角三十度の空点で熟れていた。海は鰹の背肌色で流動していたが、岸近くの珊瑚礁のあたりはトウモロコシ色にたゆとうていた。砂利浜、寄波、光の矢絣を織りなしている潮目、海と対峙する岬、円い地球のかたちの水平線、島から島へ……影の訪問者の雲――きょうもまた見あきた炎天の一日がはじまろうとしていた。

　船へあがって行くと子供たちからうすのろと馬鹿にされている義三がついて来て、

「船長、岬の墓へは行きゃんとか」と誘った。

「おぬし、いわれた通りのことは、しちょるんだろうな」

　義三を可愛がっている玉木船長が上機嫌で応じた。

「ああ、草一本生えちょらんど」と義三は得意そうにいった。「それに、この日照りじゃろう。ビロウ樹を枯らしちゃあいかんと思うて、毎日毎日水運んじょるど」

「そうか、そりゃ、有難い。じゃあ、これから三人で出かけるとするか」

　彼は八年前「ここに立っているとわいの目に歓びがわいて来る」といい、また「ここは世界のなかでいちばんまっさきに夜明けが始まるところかもしれん」こういって部落の右端のテッポウ崎に墓地を求めた。「わいが死んだらこの場所に葬ってくれよ」ということだった。そこには、彼の名前を刻んだ小さな墓石と、その墓を護るかたちに一本のビロウ樹が植えてある。——その墓守が義三というわけだった。

テッポウ崎を眺めると、岬の尖端の珊瑚砂の砂浜では、光が収容を超えて見えた。あまりに明るすぎて、砂が砂でなく、空から墜ちてたまった光線の堆積地のように見えた。ここからは、もちろん、岬のビロウ樹は見えなかったが、空を下から涼やかに扇いでいる一本のビロウ樹のかたちは、その影まで含めて、ぼくの心眼にクッキリ見えていた。

ぼくらが船を降りて行くと、子供たちが玉木船長をとりまいた。子供好きの彼は、子供たちの頭を軽く手でたたきながら海岸をあがって行った。

「朝うちからみんな集まってなにをしてるとかな」

防潮林の下かげにたむろしている人々を見咎めて玉木船長がぼくに聞いた。

「この日照りですることがないとです。それで、いちんち、海ばっかし眺めちゅっとです」とぼくは答えた。

すると彼は「することがない？」と呆れたようにつぶやき、彼らの前へ急ぎ足に近づいて行って、

「おぬしたち、女子供が飢えてるちいうのに、なんで体をうごかさん？」と語気鋭く浴びせかけた。

「このそてつ腹じゃあ、うごくのもだるいがなあ」と一人がなげやりに答えた。

「だが、うごかんことには、食い物も手にはいらんじゃろうが」

「何処に食い物がある？」と相手は薄嗤いを浮かべて突っかかるようにいった。

「ほら、あそこじゃよ」と玉木船長は手を伸ばして海のほうをさし示した。

「……」

「おぬしたちには、あのピイピイ啼いとる鳥が見えんのか……あの下には、魚が群れているんじゃ。いやはや、おぬしたちは面白味がないというか、無能というか……この魚のいっぱいいる海を前にして、飢えることもなかと思うがの」

「魚を獲ろうにも、舟も網も日照りのはじめに売りょてよう」

「ほう……すると、魚は、舟や網なしでは獲れんと思っていなさるとか」

「磯釣りじゃあ、たいしたもんは釣れんど。潜るには、まだ、時期が早いしなあ」

「鰹も釣れるぞ」

「アゲー、岸からかあ……鰹がかあ」とだれかが頓狂なさけび声をあげた。同時に、失笑の声も起こった。

「キハダも釣れるぞ」

「なんだと、キハダは、エンジン噴かして、沖を流してひっ掛くるもんじゃあらんどか」

「サワラも釣れるかもしれん」

「船長は、わきゃをからかっているんだ」
二、三の者がそういって目くばせした。
「やる気があれば、子供でも釣れる」

彼はみんなの気をひくように、智恵の底光りした微笑を浮かべて、ゆっくり片端から一同の顔を見まわしていった。

「ハゲ、ハゲェ、そんなうまい方法があったら、教えてたぼれ」

「ああ教えてやろう」

「どうも船長は本気らしかぞ」と前列の男が顔をこすって笑いを消しながらいった。

「じゃあ船長、早う教えてくれたぼれ」と別の男がいった。

「おお、岬から帰ったらすぐ教えてあげよう」

「鰹が釣れなかった時は、いきゃんしゅど?」とその男は、すでに勝ちほこったような、かさにかかった口調で聞いた。

人々は、息をこらして、玉木船長の口もとを見つめた。消えのこりのひきつれた微笑が、彼らの下卑た興味でうずいている目尻のあたりでとまどっていた。

「わいの船をやろう」彼はみんなの好奇心をかきたてるのが無上の楽しみといった様子で勿体ぶっていった。「何処へなと持って行って売って来なされ」

「なんだってこんなことをいうんだろう」ぼくは呆れ返って心のなかでつぶやいた。「岸から鰹が釣れるなんて、狂気の沙汰だ。部落には舟を使って獲った奴さえいないんだ」

「ひやあっ、船長が船をくれるんちば」

調子者が面白がって指笛を吹き鳴らした。

すると玉木船長はますますうれしそうな笑顔を見せて、

「竹を二、三本切っておいてくれんかな」といいつけた。

「竹?……なんに使うんだりょうか」

「ほれ、鰹を引っかける道具を作るとじゃよ」と彼は相変らずのとぼけ顔でつづけた。「いくらなんでも、山へ行けば、竹ぐらいあるじゃろうが」

「竹で釣針作るんだりょうか」

しかし玉木船長はそれには答えず群青の海をまぶしそうに眺めて、

「ああよか潮じゃ。うむ、鰹鳥も飛んじょる。腕が鳴るわ。ようし、久し振りで、腕がしびれるまで鰹を釣りあげてやるぞ」と大きな声でひとりごちた。

岸から、鰹が釣れる、キハダも、サワラも……しかも、それは「竹」を使って釣るらしい。そんな面白い漁が本当にあるのだろうか？ ——一同は、半信半疑の面もちながら、いまは、彼の確信ありげな弁舌に圧倒されて、空腹と栄養失調からくる眩暈作用のなかで、波間から抜きあがった砲丸型の鰹が、陽に照らし出されて青と銀の縞模様を濃くし、エラからにじんだ血糊をなざさの玉砂利にべったりつけながらただ跳ねまわっているさまを、雨を忘れた紺碧の空のなかにまざまざと捉えたふうだった。

「彼は教祖にまさる影響力を持ち、人生においても窮することを知らない智恵者であろうか」ぼくは興奮しながらそう思った。

しばらくして（ぼくらは岬へ向って歩き出していた）、ぼくが「大変な約束しちまったね」というと、彼はふいに蒼空も聞き惚れたほどの高笑いをはじけさせて「あれは、カンフル注射じゃよ。うまい具合に食いついてくれた。あれで、すこしは血のめぐりもよくなるじゃろう。弱っている人間には、カンフル注射がいちばんよかとじゃ」それから声を落し、妙な目くばせをして「だが、竹で鰹をとるのは本当の話じゃっど。竹で、鰹をのう……」彼はそこでふたたび例の空を照らし出す高笑いをはじけさせた。

テッポウ崎まで四十分の距離である。径《みち》が岬を捲いていた。ぼくらが足を早めると、前方を「夏」がさきがけて走っていった。道端の萎えた鉄砲百合の蕾のさきで蜜蜂が空腹の唸り声をあげていた。道を横切るトカゲも暑そうだった。

径には流れ着いて間のないほんのりと硫黄色に染まった軽石が散らばっていた。それはふるさとの火山の遥かな余香を伝えていた。


海を見ると、波が泡立つゼリーで岸辺を飾っていた。遠くの海岸線は、岸辺に波が白い柵をめぐらしているようだった。しかし波に力はなく、寄せてはものうく散らばるばかりで、それは肺を病む人の気息に似ていた。海と陸地の間で、どちらに就《つ》くこともかなわず、気弱に笑っている、といった風情だった。

「ビロウ樹は育ったかな」と玉木船長が義三に聞いた。

「ああ、驚きんしゅなよ。あん木かげがあれば、もういつ死んでもいいがあ」

「薄情なことをいうな」玉木船長は顔をしかめた。

「空きっ腹での水はこびは、ほんとにつらかど。わんは、大変な仕事をもろたもんだ」

「うむ、おまえは、約束しただけのことはやってるみたいだな」

「わんが生きちょる間はいいけんど、わんが死んだら墓の世話はだりがするとな?」

「なあに勝男が面倒みてくれるじゃろう」と玉木船長はぼくに笑いかけた。

間もなく、行手にテッポウ崎の清浄な砂浜が踊りあがって見えてきた。砂浜のはずれで、泡沫をちりばめたガラスの切口色の寄波が、駈けあがって来ては砂に滲《し》みいっていた。波は砂の吸収に酔いしれているふうだった。

砂浜の縁でぼくらは遁《に》げていった「夏」の烈しい面責をうけた。それは薔薇の棘ほどの光線でぼくらを刺した。ぼくはそれが額に突き刺さったかと思った。しかしぼくらは逆らうことなく謙虚に面を伏せた。すると「夏」は怒りをとき、「馴染」になることを許した。

いま、砂浜は陽炎の跳梁にまかせていた。はいって行くと下半身が幽霊じみて立消えた。そしてぼくらは溶けて煙になり、きりきり舞いするくらい揺すられた。

船長の墓の一本のビロウ樹は、砂浜にはいった時からその椰子の木に似た長大な葉の部分を見せていた。それはぼくらの上り下りにつれて陽炎の海のうえに浮かびあがり、そして沈んで見え、さらに陽炎の濃淡につれて帆布とも遥か彼方の何者かに合図を送っている象徴の旗とも見えた。そして陽炎の騒擾がはげしさをますと、それは千切れて空に舞いあがった。

ぼくらは間もなく墓の正面に着いた。玉木船長は汗もぬぐわず墓の前に歩み寄ると、眉と口をひきしめて感激の面もちで一心に墓石に見いった。墓石の抗しがたい力にしばりつけられて、われを忘れている様子であった。なにかしらそのうしろ姿からは、かつて見たことのない気高い孤独の影が滲み出て見えた。彼はそうやって三分ばかり、身じろぎもしないで墓と向い合っていた。

「ここはわいの聖地なんじゃ」と彼はしばらくしてからまだ感動の余韻ののこっている口調でいった。「わいは、遠く離れれば離れるほど、ここに強く惹かれるんじゃ」

「ここのなにが船長を惹きつけるとだりょうか。目の肥えとん船長が惚れこむほどの景色とは思えんがなあ」とぼくは聞いた。

「うむ、景色のいいところならほかにもいくらでもあるじゃろう。ここには、空と海と砂浜しかないもんな――勝男がいうとおり、つまらんといえばこれほどつまらん景色はないかもしれん。だが、ここを離れて遠くで暮らしていると、ときどき無性にあそこへ行ってあの景色のなかにどっぷり浸りたいと思い焦れる時があるとよ。女に焦《こが》れるみたいな熱い想いなんじゃ。……とすれば、よくは分らんが、ここにはわいの魂を救済するなにかがあるということじゃなかどか。わいはその救いがあの空にあるのか、海にあるのか、あるいはこの砂浜にあるのかよくは知らんが、わいに関する限り、こんなに心の落着く場所はほかにはなか。ここに来るとなぜか知らんが、心がなこむんじゃ……ほれ、こうやって前の空や海や砂浜を眺めていると、自分が無垢になり、鳥にも魚にも波にも通い合う気持が湧いてくるじゃろうが……」

「そういえば、水を運んで来るたびに、わんもここにいる時間がだんだん長くなっていきよっど」と義三が目をかがやかせて応じた。「こんビロウ樹に寄りかかってよ、沖を眺めているとよ、なんかとてもいい音楽が天から聞こえてきて、そりゃあ、よか気持で眠っちまうんだな。きゅらか天女が夢に出て来たりしてよ。いつだったか、夜になったのも知らんで、ごろんと横になったまま眠りこけてしもうてよお」

「義三、それじゃよ。骨になって、この墓に納まっている気分てのがそれじゃよ。ここに納まるとな、永遠に、そんなスヤスヤしたいい気分でおれるんじゃ」

「こんな面白くもねえところ、と思いながらもよ、このごろではよ、三日もこんビロウ樹を見んと、心が落着かんが。中毒にかかったんじゃねえかや」

「そりゃあ、おまえが、墓に近くなってきた証拠じゃよ」

「えっ、死ぬんことがもう来たんちい?」と義三は驚いてさけんだ。

「魂の救われる日が近づいたってことよ。人間だれでも一度は死なねばならん。わいは死後の世界など信じたことはなかども、あの無垢で清らかな空と海と砂浜を見るたびに、わいの骨だけはいつまでもそれに曝しておきたいと考えておるとよ。そうすれば、わいが生きている間数限りなく犯して骨のずいまで浸みとおっているにちがいなか罪穢れも、きれいに浄められるかも知れん。いや、この無垢な自然のなかに葬られて浄められんことがあるもんかと、わいは思うとよ」と玉木船長は相変らず前方を見つめたまま、すこし鼻にかかった柔らかな声音でゆっくりゆっくり話した。

義三は感動した面もちで深くうなずき、

「わんも死んだら、ここに眠らせてくりんかな……船長が許してくれたら、わんもビロウ樹をここに植えてえなあ」と真剣な顔で頼みこんだ。

「おまえなら、ここに眠る資格があるね。いいとも、墓はわいが金出すから注文に出してよかぞ」と玉木船長は微笑を浮かべていった。

義三は顔を真っ赤にして喜び、

「ほんとなあ、ほんとなあ。夢みてな話じゃが。じゃあ、来年までにはきれいにしておくが……来年には、ビロウ樹が……二本並ぶんか」

「勝男もよかぞ」と玉木船長が承諾を与えた。

「わんも……」ぼくは面くらってつぶやいた。まだ死のことなど一度も考えたことがなかったから。

義三がいい添えた。「勝男、うらも作れば。今なら、いちばんいい場所がとれるから……墓はあとでんいいから、ビロウ樹だけ植えとけば」

「すると、ビロウ樹が三本並ぶんかや」満更でもない気持になってぼくも応じた。

「いや、三本ときくもんか。いまにこの砂浜の縁にずらりとビロウ樹が百本も二百本も並ぶことになるじゃろう。みんな、ビロウ樹を植えることによって、魂が救われるんじゃ」

「うん、ここにビロウ樹がずらっとね」と義三がうっとりとつぶやいた。

「そして、ビロウ樹に、魂が一つずつ宿るんじゃよ……」

玉木船長はいいながらビロウ樹の傍に歩み寄り、幹に手をかけ、立派な節瘤をつけた電信柱みたいにまっすぐに伸びたビロウ樹を見あげた。この木は墓を建てたとき若木を移植したものだが、いまでは高さ十メートルに達し、はるか高みで太陽にわが姿を誇示するように、大きなうちわ型の葉を放射状にさし拡げていた。義三の丹精のおかげで（もともとは乾燥につよい樹木である）、今年の若葉もかなり出し揃えていた。下から仰ぐと、差しかわした枝葉が陽をさえぎり、まるで絹張りの日傘さながらに色彩が明るく透きとおって見えた。樹下のこころよい木かげにもまして、葉擦れの音が爽やかであった。

ビロウ樹はこう囁きかけているようであった。「そう、おまえたち、おれの影のうちに魂を埋めるがよい。おれはおまえたちの日傘にもなれば雨具にもなれるだろう。おれは光と海の化身の木——おれは空へ開いた窓だ。自由なとらわれのない魂よ、躊躇せず幹をつたわって梢まで上って来るがよい。おれが葉で大空をひと揺すりすれば、おまえたちは光の破片《かけら》となって空の涯までも飛んでいけるのだ。あるいは、鳥の翼にのって空へ翔けあがるもよし、白い雲にのって大海をよぎるもよし、星を拾って首飾りにして歩くもよし——それが億劫なら、海風にそよぐおれの葉身とともに踊るがいい。おれはおまえたちが上って来るのを待っているぞ」ぼくはいま、たしかに、この木に宿ってこの世のものとも思えない紺碧の空の深間に針の意識の一点となって墜ちこみ、宇宙の妙なる音楽と、海底をこすって悠揚と移動する海流の脈打ちをわが耳朶に聞いたような気がした。

——部落の下浜へもどって行くと、海岸には部落の全員が集まっていて、一種の興奮状態のなかで玉木船長の帰りを待っていた。あとで分ったことだが、ぼくらがテッポウ崎へ向った直後「玉木船長が岸から鰹を釣るといった、釣れない時はサンゴ丸をくれると約束した」——この言葉が海岸にいた連中の口から風速二十メートルの台風なみの早さで部落じゅうに伝わると、忽ち人々はものすごい好奇心とわけの分らない熱狂のとりこになって、蜂の巣をつついたような騒ぎになったという。

「……なに、岸辺から鰹を釣るんち？……どうやっち？……さあ、見当もつかん、そんなことは糸満漁師でも出来るんだろう……だが、船長は出来るとはっきりいうたのか……うむ、あん人がいい加減の嘘をつくはずはなかしなあ……なに、竹を伐ってこいだと?……竹で鰹をとる道具を作る?……さっぱり分らん、なにがなにやら、わけが分らん……そりゃあ、船長は世界を股にかけているお人じゃし、わきゃと頭の出来がちがうことはたしかじゃが……」

部落は久し振りに底ぬけの明るい笑い声に満たされた。笑い声は海岸をころげ回り、空に舞いあがった……

(飢えをねじ伏せろ。干天に唾をひっかけろ。海よ逆巻け、嵐よ来たれ。そして食える物は蛇でんトカゲでん鼠でんヤドカリでん何でん食べろ。海も干してしまえ。天から鳥も落してしまえ)

ぼくは前方から礫《つぶて》となって飛んで来た部落の熱気で顔をはたかれたような気がした。

ぼくらを認めて子供たちが明るいさけび声をあげながらさきを争って駆け寄ってきた。

彼らは玉木船長をとり巻き、

「ね、ね、船長、竹でなに作りょんかや?」と口々に尋ねた。

船長は笑顔をむくい、秘密くさい小声で「それは内緒だよ」といい唇に人差指をあてた。

それから海岸に集まっている人々を見渡しながら、

「うむ、よか傾向じゃ。よか傾向じゃ」と誉めそやした。

「みんなをこんなに変えてしまう玉木船長という人物は、まことに不思議な男だなあ」ぼくはふいに胸がしめつけられるのを覚えた。きのうまでの部落の連中は笑いを忘れ、苛烈な旱魃の重石の下で息をつくのさえやっとという有様であった。そして一つの動作へ移ることさえ怠《だる》そうであった。それがいま突然、彼らは春風に追いたてられた種馬さながらにいきりたち、高らかにいななき、なにかを求めて猛然と立上ったのだ。ぼくには、幕が引かれ、舞台が一変したかに見えた。そして漠然とした幸福の予感——近いうちに、雨でも降るのかしらん……

玉木船長は緊張した面もちで人々のなかへはいって行った。みんなが彼の周囲に集まった。が彼はその間、伏目がちというか、真剣な表情で黙考にふけっていたので、人々は気易く話しかけるきっかけを失って、ただ彼をとり巻いて彼のうごきを追うほかなかった。そして人々は、この彼の深刻げな様子を眼のあたりにして、改めて彼の試みの困難さを思い知ったふうであった。

「よほどむつかしいことかもしれん」と。

こうして人々の関心が最高にたかまった時、彼はおもむろに顔をあげて、

「竹は伐ってくれたかな」とだれにともなく質した。

そこで幾人かの者が素早く竹の置場所を示すと、彼は歩み寄り、直に伸びた青竹を一本だけ抜き収り、それをサンゴ丸

の甲板へ投げいれた。

それから目でぼくを探して、

「勝男、すまんが、和紙を集めてきてくれんか。習字の使い古しでよかで」といいつけた。

そこで、いわれたとおり家々をまわって使い古しの和紙をかき集めて持って行くと、彼は船尾の板の間で竹を割いていたが、紙だけ受け取ってぼくにも船を降りるよう命じた。彼はどうやらこの漁具が完成するまで伏せておきたい意向らしかった。

しかし誰一人家へ帰ろうとする者はなかった。わけは分らないながら、時間の経過とともに彼らの興味は昂まる一方であった。一人が、その漁具の実体についてもっともらしい推測を述べると、それは忽ち大勢の人々の嘲笑と罵倒の声で葬り去られた。そして別の想像が取って替り、また新手の思いつきがそれをうち消すという具合であった。が、どの推測も、玉木船長の考え深そうな目の捉えている深遠な像《かたち》に較べれば、あまりにありふれていて一同を夢中にさせることは出来なかった。こうして彼らはますます混乱の深みへと迷いこんでいった。しかし人々はそれでも満足しきっていた。こんなに楽しい、こんなに陽気な時間つぶしが持てたのは、本当に久し振りのことだったから。

二時間後、彼は半畳大の紙のハリモノを高く掲げて船首にあらわれた。彼はトキを告げる雄鶏のように胸を張って、その浜の砂よりも白い紙の色でぼくらをまぶしがらせた。

「タコじゃあらんかや」とだれかがさけんだ。

「ふんとだ、タコじゃが」と別の者がいった。

意味のはっきりしないどよめきが人群れの間を駆け抜けた。が、同時に、それまでの緊張と興奮が急激に醒め、かわって、失望と落胆の溜息が人々の口からもれた。なかには、ことさらに侮蔑の表情をみせた者もあった。

「わきゃのことを馬鹿にしやがって……人を阿呆《フレモン》あつかいするのもいい加減にしやれ」と聞こえよがしに捨ぜりふを吐き散らした者もあった。

「タコが……なんで、鰹をとる道具かや」黙っていた者も、それぐらいのことは腹のなかで考えていた。

「船長、うらは部落が飢饉で苦しんでるちいうのに、タコ揚げをするんだりょうか」

いちばん前のほうにいた部落会長が一同の気持を代弁してたしなめた。

「これは遊びじゃなか。鰹をとる道具じゃが」と玉木船長は冷静にいった。

「彼はタコを飛ばして部落の空で幻術を行おうというのか」ぼくは奇怪な思いに捉われた。

「岸からタコを沖に揚げる」と彼はつづけていった。「そう、場所はホノホシ岬がよかろう。あの鰹鳥のむらがりようでは鰹が湧いているはず。タコから擬餌のついた道糸を垂らす。それを泳がせて鰹を曳き釣りにしようというわけよ……これは南方の島々でひろく行われている漁法でのう」

「ほう!」一斉に嘆声があがった。

「いける」だれも彼もが一瞬そう思ったらしかった。――岸からタコを沖に揚げる。タコには道糸がとりつけてある。道糸は海面までとどいている。タコが風に舞うと、その跳梁する浮力がトローリングの役目を果たして道糸を引っ張り、海面下の擬餌を鰹の好物の片口鰯さながらにスイスイと泳がす。それに鰹がぱくりと食いつく――ぼくらは瞬時にしてその光景を幻視のうちにかいま見た。

「わいは約束するぞ」と玉木船長が間髪をいれず大声でいった。「鰹が十尾釣れたら、景気づけにわいの飯米二斗をおはんたちに進呈するぞ。それと焼酎一斗。それで腹をふくらまして、今夜は祝祭の八月踊りじゃ。わいは八月踊りを見んことには、ここへ来た気がせんど」

一瞬、どよめきが湧き起こった。それは素晴らしい熱狂だった。朗々とした笑い声だった。大空をくりぬいたほどの解放感だった。――そうだ、ぼくらは連日の空腹と嘆きの放心のため、玉木船長が来るたびに、部落をあげての盛大な八月踊りを催して、彼を迎えていたことを忘れていたのだ。

「おお、精根つきはてるまで踊りゅっど」

みんなは底ぬけに明るい笑顔をむくい、心の端から端までひらいて快く応じた。

彼はタコを掲げて船から降りて来ながら、

「これからわいは出向くが、だれでもよかで太鼓とホラ貝を持ってきてくれんか。それで軍楽隊みたいに賑やかにはやしたててほしか。とにかく、このカンカン照りの蒼空をぶち抜かんことにゃ。タコを揚げて、気勢をあげて、この鉄板みたいに硬か青天井に大穴をあけて雨を貰わんことにゃ。気の毒に、雨神さまも八方ふさがりで迷うていなさるわ」

二十分後、ぼろをまとったはだしの異様な一行は、タコを持った玉木船長を先頭に、ホラ貝を吹き鳴らし太鼓をたたいて部落のもう一方の左手の岬、ホノホシ岬へと繰り出して行った。

(そら行け、そら進め。タコを揚げて、蒼空にでっかい穴をあけろ。海から鰹を抜きあげろ、入れ食いにソーダ鰹を釣りまくれ。プーア、プーア、プーア、プーア……ドドン、ドンドンドン――ほうら、ホラ貝を吹き鳴らせ、太鼓を打ちまくれ。今夜は、腹いっぱい白米のごはんを食べて、八月踊りだ、八月踊りだ、八月踊りだ)

それは遠くから眺めれば、雨乞いの陽気な一行に見えたかもしれない。

「なんとも見事な指揮者だなあ」ぼくは感嘆して心のなかでそうさけんだ。ぼくらは彼の指揮棒のあやつるままに、一糸乱れず感情の楽器を弾き鳴らしているというふうだった。

　彼にとってはタコで魚を釣ることなどは、どうでもいいことなのだ。たとえ鰹が十尾釣れたにしろ、二十尾釣れたにしろ、量としてのタカは知れていた。彼は、彼の持てる知識を動員し、この「興行」を賑やかに行うことによって、ぼくらを援け励まし奮いたたせようとしているのだ。

　ぼくらはホノホシ岬に着くと、岬の最先端に陣取った。

　この時、ぼくはなぜかは知らないが天体の運航を鋭く感じた。それはいまぼくの視覚の中心に迫った。見あげると、地球のまわっているのがよく分った。宇宙が無限に膨脹しているのもよく分った。太平洋へぐうんと突き出したこの岬の尖端を支点にして、海も、大気圏も、雲も、鳥も、魚も、そして陸地までが、放射状に遠去かろうとしているようだった。ぼくは遁《に》げようとしている雲を眺め、水平線を見つめ、海岸線をふり返り、鳥影を目で追った。ぼくはそれによって自分が世界の渦巻の中心に立っていることを理解した。

　岬を取り巻いているのは藍なす黒潮だった。それは黒潮の本流だった。黒潮は底流で暗礁と荒々しく軋れ合って、水沫《みなわ》をすごい力で噴きあげていた。潮の流れにつれて暗礁についた藻草が水につかった女の髪の感じで揺れていた。ときどき、プランクトンで飽食した黒い胃袋を透かし見せた銀色の片口鰯の小集団が、ソーダ鰹か飛魚に追われて海草のすきまを逃げまどった。

「鰹が近くにいるぞ」とだれかが興奮してさけんだ。

　タコの飛翔におあつらえむきの風が陸から海へ吹いていた。風は空の高みでも、命に恬淡顔《てんたんがお》のはなれ雲を太平洋の涯へと吹きはらっていた。雲は旅を急いでいるようだった。

　沖は、眩しさを競い合いながらも、その色の深さで蒼空と「義兄弟」のちぎりを結んでいた。風がうねりの峯から峯へ白波の旗を立てていった。鳥が飛びながら、その白波のハードルをつぎつぎ倒していった。

　その時、道糸の長さを調整していた玉木船長が、

「よかじゃろう！」と開始を告げた。

　彼はタコを左手に持って頭のうえに水平に構え、風に向ってもう一方の右手で糸をしごいた。糸を持って走り、タコに浮力をつけて一気に大空高く舞いあげる腹とよめた。

　ぼくらは固唾をのんで遠巻きに彼をとり巻いた。太古の静寂があたりを領した。

　期待の一瞬。

　眼があまりの凝視に堪えかねて痛みを走らせたその時、彼は前傾姿勢で岩礁を蹴って駆け出した。タコが手をはなれ彼の頭のうしろにふうわりと浮きあがり、手の糸が延びながら

ぴいんと張ったと思うと、タコは二度三度落下の姿勢をみせたが、あとは風を迎えて天空高く舞いあがった。鵬《おおとり》の生命を得て、あこがれの空へと飛び立った。腹の道糸を曳きずりながら。

「ほうれ、太陽《テダ》神さまへのささげ物じゃ」

視線をのばしながら玉木船長がさけんだ。

「飛んだど」四方から声があがった。

「タコタコ揚れ、天まで揚れ」

子供たちはさけびながら、揚っていくタコを追って海っぷちまで走って行った。

おとなたちは小手をかざして空を仰ぎ、笑いで顔をくずした。

囃子方はここを先途とホラ貝を吹き鳴らし、太鼓をたたいた。

興奮した老婆たちが「エイサ！　エイサ！」と島唄の節回しで歌いながら、両手を肩のうえにあげて憑依の顔つきで踊り狂った。

彼は自在にあやつった。指だこのできた硬い掌で糸を繰り出すと、タコは一気に距離をのばし酩酊《し》のさまでふらりふらりと高度を下げたが、また糸を緊めるといなせに頭を振り振り急上昇した。

（タコはぼくらの魂のなかをも高まり昇って行くかのようだ）

いま、糸はのびきり、タコは海上はるか彼方に、蒼空の象嵌となって定着した。――タコは切れ切れになにを切るのか。空を釣るのか海を釣るのか。蒼空の深間からなにを截《き》り出そうとしているのか。

道糸も、おびただしい光波の海のなかに、、、、、錨を下ろした。それは天上と海上を結わえつけた絃かもしれない。――風をはじいて、風箏《ふうそう》を鳴らすか。

ぼくの思いは高揚した。――タコはたえずどこかに惹かれている、魅せられているとぼくは思った。糸を切ろうとして絶えず叛《そむ》いている。あれはつながれた魂であるのか。所詮は人間の掌のなかの自由であるのか。タコはその束縛を断ち切って、無辺の大空に身を焦しているのであろうか。しかし汝鳶の気流帆翔《はんしょう》を得たものよ、汝は自分の憧れているもののなかに危険が潜んでいるのを知っているのであろうか。糸を切るのはよい、だがその瞬間、おまえは忽ち落下の危険にさらされてしまうのだ。だからおまえはわが身の欲望をぷっつり断ち切って、現在の可能の飛翔を楽しむがよいのだ。

突然「釣れた！」というさけび声と「あっ」という嘆声が同時に起こった。

見ればタコは傾き、横に流れ、また両翼を煽って曳きをこらえている最中だった。距離がありすぎて道糸のありかは見えなかったが、いま道糸には弓弦の張力が加わっているようだった。しかも魚の力が勝って見えた。ついにタコは魚の疾走に負けて、ほぼ垂直にちかい角度に起きあがったかと思うと、尻から海へ曳きこまれていった。「駄目か」とぼくは観念した。

が、玉木船長は余裕のある微笑さえ浮かべて落着きはらっていた。鵜匠さながらに、腰をかがめ、タコと時おり騰《あが》る海上の水しぶきを半々に見やりながら、右に左に巧みに糸をあやつった。ぼくらの視線も、それに合わせて、タコと海上のきらめく水しぶきをめまぐるしく追った。

その時、奇蹟が起こった。タコの降下現象が三分の一下ったところでぴたりと止まったのだ。タコは立直り、水平に復し、熾《さかん》な陽光を浴びて翳りのない真白の腹を見せた。魚はそれ以上曳きこむ力を失い、タコはこれ以上墜ちこむことを拒否したのだ。

きわどい均衡。一進一退の空と海の綱引き。せめぎ合いはなおしばらくつづいた。

タコは海に影を落し、空を脹《ふく》らませた。そうして、ゴムののびちぢみにも似た柔軟さで魚の疾走に反応した。曳きに応じ、曳きを戻した。そこにはいちぶのゆるみもなかった。いつも互角の張力関係が保たれていた。もし魚に意識があれば、手ごたえもないのに自分を弱らせていくこの背後の力に、条理《わけ》のわからない怖れを覚えたかもしれない。

玉木船長は、タコが優位に立ったと見ると素早くタコの引寄せにかかった。両手で糸を手繰り寄せ、股間に糸の輪を積みあげた。ぼくらは海に向って頭をならべ、その高いところからやって来るものを仰ぎ見た。ぼくは一瞬それがタコであることを忘れ、磯にひれ伏したい衝動にかられた。

タコは思いのほかに重量を背負っている感じだった。下から紙が、風を孕むだけ孕んで破けんばかりに波うっているのがよく見えた。道糸は一直線に延びきっていた。強い風がなかったらどうなったか知れないと思わせたほど、魚の曳きは強かった。

だが、タコを手に受けてからの処置は迅速をきわめていた。彼は伸びあがって道糸をつかむと、タコの後始末をぼくらに任せ、自分は海のふちまで行って道糸を手繰った。

水を吸った道糸が彼の掌にしごかれて雫をはじいた。魚はほとんど抵抗力を失っていた。ただ口をこちらに向けて曳かれて来る一方だった。魚は見え隠れに黒い背をあらわしながらひた走りに走って来た。魚の後方に、機銃掃射に似た一連の水しぶきが騰った。

「鰹だ」岸のふちから目を凝らしていた連中が口々にさけんだ。

それはまさしく鰹だった。中型のソーダ鰹だった。

みんながなにかいっているようだった。とくに、水に足をつけた前列の十四、五人の男たちが、気ちがいじみたさけび声をあげていた。そのなかには、玉木船長が陸から鰹を釣ってみせるといった時、釣れるもんかと嘲笑った連中もいた。彼らは釣れるといった連中と賭けをしたのだった。だが、いま、彼らは賭けに負けたことを忘れて、曳き寄せられてくる鰹に熱狂し興奮していた。女たちも、ほとんどの女が、上体を振りながらのどの奥でうめき声をあげていたが、あまりの緊張に気分が悪くなって思わずうずくまる者、息苦しさに堪えかねて胸をさする者もあった。

「ほうれ、一尾あげたぞ」

玉木船長はそういいながら、玉網も使わず鰹が運んで来た波ごと抜きあげた。――そこで、海はそのぶんだけ軽くなった。

義三が駆け寄って、のたうち回っている鰹を取り押さえて擬餌鉤をはずした。鰹は大気に触れたとたん縞の筋を濃くし、陸を怖れてキキッと泣いた。

「やったど、やったど」

みんな目をうるませて駆け寄ってきて、天が釣りあげたもの――この海の供物につぎつぎ手をあてがった。鰹は御神体と化し、大海の潮流をうつ代りに鰭《ひれ》という鰭を使って、ぼくらに塩の香りのする「聖水」をふりかけた。

玉木船長はいよいよ御機嫌で、皺のなかの目をますます小さくして、そんなぼくらをやさしく見まもった。――彼は恵比須であったか。

「船長、お祝いじゃ。まあ一つ受けて下され」

手ぎわよく焼酎を持ってきた男が玉木船長に湯呑を突きつけた。

みんなは一瞬きのうの掠奪行為を思い出して鳴りをひそめたが、玉木船長が苦笑いでそれを受けたので、すぐもとの浮かれた陽気な気分をとりもどした。

しかしぼくらには、その時玉木船長が見せたくすぐったさそうな、皮肉っぽい微笑がたまらなく可笑しかった。みんなは歯を食いしばって笑いをこらえていたが、彼がなみなみと注がれた焼酎を一息に飲みほして、

「いやあ、この焼酎はうまかぞ。盗み酒の味はまた格別じゃのう」

のどを鳴らしてこういったので、もう我慢しきれなくなって、目から涙をこぼし腹をかかえて笑いころげた。

それからはお祭り騒ぎだった。つづけざまに、入れ食いに、六尾釣りあげた。そのたびに、人々は陽気な浮かれ者になって太鼓を打ち鳴らし、ホラ貝を吹き鳴らし、空をつんざく歓声をあげて、釣りの効果をたかめた。

いまはだれ一人、約束の米二斗ぶんの十尾の釣果の線を疑

う者はなかった。

「じつによか。天から魚を釣るとはな」と最年長の老人が感じいった口調でうめいた。

「あれを見ていると、百人力が湧いてくるよ」と別の男が応じた。

「ほんとにあのタコにはなにかがあるね」と隣の男がいった。

「わんも作って飛ばしてみてえなあ」

「これは、きっと病みつきになるど」
二、三の者が霊感をうけたみたいに口々にさけんだ。
「わんの知る限り」と部落会長がひき取っていった。「部落の連中がこんなに一つのものに心を打ちこんだことは、かつてあらんかった」

タコは揚っては、磯と天と海の間に、三角形の糸をかけた。鳥がその空間を翔《か》け抜けた。魚がかかると、糸の三角形は歪み、連関の緊張を端から端へ伝えた。

いつものことながら、タコは苦もなく広い海のなかから魚をさぐりあてた。そしてどんな強い曳きにもよく耐えた。一度小型のサワラに曳かれた時は、半ばの距離まで陥《お》ちこんだが、最後はタコが勝ちをおさめた。

……十五尾あげるのに二時間とはかからなかった。だれも彼もが満足しきっていた。時の経つのも覚えなかった。終った時には、ほとんどの者が自然と人間の一体感に浸っていた。昇れるはずのない空へも昇れるような、歩けるはずのない海も歩けるような、空と海を中庭にとりこんだほどの大きな気持――いまは、空と海が四つに取り組める気易い相手に見えた。

こうして、タコは天の神秘を取除いてくれた。この太陽の炸烈する非情の空にも、食糧はあるのだ。やる気があれば、こういうふうに大海の魚だって、易々と手繰り出せるのだ。すごい自信と昂揚した感情――ぼくらも、タコに運ばれて、大空高く舞い上ったということかもしれない。

夕方、日の墜ちこむすこし前から土俵のある広場にでっかい円座を組んで始まった酒宴は、月の出とともに最高潮に達した。

広場から、月のライトを浴びた真っ平らな海が一望された。月光の浜でふざけていた子供たちが、

「アウー！　アウー！　アウー！」と沖に向って吼えた。

彼らは、沖の潮目を盛りあがりながら長くころがっていく金いろの波の背に向ってさけんでいるのだった。それは昔から、龍の背鰭の立てる澪といわれていたので、龍が岸にやってきて彼らを攫わないよう魔を祓っているのだった。

黄いろい空、黄いろい木立、黄いろい地面、黄いろい顔…

…その円形の広場に車座に坐った男たちの前に、女たちがアワビ、タコ、伊勢海老の刺身の盛合せ、海草の酢の物、魚の煮つけ、ウツボの蒲焼、魚の擂身《すりみ》の揚げ物（油などどこにあったのだろう）などの料理を盆にのせてつぎつぎ運んできた。これらのものは、午後、男たちが奮起して海へ潜って獲ってきたものだった。海へ潜るには水が冷たすぎるだの、そてつ腹では潜る根気がないだのと、勝手なことをいって怠け放題に怠けていた彼らにしては、信じ難いばかりの変りようだった。ほかに、女たちが山から採ってきた鉄砲百合の球根のキントン、ツワブキと竹の子と茸の煮つけ、山菜のおひたしなども酒肴の列に加えられた。これはいま部落が供し得る最高の御馳走にちがいなかった。手近の材料だけで大急ぎにつくった、調味料も十分でない貧しい品々ではあったが、どの料理にも部落の女たちの玉木船長に対する感謝の気持と真心がこもっていた。

女たちは初め、こんなものしか出せない貧しさを羞かしがっているふうだった。だが、玉木船長が料理の一品ごとに「ほう」といった驚きの顔を見せ、それから山海の珍味を前にしたほどのしあわせそうな笑顔をつくって、出されたものを片端からうまそうに食べるのを見てとると、やっと懸念の眉をとき放ち、作り甲斐があったと、満足そうに胸撫でおろすのだった。ことに、鉄砲百合の球根のキントンが出された時は、彼は一口試食するなり「ううむ、こりゃあ傑作じゃっど」とひくい声でうめき、しばらく目を閉じたまま、口のなかでひろがり蕩けていく百合の香りと甘みを楽しんでいた。そして、これが鉄砲百合の球根を裏漉しして固めたものだと知ると「わいにも作り方を教えて欲しか。わいはこんなうまかもんは、これまで一度も食ったような気がせんど」といい、お代りをした。

「ああ、あんな演技が出来るもんならなあ」ぼくは涙ぐみながらそう思った。

酒を嗜まない女子供は、酒宴の始まる前に玉木船長寄贈の白米の御飯と鰹の魚汁で腹ごしらえを済ませていた。

白い御飯のうまかったこと！

艶があって、明な薄い膜がかかっていて、芯まで粘り気があって、口にいれて頬張ると胃の腑も慕い寄ってくるかと思われるほどのうまみと噛みごたえがあった。しかも噛みこむはしから米粒の一つ一つが内から突っ張る胎児さながらに腹の皮を小突いた。

「そろそろ始めりょうか」と部落会長が切り出した。

「一番大鼓《チヂミ》は、どなたかな」

玉木船長は話題が八月踊りに触れたとたん、顔色まで変わった感じで鋭く聞いた。

相手の返事のいかんによっては、一悶着おこりそうな気迫さえ感じられた。

「もちろん、玉木船長をおいては、ほかにおらんど」部落会長はいい切った。

玉木船長は思わず頬笑みかけたが、それを古武士じみた抑制のかげに隠して、

「いやいや、部落には、わいなんかの足もとにもおよばん達人が幾人もいますがな」と一応は遠慮した。

「なんちっても、一番チヂミは船長にきもうた」

あちこちから声がかかった。そうだそうだと、それに賛成する声も飛び交った。

玉木船長は忝《かたじ》けなさそうに目を閉じて、その耳に飛びこんでくる慫慂の声に聞きいっていたが、しばらくして目をあけると、車座の一同をゆっくり見回しながら、しかしあくまでも謙虚な態度で、

「ううむ――そういうことなら致し方なか。部落の名人を差しおいてなんじゃが……お受け申すか」と凛とした声で応じた。

その瞬間、広場の中央の土俵に山積みされたかがり火用の薪に火が放たれた。それは忽ち月光の空を漏斗に焦して燃えあがり、車座の男たち、その背後の女子供たちの顔を炎のゆらめきで愛撫した。

さらにひとしきり献酬の盃がにぎやかに交わされた。

「船長、八月踊りの前の気分はいきゃんだりょうか」とぼくの父が酒のはいった顔を振りたてながら聞いた。

「はっははは――もう、聞きわけもなく心がはずんどりますわ」と玉木船長は笑い返した。

「八月踊りはそんなにいいもんだりょうか」

「そりゃあ、もう。あんなに心の浮きたつ踊りは見たことがなかです。あれは猛々しい鷲の踊り、陽気なイルカの踊り、かがり火の炎と影のめくるめく踊りだと、わいは思うておますんじゃ。あれには、昔の南島人の――悲しいことに今はのうなってしまいましたが――自由な、快活な、潑剌とした気分が横溢していますからのう。あれは世界的な踊りじゃと思うとります」

「さあさあ、踊りの輪をつくって下され。八月踊りのはじまりじゃ、八月踊りのはじまりじゃ」

部落会長がかがり火の近くまで歩み寄ってかがり火を背にして馬鹿でかい声でこう触れると、みんなは笑いながら、声をかけ合いながら、陽気に異性をからかいながら寄ってきて、かがり火を中心に、広場をいっぱいに使った、二巻きの大きなまるい輪をつくった。腰の曲った年寄も、盲も、つんぼも、子供も加わった。部落の全員が踊り手だった。これは「見物」の許されない踊りだった。ただ、あまりに幼い子供は、足を踏まれてはいけないという配慮から、輪の外側で踊るよう求

められていた。

　踊り手はほとんどの者が浴衣を着け、下駄をはいていた。この下駄こそは、唄や太鼓や指笛にも劣らない、八月踊りの必須の打楽器の一つであった。踊りのテンポが早くなり、踊り手の前進後退の足さばきが激越なリズムを刻みはじめると、この地面を曳きずる総勢の下駄の音が、タンバリンのような手拍子のような思わぬ効果を発揮して、踊り手の気分をいやがうえにも情熱的に浮き立たせるという音楽的役目を果たしていた。（古老たちはこれを下駄鳴りと呼んでいた）

　内側の円陣に、太鼓を持った玉木船長が加わった。（彼は左腕のなかにバイオリンを持つように太鼓を抱えこんでいた）ほかに、外側の輪のなかで二人の踊り手が太鼓を抱えた。太鼓は、馬皮張りの直径三十糎《だ》ぐらいの小太鼓だった。――踊りが盛りあがるのも疲れるのも、すべては、一番太鼓の巧拙にかかっていた。その点、ぼくらは不世出の名人ということで彼の技倆に全幅の信頼をおいていたので、すこしの懸念もなかった。そればかりか、もう踊る前から彼のリードにのせられて「うむ、こりゃいい。今夜はすごくいい気分で踊れそうだぞ」と自己暗示にかかっているような有様だった。

　最初の踊りは、玉木船長の気合のこもった太鼓の一打ちとともに始まった。それは有名な「あらしゃげ節」だった。玉木船長をまじえた先頭の五、六人がすばらしい男声合唱で一節を唄い終ると、ソプラノをまじえたひときわ甲高い女声合唱がそれをひきついだ。その時には、かがり火に赤々と照らし出された二巻きの円陣は、巧みにリズムにのって一斉に手ぶり足拍子を揃えて踊りはじめていたが、もう十分も経った頃には、全員が「ウセーウセー」の囃子や、巻いた舌に小指をあてがって鋭く吹き鳴らす口笛や、太鼓、唄声の賑やかな伴奏に煽られて、一時間も二時間も前から踊っているような佳境にはいっていた。

　円陣の中心に向って絶間なく前進後退が繰り返される。それから左に回り、もとに復し、今度は逆に右に回りこみ、一踊りのあとまた正面に向き直って前進後退を繰り返す。その間、足は節目節目を刻みながら一瞬の遅滞もなく地面を蹴って進み、手は前に投げ出され、めまぐるしく屈伸した。それに合せて、上半身の前傾運動もはげしさをましていく。指笛が、手拍子の音が、下駄鳴りが、リズムと高揚感をいよいよはげしく盛りあげていく。

　とくに、玉木船長その人のばちさばきは、入神の技のように思われた。彼は太鼓を持っていたのでその力強い手ぶりは見られなかったけれど、ときどき列からおどり出しては、頭のうえで打ち、足さきへ下ろして打つ、その曲打ちは、つい踊り手が見惚れてしまうほどのものだった。

　彼は自由に位置をかえながら、列を飛び出して踊り手と向き合っては、相手の背丈に合わせて子供の前では腰を落し、老婆の前では背中をまるめ、血気さかんな若者の前では雄鶏さながらに片足で飛び跳ねながら、太鼓をたたいて相手を励ました。また時には、肩をいからし、好色に腰を振り、顔でひょっとこを作って相手を笑わせた。それでいて、決して出鱈目に踊っているわけではなく、節目節目では、割竹の節鳴りの感じでぴしっと決めていて、すこしの乱れも見せなかった。そればかりか、渦巻きかかる蒼白い月光の下、彼の仕舞から絶えず吹き起こってくる霊妙の風を顔にうけ、明滅する太古そのままのかがり火を旋《めぐ》っていると、ぼくは神々の時代を踊っているような錯覚さえ覚えた。いまや、月も、かがり火も、蛾も、影も、すべてが踊りの輪に加わっていた。もちろん、ぼくの血も脈搏も、この陶酔に身をまかせた。

八月踊りは夜の更けるまで行われた。みんな堪能した。八月踊りが、こんなに楽しく、こんなに面白いものかとぼくは感動してしまった。彼が八月踊りを世界的な踊りにあげたのも、あながち誇張ではないように思われた。それにしても、彼はこの島の人間でもないのに（ナマリから察すると彼は吃るような激しい調子で喋る北のくにの人らしい）、いつだれからこれを習ったのだろうか？　しかも彼の踊りのなかには、純血の島の人間でなければ決して表わすことの出来ない、南島的な心、南島的なリズム、南島的な色彩といったようなものまでが、撥ね打っていた。ぼくらの琴線は、それに触れるや否やもうこらえようもなく感応して、喜ばしく、涙ぐましく、猛々しく鳴りひびいた。そういう意味で、彼こそはぼくらと一つの魂、一つの感情を共有している遊歴詩人にちがいなかった。

――打上げになって、みんなが家路につきかけた時、

「勝男、ちょっと船に寄っていかんか」と玉木船長がぼくを誘った。

彼は、義三にも声をかけたようだった。

手鏡のような人魂いろの月が、岬と岬のあいだの海を照らし出していた。しかし遠くの海は深窓の裡にあって、ぼくの視線の埒外にあった。

なぎさは、――岬の尖端から延びてきた弯曲線は、青と金の溶液じみた夜光虫の蠕動帯で飾られていた。

（夜光虫は海の花火だ、海の星雲だ……燐にまみれた紋甲イカが、月波の海をスーイスーイと泳いでいく）

「わしはあした立つぞ」と船室に腰を下ろすなり玉木船長がいった。

瞬間、たまらない淋しい思いが胸を浸した。だが、ぼくはすぐ平常心をとりもどした。

「そうか、彼はあした行ってしまうのか」とぼくは考えた。せめてあと二日か三日の滞在を願わないわけではなかったが、

航海者の彼にそれを期待するのは酷な話だ。航海者というものは錨を下ろしている片方でもう船出のことを考えているような人種なのだ。だれも、水平線に魅せられた彼の心を引き止めることはできない。すでにして彼はぼくらに、笑いと、新しい活力を与えてくれたのだ。それ以上、なにを望むことがあろう。彼が去っても、彼がもたらしたあの尊いものまで消えてしまうわけではなかろう……

「義三、そんな暗い顔するな。もう大丈夫だ。おまえたちはやっていけるぞ」

義三が膝をかかえこんだままいつまでも黙りこんでいるので、玉木船長が励ました。

「そうかなあ」義三は自信なさそうに答えた。

「ただ一つ気がかりなのは、おまえたちのからだのことだが……見かけ以上に弱っているな、みんな。そてつの毒にやられたのかもしれん。このまま放っといたら、子供、年寄のなかから犠牲者が出るかもしれん。ああ、腹いっぱい肉を食わせてやりたいよ。牛はともかく、豚でも山羊でもよかで、へどが出るくらい鱈腹《たらふく》食わせてやりたかなあ」

「肉なんか、どこにもありょらんが」

「そうか、ないか、そうだろうなあ」と玉木船長も仕方なさそうに合槌をうった。

「K町の商売連中なら、牛や豚を何十頭も持っちゅんらしいが」とぼくは耳にした噂話を伝えた。「だけど、あん人《ちゅう》たちは、いま売る気はねえんど。値上りを待っちょるんじゃねえかや」

「うむ、奴等は悪い商人だ。貧乏人の生血の最後の一滴まで吸いあげようとしちょる」

そこで玉木船長は義三とぼくのほうに顔を近づけてきて、剣の光を帯びたすごい目つきで二人を見据えたかと思うと、「行って、奪《と》ってくるか」と、まるで海賊の親玉みたいな口調で相談をもちかけた。

「えっ、ドロボーするんだりょうか?」義三が怖じけづいてさけんだ。

「そうだ、盗んで来るんだ」

「……うーん……」

義三は返事に窮してのどのおくでうめいた。

そのとたん、玉木船長はこらえかねたように豪快な笑い声をはじけさせ「義三、魂《たまげ》消るな、魂消るな、いまのは冗談だ」と、なおも笑いころげながら、きれぎれにいい放った。

しばらくして、二人がまた焼酎を飲みはじめたので、ぼくは二人に別れを告げて船室の外へ出た。そして少し歩きかけた時、二人のこんな会話が聞こえてきた。

「きょうのタコ揚げは面白かったやあ」こういったのは義三の声だった。

「おまえにやるから、あしたから揚げなされ」これは玉木船長の声だった。

「うん、わんや、これから毎日タコ揚げしゅんからや。ほかんちゅも、沖ばかりぼけっと見ちゅらんで、タコ揚げさせらんばいきゃんや」

　ぼくはなんともいいようのない楽しい爽やかな気分になって、足音をころして船を降りると、深夜の凄涼とした月光を肩に背負い、影を嚮導者に仕立てて、蟹のしきりに横ぎる昼をあざむくばかりに明るい海岸をななめに上って行った。


　翌朝、ぼくは破片となってぼくの鼓膜に突き刺さった子供たちの甲高いさけび声で目を醒ました。

　聞きいると、子供のさけび声のほか、娘たちのその唇の形をした笑い声、敬意を表わさない孫を叱りつける古老のしわがれ声などが、かつての砂糖黍畑や果樹林をつきぬけて間断なくころがり走ってきた。それには彼らの精一杯の生命の息吹がこもっていて、こうして遠々に聞いているだけでも、打ちかかってくる夏の滝しぶきの心地よさがあった。ぼくは忘れていたかつての日日の生活のヒトコマを、――広場の体操のこと、ひりたての牛の糞のこと、パパイヤに目白があけた丸い穴のことを思い出した。すると楽しさが胸にみちてきた。

「朝うちからなにをあんなに騒いでいるんだろう。夜なかに雨でも降ったのかな」とぼくは思った。

　干魃以来朝の空模様を見ることに怖じけづいて、起き出すのを遅くしていた父と母がいないのも変だった。

　しかし外へ出て行くと、雨の降った気配はなかった。粉をふいた畑の土はきのうの乾きをそのまま持越し、庭がこいのガジュマルの木のうえまで昇った太陽も、相変らず一本の光線も無駄にせず、大地を灼くことに躍起になっていた。

　ぼくは石垣門をぬけて通りへ出て行った。うれしさを頒《わか》ち合っているもの音は、広場のほうから聞こえていた。

　道はほこりっぽく、道端には一本の新芽、一輪の花もなかった。渇き死にした大型の蝶を黒蟻の隊列がひっぱっていた。黒蟻も渇いているのか、しきりに休み休み触角をなめていた。

　向うから破れズボン、はだしの腕白が三人、駆けてきた。彼らはむかしのぼくの家来だった。

「なにがあったんかや」

　ぼくが尋ねると、彼らはいま見てきたもののオドロキを目にのこした顔で、

「玉木船長が豚《わあ》を買ってきたちよ。いま広っぱで毛を剃いでるよ。こんな、ふとーい豚だよ」と、三人いちようにうしろへ退《さが》って、でっかく両手をひろげて見せた。

「やったな」ぼくはいささか興奮しながらそう思った。同時に、昨夜の彼の言葉と、ぼくらが狼籍をはたらいた日、彼が口にした飢えの宣言を思い出した。彼はたしかこういった。「人間は飢えから生きのびるためにはなにをしても赦される。盗みも、殺しも、場合によっては、共喰いさえも――」そこで彼は自分の不動の信念を昨夜ぼくが船を降りたあと義三を誘って実行にうつしたのだ。ぼくは心のなかにふつふつと煮えたぎる熱いものを感じ、彼の馬鹿笑いにごまかされることなく、彼の男らしい決意を見抜いて、船に残って、ぼくら百十二人の部落の仲間のために、みんなの物である富をもぎ取ってくるべきであったと悔いた。いささかの罪の意識もなくそうと思った。

広場へ来てみると玉木船長の姿はどこにも見えなかったが、広場をふちどる海側の木のかげで、刃物を持った上半身裸の男が三人、戸板のうえに寝かしつけた大きな黒豚の毛を剃いでいた。豚は毛を剃ぎ落すはしから白豚にかわっていった。実にみごとな肥満豚だった。そして耳も、尻尾も、足も、脂がのっていて見るからにコリコリしていた。とり巻いた連中も、たえず満ち足りた笑い声をはじけさせながら「あるところにはあるもんじゃあ」とか「ずいぶん高かったんじゃねえかあ」とか、しきりに感心していた。

さらにすこし離れたところでは、これから豚汁の共同焚出しをはじめるらしく、女たちが、水をいっぱい張った大きな鉄鍋をのせたカマドに薪をくべたり、中へいれる野菜がわりの山芭蕉の芯や木の芽を刻んだり、忙しそうに立働いていた。

ぼくは見ているうちに食い気にひきずり回されて胃の腑がひっくり返るかと思った。

剃り手の一人がひょいと顔をふり向けたので見ると、それは父だった。父は、ぼくと目が合うなり豚の薔薇いろがかったもも肉のあたりを叩きながら、

「勝男、もうちっと待っちゅれよ。ここんところの三枚肉を食わしゅんからよ」と馬鹿に威勢のいい声でいった。

「玉木船長は?」

すると近くにいた母が「アゲー」と頓狂なさけび声をあげた。「勝男は寝ぼけていりゅが。船長はとうに行きよったがな」

「えっ、もう行きよったんかや?」

「もう煙も見りゃんが」

だれかがいったので、みんな笑った。ぼくは不覚にも、寝過ごしてしまったのだ。しかし船長も船長だと思った。あれだけの仲なんだから、義三を使いに出して、起こしてくれればいいのに……。

人群れから抜け出して海岸へ降りていって見ると、母の告げた通り、湾内に船影はなかった。ただ船の犂《す》き起こしたナ

メクジ色の一条の澪が、船の出港の事実をぼくの目に伝えているだけであった。

（ひとすじの澪は、彼のへその緒だ、円い青海原をあがっていく、タコの糸だ。彼は港々にあがって、こんどはなにを釣りあげようというのか）

だが、ぼくが感傷にひたるには、すこしばかり太陽が高過ぎたようだ。こう光の投網をかけられたうえに、斜にかまえられては、あの毛すじの感傷もみせずに出港していった南島一のさばけた男の手前、めそつくわけにもいかない。

しかし、彼は行ってしまったが、サンゴ丸のエンジンの音はぼくの心耳のうちに聞こえていた。水平線上に起《た》ちあがり、たえず白の増殖をくりかえしている夏雲の輪郭に彼の笑顔を見た思いだった。海の壮大な拡がりのなかに彼の心のかたちを、そしてイルカの陽気な旋回、飛魚の飛翔のなかに、彼の素早い転身を見たとぼくは思った。

（太陽の親藩、それは空。太陽の外様、それは海。雲塊よ、毒薬呷って墜ちかかって来い。大音響を発して炸裂せよ――大地の巨大なのどは、いま、おまえを待ち焦れている）

「そうだ、義三は何処へ行ったろう」ふと思い出しながら、海岸にいるような気がしたので目で探すと、案の定、万の鏡の葉っぱをつけたガジュマルの木かげに、はるかに遠い感じでうずくまっていた。彼は雲の下まで延びた澪のテープを握っているようだった。

近づいていくと彼は石の静けさからゆっくり目醒めた顔つきで、

「よう、勝男か」といい、つづけて思いの詰った口調でこういった。「船長は日が昇る前に行きようたよ……太陽《テダ》が船にかかっててよ、煙まで赤く見えたがやあ……こんどは、何処へ行きゅんだりょうか?」

「……豚《わあ》、見たど」とぼくはいった。

「ああ、おれ恐かったど。行かんば半殺しの目に遭いそうで、いやとはいえんかった。……あがしゃんことにも馴れちゅっど、船長は」

それから鼻につまった涙声でこういい足した。

「あんちゅは、どうも罪つくりな人だよなあ。わきゃの心臓に穴あけてぽいと行きようてしまうんだからよう」

それは大雨の来る、三日前のことだった。

少年奴隷

「糸満」を語る時、忘れてならないのは、ヤトイングヮの存在だろう。

ヤトイングヮとは、「雇われている子供」の謂《いい》すなわち糸満の親方に雇われている子供のことだが、しかし雇われているという言い方は、綺麗ごとにすぎるだろう。その実態は、むしろ一種の少年奴隷に近いものである。

彼らは、人買いによって買われてきた、魚とり専門の少年たちである。南島の諺に、糸満の潜ったあとには小魚一尾いない、とあるが、潮流のはげしい外海に袋網をはっておいて、遠くから素潜りをくりかえしながら根こそぎに魚を追いこんでいく糸満漁法は、鍛えぬかれた大人でさえ音《ね》をあげるほどの重労働であるが、それの裏方と尖兵の両方の役目をになっているのがヤトイングヮたちである。

彼らの悲惨な境遇については、南島では知らぬ者とてないが、げんみつに言えば、奄美では戦後、奄美の島々に漁業基地をおいていた糸満衆の沖縄引揚と同時に、また沖縄では、沖縄の本土復帰とともに、ヤトイングヮ制度も消滅してしまった、といっていいだろう。ただし、奄美には、かつてヤトイングヮであった人たちが（殆どが四十代以上の年齢になっている）、まだかなりの数いると思われるから、興味のあるむきは調べてみるとよろしい。彼らは、身分をかくす者がまったくないとはいえないが、大方の者は、陽性な南島人らしく、その貴重な体験談を披露してくれるだろう。わたしが聞いたところでは、沖縄復帰当時、奄美から買われていっていたヤトイングヮが、八重山群島だけでも、二百人近くいたという。したがって南島では、ヤトイングヮの存在はいまもって身辺のなまなましい事実として人々に記憶されているというわけである。

「糸満に売るぞ」

これは南島で親が子供を威す時のとっておきの言葉だ。これほど効果的な威し文句はほかにないだろう。どんな聞きわけのない子供でも、親の口からひとたびこの言葉が発せられると、顔面蒼白になって慄えあがったものだ。

　ふつう、彼らは十二、三歳で買われていくようだ。十五歳をすぎると、世間ずれしているうえに反抗心が強いので仕込むのに骨が折れるらしい。最初のあいだは使いものにならないので、水汲み、薪拾い、家畜の世話など、漸次陸《おか》の仕事から馴らしていく。そして時々、沖へ連れていく――舟と海に馴らすためだ。それは島影が線を重ねたほどに小さく見える遠洋の海だ。たいていの者は舟に酔って胃を空っぽにしてしまう。彼がひっくり返ると、先輩達が面白がって海へほうりこむ……

　ことにヤトイングヮになりたての頃の訓練は、一種の折檻だ。わたしは一度だけ、舟をならべた糸満衆が、一人のヤトイングヮに潜りを教えている光景を目撃したことがある。それは十三ばかりの痩せこけた少年だった。この間、男たちはにたにた笑っていた……五そうの刳舟が輪をつくった。その輪のまんなかへくだんの少年がほうりこまれた。少年は泳ぎが下手で、浮かんでいるのがやっとといった有様であった。「こらっ、潜らんか」一人が櫂で少年の鼻さきの海面をたたいた。少年はびっくりして反射的に潜っていった。少年が海底の砂をつかんであがってくる。すると、間髪をいれず三そうの舟がさっと漕ぎ寄ってきて、彼の真上に舟底のふたをかぶせてしまった。当然少年は舟底に頭をぶっつける。しかも息をすることができない。彼は潜りなおして舟底の外へでようとした。が、舟のうえの連中は、先回りしてつぎつぎ彼が息をつきにでてくる場所に舟底のふたをかぶせていく。時にはわざとはずしてやって、ほんの少し息をさせてやる。そしてふたたび櫂で威《おど》して少年を海中へ追いやる。海面に顔をだそうとする少年と、そうさせまいとする舟のうえの連中の追いかけっこ。少年は何回も海水を飲んでいるようだった。見ひらかれた瞳孔は、もううつろだった。とうとう力尽きて、ずぶずぶと沈んでいった。その時、初めてヤトイングヮの先輩らしい屈強な若者が飛びこんで少年を舟のうえに引きあげた。まもなく、少年は舟からあがってきたが、その小さな丸い顔は、恐怖でひきつっていた。わたしはその後、子供の、こんな怯えきった顔を見たことがない……

　しかし、ここで糸満の名誉のためにぜひ言っておきたいのは、この忌わしいヤトイングヮ制度にも年季があるということである。すなわち、徴兵検査（二十歳）がヤトイングヮの年季明けである。買われているのも徴兵検査までというわけだ。これは不文律ではあるけれど、厳格に守られていた。徴兵検査が済むと、彼らは独立がゆるされ、もとの親方のところに居残る場合でも、一人前の漁師として公平な配当にあずかることができた。決して「前借」で金縛りするようなことはしなかった。それがヤトイングヮたちが虐待の期間を経ながらも、年季が明けたあとも他の職業に転ずることなく、糸満集団のなかに定着していった理由かもしれない。また当時、糸満ぐらい食いっぱぐれのない職業はないとされていたのである。せめて、そのことが、——世界に比類のない魚とりのプロに仕上げてくれたことが、この暗く陰惨なヤトイングヮ制度のたった一つの救いかもしれない。

つぎに述べる「ヤトイングヮ物語」は、奄美群島の喜界島で住玉治郎爺さんから聞いた話である。

玉治郎爺さんもヤトイングヮの出であった。六十五歳をこしていた当時は、糸満の現役を引退して、糸満部落の近くの原っぱに掘立小屋をたてて一人で暮らしていた。だが、その飾り気のない洒脱な人柄は、糸満衆ばかりか島民からも親しまれていた。酒好きで、一杯はいると、独特の節回しの歌をよくうたった。あらかた文句は忘れてしまったが、たしか「わんは糸満、さすらい人、国の掟なんか知るもんか」という歌と、「わんの人生、一度もいいことがなかった」という歌だった。その後、糸満衆のだれからもこんな歌を聞いたことがないところから察すると、これは玉治郎爺さんの作詞作曲であったかもしれない。この歌をなかなかいい喉で、たてつくような皮肉っぽい表情でうたうのだった。

玉治郎爺さんは学校には行かなかったそうだが、大変な物識りであり話上手であった。それにしても、あの該博な知識をどこで仕入れたのだろうか。ある時、そのことを問うてみたことがある。すると、それに対する返答がふるっていた——「流れ星は天の文字だなあ。森羅万象、これ文字でないものはなか」草木は大地の文字だなあ。魚は海の文字だなあ。そういえば、彼そういって玉治郎爺さんは呵々大笑したが、そういえば、彼の言葉の裏側から聞こえてくる不思議なひびきは、そういう学問の結果かもしれない。とにかく、わたしは今もって、彼が不世出の語部であったことを信じて疑わない。その言葉は韻を帯び、調べ整い、時に激越、時に流麗、月星太陽の光彩にいろどられた、そして塩の香りのするその緩急自在の語り口は、いつも人生のふかい意味をつたえていたし、またわれわれをふるいたたせるような昂揚の調べを帯びていた……

わんは長い間、ワンクヮーボックヮと呼ばれた。
わんの本名は住玉治郎だが、だれも名前で呼んでくれた者はなかった。
「ワンクヮーボックヮ、漁にでるぞ」
「ワンクヮーボックヮ、煙草買ってこい」
「おいワンクヮーボックヮ、村長のところに魚とどけてこい」

といった具合だ。
だが、これはまだいいほうで、親方の機嫌のわるい時や、

追込漁が大詰にちかづいて叱咤の声が飛びかうようになると、大概、

「ワンクヮー」

と呼び捨てだった。

ワンクヮーボックヮを大和言葉に移せば、ワンクヮーは豚ん子のことだな。ボックヮは、もともとは男の子の愛称だが、この場合は蔑みの意味がこめられているから、男の子よりもぼうずのほうがいいかもしれない。

そう、豚ん子ぼうず――これがわんの騙名《あだな》だった。

正確にいうと、わんが糸満に買われたのは十三の時だから、それ以来、来る日も来る日も、ワンクヮーボックヮと呼ばれたもんだ。

年季が明けたあとも、糸満衆や親方連中は、相変らずワンクヮーボックヮだった。住だの、玉治郎だのという戸籍の名前が通用するようになったのは、三十をすぎてからだった。それにしたって、そう呼んでくれるのは、わんが眼の前にいる時だけの話で、かげでは、いまもって豚ん子ぼうずだな。

腹もたたん。なんとでも呼んでくれ。豚ん子ぼうず!……これほどわんを余すところなく語ってくれている言葉がほかにあるだろうか。

わんの家は貧しかった。わんの部落は貧しかった。わんの島は貧しかった。原生林の生い茂った山が山また山と打重なって、西の海にすとんと墜ちこんでいるその山裾の海っぷちにわんの部落はあった。だから土地が狭く、それも難破船の破片や、鯨の骨や、珊瑚礁の砂や、東シナ海の荒波にもまれて丸くなった玉石などでできている痩せ地で、唐芋以外はみのりがすくなかった。仕方がないので村人たちは、傾斜のゆるやかな山肌に段々畑をひらいて、麦や粟をまいたが、それも大部分は収穫前に猪やカタツムリに食いあらされていた。だから村人たちはいつも腹をすかせていた。

おやじはわんが十歳の時、風速五十米の台風の吹きあれた日、沖縄通いの帆船に乗組んでいて遭難死した。その時、おふくろにはわんを頭に五人の子供がのこされた。おふくろは豚を飼って子供を育てた。孕ませて、子豚をとって売るのだが、おふくろのは真黒ででっかくて、乳首の吸いつきがすごくよくて、どの子もみんな丈夫に育った。そのため「あそこの豚は鮫みたいに何でも食いよる」と評判がたって、島の裏側まで豚飼い巧者として知られるようになった。おかげで暮らしむきも眼にみえてよくなり、時たまは米の飯もくえるようになった。

ところが、わんが十二の時、春さきの干魃に加えて、六月から十月へかけて六回も台風に襲われるという凶作に見舞われた。すべてが食いつくされて収穫の一物もなかった秋からは、それを食ったら体にわるいとわかっていながら蘇鉄の幹

を食べた。そのため、その冬に蘇鉄の毒にやられたらしい年寄が何人か全身を青くむくませて死んでいった。わんたちは海でカキを割って食べたり、小魚を捕えて焼いて食べたり、カメノテを煮て食べたりして飢えをしのいだが、翌年の種播き期を迎えた時にはだれもが栄養失調で眼は骸骨みたいに落ちくぼみ、ふらふらと萎えたように歩いていた。

その頃だった。人買いの婆さんがやってきたのは。糸満の親方から金をもらって、ヤトイングヮ集めを仕事にしている婆さんだ。背中に竹籠を背負っていたが、そのなかで子豚がぶうぶう泣いていた。瞬間、おふくろの眼の色がかわったな。ずるい婆さんだ――おふくろが豚気ちがいだということを知っていて――全部食われてこの近在には一匹の豚もいなかった――これ見よがしに持ってきたのにちがいない。

「この牝子、どこで手に入れたとな?」と、おふくろが竹籠をのぞきこみながら、うわずった声で聞いた。

「一年も通いつめてようやく手に入れることができたわ!……ふん、高い買物よ」と婆さんがもったいぶって答えた。

「ねえ、わんに飼わせてくれんね。一番子を半分やるから」

(部落から豚の胤《たね》が絶えてしまったいま、これを育てて子をふやせば、いい金儲けになる)わんのおふくろは頭の弱い女ではあったが、とっさの判断でこう考えたみたいだった。

「飼いたいんなら、このぼうずを糸満にだしなされ」と婆さんがわんを見ながら猫撫声で持ちかけた。

「糸満って……ヤトイングヮにか」とおふくろが顔色をかえてさけんだ。

「いまの暮らしむきじゃ口をへらさんことにはどうもならんじゃろうが。ヤトイングヮと言うても、おまえにかわって親方が育ててくれるだけの話だから、有難いと思わんにゃ」

婆さんは悪魔みたいなどす黒い眼ん玉をぴかぴか光らせて早口でまくしたてた。

「ワンクヮー一匹でか」とおふくろが気色ばんでいった。

「ふん、お釣りをもらいたいぐらいじゃよ。今年は凶作で、どこの島でも子供があまっているから、不服ならいらんわい」

婆さんはいまいましそうに地面に唾をはいて立上りそうな素振りを見せた。

「ちょっと待ってくれ」

おふくろは両手で婆さんの刺青の浮きでた皺だらけの手をつかむと、血の気のうせた顔をわんに向けて、まばたきの止まった眼でわんの眼に見いりながら、そこに坐りこんでしまった。

あれは何ともいえん眼つきだったなあ。「崇高」の一語に尽きるなあ。わんはあの眼を見ただけで、わんを売る気になったおふくろを赦す気になった。そして、わんは売られたのではなくて、おふくろの眼の指差すものによって、この世の高みへ押しあげられたのだと思った。

わんは早く何か言ってやらなければいけないといった衝動を覚えた。温泉のようにふきこぼれてくる熱い思いだった。いま地獄の底まで落ちこんだ思いでいるおふくろにとって、いまわんが投げかけてやる最初の一言ほど強い支えとも救いともなる言葉はないだろう。

「飯は腹いっぱい食えるか」わんは少し浮かれた口調で婆さんに聞いた。

「ああ、朝昼晩、白い御飯よ」

「……」

「それから鯛の刺身も食べられるぞ。魚は自分でとるんじゃから、食べほうだいよ」

おふくろは聞いているうちに顔を涙だらけにして、婆さんの返答にいちいちうなづいて見せた。いくら頭の弱い女とはいえ、人買いの言葉を真にうけるほどの馬鹿とは思えなかったが、この時はうなづくことだけが彼女のすべてであったのだろう。

「おっかあ、わんは行くよ」

わんがこういってやると、おふくろは駆け寄ってきてわんを抱きしめて、

「そうか、行ってくれるんかい」と、あわれっぽい身ぶるいをわんに伝えながら、のどにつまった声でいった。

とたんに弟たちが竹籠をとりまいて、

「わんちのワンクヮー、わんちのワンクヮー」と、大歓声をあげた。

これが「ワンクヮーボックヮ」の騙名の由来よ。豚ん子一匹と取っかえられた男の子——だれが言いだしたのかは知らないが、これを言われるたびに初めのあいだは屈辱で全身が赤くなる思いだった。あとで聞いた話だと、わんと取っかえられた子豚は、おふくろにりっぱに育てられて、丸々と太った子をびりびり生んだって話だ。おかげで、おふくろは子供たちに二度とひもじい思いをさせないで済んだ。その話を人づてに聞いた時は、夜通し涙がとまらなかったくらいうれしかった。

以来、ワンクヮーボックヮの騙名がわんにとっては勲章になったってわけよ。


さあ、わんのみじめったらしい話はこれでおしまいだ。おまえだって、こんなしめっぽい話聞きたいとは思わないだろう。それに、わんは語るに値しない男だ。なぜなら、親方になぐられるのを恐れて、いじいじと過すことしか知らない男だったからだ。ほかの連中も似たりよったりだった。当時、親方のところにはわんを含めてヤトイングヮが五人いたが、みんな驢馬みたいに従順だった。なぐられるのも、こき使わ

れるのも、買われてきた身だから致し方ないといった諦めの気持だった。だから親方にたてつくことなど思いもよらなかった。だが、これからわんが話そうと思っているのは、そういうわんたちとはちがって、決して卑屈とか理由のない従順とかいうことを知らない、たとえ自分を縛っているものが宿命といわれるものであろうが国家の法律といわれるものであろうが都合がわるいとわかったら、それを絶ち切ってバラバラにしてしまわないではいられない滅法イキのいい少年の話なんだ。……潮を割ってカジキマグロが海のうえへ躍りあがる時があるなあ。あれはいつ見ても気持のいい光景だ。あいつは——飛島鉄夫というんだが——わんたちのまえに、ああいう具合に颯爽と姿をあらわしたんだ。まったくあいつは雄渾壮大な東シナ海の化身みたいな若者だったなあ。天の摂理とは凄いもんだ！　わんたちみたいに最下層の環境のなかからでも、ああいう天下をひっくり返すほどの力を持ったやつがひょいとあらわれるんだからなあ……

まず、話の順序として、親方のことから話さなければいけないな。

ヤトイングヮにとって親方は太陽《テダ》みたいな絶対者だ。煮て食おうが焼いて食おうが、勝手というわけだ。だから親方次第でヤトイングヮの運命はきまってしまう。もちろん、糸満にも、いい親方もあれば悪い親方もある。まあいい親方のほうが多かったと思う。が、ヤトイングヮにとっては、いい親方も時には鬼に見えるというわけだ。ヤトイングヮは買われてきたことでいじけているから、親方のなんでもない言葉が恫喝に聞こえる場合もある。また、荒っぽさ、愛嬌のなさで知られる糸満衆のことだから、心のなかにいたわりの気持があっても、それを態度にあらわすすべを知らない。だから、ひがみ屋の多いヤトイングヮには余計こたえるというわけだ。

わんの親方は、山城亀造という人だった。五十年配の、片耳のない、見るからに恐い顔つきの人だった。背丈は中くらいだったが、胴が長く足が短かかったので坐ると横幅の広い体格が威圧するほど大きく見えた。猪首で、首のうしろの肉が二重にたるんでいた。肩は盛りあがり、腕は長年の舟漕ぎで鍛えてきた人らしく筋肉でこりかたまっていた。そして腕の外側と鳩尾から臍へかけて、黒い毛がびっしり生えていた。

騙名を「耳切れ」といった。右の耳が根もとから削ぎおとされてないのよ。耳のうえの横びんの頭髪もひとつかみほどなかった。なぜそうなったかというと、人喰鮫の体当りをくって耳たぶが吹っ飛んだって話だ。

かれこれ二十年も昔のことらしいが、シンガポールの沖合で操業中——水中眼鏡をかけて海にはいっていた時らしいが——五米ちかい人喰鮫に襲われた。間一髪のところで身をかわしたが、完全には避けきれず、鮫の胴体で右づらをこすられてしまった。鮫の皮はおろし金だ。ほんのひとこすりだったが、親方の耳はちぎれ、同時に横びんたもざっくり裂けてしまった。その傷あとが右顔面のみにくいひきつりというわけよ。

だから、鮫を見ると片輪にされたことへの怒りをおぼえるのか逆上した。追込漁の最中でも、鮫の姿を見かけると、——そいつがとても人間にはむかってこれそうにない小物とわかっていても、仕事そっちのけで鮫征伐に血道をあげた。だからまともな漁師は親方と組むのをいやがったものだ。それも、ふつうの殺し方じゃないんだ。銛で眼ん玉をつぶしておいてから逃がしてやるんだ。

とにかく、人間的には欠点の多い人だったなあ。糸満の親方の最上の条件は、冷静な判断力だ。どんな好漁の最中でも、天候の急変をいちはやく見てとったら、網を見捨ててでも帰らなければいけない。判断をあやまったり欲をだしたりすると、命とりになる。だが山城親方は勘がにぶいというのか、神経が図太いというのか、欲がふかいというのか——とにかく人使いの荒い人だったなあ——航海や操業にむりをかさねるので、これまでにも配下やヤトイングヮを何人も死なせていた。

そんなわけで、——この年になってあれこれの親方とくらべてみると、少し狂暴なところはあったが、まあ平均的な親方だったという気がしないでもないが、しかし当時は、酷薄で、無慈悲で、横暴で、執念ぶかくて、酒乱で……いいところの一つもない最低の男に思えたもんだった。

飛島鉄夫はやってきたその日に親方と衝突した。

買われてきたのが場ちがいな感じの少年だった。眉目秀麗というのか、その端整な顔だちには気品があった。わんたちとは人間の出来がちがうみたいだった。まだ若者になりきらない痩せた体つきだったが、背は高く、骨組はガッシリしていて、あと二年も経てばだれにもひけをとらないりっぱなヤトイングヮになるだろうと思わせた。

夜、親方がわんたちに飛島鉄夫を引き合わせた。その直後、「親方は嘘つきだ」と、いきなり鉄夫が言葉はげしく親方をなじった。

とたんに親方の耳たぶのない右顔面が赤ぐろく紅潮し、眉から飛びだしている長い白毛の尖端がぴくぴく慄えた。

わんたちは色を失って眼を伏せた。

「毎日米の飯をくわせるという約束だったのに、芋ばかりじゃないか」

鉄夫が言い終るよりも早く、

「なんじゃと？……小童め！……生意気な口きくんじゃねえ！」

親方の罵声とおそろしい一撃が鉄夫の顔面に飛んでいた。

親方は底の知れない力持ちだった。山羊ぐらいは一発でなぐり殺した。糸満の腕相撲でいまもって親方にかなう者はいなかった。その力自慢が、毛におおわれた腕をふりかざし、手加減もしないでなぐりつけたのである。ふつうなら首の骨がへし折れたところかもしれない。が、鉄夫は信じられないぐらいの敏捷さで吹っ飛んだ位置からすぐ起きあがり、ふきでた鼻血を右手でおさえた。

「親方は自分の嘘を拳骨で通そうとするのか」と鉄夫はまたいった。

彼はこの場にのぞんでも、まだ、おびえてもいなければ逃げ腰にもなっていなかった。指の隙間から、手の甲、手首へしたたり落ちていく鼻血を止めようともせず、きちんと正座した姿勢で、親方になぐられてくろずみ腫れあがった眼の奥から突き刺すように親方を見据えていた。わんには鉄夫が不動の岩になったごとく見えた。

親方は憤怒の形相を顔にあらわし、体をこきざみに揺すりながら、鉄の玉みたいな拳をかためたが――わんたちは息をころして、親方が鉄夫に飛びかかって鉄拳の雨をふらせる光景を予想した――親方はその時突然、ふうっと大きな吐息をついてうごきかけていた腰をもとのあぐらの形に沈めた。部屋の静寂のなかで、ごくりという、親方の生唾をのみこむ音が聞こえた。

「貞三、浜につれていって埋めておけ」と、親方が妙なかすれ声でかたわらの貞三艫《とも》乗りに命じた。

「へい」と、貞三艫乗りが素直に応じた。

艫乗りというのは一舟の責任者だが、この貞三艫乗りは親方の弟で面倒みのいい善人だった。親方とはひとまわり年がちがっていたが、この人がいたので山城組はうまくまとまっているようなところがあった。

「吉、次郎、ワンクヮー、手をかせ」

貞三艫乗りがわんたちに呼びかけた。

わんたちは逃げるように外へでて、スコップを手にした。鉄夫も観念したふうにわんたちの後からついてきた。

「おまえは馬鹿なやつだ。のっけからあんな口をきくやつがいるか」

海岸へ向って歩きながら、貞三艫乗りが鼻血をふけというように自分の手拭を鉄夫にわたしてから、小声で叱りつけた。

「浜に埋めるとはどういうことな？」

しかし鉄夫は貞三艫乗りの親切な言葉にうごかされた様子もなく、物静かにたずねた。

「懲罰だ。殺しゃせん」

「そうだろうな。殺したんじゃ、もとがとれんもんな」

彼は余裕のある口調で応じた。しかも、物思いに沈んだような瞑想的な眼つき、うつむき加減で歩いていく気怠《けだる》そうな様子からは一種の威厳さえ感じられた。

空には満月にちかい月がでていた。わんたちは砂浜の適当な場所をえらんで早速穴掘りにかかった。適当な場所といってもむつかしい条件があるわけではない。潮のこない場所なら何処でもいいんだ。潮をかぶったんじゃ窒息死してしまうからな。意地のわるい親方のなかには、満潮線スレスレの場所に埋めて、満ちてくる潮の恐怖を刻一刻なめさせる人もいたが……。

穴を掘りながら見ると、鉄夫は砂浜に腰をおろしたまま、眉根をちょっとよせて自分にはなんのかかわりもないことみたいに、月光とつるんでいる遠くの海をながめていた。

二十分もかかったろうか。穴は掘りあがった。

「おい、はいれや」と、貞三艫乗りが鉄夫にいった。

すると鉄夫は悪びれた様子もなく、穴のなかに飛び降りた。穴はちょうど彼の肩先が砂浜の表面にくる深さにあった。そこで、わんたちは穴の横に山をきずいていた砂を鉄夫のからだのまわりに投げ入れていった。生身の人間を生埋めしているみたいで気持はよくなかった。穴がうまると、鉄夫の首だけが砂面にのこった。——これが「砂漬け」といわれている、糸満の懲罰法の一つだった。もっとも、この罰をうけるのは、ヤトイングヮだけと相場はきまっていた。ヤトイングヮは、ほんとうに可哀想よ。

「どうだ、苦しいか」と、貞三艫乗りがうずくまって鉄夫の顔をのぞきこみながらいった。

「たいしたことはない」

「放れ牛や山羊に頭をふまれないように気をつけろよ」

「その時は、大声をだして追い返してやるさ」

「この砂浜は、昔、罪人の首をはねた場所だが……鉄夫、おまえ、幽霊を見たことがあるか」

「ふん、幽霊？……幽霊がでたら砂からだしてくれと頼んでみるよ」と鉄夫はにやりと不敵に笑って見せた。

「強情なやつ！　一晩寝ないで頭を冷やすんだな」

「わんは一晩ぐらい寝なくたって平気だ。考えておきたいことがいっぱいあるから」

わんたちはどちらが「やられている側」かわからない気持になって引揚げた。

鉄夫は最後までついに微塵も弱さを見せなかった。彼の落着きはらった態度には、かえってわんたちのほうが圧倒される思いだった。たいがいのやつは、この砂漬けの罰をくうと——そしてみんなが引揚にかかると、大声をあげて泣きさけんだ。だが鉄夫は、余裕のある微笑さえうかべてわんたちを見送った。鉄夫ほどの人間が、砂漬けの苦痛を知らないはずはない。わんはおとなしいほうだったから、一度も埋められたことはなかったが、体験者の話によると、時間が経つにつれて砂の目がだんだん詰まってくるので、搾木《しめぎ》にはさまれているみたいな圧迫感をおぼえるという。そのため、のどは渇く、息は苦しくなる、体はしびれる。さらに、両手と首から下が、砂のなかに一分の身うごきもできないほどぎゅうぎゅう閉じこめられているので、不自由で不自由で気も狂わんばかりである。そして眼にはいるものといえば、星空と、暗い海と、夜光虫の波舌を先頭にひたひたと寄せてくる潮だけ、というわけだ。蟹や舟虫が石と勘ちがいして頭のうえに這いあがってくる。そいつが顔を這いまわる時のむずがゆいこと。時には産卵にきた大海亀が悠々と頭のうえを渡っていく。さらに一種の凶器とも見える放れ牛や馬の蹄が、砂をふみにじりながら顔のすぐ前を通り過ぎていく……だから一ぺんこの罰をくうと、どんなあばれ者でも人が変ったみたいにおとなしくなった。だが折角のこの威しも、鉄夫にかかっては、滑稽な喜劇の役目しかはたしていないように思われた。

「あいつは底の知れんやつだなあ」と部落にはいりながら、貞三艫乗りがあきれ返った口調でいった。しかし、この嘆声は、貞三艫乗り一人の感想というよりもこの夜鉄夫を砂漬けにした全員がひとしく感じた印象にちがいなかった。

十二時をすこし過ぎた頃、みんなが寝静まるのを待って海岸へおりていった。もちろん、鉄夫を掘りだすのが目的だった。これまで、親方の命令に一度としてそむいたことのないわんにしては、不思議な行動であった。なぜ、そういう気になったのだろうか。あの健気《けなげ》な鉄夫少年に友情を感じたのだろうか。親方に知れたら、今度はわんが折檻をうけるのは眼に見えてわかっていたが、しかし今夜のわんには親方を恐れる気持は毛頭なかった。

月が砂浜を照らしていた。夜露にぬれた砂が、はだしの足の下でいい感じできしみ鳴った。砂浜のさきへ視線を放つと、昼間は砂のなかにまぎれこんで見えない夜光貝や真珠貝の破片が、砂面ぜんたいのやわらかな輝きのなかから宝石のようにあらわれて、紫や虹色や金色の神秘的な光芒を放っていた。

わんは干き潮時の砂州をわたっていくことにした。砂浜づたいにいくよりもずっと近道だった。ぬれた円石が月の光を浴びて、無数の禿頭をならべたみたいにひたひた水のうえに浮きでていた。水にひたされている部分が夜光虫の環になっていて、禿頭の部分よりもいちだんとまぶしかった。行くにつれて、石のうえで月光を浴びていたトビハゼが浅瀬めがけてポトンポトンと飛びこんだ。

鉄夫は沖に顔をむけていたので、わんはうしろから近づく形になった。さきほどまで鉄夫の背後にあった月は、いま、彼の正面上空にあって彼の小さな頭の輪郭をくっきり照らしだしていた。

「おい、大丈夫か」

正面にまわりこんで声をかけると、鉄夫はびっくりしたふうに二度三度まばたいて、

「やあ、おまえか」と、うれしそうに頬笑んで見せた。

「おまえを砂からだしてやる」

わんがこういうと、

「親方の命令か」と鉄夫が聞いた。

「いや、わんの勝手だ」

「うーむ、そんなことをしたら、おまえ、親方にどやされるぞ」

「いいんだ。日が出たらだしてやれと、艫乗りにいいつけられているんだから」

「そうか。じゃあ、だしてくれ。お月さんだって、こんな恰好見るのはいやだろうからな」

わんはスコップで鉄夫のまわりから砂を取りのけていった。彼を掘りだすのにたいした時間はかからなかった。腰のあたりまで掘ってから、抱えあげて引きぬいた。

わんが砂のうえに腰をおろすと、鉄夫も着物についた砂をはらい落してからわんと並んで尻をおろした。

「おまえは度胸があるな」

わんがこういうと、

「そうでもないさ」と鉄夫は照れた素直な笑顔を見せていった。「ただ腹をくっていただけのことなんだ。親方は、いつもあんな調子でおまえたちをやっつけるのかい？」

「みんなおとなしいから……」

「おとなしいってことは、猫をかぶっているってことかい？」

「ヤトイングヮは、みんなそうだよ」

「うむ、あれじゃあ、馬鹿になる以外、手はないかも知れんな。そうかといって、びくつきながら暮らすのも性に合わないしな」

そういうと、鉄夫は膝をかかえて月夜の海に瞳をこらした。いっとき二人のあいだに沈黙がながれた。

「わんが砂のなかで何を考えていたか分るかい？」しばらくして鉄夫がわんに話しかけた。

わんと同じ年だとはとても思えない、大人びた口調だった。もちろん、わんに対し返答を求めたというよりも自分の頭にわいた想念をまとめるための呟きというふうにわんには聞こえた。

「わんが考えていたのは、海がとてつもなく平べったい面だってことなんだ。そしてその面は、全部が道になっているんだ。この道の向うにはアメリカもあれば、アフリカもあり、インドもあるってわけだ。世界の何処へでも行ける道――世界じゅうの国々に通じている道ってわけだ。ようし、いつか

この海の道を思いのままに乗りこなして自分の好きな国へ行ってみせるぞ！——こう考えたら、胸のもやもやがすうっと取れて、楽しい気分になったよ」

「まさか、逃げる気じゃないだろうな？」と、わんはなぜかは知らないがぎくりとして聞いた。

「おまえは馬鹿だな」と鉄夫は嗤っていった。「糸満から逃げたところで、いまの日本には自由はなか。四年か五年したら、こんどは徴兵検査だもの。徴兵検査うけたら、わんたちは間違いなく甲種合格だよ。それなら、親方のところから軍隊の牢屋に場所をうつしただけのことだろ……わんは、自由のひとつかけらもない、そんな頭を押さえつけられる暮らしは真っ平だ！……だから、わんは、徴兵検査から逃げられない限り、逃げることに意味はないと思っているんだ」

「だけんど、ここよりは軍隊のほうがましじゃろう？」

「軍隊がまし！……兵隊にとられたら、戦地へ連れていかれて、人殺しをさせられるんだよ」

「日本人である限り、しようないじゃないか」

「ふん、日本人であることをやめれば、そんなことは問題にならないさ」

「でもな、そんなことできっこないじゃないか」

「さあ、どうかな。これから時間をかけて、親方からも徴兵検査からも逃げられるうまい方法はないか考えてみるよ」

「目算がたてば逃げるのかい？」

「ああ、はっきりした目算がたてばね！」と鉄夫は動ずる気配もなくいいきった。

なぜかは知らないが、わんは深い感銘をうけてこの未知な少年に見いった。彼が偉ぶって見せたわけでも、口から出まかせを言ったのでもないことは、彼のこれまでの態度から見てもあきらかだった。徴兵検査から逃げだす——ということは、いったい、どういうことなのだろうか。果して、そんなことができるものだろうか。それを口にするだけでも恐ろしい話である。しかるにこの少年は、目算がたてば親方からも徴兵検査からも逃げてみせる、とはっきり断言した。「なんとも末恐ろしいやつがきたもんだなあ」とわんは肝をつぶして、しばらくは口をきくこともできなかった。

その夜、鉄夫とわんは義兄弟の契りをむすんだ。なぜそうなったのかというと、鉄夫が「なんだって、おまえだけワンクヮーボックヮと呼ばれてるんだい？」と聞くので、わんが騙名の由来を告げると、彼は一瞬憐憫の情を顔にあらわして、わんの手をにぎりしめて「じゃあ、おまえがワンクヮーボックヮなら、わんは泡盛ボックヮだ」と、わんを慰めるようにいった。

彼の話によると、父親がどうしようもないのんだくれで、酒屋に莫大な借金をためこんでしまい、請求されて糸満に鉄夫を売って借金をはらうという証文に判子を捺してしまったのだという。

「どうも酒屋のやつ、最初からそのつもりで、大酒飲みのおやじにじゃんじゃん飲ませたらしいんだな」鉄夫はそういって苦笑した。

それから鉄夫がいってくれたもんだ。

「玉どん！……わんはこれからおまえをそう呼ばせてもらうよ。ワンクヮーボックヮなんてことは、口が裂けたって、言いはしないよ。だってそうだろう、そういう言い方は、おまえを辱《はずか》しめるばかりでなく、わんたち自身をも傷つけていることになるんだからね」

わんは、涙がでるほどうれしかった。鉄夫というやつは、健気なだけでなく、子供のくせに人間味ゆたかというのか、本当に底の知れない思いやりのある珍しい子供だったなあ……

「じゃあ、わんも、おまえを鉄どんと呼ばせてもらうよ」

わんがこういうと、

「うん、そう呼んでくれ。二人はとってもいい友達になれると思うよ。これからは、なんでも相談し合い、助け合う兄弟になろうよ。義兄弟ってわけだ。こうしてここで出会ったのも、前世のなにかの縁かもしれないもんな」

まもなく一番鶏がときを告げたので砂浜のうえの塩焚小屋へ寝にいった。西にかたむいた月が、わんの少し前をいく鉄夫の背中を照らしだしていた。ひどい着物だった。幾重にもつぎがあてられ、あちこちに鍵裂きの大穴があいていた。だがこのすばらしく頭のいい、すばらしく度胸のいい少年は、まるで「乞食の王子さま」といった感じで誇り高く歩いていた。その彼も、塩焚小屋にはいってムシロのうえに横になったとたん、疲れと眠気にいちどきに襲われたらしく、死んだみたいに寝入ってしまった。夢のさしいる余地もない、密度の濃い、ふかい眠りだった。

だが鉄夫は宿命の子だったな。なぜ宿命の子なのかというと、いつも正しかったにかかわらず、親方やおとなの糸満衆の反感を買っていたからだ。それは受難だが、ふつうの人間には決して起こり得ないことなんだ。宿命というのは、自分からそれに立向っていくように運命づけられているからどうしても難儀なことになってしまうんだ。――わんの知る限り、あとにもさきにも、鉄夫ぐらいいわれのない酷い仕打ちをうけたヤトイングヮはなかったな。彼は糸満のありとあらゆる折檻をうけた。とくに最初の一年間は――いや、それは一年半ぐらいつづいたろう――生傷の絶える間がなかった。命を落さずに生きのびてこられたのが不思議なくらいだった。また鉄夫も、それに対し憐れっぽく赦しを乞うとか、参ったという顔をしないものだから、「こやつ、反省の色がない」ということになって、余計気をわるくさせていた。

連中はなぜそれほどまでに鉄夫を虐待したのだろうか？　理由なんかありはしねえ。口のきき方が生意気だとか、態度が横柄だとかいってはいたが、それはいいがかりだな。その頃の糸満はまったくタチが悪かったからなあ！　あの外道ども——鉄夫のなかに犯しがたいものを感じて、無智な蛮人よろしく踏みにじってみたかったんだな。いや、その折檻に意味づけをするとすれば、間違いなく、こういうことになるだろう——つまり、鉄夫の強い精神力に将来の「謀叛」の芽をかぎとって、それをつぶしにかかったのだと。

だが鉄夫は参らなかった。くたばらなかった。そればかりか、やつは虐待を食ってさえいたんだ。やつにとっては、虐待も血となり肉となる栄養というわけだ。それによっていつかやってくるであろうその日のために、反撥力を蓄えていたというわけだ。どうしてどうして、虐待ぐらいで根性を腐らせる男ではなかったよ。

当時、ヤトイングヮいじめに一番よく使われたのは、わんたちが「アダン責」と呼んでいるやつだった。アダンは海近くの砂浜なら何処にでもあるから、場所には困らなかった。だが一般人に見せるわけにはいかないので、人気のない村はずれや無人島で行われた。……アダンの葉は刀みたいに長くて、両縁と、まんなかの筋の裏側に棘が鋸の歯みたいにびっしりついているだろう。アダンの茂みの下には、そいつがいっぱい散りつもっている。まるで針のムシロって感じだ。……そこへ、裸にして手足をしばってほうりこむんだ。

アダンの棘は魚の骨みたいに硬いじゃろう。体が落ちた瞬間、上を向いて待ちかまえている幾十百の鋭く尖った棘が、根もとまでぷすりぷすりと突き刺さる。たまったもんじゃない。痛みにうめき声をあげて、火のうえの海老みたいに跳ねあがろうとするが、手足がしばられているので横にころがるだけだ。こんどはそこに容赦なく棘がくいこむ。肌は裂け、血はふきだす。血と血がつながって、体じゅう血だらけになる。苦痛よりも血の恐怖におびえて、狂ったようにころげまわる。さらに新手の棘が、ぷすり、ぷすり。……うまくころげまわって棘のムシロの外へ逃れでても、折檻衆たちは容赦しない。また抱えあげてなかへほうりこむ。

それだけじゃないんだ。徹底してしごきにかかる時は、ほうりこんでおいてから、アダンの茂みに火を放ったもんだ。そうすると、焼かれまいとして必死にころげまわるだろう。それだけ棘も突き刺さるし、火の恐怖もまた格別というわけだ。火と棘で攻めたてられるんだから恐い話よ！　しかし、焼き殺すのが目的ではないから、たいがいのところでおさめるが、もちろん、火傷なしではすまなかったな。これで焼け死んだ者もあるって話だ。先輩連もこのつるりとした火傷のあとをどこかにもっていたな。

それから、「アンペラころがし」もよくやられた。アンペラころがしというのは、アンペラにヤトイングヮを詰めて袋の口をしばり、山の斜面だの崖のうえからころがすやり方だ。坂の途中には石とか木株があるじゃろう、それにぶつかって打ちどころが悪かったら、打身、骨折の重傷を負うこともしばしばだった。わんも一度やられたことがあった。海際の小高い山で、高さは五十米くらいあったろうか。わんはずっと泣きさけんで赦しを乞うたが――芋を一つ盗み食いしたための懲罰だった――連中は勘弁してくれなかった。わんを四、五人がかりで山のてっぺんに担ぎあげると――あまりの恐怖のために波打際が遥か遠くに見えたのをおぼえている――有無もいわさずわんを袋詰めにしてしまった。そしてそのままひところがしよ。そこはえらい急坂でよ、体がはずむのなんの！　外から見たらゴムマリみたいにはね飛んでいたんじゃないのか。草をなぎ倒し小さな土砂のなだれをともなってころがっていったってわけだ。全身の骨がバラバラになるような感じだった。そして何か固い物に頭を打って、眼から火花が散った。そのうちに、突然、があんという衝撃が脳天にきた。丸たん棒で頭をぶんなぐられたみたいだった――多分、木株に激突したんだろう――それっきり失神してしまった。おかげで、あとは赤ん坊みたいに何もおぼえず下までころがっていった。しかしこの脳震盪がなくてもあれではいずれは眼をまわしていたことだろう。……袋のなかからだされた時は、完全に半死半生のていだった。全身あざだらけ、身うごきすることもできなかった。前歯も二本折れていて、顔じゅう血まみれだった。

だがやられた回数の点からいえば、「沖棄て」が一番かもしれない。漁で失敗を犯した時、その帰路によくやられた。まったく、親方の虫の居所次第で、手軽に、舟のあかでも汲んで捨てるみたいに頻繁にやられた。岸まで二キロとか三キロの地点で、いきなり海へ蹴落された。泳いで帰ってこいというわけである。泳ぎには強いといっても、沖漁のはたらきでくたびれているから、潮の流れの早い黒潮の奔流を乗りきるのは、大変な難儀だった……

だが、アダン責も、アンペラころがしも、沖棄ても、鉄夫には通用しなかった。これがふつうの人間ならとっくに片輪になっていたところだ。あるいはおぼれ死んでいたかもしれない。が、鉄夫はそのたびに平気な顔でその試練をのりこえた。だからわんたちには、彼が不思議な力を持った――運がいいだけでは済まされない、超自然の力を持った人間に見えたもんだ。それに、折檻というものは、それによって相手が自分に都合のいいように変わってくれない限り意味のないものだろう。親方は、それによって鉄夫がおとなしい、いいヤトイングヮになってくれることを——ということは、奴隷根性を持った人間になってくれることを期待したのだろうが、本気でそう思っていたとしたら、鉄夫を見くびった大馬鹿者よなあ。鉄夫は、折檻をうけるのが恐さに馬鹿になっているわんたちとは人間のできがちがうんだ！

それから、鉄夫の偉かった点は、どんな折檻をうけても、翌日はうごける限りなにごともなかったような顔で仕事にでたことだ。わんなんかの到底真似のできることじゃなか。……いつの場合でも、折檻の原因となるのはたいがいとるに足りないことだ。口で叱るか、拳骨一つですむ程度のことだ。何もアダンの茂みに投げこんだり、袋に詰めて崖からころがすほどのことじゃなか。要するに、連中は自分たちのなぐさみのために、面白半分でやっていたのよ。その証拠に、連中はやりながら笑いころげていたもんな。……ヤトイングヮだって人間だ、一寸の虫にも五分の魂よ……奴隷同然の身とはいえ、腹がたって、腹がたって！　時には火をつけて連中を焼き殺してしまおうかと本気で考えたこともあるんだ！　だから折檻のあとというものは、どんなにおとなしい、うすのろなやつでも、顔にこだわりがでたもんだ。わんなんか、自分でもわかるぐらい険悪な相になったもんだ。仕事は投げやりになるし、自暴自棄にはなるし……それを露骨に外にあらわすとまたやられるからこらえにこらえてはいるけれど、胸の裡となるともう自分でも始末のつかないぐらいの修羅の心よ。ところが鉄夫は、たとえ眼はふさがりあざだらけの顔はしていても、心のしこりを翌日に持ち越すことはなかった。これは鉄夫の抜群の精神力があって初めてできることにちがいなかった。

「あんなにやられて、よく平気な顔でおれるな」

ある日、折檻のあとわんがこういってからかうと、

「わんはこの世を捨てているから、何が起こったって平気なんだ」と彼は落着きはらって答えたもんだった。それからつけ足していった。「玉どん、わんの希望は来世にありだよ」

「来世って……死後の世界のことかい？」

死後の世界に夢を托すなどとは彼らしくもないと思って問いかけると、彼はわんをしっかり見据えて力強くいいきった。

「玉どん、わんの考えている来世というのは、この海の向うにあるにちがいない新天地のことなんだ。わんは信仰上の来世なんかちっとも信じていやしないよ。わんは自分の運命は自分で作る主義だから……いまのわんを縛っている境遇がもしもわんの運命だとしたら——これは飲んだくれのおやじが授けてくれたエセ運命だとわんは思っているけどね——こんなもの、ばらばらに絶ち切って脱出してみせるさ」

自信にみちた、力強い口調だった。自分の運命は自分で作

りだす！　いまの境遇をエセの運命と看てとって、それがどんな頑丈な鎖であろうと、時が到れば自力で絶ち切って脱出してみせる！　──彼はこういったのだった。いまこの宣言を耳にした瞬間、わんは、耳朶に、自分もふるい立たないではいられないような、血のさわぐ、はげしい風圧をうけ、同時に、彼が渾身の力をふりしぼって、いま、彼の体を縛っている鎖を絶ち切っている鉄のちぎれる音を聞いているような気がした。──これこそは、糸満の虐待のなかから飛島鉄夫がつかみ取った、容赦しない、かつ威厳にみちた、力強い自立の運命観であった。

だが、それはまだ「決意」であった。ヤトイングヮの身分を捨て、糸満から脱出してみせるという以上、決意を実行に移すためには、綿密な計画と大胆な実行が必要だった。なぜなら、これまでにも、舟を盗んで島の外へ逃げた者はあったが、殆どが島々に張りめぐらされている糸満衆の網に引っかかって連れもどされていた。だから、いくら頭のいい、沈着冷静な飛島鉄夫といえども、脱出を成功させるためには、彼の年齢を超えた大人なみの頭脳と体力が必要だった。しかも鉄夫は、かつてわんに、「親方から逃げても徴兵検査から逃げられない限り、逃げることに意味はない」とはっきりいった。だとすると、彼の考えている脱出計画がどういうものなのか、子供のわんには皆目見当もつかない……

こうして三年経った。鉄夫もわんも十七歳になっていた。わんは相変らずの痩せっぽちだったが、鉄夫は長身、筋肉質のだれが見ても惚れ惚れするような、「役に立つ」申し分のないヤトイングヮになっていた。その頃になると、もう誰も鉄夫に暴力をくわえる者はなかった。かえって、懲らしめても懲らしめても平気な顔で起きあがってくる鉄夫の姿に、鋭い歯をもった獰猛敏捷な美しいすがたの魚──オカマスといって、薄気味のわるささえ感じているふうだった。──鉄夫は体をつくることにはスポーツ選手のごとく積極的だった。彼はせっせと生魚をかじった。糸満は、ヤトイングヮをふくめて、沖でとった魚はいくら食ってもいいとされていた。だから昼飯時ともなると、網であげたばかりの、まだぴちぴち跳ねている雀鯛や飛魚のうろこをこそげ落し、両手で頭と尻尾を持って何回も潮にひたしながら玉蜀黍《とうもろこし》をかじるみたいに片端からかじっていくのだが、──なにしろ、はげしい潜水のあとだろう、もう空きっ腹で腹の皮は背中にひっつきそうにへっこんでいる──だからこれは本当に、舌ごととろけそうなぐらいうまかった！　かつえていたせいもあるが……あれは本当にうまかったなあ……

この三年で、鉄夫は仕事の腕もあげたが、ことに帆走の名手とうたわれるようになっていた。やつは風と潮の子よ。あの大きなずう体で海のうえを翼をあおることなく何時間でも飛びつづけることのできる上昇気流の魔術師アホウ鳥よ。風を肌でうけとめると、即座に潮の流れ波の形を勘でとらえて帆綱を自由自在にあやつるんだ。天下一のけちん坊みたいにありったけの風を帆にとりこむんだ。逆風だろうが横風だろうが台風だろうがやつの手にかかったら意のままだ。このまま腕をあげていったら、あと一、二年で糸満随一の帆走の名人とうたわれていたかもしれない。またやつは生れついての研究熱心で骨身惜しまず帆に立向っていったな。ふつう、漁場からもどる時は、日照り空の下の重労働のため口をきくのも億劫なほどくたびれきっているので、帆綱を持つことを難儀がるものだが、鉄夫はすすんで、帆綱をにぎった。だからどんどん腕はあがる一方だった。

それと、鉄夫のもう一つの特技は、星図にくわしいことだった。いつ何処で学んだ知識かは知らないけれど、春夏秋冬の別なく、おびただしい全天の星のなかから、即座に主だった星座を拾いだすことができた。羅針盤を持たない糸満の夜間航海に星はなくてはならない道しるべだが、——また集団のなかには星に明るい者がかならず混っているのが通例であったが、しかしその彼らの知識でさえも、水平線下に沈むことなくいつも瞬いている大熊、小熊、竜、カシオペアぐらいのものであった。だから鉄夫の知識はずばぬけていたといえよう。

鉄夫は星をながめていると退屈することを知らない男だった。彼は眠りに就く前のひととき好んで海岸で過したが、仰向けにひっくり返って星をながめだしたらわんが話しかけてもまったく耳にはいらない時があった。「星は無口なやつを好くみたいだよ」といっていたが——これは図星だなあ！　星は心をむなしくして向い合わない限り、あの雄大深淵な思想をつたえようとは決してしないもんだよ。勝男よ、星の世界からわんたちの世界に飛びこんでくるのは流れ星ばかりじゃなかぞ。おまえ、あの大空の星たちと荘厳な会話をかわしてみたいとは思わんか。話してみたいと思ったら、雑念をはらって星に見いることじゃよ。そうすれば星の言葉がおまえの魂になんとも楽しいモールス信号を打ちこんでくれるだろう。そうすればおまえの欲しい言葉で得られないものは何一つないだろう……

後で思い返すと、鉄夫が帆走と星図の見方に熱心だったのは、それが海に乗りゆく者にとっての、そして遠洋航海者にとっての、必須の技術だったからだろう。鉄夫は脱出の計画を胸に秘めて、着々とその準備を進めていたというわけだ。

その年は、フカヒレ景気にわいた年だった。中国人商人がいれかわり立ちかわり買いつけにやってきた。そればかりか、彼らは気前よく糸満の親方衆に大枚の手付金さえ置いていった。その結果、価格は釣り上る一方だった。で、雀鯛をとるよりも、アカウルメをとるよりも、夜光貝をとるよりも金になった。親方のなかには、鮫とりは危険をともなうのでそれを断る人もあったが、うちの親方に関する限り金になることなら何でもする人だったので、もう鮫とりに夢中だった。それに、鮫とりとなると、親方にかなう者はなかった。「耳切れ」の騙名が示すように、若い頃鮫とり専門の舟に乗りこみ、獰猛な人喰鮫とわたり合ってきた人だけに技術はたしかだった。そのため、組から離れていった者も何人かあった。が、わんたちヤトイングヮは、鮫とりがどんなに危険であろうが嫌であろうが、それから逃げることも拒むこともできなかった。

その頃の糸満の鮫漁は、一本釣りが主力だった。が、これでは漁獲高がなかなか上らない。そこで、親方連中は色々工夫をこらして漁獲高をあげることに努めていたが、うちの山城親方のやり方は一風変わっていた。いや、二風も三風も変わっていた、というべきかもしれない。まるで気ちがい沙汰――あれは漁ではなくて鮫狩りという名の狩猟だった。若い時分修行した南洋でおぼえた方法らしいが、漁獲高さえあげればいいといった、貪欲酷薄なこの人らしい外道《げどう》だった。網と釣りと潜りと突きが主力の、誇り高い正統派糸満衆の大部分は、糸満の風かみにもおけないやつといって腹の底から軽蔑しきっておった。

漁場に着くと、箸を置きならべたように二そうずつ舟を縛りつける。これは、鮫が舟底から突きあげてきても、舟べりごしにのし上ってきても、ひっくり返らないようにするためだ。大型の鮫になると体長四、五米に達するのでその破壊力はすさまじい。まして、手負いの鮫は陸上の猛獣さながらに狂い暴れるので、たとえ舟をならべたところで、絶対に転覆しないという保証はない。現実にしばしばひっくり返されていた。後で話すが――そのための犠牲者もでた。

餌は獣肉が使われた。初めの間は、アオブダイやサワラなどの大型魚を使っていたが、これは鮫漁にはいる前にまずこれらの魚を釣らなければならないので、手間暇が勿体なくて親方の発案で獣肉にかえられた。鮫というやつは、悪食のうえに血に敏感ときているから――一滴の血の匂いを一キロ遠くからでも嗅ぎとることができる、といわれているくらい血に対して敏感なので――血の匂いさえすれば何でもかまわないふうだった。しかも、肉は高くつくので屠殺場から、牛だの、馬だの、山羊だのの頭を丸ごと安く買ってきて使っていた。それから、家畜が死ぬと、それも貰いうけて使った。

仕掛は至って簡単だ。餌が馬か牛の頭ならば二つ割りに、山羊の頭ならば丸ごと、死肉ならば適当なかたまりに切り分ける。それを太目の針金で固く絡げる。そして左舷に二個、右舷に二個、吊り下げる。これで鮫をおびき寄せようという魂胆だ。鮫が食らいついたら餌にものすごい重量がかかるので、たやすく奪《と》られないように肉塊には針金を通し、さらに外側をしっかり絡げる。餌の位置は、海面下五十糎ぐらいのところ——鮫がそれに食らいついた時、鮫の頭のてっぺんが海面スレスレのところにあらわれるように沈めておくのがコツである。つぎに、魚と肉のこまぎれを舟のまわりに撒き散らす。鮫寄せだ。これで近海の鮫という鮫が、血の匂いに電流の衝撃をうけて、全速力でやってくるだろう。ここは、ふだんでも鮫の多い場所だ。予想どおり、すぐあらわれた。つづいて、二匹、三匹。撒餌が雨あられと投げられる。鮫の食い気はこれで頂点に達した。海面のあちらこちらから、それに食らいついたらしい水しぶきの騰《あが》るのが見える。あいつは、どんな小さな餌にだって、岩をも嚙みくだかんばかりの全力で食らいつくんだ。陸のライオンと海の鮫——これが顎の強さの双璧だな。舟の真下から舟底といっしょに足首を食いちぎられた糸満漁師がいたっけ。

頃合をみて、撒餌を中止する。すると、やつは猛然と頭をふって餌をさがす。わんたちがあてがった肉のこまぎれと血の匂いで胃の腑はでんぐり返り食い気にひきずり回されているから、もう見さかいがないんだ。波の影、鳥の影にさえ大口あけて向っていきよる。あいつの口ときたら、まるで海底の洞窟がぱっくり口をあけたみたいだ。あの真一文字に裂けた口は、間違いなく、天地創造以来かつて一度も光の射したことのない暗い暗い深海につうじているな。潜っている時、顔の前であいつに大口あけられたら、どんな海野郎でも、一瞬ゾーッと総毛立つ思いだよ。

この時とばかり、わんたちが舟を揺する。揺すられて、舟べりから吊るされた肉塊が、また血をながすという寸法だ。食い気で狂っている鮫が、ここから奔《はし》っていく強烈な血の匂いを見逃すはずはない。まっさきに、とくにずう体の大きなやつが、背びれを立ててえらを全開にして、頭をこきざみに振りたてながら突っかけてくる。太刀魚みたいによくしなう小判鮫が負けじと併走している。濁ったガラス玉そっくりの眼ん玉が、波の間に陽をうけてぎらついて見える。やつが肉塊に食らいつく。針金に歯があたってガシッと鳴る。舟が大きくがぶる。鮫の野郎、肉塊に食らいついたまま、それを食いちぎろうとしてなおもがっくんがっくんと顎をうち振る。そのたびに舟はしぶきをかぶり、針金はきしみ鳴る。

狙いすまして銛を打込む。狙いどころは頭かエラ孔だな。最初の一撃で息の根をとめてしまおうというわけだ。一発で仕止めてしまわないと、暴れられたら大変なことになる。が、まず糸満に狙われたらおしまいだな。なにしろ、飛翔中の飛魚さえ突き刺してしまう連中だ。しかも、相手は肉に食らいつくことに夢中になって、眼と眼のあいだの急所を海面にあらわしている。それに一番銛は、さきがするどく光った槍型のやつだ。これがまともに当ったら岩も砕けてしまうだろう。つづいて、二番槍、三番槍が打込まれる。これは三又の槍だ。この槍は、鮫の逃げる力がつよいと、銛さきが柄からすぽっと抜けるようになっている。もちろん、銛さきは鮫の体内にふかく食いこんでいるし、銛さきには長い銛鋼がとりつけてあるので、逃げるだけ逃がしておいて体力が弱まるのを待って引上げてしまうのだ。どんな大物も、最初の一発二発で、致命傷をうけているので、やがて手操り寄せられる運命にある。

こうして、一日で十四から二十四ぐらい殺したもんだ。肉は蒲鉾のいい材料だが、大漁の日はとても全部は持ち帰れないので、ヒレと上肉の部分だけ取ってあとは捨てた。鮫が両舷の餌に同時に食らいついたような時は、もう殺気だって恐いぐらいだった。ヒレを切り取るのはヤトイングヮのつとめだが、仕事がのろいと海へ蹴落された。

頭からしぶきをかぶる、夏は裸だからしぶきは皮膚の表面ですぐ乾いて真白な塩になる。さらに生肉をつかんだ血だらけの手で滲みでる汗をぬぐうもんだから、だれもかれもが血と塩で彩色された南洋の土人みたいだった。そういう連中が大声でわめき、手に手に銛や庖丁を持って、われを忘れて鮫にむかっているんだから、これはもうなんとも奇怪な光景だったなあ。

精魂つきはてるまでやらされた。鮫狩りの最初の頃は、緊張と恐怖で生きた心地もなかった。体力のないヤトイングヮがくたびれて坐りこむと、容赦なく打擲《ちょうちゃく》の櫂が飛び「鮫に食わせてやるぞ」と威された。わんは鮫狩りになれるまでは、かならずといっていいくらい、鮫の大口に呑みこまれる夢を見た。

予想されたことではあったが、ついに犠牲者がでた。犠牲者第一号は、わんとおなじ舟ではたらいていた新米ヤトイングヮの用造だった。鮫漁の真最中の出来事だった。わんは右舷でフカヒレを切っていた。用造は反対側にいた。見ていた連中の話によると、用造が舟からのりだして尾びれを切り取っていた時、突然舟底の陰から大口あけた鮫が躍り上ってきて用造の右手にかみついたという。たったの一嚙みで……肘からさきの部分が嚙み切られていた……その瞬間、用造はぽかんとして手さきのない右腕をながめていたらしいが、どうしてこういうことになったのか、自分でもまだ判断がつかないみたいだったという……傷口から血がふきだして海面を朱に染めた。そこから、その血におびき寄せられたらしくまた新手の鮫が飛び上ってきたので、「危い！」と糸満の一人がさけんで用造を舟のなかに押し倒したが、その時用造は初めて怯えきったすさまじい泣声をあげた……血止めの応急処置をほどこし、急ぎつれ帰って医者に手あてさせたが、傷口からバイキンがはいったらしくて用造は一週間後に高熱を発してとりとめのないことを口走りながら、息をひきとった。

完全に息の根をとめておいて、舟に揚げて処理すればこんな事故は起こらなかったかもしれない。が、一枚でも多くヒレを取ろうとして、半殺しのまま、死んでいるのかどうかも確かめないで舟べりに引寄せ——ということは、鮫を海中においたまま処理させるのでこんなことになってしまったのだ。これまでにも、鮫の尾びれで耳をうたれて鼓膜に穴をあけたり、手に持っていた庖丁を飛ばされてそれが腿に突き刺さったり、舟の横揺れをくって海に転落しあわや鮫に襲われそうになったり……という小さな事故は、しばしば起こっていた。

だから「今度はわんたちの番だぞ」と、ヤトイングヮの誰もが思ったもんだった。

だが親方は、わんたちのそんな危惧に気づいていたはずだが、稼ぎのよさと、片耳をそがれた鮫に対する復讐の快感で夢中になっていたので、ひとかけらの同情も示さなかった。また、組の糸満衆も、内心では気の毒がっていたが、漁獲高があがればあがるほど配当がよくなるということがあったので、親方に面とむかって忠告する者はなかった。彼らは漁から帰ってくると、毎晩のように、鮫の腸でつくった酢味噌あえを前に、泡盛をのんだ。時にはつれだって沖縄料亭へくりこんでいった。

そんなある日のこと、わんたちの危惧はあたって、いや、あたり過ぎたというべきかもしれないが、二度目の事故が起こった。それは糸満の遭難史にも名高い、糸満衆四人とヤトイングヮ二人、計六人を一挙にうしなうという大事故だった。しかも翌日、出漁場所とおぼしいあたりを捜索したところ、舟はひっくり返った状態で見つかったが、人間の姿はおろか着物のきれっぱし一つ発見できなかった。で、舟が転覆して海になげだされ鮫の大群に襲われたのにちがいない——という噂がひろまったが、後日、その近海からあがった鮫の腸壁から、しかもたてつづけに数匹から人毛が発見されてその噂を裏づけた。

これで山城組のヤトイングヮは、さきの用造につづいて今度二人死んだので、残るのはわんと鉄夫だけになってしまった。

犠牲者のなかには親方の弟の貞三艫乗りもはいっていた。彼が気の進まぬ出港をしていったことは組の全員が知っていた。だからだれもが押さえようのない憤激と後味のわるさで胸のうちを煮えくりかえさせていた。

親方と貞三艫乗りは、その朝、舟をだすだださないでいがみあっていた。その日は朝から、南方洋上に熱帯性低気圧が発生しているらしくて、海は時化模様だった。海へでていった者もあったが、大部分の糸満衆は出漁を見合わせていた。貞三艫乗りも朝起きだしてきて空模様をながめるなり「きょうは休みだ」と告げた。わんたちも当然の措置だと思った。鮫漁の場合、大きなうねりはいいとしても、この日の海みたいにさきの鋭い巻きこむような三角波が立つ時は、舟の横揺れが一瞬にくるので危険とされていた。だが、二日酔の腫れぼったい顔をして一同より少し遅れて海岸へおりてきた親方は、貞三艫乗りから出漁中止にした旨告げられると、顔をどす黒く染め大きな眼玉をむきだしにして一同をねめつけながら「なんだと……出漁中止だと！　これぐらいの風を恐れて、おまえらはそれでも糸満か！　ううむ、腰抜けどもめが……ええい、さっさと仕度しろ」と、怒鳴りつけた。

「親方、きょうは止めたほうがいいよ」と組の二、三の者が口々にいった。

「親方はわんじゃぞ……腰抜けどもめが！　いうこときかないと、組からつまみだしてやるぞ」

「だが、きょうはみんな疲れているから、骨休みさせたほうがよか」と貞三艫乗りが口をそえた。

たしかに、この一箇月、好天つづきで一日も休みをとっていなかったから、一同骨休みが欲しいところだった。

「ならん！　こんな日こそ鮫の豊漁が期待できるんじゃ。さっさと舟出しやれ」

親方は闘牛みたいに両肩のもりあがった頑丈な体をゆすって、歯をむいて口汚くののしりながら一同を追いたてた……

そんなわけで、日が経つにつれて「耳切れが追いたてさえしなければ死ぬこともなかったんだ。六人は欲深野郎に殺されたようなもんだ」といった非難の声が、遭難者の家族や糸満衆の仲間うちからわき起こった。その噂は、鮫にちぎられて横びんたに醜い孔のあいている耳たぶのない親方の耳にも容赦なく飛びこんできた。この事件を契機にみんなが親方に持っていた悪感情がいちどきに爆発した感じだった。

遭難者の後始末もよくなかったな。配当金をくすねたうえに、夏の畑の露じめり程度の見舞金で済ましたって話だ。遺族は怒ったね。金がないわけじゃないんだ。山城親方は、糸満の親方衆のなかでも五本の指にはいる金持だった。遺族の一人がそのことで談じこんでいったら、この人らしい鈍感さで、酒ぶくれした赤ら顔をいっそう紅潮させて「なんだわな……わんの責任でもんでもないもんな。連中の腕がわるかっただけの話よ」と、ねばっこく口のなかでもぞもぞやったって話だ。海野郎糸満の風かみにもおけない卑劣な言い草だよ！　だが山城親方ってのは、そういう男なんだ。みんな愛想をつかしてしまったな。こんな男の下ではたらけるもんかといって、つぎつぎ離れていった。事件から一箇月も経ってみたら、山城組に残っていたのは、わんと鉄夫だけだった。

わんたちはヤトイングヮの身分としてでていけないもんなあ。

今度ばかりは親方も参ったみたいだった。気をまぎらすたために朝から泡盛をあおっていた。度がすぎて漁へでられない日もあった。そん時は、どうしようもない飲んだくれといった感じでいぎたなく寝ていた。そして時々猛獣みたいなうなり声をあげて眼をさましては、酔眼の奥のどろんとした瞳で脅かすようにわんたちを見据えた。まるで厄病神だった。漁へでかける時も、泡盛をつめた一升びんを持っていってぐいぐいやるといった始末だった。そして酒で意識をうしなって、ばったり寝いってしまう。もう一種の酒乱だった。

「親方、酔っぱらって海へでるのはやめてくれんか」と、わんたちが注意すると「ふん、きさまたちだけで何ができる?」と、薄嗤いを浮かべて吼えたてた。……鮫漁の最中に、酔っぱらって立上られてふらつかれたら、ひとたまりもないもんなあ。

「玉どん、気いつけてくれよ。気ちがいが一人乗っかってるみたいなもんだからよ」と、勘のいい鉄夫はわんにいいいいした。

この時、すでに予知能力にすぐれていた鉄夫にはあのいまわしい光景が眼に見えていたのかもしれない。

その事件は、鮫漁の最中に起こった。親方は例によって酔いつぶれていたので、鉄夫とわんとで鮫にむかっていた。しばらく小物がつづいた後、太陽にあぶられてうすい膜をはったみたいにどんより凪ぎわたっていた海面が割れて大物が姿をあらわした。全長五米ちかいホオジロ鮫だった。ヒレは最高級だが、人喰いだった。二人だけでは荷が重すぎるような気もしたが、しかし隙があったら打ちこんでやろうと思ってわんたちは立上って銛をかまえた。そうやってしばらく鮫の行方を眼で追っていたその時(わんは親方に背を向けていた)、突然、まったく突然、腰のあたりをどんと足蹴にされた。酔いつぶれていた親方が眼を醒まし、なにに血迷ったのか、わんをしたたか蹴飛ばしたというわけだ。酒乱の挙句の気ちがい沙汰だった。わんはひとたまりもなく均衡をうしなって、銛を持ったまま舟べりを飛び越して海にころげ落ちた。わんは人喰いが近くにいることを知っていたので咄嗟にひたいにかけていた水中眼鏡を眼のうえに引きさげた。そして体を沈め素早く前方を一瞥した。その瞬間、わんに向って襲いかかってくる鮫の姿がすぐ近くに見えた。鮫は間違いなくわんに目標をさだめていた。三日月形の口は開ききっていた。もう逃げきれる距離ではなかった。頭のうえで鉄夫が必死にさけんでいるのはわかった。鮫はうねりながら迫ってきた。あとふたうねりでやられる!とわんは思った。いま鮫の鼻づらは眼のまえにあった。あの気味のわるい歯の列が、二列にも三列にも並んだ鋭利な歯が、わんの鼻にふれんばかりの近間に見えたような気がした。わんは自分でもおぼえず本能の反射神経の命ずるままに、鮫の開ききった口めがけて持っていた銛を無我夢中で突き刺した。すごい手ごたえだった。一瞬肉に銛の突き刺さる手ごたえを感じた。同時に、口蓋に銛の突き立った鮫が猛然と頭をふったのだろう、銛柄をにぎっていたわんは一瞬何も見えなくなったほど水しぶきの散乱のなかで、まったく軽々と海のうえへほうり飛ばされていた。

「玉どん、玉どん」鉄夫の連呼の声にわんははっとわれに返った。見ると、まぶしい陽差のなかで鉄夫がわんに向って櫂をさしのべていた。舟も、鉄夫も、眼が痛いぐらい白金色に輝いて見えた。わんはとっさに舟に体を向けた。いつの間にか、わんは舟から十米ぐらい離れていた。そうだ、早く舟にもどらなければ――わんは思うように手足がうごいてくれないもどかしい焦りのなかでそう思った。新手の鮫がすぐ背後についてきているようで、いつ足を、頭をぱくりとやられるかと気が気じゃなかった。

泳いでいくと、鉄夫が手をさしのべてわんを引きあげた。

「大丈夫か」と彼は心配そうにわんの顔をのぞきこんだ。

「うん、うまくかわしたから……」

「いったい、どうしたんだい？」

わんの転落の事情がのみこめないらしく、鉄夫がせっかちに聞いた。

「親方が……うしろから足蹴にしよったんだ」

「なにい？」鉄夫は聞くなり真蒼になって親方をにらみつけた。親方はすこし白眼をむいた相変らずの情けない恰好で酔いつぶれていた。

「鉄どん、もう我慢の限界にきたような気がするよ」

わんが突然きた慄《ふる》えのなかでこういうと、鉄夫はわんを見つめたまま、涙をあふれさせ、わんの肩に両手をおいて声をころして泣きだした。

止めどもなく言葉が口をついてでてきた。「鮫の餌とはひどいよなあ。ヤトイングヮだって、人間だろう。だが親方は、わんたちを人間とは思っていないんだ。豚か山羊の頭なみにしか見ていないんだ。だから、平気であんなことができるんだ……これじゃあ、あまりにみじめだ、みじめすぎる、そうだろう……」

わんはいっているうちに、自分の気持がだんだん険悪になっていくのを覚えた。そしてそれはわんの手にあまる感じでわんを狂暴にしていった。この時、もし親方がわんの言葉を聞きとめて起《た》ち上ってきたら、わんも櫂か銛を持って猛然と立向っていっただろう。

「玉どん、おとなしいおまえがなあ……」

鉄夫がわんを力いっぱい抱きかかえた。彼の涙が熱したわんの頬をつたい走るのが感じられた。

「玉どん、いよいよ親方の始末をつける時がきたみたいだな。おまえの命をわんにあずけてくれ」

眉宇に決意を漲らせて鉄夫が早口で告げた。声は低かったが、鼓膜がパシッと叩きつけられたような感じだった。

わんは彼の視線をガッキリ受けとめて、それから大きくうなずいて、承知の意味をつたえた。

「海にほうりこんじまおうか」

わんは事もなげにそういった。いま、わんは鉄夫よりも積極的だった。

「そうだな」鉄夫は一点を見つめて考える眼つきをした。一瞬のうちに沈着冷静にすべての計画を思いめぐらしたみたいだった。瞬秒ののち、眉をあげて「沖棄てでいこう」と彼は断を下した。

「それにしても、ここからじゃあ遠過ぎないかい?」

彼は東の海上に緑色の山なみを見せている島かげをふり仰いでいった。わんには彼の言葉は悠長に聞こえた。

「どっちみち死んでもらうんだから、ここでいいよ」

「だが、公平にやろうよ。ここからじゃ、いくら泳ぎのうまい親方でも、絶対に泳いでは帰れないよ。運があったら泳いで帰れるぐらいの距離にしてやらないと、後味がわるいもの」

鉄夫はかすかな微笑さえ見せてそう提案した。

「任せるよ」

こうして、「反乱」は決行された。

わんたちはすぐ帰り仕度にかかった。帆をあげ、例によって鉄夫が帆綱をにぎり櫂で舵をとった。親方はまだ寝いっていた。酔いつぶれている時はいつもそうだった。舟が岸につくまでおぼえがないということもしばしばだった。

それからの一時間。鉄夫のいう、「生きるも死ぬも親方次第」の距離に到達するまでの一時間——それこそ、わんの人生における最高の昂揚の時であった。わんは太陽から力を得た。湧きたつ積乱雲から力を得た。打続く浪のうねりから力を得た。濃密な黒潮と空の色から力を得た。それが自分でもてあますばかりの力の源泉となって、わんに白刃の気概と修羅の行動力をあたえた。舟が浮いて天翔《あまが》けているような心地だった。

太陽の位置から午後の二時をすこし過ぎた時刻と察しられた。順風満帆——舟は午後いちばんの季節風を後背からうけて矢のように進んでいった。さらに、それに加えて、太陽の熱が、潮の流れが、つぎつぎ舟を送りわたしていく打続く波が、わんたちの叛心に加担したのか、舟あしに加速度をくわえた。帆柱にはげしく打ち鳴る帆桁はなにやら鬨《とき》の声に聞こえ、舟べりに裂かれて流れる飛沫の音は激励の歌声のように聞こえた。そしてうごくものはすべて——飛魚も、海鳥も、いるかも、鰹の大群も、わんたちと競り合って前進しているように思われた。が、連中もわんたちを追い抜くことはできなかった。

　鉄夫は左脚を折り曲げ、右膝をたてた中腰の姿勢で舵をとっていたが、いまはさきほどの緊張もとれて、ときおりにやりと不敵な余裕のある微笑さえ送ってよこした。しばらく行った時、「あれを見ろ」というように、鉄夫が空の一点を示した。仰ぎ見ると、南のほうから舟の真上へ飛んでくる一羽のアホウ鳥の姿が眼にはいった。上昇気流に長い翼を軽々と托して、一度も翼をあおることなく飛びつづけているその飛翔の姿は、海鳥の王者といった感じだった。うち眺めているうちに、なぜかは知らないが、楽しい解きはなたれた気分がこみあげてきた。「わんもあの鳥のように自由になれるんだ」と思った。そのうれしい気持を眼顔で鉄夫につたえたら、鉄夫もにっこり笑って、馬に鞭をいれるように、帆綱を一つぴゅーんと空《くう》で鳴らして舟に鞭をいれた。

　走りだしてから一時間たった。舟はかなり島に近づいていた。山ひだが見える。岬のかたちがわかる。緑樹におおわれた海岸線と珊瑚礁の見わけがつく。これでは近づき過ぎだと思ったその時、鉄夫が帆を落した。帆柱だけがのこった。舟はうごきをやめ、潮流に身をまかせた。

　わんは武者ぶるいにおそわれて鉄夫を見た。同時に、鉄夫もわんに決行の意思を眼顔でつたえた。わんはしゃちこばってどうにもならないくらい自分でも緊張していることがわかった。心臓が破裂しそうにはげしく打った。眼尻が吊りあがっているらしくて、こめかみが変な具合にひきつってぴくぴくふるえた。裸の腕がくっついている脇腹から、どろりとしたあぶら汗がいちどきに噴きだしてきた。鉄夫は腰を起こすと、彼のほうに頭をむけて寝ていた親方の首の下へ両手をさしこんで親方の体を起こしにかかった。親方はうめいて、半醒めの感じで白眼をむいた。それから、鉄夫が寝ている病人をかつぎ起こす時のように、親方の背中に左手をまわし腰ベルトをつかみ、空いているほうの右手で親方の右手首をもって持ち上げ、腋の下に肩をさしこんだので、わんも彼の意図を察して、反対側から、親方の左腕をとって持ち上げ、その下に肩をもぐらして親方をかつぎ起こした。

「親方、親方、着きましたよ」と鉄夫が親方の耳に口をつけて、大きな声でいった。

　親方はふたたびうめいて、両手を反らすようにして（その両腕はわんたちに把《と》られていた）、大きなあくびをした。酒ぐさい息が顔にかかった。まだ酔眼朦朧としていたが、足だけはしっかりしていた。

「なにい？……まだ着いとらんじゃないか」

親方はまぶしそうに片眼だけあけて、ちらっと前を見た瞬間気づいたらしく、眼をかどだてて、どなりつけた。

「親方は、また寝ぼけて……ほれ、着いているじゃないですか」と鉄夫は冷ややかな口調でそっけなくいった。

「着いたと？　何処に岸がある？　わんには海しか見えんが」

親方はこんどは両眼を剝いて、見定めるふうに前方を見据えた。

「だれも、岸に着いたとはいってませんよ……沖棄ての場所に着いたといっているんですよ」

「沖棄てだと？……どいつじゃ、また悪さをしでかしたのは」

「悪さをしでかしたのは、親方ですが」

「なんじゃと……なんじゃと……わんが悪さをしでかしたんじゃと」

「そうですが。寝ていて玉どんを虫けらみたいに海に蹴っ飛ばしたんですよ。あわや鮫に食われるところだった」

「ふん、てめえらのしくじりをわんのせいにしよって……」

「親方、わんたちに投げこまれない前に、さあ、飛びこんでください」

親方は顔がどす黒く見えたほど力み返って、両肩をもりあげ胸をふくらませたかと思うと、うめき声をあげてわんたちを振り飛ばそうとした。が、わんたちは、そのことを予期して両脇から万全の備えで固めていたのでびくともしなかった。とたん親方は観念したみたいだった。

「鉄、これはきさまのさしがねか」と、親方は酔いのさめきった口調でいった。それから、わんのほうに首をねじ曲げて、おどすようにいった。「玉、きさま、こんなことを鉄にさせておいていいのか。ヤトイングヮの謀叛はな、簀巻《すまき》にして海に沈められるんだぞ」

「親方、この期におよんで悪態をつくのはよしなされ。わんたちは本気なんだ。鮫の海に投げこまないでここまで連れてきたことをわんたちの情けだと思って、さあ自分から飛びこみなされ」と鉄夫は抱きかかえた腕に力をくわえながら、容赦しない口調でいった。

すると、親方はきゅうにずるそうな薄嗤いをうかべてこれから自分が泳いでいかなければならない遠くの島かげを見やりながら、こう持ちかけた。

「情けをかけたにしては、えらく遠いじゃないか……もうちっと、島に近づけてはくれんか」

鉄夫は断った。「わんたちも、ここから、何回も泳がされているんだから……親方が泳げないことはなかだろう」

「だが、わんの体は酒でなまっちょるで……情けのかけついでに、もうちっと寄せてくれ」

「親方は、わんたちに情けをかけたことがありますか」

「いんや」と親方はいった。

「じゃあ、どうして、わんたちの情けを期待するんですか」

「鮫に食わせないで、ここまで送ってきてくれたんだから、もちっとぐらい手加減してくれるかと思ったんだ」

「じゃあ親方に聞くが、親方はきょう無事岸に着いたら、わんたちの処置に手加減してくれますか」

「いんや」と親方はしばらく考えていたあとでいった。「わんはおまえたちを何処までも追いつめるだろう。それが糸満の掟だ」

「じゃあ同情なんかねだらないで、糸満の親方らしく飛びこみなされ」

「ううむ、だれも助けてくれるもんがないってことは、みじめなもんだなあ」

親方は珍しく人間的弱みを見せてそういったかと思うと、ぽんと舟底を蹴って自分から飛びこんでいった。わんたちは抱えこんでいた手をはなすだけでよかった。

「親方、沖棄ての気分はどうね」と鉄夫が海のなかの親方にいった。

「ああ、いやなもんじゃよ」と親方は立泳ぎの姿勢でくるりとこちらを向いて応じた。

「わんたちはいつもそんな気分だったよ」

「ううむ、いまはようわかるわい」

「泳ぎながら、親方をいつも呪ったもんだよ」

「畜生、ヤトイングヮの糞野郎め……わんも、きょうは泳ぎながらおまえたちをきっと呪うことじゃろう」

なんの感傷もなかった。わんたちは手を振って親方に別れを告げ、舟を進めた。……親方は島岸めざして、重そうに体をひきずってゆっくり泳いでいった。それを見ながら、鉄夫が親方にささげる供物というように、びん詰の泡盛を海へ注ぎいれた。


その足で、わんたちは立神島へ向った。部落の沖合いに浮かぶ、わずかばかりの松林と岩と砂浜でできている無人島だった。そこで時間をつぶし、夜更けを待って糸満部落へいって貯えをとってきたいということだった。そうすれば親方の生死も確認できるだろう。その場合、荷物はのこしておく。なぜならば二人が立戻ったことがわかると、人々に異変を感じさせて事が面倒になるからだ。何ごともなかったら(親方がもどっていない場合の話だが)、糸満衆たちは、わんたちの行方不明を遭難死で片づけてくれるだろう。

計画は全部鉄夫がねりあげた。彼はこの時を限りに、躊躇することを知らない、鉄の意志を持った人間に変貌したかのようだった。そしてわんをぐんぐん引っ張った。もしここで彼が少しでも迷いを見せていたら、勢いのおもむくままに事を起こしてしまったわんは、先行の不安から気も滅入っていたことだろう。だが、鉄夫の力強い、確信にみちたうごきのおかげで、このひとときひとときが、何もかもが自分を中心にまわっているような、自分が偉大な人間になったような、この世でできないものは何一つないような、すばらしい自信と気力の充実を身うちに感じた。

約二時間ほどかかって、立神島に着いた。

舟は用心して、珊瑚礁の小さな切れ目の奥にいれておいた。相変らず陽差は強かった。砂浜に降りるなり鉄夫が「腹が空いたな」といった。「そうだな、何か獲ってくるか」とわんが応ずると「じゃあ、一緒に潜るか」と鉄夫が素晴らしい笑顔を見せていった。そこで、わんたちは、水中眼鏡をかけ銛を持って、海へはいっていった。海水は沖の水とちがって生ぬるかったが、珊瑚礁の尖端へでると、陽光を綺麗にすかした水族館のように澄みきっていて、いろどり豊かな大小さまざまの磯魚が豊富に見られた。が、二人とも、すぐに獲物を仕止める気にはなれなかった。わんたちは長いことふざけて魚を追いまわしたり、ウツボを銛でおどしたりした。まるで子供にかえったみたいだった。それに飽きると、海のうえに体を浮かして真蒼な空に見いったり、海鳥の数をかぞえたりした。とにかく、時間がたっぷりあるという感じだった。おなじ時間でも、きのうとはこうまでちがうものかと思った。働かされている時間は、追いたてられている時間だった。親方に買い占められている時間だった。が、いまは――まっさらの、何もしないことが許されている時間だった。心を遊ばせ、心を有頂天に躍らせることの許されている時間だった。いまのわんの未来のように、無限の拡がりを持った、手も染まるほどの希望の蒼さを持った時間だった。

「いい気分だな、玉どん」と鉄夫がいった。

「ああ、天国だよ」とわんは答えた。

このまま日没まで、遊びほうけていたい気持だった。

結局、腹にこたえるものがいいと思って伊勢海老四匹と常節《とこぶし》をざる一杯取って海からあがった。

伊勢海老と常節は、流木を拾ってきて火をおこして焼いて食べた。……まず、流木を燃やすだけ燃やして熾《おき》をつくると、それを平らにならし、そのうえにわんたちの腿《もも》ぐらいもある伊勢海老を二つ置いた。そのとたん、磯色の身のひきしまった伊勢海老は、えらや殻についた海水をはじいて熾の外へ飛びだした。そいつをつかんで熾の中心に投げいれる。また飛びだしてくる……そんなことを何回か繰り返していたら、さすがの伊勢海老も弱ってきて、はじから赤くこんがりと焼けあがっていった。同時に、なかの肉汁をふくんだ身が、じゅっ、じゅっと煮えて鳴り、食欲をそそる香ばしい匂いがうすい煙となって立ち昇った。わんたちは鼻を鳴らしてそれを吸いこんだ。胃袋がしめつけられて胃に快い痛みを走らせた。

「食べようや」と鉄夫がいった。「畜生、うまそうに焼けやがったな」わんがおどけてそういうと「そういえば、わんたちは糸満にいながら、伊勢海老ひときれ口にできなかったもんなあ」と鉄夫は情けなさそうにいい、それから断乎とした口調で誇らしげにいった。「だが、これからは、好きなだけ食べられるぞ……」

しばらく経って、一匹目を食い終って二匹目にかかった時、鉄夫がさりげないうちとけた口調で話しかけてきた。

「玉どんよ」と彼は優しい感じのひくい声でいった。「おたがいの今後の身のふり方のことだが……」

わんは緊張して伊勢海老の身を嚙みくだくのをやめて鉄夫に眼をむけた。鉄夫は一息いれるように、手に持った枯枝をのばして燠をかきまぜた。

「もし親方がくたばっていたら」と彼はふたたびわんの顔に眼を据えて、つづけた。「遭難して自分だけ助かったといって名のりでてくれないか。竜巻にやられたといえばいい。親方と鉄は、竜巻にさらわれてしまった、櫂と帆もさらわれてしまった、わんだけ生き残って漂流していた——そういう口実で、糸満衆のところに申しでるのよ。この舟はおまえにのこしておく。五日ぐらい経ってから名のりでれば間違いなくそれで通ると思うんだ……親方がいないんだから、おまえはそれで自由の身よ。もし今後も糸満ではたらきたかったら、今度こそ、いい親方につくんだな」

「……」

「問題は、親方が生きていた時のことだが」と鉄夫は少し間をおいてから話をつづけた。「その時は、ヤマトへ逃げてくれないか……あいつは執念ぶかいから、沖縄の島にいちゃまずいと思うんだ。ヤマトなら、広いから分りっこないもんな。その時は、わんが鹿児島まで送っていってあげるよ」

（鉄夫はそこまで考えてくれていたのか）

わんは胸にじいんとくるものを覚えたが、同時に、当然予想されたことではあったが——この兄弟のように苦労をともにしてきた友達といよいよ別れる時がやってきたのかという急きたてられるような惜別の情にかられて急いで鉄夫に聞いた。

「鉄どんはどうするとね？」

「わんか——」鉄夫は不意におさえきれないほどの喜びを顔にあらわして、興奮から少しふるえを帯びた声でさけんだ。「わんは——南太平洋の島へ行く」

「南太平洋の島って——あのオーストラリアの近くの島のことかい？」

わんは恥ずかしいぐらいとりみだして聞き返した。

「うん、そうだよ。わんは、あそこが気にいってるんだ。本でも調べたし、糸満であそこに行った人からも聞いたが、わんの住む土地はあそこしかないという確信を持ったんだ」

「あんな遠くへ――どうして行くんだい？　もちろん、密航なんだろう？」

「わんは糸満の刳舟で行くつもりだ。命がけの冒険かも知れないが、そのためにわんはこの三年、糸満で航海術をおぼえた。フィリッピンからインドネシア経由で行くつもりだが、途中の島々で食糧を調達しながら、何箇月、何年かかってもいいから、ゆっくり行くつもりだ」

「籍はどうするの？」

「籍なんかいらないさ。国を捨てるのはわんの運命だから。それに、南太平洋の人たちは、天性おおらかで親切で、人を疑うことを知らないから、簡単にわんを受けいれてくれると思うんだ」

（――そうか、親方からも徴兵検査からも逃れるためには、日本人であることをやめればいいといっていた彼が見つけたのは南太平洋の島々であったのか。いかにも鉄どんらしいスケールの大きい発想だなあ。そして鉄どんなら、珊瑚礁の岸辺に漂着した椰子の実のように、どんな痩せ地にでもとりついて、あの熱帯のまぶしい蒼空めがけて高々と幹をのばしてくれるだろう）

「鉄どん……おまえなら……きっと……やれるよ……」

わんははげしい祝福の衝動をおぼえて両手をのばし彼の手を把って力強くいったつもりだったが、声はかすれ手はわなき眼は見せてはいけない涙でうまっていた。わんはうろたえて顔をそむけた。後で思い返すとそれは、一緒に暮らしていた相手が自分の知らないあいだに及びもつかないほど大きく成長しているのを知った時の寂しさと幾分の悔やしさかもしれなかった。同時に、巣立ちの島を惜しげもなく飛び立っていくアホウ鳥のことを思った。翼たくましいアホウ鳥は、巣立ちの場所のぬくもりをふり捨てて何千里とも知れぬ危険な渡りの航海へと旅立っていく。だが自分はスケールの小さい、生れた土地から一生はなれることのできない留鳥なのだ。留鳥が渡り鳥の真似をすることはできない……

この時、いかにも鉄夫らしい反応だと思うのだが、わんの心の動揺に気づいたのにちがいない、いたましいほどの恥じらいとやさしさを眉間ににじませてわんを見つめた。が、すぐに思い直したふうだった。姿勢を正し、眼をあげると、悲愴なほどの面持で、この時だからこそ言わなければいけないのだといった真率の口調でいった。

「だが玉どん、わんはこの航海にはおまえを誘わないよ。命がけの冒険だもの。友達甲斐のないやつと思うかもしれないけど、わんの我儘と思って許して欲しか。それに、玉どんはわんとちがって肉親の情があついから、やっぱり地元で暮らすべきだよ」

　わんは彼を見、それから南太平洋の島々につうじているにちがいない南の水平線に視線を移して、水平線上に彼の行路の困難さを暗示するかのようにモクモクと湧き立ち拡がっている積乱雲の大山脈をながめた。

「おまえのことだから……行ったきり帰ってくることはないだろうな」

　わんがこういうと、

「そうだな、わんはうしろをふり向くのは嫌いだから……」と、鉄夫もそういって雲の峰をながめ、それから小石を一つ拾って渚のほうへ投げやった。

　わんにはその小石の落下した波紋によって、渚の水面に映っていた雲の峰がぽっかり割れて開いたように見えた。

「さあ、もう一遍、泳ごうか。それから一眠りして、貯えを取ってこなくちゃあ」

　彼は立上ってわんを促し、渚へ向ってゆっくり下りていった。

　わんの話はこれでおしまいだ。聞き流すもよし、またおまえがこの話にふつうの物語以上の意味があると思えば、わんがおまえに話さないではいられなかった衝動を読み取って、その後のわん人々に語り伝えるのもよかろう……ところで、その夜、わんたちたちの運命だが、それを簡単に話すと、その夜、わんたちが舟で乗りつけて様子をさぐったところ、親方がもどっていないことがはっきりした。鉄夫が一人で行ってくるというのでわんは舟のそばに居残ったが、鉄夫がもどってきていうには、家のなかに親方の姿はなく、海岸で親方のおかみさんと糸満衆が何人か松明をかかげて暗い沖合をながめながら、帰ってこないわんたちのことを話し合っているのを目撃したという。したがって、親方がおぼれ死んだのはあきらかだった。五日経って、鉄夫の指図どおり、南へ舟を走らせて八重山群島の石垣島に乗りつけ、とぼけて地元の糸満衆をつうじて山城組に連絡をとってもらったところ、案の定、山城親方の行方不明の返事がかえってきた。おかげで、わんは自由の身となり、石垣島の具志親方の下で組員の一人として働くことになった。……鉄夫は、石垣島めざしてわんを送っていく航海の途中の島で、まっさらの刳舟を一そう徴発して、食糧を仕入れて用意万端ととのえたうえで、わんが石垣島の岸辺に漂着するのを見とどけてから、帆をふくらませるだけふくらませて、島かげ一つない台湾沖へ向って帆走していった。

Ⅲ、小さな島の小さな物語

はじめに

「小さな島の小さな物語」は、喜界島出身者が関東で出している、「榕樹」(がじゅまる)に連載した連作短篇です。「榕樹」は、一年に一冊発行の雑誌につき、この十作を書き上げるのに十一年の歳月を要しました。

僕が住んでいた、昭和七年から十六年までの喜界島は、軍国主義の影がしのび寄ってきてはいましたが、人口も多く、失業者はゼロ、ドロボーはなし、さらに、黒糖、大島紬製造、出稼ぎ者の送金などで実に活力あふれる「楽園に一番近い島」でした。

僕の親がおおらかだったおかげで、湾尋常高等小学校から帰ってくると、春から夏へかけての季節ですが、赤連海岸通りの下の磯へ出て、魚を釣り、さらに海に入って小魚釣りに明け暮れたものです。たしかに、情報も物資も今日からくらべると、貧弱ではありましたが、それで生きて行くには十分で、僕の人生で一番幸せな時代だったと、はっきり言うことができます。

さらに僕が喜界島に感謝しなければならないことは、赤連海岸通りの生活が、僕に小説家への道を進めさせてくれたことです。真珠は「核」を太らせてあの美しい玉を作りますが、安達征一郎という作家の「魂」は、この狭いエリアの中で生まれたと、確信しています。

「小さな島の小さな物語」の諸作は、その喜界島に対する、おこがましい言い方で恐縮ですが、恩返しの意味で書いています。この作品を読んで喜界島に興味を持ち、喜界島を愛して下さる方が一人でも多くふえてくれることを願っている次第です。

赤連海岸通り

　僕が喜界島に住んだのは、太平洋戦争前の八年間である。生まれたのは東京だが、僕が七歳の時、満州事変前の大不況で父が失職したため、両親の出身地の奄美大島へ帰ることになり、「喜界が住みやすいですよ」とすすめる人があって、喜界へ移住したということのようである。

　家は赤連《あかれん》の海岸通りにあった。海岸通りは、出船入船の時だけにぎわいを見せる、喜界島の〝玄関口〟であったが、今も「海岸通り」の地名はのこっているのだろうか。

　赤連と湾のムラから延びてきた一筋道は、サンゴ礁をつらぬいて、コンクリートの桟橋と連なっている。桟橋の先端は、干き潮時でも、水深が二、三メートルあり、発動機船や漁船が数隻碇泊できるスペースがあった。

　神谷スーター（スーターとは、旦那という沖縄方言ではなかろうか）所有のマーラン船（沖縄帆船）がよく泊ったたし、また、四国船籍のサンゴ採集船もしばしば入港した。潮くさい網にひっかかった屑サンゴを貰って大事にしたものである。

　夏の月の夜に、この桟橋から夜釣りをしたが、毒のとげを持った小魚によく刺された記憶がある。しかし、海面には夜光虫がただよい、青光りするモンゴウイカの乱舞がこの世の物とも思えないくらい美しかった。

　僕の家の前に「ふじや旅館」があった。主人はフジナミさんといい、喜界の東海岸の人らしかったが、足が悪く、家業のほうはおかみさん任せで、フジナミさんはほとんどぶらぶらしていた。

　フジナミさんは好々爺で、彼が怒ったところを見たことがない。彼はちょっとしたインテリで、朝日新聞を取りよせて読んでいた。当時、喜界島で朝日新聞を定期購読している人は少なかったはずだから、旧制中学くらい出ていたのかも知れない。

　おかみさんは名瀬の人で、当時五十歳くらいであったろうか。母はアセーと呼んで親しくしていたが（アセーとは、お姉さんを意味する大島ことばではなかろうか）、品のいいおだやかな人で、家業をひとりで切り回していた。

フジナミさん夫妻には、嫁いで満州に行っている娘さんがいたが、昭和十四、五年ごろ、健康をそこねて帰郷し、ふじや旅館の離れで療養生活をおくっていた。たぶん、結核ではなかったかと思う。彼女は療養の甲斐なく一年後に亡くなったが、彼女の愛読書のなかに、織田作之助の小説本があり、よく内容は分からなかったが、なにかまぶしいくらいの都会の匂いのする、不倫小説であったように記憶している。とにかく、僕がはじめて読んだ現代小説であった。

当時の僕の読書体験はきわめて幼稚で、僕の手にはいる本といえば、父君が農業会につとめていた大山政治君の家にあった「家の光」と、西平泡盛店の西平君が購読していた「少年倶楽部」ぐらいの物であった。

大山政治君とは、僕の上京間もなく(彼は僕より少し早く上京していた)、僕が連絡すると早速訪ねてきて、将来のことを色々と心配してくれたものである。それから長く会う機会がなかったが、昭和四十年代の初め、僕が本を寄贈すると、大変喜んでくれて、奥さんとお嬢さんと一緒に浅草で会い旧交をあたためたものである。その後会う機会がないが、国木田独歩の小説の題名をかりていえば、大山政治君は僕にとっての「忘れえぬ人々」のうちの一人である。

西平君は現在古仁屋《こにや》で病気療養中であるが、僕の顔を見ると、「カツミ(僕の本名)が小説家になったのは、僕の家でよく本読んだからだよ」といって笑っているが、早く健康をとりもどしてほしいと祈るばかりである。

もう少し家の周辺のことを記すと、「ふじや旅館」の右隣りに、僕たちがてんぷら婆さんと呼んでいた、沖縄出身の六十歳くらいの老婆がいた。畳二枚ほどの一間をかりて、沖縄風の揚物をつくって売っていた。揚物の種類は少なく、とても商売になるとは思えなかったが、黒砂糖味のドーナツ風の揚物だけは評判で、すぐ売り切れたし僕もよく買い食いしたものだ。

肉体労働などしたことのなさそうな、顔ツヤのいい、豊かな体つきのおばあさんだった。口かずが少なく、近所つき合いも控え目で謎の多い人だったが、同郷の人たちとはよく麻雀をうっていた。

戦後西平君から聞いた話によると、かのてんぷら婆さんは、戦後の共産主義運動の闘士徳田球一氏の母堂だという。どういうツテを得て沖縄から喜界島へきたのかは分らないが、特高警察の監視の目にさらされてずいぶん苦労されたことと同情を禁じ得ない。

家の北側、道路をへだてて向う側に、奥田ばあさんの家があった。警察の鑑札をうけていたかどうかは明らかでないが、旅館業を営んでいたことは確かなようだ。ただし、ふじや旅館を一等旅館とすると、奥田旅館は木賃宿クラスで、宿泊客も行商人がほとんどだった。建物も二階家ではあったが、台風で倒壊してもおかしくないような古家であった。

奥田ばあさんは和歌山県人らしいが、大変な能弁家で名物ばあさんだった。母の説明によると、奥田ばあさんの御主人は、有名な建築業者で、喜界島のある公共建築物（それがどれであるか僕の記憶にない）を建てるために来島し、そのまま喜界島の人情と自然に魅せられて住みついた人だという。僕がいた頃は御主人は亡くなっていたが、奥田ばあさんは七十歳くらいだったと思われるが、まだまだカクシャクとしたおばあさんだった。

奥田ばあさんの美徳とでもいうべきものは、大変慈悲心の厚い人で、頼ってきた者の面倒みのいいことだった。行商人の中には、路銀に困窮したり病気でねこむ者もいたが、宿代なしで置いていたように記憶している。またM女なる些か狂気の女性の面倒をみていたのも記憶している。

僕には行商人たちが本土から運んでくる、ヤマトの匂いといったものが珍しくて、よく彼《か》の家へ行って行商人たちから、今でいう〝情報〟を仕入れたものだ。

富山の薬売り、手品師、浪曲家、古着屋、盲目の歌者《うたしゃ》、もろもろのインチキ行商人――その中で、僕が今でも忘れることのできない人物がいる。

それは、朝鮮人の飴売りの青年である。喜界島は戦前から黒砂糖の生産地で、どの家庭にも黒砂糖は常備されているので、はたして飴など買う人がいるのかどうか分らないが、三十前のその青年は、ブリキ製の箱に水飴をいれて主に子供たちに売り歩いていた。僕の記憶も今となってはあいまいだから、水飴のほかに彼の商い品があったかもしれないが、どうも思い出せない。

彼は行商にでられない雨の日や、夜間には、ポータブル蓄音器のレコードに聴きいっていた。この蓄音器は手巻きの物で、たぶん、喜界島でも持っている人は少なかったのではあるまいか。

彼がよく聴いていた歌曲は、東海林太郎の「国境の町」や「野崎参り」だった。もちろん、僕も初めて耳にする流行歌だった。彼は時には、涙をうかべて聴きいっていた。

機嫌のいい時には、美しい声で「アリラン峠」やその他の朝鮮民謡をうたったりした。

ある夜、僕が奥田旅館へ行くと、彼が酒に酔って外へでて、「畜生、おれの国を盗みやがって！　畜生、おれの国を盗みやがって！」

と、わめきながら、棍棒で庭先の竜舌蘭の葉をめった打ちしていた。

彼のことばの意味が分らず、僕が、

「どうしたんですか」

と尋ねると、彼は青い顔で僕を見つめて、

「ああ、おれの国は盗まれた！　言葉も、苗字も、宗教も、うばわれた！　おまえ、植民地の人間の心の痛みが分るか。おれたちは、いくら勉強しても、努力しても、日本人の上にはたてないんだ。アイゴ！　アイゴ！」

彼は涙をながして、僕にうったえるように叫びつづけた。

もちろん、当時の僕には、植民地の人間がどんな差別をうけているか全く知らなかったので、彼の行為は奇異にうつった。それに、当時の奄美には本土から差別はうけても、自らが他者を差別する精神風土はなかったから、僕は彼を〝歌好きの優しいお兄さん〟ぐらいに思って接していた。だが、彼は行商の途次で、ありとあらゆる植民地の人間の差別をうけて、国を失った者の絶望感と悲哀にうちひしがれていたのだった。

……こういうふうに、昭和十年代の「赤連海岸通り」の住人の生活を書いていけばきりがないが、今思い返すと、五十年昔のこととはとても思えないほどの鮮やかさで、一々のこまかい挿話がわき上ってきて僕を楽しいなつかしい思いにさせてくれる。はっきりいって、「赤連海岸通り」は、名所旧蹟のように世に知られた土地でもないし、規模も小さい。奄美の中でも、眺望の規模の点からいえば、伊仙沖の景観、百之台上からの景観など、人間を圧倒する規模壮大な景観にくらべれば、〝小景〟にしかすぎない。だが、僕にとっては、どんな些細な自然や、今は亡い人々のくらしの中にも、深い意味があるように思えてならないのだ。少なくとも、僕がこれまで書いてきた小説の〝核〟を作っているのが、「赤連海岸通り」での生活で得たものであることだけは間違いない。僕はこれまで、喜界島の実在の地名を使った小説を書いていないが、（僕の小説の書き方が抽象的なので）小説の細部には、あの頃僕が海辺の生活で得た知識がとりこまれていることだけは間違いないはずだ。

双眼鏡

　赤連海岸通りとは、どこからどこまでを指すのかは不明だが、僕の判断では、湾《わん》港の東岸の根っこのところ――西平泡盛店のあたりから、湾港の東岸沿いにのびて突堤に到る道路のことではないかと考えている。この道路は、島を一周する道路とともに、当時としては道幅も広くよく整備されていた。舗装はされていなかったが（先端の百メートルくらいはコンクリートで固められていた）、敷きつめられた珊瑚砂がシックイ化して自然の舗装道路になり、雨が降ってもぬかるむことはなかった。島をめぐる幹線道路が、雨が降りつづくと場所によっては馬車の車輪がアシをとられて立ち往生している光景をよく目にしたが、その点赤連海岸通りの道路はめぐまれていた。

　その海岸通りで一番大きな建物は、農業会の倉庫であった。事務所兼用で、隅にしきって作られた八畳間くらいの広さの事務所があり、二、三人の事務員がはたらいていた。

　倉庫には、荷物らしい荷物はなく、倉庫のなかはいつもガランとしていた。では、なんのための倉庫かということになるが――この倉庫が一年に一度、満杯になるときがある。それは新糖の季節であった。

　昭和十年代の赤連には、すでに動力式の製糖工場ができていたが、しかし、砂糖黍農家の大部分はまだ昔ながらの、馬が添木《そえぎ》をひいて搾《しぼ》り機をまわす旧式の方法で砂糖黍をしぼっていた。

　それを大鍋で煮つめて木の樽につめた新糖が、島じゅうから海岸通りを通って、農業会倉庫にはこびこまれてくる。

　当時、喜界島にはトラックがなかったから、黒糖の運搬はもっぱら荷馬車か馬でおこなわれていた。その馬車も、ゴムタイヤでなく鉄輪車だった。馬は、今日の大型馬と在来種の小型馬が半々だったが、在来種のほうもなりは小さいが大変な力持ちで、背中においた鞍に、黒糖樽を二つふり分けにしてらくらくと運んでいた。この馬の運命がどうなったかは知らないが、鹿児島のどこかの牧場でほそぼそと飼われていると噂に聞くトカラ馬と同種であろうか。

農業会にはこびこまれてきた黒糖には、当然、品質にバラつきがあるから検査の必要がある。その検査場所が農業会であった。検査官がヤマトからきた人なのか、あるいは検査を委託された地元の人間がおこなっていたのかは、僕の記憶にはまったくない。

検査は、倉庫前の道路の両がわに、ズラリと一列にならべておこなわれる。検査しやすいように、クレ木が一枚抜いてある。こうすることによって、黒糖が上辺から底辺まで均一にたもたれているかどうか、調べるためである。検査官は、黒糖をかきわってなめてみて、特等から三等までゴム印を樽におしていく。それによって買い取りの値段がきまるのであろう。検査はじつにのんびりしたもので、黒砂糖は半日くらい放置されたままである。学校から帰ってきた海岸通りの悪童どもは、クレ木が抜いてある樽から、ナイフや五寸釘でかき取り、ぬすみ食いするというわけだ。百樽、二百樽とならぶと、食べきれるものではないから、缶詰の空き缶にためておくのである。

黒砂糖が空き缶にたまると、僕はそれを持って磯さんを訪ねた。磯さんの家は、赤連部落のはずれ、浜の近くにあった。サンゴ礁のかけらを円筒型につみあげて、茅ぶきの屋根をのせただけの粗末な家である。モンゴルの遊牧民たちが住むゲルに似ていないこともない。喜界島には材木のとれる山がないから、建築材を調えるとなると鹿児島や大島本島から取りよせることになるから高くつく。それでふところに余裕のない人は、海岸にいくらでもころがっているサンゴ礁のかけらを拾ってきて、自力でつくるのである。外見は家畜小屋のようだが、名物の台風にも強いし、夏は涼しく冬はあたたかいという利点もある。

石垣の家には、入口が一か所あって、八畳間ぐらいの広さがあり、半分が土間、半分が畳の間になっていた。

土間には、網や銛や箱眼鏡や櫂や釣糸などの漁具がおいてある。畳の間は四畳半ぐらいの広さがあって、独り暮らしにしてはきれい好きの磯さんらしく、押入れはなかったが部屋の片隅に、ふとんや柳行李や本箱や茶簞笥などがキチンと整理しておかれていた。

磯さんはいつものように、石垣の壁ののぞき穴から、愛用の双眼鏡で海をながめていた。のぞき穴は、石一つぶんぐらいの大きさで縦が二十センチ、横が三十センチぐらいあった。ちょっとした明り窓といった感じだった。

僕が行くと、磯さんはのぞき穴の場所を僕にゆずるのである。のぞき穴の前には、木製の小さな腰かけがあり、それに腰をおろすと、ちょうど顔の前にのぞき穴がくるのである。

「きょうは何が見えた?」

「いやあ、なんにも見えんね」

こんなたあいもない会話をかわしながら、僕は双眼鏡をかまえるのである。

こののぞき穴から、双眼鏡で海をながめるのは、磯さんの秘密の趣味であり、今は、僕の秘密の趣味でもあった。

磯さんと知り合いになった頃、この磯さんのふるまいがひどく気になった。ほかにすることがないのか、磯さんは僕が訪ねるたびに、双眼鏡で前方の西太平洋をむさぼりながめていた。五分か十分で双眼鏡をおくが、話しこんでいても、ある時間がたつと、落着かぬ様子で双眼鏡に手がのびて、また沖をながめるのである。僕などのうかがい知ることのできない海の変化とか、回遊魚の大群とか、海の冒険談にでてくる大ダコとか怪獣とかを、観察しているのだろうかと、僕はあやしんだ。

「磯さん、何を見ているの？」

僕が尋ねると、

「カツミも見るかね」

といって、僕に双眼鏡をよこした。

そこで双眼鏡を眼にあててみたが、見えたのは海面ばかりだった。青く静まりかえった西太平洋の無限のひろがりだけだった。

「なんにも見えないよ」

僕ががっかりしていうと、

「そうさな、何も見えないといえば見えないかもしれないが……」

と磯さんは口ごもっていった。

「怪獣でもさがしているのかと思ったけど……」

「特別変わったものは何も見えないよ。たまに、船影とか、イルカの群れとか、キビナゴを追い回しているアジサシなどが見えることもあるけれど……双眼鏡で海をながめるのは、船乗りの時のくせでよ。双眼鏡で海をながめていると、心が安らぐんだよ。わしのこのくせは、病気だね」

磯さんははにかんだ口調でいった。

僕も磯さんの真似をして双眼鏡を眼にあてているうちに、この目的のないふるまいの中に、磯さんがいうような心の安らぎがあることが、だんだん分かってきた。

磯さんの正確な年齢は分からないが、当時五十五歳くらいであったろう。腰の低い、おとなしい人柄である。磯さんは喜界島の人間ではなく、五年前から喜界島に住み着いたヤマトンチュらしいが、だれも彼の素性を知らなかった。出身地からして、海岸通りで一番の事情通の奥田ばあさんは「磯さんは宮崎県の油津の人だよ」といっていたが、磯さんとよく碁をうっていた「ふじや旅館」のフジナミさんは「いや、磯さんは長崎県の人だよ」と、ちがうことをいっていた。ただ彼の経歴で分かっていることは、外国航路の汽船に長く乗っていたらしいこと、家族はいるが事情があって別れたらしいことぐらいである。だが海岸通りの人々は、相手が「いい人」でさえあれば、素性など気にしなかった。

磯さんの本職は漁師であったが、ガツガツと働くほうではない。気がむけば板付舟をかって沖へでて魚を釣り、おとくいさんの「ふじや旅館」や「奥田旅館」その他の料亭や商店の台所にそっと置いて帰るのである。魚を置かれた家の人たちは、あとで適当な代金をわたしているようであった。

僕は磯さんから彼が船乗り時代に寄航したことのある、ロンドンやニューヨークやロスアンゼルスやハワイなどの話をきくのが好きだった。

「日本とアメリカは戦うことになると思う?」

ある日僕が尋ねると、

「どうも今の雲行きじゃあ、戦争になりそうだね」と磯さんは眉をくもらせて答えた。

「日本はアメリカに勝てると思う?」

当時、喜界島に送られてくる雑誌にも、『若し日米戦わば』のたぐいの煽動記事があふれていた。

「さあね」磯さんは考え考え答えた。「アメリカは個人で自動車の持てるような工業の発達した国だし、国土の広さも日本の何十倍もある大国だから、日本はアメリカと戦争してはいけないと思うよ」

またある日、

「磯さんはなんで喜界島へきたの? 東京に住んでいたんでしょう」

と僕が尋ねると、磯さんは柔和な表情で答えた。

「いまの東京は、非常時風が吹きあれて、息がつまりそうだよ。だから喜界島で非常時風をやりすごすことにしたんだよ。非常時風も、日本のはてのここまでは吹いてこんだろう」

磯さんの口にした「非常時風をやりすごす」とは、どういうことだったのだろう。彼は数年後におこる太平洋戦争を見透していたのだろうか。ますます軍国主義化していく日本国にいや気がさして、彼なりの抵抗をこころみていたのだろうか。しかし彼のもくろみとはうらはらに、彼が身をかくすことにした喜界島にも、非常時風は吹きはじめていた。上り汽船が入港するたびに、海岸通りの船着場には、出征兵士を見送る群衆と日の丸の旗があふれかえっていたし、また下り汽船の入港日には、日支事変の戦死者の無言の帰還がふえつづけていた。

磯さんが家の中から双眼鏡で海を見るようになったのは、半年前からだった。それまでは家の外から見ていたのだった。

半年前のある日、僕が湾小学校から帰ってくると、

「磯さんが杖をついて海岸通りを歩いていたよ」

と母が告げたので、捻挫でもしたのだろうかと思って訪ねていった。

磯さんはうすっぺらな敷布団をしいて寝ていた。そして僕の姿に気づいてちょっと体をうごかしたが、思わずうめき声をあげた。寝返りをうつのも大儀そうだった。

「磯さんどうしたの?」

僕がびっくりして尋ねると、磯さんは、

「いい所へきてくれた。水を一杯飲ましてくれんか」と、声がひっこんでしまったようなかすれ声でいった。

僕は急いで台所の水がめから湯呑に水をくんで持っていってやった。

「ちょっと手をかしてくれんか」

磯さんは自力では立ち上がれないらしく、僕の助けを求めた。そこで手で支えて上半身を起こしてやると、うまそうに水を飲んだ。

体を支えた時、寝巻の背中にふれた手に、生あたたかいものがついたので見ると血だった。

「どうしたの?　血がでているよ」

「そうかね」

磯さんは情けなさそうにつぶやいて、肩で息をついだ。

「警察で竹刀でなぐられたんだよ」

「へえ、なんで?」

「おまえは双眼鏡で海ばかりながめているが、沖を通る軍艦や輸送船を調べているんじゃないのかと、まるでスパイ扱いだよ。そして本当のことを言えといって、竹刀で死ぬほどなぐりよった。たいした拷問だったよ」

磯さんの声は急にふるえだし、眼には悔し涙があふれた。

(磯さんがスパイ!)僕はこの途方もない誤解に唖然とした。

喜界島にも緊急避難用の陸軍の飛行場があったし、大島本島にはさらに有名な古仁屋軍港があったから、写真をとったりスケッチをしたりしている怪しい人物を見かけたら警察に連絡するようにと、学校でもおりにふれて注意されていたが、磯さんがスパイとは信じがたい話だった。

「あーあ、とうとう喜界島にも非常時風が吹いてきよったか。双眼鏡で海をながめる楽しみまで怪しまれるようじゃ、日本ていう国も、行きつくところまできてしもうたんだな。カツミよ、おまえも兵隊にとられる年ごろになっても、戦死なんかしないでかならず生き残るんだよ」

磯さんは珍しく強い口調でこういって、また眼に涙をためた。

「磯さん、東京へ帰る?」

「いや、わしは喜界島が好きだから、おられる限りいるつもりだよ」

磯さんは僕を傷つけることを恐れるように優しくいって、ふたたび横になった。

磯さんの拷問の傷あとは二週間ほどで皮膚が乾き、三週間後には漁へでられるまでに回復したが、磯さんの受けたショックは癒えず、この事件以後、磯さんは用心して人目につく場所では双眼鏡を手にしなかった。だが三ケ月たち四ケ月すぎるうちに、やはり双眼鏡をのぞく楽しみには打ち勝てず、家の中から海をながめて楽しんでいた。

僕は太平洋戦争前に喜界島を去っていたが、戦後母から聞いた話によると、その後も特高警察の磯さんに対するいやがらせはつづき、「おまえが魚釣りで沖へでていくのは、第三国の潜水艦へ機密をながすためじゃないのか」と、暴言をあびせられて、磯さんは喜界島にいられなくなって、本土へ去って行ったという。

その後の磯さんの消息を知るものはいない。

ミツコの真珠

赤連海岸通りには、三か所に、桟橋があった。

桟橋には名称がなかったから、海へ下る順に、一の桟橋、二の桟橋、三の桟橋ということにしておくが、一の桟橋は、農業会倉庫の真下にあった。だから、もともとは、黒糖樽を運びだすために造られたものであろうが、潮が干くと、海底が干あがってしまうので、テンマ船をつけることができない。そのために、干潮の時も使用できる桟橋として二番桟橋がきずかれたのであろうが、二番桟橋は、海岸通りの集落をではずれた、隆起サンゴ礁の広場にあり、汽船の入港日には（とくに上り船の時）、島じゅうからやってきた見送人たちであふれかえった。とくに出征兵士が数名いると、親せきの見送人のほか、それに小学校の児童がくわわったので、かれらの打ちふる日の丸の紙旗、歌声で湾港がわきたったものである。

しかし僕がいちばん足しげく通い、遊び場所にしたのは、海岸通りの突端の三の桟橋だった。三の桟橋は、コンクリートの突堤が二十メートルぐらい湾港につきでていて、先端は、階段になっていた。

干満にかんけいなく、発動機船が接岸できた。ここを利用するのは、汽船以外の船――発動機船、サンゴ船、カツオ釣船、マーラン船、名瀬行きの小型船などだった。

三の桟橋付近は、絶好の釣り場になっていて、ことに桟橋から外海へのびたサンゴ礁の磯は、磯魚の豊庫だった。ことに僕が夢中でやった釣りは、二つ目玉の水中眼鏡をかけて、サンゴ礁の海にはいり、浅いところでは立泳ぎをしながら釣る漁法だった。竿は、一メートル五十センチぐらいの短竿を使う。餌はゴカイを多く使った。海中は信じられないくらい透明で、大小の魚のおよぐさまが、手にとるようにはっきり見える。

竿をいれると、すぐ魚がやってくる。ベラ、クロダイ、カワハギ、ネバリ、スズメダイなど、天然テグスさえ切れなければかなり大型の魚をあげることができた。

しかし、一時間も海にはいっていると、いくら南島の海とはいえ体が冷えてくるから、陸にあがって、潮だまりにつかる。潮だまりの海水は、太陽にあたためられて、ちょうどいい湯かげんになっている。そして体があたたまったところで、持参のふかし芋と黒砂糖をかじる。……ひと休みして、また海にはいる。これのくりかえしで、日が沈むころまで魚釣りに興じるのだ。

ある晩、僕は三の桟橋で釣りをしていた。桟橋には、マーラン船とサンゴ船と漁船がもやっていた。船のカンテラの灯りが船べりからこぼれて、夜の海に灯《ほ》かげをなげかけている。だが釣れるのは、体長三センチぐらいの小魚ばかりだった。

「その魚、食べるの？」

背後の暗がりで女の声がした。

見ると、ミツコだった。ミツコは「ふれむん」だった。ふれむんとは、奄美のことばで「気の狂《ふ》れた人」のことをいう。

「こんなの、食べられるかよ」

僕は、そっけなく答えた。

「食べないなら、海へはなしてやんなよ。食べもしない魚を殺すのは、罪つくりだわ」

ミツコは、ひとりごとのようにつぶやいた。彼女の口調には、妙に突っかかるようなところがあった。

「うるせえなあ。あっちへ行けよ」

僕は釣竿の根元で邪険にミツコを小突いた。

「この罰当り」

ミツコは毒づいて立去った。

ミツコは喜界島の人ではない。僕の母は、ミツコの方言のなまりから推して、北大島の人間じゃないかといっていた。うわさによると、名瀬の小料理屋で酌婦をしていたらしいが、喜界島の紬《つむぎ》商人に身請されて喜界島へやってきた。が、紬商人にはムラに本妻がいたのでいじめにあい頭をおかしくして海岸通りへ流れてきて、奥田旅館の奥田ばあさんに拾われたということだ。

奥田ばあさんは、ミツコを洗濯、掃除、使い走りなどの下ばたらきとして使っていた。僕が知っている頃のミツコは、栄養がわるかったので痩せてはいたが、細面色白で、母は「キュラムン（きりょうよし）だよ」といっていた。

気がふれた時のミツコには、二つの悪癖があった。

一つは、海岸通りの家々を、野良犬のように回り歩くことである。意味不明の言葉をつぶやきながら、壁に立てかけてある竹竿、材木、たきぎを倒し、水のはいったバケツをひっくり返し、洗濯物を干してある竹竿をとり落す。たいした被害でもないし、彼女の頭のおかしいのはみんな知っていたから大目にみていたが、中には腹をたてて、彼女を突き飛ばしたり、怒鳴りつけたりする人もいた。

二つ目の悪い癖は、常日頃、彼女をいじめたり好意をもっていない人の家の前で、悪口をのべたてることである。どこで悪口の材料を仕入れるのかは不明であるが、彼女は海岸通りのおそるべき裏の事情通であった。

たとえば、こんなぐあいである。

「おまえの亭主が、××料理屋の淫売女の××にいれあげていることぐらい知っているんだよ」

「おまえの大阪の息子が成功者だって！　ふん、なにが成功者かよ。じっさいは、やくざじゃないか」

「このすけべおやじ！　おまえはゆうべも後家の××子のとこへ夜這いに行ったじゃないか」

「カツミの寝しょんべんたれ！　おまえはゆうべ二回も寝しょんべんしただろう。おちんちん、ちょん切ってしまえ！」

僕も、しばしば、ミツコの毒舌の的にされた。

――ミツコの天敵は、子供たちだった。いま思うと、相済まぬことをしたという思いで胸がしめつけられるが（僕も加害者のひとりだった）、子供たちは容赦なくミツコをいじめた。

事は、道でゆきあったミツコを、男の子たちがからかうことから始まる。たいがいの場合、ミツコは相手にならないようにしていたが、気がたかぶっている時、きげんの悪い時にかぎって、ミツコもいい返してしまう。子供たちは面白がって、罵声をあびせ、木ぎれを拾って、ミツコをたたく。すると、ミツコもかーっとなって、挑発に応じてしまう。子供たちが逃げる。ミツコが追いかける。形勢が逆転して、こんどは、子供たちが追いかけ、ミツコが逃げる。子供たちは数をまし、十数人のむれにふくれあがる。ミツコはだんだん追いつめられて、部落のはずれ、屠殺場の下浜まで追いつめられていく。それはさわぎに気づいた大人が止めにはいるまでつづく。

ある日、ミツコは例によって子供たちの石つぶての攻撃を受けながら、赤連海岸を逃げまわっていたが、子供たちのいじめはいつになく執拗をきわめ、ミツコは逃げ場をうしなって、サンゴ礁の磯のはずれへ追いつめられていった。石つぶてのいくつかが当ったらしく、ミツコは顔から血をだしていた。

日は西の海に沈み、くれかけていた。ミツコは暫くして、磯のはなから海へはいっていった。そして、沖へ向って泳ぎだした。

沖には、たどりつく岸辺はない。船影一つ見えない東シナ海だ。潮流も早い。このままいけば、体力のないミツコは、まちがいなくおぼれ死んでしまうだろう。

ガキ共も、自分たちの行為のおそろしい結末に気づいて、みんなちりぢりに逃げ去ってしまった。僕もその中のひとりである。しかも僕は、奥田旅館の近くの子供だ。ミツコいじめの首謀者ではないが、ミツコが死んだら大変な叱責をうけることになる。

（ミツコを助けなければ……）

僕は三の栈橋へかけていった。この時刻なら、漁から帰った人たちがいるはずだった。彼らにミツコを助けてもらおうと思ったのだ。

栈橋には予想どおり、知合の磯さんがいた。磯さんは舟のなかに腰をおろし、一服やっているところだった。

磯さんは僕から話をきくと、

「おい、一、二、三人手をかしてくれ」

と、栈橋にいた青年たちに声をかけた。

三人の青年がすぐに応じて、磯さんの舟にとび乗った。彼らは力の限り櫂をこいで、ミツコのいる海のほうへ舟を進めていった。

磯さんの話によると、ミツコはもう少しでおぼれ死ぬところだったという。ミツコはあぶないところで磯さんに救出されたわけだ。……そのことがあってから、子供たちのミツコいじめは、おとなしくなった。

きげんのいい日のミツコは、「夢見る女」だった。隆起サンゴ礁の小高い丘に腰をおろして、ニヤニヤ笑ったり、声高な笑い声をひびかせたり、うっとりと物思いにふけったりしていた。


ある夜、僕は例によって三の栈橋で釣りをしていた。空はおだやかに晴れ、百之台の上に満月がのぼっていた。

「カツミ、こっちへおいでよ、面白いのが見えるから」

栈橋の根っこのところにある、隆起サンゴ礁のかたまりの上から、ミツコが僕を呼んだ。魚釣りにあきはじめていた僕は、釣竿をおいて、彼女のほうへ歩いていった。

「一つ……　二つ……」

ミツコは、空を見あげて、なにかを数えているらしいのだが、説明してくれない。

「なに数えてるんだい？」

「流れ星だよ。ほら、また一つ落ちなすった……トウトガナシ、トウトガナシ（おう、おそれ多い神さまよ）」

彼女は奄美の島言葉で神さまに祈りをささげてから、

「カツミ、ほら、あそこだよ」

といって、北の海の方角を指さした。

目をこらすまでもなく、北の方角、十キロぐらい沖合に、海面がふしぎなくらいかきみだされて金波銀波の光の矢をわきたたせている場所がある。満月の夜なので眼路のかぎり東シナ海は、黄金ののべ板をしきつめたように輝いてはいたが、その一か所だけは特別で、黄金の湯がわきたっているように見えた。

「サンゴ礁の浅瀬に波がくだけて、あんなに輝いているんじゃないか」

僕がりくつをつけると、

「そんなのじゃないよ」

と、ぴしゃりといった。

「どうして分かるんだ」

「あそこには、大きな大きな真珠があるんだよ」

「大きいって、どれぐらい？」

「そうだね。あの輝きだから、おとな十人が両手をつないだくらいのまあるい真珠にちがいないよ。その真珠をもった真珠貝がぱっくり口をあけているから、あんなにきれいに輝いて見えるんだよ」

この言葉も不思議に思えたが、つぎの言葉は、不思議をとおりこして神秘的にさえ思えた。

「マブリ（魂）が一つ……」

ミツコは、あいかわらず流れる星を目で追いながら、

「あの流れ星は、死んだ人からぬけだしたマブリだよ……人は死ぬと、マブリが真珠貝へ飛んでいくんだよ。真珠貝は、マブリが飛んでくると、真珠に吸いとってマブリの膜にするんだよ。それが何百年、何千年、何万年もかかって、あんな大きな真珠をそだてたんだよ」

僕はショックをうけて、しばらく、ミツコの言葉の魔法のとりこになっていた。

僕には、ミツコの幻想を、否定する力はない。東シナ海のなかで、そこの円型の一か所だけ、まるで鏡でもはめこんだように、光まばゆく輝いている海面を見ていると――いま僕が目にしている海面の輝きは、この世のものとは思えない、魂いろとでもいったような妖しい輝きを放っている――ミツコの狂った頭がつむぎだしたにしては、あまりに美しく、あまりにも神秘的な幻覚であった。そしてミツコの言葉には、否定することを許さない力強さがあった。

あくる晩、僕は月がでるのを待って、知合の磯さんを訪ねて、磯さんにも巨大真珠の棲むという海面を見てもらった。

磯さんの家の前からも、不思議な輝きを放った海面はよく見えた。磯さんもミツコの真珠の話はすでに聞いて知っていた。

「不思議なことよのう。わしは漁であのあたりを通るが、浅瀬はないよ。浅瀬があれば、あんな現象がおこるのも考えられないではないが」

「海底噴火はどうですか」

「その可能性が一番大きいが、しかし海底噴火なら、軽石や、硫黄成分のにごり水が喜界島にも流れてくるはずだが、それもないしなあ」

磯さんはちょっと考えてから、言葉をつづけた。

「ほかに、りくつをつければ、魚の大群の集団産卵や、潮

流に変化がおこったとか、考えられないこともない。だが、カツミよ。わしらは、あの現象に、科学的な解釈をつけるよりも、素直な心で、ミツコの純な夢を信じてあげたほうがいいと思うんだが、どうだろう」

「――ミツコの病気が重い！」

という噂を僕が耳にしたのは、一年後のことだった。

風邪をこじらせて肺炎になり、ここ四、五日は、食事ものどを通らず、高熱を発してうわごとばかり口にしているという。

そのうわごとも、

「わたしを真珠の海へつれていって！」

と、いいつづけているという。

「医者も、ここ四、五日のいのちだろうというとったよ」

見舞いにいった、海岸通りの世話役のフジナミさんが僕に告げた。

あくる夜、奥田旅館にこれまでいくらかミツコの面倒をみてきた人々が集まって、ミツコの〝真珠の海〟行き是非についての話し合いがもたれた。メンバーは、フジナミさん、製材所の古谷登さん、磯さん、僕の母、ほかに三、四人だった。

「あしたが満月だな。カツミ、どうだな、今夜も真珠の輝きが見えたかね？」

フジナミさんが僕にたずねた。

「今夜は見えなかったですよ。日によって、見える日と、見えない日があるみたいですよ」

僕が答えると、古谷製材所の持船「昇龍丸」の船長でもある登さんがいった。

「〝真珠の海〟といっても、広い海のなかで探し当てるのは、容易じゃないよ」

磯さんは、

「それはたしかだ。遠くから見るのと、近くから見るのとでは、海の表情もちがって見えるからなあ。うまく見つかるといいが」

「奥田さんは、連れていってやりたいんだろう」

フジナミさんが奥田さんに笑顔を向けると、

「わたしは、ミツコの望みをかなえてやりたいんですが。欲のない子のたった一度のおねだりですから」

この気丈な老婆も、涙ぐんで答えた。

「じゃ、うちの昇龍丸を使って下さい。片道二時間くらいの距離ですから」

この古谷登さんの一言で、あくる日、船をだすことが決定した。

あくる晩も、風のない、おだやかな月夜だった。満月は、百之台の山の背をでて、喜界島の西側の丘陵地帯と、隆起サンゴ礁の波打際をてらしていた。

昨夜の寄合に顔をみせた全員が乗船した。

ミツコは歩けなかったので、戸板にのせて、船にうつした。

熱はあったが、意識はあるようで、

「ミツコ、これから真珠の海へ連れていってやるから、しっかりするんだよ」

と、奥田ばあさんが呼びかけると、ミツコはうれしそうにうなづいた。

昇龍丸は午後七時すぎ、三の桟橋をはなれて、湾口から外海へでていった。

古谷船長は、二時間くらいの距離のところだろうと、見当をつけていた。外国航路の船員の経験をもつ磯さんも、おなじ考えだった。だが、磯さんが案じたように、二時間たったが、あの黄金のたぎりたつようなまばゆい海面は、まだ見つからなかった。さらに、一時間、乗船の一同が、月夜の海にひとみをこらしたが、それらしい輝きは発見できなかった。

さらに二十分くらい経った時、昇龍丸の右舷沖合、二百メートルくらいのところで海面が割れて、黒い大きな物体が海中からせりあがってきて月光のなかに立ちあがった。

瞬間、僕は、巨大真珠が殻をひらいて浮きあがったのかと思った。

右舷にいた、ほかの人たちも同時に、

「おうい、あそこ、あそこ……」

と、仰天してさけび声をあげた。

せりあがった巨体は、もんどりうって反転し、飛沫をとばし、巨大な尻尾をうちふって、ものすごい水音をひびかせながら、海中に没した。

「あれはクジラだよ」

そういったのは磯さんだった。

船はエンジンの音を落として、ゆっくり近づいていった。

よく見ると、月波のきらめく海上に、しずかに泳いでいるクジラの黒い背中が、ほかにも七、八頭見てとれた。

交尾のために集まった群れだろうか。

ときおり、巨体をおどらせて、尻尾で海面をうちたたいている。

海面にあらわれた巨体が月光をすべらせて、まるでそこに照明灯があるみたいにまばゆい光芒をまきちらしている。

「磯さん、あれが真珠の輝きの正体ですか」

僕が隣りの磯さんに尋ねると、

「さあ、なんともいえないが……ミツコには、そう思わせておいたほうがいいね」

と、磯さんはやさしく答えた。

「奥田さん、ミツコのいう真珠の輝きの正体は、これだったんだよ。見せてやったらどう？」

後のことだった。

フジナミさんがすすめると、奥田ばあさんも承知して、船室にはしり、ミツコを抱きおこして、

「ミツコ、ほら、おまえが見たがっていた、真珠の海へきたよ。まあなんていうきれいな輝きだろう。ようく、見るんだよ」

と、ミツコを見つめながらいうと、ミツコはうなずき、目を見ひらいた。

「見えるかい、ミツコ?」

奥田ばあさんの問いかけに、ミツコはあらい息をつきながら何回もうなずいた。

クジラはだんだん数をふやして、二十頭くらいになっていた。そして、そのなかの二、三頭がたえず海上跳躍をおこなっていたので、クジラの体のすべらす反射光、海中のおびただしい泡、飛沫の投げかける輝きは、まるで黄金のるつぼを思わせた。

高熱でぼうっとしているミツコには、この光景はまちがいなく、巨大真珠のように見えたにちがいない。そして、魂のかたまりでできた、巨大真珠が自分をむかえて、殻をあけて、自分の魂をむかえいれてくれた、と思ったにちがいない。

しばらくして、ミツコが緊張のためか熱をだしたので、昇龍丸はクジラの海に別れをつげて帰路についた。

ミツコがその短い薄幸の生涯をおえたのは、それから三日

かなちゃん

夏休みがくると、僕はかなちゃんのことを思って、落着かなくなる。いや、僕だけじゃないだろう。赤連海岸通りの多くの人が、かなちゃんがくることを、待ち望むようになる。かなちゃんが姿を見せたとたん、サンゴで白く輝いた海岸通りの道は、さらに眩ゆく輝き、花やかになる。

かなちゃんは、たいがい、夏休みにきていたが、ある年、二月ごろきて、二週間ほど滞在したことがあった。

あとで分かったことだが、その時は、恋愛問題をおこして、しばらく学校へ行けなくなって、喜界島へ気晴らしにきたということだった。つまり、かなちゃんは、不良学生のレッテルを貼られたみたいだった。

彼女の恋愛問題というのは、若手の国語教師にラブレターをだしたのが問題になり、退学処分こそ受けなかったものの暫く休学して、彼女のつもりでは「静養」のため、喜界島へきたということだった。

かなちゃんのために弁解しておくが、彼女は不良学生なんかじゃない。ただ「じゃじゃ馬」で走りだしたら止まらない性格だから、ゆきすぎてしまうのである。

神谷加那子が本名。だが、みんなから「かなちゃん」の愛称で呼ばれている。沖縄の県立女学校の生徒だが、彼女の叔父さん——神谷スーター（旦那）が海岸通りに住んでいるので、遊びにやってくるのだ。

彼女の実家は、琉球王朝以来の海運業者の家系で、今でも何隻かの大型船を所有している、と沖縄の人から聞いたことがある。

彼女が喜界島へ足しげく通う理由の一つは、神谷スーター所有のマーラン船だった。天竜丸といい、二本帆柱の美しい帆船である。

「天竜丸が、琉球列島では、最後のマーラン船なの」

かなちゃんが誇らしげにいったものだ。

「かなちゃんは、マーラン船が好きなんだ」

「うん、琉球王朝時代、——もっと大型の船だったらしいけど、うちの男たちが乗って、南洋、シナ、朝鮮、大和の間を往き来した船だからね」

つまり、マーラン船に乗ると、彼女の中の先祖の血がさわぐらしく、ついつい喜界島へきてしまうということのようだった。

マーラン船に乗っている時のかなちゃんは、女の子ながら颯爽としていたなあ。彼女のことを思い返すと、青春を返せと叫びたくなるし、あの頃、僕がいくらかでも彼女に「男」を感じさせる年齢になっていたらなあと、悔やまれてならない……。

僕が初めてかなちゃんの強烈な個性の洗礼をうけたのは、目白捕りをしていた時のことだった。彼女は女学校二年生になっていた。

喜界島では、目白はふつう落し籠で捕っている。

餌をいれた落し籠を樹上に吊るしておくと、目白がよってくる。目白が餌をついばもうとして落し籠の中へはいってきたとたん、ふたがバタンと閉まる仕掛けになっている。

僕に任せればいいのに、木登りの好きなかなちゃんは、ガジュマルの大木によじ登って落し籠を吊るし、幹に抱きついて滑るようにおりてきた。

勢いがよすぎて、かなちゃんは落ちるように滑り落ちてきた。

「痛い！」

かなちゃんは悲鳴をあげて、前かがみになると両手で股間をおさえた。

そして、スカートをまくりあげた。

見ると、白いズロースの正面に、てのひら大の鮮血のしみがひろがっていた。

滑り落ちた時、スカートがまくれ上って、樹皮で肌を傷つけてしまったらしい。

南国の少女にしては、彼女の下腹部と内股は、信じられないくらい色白でなめらかだった。

性器の上の、恥毛のはえるあたりの皮膚を切ったらしく、そこの恥毛に血がにじんで、濡れたようになっている。

彼女はズロースをさげたまま、傷口をのぞきこんでいる。血を見たショックで一時的に放心したのか、羞恥心をなくしていたのかは知らないが、僕の視線をぜんぜん気にしていなかった。

（ああ、かなちゃんは、ガキの俺なんかとちがって、もうおとなの女なんだ）

と、僕はこれまでと違う目で彼女を見ていた。

「かなちゃん、オキシフルとガーゼを取ってくるから、ちょっと待っていて」

僕はいいすてると、そこから近いわが家へかけもどって、薬箱から消毒液のオキシフルとガーゼと血どめの膏薬をひっつかみ、かなちゃんの許へかけもどった。

「ありがとう」

かなちゃんは、さすがに今度は、僕に背を向けて、ひとりで治療をすませた。

一応の応急処置がすんだところで、医者へ行って何針か縫ってもらって、事なきをえた。あとで聞くと、かなりの裂傷だったそうだ。

こんなこともあった。

砂糖黍刈取りの季節だったから、二月のことだと思うが、前に書いたように、かなちゃんが恋愛問題をおこして喜界島へ逃げてきた時のことだったように思う。かなちゃんも鬱屈していたのかもしれない。

彼女の叔父さんの神谷スーターは、運送業のほかに、喜界島で黒砂糖を仕入れて、奄美大島の古仁屋軍港に納入する商いもやっていた。

砂糖黍の収穫がはじまると、神谷スーターはマーラン船の船員をつれて、取引先の坂嶺部落の徳田さんの黍畑へ応援にでかけていた。その時、かなちゃんと僕もさそわれて同行した。

徳田さんの砂糖黍畑は、百之台の西側の麓にあった。

百之台のことはいずれ書くことになると思うが、島の中央部に南北にひろがる標高二百メートルの台地である。親亀の上に子亀がのっかったような二重構造の地形である。台地は、すこし整地すれば軽飛行機の発着も可能なほど、平坦である。地味がやせているせいか、茅、ススキ、背のひくい雑木しか育たないが、それだけにここからの眺望はすばらしい。島のほとんどの海岸線が見通せるし、太平洋と東シナ海が水平線の涯までひと目で見わたせた。

もちろん、仕事を早くきりあげて、まだ一度も百之台へのぼったことのないというかなちゃんを、案内するつもりだった。

刈り手は、男と女あわせて十人ほどだった。

砂糖黍刈りは重労働である。黍の太さは子供の腕ぐらいあるし、高さも二メートルから四メートルくらいある。竹をきるほどではないが、かなりの力をいれてかき切らないと、切りはなせない。

大人たちが刈り取り、葉をはらい、先端を切り落とした黍を、製糖工場行きの馬車につみこむのが、かなちゃんと僕の仕事だ。

やたらとのどが渇く。黍をかじってのどをうるおす。しかし黍ばかりかじっていると、口の中が糖蜜でべとついてくるので、やはり水がほしくなる。

昼休みの時間になった。仕事がきついので二時間ほど休憩をとる。食事のあと、それぞれがかたまってだべったり、午睡をとったりする。

　僕は砂糖黍畑の中へ入って少し眠ることにした。作業中は汗ばむほどの陽気だが、やはりいくらか風があったし、外で寝るには少し肌寒いように思われたので、陽差しと風をさえぎってくれる砂糖黍畑の中へはいって行った。

　畝と畝のあいだはほどよい間隔があり、そこには柔らかいヨモギやタンポポなどの雑草が生えているので、自然の褥《しとね》になっている。

　どれくらい眠っただろうか。夢を見ていたようでもあるし、うとうとしていたようでもあった。熟睡にはほど遠い眠りだった。

　突然、柔かい弾力性のあるもので顔をおおわれたような気がした。自然にあいたうす目で見ると、かなちゃんの顔が僕にかぶさっていた。

　彼女は僕の唇に唇をかさね、しかも強く圧しつけてきた。熱っぽい唇が僕の息をとめるように重なっている。唇はひらき、歯が僕の歯にふれた。僕はこれまで感じたことのない快感で、自分の体が溶けて、まわりの大気へフワフワと靄のように拡散していく感覚に捉われた。

　どうなることかと思っていたら、

「駄目!」

　かなちゃんが小さく叫んで、顔をはなした。

僕をなじったというよりも、自制の言葉のように思えた。

かなちゃんは上体を起こし、僕のそばにすわると、

「カツミ君、今のこと忘れな!」

と、当惑している僕を、こわい目つきでにらみつけていった。

つぎの年の夏、かなちゃんは早々と赤連海岸通りに姿をあらわした。かなちゃんは女学校三年生になっていた。

かなちゃんが神田哲也さんと出逢ったのは、この時だった。

ある日の夕方、かなちゃんと僕は、マーラン船の甲板に腰をおろして、桟橋の近くで泳いでいる人たちを眺めていた。

島の人は日が沈んでから泳ぎはじめる。夕やけが恐いくらい空をうめつくす。夕やけは、鏡のようになめらかな礁湖《リーフ》の湾港を紅く染めている。

　一人、すばらしいクロールで泳いでいる青年がいる。この島でクロールで泳げるのは、神田さんだけだ。僕は悪い予感がした。かなちゃんの目が神田さんに吸いついていたからだ。

「だれ、あいつ?」

案の定、かなちゃんは見のがさなかった。

「神田さんだよ」

「あの泳ぎはクロールだよ。かっこいい!」

「神戸高等商船学校の学生だよ」

「ふーん、海の男か。カツミ君、あいつをここへ連れてき

て」

強引な命令口調に僕はむっとしたが、神田さんも好きだし、かなちゃんも好きだったから、マーラン船のボートを漕いで神田さんを迎えに行った。

「神田さん、マーラン船に上らない。神田さんは帆船が好きだって、前にいっていたよね」

僕が誘うと、

「マーラン船か、いいね」

と、神田さんは気さくにいって、ボートに上ってきた。

二人の出逢いの印象は、悪くなさそうだった。恬淡《てんたん》な性格の神田さんは、「可愛い女の子だな」とくらいは思ったかもしれないが、かなちゃんはひと目惚れだった。「弟分」の僕には決して見せることのない媚態を早くも見せていた。

(悪い病気がでなければいいが…)僕は胸のうちで舌うちした。

神田さんは未来の船長を志す男だけあって、心底からの帆船好きだった。とくに、かなちゃんから「この天竜丸が琉球列島で見られる最後のマーラン船よ」と聞かされて、感激一入《ひとしお》らしく、すみからすみまで見て歩いた。

「舵輪じゃなくて、手舵でうごかしているんだ。時化《しけ》の日は、大変だろうな」

艫《とも》にきた時、感心したようにいい、重たい舵棒をにぎって、回転させたりした。

「カツミ君、昔はこれで南は東南アジア諸国から、シナ、朝鮮、日本を自由自在に航海していたんだよ。偉大な琉球民族の先駆けの船だったんだ」

こう神田さんが褒めたたえたものだから、かなちゃんは有頂天になって、

「うちの記録によると、百年前には、神谷家の持船は十五艘あったそうですよ」

と、誇らしげにいった。

かなちゃんは、神田さんがマーラン船に興味をもったことを見てとると、早速誘いをかけた。

「神田さん、天竜丸はあさって航海にでるの。沖へでたら舵取りを任せるから乗りませんか」

「本当！　乗せてくれるの、何処まで行くの？」

「名瀬」

「名瀬ならちょうどいいや。そろそろ学校にもどるころだから、じゃあ、これで名瀬まで行って、神戸行きの汽船に乗りかえるか」

神戸行きの汽船は、奄美群島では名瀬港にしか寄港しないから、どっちみち名瀬へでなければならない。だから、帆船好きの神田さんにとっては、渡りに船の誘いだったようだ。

天竜丸は予定通り、二日後神田さんを乗せて出港した。僕

は桟橋の突端で笑顔で手をふっている神田さんを見送ったが、僕が神田さんの姿を見たのは、この時が最後だった。

一週間後、天竜丸は湾港にもどってきた。

かなちゃんの屈託のない笑顔を見て、船待ちの間、神田さんとの間にいい時間が持てたことが察しられた。

名瀬には映画館も二軒あるし、洒落れた喫茶店、楽器店、花屋、大きな書店もある。通りという通りには、商店や旅館がズラリと軒をならべている。だから、遊び場所には事欠かない町だ。

「神田さんは、マーラン船で神戸行きの船を待ったの?」

僕が尋ねると、

「うん、旅館に泊まるとお金もかかるし」

と、かなちゃんはいった。

「何日マーラン船に泊まったの?」

「五日よ」

「じゃあ、神田さん退屈しただろう」

「ばか! わたしが傍にいるんだよ、なんで退屈するの。夜のマーラン船の甲板で、おじさんのサンシン（蛇皮線）の伴奏と歌で、わたしが琉球舞踊を踊って見せたわ」

かなちゃんの琉球舞踊は、赤連海岸通りでも評判だった。もったいぶって、めったに見せなかったけれど。

「映画見た?」

「ああ見たよ」

「うん。コーヒー飲んだ?」

「うん。喫茶店で神田さんとおしゃべりしたわ」

「じゃあかなちゃんは楽しかったんだ」

僕がヤキモチをやいて悔しがると、

「うん、楽しかったよ。ここだと人目が気になるけど、名瀬じゃ知っている人もいなかったし」

かなちゃんはそういって、遠くの水平線の積乱雲にしばらく視線をあそばせた。

二人の名瀬行きは、今の言葉でいえば満足のいくデートであったようだ。

間もなく、夏休みも残りすくなくなって、かなちゃんも離島まわりの汽船で那覇へ帰って行った。

「来年もくる?」

桟橋で僕が尋ねると、かなちゃんは珍しく気まじめな顔つきになって、

「沖縄が戦場になりそうだって噂もあるし……駄目かも」

と、つぶやくようにいった。

太平洋戦争は二年目にはいっていた。

かなちゃんが去ったあと、かなちゃんと磯魚を釣ったり、宝貝を拾ったり、ウニをとったりしたあと、よく腰をおろしてひと休みした、海岸通りの下浜へ行ってみた。

そこには、竜舌蘭の大株が十本ほどあって、長さが一、二メートルもあり、葉の厚みが一、二センチもある肉厚の葉に、かなちゃんは石のかけらでよく落書をしていた。

竜舌蘭の葉はサボテンと同じく長生きするので、落書も傷となって残り、葉が生きつづけるかぎり、消えないで残っている。

僕は竜舌蘭の株に近づき、肉厚の葉をのぞきこんでみた。すぐに、かなちゃんの字と分る落書が目にとびこんだ。

神田さん好き　加那子
落書の文字はこう読みとれた。

ほかにないかと思って、葉をのぞきこんでいくと、十枚ばかりの葉に同じ文句が記されていた。

神田さんを名瀬まで送って行ったあと、一週間ほど赤連海岸通りにいたから、その頃、この落書を書きちらしたのにちがいない。

僕はせつなくなって、しばらく、落書の文字を指でなぞっていた。

翌年の夏休み、神田さんもかなちゃんも、赤連海岸通りには姿をあらわさなかった。

そのかわり、夏休みがなかばを過ぎた頃、神田さんから葉書がきた。


勝己君元気ですか。残念ながら今年は実習が忙がしくて、喜界島には帰れそうにありません。来年卒業なので仕方ないでしょう。勝己君をびっくりさせるニュースがあります。神谷加那子さんが突然訪ねてきました。休日を利用して一緒に関西方面の名所旧蹟を見てあるきました。さようなら

文面はそっけないが、かなちゃんに押しかけられて、神田さんはさぞかし面くらっただろうなと、僕は思わず笑ってしまった。

だれかを好きになると、相手の立場も考えず、一直線にいってしまうかなちゃんらしい行動だと思った。


この話の結末を書くのは、辛い。

僕が二人の消息を知るのは、神田さんが神戸からよこした葉書が最後だった。

僕はこの年、喜界島をはなれたし、その前に沖縄は戦場になっていたから、神田さんとかなちゃんがどうなったか、知るすべがなかった。

時を経て僕が知り得た情報によると、神田さんは輸送船に乗船中、ヒリッピン沖で米機の猛爆をうけて戦死、かなちゃんは「ひめゆりの塔」で知られる、女子学生の一人として負傷兵看護に従事中、追いつめられて自害して果てたというこ

とだ。

　二人とも、死の直前まで、相手の死を知らなかったにちがいない。

待ちぼうけの人生

「わんの人生、一度もいいことがなかった」

僕は何回、山城太一さんのぼやき節《ぶし》を聞かされたことだろう。

僕が赤連海岸通りに住んでいた八年間（太一さんの四十代）、初対面の時聞いた記憶があり、島を去る時も聞いているから、五十回や百回は彼のぼやき節につき合ったことになる。

太一さんにとっては、一種の挨拶語かも知れないが、聞かされる側は、うんざりしてしまう。

だから、赤連海岸通りの人たちは、彼がそのせりふを言いかけると、にが笑いしてそっぽを向いてしまう。

僕が島をはなれるころは、彼のぼやき節にまともにつき合ってくれるのは、僕一人だったかもしれない。

僕も聞きあきてはいたが、せめて僕だけでもつき合ってやらないと、太一さんの立場がなくなると思って、左の耳から右の耳へ素通しではあったが、聞いてやっていた。

だから、今では彼のぼやき節につき合うのは、島の外からきた行商人か船員ぐらいのものだった。

太一さんはめったに笑わない人だったが、思いつめた表情で、

「わんの人生、一度もいいことがなかった」

こう、何か哀歌のように囁かれると、太一さんをよく知らない人は、語るも涙、いうにいわれぬ暗い痛ましい人生を想像して、つい同情してしまう。

僕も、初めて彼のぼやき節を聞いた時は、そんな印象をもったものだ。生まれてすぐ両親に死に別れたとか、家が貧しくて学校に行けなかったとか、遺伝的な病気で苦しんでいるとか——そんな逆境の人生を想像してしまう。

親切な人が、その苦労話の一つか二つ聞かせてもらえないかと頼むと、彼の口からでるのは、なんの面白味もない、平凡な半生記だった。

僕は、太一さんの人生は、いいこともなかったが、悪いこともなかった人生ではなかったのかと思っている。

　とにかく、太一さんはとても変わった人だった。変わり者ではあったが、赤連海岸通りで彼を嫌いな人はいない。いや、彼はみんなから愛されていたのだ。

　太一さんのことを、大人になりきれない少年、といったのは、赤連海岸通りのインテリ磯さんだが、太一さんが変人であるゆえんは、一つのことに執着して、そのことから逃げられないままに、人生を終ってしまいそうに見えるからである。

　赤連海岸通りの世話役、ふじや旅館のフジナミさんは、

「太一の不幸の始まりは、漂流びんを拾ったことだよ」

と言っているが、磯さんは、

「漂流びんの手紙は、太一さんの幸福の始まりだよ」

と、逆の見方をしている。

　僕は、「不幸」も「幸福」も、当っていると思っている。

　太一さんは、赤連海岸通りのサンゴ礁で一本の漂流びんを拾ったがために、不幸になり幸福になったのだから。

　太一さんの趣味は、漂流物拾いだった。

　喜界島は、南方海域から北上してくる、黒潮のまっただ中に位置していたから、種々雑多な漂流物が磯にうちあげられた。大小の流木、竹、破船の板材、椰子の実、漁船のガラス玉のヴイ、栓のつまったガラスびんなど、あまり値打のない物が多かったが、たまに、黒檀とか、台風が深海の海底をかきまわして折ったと思われる、赤サンゴとか、珍奇な巻貝とかの宝物も打ちあげられた。

　僕は、太一さんが伽羅木《きゃらぼく》を拾ったのを見たことがある。これは目の玉の飛びでるような高値で大阪商人が買い取っていった。

　太一さんが、彼の運命をかえることになる、漂流びんを拾ったのは、十八歳の時だった。喜界島のサンゴ礁の磯が、海草の若芽で一番美しく萌えたつ春のある日のことだった。

　太一さんがいつものように、海岸を歩いていると、磯と磯のあいだのせまい海面に、小びんが浮かんでいるのを発見した。

　小びんは、かすかに浮き沈みしている。澄みきった海面を注視すると、体長一センチくらいの稚魚が、びんの下にむれている。

　びんに付着した貝が、何かの拍子に割れて、貝の身がとびだしたのを、稚魚がついばんでいるための浮き沈みであろう。

　そこは浅瀬だったので、太一さんはズボンを脱いで海へはいって行ってびんを拾いあげた。

　ガラスびんは、漂流の歳月の長さを思わせるように、海草や貝が付着していた。コルク栓がしっかりはまっており、びんの中に海水がはいっている気配はなかった。

　空にかざしてびんの中をのぞくと、紙片らしい物がはいっていた。

サンゴ礁がくだけて砂になった、粒子の硬い砂にびんをもみこんでよごれを落とすと、付着していた海草や貝がとれて、びんは新品のようになった。

　びんを割らないように注意しながらコルク栓を抜きとって、逆さまにしてふると、まるまった紙片がポトリと飛びだしてきた。

　びんせん一枚と、手札型の写真だった。

　びんせんには、何行かのローマ字の文章が書き連ねてあった。もちろん、太一さんには読めない。

　よく話に聞く、難破船の船員が最期の時に、家族に届けよと念じて投げいれた、遺書であろうかと思った。

　写真には、十七歳くらいの、まことに気品にみちた少女の上半身が写っていた。太一さんがこれまでに見たことのない、まぶしいばかりに美しい少女だった。日本人の顔ではなく、南方系の顔だった。

　太一さんは、しばらくわれを忘れて、写真の少女に見とれていた。

　この美少女は、何をうったえようとして写真を同封したのだろうか。

　太一さんは一刻も早く手紙の意味が知りたくなって、胸をざわつかせてふじや旅館へ向かった。赤連海岸通りでこの横文字の文章が読めるのは、フジナミさんくらいのものだった。

　フジナミさんは、手紙に目を通すなり、

「太一よ、この文章は英語じゃないよ。英語なら中学でいくらか習ったから、単語の二つや三つは分かるはずなんだが……これは、綴りから見て、スペイン語の感じだよ」

　そう言ったあと、つくづくと写真の少女に見いって、

「それにしても、この写真の女の子は、美人だなあ。映画女優かも知れないよ。顔だちから見ると、日本人じゃないよ。フィリッピンには、西洋人との混血が多いから、そのあたりの見当だね」

　浮き浮きした様子でこう言ったあと、さらに言葉をつづけて、

「そうだ、恵さんに読んでもらうことにしよう。恵さんは、マニラ麻の栽培で十年近くフィリッピンに行っていたから、これぐらいの文章は読めるだろう。わんも、一緒にいってやるよ」

　フジナミさんは、びんの手紙に好奇心をかりたてられたらしく、興奮のていで、すぐ太一さんを伴って、恵さんの家へ向かった。

　恵さんは、鶴のように痩せた老人だった。ふたりが訪ねると、縁側で目白にやるすり餌を作っていたが、フジナミさんが用件を伝えると、笑顔をはじけさせて、びんの手紙に目をはしらせた。

「スペイン語です」

恵さんは、うむうむとうなずきながら、小さく声にだして読み下していった。

だんだん、表情がけわしくなっていった。

「これは、いったい……字もきれいだし、育ちもよさそうなお嬢さんだが……うむ、誘拐されたのかな……」

恵さんは、手紙の文意をつかみかねて、ひとりごとをつぶやいている。

そばにいるフジナミさんと太一さんは、気が気でない。

「翻訳していただけますか」

フジナミさんがたまりかねてうながすと、

「分かりました」

と恵さんは言って、部屋の隅から紙と鉛筆をとってきて、こうスラスラと訳していった。


お願い！　私を助け出しに来て！　助け出して下さったら私は生涯あなたに仕えます。

あっ、足音が……見張りの者が来たようです。住所はこの次……


異国の少女の切迫した息づかいが聞こえてきそうな手紙だった。少女は、誘拐されて海辺の建物にとじこめられているのだろうか。

それとも、理由《わけ》あって、家族から引きはなされて、海辺の淋しい建物に幽閉されているのだろうか。

少女は短い手紙を書けないでいるようである。だが、少女の自由への思いは強く、警戒の目を盗んで、走り書きの手紙をびんに封じて海へ流して、万に一つの僥倖に望みを託したのだろうか。

セピア色に変色した写真から見て、びんが喜界島に漂着するまで、一年はかかっているだろう。少女はまだ無事でいるのだろうか。

しかし、この手紙は、通信文としては落第だった。住所と名前が書かれていないことである。これでは、助けだしようがない。

「助けだせたら、この娘さんを嫁さんにできたんだがなあ」

フジナミさんが太一さんの顔を見て、残念そうに言った。

しかし、ローカル紙の『喜界新報』が記事にしてくれたので、太一さんはひと時、話題の人になった。

これで事が終われば問題はなかったのだが、半年後に太一さんは、赤連海岸のおなじ磯で、例の異国の少女が流した手紙を、また拾ってしまったのである。

二回目の手紙は、こんな内容のものだった。（おなじ少女のちがうポーズの写真も入っていた）。

お願い！　私を助けて下さい。私をこの家から連れだして下さい。私は自由になりたいのです。
これまで私が流した二十一本のびんの手紙は、だれの手に渡ることもなく、太平洋をさまよっているのかしら。
神さま、どうぞ、この手紙が勇気のある方とめぐり逢えますよう、神の祝福を私にお与え下さいませ。

末尾に、住所氏名らしい一行が書いてあったが、びんの中に少量の海水が入ったらしく、インクが流れて判読できなかった。

前の通信文よりも、脱出の願望が、さらに強まっている。びんの手紙を二十一本も海に流したとは！

しかし、彼女は身勝手すぎないだろうか。手紙は、二回とも、住所が欠落しているのだ。彼女は手紙が近くの島か村の人に拾われることを願って流したのだろうが、びんの手紙ははるばる黒潮に乗って、日本列島の喜界島に漂着したのである。

国名も、住所も、名前も分からないのに、どうして救助ができようか。

「カツミよ、おまえはどう思う？　おなじ人が流した手紙を、わんは二度も拾ったんだよ。一度だけならわんもこんなに思いつめることはなかったと思うよ。二度も、わんの手に手紙が届いたってことは、写真の娘さんを助けるのはお前しかいない、おまえは命がけで娘さんを助けてあげなさい——という神さまの思召のように思えたんだ」

太一さんが僕に告げた言葉だが、太一さんのこの痛切な決意は、分からないでもない。

太一さんは、写真の少女が流したびんの手紙を、二度も拾ったことに、「運命」を感じたようだった。

フィリッピンの（フジナミさんも恵さんもそういう見方だった）、何処かの島で流したびんの手紙が、一年ちかい漂流のはてに、しかも二度も、太一さんに拾われたことは、奇跡といっていいだろう。

黒潮に乗って北上してきたといっても、漂流びんが喜界島に漂着する確率は、ほとんどゼロに近いといってよかった。

それが、太一さんがいうように、二度も彼に拾われたのだから、太一さんが手紙の主に運命を感じたとしても不思議ではない。

残念ながら、太一さんは今回も、少女の住所を知ることはできなかったが、三度目の手紙には、間違いなく、彼女の住所と名前が記されているはずだといって、来る日も来る日も、漂流びん探しをつづけた。

一年たち——五年たち——そして十年が過ぎた。

僕が島を離れることになる、その年も（最初の手紙を拾ってから三十年たっている）、彼の漂流びん探しはつづいていた。

太一さんはもう五十歳にちかい年齢だ。頭髪はほとんど白髪になっている。もともと猫背気味だったが、腰の曲がり方もだんだん目立ってきた。はっきりいって年よりも老けて見える。

とくに、秋口から初冬へかけて、ミイニシ（新北風）と呼ばれる季節風が吹きすさぶ頃、背中をまるめ、足を引きずり、風によろけながら歩いている彼の姿を見るのは、つらい。

喜界島は雪が降ることはないが、冬になると、東シナ海をわたってくる風は、身をきるほど寒い。

太陽が昇ってから歩けばいいのに、彼はかたくなに夜が明けるとすぐ、サンゴ礁の磯へ下りて行った。

しかし、よく見ていると、漂流物を探すよりも、磯の鼻から沖合をながめている時間のほうが多くなっていた。以前は、砂浜に打ちあげられたホンダワラなどの海草やごみを、棒きれで突きくずして、漂流びんが混っていないかどうか調べていたが、この頃は、かなりなげやりだった。

太一さんの漂流びん探しの情熱も衰えてきたのだろうか。

そんな太一さんの姿を見ると、胸が痛くなる。

フジナミさんの言葉を思い出すからだ。

「カツミよ、わんは近ごろ、太一が拾った手紙は、あの写真の女の子のいたずらのような気がしてならないんだよ。

一回目の手紙の、見張りの者がきたから住所はこの次に……という書き方、どうも作り話みたいに思えるんだ。二回目の手紙も、ロマンチックな女の子の作文みたいじゃないか。とっても頭のいい、空想癖のある女の子が、自分を悲劇のヒロインに仕立てて、救助をもとめた……。

手紙入りのびんを、二十一本も流したといっているが、その中の二本が偶然太一に拾われたってわけだ。気の毒なのは太一よ。女の子の空想につき合わされて、一生を棒にふってしまったんだからな」

僕は、フジナミさんの言葉を聞いているうちに、全身がとめどもなくわななないてきた。

フジナミさんの推測は、真実かも知れない。僕もときどきそんな思いに捉われたことはある。

だが、そう決めつけたのでは、あまりに太一さんがかわいそうである。

自分の情熱のすべてを、漂流びん探しにつかいはたしてきた、太一さんの膨大《ぼうだい》な歳月を考えると、フジナミさんの説は、ぜったいに受け入れられない。

「フジナミさん、そのことは、ぜったいに太一さんには言わないでください」

僕は、太一さんにたいする、憐憫《れんびん》の情で声をふるわせて、フジナミさんに頼んだ。

——僕は島を離れる前の晩、太一さんの家を訪ねた。

太一さんはすすけたランプの灯りの下で、飛魚の干物を肴《さかな》に焼酎を飲んでいた。あまり酒は飲まない人だが、この夜は珍しく上機嫌だった。

「あした発つんだってね。船は何時だ？」

太一さんは僕を家の中に引っぱりこんで尋ねた。

「午前十時ごろだって」

「わんは別れるのがつらいから、見送りには行かないよ」

「ああいいよ」

「カツミに行かれたら、わんの話を聞いてくれる人がいなくなるなあ」

僕は頃合をみて問いかけた。

「太一さんがびんの手紙を拾ってから、三十年たつんだよね」

「そうだよ」

「三十年というと——あの写真の女の子も、五十ちかいオバサンになっているってわけだ」

「年勘定でいくとそうなんだが……わんの頭の中の彼女は、写真のままの顔なんだよ」

「だけど、彼女も人間なんだから、年もとるし成長もすると思うんだけど」

「それが、わんの頭の中の彼女は、年もとらなければ成長もしないいんだよ」

「それじゃあ、彼女がかわいそうじゃないですか。いつまでも年をとることも、成長することもできないってのは」

「……」

「彼女が太一さんの頭の中で生きていられるのは、太一さんの彼女を想う心が、彼女の血になり栄養になっているからですよ。太一さんが彼女を忘れることができたら、彼女は年相応に、皺もよればブクブク太ることもできるんだがなあ。太一さんに聞くけど、二回目の手紙のあと、連絡がないのは、女の子の環境がかわって、監視がとかれたとか、結婚したとか、病気で死んだとかいうことは、考えられないの？」

太一さんは怒るかと思ったら冷静だった。

「わんも、何回も、いや何十回も考えたさ。だが、わんは彼女から二回も、二回もだよ、救助を求められたんだよ。カツミなら同じ人が流した手紙が、同じ人に拾われるってことが、どんなに奇跡的なことか分かるだろう。彼女は今もわんの心の中で生きているし、助けにきてくれと、叫びつづけているんだ。その助けを求める声が、はっきり聞こえるんだよ。わんだって、やめられるもんならやめたいよ。だが、やめられないんだよ」

太一さんは、瞼にいっぱい涙をあふれさせて、さけぶようにいった。

（漂流びんの幻の少女に心をよせて、三十年も漂流びん探しをつづけている偉大な人に、おれはなんていう青くさいことをいっているんだろう）

僕は自分の忠告の言葉がはずかしくなり、同時に、あまりにも太一さんがかわいそうでならず、言葉を失った。

さっきから、五、六軒先の家で祝い事がおこなわれているらしく、夜風にのってサンシン（蛇皮線）の音と歌声が聞こえてはいたが、この時、太鼓と指笛もくわわって、酒座は「六調」に移ったようだった。

奄美の人は、この「六調」が始まると、陽気な浮かれ者になってしまう。

サンシンの弾奏が力強くなり、太鼓の音が急調子になり、歌者《うたしゃ》はのどをふりしぼって歌をうたい、列座のひとたちは、指笛や手拍子で調子をとりながら、交替で立上がっては手踊りを引き継いでいく。

「盛りあがってますね」

僕が声をかけると、

「タケ子の結婚式だよ」

と、太一さんは面白くなさそうにいった。

いちじは、太一さんは、タケ子と結婚するのでは、との噂もたった仲だった。小太りの四十をこした女だった。

「行かなくてもいいんですか」

「呼ばれてもいないのに、行けるかよ。わんを馬鹿にして、これ見よがしに大さわぎしてやがる。タケ子の奴、いちじは結婚してくれって、わんにさかんにモーションかけたもんだよ。だれがあんな奴なんかと！　写真の彼女とくらべたら、月とスッポンだよ」

今夜の太一さんは、荒れていた。こんな乱暴な口をきく人ではない。僕の言葉が彼を傷つけたのだろうか。それとも、彼にとっての最後のぼやき節の聞き手である僕がいなくなることを、淋しがっているのだろうか。

今は、六調踊り節は、最高に盛りあがっていた。

踊れ踊れ早う出て踊れ――の歌声が、サンシンの弾奏にのって耳を圧するように聞こえてくる。

太一さんは向こうの馬鹿騒ぎに気を悪くしたらしく、

「ふん、たいした景気じゃないか。タケ子の奴、どこの馬の骨だか知れないやつを引っ張りこみやがって……結婚式がなんでえ、わんはぜんぜん平気だよ。さあカツミ、わきゃも、やつらに負けず盛大にやろうじゃないか。こっちは、カツミの送別会だ！　カツミには、あっちと違って、洋々たる前途があるんだからなあ！」

太一さんは、あたたかい、心のこもった声でいいながら、床の間のほら貝をつかんで外へ飛びだすと、月空へ向かって、プープープーと、狂ったように吹き鳴らした。

春になれば……

渡り鳥釣りに、僕を誘ったのは、同級生の盛行男《さかりゆきお》だった。魚釣りなら春から夏へかけてほとんど毎日やっているが、鳥を釣るとはどういうことなのか、イメージすら浮かんでこない。

仕掛けは簡単だった。魚釣りと同じ仕掛けである。五十センチぐらいの長さの道糸に釣針をつける。もう一方の端には、拳大の石を結びつけておく。

餌は、海岸の浜芝を掘り返すとでてくる。なにかの昆虫の白っぽい幼虫である。そのクネクネと伸び縮みする幼虫を、釣針に引っかけて、隆起珊瑚礁と原っぱの境い目のあたりに、置いておくのである。

ミイニシ（新北風）の吹きすさぶ十月末のある日の午後、盛行男が仕掛けを置いたのは、御殿浜《うどんはま》とよばれている、隆起珊瑚礁と集落との間のせまい原っぱである。

この日も、空は荒天、海は荒海であった。

北西の空には、雨をはらんだ暗い雲が、墨をはいたように空をとざし、海はミイニシが波がしらを吹き飛ばすので白にごりして見えた。

いつもは西南の方角に、櫛形の島かげを見せている、奄美大島も雲の中だった。

仕掛けを終えた僕らは、アダンの茂みのかげに身をよせて、渡り鳥が飛んでくるのを待った。

僕らが待っているのは、九州の南端を飛び立って、薩南の島々をこえて飛んでくる小型の鳥たちだった。

喜界島へくるのは、小さな群れである。大きな群れは、餌場の干潟や森林の多い、奄美大島で羽を休めているようだ。喜界島へくるのは、迷い鳥という感じである。だから、渡りに疲れているように見えたし、腹をすかせているように見えた。

「きた、きた！」

盛行男が指さして叫んだ。

うどん浜の沖合に、黒い点々のかたまりが見える。五十羽くらいの群れだった。渡り鳥は、追い風に飛ばされて、群れをくずしたり、またかたまったりしながら、こちらへ向かって飛んでくる。

すぐに降りるかと思ったら、僕らの上空まできた渡り鳥は、降りそうで降りない飛び方をくり返している。いい餌場を上空から探しているのかもしれない。

渡り鳥は何回目かの旋回のあと、餌場に急降下して止まった。

結果がでるのに時間はかからなかった。餌に食いついた鳥は、釣針をのみこんだか嘴にひっかけたかしたのだろう。異変を感じたようすで一斉に飛び立った。その中の五羽が重石《おもし》をひきずっている。ほかの鳥は鳴声をあげて飛び立ったが、釣針にかかった鳥だけは、少し飛んでは落ち、また少し飛んでは落ちている。そしてだんだん力尽きて、うずくまってしまった。

盛行男が駆けだしたので、僕も彼のあとを追った。

僕が一羽を押さえこんだとき、

「やめて！　お願いだから、やめて！」

女の人がヒステリックに叫びながら、僕たちのほうへ駆けてきた。

見知らぬ女性だった。オーバーを着て、靴をはいた、洋装のよく似合う女性だった。年のころなら、二十六、七歳くらいだろうか。

僕は思わずつかまえていた鳥をはなしたが、盛行男はもう一羽の首を締めていた。

女は険悪な目つきで僕たちをにらみつけて、

「すぐに釣針をはずしてやりなさい」

と、命令口調で言った。

彼女の断固とした口調には、さからえない威厳があった。それに彼女は、少年の僕が一瞬ハッと目を見はったほどの麗人だった。かなりの腕白で、いつもならへらず口をたたいて抵抗したはずの盛行男も、女のいいなりに釣針はずしにかかった。

さいわいに、残りの四羽は、釣針が嘴のつけ根の柔らかいところに掛かっていたので、うまくはずすことができた。つぎつぎ放してやると、渡り鳥は元気をとりもどして、ミイニシに乗って矢のように西空へ飛び去った。

彼女は、盛行男が締め殺した鳥を拾うと、両掌でくるみこむようにして持って、

「この鳥は、横須賀で見たことがあるわ。干潟にいる浜千鳥よ。こんなところまで渡ってくるのね」

そう言ってから、

「わたしみたい……」

とポツリと、呟いた。

そのときの彼女の顔には、痛々しい悲哀のかげがにじんで見えた。

「ほんとうに淋しい島ね」

彼女はまたミイニシに白い顔を曝《さら》しながら言った。

「四六時中聞こえるのは、汐鳴りの音と風の音ばかり――耳について夜も眠れないわ。ここは、僧俊寛が流された島ですってね」

「俊寛の墓がありますよ」

僕は答えた。

「俊寛の話は知ってる?」

「……」

知っている、といえるほどの知識はなかったので、僕は黙っていた。

「治承元年というから今から八百年前のことになるけど、当時権勢をほこっていた平清盛討滅のはかりごとが露見して、藤原成経《なりつね》、平康頼《やすより》らとともに俊寛も、そのころ鬼界ケ島と呼ばれていた薩南の島に流されたのね。遠島地については、喜界島と硫黄島の二説があるみたいだけど、俊寛は生まれも育ちも、京の人でしょう? 心も体も、京からはなれては生きていけない人だから、毎日が嘆きと涙の暮らしだったと思うの。赦免船がくるのを一日千秋の思いで待っていたらとうとうきてくれた。天にも昇る心地で出迎えると、俊寛だけ赦免がなく、島にとりのこされてしまうの。

俊寛は、自分を連れていってくれと必死に懇願するが、願いはかなわず、胸が張り裂けるような思いで遠去かっていく船を見送るのね――謡曲『鬼界ケ島』にある悲しい話だけど、こうして喜界島の岸辺にたっている、俊寛の気持ちが分かるような気がするわ」

女の人は自分勝手な独白を終ると、

「その殺した鳥、埋めておきなさいよ」

と言いのこして、立ち去っていった。

その夜、うどん浜での出来事を母に話すと、

「その人は、ふじや旅館の八重子さんよ」

と言った。

母の話によると、八重子さんは、女将《おかみ》さんの亡くなった前夫との間にできた子供で、女将さんがフジナミさんと再婚して喜界島へ移住することになったので、女将さんの鹿児島の実家に預けられていた。

母は、フジナミさん一家が鹿児島にいたころからの知合いだが、その当時、県立女学校の生徒だった八重子さんは、評判の美人で、七高の学生たちのマドンナ的な存在だったということ。

赤連海岸通りの住人で、フジナミさんの碁《ご》敵きでもある、磯さんの話によると、八重子さんが喜界島へきた事情は、こ

んなことのようだった。

「八重子さんのご主人は、東京帝大出身の技術者で、横須賀の造船所につとめている人なんだよ。ご主人の実家が、家風のきびしい旧家のため、ご主人の両親と折り合いをつけるのが大変みたいだよ。胸の病いは初期ということだが、娘さんに感染することを恐れた夫の両親が、気候のいい喜界島で療養してきなさいと送りだしたということらしいよ。この冬をすごしたら帰ってきてもいいという約束らしいが、まあていのいい隔離だね」

母と磯さんの話を聞いて、八重子さんが僕たちに捕らえられていのちを絶たれた渡り鳥を見て、健康をとりもどして家族の許へ帰ろうと思っている自分の願いが絶たれたようなショックを受けたのだ。

僕は八重子さんに会えることを期待して、ときどきふじや旅館をのぞいて見たが、八重子さんには会えなかった。

鳥釣りの日から十日ほど経ったある日のこと、ふじや旅館の海側の庭の、隆起珊瑚礁の崖の鼻で釣竿をたれていると(ここはいい釣場だった)、座敷のあたりから咳が聞こえてきた。

ふり向いてみると、座敷の縁側に、籐椅子に座っている八重子さんの姿が見えた。客がいないので出てきたらしかった。

彼女は湯上がりらしく浴衣を着て、豊満な肉体をもてあまし気味に、片脚を片脚のうえにのせていた。何やらしどけない姿に見えて僕をまぶしがらせた。女性のこんな優雅なくつろぎの姿勢を見るのは初めてだった。

八重子さんは目の前の、東シナ海の大夕焼けに、心をうばわれている様子だった。

湾港の東岸から眺める落日の光景は、すばらしかった。

久しぶりに海は凪ぎわたっていた。日が沈むと、さまざまな形をした積乱雲が、雲の層の厚い部分は紫色に、そこからふちへかけては雲の濃淡によって暖色系の千変万化の彩りを発光させている。

夕焼けは彩りを強めながら天心へ向かって徐々に拡がり、恐いくらい喜界島の上空を染めあげていった。それに合わせて、目のまえに広がる湾港も、夕焼けに映えて、刻々と、バラ色に、鮮紅色に、深紅にと、色を深めていく。

八重子さんも、湾港の夕焼けに映えて、刻々と発光して見えた。

湾港にたそがれが迫り、港をかこむ家々にランプが灯りだしたので、八重子さんは居間へもどっていった。

ある日、学校からもどってくると、

「フジナミさんが、お前が集めている、宝貝を少し分けてもらえないかと言ってさっき見えたよ」

と、母が告げた。

コレクションといえるほどの代物ではないが、斑点の美しい宝貝が三十個ばかりたまっていた。その中から表面がなめらかで光沢のある宝貝を二十個選んで紙袋にいれてふじや旅館へ行くと、フジナミさんが中庭で、ハイビスカスやブーゲンビリアなど熱帯花木の剪定をしていた。

僕が宝貝を持ってきたことを告げると、

「八重子！　カツミが宝貝を持ってきたよ」

と、大声で八重子さんを呼んだ。

八重子さんはすぐ姿をあらわした。

「ああら、カツミ君てあんたなの」

八重子さんは僕の顔を見て、僕が鳥釣りの少年であることに気づいた様子だったが、おかしそうにそう言っただけで、あの日のことには、いっさい、ふれなかった。

僕が紙袋の宝貝を縁側にばらまくと、八重子さんは縁側に横ずわりに座り、

「まあ、こんなに沢山」

と、声をはずませて言った。

「なんに使うんですか」

僕が聞くと、

「美しい貝だから娘に送ってあげたいの」

と、八重子さんは言った。

「じゃあ、これでよかったらどうぞ」

「おいくら差上げたらいい？」

「こんなもの……春になったら、いくらでも磯にでてきますからいいですよ」

「そう。じゃあ、いただいておくわ」

八重子さんはそう言って、紙袋に宝貝を入れ終ると、

「カツミ君は本好きですってね。どんな本を読んでるの？」

フジナミさんから僕の噂話を聞いていたのだろう、八重子さんは尋ねた。

「最近読んだのは、『怪人二十面相』と『猿飛佐助』です」

僕が意気ごんで答えると、八重子さんはがっかりした顔をした。

しかし、これが当時の僕の読書範囲だった。

「男の子だから『宝島』とか『トム・ソーヤの冒険』は読んでいるんでしょう？」

「……」

僕は返事ができなかった。

「そうだわ。宝貝のお礼に、本をプレゼントするわ」

八重子さんはそう言って、部屋へもどって本を取ってくると、僕の前に置いた。

岩波文庫の『嵐が丘』と『アンナ・カレーニナ』だった。

僕は手に取ってページをめくって見たが、活字がぎっしり詰まっていて、とても僕の読書力では読みこなせない本のよ

うな気がしたので、

「これ、とても無理です」

　僕が本を返すと、

「背のびしてもいいから、何年かかってもいいから読みなさい。この小説は大文学だけど。読みはじめたら途中でやめられないくらい面白いわよ」

　八重子さんはそう言って、僕に押しつけた。

　八重子さんは、僕が読んでいる小説のほかに、「文学」という芸術作品があることを教えてくれた、最初の人だった。

　それから半月ほど経ったある日のこと、八重子さんどうしているのかなと思って、ふじや旅館に顔を出すと、この日も客がいないらしく、八重子さんは離れの座敷の縁側に籐椅子を持ちだして、手紙を読んでいた。

　八重子さんは、読み返しながら心地よげに微笑み、ときどき可笑しがって含み笑いをもらしていた。僕がこれまでに見た八重子さんのいちばんいい笑顔だった。

「いい手紙みたいですね」

　僕が近づいて声をかけると、

「ああカツミ君。主人と娘からの手紙なの」

　八重子さんは、まだ快い微笑ののこった顔を僕に向けた。

「娘さんは、おいくつなんですか」

「六歳。綾子というんだけど、カタカナの手紙が可笑しくて！　先日、カツミ君から頂いた宝貝を送ってあげたの。そしたら、とっても気にいったみたい。こんな貝がいっぱいいる島って、どんなに美しい島かしら……そこで、保養できて、お母さんしあわせ……春になったら、わたしがお父さんと一緒に、迎えに行くからね……ですって。

　漢字もおぼえたらしく、『鬼界ケ島ノオ母サンへ』と書いてあるわ。鬼界ケ島は、失礼ね」

　八重子さんはそう言って、くっくっ笑った。

「綾子ちゃんがきたら、僕が磯へ連れて行って、宝貝をいっぱい採ってあげますよ」

　僕が言うと、

「ありがとう。春まであと四か月ね……」

　八重子さんは言い、目をあげて、湾港の向こうの積乱雲のあたりに暫く視線をとめていた。

　なぜかは知らないが、彼女の考えごとでもしているような眼差がとても淋しげで気になった。


　八重子さんのご主人の、田代靖さんに召集令状がきたという電報が入ったのは、十二月初旬のことだった。

　その年（昭和十四年）は八月に、満州と外蒙古の国境で、ソ連軍との間でノモンハン事件が起こっていた。また九月には、ヨーロッパで第二次世界大戦が始まっていた。

当時の喜界島にはまだ電話がなかったので、本土との連絡方法は、電報だけだった。

　八重子さんは何回かの電報のやりとりで、田代さんが十五日に下関で面会が許可されていることが分かった。

　十五日といえば、十日後のことである。つぎの上り汽船で発ち、鹿児島から汽車で行けば十分に間に合う日程だった。

　上り汽船は、二日後に寄港の予定だった。

　八重子さんは旅支度をおえて、船の入港を待った。

　ご主人の両親が綾子ちゃんを伴なって下関までくるという連絡も入っていたので、八重子さんは下関行きをすごく楽しみにしていた。

　ところが、翌日から天候がくずれて、海は大しけになり、鹿児島行きの汽船は、入港予定日に欠航となった。

　つぎの汽船の入港予定日は、五日後である。それに乗船できれば、十五日の面会日に、ぎりぎり間に合いそうだった。

「海が凪《な》いでくれるようお祈りして待つわ」

　まだ一縷の望みがあったので、八重子さんはつぎの船便に望みを託した。

　だが、冬期にはよくあることだが、天候悪化のため、つぎの上り汽船も欠航となった。

　この便をはずしたら、十二月十五日の面会日には間に合わない。

　八重子さんは仕方なく、

「船欠航のため行けぬ」

と電報をうって下関行きを中止した。

　十二月十五日――

　予定通り船がきていたら、きょう八重子さんは下関で、ご主人や娘さんと面会してきたはずだった。

　僕も母なども、

「八重子さん、あんなに下関行きを楽しみにしていたのに、かわいそうだよ。綾子ちゃんには何時でも会えるからいいけれど、ご主人とは出征前にいろいろ話し合っておきたいことがあったんじゃないの。病気に障りがなければいいが……」

と、胸を痛めていた。

　その日の午後おそく、僕は八重子さんのことが気がかりで学校から帰るとすぐ、八重子さんを訪ねた。

　八重子さんは、何時ものように、読書に熱中していたが僕に気づくと本を置いた。

「残念だったですね。予定ではきょうが面会日だったんでしょう？」

　僕が言うと、

「そうねえ。きのうもしけ、きょうもしけ……あれから何日経つのかしら？　十日、いや、半月近くもこれじゃあね。自然には勝てないわ」

と、八重子さんは明るい声で言った。

僕の予想とちがって、八重子さんが落ち込んでもいなければ参ってもいなかったので、僕は安心した。八重子さんは性格的に強い人のようだった。

あいかわらず、強い風が吹き、海は荒れていたが、空は晴れていた。

「そろそろ夕焼けが始まるころね」

八重子さんは縁側から足をのばして下駄をつっかけると、中庭に降り立った。

そして庭のはずれまで行って、胸の高さぐらいある波除け用の石垣の前に立った。

石垣の向こうは、湾港だった。

「カツミ君、わたしはね、主人に会ったら言おうと思っていた言葉があるの。それは、

〝君死にたまふことなかれ〟

の一語なの。この詞《ことば》は、歌人の与謝野晶子《よさのあきこ》さんが日露戦争に出征した弟さんに贈った詩なんだけど、わたしの思いもこの詩の詞の通りだから、わたしの祈りが主人につうじるように、今この詩を朗読するわ。カツミ君にも、聞いてほしいの！　戦争が長びいて、戦場にかりだされる年齢になったら、この詩の詞を思い出してほしいの」

夕陽はとうに西の海に沈み、夕焼空が頭のすぐ上にかぶさっていた。

夕焼けが照明となって彼女の顔をてらしている。

あゝをとうとよ君を泣く

りんりんとひびきわたる美しい声だった。そしてその声は、おごそかなほど真摯だった。

八重子さんは、東シナ海から吹いてくる強風に、楯突くように身がまえた。八重子さんはこの強風を、時代の風のように感じていたのかもしれない。

君死にたまふことなかれ
末に生れし君なれば
親のなさけはまさりしも
親は刃をにぎらせて
人を殺せとをしへしや
人を殺して死ねよとて
二十四までをそだてしや

八重子さんは、夕焼けまみれになりながら詩を詠んでいった。

その時の僕に、詩句のぜんぶが分かったわけではないが、

八重子さんの胸の思いは、この詩をつうじてくみとることができた。

とくに感動的だったのは、何節目かの詩句を、くりかえし詠んだことだった。それは、この詩句だったと思う。

……………
すめらみことは戦ひに
おほみづからは出でまさね
かたみに人の血を流し
獣の道に死ねよとは
死ぬるを人のほまれとは
大みこゝろの深ければ
もとよりいかでか思されむ
……………

八重子さんは最後に、断腸の思いを込めてこう叫んだ。

「あなた、死んじゃ駄目よ!」

八重子さんの頬をぬらした涙に、夕焼けがてらてらと照り映えて、八重子さんはあかあかと光り輝いて見えた。

また僕は、この話の悲しい結末を書く破目《はめ》になった。

結局八重子さんは、年が明けて二月、あと一か月であんなに待ちこがれた春がくるというのに、あっけなく逝ってしまった。

死因は肺炎だった。享年二十七歳。

三人の娘

肥後さとさんは、赤連海岸通りでは、一番幸せな人、とみられている。

赤連海岸通りの人びとは、肥後さとさんの名前を聞くと、

――キュラムン（美人の奄美言葉）三姉妹の家。

――ガジュマルの大木のある家。

を連想するはずだ。

肥後家のガジュマルは、正真正銘、赤連海岸通りでは一番の大樹である。

庭先に、その大樹が三本、突っ立っているのである。

ガジュマルは、桜のように爛漫と花を咲かせるわけでもない。楓《かえで》のように錦繍《きんしゅう》をまとってくれるわけでもない。柿や蜜柑のような果実をつけてくれるわけでもない。幹が曲がりくねっているから材木には適さないし、薪にするには割りにくいという難点がある。年をとるに従って、枝や幹から気根という木のひげを垂らすようになるから、気味悪く思う人もいるだろうし、醜い木と感じる人もいるかもしれない。

それでいて、南島の人びとに庭木として重宝がられているのは、防風・防潮に役立つからである。

それ以上に、枝張りがよくて涼しい木かげをもたらしてくれるからである。

夏の午後、太陽《テダ》が少し西にかたむいた頃、さとさんがガジュマルの木かげで涼をとっている姿を、よく見かけるようになった。

さとさんがこのガジュマルの木かげで、ゆっくりとくつろげるようになったのは、この三、四年のことである。それまでは、さとさんは、未亡人として三人の子供を育てるために必死に働いていたから、くつろいでいる暇などなかったのである。

さとさんの主人は、肥後周平さんといい、二十名ほどの織子を持つ、大島紬工場の経営者だった。本人の事業は順調だったが、周平さんが連帯保証人になっていた同業者が倒産、自殺してしまった。そのため、周平さんの紬工場も連鎖倒産

に追いこまれ、周平さんは心労から一年後に病死してしまった。

　周平さんの死後、さとさんに残されたのは、今住んでいる家屋敷と、千鶴八歳、葉子六歳、波江四歳の三人の幼女たちだった。

　さとさんは、日雇、農作業の手伝い、行商と身を粉にして働いて三人の子供を育てあげた。

　千鶴さんは学校の成績がよかったので、担任の教師は、師範学校に進学するようにすすめたが、千鶴さんは家《うち》の家計では進学は無理といって、当時景気のよかった大島紬の織子になった。次女と三女も、高等小学校をでると姉のあとを追って織子になった。

　三人姉妹は、大島紬の織子《おりこ》としては一流だという。目がよくて、手先が器用で、根気づよい性格だから、どんな細かい柄でも正確に織ることができたし、納期も遅れたことがなかったので、紬仲買人たちは争って彼女たちに織賃のいい仕事を発注した。

　そんなわけで、肥後家の三姉妹は、器量がよくて、気だてがよくて、はちきれんばかりに健康で働き者ときていたから、長女の千鶴さんが年頃になった頃から、「うちの息子のお嫁さんに、ぜひ」と降るほど縁談話が持ちこまれてきた。

　そのたびに千鶴さんは、すまなそうに微笑んで、

「あたし、母をのこしてお嫁にはいけませんわ」

とやんわり断りつづけた。

　中には、お母さんを引き取って、一緒に暮らしてもいいですよ、と親切に言ってくれる青年もいたが、今のところ、千鶴さんには結婚の意思がないようだった。

　千鶴さんにつづいて、葉子さん、波江さんが結婚適齢期をむかえると、二人にも結婚申込みが相次いだ。

「わたし、大島紬の立派な織子になって、お母さんに楽をさせてあげたいから、結婚はまだ先の話だわ」

　葉子さんも波江さんも、断りの口実はさまざまであったが、好条件の結婚話にも冷淡であった。

　断わられた人の中には、

「うちの話を断わるなんて、高望みも度がすぎるよ」

とか、

「あんな可愛い顔をして、もう虫がついているんじゃないのか」

とか、悪口を言う人もいたが、赤連海岸通りの人たちの間では、

「母親の面倒をみたいからと言って、良縁話を断わるなんて、ほんとうに親孝行な娘たちだよ」

と、肥後家の三人の娘の評判は高まるばかりだった。

　赤連海岸通りには、二軒の旅館があった。

「ふじや旅館」は、出張でくる役人のよく泊まる一等旅館、「奥田旅館」は、行商人の泊まる三等旅館という格付けだった。

奥田旅館は二階造りではあったが、台風のせいかかなり傾いていて、突っ支《つっか》え棒で支えられてどうにか持ちこたえていた。

奥田さん夫妻は和歌山県人らしいが、ご主人は有名な建築業者で、公共建築物を建てるために招かれて喜界島へきたが、喜界島の自然と人情が気にいってそのまま住みついた人だという。ご主人はとうに亡くなっていたが、奥田さんは大変な能弁家で、年齢は六十歳代だったと思われるが、みんなから奥田ばあさんと呼ばれてまだまだカクシャクしていた。

奥田ばあさんの美徳とでもいうべきものは、大変慈悲心が厚く、頼ってきた者の面倒みのいいことだった。宿泊客の中には、宿賃のはらえない者や病気で寝こんだりする者もいたが、宿代なしで置いていたように記憶している。

奥田旅館の客は、じつに多彩であった。

旅芸人、曲馬団一行、沖縄芝居の一座、浪曲師、手品師、馬喰、鋳掛屋《いかけや》、富山の薬売り、東京の大先生というふれこみの占い師、これを一日に一切れ食べれば百歳まで長生きするというオットセイの干肉売り（奥田さんはあれは馬肉だよと言っていた）など、このての者がよく泊った。

しかし、客の中で一番多いのは行商人だった。

彼らの商品はまことに種々雑多で、古着、化粧品、暦、刃物、おもちゃ、七味唐辛子、針と糸などだった。

肥後家の三姉妹は、夕食後、よく奥田旅館に遊びに行っていた。

家が近いせいもあったが、さとさんは子供たちがまだ小さかった頃、子供を奥田さんにあずけて働きにでかけていた。奥田さんは面倒くさがるようなこともなく、子供たちを可愛がったので、子供たちは実の祖母のように甘え、今もって奥田さんを慕っているのである。

肥後家の三姉妹が奥田旅館に惹かれるもう一つの理由は、僕がそうだったから彼女たちもそうだと思うのだけれど、奥田旅館には、芸人や行商人たちがはこんでくる、ヤマトの匂いや風があった。

彼らの足跡は日本全国におよんでいたから、彼らが話してくれる本土の情報は、胸がわくわくするほど刺激的だった。

そんな行商人の一人に、李という名前の飴売りの朝鮮人青年がいた。年の頃は二十七、八歳、柔和なもの静かな青年だった。喜界島は黒砂糖の生産地でどの家にも黒砂糖はあったから、果たして飴など買ってくれる人がいるのかどうかは分からないが、毎年李さんがきているところを見ると、結構商売にはなっていたのだろう。

李さんは行商にでられない雨の日や、夕食のあとなど、持参のポータブル蓄音器をかけて楽しんでいた。

まだ蓄音器は珍しく、赤連海岸通りでポータブル蓄音器を持っている人はいなかったように思う。

李さんは「聴かせて下さい」と頼むと「ああ上がれ上がれ」と気さくに応じて、聴かせてくれた。

肥後家の三姉妹も、流行歌には目がなくて、李さんがきたと聞くと、晩ごはんを早めにすませて、蓄音器を聴きにきた。

李さんの好きな曲は、古賀政男作曲の『酒は涙か溜息か』と『影を慕いて』であったが、歌手では藤山一郎と東海林太郎が好きで涙をうかべて聴いていた。李さん本人も、歌手なみのいいのどをしていて、機嫌がいいと、美しい声で彼の大好きな朝鮮民謡を歌って聴かせてくれた。

夏休みのある夜、僕が夜釣りの支度をして奥田旅館の前までくると、門内から、すさまじいどなり声が聞こえてきた。

（喧嘩だろうか）

門の中へ入って行って見ると、どなり声の主は李さんだった。

「畜生、畜生、朝鮮人、朝鮮人と馬鹿にしやがって！　お前たち日本人は、どこまで朝鮮人を辱かしめ、馬鹿にすれば気がすむんだ。僕たちは日本人の奴隷じゃないんだぞ」

空には満月がかかっていたが、月光を全身にあびた李さんは、よろめきながら棍棒で庭先の竜舌蘭の葉を、めった打ちしていた。

あとで聞いたのだが、近くの基《もとい》うどん店に入ってうどんを注文したところ、先客の船員三人に、

「お前は、朝鮮人の飴売りだろう。お前はニンニク臭《くせ》えから、俺たちが食べ終わるまで外で待っていな」

といいんねんをつけられた。

李さんは無視して席についたが、船員たちは朝鮮人のくせに生意気な奴だと怒って李さんを外に突きだし、侮辱の言葉をあびせかけた。

李さんは怒りと悲しみをやっとこらえて、奥田旅館までもどってきたが、ついに我慢の糸が切れて、竜舌蘭の株に八つ当たりしていたのである……。

家の中から奥田さんと千鶴さんが飛びだしてきた。

「李さん、どうしたの？」

奥田さんがびっくりして声をかけた。

李さんはくるりと振り返り、僕たちを認めると、僕たちをにらみつけて、

「やい、日本人の盗人野郎！　国泥棒！　お前たちはなあ、おれの国を盗んだんだぞ。お前たち、一人のこらず死んじまえ！　やい、死んじまえ、畜生、畜生…」

李さんは棍棒の一打一打に、民族の恨みをこめて、竜舌蘭

の肉厚の葉を、めった打ちした。

奥田さんも、千鶴さんも、僕も、あっけにとられて李さんを見守るばかりだった。

薩摩人による奄美諸島差別の歴史があることは、親から聞いて知っていたが、僕が国泥棒呼ばわりされ、李さんを差別しているように見られていたのかと思うと、悲しくなった。

李さんはなお暫く、まるで仇敵でも見るようなけわしい目つきで僕たちをにらみつけていたが、急に目に涙をあふれさせると、すすり泣きながらこう訴えた。

「ああ、おれの国は盗まれた！　言葉も、苗字も、文字も、宗教もうばわれてしまった！

野蛮人だったお前たちの先祖によ、文字と人の道（論語）を教えたのは、朝鮮人なんだぞ。つまり、朝鮮人は、お前たちの先生であり、兄ってわけだ。その大恩人をペテンにかけて国を乗っ取り、植民地にしてしまったんだ！

お前たち、植民地の人間の心の痛みが分かるか。おれたちは、いくら勉強しても努力しても、日本人の上にはたてないんだ！」

もちろん、当時の僕には植民地の人間がどんな差別をうけているか全く知らなかったので、彼の行為は奇異にうつった。それに、当時の奄美は本土から差別はうけても、自らが他者を差別する精神風土はなかったから、僕は李さんを〝歌好きの優しいお兄さん〟ぐらいに思って接していた。だが、李さんは行商の途次で、ありとあらゆる植民地の人間の差別をうけて、国を失った者の絶望感と悲哀にうちひしがれていたのである。

「李さん、やめなさい！　わたしたちに泣き言をいったって仕様ないでしょう。もっと強くなりなさい。あなたらしくもない」

奥田さんが一喝した。

李さんはいっぺんにおこりが落ちたようにおとなしくなって、

「すみません」

と、悲しそうな目で奥田さんを見て謝った。

「李さん、さあ家に入りましょう」

奥田さんは包みこむようなあたたかい声でこう言って、李さんを奥田旅館へ連れて行った。

李さんは京城帝大の卒業生だと奥田さんから聞いたことがある。

ある日、李さんと二人だけになった時、

「李さんは大学をでているんでしょう？　今、日本は非常時なんだから、飴売りなんかやめて、なぜ、お国のためになるような仕事につかないんですか」

僕がこう尋ねると、李さんは僕の言葉に反発するような口調で言った。

「いい若いもんが飴売りをするのは、非国民てわけかい」

「飴売りをしていたのでは誰も尊敬しませんよ」

「カツミ君」と李さんは冷《さ》めた口調で言った。

「植民地の人間はだね、どんなに有能であっても、高学歴者であっても、下っ端。トップに立つのは何時も日本人――日本人にあごで使われて、卑屈な人生を送るのは、僕の朝鮮人としての誇りが許さないね。それにくらべて、飴売りには、自由がある。飴を売って全国を旅しながら色々なことを考えるのも、又楽しからずやだよ」

李さんは心の底からそう思っているらしく、笑いながら言った。

(この人は、僕なんかとはケタ違いの大物なんだ)

僕はあきれはてて胸のうちでつぶやいた。

あくる年も、李さんは喜界島にやってきた。李さんは日中は集落をまわって飴を売り歩き、夜は、例年どおり、彼のポータブル蓄音器を聴きにきた近所の人たちに、彼が携えてきた新譜のレコードを聴かせてくれた。

そして李さんは十日ほどいて、上り汽船で鹿児島へ帰って行った。

赤連海岸通りの人たちを仰天させる事件が起こったのは、それから半月後のことだった。

肥後千鶴さんが出奔してしまったのである。

新聞は、第一次近衛内閣の成立（昭和十二年六月）を伝え、日中戦争の発端となる蘆溝橋《ろこうきょう》事件（七月）の記事をながしていた。

千鶴さんは、家族の見送りもうけず、かくれるようにして鹿児島行きの汽船に乗って出て行った。

千鶴さんが島をでるのも驚きだが、何かわけがありげな旅立ちの様子も、不審だった。

真相は、その日のうちに醜聞となって、赤連海岸通りの人々の口の端にのぼった。

――千鶴さんは、あの朝鮮人飴売りの男を追って出奔したんだってよ。

さとさんの知人がその事実をたしかめると、寡黙なさとさんはたった一言こう答えたそうだ。

「千鶴が選んだ人生ですから」

醜聞の高波が肥後家に襲いかかった。

――賢い娘だと思ったが、旅の男にころりと騙《だま》されるとはね。

――島にだっていい青年はいるのに、なにも飴売りの朝鮮人と一緒になることはないだろう。

――可哀そうに！　朝鮮の女郎家に売りとばされなければいいが……。

千鶴さんの出奔事件から半年くらい、こんな聞くにたえない中傷の言葉がとびかった。

もちろん、僕もショックを受けた。

李さんと千鶴さんのカップルは、想像もしなかった。レコードを聴くとき以外、二人が会っているところを見たことがない。二人はいつ親密になったのだろうか。李さんが船員たちから暴言をあびて、激昂して竜舌蘭の株をめった打ちした時、千鶴さんが李さんに同情したことは考えられる。その頃から千鶴さんは李さんに恋愛感情を抱くようになったのだろうか。

しかし、千鶴さんが母親を島にのこして、本土へ行って、朝鮮人と所帯を持つという大決心をするまでには、人にいえない悩み、ためらいがあったはずだ。二人は手紙をやりとりして、おたがいの愛をたしかめ合ったのだろうか。

「千鶴ちゃんの人を見る目に狂いはないよ」

奥田さんが独り言のようにつぶやいた言葉が忘れられない。


僕が山岸恭平さんと知り合いになったのは、奥田さんに頼まれて、山岸さんを百之台へ道案内した時以来のことだった。

山岸さんは、夏休みの間、東京から喜界島へきて、奥田旅館に逗留して絵を描いている青年だった。

道すがら山岸さんが話したところによると、喜界島へ行くために、半年土方やペンキ職人の手伝いをして旅費をためたということだった。

「山岸さんは絵描きでしょう？　絵が売れないんですか」

僕が尋ねると、山岸さんは苦笑して、

「おれの絵は一般的じゃないから、売れないんだよ」

と言った。

たいていの人は、百之台の東の縁に立ち、眼路のかぎり、傲慢なくらい青く輝いている太平洋を眺めると、感動の言葉の一つや二つは口にだすものだが、山岸さんはなにも言わなかった。

いくつかの史蹟や伝説地も案内してまわったが、興味は示さなかった。

この日、彼が興奮したのは、湾集落のガジュマルの並木を見た時と、荒木・中里海岸の夕焼け空を眺めた時だった。

ガジュマルの並木の前では、

「このタコの足のように根を下ろしたガジュマルの根っからは、ものすごい力を感じるね」

とひとりよがりの感想を言い、刻々と変化する荒木・中里の夕焼け空の前では、

「うーむ。この生血のしたたるような色がだせたらなあ」

と、感嘆の声をあげていた。

（この人は変人だよ）と僕は思った。

翌日、

「いいガジュマルがありますよ」

山岸さんのガジュマル好きが分かったので、誘うと、山岸さんはスケッチ帳を携えてついてきた。

僕が案内したのは、肥後家のガジュマルだった。

見るなり、山岸さんの目が輝き、顔じゅうに笑みがこぼれた。気にいったみたいだった。

「この木、描かせていただくよ。根回りの力感がすごい」

「じゃあ、家の人にことわってきます」

僕が言うと、山岸さんもついてきた。

家の中では、葉子さんと波江さんが、手機《てばた》に腰をかけて大島紬を織っていた。筬《おさ》の音がリズミカルに聞こえている。

「東京からきた山岸さんが、お宅のガジュマルを描きたいそうですから、よろしくお願いします」

僕が声をかけると、葉子さんと波江さんは、筬をうごかす手を休めて、顔を向けた。

「はじめまして……山岸恭平です。大島紬を織っているんですか」

山岸さんは僕の声にかぶせて言った。

「あんなカッコの悪い木が絵になりますか」

葉子さんが尋ねると、

「そのカッコ悪いところが、たまらないんですよ」

山岸さんは少し浮かれた口調で言った。

「描き上がったら見せて下さい」

「さあ、見たら、たぶん、がっかりしますよ」

山岸さんは朗らかに言って、ガジュマルのそばへもどって行った。

「面白い人ね」

葉子さんはくすりと笑ってつぶやいた。

山岸さんが夢中で下絵を描き始めたので、僕はその場をはなれたが、数日して、ガジュマルの絵が完成したと、奥田さんから聞いた。

その後も、山岸さんは喜界島をまわり歩いて、精力的に絵を描いていると、消息は聞いていたが、絵を見る機会もなく過ぎていった。

夏休みが終わり、つぎの船便で帰るから絵をみてくれないかと、山岸さんから誘いを受けたので、奥田旅館へ出向いて行くと、まだ額に入っていない十点ほどの油絵が、廊下の壁に展示してあった。

その前に、奥田さん、葉子さん、波江さん、海岸通りの教養人のフジナミさん、磯さんたちが、神妙な顔つきで絵に見いっていた。

山岸さんの絵は、ガジュマル、「石敢当《せきかんとう》」の石垣、サバニ（糸満漁師の漁舟）、湾港の夕焼け空、ソテツとアダンの木など――絵に描く値打ちがあるのかといいたくなるような、平凡な題材のものばかりだった。

（喜界島にも、美しい景色がいっぱいあるのに、なんでこんなつまらない物ばかり描くんだろう）

正直いって、僕は山岸さんのどの絵にも魅力を感じることができなかった。

フジナミさんと磯さんは、感心しなかったらしく、とんちんかんな感想を述べて、早々と帰って行った。

奥田さんの批評も辛辣だった。

「この絵じゃ買い手はいないね。お願いだから、眺めていて楽しくなるような、心が洗われるような絵を描いてちょうだい。たとえば、富士山とか、日光の紅葉とか、鎌倉の大仏さんとか、京都の清水寺とか……人物でいえば、東郷元帥や西郷隆盛の肖像画もいいわねえ」

「わたし、この絵が好き！」

そのとき、葉子さんが言った。

見返ると、葉子さんはガジュマルの絵の前に立って、うっとりと見入っていた。

「お宅のガジュマルですよ」

山岸さんがそばから言った。

「うちのガジュマルに木霊《こだま》がやどっているんです。山岸さんは、木霊まで描いていますね。山岸さんは写生をこえるものが描ける人ですね。色も、構図も、好き！　わたし、才能を感じるわ」

葉子さんは絵から目をはなさずに言った。

「あなたも、絵を描くんですか」

山岸さんは葉子さんの批評に玄人《くろうと》の目を感じたらしく、驚き顔で言った。

「いいえ、わたしは描きませんけど、毎日毎日、大島紬を織って、大島紬の柄ととっくみ合っていますから、少しは絵のことが分かるんです」

葉子さんはにっこり微笑んで言った。

「よかったね、山岸さん」

そばから奥田さんが言った。

「認めてくれる人がいて…」

奥田さんの言葉は、とても意味ありげに聞こえた。

翌年も山岸さんは喜界島へきて一夏《ひと》をすごした。

そして何枚かの絵を仕上げて帰って行った。

予感はあったが、その年（昭和十四年）――五月に「ノモンハン事件」が起こり、九月にヨーロッパで「第二次世界大戦」が始まった――の暮れ。肥後葉子さんが山岸恭平さんを追って島をでて行った。

千鶴さんの時ほどではなかったが、やはり、非難、中傷の言葉がとびかった。

島の青年たちの憧れの娘が、一夜にして「尻軽女」に転落したような感じであった。

奥田さんだけは落着きはらっていた。

「奥田さんには、葉子さんから相談があったんでしょう?」

僕が奥田さんに尋ねると、奥田さんはこう答えた。

「ええありましたよ。あたしは、あんな売れない絵描きと一緒になったら苦労するよと反対したんだけどね。葉子ちゃんは、山岸さんの才能はホンモノです。生活はわたしが支えます。わたしは苦労にはなれていますからと言って、笑っていたよ。ほんとに健気な娘だよ」

奥田さんも、葉子さんの大胆な行動にはあきれながらも、葉子さんの将来についてはちっとも心配していないみたいだった。

あくる年、肥後波江さんが、この二、三年、不定期に奥田旅館に泊って「喜界島の魚介類」を調査していた某大学の助手と知り合いになり、彼のあとを追って出奔してしまった。

今回は、肥後家の娘たちの出奔になれっこになったせいか、話題にもならなかった。

しかし、赤連海岸通りの心優しい人たちは、ガジュマルの木かげにぽつんと座って年々年老いていくさとさんの姿を見て、

「かわいそうなさとさん! 鄙《ひな》にはまれなキュラムンの娘たちを、つぎつぎとヤマト男にとられて、ひとりぽっちになってよ……赤連海岸通りで一番ふしあわせな人だよ」

と溜息をつくのだった。

奄美群島の本土復帰がかなった昭和二十八年の翌春、三人の見なれぬ品のいい中年女性が、赤連海岸通りの桟橋に降り立った。

彼女たちは出迎えたさとさんと抱き合って、涙をながした。この場に奥田ばあさんの姿がなかったのは残念だが(彼女は亡くなっていた)。この三人の女性は、大阪でキャバレー経営者として成功している李さんの夫人の千鶴さん、中堅の画家として売り出し中の山岸画伯夫人の葉子さん、海洋学者として知名度の高い大学教授金丸氏夫人の波江さんだった。

——もちろん、僕はこの事実をあとで知った。

もし、この場に奥田ばあさんがいたら、

「お前たちの男を見る目に狂いはなかったよ」

と言って、高笑いしたはずだ。

泡盛ボックヮ

赤連海岸通りから湾小学校に通学している児童は、男の子のみで十名くらいいただろうか。声をかけ合ってグループを作って登校した。この中には、他集落の児童から恐れられている餓鬼大将がいた。僕より五歳年長の里年男《さととしお》さんだった。

海岸通りの道が、湾港の東岸に沿って延びている箇所がある。湾港が一望できる場所だ。そこは浅瀬になっていて、糸満漁師のサバニや島の漁師の板付舟《いたつけ》の舟だまりになっていた。

われわれ海岸通りの子供は、いつもの光景が目に入ると、そこで足を止めて暫く道草をくうのがきまりだった。

その日も、これから出漁するらしく、泡盛ボックヮは、浅瀬に止めてあるサバニに、帆や櫂や漁具を積みこんでいた。

一日じゅう日かげのない洋上で、海に潜って魚を追い回しているので、頭髪は潮焼けして赤茶け、肌は黒光りしていた。近づけば魚くさいし、体じゅう魚のうろこが貼りついていた。

彼は糸満漁師の上原親方のヤトイングヮだった。

南島では、昭和二十年代ごろまで、貧しくて子供を手もとに置いておけない親は、まとまった金ほしさに、十歳から十五歳ぐらいまでの男の子を、「糸満売り」といって、徴兵検査（満二十歳）までの約束で糸満漁師に預ける慣習があった。売られた子供は、「ヤトイングヮ」（雇い子）と呼ばれ、親方の私物扱いされ、学校へも行かせてもらえず、一年中、櫂を漕ぎ、素潜りで魚を追い回す、自由のない生活に明けくれていた。

南島の子供たちは、彼らの日常を目にし、虐待の話を聞いているので、親から、

「言うことを聞かないと、糸満に売るぞ」

と一喝されると、どんな悪餓鬼も、一瞬、唇まで青くして顫《ふる》えあがったものだ。

少年には、中山勇作という戸籍上の名前があったにもかかわらず、だれも、彼を本名で呼んでくれる者はいなかった。

「泡盛ボックヮ」が彼の通称だった。

少年の親がわりの上原親方もそう呼んでいたし、彼の仲間

たちもそう呼んでいた。だから、海岸通りの人たちも、だれもが、一種のなれから悪意なしにそう呼んでいた。

あだ名の由来を記すと、「泡盛」は、沖縄特産の焼酎である。「ボックヮ」は、男の子のこと、少しのあわれみとあざけりがこもっているから、「ぼうず」と言ってもいいだろう。直訳すると、「泡盛ぼうず」ということになる。

彼は幼少のころ両親を失い、男やもめの祖父に育てられた。この祖父が大酒飲みで、アルコール中毒患者であった。南島の集落をまわって、ヤトイングヮ買いを仕事にしている人買いが少年に目をつけて、泡盛の一升びんを提げて老人を訪ね、泡盛で酔わせて少年をヤトイングヮに出させたということだった。

泡盛一升と交換に少年を売り飛ばしたというのは、信じ難い話だが、酒に酔っぱらった老人からただ同然の値段で少年を買ったというのは本当のようだった。

その噂がひろまって、「泡盛ボックヮ」が、彼の通称になったようだ。

「おーい、泡盛ボックヮよ、一緒に学校へ行こうよ」

「待っているから、仕度してこいよ」

「校長先生からも、おまえを連れてくるようにって、言われているんだよ」

僕らは、泡盛ボックヮが学校へ行けない事情があるのを知っていて、親切ごかしに声をかける。

泡盛ボックヮは、仕事の手を休めて、そのまるっこい優しそうな目で、まぶしそうに僕らを眺めている。学校へ通学する僕らが羨ましくてたまらない表情だ。

少年は海岸通りの子供たちの上級組と同年輩であったが、漁場への往復の櫂漕ぎ、海に潜っての追込み漁をやっているので、肩や背中や腕に筋肉がつきはじめていて、僕ら親がかりの子供よりも、いい体格をしていた。喧嘩をしたら彼にかなう奴はいなかっただろう。

僕らの悪態は、だんだんエスカレートしていく。

「おまえの本名はなんですか」

「あだ名の由来を聞かせてくんろ」

「おまえは字が読めないんだろう」

「泡盛一本で売られた泡盛ボックヮ！　泡盛一本で売られた泡盛ボックヮ！」

大体、この流れの悪口雑言がつづいた。

いくら悪口雑言を浴びせかけても、泡盛ボックヮは怒るようなこともなく、落ちつきはらっていて、微笑さえ浮かべて、僕らを見ているだけなので、僕たちは手ごたえのなさに興ざめして、歩きだすのだった。

しかし僕らは、毎日彼をいじめていたわけではない。

上原組が沖縄から喜界島へきて漁をするのは、梅雨明けから秋口までだった。彼らは屋久杉で造った、カヌー様式のサバニに乗り、櫂と帆を操って北は九州、伊豆諸島、朝鮮から、南は東南アジアのジャワ、シンガポール、ジャカルタ方面にまで出漁していた。

上原組もいい漁場を求めて、世界を股にかけて東奔西走しているらしく、二年くらい姿を見せない時もあった。

だから泡盛ボックヮが、僕たちの悪態にさらされたのは、彼がヤトイングヮになりたての頃の二、三年のことであったかもしれない。

喜界島は森林資源に恵まれない島である。そのため、燃料には不自由し、砂糖黍のしぼり糟《かす》、農作物の茎、乾燥馬糞、浜芝など、燃料として使えるものは巧みに利用しているが、不足分の薪は、森林資源の豊富な奄美大島から買い付けることになる。

海岸通りで薪を売っているのが里商店だった。里商店の屋敷まわりには、奄美大島から運ばれてきた薪が山積みされていた。

ある年の梅雨の季節のある日、その薪の山から這いだしてきた毒蛇のハブに、里商店の息子の年男さんが咬《か》まれるという事件が起こった。

年男さんは湾小学校を卒業すると、家業の手伝いをしていた。

喜界島にはハブはいない。だから、ハブが棲息している奄美大島から薪の束にもぐりこんで船で運びこまれてきたのにちがいない。

年男さんの悲鳴を聞きつけて、彼の父親がかけつけると、体長五十糎《センチ》ほどの中型のハブが地面にうずくまっていた。年男さんの父親は、すぐ棒切れを拾ってハブを打ち殺したが、年男さんは左足の脛《すね》を咬まれていた。

大騒ぎになった。海岸通りの住民のほとんどが、心配顔で駈けつけてきた。中に、ハブに咬まれたときの応急処置の心得のある人がいて、牙痕《きばあと》を強く吸って、毒液を吸いだし、毒が全身にまわらないように、紐で太股《ふともも》を緊縛するなどの処置をほどこした。

間もなく、医者も駈けつけてきたが、医者は自分はハブ咬傷者《こうしょう》の手当てはしたことがないと言って、

「応急処置はこれでいいだろう。いいかね、年男君が助かる方法は、ただ一つ。ハブに咬まれた時は、六時間以内に血清の注射をすることになっている。だが、喜界島にはハブがいないから、どの医者も、血清の用意をしていないんだ。だから、年男君をすぐ奄美大島まで運んで行ってくれ。奄美大島なら、医者だけでなく、区長も、学校も、駐在所も用意しているはずだから、すぐ処置してくれるはずだ。」

こう言い置いて、立ち去った。

「大島へ運ぶといっても……おれんところの昇竜丸は、大島へ行っているぞ」

と、船主の古谷製材所の昇さんが困惑顔で叫んだ。

つづいて、マーラン船（琉球様式の帆船）の船主の神谷親方のおかみさんが、

「わたしんところの天神丸も、今、沖縄ですよ」

と、大きな声で言った。

深い沈黙がきた。喜界島船籍の中型船は、この二艘だけだった。あとは、小舟があるだけだった。

奄美大島の東海岸までは、約三十キロほどある。この日は、風もあり波も立っていて、海は時化《しけ》模様だった。発動機船の昇竜丸か、帆船の天竜丸なら出航できたかもしれないが、釣舟に一刻を争うハブ咬傷者を乗せて乗りだすのは、不可能のように思えた。一同は落胆して声を失った。

その時、

「俺が奄美大島まで送って行きますが」

と、声をあげた者があった。

皆がいっせいに声の主を注視すると、名乗りでたのは、糸満漁師のあの泡盛ボックヮこと、中山勇作さんだった。

僕は「えっ！」と、自分の目を疑った。

里商店の庭に群れていた、海岸通りの人たちも、一様に、あっけにとられて目をしばたたいた。

年男さんは、中山さんの天敵のような存在だった。僕らをけしかけて、中山さんに悪態をつかせていたのは、餓鬼大将の年男さんだった。海岸通りの人たちもそのことは知っていた。だから、年男さんがハブに咬まれたと聞いて、中山さんがいい気味だ、天罰が下ったのだと、快哉《かいさい》を叫んでも彼を非難する者はいなかったはずだ。ところが、中山さんは、年男さんに対する憎しみ怒りを水に流して、一刻を争うハブ咬傷者をサバニに乗せて、この荒海へ乗りだそうというのだ。

（いったい、この若者は、どういう人間だろう）と、みんなが一様にたまげたのも無理はない。

中山さんは、人群れをかき分けて、年男さんが横たわっている、前庭の縁側近くまで進みでると、

「俺が引き受けますから、下の浜まで年男君を運んで下さい……たしか、六時間以内に血清注射をするんですね……今日は、波は高いが、追い風だから帆を上げて一気に飛ばしますよ」

と、おちつきはらった態度で、微笑さえ見せて言った。

世界の海へ乗りだしている、糸満漁師が引き受けてくれたのだ！——一同の胸に安堵の思いがひろがった。

年男さんのおかあさんが縁側まで飛びだしてきて、

「泡盛ボックヮ、ありがとう。泡盛ボックヮ、ありがとう

よ」

と、泡盛ボックヮを連発しながら、中山さんの両手を強くにぎりしめて、おいおい泣きだした。

年男さんのおとうさんも、男泣きに泣いていた。

このときの中山さんの姿には、僕らにあなどられていた頃の面影は微塵もなかった。

「中山君、天候は大丈夫かね」

海岸通りの世話役の、ふじや旅館のフジナミさんが声をかけた。

多分、これは中山さんが喜界島で本名で呼ばれた歴史的な第一声であったろう。

「はい、これぐらい時化《しけ》ていたほうが、サバニにはいいんです」

中山さんが不動の自信をこめてこう言うと、

「そうか、じゃあ、わしからも、上原親方にサバニをだしてくれるように、頼んでやるよ」

上原親方と昵懇《じっこん》の間柄のフジナミさんがにこにこ顔で言った。

あとで聞いて分かったことだが、この時、中山さんは十八歳になっていたと思うが、持って生まれた身体能力のよさで、糸満漁師としてめきめき腕をあげ、今は、上原組の中でもナンバーワンのウミンチュになっていた。上原親方からも目をかけられ、艫乗《ともの》り（一舟の責任者）を任されるまでに出世していた。

十分後には、万端の準備をおえて、年男さんを乗せたサバニは、上原組の若いウミンチュ四人と、艫乗りの中山さんが乗り込んで、順風に帆を上げて、一路奄美大島めざして疾走して行った。

発動機船よりも早いスピードだった。

奄美大島の東岸の集落では、電報で知らせを受けて、到着が夜になったので、青年団の人たちが松明をかかげて出迎えてくれた。

年男さんが到着すると、待ちかまえていた医者がすぐ血清の注射をしたので、年男さんは大事に到ることもなく十日後に元気な姿で喜界島に帰ってきた。

当然の話だが、以後、中山さんを泡盛ボックヮ呼ばわりする者はいなくなった。

多分、このハブ騒動があった年のことだと思うが、僕は思いがけず中山勇作さんと親しくなった。

その仲立ちをしたのが、磯さんだった。

磯さんは外国航路の汽船の乗組員だった人だ。

僕が東京のような大都会の生活を捨てて、なぜ、南溟《なんめい》の孤島呼ばわりされている喜界島へきたのかと尋ねると、

「いまの東京は、非常時風が吹きあれていて、息がつまりそうだよ。だから、喜界島で非常時風をやりすごすことにしたんだよ。非常時風も日本の南のはてのここまでは吹いてこないだろうからね」

と、本気とも冗談とも知れない口調で言ったのをおぼえている。

今思い返すと、磯さんは太平洋戦争を予測し、そして日本の敗戦までも見通していたように思えてならない。

磯さんは三十年近くも世界の海を航海し、大都会の港々に寄港し、さまざまな人種とつき合ってきた人だけに、世界の情勢に通じ知識も豊富だったので、僕は暇があれば磯さんを訪ねて、磯さんの話を聞くことにしていた。

糸満漁師の全盛期は、大正時代から太平洋戦争の前ごろまでといわれている。喜界島へきて、追込み漁を中心とした、糸満漁法に感心した磯さんは、ときどき、泡盛の一升びんを提げて上原親方を訪ねては糸満漁民の歴史や漁獲技術を、畏敬の念をもって記録していた。

上原親方から、「あれは将来のウミヤカラー（海の勇者）だよ」と紹介されたのが、中山さんだった。

中山さんも、磯さんの前身が船乗りであり、人柄が洒脱だったので磯さんの話を聞くのが楽しいらしく、よく訪ねてきていた。

「中山さん、すみませんでした。中山さんに悪口を言った、海岸通りの子供の中に、実は僕もいたんですよ」

僕は先に謝まっておいたほうがいいと思って、中山さんと向かい合うなり、頭を下げた。

「ああ、知っているよ」

中山さんはにが笑いして言った。

「でも、すごく傷ついたんじゃないですか」

「いや、事実だから仕方ないよ」

「へえ、泡盛一升でおじいさんに売られたってのは、本当だったんですか」

僕が言いすぎに気づいて首をすくめると、中山さんは何とも思っていないらしい顔つきで言った。

「まあ泡盛一升ってことはないだろうが、酒に酔いつぶされて、俺を安く叩き売ったみたいだよ。とんでもないのんべえだから仕方ないよ」

中山さんは他人ごとのようにそう言って、とても白い硬そうな歯を見せて笑った。

「じつはね、カツミ君。勇作さんは喜界島での漁が終ったら、シンガポールへ行くことになっているらしいんだよ」

磯さんが告げた。

「へえ、ずいぶん、遠くへ行くんですね。シンガポールでは、何を獲るんですか」

僕が尋ねると、

「主に鮫獲りだね。鮫のひれは、支那料理では最高の食材だから、いい稼ぎになるんだよ」

「危険じゃないんですか」

「南方にはサバニよりも長い人食いのホホジロ鮫がいるから危険は危険だが――しかし、ウミンチュは、何時も危険と隣り合わせで仕事をしているから、用心するほかないね」

と中山さんはにっこり微笑んで言った。

「南方へ行ったら暫くは帰ってはこれないね」

磯さんが言った。

「そうなんですよ。だから、沖縄へ帰る前に、実家に寄って、親孝行してきたいんですよ」

「親孝行って、勇作さんの両親は、死んでいないいんだろう」

磯さんがいぶかしそうに尋ねた。

「じいちゃん孝行です」

中山さんは静かに言い直した。

「でも、じいちゃんって、勇作さんを糸満に売り飛ばした、とんでもない人なんだろう」

「それはそうなんですが――酒好きのじいちゃんに、いやっていうほど飲ませてやりたいってのが、俺の夢なんですよ。だから、少しお金もたまったし、泡盛の一斗甕《かめ》を買ってやるつもりです」

「それが勇作さんの夢か」

磯さんは腕を組んで、独り言のように言った。

「これが俺の人生の目標であり、生き甲斐なんです。この夢があったから、俺はウミンチュのきびしいしごきにも堪えてこられたんですよ」

中山さんは、これを最後の言葉にして、明日は早い出漁になりますからと言って帰って行った。

磯さんと僕は暫く言葉を失って、黙っていた。心地よい沈黙だった。

ハブに咬まれた年男さんの時もそうだったが、自分を売った祖父に対しても、祖父を赦しているばかりか、おじいさん孝行までも計画している。中山さんという人は、本当に度量の広い人なんだなあという思いが僕の胸に去来した。

磯さんも同じ思いだったにちがいない。

上原組は例年より早目に漁を切りあげて、八月の終わりに沖縄へ引き上げて行った。

彼らが喜界島を去る日、磯さんと僕は、舟だまりまで送って行った。

上原組は奄美大島の南部の古仁屋《こにや》港（当時の軍港）に寄港し、四、五日滞在したあと、奄美群島の島づたいに南下して、彼らの本拠地である沖縄本島の「糸満」に帰る、という計画だった。

僕が中山さんと話していると、上原親方と立話をしていた磯さんが寄ってきて、

「勇作さんの集落《しま》は、奄美大島のS村だったね」

と、声をかけた。

「そうです。古仁屋の手前ですから、近くの浜で下ろしてもらいます」

と、中山さんは答えた。

「すると、じいさんへの贈物の泡盛は、地元で仕入れるのかね」

「そのつもりです」

「そうかあ、じいさん、顔をしわくちゃにして喜ぶだろうなあ。一斗甕を見たときの、じいさんの喜ぶ顔が見えるようだよ」

磯さんが祝福するように言うと、中山さんはペコリと頭を下げて、

「磯さん、カツミ君、お世話になりました。お達者で」

と言って、櫂で海底の砂地を突いて舟を前に進めた。

上原組の三十人は、一舟に四人ずつ七艘のサバニに乗り込んで、初めは櫂で舟を進め、港の外へでると帆を上げて、奄美大島めざして帆走して行った。

ところが――


ふた月後、所用があって奄美大島の名瀬市へ行ったとき磯さんは、ある衝撃的な風評を耳にした。

ある老人の悲惨な死の噂だった。老人は、中山勇作さんの出身地のS村の人だった。名前までは分からなかったが、漂流中の小舟の中で死んでいる老人が発見されたのである。

発見された時には、老人はすでに息絶えていた。死因は熱射病だった。

舟には泡盛の一斗甕が積まれていた。老人が飲んだらしく、栓が開けられ、中身も二、三升へっていた。

泡盛を買って帰る途中、家に帰るまで我慢できなくて、舟の中で飲み始めてへべれけに酔っぱらい、櫂までなくして漂流しているうちに、かんかん照りの太陽《てだ》に焼き焦がされたのだろうと取り沙汰されていた。

(勇作さんのじいさんだ!)

聞くなり磯さんは胸のうちで断定的に叫んでいた。

同時に、この老人の死には、伝えられている事情のほかに何か恐ろしい企みがかくされているように思えた。信じ難いことだが、しかし信じるほかない企みだった。

「わたしは居ても立ってもいられない気持ちになって、S村まで行ってきたよ」と、磯さんは声をころしてつづけた。

「S村は戸数二十戸ばかりの小さな集落《しま》だった。わたしが会

った何人かの人は、勇作さんが帰ってきたことも知らなかったよ。

酒は隣村の酒屋で買っているという話だったので、訪ねて行くと、爺さんとお孫さんという若者がきて、泡盛の一斗甕を買って帰ったということだった。この地域で泡盛を一斗も買う人はめったにいなかったので、強く印象に残っているという話だった。

『お孫さんは、陸路で古仁屋へ帰るといっていたから、爺さんを見送ったあと、歩いて帰ったんじゃないですか。

あの爺さん、飲んべえで有名な人だったから、舟の中で一人で飲み始めたんじゃないですか。そしてへべれけに酔っぱらって、正体を失って漂流し、太陽《てだ》に焼きころされたんですよ。この強い日差しだ、のどがからからに渇いて水がわりに又飲みだす、この繰り返しで最後はのどをかきむしって死んだんじゃないですか。たまりませんよ。

お孫さんが自慢らしく、日本一の孝行な孫だよと言って、涙を流して喜んでいたんですがね』

酒屋のおやじさんもこう言って、気の毒がっていたよ」

磯さんはそこで一息つくと、顫えているように見える手で一升びんの泡盛を湯のみに注いでぐうっと飲みほした。

これから喋ろうとしている自分の言葉に、自分自身が怯えているような顔つきだった。

「これから話すことは」と磯さんは長い沈黙のあと、一語一語に力をこめて話しはじめた。「わたしの想像だが、勘繰りといってもいいかもしれない。いや、そうであってほしいと願っているよ。

酒屋のおやじさんは、勇作さんは古仁屋へ歩いて行ったと言ったが、私は、勇作さんはじいさんと一緒に舟で帰ったと思っている。そして途中でじいさんに飲ませた。じいさんはアルコール中毒患者だ。勇作さんがすすめるまでもなく、じいさんが飲ませてくれと要求したのかもしれない。結末は目に見えている。じいさんは忽ちぐでんぐでんに酔っぱらってしまった。

勇作さんはS村には舟を着けず、沖へ進めた。舟が黒潮の流れに乗ったところで、櫂を捨て、じいさんを舟に残して海に飛び込んだ。そして岸へ向かって泳ぎだした。一日ぐらい平気で泳いでいられるウミンチュのことだ。岸に泳ぎ着くのは簡単だったろう。着物を着ていたならそれが乾くのを待って本道へでて、古仁屋へ向かい上原組一行と合流した。

一方、勇作さんに見捨てられた爺さんの舟は、潮流に乗り風におされて沖へ沖へと流されて行った。爺さんは目が覚めたかもしれないが、櫂がないので舟を操ることができない。そしてあの悲惨な結末をむかえたのだろう。

カツミ君、きみがどう思おうと勝手だ。だが、わたしが見たり聞いたりしたことから推理すると、どうしてもこういう疑惑が胸にみなぎりわたって残るんだ」

「じゃあ、勇作さんは自分を売った爺さんに復讐したってことですか」

「ううむ。そういうことになるな。勇作さんは誇り高い若者だ。順調に育っていたら必ずひとかどの人物になる男だよ。それだけに、泡盛ボックヮと言われるたびに、顔にも口にもださなかったが、生傷に塩をすりこまれるような精神的苦痛にさいなまれていたんだろうなあ。その苦痛が、いつしか彼を支配して彼に復讐を決意させたんだろうね」

「勇作さんが言っていた〝夢〟は、復讐のことだったんですか」

「勇作さんが〝夢〟といい、これが俺の人生の目標であり、生き甲斐であると言ったのは、この復讐の強烈な信念のことだったんだろうなあ。これがあったから、勇作さんはウミンチュのきびしいしごきに堪えてこられた、ということかもしれないよ」

——潮鳴りの音が耳を聾《ろう》するばかりに高まり聞こえた。

喜界島のさくら

その日の朝、僕は何時もより三十分早く、登校の仕度をして家を出た。外気にふれたとたん、あまりの寒さにふるえが止まらず、肩をすぼめ手に息を吹きかけながら歩いて行った（島の人たちも、あの日は十年に一度あるかないかの寒い朝だったと言っている）。

僕が向かっているのは、赤連海岸通りの仲間里沙さんの家だった。湾小学校の山岡広子先生から預かっている本を里沙さんに渡し、また里沙さんから預かった本を、山岡先生に渡す役目を、僕は月に二、三回、受け持っていた。二人は従姉妹《いとこ》で、共に読書家だった。

里沙さんの父親は、陸軍軍医として台湾に赴任していたが、退官して台北市で開業、里沙さんも台湾で女学校を卒業、しかし母親が台湾の気候に合わず、赤連海岸通りに家をたてて母親と暮らしている。

里沙さんが母親に付き添って喜界島で暮らし始めてから三年経つ。里沙さんは、二胡奏者として知られた存在になっている。台湾にいた少女時代、二胡の音色に魅せられて習い始めたということだ。

僕は、二胡を奏でている時の里沙さんの姿が好きだ。そして、魂の琴線が音をだしているような、彼女の小さな楽器からほとばしりでる、二胡の音色がまたたまらなく好きだ……。

集落の下の、サンゴ礁が一望できる原っぱまできたところで、僕は足を止めて海の方を眺めた。

昨夜は突風が吹き荒れ、波音がとどろいて喜界島を取り巻く東シナ海は、大時化《しけ》の模様だったが、今朝は風もおさまり、海上には雲の裂け目から朝陽も射しこんでいた。それでも、波はまだ高く、白く鋭く波打際でくだけていた。

その時、僕は波打際の一点に異変を感じ、まばたいて目をこらした。

一人の男が海に入り、波をかぶり波に流されながら、漂流物らしい物体を磯に引き上げようとして悪戦苦闘している。驚いたことに、男は洋服を着たまま海に入っている。

(山城太一さんだな)

その人物はすぐ分かった。早朝、こんな時化《しけ》の日に、磯に出ているのは、太一さんのほかには考えられない。

太一さんは漂流物を拾うのを趣味にしていた。太一さんは夜が明けると、雨の日も風の日も、季節を問わず、磯へ出て漂流物を拾い歩くのだった。だからこの日も磯を歩いていて漂流物の大物を発見したのだろう。

(待てよ、それにしては様子が変だ)

太一さんは、声は聞こえなかったが、何か叫んでいる。あわてふためいているようにも見える。漂流物を拾うのであれば、冬の海に入らなくても、暫く待っていれば波が磯まで運んできてくれるはずだ。だが太一さんは、洋服を着たまま海に入っている。ということは、ゆったりした物の考え方、動きをする、太一さんを冬の海に飛びこませた非常事態が発生したのだろう。

僕は原っぱをななめに横切ってそこへ走って行った。

五分後、太一さんの近くまできて僕が見たのは、畳一枚ぐらいの広さの船材と、その上にしがみついているような姿勢で寝ている人の姿だった。

太一さんは悪戦苦闘のすえ、ようやく波がこないところまで引き上げたところだった。全身ぐっしょり濡れて、頭髪と洋服から海水のしずくがしたたり落ちている。

男は、二十歳くらいの中肉中背の青年だった。

「太一さん!」

僕が太一さんの背後から声をかけると、うずくまって男に声をかけていた太一さんは振り向いて、ほっとした表情を見せた。

「おう、カツミか。いいところへきてくれた。遭難船の船員らしいんだが……」

太一さんは言いながら、男に巻きついているロープをはずしにかかった。

自分で巻きつけたのか、自然にロープが絡まったのかは分からないが、ロープが船材と彼の体を二重に巻いていた。その船材のおかげで、男は気を失っているにもかかわらず、この船材からほうり出されることもなく、喜界島に漂着することができたのだ。このロープは、彼にとっては文字通り、いのち綱だったのだ。

太一さんはロープをはずし終えると、

「おい、目を醒ませ! 起きるんだ!」

と男に向かって叫びながら、両手で男の顔をピチャピチャと叩いた。

だが男は、なんの反応も示さなかった。その顔からは血の気が失せ、死人のように真っ青だった。

「助かりますか」

僕が尋ねると、太一さんは憂い顔で言った。

「分からん、体が氷みたいに冷えきっていて、いくら叩いても声をかけても、反応がないんだ。見たとおり、目はとじたまま、顔は土気色、まるっきり感覚がないみたいだよ」

「助かる見込みがあるなら、早く介抱しないと」

「そうだな。カツミ！　おまえ磯さんを呼んできてくれないか。磯さんならこういう時の処置を知っているはずだから……」

「わかりました。磯さんを連れて何処へ行けばいいですか」

太一さんは集落の方へ目を向けて、

「そうだね、里沙さんの家へ運ぶよ。里沙さんの家が一番近いようだから……」

「一人で運べますか」

「ああ、背負って行くから大丈夫だ」

二十分後、僕と磯さんが里沙さんの家にかけつけると、里沙さんが機転をきかせたのだろう、漂流者の着替えをすませ、敷蒲団に寝かせてあった。

磯さんは青年に近づくと、脈をとり胸に耳をおしあてて鼓動音をたしかめた。

「まだ脈はあるが、体がしんまで冷えきっていて、凍死寸前だよ。一刻も早く体温をあげてやらないと、死んじゃうよ」

磯さんが言うと、

「じゃあ、火を焚いて部屋をあたためます。湯たんぽも用意します」

里沙さんが祈るような声でいった。

「だめだめ。部屋をあたためるのはいいが、火鉢の火や湯たんぽを漂流者に近づけるのは、危険だ。この青年は、今体温調整の機能を失っているから、火鉢の火や湯たんぽの熱で火傷をする恐れがある」

磯さんは、ほうっと大きく吐息をついてから言葉をつづけた。

「助かるかどうかは分からないが――やってみる方法が一つだけある！　それは、人間の体温でこの青年をあたためてやることだ。それも、若い女性のほうがいい。青年を裸にして、裸になった女性が抱いてやる。そうやって、時間をかけてあたためてやると、漂流者は体のしんからあたたまって、火傷一つ、後遺症一つなく正常にもどることができるんだ」

僕は、聞くにたえない言葉を聞いたように思った。太一さんも里沙さんのお母さんも――もちろん、里沙さんも、同様であったろう。

磯さんが言っている、目の前の凍死寸前の青年を裸であたためてくれる女性――それも若い女性となると、この場で該当するのは、里沙さんのほかにはいない。

仲間里沙さんは、喜界島の人たちの尊敬を集めている由緒ある家系のお嬢さんである。父親は軍医として功績のあった人、今も台北市では名医として敬慕されていると聞く。

それだけではない。里沙さんも、島の独身男性たちから、喜界島を代表する花といってもいい、喜界島の山野に自生している鉄砲百合になぞらえて、〝白百合の君〟と呼ばれている、憧れの女性である。その彼女が、どこのだれとも分からない男性を、裸で抱いたと聞いたら、どんな思いにかられるだろう……

だから僕は、誇り高い里沙さんのことだから、磯さんが提案した救助法は、即座に断るだろうと思った。断って当然だった。

だが、里沙さんの口から出た言葉は、じつに意外だった。

「ようございます。わたし、やります。わたし、この人を助けてあげたいわ。わたしに、人を蘇生させる力があるなんて、じつにうれしい！　神様が下さった霊力よ。それを使わない手はないわ」

あわてたのは、磯さんだった。

「ごめん、ごめん。押しつけるような物言いをしてしまって、すまない」

磯さんがうろたえ気味に制止した。

「よしなさい、よしなさい。あんたがそこまですることはない」

太一さんも、口ごもりながら言った。

「里沙！　ほんとうにそれでいいの。あとで島じゅうの笑い者になるよ」

里沙さんのお母さんもきびしい口調で言った。

里沙さんはぷっと小さく噴きだし、まだためらっているみんなに気にしない気にしないとでもいうようにいたずらっぽく笑いながら言った。

「ね、ね、お願いだから、そんな深刻な顔をしないでよ。わたしが裸になるのは、見世物のためじゃないのよ。人の命を救うためよ。この人は、太一さんによって家《うち》に運ばれてきたの。ということは、わたしに助けてあげなさいという、神さまのお告げのように思えてならないの。だからわたしは、どうあってもこの人を助けてあげたいの。だからさあ、みんなもこの人を助けるために力をかして！」

笑顔を見せてこう言った時の里沙さんには、もうためらいも羞恥心もなく、かえってこれから自分がやろうとしている好意を面白がっているふうにさえ見えた。

「里沙さん、ありがとう」

磯さんは涙ぐんで言い、つづいて、

「さあ、わたしたちも、里沙さんの気持を無駄にしないよう、全力を尽くしましょう」

と、明るく言った。

磯さんは長年外国航路の気船に乗っていた人である。だから、海難者救助の知識は豊富である。みんなが磯さんの指示どおり動きだしたのを見て、僕はあとのことはみんなに任せて学校へ向かった。

その日の午後、学校から帰ってくると、赤連海岸通りの住人は、里沙さんの献身的な介抱の話で持ちきりだった。僕が学校にいる間に、海難者の青年は、里沙さんの三時間余におよぶ介抱によって、徐々に体温を回復し九死に一生を得ていたのである。

僕は海岸通りに入ってから家に帰り着くまでの間に、

「おい、カツミ。おまえたちが見つけた青年は、助かったぞ」

と、何人もの人から声をかけられた。

赤連海岸通りの人びとは、青年が助かったことを素直に喜び、里沙さんの勇気のある行為に驚嘆し感動していたのである。

一部に「俺も里沙さんに抱かれてみたいよ」と、どぎつい冗談を口にする者もいるにはいたが、里沙さんが裸になることを決意した時、「あとで島じゅうの笑い者になるよ」と、お母さんが言った心配ごとは、少なくとも、赤連海岸通りの人びとの間では、杞憂に終わった。

宿題が片づいたので里沙さんの家を訪ねると、驚いたことに、仲間家の屋敷には、おじいさん、おばあさん、中年の男女が、二十人ほど、むしろに座って事の成行きを見守っていた。話を聞いて、遠くの集落から四、五時間かけて歩いてきたという人もいた。青年が生死の境をさまよっていた時は、五十人ぐらいの人が詰めていたという。そして青年が目をさましたという知らせが入ると、喜界島にかぎらず、奄美の島じまの人が持ち合わせている善良性をバクハツさせて、指笛を吹き鳴らしながら、つぎからつぎへと立ち上がって手踊りを始め、それを引き継いでいった。この手踊りは、祝い事が最高に盛りあがった時、酒座の締めくくりに行われる踊りだった。

奥の間では、里沙さんとお母さんを中心に、海岸通りの住人のふじや旅館のフジナミさん、釣具店の鼎《かなえ》さん、古谷製材所の登さん、奥田旅館の奥田ばあさん、太一さん、磯さんたちが、見舞客が差し入れてくれた、喜界島名物の胡麻菓子や固菓子、よもぎ餅を食べながらくつろいでいた。

里沙さんは大事を終えたあとの晴れ晴れとしたいい表情をしていた。

里沙さんがこっちへいらっしゃいという仕種をしたので、彼女の横に座って、

「よかったですね」

と言うと、

「あの人が助かったのは、太一さんとカツミ君のおかげよ、あと三十分発見が遅れていたらどうなったか……」

と、太一さんだけでなく、僕にまで手柄を立てさせてくれた。

青年は意識をとりもどし、少し会話をかわしたあと、黒砂糖を溶かした焼酎を少し飲んで今は疲労が深く眠っているらしい。

事態がおさまったあと、磯さん、太一さんから聞いた話だが、冬の海の遭難者を助けるのは、並大抵のことではなかったようだ。

青年を仰向けに寝かしつけ、里沙さんが添寝の姿勢をとり、横から抱きかかえることにした。

男たちは別の部屋にうつり、実際の介抱は里沙さんとお母さんが当たった。

当時の習俗上、里沙さんはおこしはつけたが、上半身は裸だった。青年を抱きかかえた瞬間、自分の体が一瞬凍ったようなズキンとした疼痛が脳天にまでひびいたので、里沙さんは思わずはじかれたように体をはなしていた。

大急ぎで炭をおこした火鉢を近づけ、湯たんぽを抱いて自分の体を温める。

体が温まってきたところで、ふたたび、青年を抱きかかえる。

が、すぐに疼痛がじいんじいんと身にしみてきて、密着している肌が凍傷を起こしたように痛くなる。一分とは持たず、また湯たんぽを抱える。

青年の体はしんまで冷えきっていて、体温が危険なくらい下がっているようだ。まるで氷柱を抱えているようである。なかなか温まってくれない。それでも、抱えている時間が一分になり二分になり三分になり五分になった……。

死にかけていた青年が、もしかしたら助かるかもしれないと、一縷の希望を持たせたのは、三時間後のことだった。

里沙さんの全身全霊をこめた介抱によって、青年の体温が少しずつ上がってきたのだ。青年の血の気のない顔に赤味がさしてきた。里沙さんから貰う体温よりも、自分で作り出す体温の方が勝ってきたのである。そうなると、若い肉体の回復は早かった。心臓の鼓動の音も、力強くなってきた。瞼がピクピクとわななき、瞼のあいだから数滴、涙がにじみ出た。

里沙さんのお母さんが青年の頭を少し起こし、吸い飲みに黒砂糖を溶かした焼酎をいれて口にふくませると、盃一杯ほど、おいしそうに飲んだ……。

青年は安田三郎といい二十歳。高知県船籍のサンゴ船第二土佐丸の乗組員で、第二土佐丸には彼のほかに船長、機関士、水夫が乗船していた。第二土佐丸はトカラ列島の沖を抜け、喜界島をめざして航行中であったが、天候の急変による東シナ海特有の三角波に呑みこまれて船は転覆、乗組員は深夜の海へ投げ出されてしまった（この日の時点では乗組員三名は行方不明中）。青年は幸運にも、大破した第二土佐丸の船材にすがりつくことができ、それに絡みついていたロープで自分の体をしばりつけて、船材から離されないようにして漂流に堪えたという。そして漂流五時間の末、喜界島に漂着したという。船材に自分の体をしばりつけるという咄嗟の機転が彼を救ったのである。

この一年、喜界島の湾港は、サンゴ船の基地になっていた。

喜界島は、隆起サンゴ礁の島である。したがって、島の周辺に、良質のサンゴを産出する、サンゴ礁の暗礁が点在しているらしく、十年とか二十年周期でサンゴの群生地が見つかり、それを目あてに全国からサンゴ船が喜界島へやってくるということのようだった。

サンゴ船は小型の漁船で、高知県船籍の船が一番多かったが、ほかに、宮崎県や長崎県、それから台湾船籍の船も見られた。

サンゴ採集のくわしい方法は知らないが、重石をつけた丈夫な網を海底に下ろし、ごろんごろんと、底引網船のようにそれを引きずって、サンゴ礁に生えている真生サンゴを、網でからめ取っているみたいだった。

彼らは数日サンゴ採集に励むと、食糧と水の補給のため、湾港に帰ってくるということを繰り返し、一箇月とか二箇月、長期滞在していた。

安田三郎さんは、漂着から三日ほどは、一人では立ち上がれないくらい衰弱していたが、一週間も経つと普通に歩けるまでに回復した。

幸いにそれから間もなく、高知に帰るサンゴ船の便があったのでそれに便乗して帰って行った。

島を去るに当っての安田さんの気がかりは、第二土佐丸のほかの乗組員たちの生死の消息が今もって知れないことだった。フジナミさんたちは、あの夜の天候からみて生存の可能性は少ないだろうと悲観的な見方をしていた。

安田三郎さんの帰国前日、里沙さんの家で、赤連海岸通りの俳句好きの人たちの句会が催された。

出席したのは里沙さん親子、山岡広子先生、フジナミさん、磯さん、鼎さん、太一さん、登さん、折田さん、竹之内さん、西平さん、そのほか、句会のあとの里沙さんの二胡演奏を楽しみに、奥田ばあさん、僕の母なども加わって、全員で二十人ほどになった。

安田三郎さんも、みんなに出席をうながされて、初めは、僕は俳句がぜんぜん駄目ですと、照れて遠慮していたが、あなたの送別会でもあるんだからと、引っ張りだされて末席に連なった。

各人の俳句の披露のあと、里沙さんの二胡の演奏の前に、こんな雑談がかわされた。

それは、次の句会の季題は何にするかという話し合いだった。

「次の句会は、四月だが……季題は、なんにするかね」

と、フジナミさんがみんなを見回して尋ねた。

「四月といえば、ヤマトでは、さくらだが……」

と、磯さんが言った。

奄美では、一般的に本土のことをヤマトと呼んでいる。

「さくらは、染井吉野に限るね」と折田さん。

「同感。爛漫と咲きほこる染井吉野の下で、一句作ってみたいよ」

と、フジナミさん。

「フジナミさん、満開のさくらもいいが、散るさくらもすばらしいですよ」と、西平さん。

「しかし、喜界島には、さくらはないからね、詠みようがないよ」

と、鼎さん。

「そういえば、見たことがないね。喜界島には、一本のさくらもないんじゃないの。折田さんとこにもないですか」

と、奥田ばあさん。

折田さんは花好きで、庭には四季折々に花を咲かせる花壇があった。

「ありません」と、折田さんは微笑んで言った。「植えてはみたが、根づきませんでした。さくらはやはり、冬の霜や雪に当たらないと、蕾がつかないみたいですよ。葉ばかりが繁って」

「残念だなあ。喜界島にさくらがないってのは。満開のさくらの花の下で、里沙さんの二胡の演奏が聞けたら、いつ死んでもいいんだが……」

登さんの大袈裟な物言いに一同は手を叩いて大笑いした。

「カツミは、さくらは見たことがあるかね」

フジナミさんがいきなり僕に聞いたので、僕はびっくりしてどぎまぎしながら答えた。

「僕は、七歳まで東京にいたから見ているはずですけど、おぼえていません。僕たちの一年生の時の国語読本の一ページが『サイタ　サイタ　サクラガ　サイタ』という文章でしたが、何回読んでも、頭に絵が浮かんでこないので困りました」

みんなは、また大笑いした。

里沙さんの二胡演奏の時刻がきた。

庭にはさらに里沙さんのファンが増えて、総勢五十人ほどの老若男女が詰めかけていた。

　里沙さんは用意された椅子に腰を下ろし、二胡を体の前にかかえ右手に弓を持つと、一同に微笑みかけながら短い口上を述べた。

「では、句座の先輩方のさくら談議のあとを受けて、さくらに縁のある、滝廉太郎作曲の『花』から始めさせて頂きます。わたしも台湾育ちでございますので、染井吉野の実物を見たことはございません。何時の日か、爛漫と咲きほこる染井吉野の花の下で、二胡を奏ることを夢見ながら、精一杯努めさせて頂きます」

　メロディーが流れた。

　南島と本土で胡弓と呼ばれている楽器は、弦が三本から四本あり、バイオリンのように弓で弦を擦って音を出す。二胡は胡弓の一種であるが、弦は二本、馬尾の毛を張った竹製の弓に弦を通し内弦と外弦を擦って音を出す。

　里沙さんの説明によると、独奏楽器としては日本式の胡弓より二胡が優れているそうだ。事実、演奏に入ると、こんな見ばえのしない、しかも弦が二本だけという、おもちゃのような楽器のどこにこんな妙なる音が秘められているのだろうかと怪しみたくなるような、千変万化のメロディが嫋々《じょうじょう》となかれた。

『早春賦』『叱られて』『荒城の月』『赤とんぼ』『宵待草』など、だれもが知っている名曲が、つぎつぎ演奏されていった。だれも彼もが、里沙さんの臈《ろう》たけてさえ見える芸の力に心をうばわれ涙ぐみながら聞き入っていた。

　つづいて、中国の二胡の名曲といわれている、『一枝梅《いちしばい》』『陽関三畳《ようかんさんじょう》』『戀歌』『江河水《こうがすい》』などが奏でられた。

　最後に、情緒ゆたかな島唄の演奏があり、一時間ほどでこの夜の演奏は終了した。

「どうでしたか」

　演奏終了後、僕が安田三郎さんに尋ねると、安田さんは顔を上気させて、

「感動しました。里沙先生（安田さんはこう敬称をつけて呼んでいた）は、すごい人ですね。もっともっと聞きたかったですよ」

と、まだ感動の余韻にひたっている口調で言った。

「安田さんは、またサンゴ採りに喜界島へくるんでしょう？　その時、又聞けますよ」

と、僕が慰めると、安田さんは、

「いや、僕は徴兵検査で甲種合格になりましたから、帰ったらふた月後には入隊です。一度でいいから里沙先生が満開の染井吉野の下で二胡を演奏する姿をみたかったですよ」

と、しんみりした口調で言った。

「無事帰還されることを祈っています」

僕が励ますと、

「有難う。せっかく里沙先生から頂いた第二の命ですから大事にしますよ」

と、安田さんはにっこり微笑んで、僕の指が痛くなったくらい強く僕の手をにぎりしめた。

それから一箇月後のある日、高知から来たサンゴ船「土州丸」の船長が、安田三郎さんに頼まれたといって染井吉野の苗木三本を里沙さんに届けた。

安田さんは、凍死寸前の自分を救ってくれた里沙さんにお礼がしたかったのだろう。帰国前日の句会の席で、喜界島の人たちのさくらへの憧れの強さを知った安田さんは、この苗木が順調に生長して枝と樹いっぱいに花をつけた時、里沙さんにこの木の下で二胡を演奏して欲しいと願って、染井吉野の苗木を贈ることを思いついたのにちがいない。

僕は里沙さんに呼ばれて苗木の植え付けを手伝ったが、もちろん、染井吉野が喜界島の温暖な気候に向かない木であることを知っている里沙さんは、この苗木が根付いてくれるかどうか心配していた。

危惧したとおり、二本は夏が越せず枯死、一本だけがかろうじて根付いてくれた。それも、花をつけてくれるかどうかは、翌年の春を待たなければ分からないことだった。

それでも、句会の人たちは、この木の生長を楽しみにして、たびたび足を運んでいた。

一年が経って、喜界島にも春が訪れた。本土より一《ひと》月早い季節の推移である。草地では子育てに忙しいセッカが金属性の声をひびかせながら飛び、磯は一面アオサにおおわれる。

観察していると、一・五米くらいの高さのさくらの木の枝に、まるっこいふくらみがついている。はじめ僕は、さくらの木が芽吹いたのかと思ったが、そのふくらみはグングン生長し、小指の先っちょほどの大きさになり、先端が女雛の唇のように可愛いらしく割れて、淡紅白色の花びらの先がのぞいて見えた。

さくらの蕾だ！　数えてみたら、二十五輪あった。喜界島で初めて目にする染井吉野の蕾である！

里沙さんと僕は、陽気な浮かれ者になって飛びはねて喜んだ。

花が咲き揃うのを待って、里沙さんの家で花見の宴が催された。集まったのは十五人ほどだった。さくらの木のまわりに茣蓙《ござ》を敷いて、島料理と黒糖焼酎を持ち寄って、花見と洒落たのである。

みんなは、顔を近づけて匂いをかいだり、うっとりと見惚れている。

「カツミ、きょうは幾つ咲いている？」

と、フジナミさんが尋ねたので、

「三十輪咲いています」

と、答えると、フジナミさんは一同を見回して、

「爛漫と咲き誇る万朶《ばんだ》のさくら、とまでは言えないが、とにかく、喜界島で染井吉野が見られたんだから、めでたし、めでたしだよ」

と、満面に笑みをうかべて言った。

「わたしからの提案ですが――」

登さんが立ち上がって言った。

「このさくらは、里沙さんが助けた安田君が贈ってくれた木だし、里沙さんが丹精こめて育てた木だから、今後は〝里沙さくら〟と呼ぶことにしてはどうですか」

と持ちかけると、みんなは手を叩いて賛成した。

日が暮れたので席を座敷にうつして暫く休憩をとったあと、里沙さんの二胡の演奏の時間になった。

里沙さんは何時もどおり、椅子に腰かけると、弓を取って二胡の調律を始めた。

だんだん聴衆がふえて座敷に入りきれず庭にまであふれ出ていた。

弦の調律が終わると、里沙さんは一同に微笑みかけながら挨拶の言葉を述べた。

「本日は、わたしが庭に植えた染井吉野が花を咲かせたのを祝って下さって有難うございました。

染井吉野にとって喜界島の気候は過酷と聞きますので、来年も花を咲かせるという保証はございませんが、花が一輪も咲かず、葉ざくらになっても、この〝里沙さくら〟と命名して下さった桜木を大切に育てたいと思います。

間もなく、百之台上に月も出るかと思いますが、つたない技ではございますが精一杯二胡を奏します故、皆さまもどうぞわたくしと共に、〝里沙さくら〟の開花を祝って下さいませ」

弓が一閃した。馬のしっぽの毛を張りわたした弓が、二本の弦に強弱緩急の力を加えると、二胡独自のメロディーが鳴りひびいた。

荘重典雅な曲、軽快な曲、情熱的な曲、甘美な曲、悲愴な曲――里沙さんは、うっとりとした表情で、時には微笑みながら、時には怒り悲しみ嘆きながら二胡を奏していった。

演奏が終わりに近づいたころ、里沙さんの身に異変が起こった。

里沙さんの十八番《おはこ》の曲の一つである『陽関三畳』を弾き始めて途中まできたとき、音が急に乱れた。

目をつむって聞いていた僕が（おや！）と思って目をあけて見ると、里沙さんは目に涙をあふれさせて泣いていた。必死にこらえてはいたが、嗚咽の声も聞こえた。

里沙さんはいつも美しい笑い声をひびかせている快活な人であり、彼女の泣き顔を見たことがなかったので不審に思い、まわりを見回すと、フジナミさんや磯さんたちも怪訝《けげん》そうな顔をしていた。

（熱演のあまり、感情がたかぶって泣きだしたのだろう）

僕はそう理解したが、聴き手たちもそう思ったらしく、

「最高！　日本一！」

とか、

「里沙さん、いいぞ。俺も泣いてるぞ！」

とか、

「アンコール！　アンコール！」

とかの励ましと感動の掛声や拍手がわき起こった。

里沙さんは手で涙をはらうと、さらにいっそう力強く弾き手と楽器が一体になっているような入神の演奏をつづけた。アンコールに応えて、セレナーデを一曲演奏して終ったが、この夜の演奏が長らく語り草となった名演奏であったことは間違いない。

だれもがもっともっと聞きたいという顔をしており、心が癒された表情をしていた。一同が感激して家路についた。

僕は帰り道が里沙さんのいとこの山岡広子先生と一緒になった。

「里沙ちゃんの演奏、神がかりだったわ。大満足よ」

山岡先生がまだ感動の余韻にひたっているような口調で言った。

山岡先生はオルガン弾きが上手だったから、事実その通りの演奏だったのだろう。

「演奏の途中で、里沙さんは泣き出しましたよね。気づきましたか」

僕が尋ねると、山岡先生は涙ぐんだ声で言った。

「もちろん、気づいたわよ。わたしも貰い泣きしてしまったわ。里沙ちゃんが泣いたのには、それなりの理由があったのよ。

昨日、悲しい知らせがあったの。大陸の戦線で婚約者の田代彦太郎さんが戦死されたの。

田代さんとは、親同士がお医者さんだったから、子供の時からの知合いだったの。田代さんは東京の大学を出て軍医として大陸に赴任していたんだけど、帰還したら結婚する約束になっていたの。それが、可哀想に、戦死されたって通知がきて……。

それで、里沙ちゃん、二胡が弾ける精神状態じゃなかったんだけど、さくらの開花を祝って皆さんが集まって下さるんだから今更中止はできないわといって、強行したんだけど。

あの時のあの曲は、『陽関三畳』だったわよね。

中国唐の詩人王維《おうい》には、『陽関三畳』で知られる名吟があ

るの。左遷されて西域に赴くことになった友人を都のはずれまで見送ったときの感慨を詠んだ詩なの。当時、西域へ赴くということは、かの地へ行ったら二度と生きては帰れないといわれていた辺境だったの。だから、王維にとっては今生の別れとなるかもしれない別離だったのね。後の世の人が、その時の王維の悲痛な心中を作曲化したのが『陽関三畳』なの。里沙ちゃんは、『陽関三畳』を弾いているうちに、見送っているのが王維でなく自分、立ち去って行ったのが王維の友人ではなくて田代彦太郎さんに思えてきたんじゃないかしら。それで、あそこで緊張の糸がプツンと切れて泣いてしまったのね。

里沙ちゃん、田代さんを死ぬほど愛していたのに！　田代さんも里沙ちゃんの二胡の大ファンだったのよ！」

二人は、暫く、無言でサンゴの砂の敷きつめられた海岸通りの道を歩いて行った。

空には、百之台を離れた美しい春の月がぽっかり浮かんでいた。

明日はおだやかな天候らしく、サンゴ礁に寄せる波の音も、ほとんど聞こえなかった。

「里沙さん、早く立ち直ってくれるといいですね」

僕がちょっと大人っぽい口調で言うと、

「里沙ちゃんなら大丈夫」

と、山岡先生は、大丈夫の理由は言わなかったが、僕にもそう思わせてくれた優しい言葉だった。

ハジィチ哀しや

ここ二、三年、あやは夏になると、

「わんは東京に行ってこんば……」

と、何かに急きたてられたようにいって、まわりの者を困らせるのだった。

あやの東京行きを一番恐れているのは、名瀬であやと同居している、あやの三男の勝三郎伯父さんだった。

あやに東京に行かれては困る深刻な事情があったからだ。

あやは、僕の父の祖母、僕にとってはひいばあさんに当る人だった。あやは愛称で戸籍の名前はべつにあったが、奄美の一般的な呼称にしたがって僕たちは本人の前でもあやと呼んでいた。

あやは学問があるわけでも、財産があるわけでもない一介の老女であったが、僕ら一族の者は、あやに畏敬の念をいだいていた。それは彼女が若くして夫と死別、再婚もせず蘇鉄を食べ年中一張羅の着物をきて、大島紬を織りながら四人の子供を立派に育てあげたからだった。


奄美では、「蘇鉄」を食べたというと、極貧か飢饉を連想する。蘇鉄の実《なり》は、味噌や澱粉にふつうに使われているが、蘇鉄の幹からとった澱粉は、飢饉年の救荒《きゅうこう》作物で奄美の人でもめったに口にすることはない。米や芋のおかゆに、蘇鉄の幹の澱粉をいれてドロリとさせて食べるが（これをドガキという）、コンニャクを素《す》で食べているような食感である。

あやが食べた蘇鉄は、実のほうだが、ドガキを食べた年もあったはずだ。

あやは、大島紬の織子としては一流だった。どんな細かい複雑な柄も、だれよりも早く織りあげた。だから、最高の織賃を手にすることができた。そのため、子供たちへの仕送りができたのである。

長男と次男は、勉強が嫌いで職人になったが、三男は専門学校、四男は大学へ進んだ。

とくに、四男の菊治伯父さんは、幼少の頃から神童の誉れが高く、地元の中学校をでると、高等学校、東京帝国大学へと進んだ。

もちろん、あやの仕送りだけでは学費がたりなかったので、菊治伯父さんは、今でいうあらゆる種類の〝アルバイト〟で学費をかせぎ、最難関の高等文官試験にも合格して、大蔵省に任官した。

その後も、薩長藩閥政治のひきたてにあずかって、中央官界で陽の当る場所を歩きつづけた。

当時、奄美から上京する陳情団は、かならず、菊治伯父さんを訪ねて、要路の大官や大臣への口ききを依頼していた。

陳情団は帰郷すると、あやを訪ねてきて、東京でお世話になったことのお礼をいい、菊治伯父さんの顔の広さと出世ぶりを話して聞かせた。

「そうですか。菊治が皆さんのために骨を折ってくれましたか。菊治が偉くなれたのも、郷党の皆さんのおかげですから、当然のことをしたまでですよ」

と、謙遜の口調で応対していたが、出世した息子の消息を聞かされている時のあやのはれがましい表情は、今でも脳裏にあざやかにのこっている。

こういう席に僕たち親戚の子供が居合わせたりすると、

「お前たちも、菊治のように出世したいと思ったら、夜も寝ないで勉強するんだよ。菊治は、便所へ行く時も、教科書を手放さなかったよ」

と、今は伝説となっている、菊治伯父さんのガリ勉ぶりを、長々と話して聞かせるのだった。

そんなあやにも、みんながやめて欲しいと思っている癖があった。あやは気性のはげしい人である。話していて相手が勘にさわる言葉を口にすると、たしなめるだけでは気が済まず、

「まあ！　言葉がすぎるがね」

といって、いきなり手を伸ばして相手の鼻と唇を鷲づかみして、ぎゅうとねじりあげるのだった。

機織《はた》りで鍛えたあやの手の握力は強く、それでひねられると、鼻がもげ落ちそうなくらい痛かった。

一番の被害者は、あやと同居している嫁の藤千代伯母さんだった。僕の母もよくやられていた。あやは他人であっても、縁のある人には、手を飛ばしていた。あやとしては、子供に対する母親のお仕置きのつもりのようだった（そう回数が多いわけではなく、月に一、二回あるかないかといったところ）。

もちろん、僕も手ひどくひねられたことがある。

あやのハジィチのことで悪態をついたからである。

封建時代、奄美の女性は、年ごろになると、「ハジィチ」といって、両手の甲に入墨をほどこす風習があった。琉球から流行《はや》ってきた風習で、文明開化の時代がやってくると、因習と見なされて自然にすたれてしまったが、僕が喜界島にい

た昭和十年前後には、赤連海岸通りでも、ハジィチをほどこした老女を、ごくふつうに見かけたものである。

「娘の頃は、実家が裕福だったから、最高のハジィチを入れてもらったんだよ」

と、あやは自分のハジィチを誇りにしていたが、あやが自慢するだけあって、両手の指の背中、手甲、手首まで、日輪《てだ》、月、星、十文字、渦巻、×印、風車、魚、亀、花などの文様が、直線や曲線と組合わされて彫りこまれてあった。

ハジィチをほどこす動機については、魔除け、成人のしるし、伝染病の予防、最高のお化粧等、いろいろいわれているが、みんながほどこすから自分もやる、という時代の流行からきている因習だった。

母に連れられてあやを訪れた時、あやと僕のあいだでこんな会話がかわされたことがある。

「あや！　ハジィチは消せないの？」

僕がさりげなく尋ねると、

「消せないね」

と、あやはにべもなくいい、

「なんで消すのね」

と、しぶい顔でいった。

「ハジィチがあると、東京の菊治伯父さんの家へ行けなくなるんじゃないの」

「どうしてだね」

「アイヌの人や、台湾の高砂族と間違われるからだよ。だから、菊治伯父さんの家族はいい顔をしないと思うよ」

これは、僕の両親がかわしていた会話の受け売りだった。

父と母は、菊治伯父さんの奥様の松子さんは、江戸旗本の家系の出自で気位いの高い人だから、両手に入墨をしているあやが来たら、毛嫌いして口もきかないだろうと、心配していた。

「アイヌの人や高砂族は、入墨をしているのかい？」

と、あやは僕をじろりと見ていった。

「アイヌの女は顔に、高砂族は全身にしているみたいだよ。だから、東京へ行きたいと思ったら、ハジィチは消しておいたほうがいいと思うんだけど」

僕は、あやのことを思っていったつもりだったが、あやの機嫌をそこねてしまったようだ。

「ふん。わんは、ハジィチを消してまで東京へ行こうとは思わないよ。このハジィチには、深い思い出があるんだからね。それに、ハジィチをしていると、極楽往生ができるんだからね。カツミ！　おまえ言葉がすぎるぞね」

あやは大きな声で僕を叱りつけると、思いきり僕の鼻と唇を鷲づかみしてぎゅうとひねりあげた……

——この頃までは、あやに上京の願望はなかったように思う。

　あやの嫌いなものは、冬の寒さと、地震だった。雪や霜のない、温暖な気候の奄美大島育ちのあやは、東京の雪景色の写真を見るだけで風邪をひきそうだといっていた。

　地震のほうも、大正十二（一九二三）年の関東大震災から十数年たっているのに、当時の悲惨な報道が忘れられないらしく、あんな所に住んでいる人の気ごころが知れないよと、東京人の鈍感さを不思議がっていた。

　だから、あやの東京嫌いは本物で、これまでと同じように、これからもあやの上京はあるまいと、菊治伯父さんも勝三郎伯父さんも、そしてわれわれ親戚一同もそう考えていたので、あやの突然の心がわりには、正直いってびっくりしてしまった。


　三年ほど、東京へ出稼ぎに行っていた父が、夏休み前に、突然、なんの前ぶれもなしに帰ってきた。

　母が心配して首になったのかと尋ねると、

「いや、あやの件で帰ってきたんだよ。あやがこの夏には、どうあっても、東京へ行くといっていると、勝三郎伯父さんから手紙がきたから、おまえ急ぎ帰って、あやの東京行きを止めておいでといわれたので帰ってきたんだよ」

　つまり、父は、菊治伯父さんの厳命をうけての帰国だったのだ。

　父は、菊治伯父さんの奥様の松子夫人の実家が東京の深川で大きな材木商をやっている関係で、菊治伯父さんの口ききで事務員として働いていたのである。

　だから、菊治伯父さんに世話になりっぱなしの父は、素直に従うほかなかった。

「雪と地震をこわがって、東京をあんなに嫌っていたあやが、急に東京行きをいいだすなんて、どうしたんだろう。あやもぼけたのね。寄る年波には勝てないのね」

　母も溜息をついていった。

　深刻な話し合いになった。

　あやが東京へ来ては困る理由を、菊治伯父さんはこういっているそうだ。

「今、手に入墨を入れたあやが東京に来てみろ。間違いなく、アイヌや高砂族と間違われてしまうよ。東京人は、鹿児島までは、ヤマトと思っているが、その先の奄美、琉球は、台湾の一部くらいにしか見ていないんだ。

　それに、物怖じしないあやのことだ。だれかれつかまえて、シマユミタ（島言葉）でしゃべりまくるだろう（あやは、ヤマト言葉を話すことはできなかったが、聞き取ることはできた）。

　ヤマトンチュならだれでも、ハジィチを入れた老婆が訳の分からない言葉をしゃべりちらしたら、間違いなく、よくて中国人か朝鮮人、あるいは、アイヌか高砂族と同類と思うだろう。

　それに、勝三郎兄の手紙によると、わしを慰めるのだといって、サンシン（蛇皮線）と島唄を習いはじめたそうじゃないか。有難迷惑もいいところだ。毎晩、首を絞められたニワトリのような声で島唄をがなりたてられたら、ご近所から苦情がでるよ。

　うちには、嫁入り前の娘が三人いる。上の二人は、いい縁談話の口があって話を進めているところだ。今、あやに来られたら、ぶちこわしだよ。

　だから、松子があやの上京には反対でね。もし、あやが東京へ来たら、わたしは三人の娘を連れて実家へ帰らせてもらいますと、かんかんなんだよ。

　わしも、あやの上京に絶対に反対というわけじゃないんだよ。娘たちが嫁ぐまで――あと三年、あやを奄美になんとか引き止めておいてほしいんだ」

　母は、喜界島に来る前、東京に住んでいて菊治伯父さんの家庭の事情、それからヤマトンチュの奄美・琉球に対する差別意識のこともよく知っている人だったから、菊治伯父さんの悩みはよく分かると、同情的だった。

　名瀬の勝三郎伯父さんから来た手紙によると、あやは、僕の父が東京から帰国したことを知っていて、なぜ徳太郎（父の名前）はわんのところへ顔をださないのだと、毎日口うるさくいっている、ということだった。

　勘のいいあやは、わたしが徳太郎は仕事をやめて帰ってきたみたいだよといっても信用せず、おまえが東京へもどる時、一緒について行く腹づもりのようだ。おまえを逃がさないために、自分のほうから喜界島へ行くといって、柳行李《こうり》に肌着や着物をつめたりしている。あやがそちらへ行ったら、おまえは身うごきがとれなくなって困るだろうから、一度こちらへ顔をだしなさい。その時は、あやに会う前に、二人で話し合っておく必要があるから、郵便局にわたしを訪ねてきなさい。外で会って作戦をたてることにしよう――という意向を伝えてきた。

　あと何日かで、学校は夏休みに入るので、僕も父に従って名瀬へ行くことになった。

　父が勝三郎伯父さんを連れだしてくる間、僕が、郵便局の近くの大衆食堂で待っていると、間もなく、勝三郎伯父さんと父が一緒にやってきた。

　勝三郎伯父さんは、椅子に腰をおろすと、シロップのたっぷりかかったかき氷を、三つ、注文した。

　僕は船には強いほうだが、この日は、名瀬までの海路が時化《しけ》ていて、上陸後も船酔い気分がぬけないでいたので、頭のしんまで冷やしてくれる、かき氷はおいしかった。

このころ、勝三郎伯父さんは、郵便局長の任にあったが、キレ者で気性のはげしい菊治伯父さんとちがって、その円満篤実な人柄が上司からも部下からも信用されていて、その後、県下の有名郵便局の局長の職を歴任している……。

「あやの東京行きの気持ちに、かわりはないですか」

父が切りだすと、勝三郎伯父さんは苦笑して、

「ああ、去年に輪をかけて、東京へ行くと騒いでいるよ」

と、答えた。

「あやが東京行きをいいだしたのは、三年ぐらい前からですよね」

「そうだね」

「これまで、雪が嫌い、地震がこわいといって、冗談に東京行きをすすめても応じたことがなかったのに、どうした心境の変化ですかね」

父の問いかけに、勝三郎伯父さんは、笑顔をひっこめて、答えた。

「年をとって、自分が苦労して育てた息子が、東京でどんな暮らしをしているか、自分の眼で見ておきたくなったんじゃないのかね。このごろは、わたしたちがあやの上京にあまりに反対するものだから、おまえたちは、菊治は出世したというが、本当かね。仕事の落度で役所をクビになったとか、上役と喧嘩して、雪深い北海道へ左遷されたとか、東京ではわんに見せたくないことになっているんじゃないのかとか、あれこれ気を回して、口走ったりしているよ」

勝三郎伯父さんは、静かな口調でいった。

「叔父さんも、大変ですね。なぜ、あやが東京へきたら困るのか、説明しても、シマンチュ（島の人）のあやには理解できないでしょうからね」

父も、考えこみながらいった。

「さて、徳さん、どうやって、あやの東京行きを止めるかだが……」

と、勝三郎伯父さんが父の意見を求めるようにいった。

「一昨年は、東京は痘瘡《とうそう》がはやっていて、万一助かっても、顔があばた面になるから来ないほうがいいといったら、おとなしくなったと、東京の叔父さんから聞きましたが……」

父がいうと、

「去年も、その手で成功したんだったな。何の病気だったか……」

「ペストでしょう」

「あ、そうそう。菊治がペストにしろというから、わたし

は、どんな病気かも知らないであやに告げたんだよ」

「今年も、伝染病を持ちだしますか」

「いや、三年つづけての伝染病では、今年のあやはだませないよ」

父が考えぬいていたらしい名案を持ちだした。

「東京で雑誌で読んだんですが、最近、富士山が大爆発するとか、伊豆七島や東海沖で大地震が起きて東京が全滅するとかいう、占いめいた記事がやたらと眼についたんですが、これで説得してみてはどうでしょう」

「まあ、それも有力な説得材料の一つだね」

と、勝三郎伯父さんもうなずいていった。

しばらくの沈黙のあと、

「今夜は、うちで泊まるんだろう?」

と、勝三郎伯父さんが尋ねた。

「まだ、あやに帰国挨拶をすませていませんので、今夜はうかがいますが、泊まるのは宿にします。あやがこわいですから……」

父がすまなさそうにいうと、「六時にはうちに帰っているから、勝己も来るんだよ。あやは、菊治に聞かせるんだといって、奄美民謡とサンシンを習い始めたから、得意になって聞かせると思うが、覚悟してきてくれよ」

勝三郎伯父さんは、冗談っぽくそういって、郵便局へもどって行った。

約束通り、勝三郎伯父さんの家を訪ねると、勝三郎伯父さんも、藤千代伯母さんも、あやも、それぞれに、自分に都合のいい思惑を胸に秘めて、僕たちの到着を待っていた。

一通りの挨拶のあと、父が、

「東京は、皆元気ですから安心して下さい、とのことづてでした。松子奥さんも、三人のお嬢さんたちも、おばあちゃんの健康と長寿を東京の空から祈っています。と、ことづけを頂きました」

と、伝えると、あやは、

「そうか、そうか。あの嫁女と孫娘たちがわんのことをそんなに心配してくれていたか」

と、目と声をうるませていい、幸せそうにほほ笑んだ。

(父《と》うちゃんの嘘つき!)僕は、心の中でののしった。

父がうちで話した言葉によると、父が菊治伯父さん宅へ帰郷挨拶にうかがうと、松子奥さんも、三人の娘たちも、目をとがらせて、

「徳さん、あやを絶対に東京へ寄越しては駄目よ」

と、きつくいわれたという。

松子奥さんや孫娘たちから、丁重なことづてをもらったというのは、父の作り話だった。

あやは座を立つと、隣りの座敷から中型の柳行李をかかえてきた。

そしてふたをあけると、「徳太郎よ、東京へ持って行くお土産をそろえたから、こんな物でいいか、ちょっと見てくれないか」

と、満面に笑みをうかべていい、柳行李のなかから、新聞紙に包んだ物や、布袋に入れた物や、小箱におさめた物や、鰹節や、魚の干物などを取りだして僕たちに見せた。

「このアオサはね」と、あやは乾燥アオサを示していった。「わんが龍郷の磯で採ってきたものだよ。東京の人は、歯が弱いというから、嫁女や孫娘たちの歯をそこねないように、砂粒が一粒も入らないように何回も念入りに水洗いして干した上物だよ」

父は、「いいアオサですね」と、仕方なしに相槌をうっていたが、その笑顔は少しひきつっていた。

もちろん、東京行きの準備で頭がいっぱいのあやには、父の困惑の表情の意味が分かるはずもなかった。

このほか、あやが用意した土産物は、これもあやが奄美の山野に分け入って採取してきたものであろう、乾燥ツワブキ、何種類かの薬草、豚味噌、それから、奄美の人がヤマトへ行く時、持っていく定番のお土産の、黒砂糖、喜界島の胡麻、徳之島の落花生、沖永良部島のエラブウナギの粉末などが披露された。

勝三郎伯父さんと藤千代伯母さんは、あやのやる事には口を差し挟まない主義らしく、ただニコニコ笑って眺めていた。

そして、最後の一品が披露された時には、僕は正直いって一瞬顔から血の気がひいたくらいびっくり仰天してしまった。

あやは、黒い布でおおった物を、大事そうにかかえてきた。あやが黒い布を取りのけると、あらわれたのは、ガラス瓶に入った、ハブ酒だった。

ガラス瓶のなかには、度数の強いらしい焼酎がなみなみと入っていて、その中に一匹のハブが泳いでいるように入っていた。

ハブは生きたまま入れられたらしく、焼酎の海で溺死しており、焼酎の海面のうえに三角形の頭をだし、体中の毒液を焼酎のなかへ出しつくしたようなすさまじい形相で、カッと口をあけていた。

ヤマトのマムシ酒より強壮剤として数倍きくといわれている、奄美特産のハブ酒だった。

「菊治も六十近くになって、体力も落ちてきただろうから、これを飲んでもらって、精力をとりもどしてもらわねば」

と、あやはガラス瓶をいとおしむようになでさすりながら、ニイッと頬笑んだ。

土産物の披露のあと、いよいよ、勝三郎伯父さんが「覚悟してきてくれよ」といった、言葉の意味が分かる時がきた。

あやは、床の間からサンシンを取ってくると、座蒲団にちょこんと座って、音締めをはじめた。

「徳太郎と勝己よ！　わんの夢はね、菊治の孫娘の結婚式の時、ヤマトの偉い人たちの前で、この美しい奄美民謡を歌って聞かせたいということなんだよ」

あやは、声をはずませて楽しそうにいった。

この言葉を口にした時の、あやの少し表情を緩《ゆる》めた笑顔は美しく、その声には、心の底からの一途な願いがこめられていた。

あやは姿勢を正すと、軽く肩をゆすってサンシンを弾きだした。サンシン特有の音色が哀愁をおびて流れた。

あやは曲名も告げずに、いきなり歌いだしたが、有名な民謡だった。

聞くなり、僕は失望した。朗々たる声ではあったが、調子っぱずれだった。僕には、奄美民謡の知識もなかったし、好きでもなかったが、歌の上手下手くらいは分かった。

あやの歌い方は、歌うというよりも、がなりたてているといった感じだった。悪いけれど、あやは音痴だった。

この声で、東京へ行って、サンシンをじゃんじゃん掻き鳴らし、「六調」でも歌われたら、垣根を越して隣家に筒抜けだろうから、菊治伯父さんがいっていたという、「ご近所迷惑」になりかねないと、僕でさえ思った。

父は、あやの熱唱の手前、辛抱強く聞いていたが、もし、あやに上京の機会があって、そして民謡披露の機会があるとして、菊治伯父さん一家の反応を思いうかべて、複雑な思いにかられているらしかった。

あやは、二曲ほど歌って、サンシンを置いた。

父が手をたたいたので、僕も釣られて手をたたいた。

（どうだい？）

と、いうように、あやは、サンシンを布袋におさめながら、汗ばんだ顔を父に向けた。

こんなにあやの顔が輝いて見えたのは、初めてのことだった。

「いやあ、結構でした」

父は無難ないい方でいい、頭をさげた。

一時間後、父と僕は、伯父さんの家を辞去して帰途についた。

この夜、不思議でならなかったのは、あやが父の上京のことに触れなかったことだった。

勝三郎伯父さんの家にいる間、父はずっとあやに問いつめられることを覚悟して、冷《ひ》や冷やしていたはずだ。

ところが、何事もなく終りそうに思えたその時、やはり最後に、あやの口から強烈な一語が発せられた。

あやは座を立ち上がりかけた父に、

「徳太郎は、何時東京へもどるんだい？」

と、仕事をやめて帰ってきたと手紙で伝えておいたはずなのに、それを無視して、猫なで声で尋ねた。

しかし父は、このあやの不意打ちにうろたえることなく、この時のために反覆して頭にたたきこんでおいたであろう言葉を告げた。

「あやね！　わたしはもう東京へは行きませんよ。仕事をやめてきたんですよ」

と、父は落着いて答えた。

すると、あやはニイッと笑って、

「徳太郎よ、大島には、仕事なんかないよ。どうやって、家族を養っていくつもりだい」

と、とぼけ顔でいった。

今にして思えば、あやという人間のしたたかさは、父や僕などがどう逆立ちしても及ばない。器量の大きさに、ただただ舌をまくのみである……。

宿は、港近くにあった。父と僕は、うみかぜに吹かれながら、海岸通りをゆっくり歩いていった。近くに盛り場があるらしく、嬌声や沖縄民謡の歌声が聞こえてきた。

「勝己！」と、父がしんみりした口調でいった。

「おまえは、あやの歌をどう聞いた？


そりゃあ、たしかに音痴だよ。だが、なりふりかまわない、歌いっぷりを見ているうちに、わしは、胸が締め付けられるような感動をおぼえたよ。

声なんか、どうだっていい。菊治叔父さんを慰め、孫娘たちの結婚式で歌って興を添えたいというあやの心根を思うと、わしは『あやを奄美大島に止めておけ！』という菊治叔父さんの厳命を忘れて、『あや！　わしと一緒に東京へ行きましょう！』と、思わず叫んでしまいそうな衝動をおぼえたよ」

父は、憐憫《れんびん》の情をあふれさせてつづけた。

「それと、あのお土産のアオサのことなんだが、松子奥さんやお嬢さんたちは、食べてくれないと思うよ。ごみ箱に捨てられているのを、見たことがあるんだ。豚味噌にしたって、あやは、みんなが喜んで食べていると思っているみたいだけど、前にあやが送った豚味噌なんか、松子奥さんは、三枚肉の皮のところに、剃りのこしのザラザラした毛が残っているのを気味悪がって、これも捨てたみたいだよ（作者注・当時の豚の屠殺《とさつ》は、処理が不十分だったから皮の部位によく剃り残しの毛がのこっていた）。

松子奥さんは、江戸旗本の家系の人だから、シマンチュとは嗜好《しこう》がちがうのは分かるが、何も捨てることはないと思うんだ。親の心子知らずとは、このことだよ」

「でも、ハブ酒のお土産はやめたほうがいいよ。あんなの持って行ったら、あやはますます嫌われるよ。なんで勝三郎伯父さんは、注意しないんだろう」

「あやの東京行きが実現しないことが分かっているから、勝手にさせているんだよ」

と、父はちょっと苦笑した感じでいった。

少したってから僕が、

「父《と》うちゃんは、あやを連れて行く気はないんだろう?」

と、尋ねると、

「そうだね。菊治叔父さんには世話になっているし……叔父さんの家庭の事情も分かっているから……」

父はつらそうに答えた。

「父《と》うちゃんの付添いが駄目なら、あやは一人で行くことになるの?」

「いや、一人じゃ行けないよ。奄美大島から東京までは、船や汽車、電車、バスを乗り継いでの大変な長旅だからね。ヤマトユミタ（日本語）のしゃべれないあやには無理だよ」

「じゃあ、あやの東京行きは、今年もないってことだね」

「ううむ、そういうことになるな」

父は暗い沈んだ声でいった。

父の上京の日が近づいてきた。

奄美大島から東京へ行くには、台湾と神戸間を走っている客船「台中丸」を利用するのが、最短コースだった。

この船は、途中、沖縄の那覇と奄美大島の名瀬に寄港したので、奄美の離島の人たちは、いったん名瀬にでて、何日か船待ちをして乗船していた。

だから父も、喜界島から名瀬へでて、船待ちをする段取りだった。

父が一番恐れたのは、あやに喜界島へこられることだった。あやが喜界島にきて家《うち》に居座ったら、あやの目をごまかすのは不可能だから、上京の仕度もできないし、名瀬へ渡ることもできなくなって、父の上京がご破算になること必定である。

そういうこともなく、出発の日を迎えることができた。

家族を代表して、僕が名瀬まで父を見送ることになった。

神戸行きの汽船の出港二日前、父と僕は喜界島を出発した。

名瀬についても、用心して、勝三郎伯父さんの家へは顔をださず、上京の挨拶は、伯父さんの勤め先の郵便局へ行ってすませた。

出港の日、汽船は午前十時ごろ出港の予定と知らされていた。

父と僕は、少し早目に宿をでて、栈橋へ向かった。

汽船は、すでに入港しており、港の中ほどに碇泊して、荷役の最中であった。

栈橋は、乗客と見送りの人であふれ返っていた。サンシンを弾き、歌をうたい、指笛ではやしたてながら踊っている一団、これから入隊するらしい青年をとりかこんで軍歌を歌っているグループ、夏休みが終って学校へもどっていく学生たち、派手に泣きながら別れを惜しんでいる老婆たち。

桟橋は、離島ごとの島ユミタ、鹿児島弁、標準語がとびかい、混雑はピークに達していた。

僕たちは待合室に入って、出港までの短い時間をすごすことにした。

待合室はガラス戸が開けはなたれていて、海からの風が吹きぬけていた。

父は窓辺によりかかって、煙草をのみながら、桟橋の光景をながめ、僕は長椅子に腰をおろして、売店で買ってきたサイダーを飲んだ。

それから間もなく、窓際にいた父がとっさに身をひいて、壁側にかくれた。見てはならないものを見て、驚きのあまり、隠れたといった感じだった。父は、この場から逃げだしたかったにちがいないが、ようやく踏みとどまり、もう一度確認しようというように、窓辺へ顔をうごかしていった。

そして確認すると、手に持っていた煙草を床に落して踏みつぶし、ごくんと生唾をのみこんで、僕のほうを見て手招きした。

その顔は、あきらかにおびえた表情をしており、血の気がひいていた。

僕が近寄って行くと、父は無言で顎をしゃくった。とっさに、父が示した方角と視線の先へ目を向けると、探すまでもなく、桟橋の中ほどの人群れの中に、あやがいた！

柳行李を背負い、風呂敷包みを提げて、人々のあいだを縫うように歩き回りながら、だれかを探している。

手に提げている風呂敷包みは、ガラス瓶のハブ酒だろう。

「父《と》うちゃんを探しているんじゃないの？」

「そうらしい」

「ここにいたらまずいよ」

「そうだね。待合室にも入ってきそうだね。見つかったら万事休すだよ」

「出よう、出よう」

父と僕は、大あわてで待合室の出口へ向かった。

父は売店に寄って、つばの広い麦藁帽子を買った。顔をかくすつもりにちがいない。

しかし、ここを離れるわけにもいかないので、待合室の建物の裏手をまわって、東側の壁の陰から、あやの様子をうかがうことにした。

桟橋は、さらに見送り人がふえて、僕たちがかくれている場所まで人でいっぱいだった。

あと一時間で出港の合図の汽笛が鳴り、はしけへの乗船がはじまった。

あやは、今は人探しをやめて、乗客らしい人をつかまえては、声をかけている。

なんといっているのかは、分からない。

声をかけられたほうは、迷惑そうな顔をする者、驚いた顔をする者、へんな目つきであやを見返す者、相手にならずぷいと立去って行く者――あやは、気の毒なくらい冷たくあしらわれている。

しかし、あやは、どんなに嫌われても、向こう気の強いあやらしく、声をかけることをやめない。

あやがだんだんこちらの方へ近づいてきた。

十メートルほどまで近づいた時、あやの大きな地声が聞こえた。

あやは、こういっているのである。

「あなたは、東京へ行かれるのではありませんか」

相手が首を振ると、つぎの人をつかまえて、

「あなたは東京へ行かれるのではありませんか」

と、同じことを尋ねている。

東京行きの人をつかまえて、連れて行ってもらおうと考えているのであろう。

ようやく、東京行きの乗客を、一人、見つけたようだ。

「どうか、わんを、東京まで連れて行って下され」

あやは、相手の前に立ちはだかって、拝み倒さんばかりに頼みこんでいる。

「おばあちゃん、東京は遠いんだからね。途中でおばあちゃんが倒れたら、俺の責任になるからね。ごめんよ」

男は、あやにつかまれていた手を振りほどいて、はしけのほうへ駆けて行った。

「勝己！　この船には乗れそうにないよ」

父が溜息まじりにいった。

この時、父の身に僥倖《ぎょうこう》が起こった。

あやが突然、急ぎ足でこの場所を離れたのである。

「勝己、あやが何処へ行くのか、見てきてくれ」

僕は父にいわれて、あやのあとをつけた。

あやは、待合室の建物の正面を横切って、僕たちが隠れている側の反対側の入り口から待合室に入って行った。

そして待合室に入ると、背負っていた柳行李を床に下ろし、便所に入った。

(今だ！)僕の胸は高鳴った。

この機会を逃がしたら、父はこの船に乗ることはできない。

僕は父のもとにかけ戻ると、

「父《と》うちゃん、あやは、便所に入ったよ。はしけに乗んなよ。早く早く」

と、父をせきたてた。

「そうか。ありがとう。じゃあ、はしけに乗るからな。おまえも、あやに見つからないように気をつけるんだぞ」

父は、発進直前のはしけに飛び乗った。

あやが用をたして、ふたたび、桟橋に姿をあらわした時には、父の乗ったはしけは、乗客の顔の見分けがつかないくらい遠ざかっていた。

僕はここにいたらやばいと思って、喜界島行きの船がでる桟橋へ向かって歩いて行った。

あやは九十歳で亡くなったが、ついに東京の土を踏むことはかなわなかった。

解説と年譜

「南島」という蠱惑
——安達征一郎の小説世界

川村 湊

1

安達征一郎は、「南島」を描く作家である。南島とは、文字通り、南の海に浮かぶ島嶼群の総称であるが、具体的には九州以南のトカラや奄美の南西諸島から沖縄本島、宮古、八重山の琉球列島の島々ということになるだろう。簡単には、古来、日本本土の国家権力や政権とは別個の「琉球国」の版図内の島々と考えることが可能だろう。沖縄列島といってしまえば、宮古、八重山はともかく、奄美やトカラ、東大東島や南大東島や小笠原諸島が零《こぼ》れ落ちるし、単に日本の南方の島々といえば、屋久島や種子島、甑島《こしき》といった九州に付属する島々の帰属が曖昧になる。必ずしも歴史的、文化的な伝統性に基づかない現在の行政区分に、それほどこだわる必要はないだろうが、「南島」に九州南部の島々（屋久島、五島列島など）を組み入れると、ややそのイメージが変わってくると思われるのだ。

「南島」を舞台に、南島人の生と死のドラマを描く「南島文学」。そう定義づけてしまえば、話は簡単なようだが、こうした南島文学といういい方は、沖縄文学や北海道文学といった「地方」に立脚点を置いた、日本文学の下位にあるローカルな文学ということを意味することになるだろう。中心的な、あるいは主流の「日本文学」があって、その周辺に地方的な文学が、周圏的にあるという中心—周縁の図式を私は採る気にはなれない。「南島文学」というのは、あくまでも「南島」を作品世界とする文学作品の特色を表現するだけの言葉にしかすぎないのである。

それは、フォークナーが、アメリカ南部のヨクナパトーファ郡という、彼が想像力によって作り出した土地を作品世界としたり、マルケスがコンロビアのマコンドという町を主要な舞台としていることと、パラレルなものであると私は思う。あるいは、コンラッドが、大洋（とそれに繋がる大河、大陸）

を舞台とした小説を書き続けたこととももっとも似ているかもしれない。安達征一郎が描き出す「南島」は、現実的な南西諸島や琉球列島などの具体的な島のことではなく、あくまでもフィクションの舞台として創造されたものにほかならないからである。大江健三郎は、彼の生まれ故郷の愛媛県の地方都市の山村をモデルに、彼の独自な作品世界、「森の村」を作り出した。また、中上健次は、紀州の現実の町や山林や海岸を彷彿とさせる「木の国・根の国」の作品空間を、その比類ない膂力《りょりょく》によって作り上げようとしたのである。

安達征一郎の小説の世界は、「南の島」のどこかとしかいいようのない、抽象的な観念性がつきまとった「南島」である。たとえ、それらの島々が、喜界島や沖永良部や奄美大島などの具体的な島の風光や風物を浮かび上がらせるものであっても、それは本質的には「南島」としかいいようのない虚構の舞台にほかならないのである。

たとえば、中期の傑作である「種族の歌」では、その物語の舞台となった「南島のある島」には、支配者である役人以外には文字を持たず、その島での出来事だと思われる物語の内容は、口伝えで伝承されたものであることを、その語り出しの最初に断っている。「ある夜、島の若者の一人が不意に蒸発した。それがいつの時代のことかはっきりしないが、いろいろの兆候から推してそう遠い時代のこととも思えないのである。とにかく、島の人々のあいだではこの若者についてつぎのような話が伝えられている」として、物語が始められているのである。

いつの時代か、どこの島での話なのか分からない、ある「南島」での物語。安達征一郎の小説は、基本的にはそうした、場所や時代を特定できない、幻想的な時空間としかいいようのない設定を中心としている。たとえば、「怨の儀式」のように「ウルメ島」という島の名前が明記されている場合もあるが、もちろんこれは架空の島名であって、そのモデルとなったと思われる実在の島が想定されるが、それはそのまま虚構と現実がぴったりと重なり合うわけではない。その意味では、安達征一郎の小説群は、南西諸島、琉球列島などの、現実の「南島」を作品空間として想定していながら、現実の「南島」からは超越しているといわざるをえないのである。それは、「南島」が地理的な概念ではなく、文化的概念であるからだ。たとえば、古代から現代に至るまで、私たちは「日本語」というものの連続性や自明性をほとんど疑ったことがない。また、それは漢字と仮名という「文字」を持ち、その二種類の文字を組み合わせて日本語の文章を書くこと（読むこと）を、私たちは営々として続けてきたのである。

この日本語という概念のなかから、北方（東北、北海道、樺太、千島）のアイヌ語と、南方の「南島諸語（奄美方言と沖縄方言）」がすっぽりと抜け落ちていることに、私たちは気づきもせず、驚きもせずにいたのである。民族語としての「ヤマト方言」が日本語という国家言語となってゆく過程を隠蔽することによって、アイヌ語も南島語も、排除されたことすら痕跡として残さない形で「日本語（国語）」が形成されてきたのであり、むろん日本文学は、そうした土台を基に作られてきた。こうした日本語や日本国家の自明性に基づいて構築されてきた日本の近代（現代）文学を相対化し、それをもう一度、南方の島々の視点から見つめ直してみようという意図が、安達征一郎の「南島小説」にあるといったら、大げさに聞こえるだろうか。

安達征一郎の作品を「海洋小説（海洋文学）」であるとするいい方がある。確かに初期の「憎しみの海」や「鱶に曳きづられて沖へ」や、畢生の大作である長篇小説『祭りの海』（上下・海風社）などを読めば、それらの中・短篇、長篇小説が「海洋文学」というジャンルにふさわしい海洋性と越境性を持っていると感じられる。だが、よくいわれるように、日本には「海洋文学」が少ない、貧弱だといういい方には、単に日本の近代文学の落丁を補完する程度の意味しか、「（日本の）海洋文学」というものが持っていないことを示している。それは海や島という視点からではなく、自らを「内地」であり、「本土」であり、「内陸的」であるとする自己規定のもとに自分たちの国土を考えているのであり、「内地」や「本土」と称する時の自己中心（中央集権）的な考え方について、内省的、自省的に思いめぐらすということは一切なかったといってよいのである。安達征一郎の文学世界を「南島文学」という時には、そこに「日本（近代）文学」を相対化する視点が潜められており、「南島語」やアイヌ語の口承文芸を「日本文学」の歴史のなかから排除するような「内地」や「本土」の中心史観からの脱却の可能性が込められているのである。

もちろん、安達征一郎の「南島文学」は「南島語」で書かれているわけではない。島尾ミホの小説など、ごく一部の例外以外には、「近代文学」でありながら「南島語」によって書かれた作品は皆無といってよいのだ。それはまさに、それを表記する「文字」が奪われていたからであり、政治的・社会的な支配者に「文字」が独占されていたからである。

琉球文学、すなわち神話的歌謡集である『をもろさうし』や琉歌や組踊の詞章が、「ひらがな」という文字を借りて表記されたことを思い出すべきかもしれない。これらの「琉球文学」は、ひらがなで書かれているからといって、日本の古典文学の範疇に入るものでもなければ、そもそも日本本土の古代や中世、近世や近代といった時代区分さえ、そこには適合しないのである。つまり、日本文学とはその時空間を異にしているこれらの文学を、日本（近代）文学と呼ぶいわれは何もなく、「琉球文学」としか呼びようがない。それと近似した意味で、私は安達征一郎の文学を「南島文学」と呼びたいと考えている。

　現代日本語で書かれた「南島文学」。それは、現代日本語で書かれている「沖縄文学」が、大城立裕、又吉栄喜、目取真俊などの創作活動によって、「日本近代文学」とは、異質で独立的な文学を作りつつあるという現実に、その追い風を受けている。いずれ、沖縄文学を含んだ形で「南島文学」の成立が事後的に承認される日が来るだろう。安達征一郎の孤高と孤独は、そうした「南島文学」の〝生まれ出づる〟苦しみというべきなのである。

2

　とはいうものの、安達征一郎の小説世界が、まったく現実の南島の時空間と無関係に存在しているというわけでもない。たとえば、「怨の儀式」に描かれている〝怨の儀式〟という祭事そのものが、薩摩藩による奄美や琉球の島々における砂糖黍栽培の強制と、その収穫物に対する苛斂誅求の植民地的搾取という歴史的事実を背景としていることは一目瞭然だろう。島民に対する禁札として掲げられた項目のなかに、「夜間に灯油使用の事」とか「盆正月以外に焼酎を造る事」とか「蘇鉄を混ぜずに芋米の類を食する事」などは、日常の行住座臥についても細かな禁止事項を並べ、より多くの収奪物を召し上げようという、江戸時代の薩摩藩の圧政、悪政を象徴的に示しているものといえるだろう（これらの植民地搾取による蓄積によって薩摩藩は〝維新〟の立役者となった）。

　しかし、安達征一郎の小説の特徴は、こうした歴史的圧政の事実を、あるいは歴史的時間そのものを〝宙吊り〟にするところにある。つまり、それを薩摩による琉球・奄美支配という歴史的現実に還元させずに、まさに〝怨の儀式〟で晴らされる〝怨恨〟が、今度は「本土」から来た民俗学者としての〈彼〉の〝怨み〟として残らざるをえないのだ。ウロボロスの輪のように、永遠にめぐり続ける〝怨〟の円環。「怨の儀式」という作品は、そうした〝怨恨〟が、常に宙吊りにさ

『怨の儀式――安達征一郎作品集』
三交社、1974年

れたまま〈彼〉が島に着いた最初に、モッコに乗せられて宙吊りになるように)、帰着するところも、解消される場所や地点もなく、「南島」という虚構の空間のなかで、永遠に吊り下げられていることを示しているのである。

もちろん、そこに薩摩の圧政や、琉球処分のようなヤマト政権による、「南島」への徹底した強圧的な支配と差別を読み取ることは、十分に可能なことであり、そこに奄美や沖縄の人々の、薩摩やヤマト本土に対する抵抗や叛乱の徴候を見ないということであれば、それは作品世界の半分までしか読み取っていないということになるだろう。

安達征一郎の小説のなかで、最も特徴的なものは、その作品世界のなかに横溢する圧倒的な〝暴力性〟である。しかも、その暴力性は、「怨の儀式」によって〝晴らされる〟怨恨が、少なくともその怨みの相手としての対象物を持っているのに対し、本来的にはその対象や目的を持たない、あるいはそれを語らないというところに、その際立った特徴点があるのだ。それは、初期の作品、「憎しみの海」から、「鱶に曳きづられて沖へ」、あるいは「種族の歌」において、きわめてヴィヴッドに描かれている。たとえば、「鱶に曳きづられて沖へ」は、兄弟の間で一人の女性をめぐる葛藤があることが背景(点景)となっているだけで、それが物語の骨組となっているわけではない。兄が、鱶がかかった釣り針のロープに腕を取られ、鱶の死に物狂いの疾走によって海の中へ引きずり込まれるという場面は、きわめて刺激的で残酷なシーンとなっているが、それはあくまでも偶発的な事故なのだ。腕を切り落としてくれ頼む兄。狙いをはずして斧で腕の肉片を飛ばしてしまった弟。夜明け前の薄明るい空と海の間を、水雷のように滑ってゆく兄の足の裏。まさに、斧で敲き切ったような衝撃力のある短篇小説であり、その切り口の鮮やかさは無類のものだ。

そうした原初的な世界での有無《うむ》をいわさずに形象化される暴力は、安達征一郎の処女作である「憎しみの海」において、すでに姿を現している。「事の起こりは些細なことであった」と、語り始められる、この南島の海の上で繰り広げられる惨劇は、「些細」というより、卑俗で通俗的なものであった。

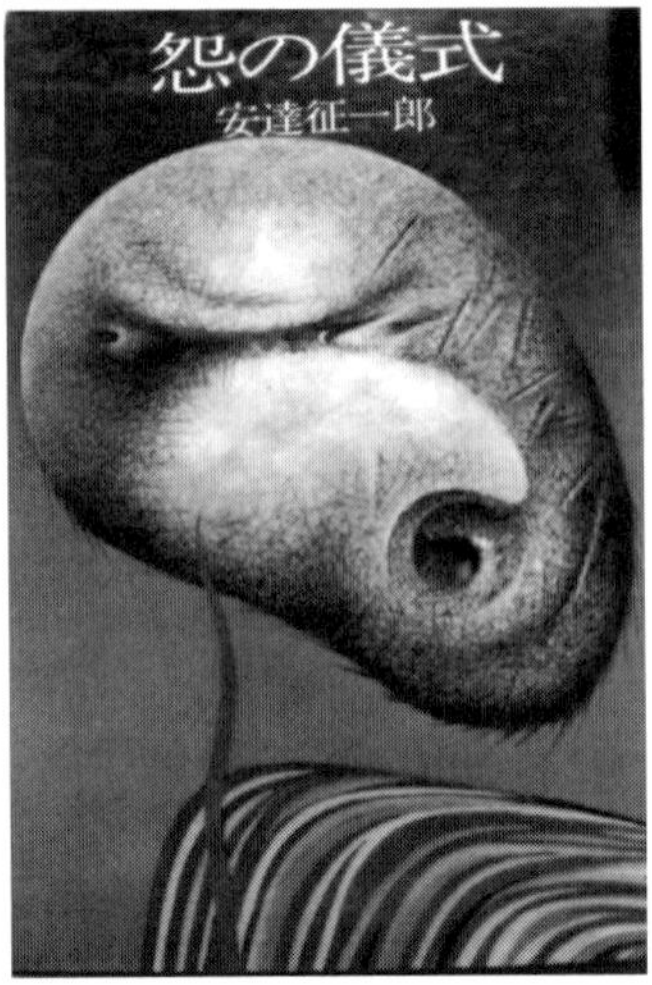

『怨の儀式──安達征一郎作品集』
三交社、2刷

与那嶺幸十郎という糸満漁師の頭の若い妻・加那が、若い漁師の玉城鍋吉と密通した。鍋吉を脅そうとした幸十郎は、彼を海上に連れ出し、海の底に投げ込むと脅す。鍋吉の命乞いをすると思った加那は、口を開かない。そこへ鍋吉の兄の玉城の連中が、弟を救い出しに舟を漕いでやってくる。幸十郎たちは逃げ、海に投げ込まれた鍋吉を救い出した兄は、幸十郎たちに復讐することを誓う。

翌朝、玉城たちの復讐を懼《おそ》れた幸十郎たちは舟で島からの逃走を図り、玉城たちはそれを追い、幸十郎を射殺する。ことの原因となった加那を、鍋吉の兄は、小舟に十字の柱を建ててくくりつけ、いずこも知れない海のただ中へと突き出すのだった。鍋吉が恐怖のあまり、廃人となってしまったことの腹いせとして。

物語としてはきわめて単純で、密通、間夫に対する仕置きと、一族の者に対する暴力に対して、対抗的な復讐の暴力の連鎖が引き起こされるという話である。その描き方は、煽情的ともいえるもので、玉城の兄たちが、幸十郎や加那に加える暴力は、凄惨なものだ。そうした原色で描かれた暴力シーンの絵巻が、紺碧の南の海の上を舞台に繰り広げられ、圧倒的な陽光や波の煌めきを背光にして、影絵劇として浮かび上がってくるのである。

この物語の中では、暴力を発生させる人間の心理的背景は、実に単純であり、原始的なものだ。男女の愛も憎しみも、兄弟愛も復讐心も、おそらく、日本の近代文学が獲得したといわれる「近代的自我」とは無縁な、まさにプリミティヴな原初的、原始的、そして神話的な人物たちの心理といわざるをえないのだ。

日本の近代文学が取り零してきた原始人の心性にも似た愛憎や復讐心。しかし、それはもちろん決して原始や古代のままの原始的心性そのままではない。むしろ「近代」を通過することによって鮮やかに見えてきた人間たちの「原像」であり、「原型」であるということができるだろう。「南島」という舞台は、人間存在の「原型」を、光溢れた背景のもとに濃い闇の中に浮かぶシルエットとして可視化する。安達征一郎の小説が、近代文学というより、神話的で、物語の原型をその構造の中に保持しているということは、古代的な歴史的時間を溯っていった結果などではなく、むしろ「近代」を突き抜けていったからだともいえる。近代的な自我を超えた「人間」を描き出すこと。しかも、それは過去へという時間軸を単に溯るのではなく、過去という時間が持っていたさまざまな展開や発展の可能性のうちにそれを見出さなければならないのだ。それは逆説的に聞こえるかもしれないが、安達征一郎の小説世界に特徴的な暴力性を、どのように克服してゆくかという課題と密接に結びついているのである。

3

安達征一郎の小説世界で、その暴力性が圧倒的なのは、「南島」という場所が暴力的であるということではない。むしろ、先にも指摘したように、「南島」は薩摩やヤマトの本土からの暴力を受けてきた側であり、暴力、暴圧の被害者であったといってよい。「南島文学」が、暴力を主題化するのは、それが本質的に〝暴力的な存在〟だからではなく、被暴力の歴史を、その身体的な記憶として延々と刻んできたからである。

安達征一郎の小説の中で実際的に描かれているのは、むしろ弱い者、被害者同士の暴力性といってよいもので、たとえば「海のモーレ」で、玉木船長の船が掠奪者たちに襲われ、その積荷を強奪されるのは、飢えに迫られた弱者たちのどうしようもない暴力の発現であるといわざるをえないのである。だからこそ、玉木船長も、そうした飢えた蝗たちの蝟集のような恐慌《パニック》の到来に、もとから匙を投げているのである。

「種族の歌」にしても、そうである。島の集落に一人留守番役として取り残された光夫に襲いかかってくる、悪魔的な「豚泥棒」は、まさしく暴力の権化として神秘的なまでの「闇」と「影」とを象徴しているが、現実的に考えれば、それはより南の、より貧しい島から夜半に舟でこっそりと渡ってきた、腹を空かせた泥棒の二人組にほかならないのである。ここには、暴力の連鎖と同じような、貧困と飢餓の連鎖があり、それはより貧しく、より空腹であり、飢えに迫られた者が、その近くにある同類の集落、集団を襲うという、まさに互いの尾を噛み合うような負の連鎖や円環が形成されているのである。

光夫にとって、南の島からの「豚泥棒」は、とてつもない悪の権化に見えるのだが、それは光夫自身が、その〝種族〟の一人の英雄となるための通過儀礼のようなものだった。もちろん、この英雄は、闇から闇へと消えてしまった存在なのであり、「文字」として描き残されることもなく、彼の絶望も勇気も恐怖も歓喜も、結局は誰にも知られることなく、海の闇の中に沈んでいってしまわざるをえないものなのである。

卑小な「豚泥棒」が、光夫、あるいは読者によって神話の中の悪魔（絶対的な「悪」の権化）のような存在に見えてしまうのは、「南島」に特有な暴力の歴史的な堆積があるからだ。それは私が暴力の連鎖、暴力の円環と呼ぶものであり、波光の輝きの背後にある分厚い闇の堆積といってもよいものである。それは歴史的な地層に積み重なった、まさに〝怨恨〟としての精神の暴力性なのであり、それはいつでも身体的な暴力として発現する。光夫が、抵抗したことへの〝天罰〟として、右手の指を膾《なます》のように切り刻まれる。激しい痛覚を伴うこうした描写は、むろん暴力性そのものの表現なのだが、そこに人間存在の本質としての〝暴力〟という思考が伏在しているように思われる。

絶対的なものとしての暴力は、常に「外部」(それは人間的なものの「外部」でもある)からやってくる。それは決して仲間や同じ種族ではない、外部の島からやってくるものなのである。村人の留守の間に、こそこそと豚を盗んでゆく泥棒は、本来は隣りの島の、やはり貧乏で窮乏した〝同類〟であり〝隣人〟にほかならない。しかし、それは光夫にとって「外部」からやってくる侵入者、侵略者として、神話上の悪魔に近いものとして形象化されるのだ。そうした外部的な圧倒的な暴力を誇る「敵」に対して一矢を報いること。光夫が、伝説上の英雄となるのは、そうした「外部」の侵入者、侵略者に対して果敢に抵抗したこと、そしてそれを恐怖に打ち克って撃退したことにあるのだ。それは自分をも破滅させる、自爆的な抵抗にほかならないのであるが。

だが、安達征一郎の小説において、あまりにその〝暴力性〟を強調することは、「南島文学」についてのありうべき偏見や誤解を招き寄せる結果になってしまうかもしれない。鮮やかな暴力シーンといったいい方が褒め言葉になるかどうかわからないが、その本質を暴力性という言葉で覆い尽くしてしまうと、安達征一郎の文学が持っている別の側面、大らかで、巧まざるユーモアや、その根柢に流れる人間性、ヒューマニティーの存在を見落とすことにもなりかねないからだ。とりわけ、作者の七〇歳代から十年近くに亘って書き続けられた『小さな島の小さな物語』という短篇連作は、時折、熾《おき》火《び》のような暴力性が火花のように炎を上げるのだが、その物語の多くは、少年時代と老年時代とが重なった、穏やかな過去の回想を綴ったものであり、初期や中期の作品に見られるような、人間の荒々しさ、暴力性、悪意と憎悪といった主題はすっかり影を潜めたようだ。

こうした穏やかな「南島生活」の物語や写生的な描写が安達征一郎の文学の、むしろ本質であると考える見方もあるだろう。それはある意味では、個人的資質に根差した人格的なものであり、その作品の暴力性はあくまでも「外部」からのものであり、歴史的時間の層に埋もれ続けてきたものの露出にほかならないのであるともいえる。いずれにしても、安達征一郎という小説家が、常に「南島」という場所に根差した作家であり、幼少年期を過ごした喜界島の出来事や、糸満漁師たちとの交わりが、長じて後の作家としての彼に、大きな富を残していたということに気づくのに、それなりの時間をかけなければならなかったということだ。

そこでは(『小さな島の小さな物語』では)、暴力性や、南島独自の悲惨な惨劇などが克服されたり、解消されたわけではない。ただ、それは歴史的、時間的に解消も、解決もされないままに、〝宙吊り〟にされたまま作品の表面上から見えなくなっているだけのことだ。「島」を舞台とした人情喜劇の趣さえあるこれらの短篇連作の中に、瓶の中の少女を救うことを夢を見て、年を取ってゆく男の話がある（「待ちぼうけの人生」）。あるいは、泡盛一瓶で、まるで奴隷のように境遇に〝売られた〟少年がいる（「泡盛ボックワ」）。これらの話の中に直接的な暴力は登場してこないのだが、これらのことは、ある意味では人間の精神に振るわれた激しい暴力を孕んだものであることは、自ずと明らかなことであると思う。つまり、直接的な、身体的な暴力はなくても（「泡盛ボックワ」）では、その死に至るまでの暴力の存在が暗示されているのだ。

そこでは、「外部」というものも、必ずしも暴力の発現装置ではなく、島の内側と絶対的に敵対するものではないのである。そこでは「島」と「東京」とは、非対称的な二つの空間であって、融和的とはいえないが、互いの「外部」として敵対しているというには、言葉がきつすぎるのではないかと思われる。安達征一郎の初期、中期の南島小説が、激しい情熱の嵐が吹きすさぶ海だったとしたら、それは穏やかな凪の海であり、黄昏のなかで赤と黒に染まってゆく夜へと沈み込んでゆく海であるといえるかもしれない。

4

『神々の深き欲望』という映画があった。今村昌平監督によって一九六八年に製作され、封切りされたこの映画（日活作品）は、ある意味では画期的な意味を持っていた。つまり、それまで日本の映画で表現されたことのない「南島」という主題が、この映画によって顕在化されたからである。話は、日本国の南にある島々のひとつを舞台として、〝原住民〟といいたくなるような、プリミティヴで、神話的な島の住民と、外部の都会からやってきた人間との、摩擦や葛藤、策略や受容といった人間関係を描くことを中心としている。こうした島の習俗や風俗と、都会的、近代的な慣習やシステムとの衝突という意味では、この映画の大本が安達征一郎の小説「怨の儀式」の構造と同一であることを指摘することはたやすいだろう。

さらに、三国連太郎演ずるところの太根吉は、妹ウマとの近親相姦の噂によって、〝神の田〟に屹立する大岩を崩すという奴隷労働的な作業を強いられている。このこと自体が、「島を愛した男」の主人公が、畑にある大きな岩を、穴を掘って埋めてしまおうとする、まるで中国の説話の主人公・愚公が山を移すような〝大工事〟を行っているという設定が、そのままに使われているといってよい。また、丸木舟による逃亡者の追走や、その復讐劇のありさまは、「憎しみの海」や「種族の歌」から取られた映像的イメージが、そこかしこに〝引用〟されているのである。

『神々の深き欲望』を製作した映画監督の今村昌平自身、あるいはそのシナリオを書いた長谷部慶次の文章によれば、この作品の発想自体が、安達征一郎の小説、特に「憎しみの海」にその原点があったことは明らかである。同人誌に発表された安達征一郎の小説をたまたま読んだ今村昌平が、その作品世界の映画化を思い立ち、長谷部慶次にその脚本の執筆を依頼したというのが、『神々の深き欲望』の出発点なのである。

ただし、出来上がった『神々の深き欲望』のフィルムを観れば明らかな通り、安達征一郎の小説のどれかの一編の小説を映画の原作にしたということではない。前述したように、「憎しみの海」「島を愛した男」などの安達作品からの自由な引用によって、この映画作品は成り立っており、また、「南島」の民俗や風土、風習や神話を、映画作者としての今村昌平が、その作品内にコラージュとして多く取り入れたことは一目瞭然たることだ。

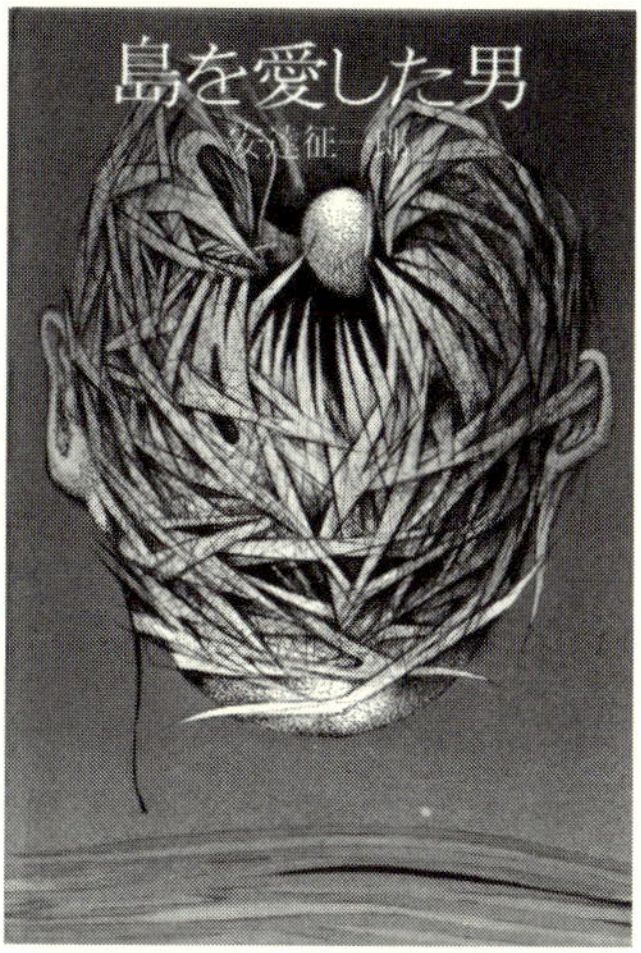

『島を愛した男』三交社、1975年

長谷部慶治は、安達征一郎の作品世界を基に『パラジ』という戯曲を書き、それが直接的な『神々の深き欲望』の〝原作〟となった。その意味では、安達征一郎の小説は、映画の原案、あるいは下敷きとしての意味を持っており、当然、映画のクレジットに名前を載せられなければならないのだが、今村昌平は、それを〝忘れた〟として、安達征一郎への謝罪の言葉を、『太陽狂想・花蜜の森』（これは東海文学社から出版されたが、実質的には自費出版で、安達征一郎の最初の刊行本）の序文において明記している。

しかし、プライオリティー（アイデアの優先権）、あるいはコピーライト（著作権）の件については今村昌平のそうした謝罪や説明で一件落着となるかもしれないが、『神々の深き欲望』が持っていた「南島」に対する視線や志向について、それが安達征一郎の小説の世界に基づいていることは、もっと明確に認識されなければならなかったことであると思われる。つまり、一九六〇年代末の日本社会において、『神々の深き欲望』が登場したことの衝撃は、当時は今村昌平という映画作家一人に帰せられたものだったのだが、それはいささかの訂正を要するものであったということだ。それは文化史、文学史的にいえば、柳田国男や折口信夫などの民俗学の一種のブームのような盛り上がりに連動するし、文壇的にいえば、深沢七郎の『楢山節考』がもたらした衝撃性に類似している。

　言語芸術と映像芸術との対比、比較では、その感覚的な衝撃度は、映像が言語に優ることはいうまでもない。珊瑚礁の海のなかを泳ぐ原色の熱帯魚たちや、黒い紐のようにくねる海蛇。アダンやガジュマルの森の繁みを透かして眺める真っ青の海の光景を大型スクリーンで観た記憶は、言葉の記憶とは違って、直接的であり、きわめて身体的な体験だった。ある意味では、「本土」の側から「南島」を見た時の視線そのものが、『神々の深き欲望』のオリエンタリズム的な視線によって定着されたともいえる（田中一村の南洋熱帯の夢幻の花鳥図もそれに棹さしているかもしれない）。しかも、映像は言語とは違って、フィードバックする機能を本来持たないのである。

　私の言いたいことは何か。それは『神々の深き欲望』と安達征一郎の「南島文学」とは同時的に提供されなければならなかったということだ。それは『神々の深き欲望』が、現実の「南島」の島と海とを描いたものではなく、あくまでもそれは「南島」という神話的、物語的な時空間を〝創造（想像）〟したものにほかならないという、芸術作品の受容の基本的な認識を、その圧倒的な映像の魅力（蠱惑）が、破砕してしまいかねないものだったからである。『豚と軍艦』や『にっぽん昆虫記』や『赤い殺意』などの今村昌平の土俗的リアリズムの延長線で『神々の深き欲望』を観れば、そうした受容者側の〝誤読〟は、ある意味では避けられないものとなってしまうのではないだろうか。『神々の深き欲望』のクレジットの中に、安達征一郎の名前がなかったということは、「南島」に対する「本土」側の視点の偏倚そのものを招いてしまったのではないか。『神々の深き欲望』が持っていた衝撃力の強さを思えば、それは決して私だけの杞憂とは思われないのである。

5

　ここで、私と「南島文学」、安達征一郎との出会いを語っておこう。学生時代のある日、私は神田の古本屋街の一軒の店先で『太陽狂想／花蜜の村』という本を手に取った。いかにも自費出版といった、そっけない表紙と装丁のその本には、今村昌平と長谷部慶次とが序文を書いていて、私はその本が、彼らの作った『神々の深き欲望』の映像世界の原イメージを提供したものであることを知った。それを購った私は、四畳半の下宿の部屋で、「憎しみの海」や「種族の歌」などの収録された作品を読み、私はここに自分が長い間、心の片隅に棲まわせていた「南島」への憧れの対象が、言語芸術としてしっかり形象化されていると感じたのである。私は、その頃の文学仲間だった桂木明徳（後に光風社で安達征一郎の『日昇る海　日沈む海』の編集出版を担当した）と語らい、私たちにとって〝幻の作家〟である安達征一郎の消息を知るために調べ始めることにしたのである。

知里子夫人とともに（1959年）

手がかりは、その本自体にあった。つまり、その本の刊行元となった同人誌の『東海文学』の発行人である江夏美好に連絡し、安達征一郎をその同人誌に紹介した人物をたどって、彼の現在の居住地を教えてもらったのである。ある日、訪ねていったその住まいは、南青山のビル街のただ中に、雑草の茂った空き地のような一画があり、そこに建っている木造の古びたアパートの一室だったのである。建て毀し寸前のその古アパートに、安達征一郎夫妻は、ただ同然で部屋を借りて住んでいるのだといった。そして貧乏学生だった私たちを、夫人の知里子さんの手料理で歓待してくれたのである。

私が、安達征一郎の小説に魅せられたのは、私の内部に「南島」に対する憧れ、惹き付けられる力を感じていたからにほかならないだろう。今から思えば、その一、二年前に、ひょんなことから沖永良部島と奄美大島を旅行したことがきっかけだったように思う。夏休みに九州を旅行した私は、鹿児島の港にまでたどりついて、防波堤の上に昼寝をしていた。その時に、港に入ってゆくために湾内を横切る一艘の船を見た。船体に「沖永良部」と書いてある。鹿児島港と離島とを結ぶ定期船なのだ。その時、私のなかに甦ったのは、小学生の時に観た『エラブの海』という映画だった。その時には、「エラブ」という地名は、アラブと同じように、どこか遠い、日本ではないような場所ということでしかなかった。「沖永良部」という島の名前と「エラブの海」が重なり、私はすぐさま跳ね起きて、船着き場へと急いだのである、「沖永良部」へと渡る船に乗るために。

奄美再訪の折り（1974年）

　今になって思うと、私が『エラブの海』という映画に魅せられたのは、珊瑚礁の海中をしなやかに泳ぐ若い海女の裸体のまぶしさであったことが分かる。初めてその映画を観た時の感動は覚えていても、自分がどんな場面の、どんな映像に魅せられていたのは、まったく忘れ去っていた。五十年近く経って、そのＤＶＤを手に入れ、その映像に再会した時、それが私にとっての明瞭な〝性のめざめ〟であったことを知ったのである。『神々の深き欲望』のなかで、都会からやってきた刈谷（北村和夫）が、トリ子（沖山秀子）の女体に惑溺していったように。

　沖永良部からの帰り、船を追いかけ、そして追い越す颱風の通過を待つために奄美大島の瀬戸内町の古仁屋の港で、船は三日間停泊したのだが、もちろん私はその町に、後に知り合うことになる安達征一郎の実家があったことなど、知るよしもなかったのである。

　その後、私は奄美大島や加計呂間島、徳之島や喜界島、沖縄本島や宮古島、八重山など、「南島」の島々を数多く訪れることになるのだが、安達征一郎の文学世界を、常に現実の奄美や沖縄の風景のなかに透かして、見続けてきたといわざるをえないのである。

　安達征一郎の仲介によって、同じような経緯をたどって彼の読者、担当編集者、出版者となった詩人の作井満と出会ったことも忘れがたい。勤め先の関係で関西に転勤になった私は、安達征一郎の作品を通して、見ず知らずの土地に知己が出来たことを喜んだのである。

　数歳年長である彼と私は〝兄弟の契り〟を結び（いかにも大時代的だが）、彼は故郷の徳之島から〝遠く離れ〟、私は郷里の北海道からはかなり「南島」に近い芦屋の彼の寓居で夜な夜な、「南島の文学」について語り合いながら、果てしのない酒宴を続けたのである。作井満が、海風社という出版社を大阪に立ち上げたのも、安達征一郎のような「南島文学」と、沖縄の文学関連の書籍を刊行することを悲願としていたからにほかならない。海風社からは、代表作としての長篇小説『祭りの海』と、『私本・西郷隆盛』が安達征一郎の著書として刊行されている。作井満は、雑誌『南島』の編集者としても、安達征一郎の文学の顕彰と普及のために粉骨砕身の努力を続けたのだが、二〇〇三年に五十四歳という年齢で、その業半ばにして死去したことは、痛恨に耐えない出来事だった。

『日出づる海　日沈む海』光風社、1980年

　奄美を中心とした「南島文学」の作品としては、安達征一郎以外には、島尾ミホに『海辺の生と死』『祭り裏』などの作品があり、一色次郎の『青幻記』や『海の聖童女』などがあり、干刈あがたに『入江の宴』などがある（いわゆる沖縄文学を除外すると）。これらの作品にも、私は惹き付けられるものを多大に感じるのだが、安達征一郎の小説には、究極的にはノスタルジーに収束してしまうような地方文学的な「南島文学」とは別個のものを感じずにはいられない。それはあくまでも「南島」との「外部」との関わりによって形象化し、表象化しようとする意志にほかならない。それは「日本」という文化や歴史の「外部」にあって、しかも関連し合い、対立し合うことを運命付けられた関係の内側にあるものといわざるをえないのである。

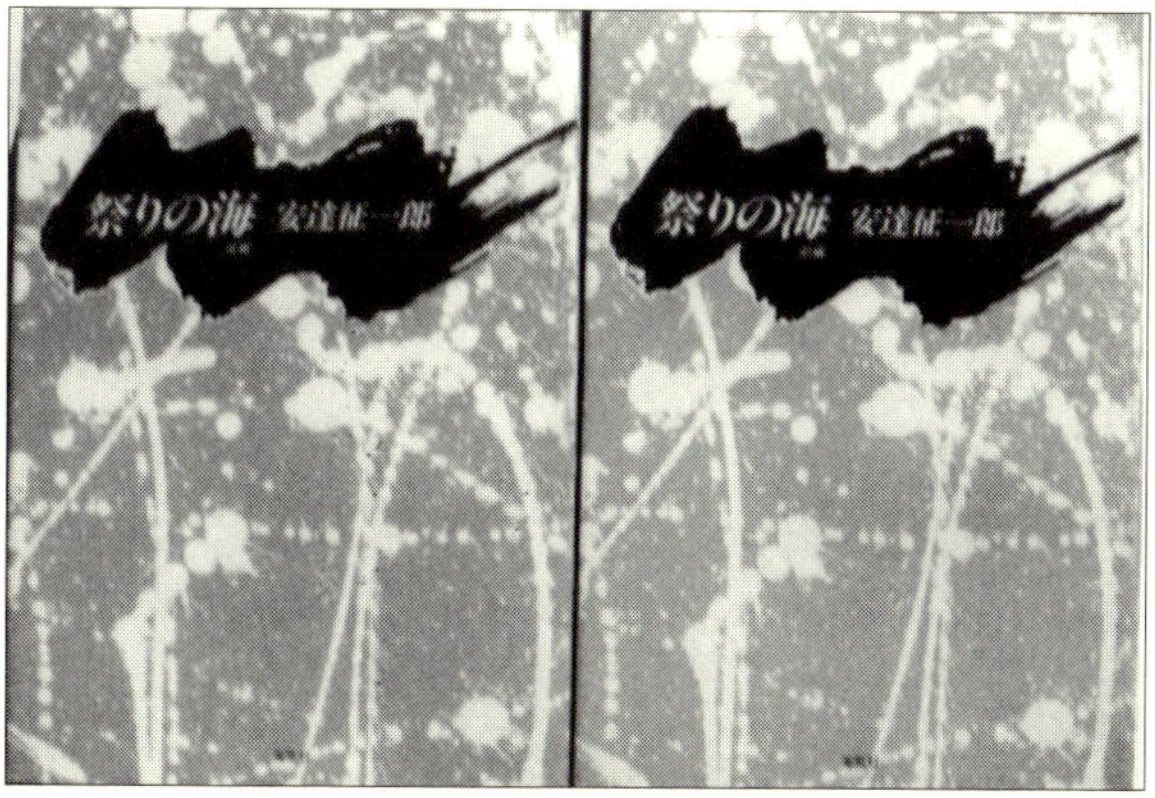

『祭りの海』前編後編、海風社、1987年

　日本の「内部」にして「外部」。「南島」の位置づけをそうした矛盾や撞着のままに任せることによって、「日本」や

「日本文学」といったものを、内部から解体してゆく契機がつかめると思われるのだ。それは、時間的、空間的な「外部」としての「過去」や「辺境」という概念ではありえない。過去を現在に、辺境を中心に無理矢理に侵入させてしまうことが、すなわち論理的な観念や概念を、混乱させ、混沌化させることが、「南島」「南島文学」の意味なのであって、それはしばしば安達征一郎の作品のなかでは「狂」として表わされるのだ。「狂気」「狂人」というプリズムによって世界を見る時、世界はようやくその本質的としての暗闇を開示するのである。人間の世界の根元として欲望や暴力性として。

1986年撮影

この安達征一郎「南島小説集」には、一九七四年に三交社（編集担当者は井出彰氏である）から刊行した単行本『怨の儀式』に収録した作品全編を、そして翌七五年にやはり同社から刊行した『島を愛した男』から、「海のモーレ」「島を愛した男」を、そして『早稲田文学』に発表した「少年奴隷」を、初期、中期の作品として収録し、さらに同人誌『榕樹（ガジュマル）』に、連載した連作短篇集『小さな島の小さな物語』全編を収録した（それぞれ、ここであげた本、雑誌の所収のものを底本とした）。著者には、これ以外に、いわゆる「南島」を舞台とした長篇小説の『祭りの海』という作品があるが、二巻本という長尺もののため、この作品集には収録できなかった。また、『近代文学』『竜舌蘭』『文学者』『分身』などの雑誌に発表した「南島」関係の作品があるが、その代表的なものは『怨の儀式』『島を愛した男』を刊行する際に、著者自身によって取捨選択されたものとして、あえてそうした雑誌掲載のものから選び出すということはしなかった（「少年奴隷」は例外）。この作品集一冊によって、少なくとも安達征一郎という小説家の「南島」の短篇作品については、読むべきものはほとんど網羅したといっても過言ではないと思う。

この小説集を編むのに際し、著者の意向というよりは、編集者としての私（川村）の独断的な判断によって収録作品の選定、順序などを決めた。本文についても表記の統一など、私が独自に判断し、整理した部分もある。著者に対して、非礼なこともあったと思うが、「安達征一郎」という小説家の本質を、私なりにとらえ、それを読者に提示したいと思い、あえて非礼を顧みなかった。出過ぎた部分があったとしたら、著者、読者ともどもにお詫びしなければならない。

最後に、この作品集の刊行を心より喜び、待ち望んでいた安達征一郎夫人の知里子氏が、二〇〇九年二月に逝去されたことは、かえすがえすも無念なことであり、その病床に一本を呈することの出来なかったことは、慚愧の念に耐えないことであった。遅ればせながら、ここに、安達征一郎小説集のまとまったことを、故・森永知里子氏と、故・作井満氏の霊前にご報告する次第である。

安達征一郎年譜

一九二六年（大正十五年）零歳
七月二十日、東京都荏原郡平塚町上蛇窪五二七番地に生まれる。本名・森永勝己。父森永直徳、母マスの次男。直徳は宮大工をしていた。本籍地、鹿児島県大島郡瀬戸内町古仁屋七五五番地。実家は同地で森永商店を経営し、現在まで続いている。

一九三二年（昭和七年）六歳
日本の不景気のため、両親とともに奄美大島に帰り、母の出身地の大島郡住用村戸玉に仮住居する。その時のソテツ粥と飢えの原体験が『海のモーレ』を生む。

一九三三年（昭和八年）七歳
両親の喜界島移住によって、赤連部落に住み、地元の湾尋常高等小学校に入学。生活がようやく安定。近くの〝糸満漁師〟の人たちと親しく交わり、彼らから海や魚とりの話を聞く。この糸満漁師との交流が、『憎しみの海』『少年奴隷』『日出づる海　日沈む海』『祭りの海』の作品となる。

一九四一年（昭和十六年）十五歳
湾尋常高等小学校を卒業。汽船で神戸回りで上京。当時の世田谷区弦巻町の伯父の家に寄宿し、出稼ぎ中の父と暮らし、転入試験を受け、巣鴨商業に入学。さらに大学受験を目指し、神田の物理学校、正則英語学校で学ぶ。この頃より、現代作家の小説を読み漁る。

一九四五年（昭和二十年）十九歳
八月、敗戦を東京で迎える。作家修業を志し、大学受験を諦め、関西、中部、四国、九州を転々と二年ほど放浪し、小説の習作を続ける。その間の生活費は闇商売などで得る。

一九四七年（昭和二十二年）二十一歳
奄美に帰り、足止めをくう。二、三仕事に就くが長続きせず、本土行きの機会をうかがう。

一九四八年（昭和二十三年）二十二歳

一月、十島村口之永良部島回りで宮崎県油津に密航する（奄美と沖縄は、敗戦後、米軍の占領下にあり、日本への施政権の返還は、奄美の場合、一九五三年十二月まで、沖縄の場合は一九七二年五月まで待たなければならなかった。その間は、日本本土に渡るためにはパスポートが必要だった。そのため、密航による行き来もしばしば行われた）。

暫く土方、闇商売の手伝いなどをしながら、小説を書く。短篇が県立図書館長で作家の中村地平の目にとまる。宮崎日日新聞社に入社。高部鉄雄の筆名で小説を書くかたわら、同人誌『竜舌蘭』の再刊に力を尽くす。

詩人の神戸雄一、黒木清次、大野邦夫、地村知里子等、『竜舌蘭』同人と知り合う。

当時、神戸雄一を頼って愛人と逃避行中の詩人・金子光晴を知る。

結核発病、気胸治療を開始。

一九五一年（昭和二十六年）二十五歳

七月、『啓之介と登美子』を『竜舌蘭』一号に発表、地村知里子と結婚を約束する。

一九五二年（昭和二十七年）二十六歳

一月、『憎しみの海』を『竜舌蘭』三号に発表、これが東京の作家・木山捷平等数氏の認めるところとなり、上京を決意する。

一九五三年（昭和二十八年）二十七歳

一月、上京。二、三転々とした後、国分寺の徳永金次郎宅に寄宿する。

一九五四年（昭和二十九年）二十八歳

一月、医師の松崎七美夫婦の仲立ちで地村知里子と式なしの結婚式を行う。

八月、『太陽狂想』を『群像』（八月号）に高部鉄男の筆名で発表、しかし、翌月の同誌「創作合評」で酷評される。

金子光晴、木山捷平、光永鉄男と交流。光永鉄男、『群像』十月号に『太陽狂想』の賛美論を書く。『種族の歌』を書く。

一九五五年（昭和三十年）二十九歳

七月、鎌倉稲村ヶ崎に、奄美出身のロシア文学者である昇曙夢を訪ね、『太陽狂想』の批評を仰ぐ。

一九五六年（昭和三十一年）三十歳

山之口貘と佐藤春夫を訪問し、作品の閲読を仰ぐ。以後数回、佐藤宅を訪問。

一月、『灯台の情熱』を『近代文学』に発表。

一九五八年（昭和三十三年）三十二歳

十二月、『島を愛した男』を同人誌『裂果』に発表。

（一九五八年から六〇年にかけて、長篇小説『シラス台地』を執筆するが、活字にすることができず、のちに『シラス台地』『花蜜の村』などの中篇小説の題材となる）

一九五九年（昭和三十四年）三十三歳

十月、『種族の歌』（後に『禿山』と改題）を『裂果』四号に発表。

一九六〇年（昭和三十五年）三十四歳

五月、戯曲『見込み違い』を『裂果』五号に発表。詩人の吉村まさとしとの交友が始まる。

この頃より生活を支えてきた妻知里子の結核が悪化、入院する。その治療費を得るために会社を作り、懸命に働く。

創作的にも行き詰まりを感じ、以後、一九六六年まで、一作も書かずに過ごす。

一九六七年（昭和四十二年）四十一歳

四月、名古屋の妹嘉納美代子をたよって、春日井市に移住。創作生活に戻る。『東海文学』の江夏美好を知る。

九月、『うみかぜ』を執筆。

一九六八年（昭和四十三年）四十二歳

一月、『花蜜の村』、五月、『伐られたカジュマル』、七月、『シラス台地』を執筆。

一九六九年（昭和四十四年）四十三歳

三月、第一創作集『太陽狂想・花蜜の村』を東海文学出版部より出版。ただ、これは実質的には自費出版だった。今官一の書評（共同通信系各紙）で好評を博す。

十一月、『蝶々魚』を『東海文学』三十九号に発表。

一九七〇年（昭和四十五年）四十四歳

二月、上京、青山の「東洋軒」の寮（青苑荘）に入る。この年『海のモーレ』脱稿。『風葬守』を『竜舌蘭』に発表。

一九七二年（昭和四十七年）四十六歳

丹羽文雄主宰の『文学者』に入り、丹羽文雄、中村八朗、新田次郎、吉村昭、加藤秀、成ケ沢宏之進等を知る。

一九七三年（昭和四十八年）四十七歳

八月、『怨の儀式』を『文学者』八月号に発表。第七十一回直木賞候補となる。

秋、当時法政大学生だった川村湊、桂木明徳が、青山の青苑荘を訪ねてくる。

一九七四年（昭和四十九年）四十八歳

十月、『種族の歌』を『文学者』一月号に発表。

十二月、『怨の儀式　安達征一郎作品集』（帯の文は柄谷行人）を三交社より出版。詩人作井満が訪ねてくる。以後、たびたび関西に足を運び、作井満の紹介で関西の文学者佐々木国広等と相知る。この年奄美に帰り、藤井令一、進一男等奄美在住の詩人、郷土史家と相知る。作井満、川村湊も同行する。

一九七五年（昭和五〇年）四十九歳

五月、『島を愛した男』（帯の文は小川国夫）を三交社より出版。

一九七六年（昭和五十一年）五十歳

『海を曳く』を『法政評論』二号に発表。七月、『マーラン船』を同人誌『分身』に発表。

一九七七年（昭和五十二年）五十一歳

一月、『少年奴隷』を『早稲田文学』一月号に発表。

一九八〇年（昭和五十五年）五十四歳

九月、長篇小説『日出づる海　日沈む海』を光風社より出版。第八十回直木賞候補となる。

一九八二年（昭和五十七年）五十六歳

長篇小説『祭りの海』（南島叢書3）を海風社より出版。

一九八三年（昭和五十八年）五十七歳

九月、『てまひま船長の宝さがし』を偕成社より出版。

一九八四年（昭和五十九年）五十八歳

一月、『てまひま船長の肝だめし』、八月、『てまひま船長と十五少女』を偕成社より出版。

一九八五年（昭和六十年）五十九歳

五月、『てまひま船長と緑少年』を偕成社より出版。

一九八六年（昭和六十一年）六十歳

十一月、『月刊南島』（海風社発行）一四五号が「特集・海洋文学・安達征一郎の人と文学1」を組む。ただし、特集の「2」は、実現しなかった。

一九八七年（昭和六十二年）六十一歳

八月、『日出づる海　日沈む海』を『祭りの海・前編』とし、『祭りの海』を『祭りの海・後編』として、『祭りの海』（前・後編）二冊を改めて海風社より出版した。

一九八八年（昭和六十三年）六十二歳

十一月、『少年探偵ハヤトとケン1　流人島の悪魔』、『少年探偵ハヤトとケン2　白い別荘の怪事件』を偕成社より出版。

一九八九年（平成元年）六十三歳

一月、『少年探偵ハヤトとケン3　名探偵vs大奇術師』、二月、『少年探偵ハヤトとケン4　幽霊の復讐』、三月、『少年探偵ハヤトとケン5　暗号がいっぱい』偕成社、六月、『少年探偵ハヤトとケン6　ゴリラの逆襲』を偕成社より出版。

一九九〇年（平成二年）六十四歳

五月、『少年探偵ハヤトとケン7　夜の学校にご用心』を偕成社より出版。八月、『伐られたガジュマル』が

『沖縄文学全集第8巻　小説Ⅲ』（国書刊行会）に収録される。

一九九一年（平成三年）六十五歳
一月、『少年探偵ハヤトとケン8　お父さんは犯人じゃない』偕成社。四月、『少年探偵ハヤトとケン9　富士山が消えた』偕成社。

一九九三年（平成五年）六十七歳
二月、『少年探偵ハヤトとケン10　空飛ぶ死体』を偕成社より出版。

一九九五年（平成七年）六十九歳
四月、『赤連海岸通り（連作「小さな島の小さな物語（1）」）』を『榕樹（がじゅまる）』第十一号に発表。

一九九六年（平成八年）七十歳
『双眼鏡（連作「小さな島の小さな物語（2）」）』を『榕樹』第十二号に発表。

一九九七年（平成九年）七十一歳
『ミツコの真珠（連作「小さな島の小さな物語（3）」）』を『榕樹』第十三号に発表。

一九九八年（平成十年）七十二歳
十月、『私本　西郷隆盛と千代香　沖永良部編』を海風社より出版。

一九九九年（平成十一年）七十三歳
『かなちゃん（連作「小さな島の小さな物語（4）」）』を『榕樹』第十五号に発表。
九月、『私本　西郷隆盛と千代香　薩長同盟編』を海風社より出版。

二〇〇〇年（平成十二年）七十四歳
『待ちぼうけの人生（連作「小さな島の小さな物語（5）」）』を『榕樹』第十六号に発表。

二〇〇一年（平成十三年）七十五歳
『春になれば……（連作「小さな島の小さな物語（6）」）』を『榕樹』第十七号に発表。

二〇〇二年（平成十四年）七十六歳
九月、『私本　西郷隆盛と千代香　江戸無血開城編』を海風社より出版。
『三人の娘（連作「小さな島の小さな物語（7）」）』を『榕樹』第十八号に発表。

二〇〇三年（平成十五年）七十七歳
『泡盛ボックワ（連作「小さな島の小さな物語（8）」）』を『榕樹』第十九号に発表。

二〇〇四年（平成十六年）七十八歳
『喜界島のさくら（連作「小さな島の小さな物語（9）」）』を『榕樹』第二〇号に発表。

二〇〇六年（平成十八年）八十歳

十月、『小さな島の小さな物語』を喜界島図書館より資料として発行した。

二〇〇七年（平成十九年）八十一歳

『ハジィチ哀しや（連作「小さな島の小さな物語（10）」）』を『榕樹』第二三号に発表。

二〇〇九年（平成二十一年）八十三歳

二月、妻知里子死去。五月、『安達征一郎南島小説集　憎しみの海・怨の儀式』（川村湊編・解説）をインパクト出版会より出版。

（本年譜は、『月刊南島』〔一四五号・一九八六年一一月発行〕掲載の「自筆年譜」をもとに、川村湊が作成した）

安達征一郎（あだちせいいちろう）
1926年７月20日、東京生まれ。作家。
著書に『太陽狂想・花蜜の村』『怨の儀式—安達征一郎作品集』『日出づる海　日沈む海』『島を愛した男』『祭りの海』などがある。

［編・解説］
川村湊（かわむらみなと）
1951年、北海道生まれ。文芸評論家。
最近の著書に、『妓生—「もの言う花」の文化誌』『補陀落—観音信仰への旅』『韓国・朝鮮・在日を読む』『物語の娘—宋瑛を探して』『牛頭天王と蘇民将来伝説—消された異神たち』『温泉文学論』『文芸時評1993-2007』などがある。

憎しみの海・怨の儀式——安達征一郎南島小説集

2009年5月15日　第１刷発行
著　者　安　達　征一郎
編　者　川　村　　　湊
発行人　深　田　　　卓
装幀者　藤　原　邦　久
発　行　（株）インパクト出版会
〒113-0033　東京都文京区本郷2-5-11　服部ビル２F
Tel 03-3818-7576　Fax 03-3818-8676
E-mail：impact@jca.apc.org
http:www.jca.apc.org/˜impact/
郵便振替　00110-9-83148

シナノ・パブリッシング・プレス